WEP

俳句年鑑

［二〇二二］

WEP俳句年鑑［二〇二一］ 目次

この一年のわたしの俳句

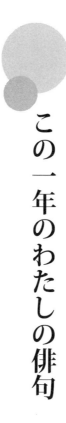

私は何処へ行くのか

池田　澄子

去年の今頃であったか突然に魔が差して、句集を作ろうと思い立ってしまった。思い立つと出来上がるまで落ち着かない。製作中に、世の中が思い掛けない騒ぎになった。新型コロナウイルスの猛威である。版元とも、逢っての相談が出来にくくなった。でも予定通りに出来上がって、ホッとしたら全て終わった気分。もう遠い昔のことのようで、あっさり気持が卒業してしまった。

加齢へのご褒美だろうか、何につけても後を引かない。後記に、父母、師、夫に逝かれて、もう人との別れを怖れる必要はない。後は自分の死だけ。自分の死は怖くない、といったことを記したせいか、未練や心配がなくなった。若い友人に、「この句集の後、近々に死ぬと、決まり過ぎで気障ですから、死なないでください」と言われた。別に厭世的になっている気はなく、ただ、いやに自然体になっている自分が面白い。現在の興味は、今後の私は何に関心が濃くなり、どのような言葉の使い方をしたくなるのか、ということだ。

肩の力が抜けてきた気がする。或いは肩の力を抜こうと力を入れているのか。と書いてはみたが、そう言えば、肩の力を抜いたような作品にするために、随分と力を入れてきたのだった、私は。

普段の暮らしでも、気を付けないと頸や肩に力が入っていて、気が付くと肩がごりごりに凝っていることがよくある。そう言えば、若い時から肩凝り症だった。

スズメ愉しげスミレ嬉しげ川は河へ
島国や脈拍いかに小鳥来る
巣燕の我に怯えている静か
聖夜かな眠たいグッピーはお眠り
多分ヨイショと逆さになった鴨の尻
蛇寒い筈日々老いて眠い筈

結婚するまで虫が極端に怖かった。猫も犬も触れなかった。人間にしか関心がなかったのだ。夫は虫や動物が好きで気が付くと私は変わっていた。毛虫はダメだけれど、山梔子の葉に居る青虫は大事にする。

掲句の「スズメ」は、生きて「愉し」んでいるようだ。「スミレ」は自分の存在を「嬉し」く思っていそうだ。その違いは、世の中では何の意味も持たないが、私はそう思った自分に出会ってうきうきした。

「巣燕」は、ご近所のマンションの入口に毎年現れる。撮りたくて毎年そーっと近づく。彼らはぴたっと鳴き止んで、僕たち居ませんよ、居ません、という感じ。餌を咥えて帰った親燕は、間違いました～、と言う風に遠ざかる。私はとても傷つく。一時期、句の最後の「静か」が癖になって数句作ってしまい、どれを捨てるかに苦労した。
今こうして自句を眺めて気が付いた。生き物の姿や動作や様子を写生するのではなく、彼ら彼女らの思いを、私は思い見ていたようである。
そして気付いた。自分に対する私は全く愛想がない。

読み初めや下唇で指湿らせ
あきかぜと声に出したりする体
早春と言うたび唇がとがる

思いを全く述べていないではないか。次はどうか。

長生きのあるとき蕪の葉が綺麗
散る萩にかまけてふっと髪白し
夜ごと古る家また我や雨の月
年寄ると文字が斜めに風信子

これらの、思いから書き始めている句も、思いの説明はされていない。成程と思う。自分をモデルとして「老い」をいかに詠むか、を考えていたらしい。

水換えるたび少しずつ捨てる薔薇
落蟬に蟻辿り着く夕日かな

毒が詠まれているなと気付いた。薔薇を大事にしているようで、実は弱者を切り捨てている。こういう生き方はしたくない。「蟻辿り着く」とは、非情な食うか食われるかだ。そのことを作者・私は眺めている。

ショール掛けてくださるように死は多分
生き了るときに春ならこの口紅
涼しいか六つの巷という処

自分に関わるこれらは、肯定感によって明るいことを面白く思う。「死ぬ」ではない、「生き了る」という思いを得たことが大きいのかもしれない。
次は、世界を覆っている怖ろしい状況。そのことと無縁ではいられない暮らしを詠んだもの。果たして、詠めているのか一時的な日記の類なのか、自分にはまだ分からない。しかし書かないわけにはいかない。これから沢山の人がこの主題の句を詠むだろう。
同時に生きている人がそれを読む。数年たって誰かが読む。百年後に理解できるように書かれているか。

ウイルスもココロも見えず若葉風
人とウイルスいずれぞ淋し卯の花垣
夏の月逢えない友たちは寝たか

自粛

稲畑廣太郎

何といっても令和二年は新型コロナウイルス感染症で日本だけではなく世界が震撼した年であり、俳句の世界も不自由極まりない活動を強いられた。「ホトトギス」の活動も、この稿を認めている九月末現在、十月十四日に比叡山横川の元三大師堂で行われる「西の虚子忌」以外年末まで、ホトトギスの大規模な俳句大会は全て中止が決まっている。それ以外でも私の参加する予定の国や自治体等のイベントもほぼ中止となり、今年は異常と言わざるを得ない。

それでも現在徐々に小さな規模の句会は再開され、何といっても新しい方式ともいえる「リモート句会」なるものが徐々に増えつつあるのも少しは明るい材料であろう。「ホトトギス」の中でもこのリモート句会を取り入れて開催している句会はあり、その様子も今回ご紹介したく思っている。

新型コロナウイルスの緊急事態宣言が出されたのは確か四月であったと記憶しているが、それ以前の一月から三月の後半あたりまでは未だ普通に句会は開催されていた。私の記録では、先ず正月は例年兵庫県芦屋市の生家、現在は稲畑汀子ホトトギス名誉主宰が一人で住んでいる家に滞在しているが、一月四日の土曜日には「芦屋ホトトギス会」という百人規模の句会が同じく芦屋の虚子記念文学館で開催された。

電話口より初孫の初笑
恵方より初孫といふ贈物
初夢に免許返納せし母が

という句を詠んでいる。これがこの年の私にとっての初句会となったのだが、因みに、余談ではあるが母は未だ免許を返納していない。

一月で大切なイベントとしては「高濱年尾先生を偲ぶ初句会」という会で富士山を吟行した。

裏といふ雪の富嶽にある矜持
雪女夜は大沢崩れ掻く

実はこの「高濱年尾先生を偲ぶ初句会」は、令和三年の開催は、やはり未だ収束に至っていないコロナ禍の影響で、早々と中止が決まってしまった。

私が毎月最低一度は芦屋に句会等の出張で行っていることは以前から言ったり書いたりしているが、二月も一日と二日、そしてこちらは二年に一度の大きなイベントであるが、日本伝統俳句協会主催の「国際俳句シンポジウム」が二月十五日虚子記念文学館で開催された。これは俳句会ではないが、翌日の「虚子生誕俳句祭」では一句のみの投句で代表選者による選句の句会が行われた。

二十歳《はたとせ》のしよしゆんを重ね来たる館

という句を投句したが、見事スコンクであった。

三月は七日、八日に「芦屋ホトトギス会」「野分会芦屋例会」「青嵐会芦屋例会」が行われたが、この二日芦屋に行ってから、その後暫く東京から県を跨いだ移動を自粛することになるのである。

初孫の節句に呼ばれ暖かし
北窓を開きローストビーフ焼く
雛の目明治を語りをりにけり

毎年、ホトトギスの地方大会は日本の全十一ブロックで行われ、その皮切りとして「関東ホトトギス俳句大会」が、三月十四日、十五日と群馬県で行われる予定であったが、それが中止となってしまった。そしていよいよ緊急事態宣言が出される四月になるのである。

四月といえば、八日に行われる「虚子忌」。これは「ホトトギス」のイベントとして一年で最も重要な行事の一つであるが、やはり会場が鎌倉の古刹でもあり、お寺の方とも相談して、虚子没後初めて開催を見合わせた。又稲畑汀子が個人として親しい人を誘って開催される奈良県吉野山の桜を見る会「吉野くつろぎの旅」も中止となってしまった。この辺りから句会等は中止が相次ぐようになったが、これは俳句の世界全体の現象であろう。

そんな中、前述の「リモート句会」で開催をした句会がホトトギスの中にある。こちらも前述の「野分会」で、先ずは四月五日の「野分会芦屋例会」はメールで投句して、それを互選する句会を実験的に開催した。

麦鶉鳴いて稜線撫でゆけり

そして五月三日の同会ではZOOMという会議システムを使った本格的なオンライン句会を開催した。

烏賊火燃ゆ日本海を軋ませて

その後この会には東京例会もあり、そこでもこの方式が使われ、その後緊急事態宣言が解除になった後も、この会は全国に会員が居られ、会場に集まる人とこのZOOMで参加する遠方の会員も参加して、現在もこの方式と併用して行われている。

このとんでもない世の中にあって、俳句会の可能性として、何か怪我の功名、というのは適切ではないのかも知れないが、可能性の広がりを感じた年でもあった。

感受する光

角谷　昌子

令和元年、「未来図」三十五周年記念大会を開催したが、鍵和田秞子主宰の療養生活は続き、その病状に一喜一憂するまま令和二年を迎えた。

日月に蝕あり罅の鏡餅
母が家の広き玄関福寿草

深い罅が走る鏡餅。天体の運行とともに、古代の人間が怖れた日や月の「蝕」を思い浮かべた。先行きへの不安がどこかに反映していたのかもしれない。次の句は、年初の実家の玄関の描写だ。窓辺の福寿草の明るい黄色にちょっとほっとした。一月末、自著『俳句の水脈を求めて　平成に逝った俳人たち』の俳人協会評論賞受賞の報せを受けた。心に福寿草の色がほんのりと灯った。

眉宇清ら囀りに面上ぐるとき
抱卵の大き翼をたたみけり

地元の吉祥寺・井の頭公園で野鳥観察を楽しんでいる。玉川上水沿いの鳥たちの楽園には、珍しい夜鷹、三光鳥、溝五位などもやってくる。大鷹の大胆な狩まで見られる。小鳥の森と呼ばれる保護区の囀りは喜びに満ちている。

につぽんは海市なるらむ揺れつづけ
日輪のさくら籠めなる月日かな
人影のあはくなりゆくさくらかな
夜の底へ沈むさくらのこゑ聞かな

気候変動によって引き起こされる地球規模の異常気象が日本にも大きな被害を与える。地震、津波、火山爆発、台風、洪水など災禍を挙げるときりがない。地震ばかりでなくさまざまな天変地異によって揺れ続ける日本は災害列島と化し、存在さえ危うい海市となってゆく。

現在は環境悪化に感染症問題も加わる。とうとう花見も制限された。他者との交流を控えているうちに、桜を見ても心はあまり華やがず、人間の存在自体が希薄になってゆく。光を受ければ浮き上がって輝く桜も、夜になると闇と一体となる。桜の発するささやかな声は、きっとなにかを伝えようとしている。

四月から朝日新聞「俳句時評」の二年間の連載を開始。環境・感染症はじめ社会問題も反映させたいと思う。

創世記よりの光よ芽吹きをり

五月に俳人協会の北海道支部大会の講演のため、派遣される予定だったが、感染症対策で大会は中止になる。かの地の芽吹きに思いを寄せているうちに、旧約聖書の天地創造の「光あれ」の言葉がよみがえった。

ひきがへる酸素足りなき貌しをる
流行病《はやりやまひ》や蟷螂は餌をねぶり
岩籠めのはんざき声を上げてみよ

休止されていた仕事は、ほとんどリモートとなった。だが句会は依然として開けず、ファックスやメールに頼るしかない。自粛生活が続く中、蟇の風貌を見ていると、いかにも酸欠状態のようだ。さらに疫病は人種や国境もお構いなしに確実に獲物を捕まえてゆく。必殺の鎌を振り上げる蟷螂とどこかイメージが重なる。

近所の井の頭公園の水生物園には、古いなじみの大山椒魚がいる。井伏鱒二の小説の主人公は、体が育ちすぎて岩場から出られなくなった。だが水槽のこの山椒魚ならば、歎きの声を発するよりも何か警句を吐きそうだ。

荒梅雨の師の家を訪ふずぶ濡れて
青梅雨や師の戒名に蛍あり

六月十一日、自宅療養中の鍵和田主宰が急逝された。享年八十八。訃報に驚き、急ぎ府中のご自宅を訪れた。そっと触れた頰はまだ柔らかだった。「未来図」は令和二年末をもって終刊の予定だったが、急遽、九月号が最終号となる。師の戒名の蛍が闇に光の文字をそっと綴る。

乳海攪拌《にゅうかいかくはん》大蛇は鱗落しつつ
睡蓮の密々殖ゆる伽藍かな

『アジアの多文化共生詩歌集』（コールサック社）刊行のため、過去に訪れたカンボジアのアンコールワットなどの句を詠んだ。伽藍の彫刻が鮮やかによみがえる。

虹立つや火山島てふ火薬庫に
炎天へ戦の贄が差し出され

戦争特集（「俳句界」十月号）のための句。長年、青少年の海外派遣通訳ボランティアをしてきた体験などを思い出しながら、平和と鎮魂の祈りを込めた。

万緑や馬の筋肉日を弾く

塚本邦雄が、この世の一番美しい動物は馬だと言った。いのちの漲る万緑の中、筋肉が躍動する。俳句によって対象のいのちから感受する光は希望を授けてくれる。

十一月、編集した鍵和田主宰の『全句集』を刊行、お別れの会に百人あまりが参集して「未来図」は解散した。主宰の志を継ぎ、また新しい一歩を踏み出したい。

「俳句力」に乾杯‼

小島　健

この一年の私の俳句を振り返ってみますと、一番の大きなことは、新たに句集を出版したことでしょうか。タイトルは『山河健在』！　「山河」は動植物を含む自然全般を意味します。いかなる世になろうとも、自然・山河は健在！

思えば、日本の詩歌は古来、自然詠重視でしたが、現代俳句では自然詠が激減しました。それは科学の発展とは逆に、自然に対する畏敬の念が希薄となり、また、都市生活や職業の多様化から、自然の季節の変化に鈍感になったことも関係しましょう。

優れた人事句もありますが、安易な薄い生活句が増え、俳句が軽く矮小化しつつある気もします。科学発展の合理性第一の風潮だからこそ、その対極の自然を見直し、そこから力を得て精神を広く豊かにしたいものですね。さあ、自然詠よ、出でよ！

同句集から私の自然詠を抄出してみました。

一瀑の一刀となり冬の山
雪の嶺々奥のもつとも輝けり
秋風の吹き細めたり鷺の脛
青蜥蜴石を冷たくしてゐたり
やはらかき草を這ひゆく花吹雪

さて、句集出版を機に私の人生を振り返りますと、これまで多くの俳句の深い恩に恵まれてきました。感謝至極です。私はかねがね、俳句には自分と他人を慰め、励ます強い力、言わば「俳句力」があると確信してまいりました。

この「俳句力」に、事実、私自身人生の窮地を何度も救われました。

木の葉ふりやまずいそぐないそぐなよ　　加藤楸邨
あせるまじ冬木を切れば芯の紅　　香西照雄

私は人生の絶望のどん底で、右のような俳句に随分慰められ、励まされました。そして、これらの句を口ずさみ、勇気を奮い起こしました。また、精神的にも肉体的にも参った時、自然の野山や海川に出かけ、草花や鳥、昆虫に親しみ、俳句を作り英気を養いました。

ですから、その恩返しに、俳句を多くの人たちと共に深く愛し続けたいと願っています。また、俳句と「俳句力」をより広めようと、私は日々努力を重ねております。

まずは、この「俳句力」に乾杯！

生者には晩年のあり蜆汁
直立の八月またも来りけり
花吹雪すなはち詩歌ふぶきけり
妻入れてより輝けり糸桜

相変わらず、自身の酒の句が多い年でした。私はワイン党ですが、季語はまだ少数派のボージョレヌーボー、葡萄酒醸す、くらいで、これは困りました！　でも、暑い夏には冷し酒に浮気⁉で、すぐにまた、乾杯！　ウーン、たまりませんねえ。そして、一杯が二杯、二杯が三杯へと、やがては羽化登仙の境地へ入ります。ほんと、ダメですねえ。

冷し酒旅の日暮れを惜しみをり
雨脚は太きがよろし冷し酒
玲瓏と山月上げぬ冷し酒
波郷忌や大榾焚いて我ら酌む

年齢を重ねるとともに、望郷の念も濃くなるのでしょうか？　故郷やそこで暮らした家族、幼時の思い出の作も多くなりました。同級生の逝去などを聞くと淋しいですね。遅蒔きながら、同級会など機会を見つけ出席したいと思い始めています。

私の故郷は雪や稲作、酒！で有名な？新潟です。懐かしきことも多くなりました。

ふるさとに叱られに来ぬ雪起し
ふるさとの人老いやすし稲の花
白鳥のこゑを汚して餌を欲りぬ
昭和の日空壜吹けばボーと鳴る

私は今年の新句集出版を機に、今後も奥深い自然と人間の風趣を詠み続けたいと、覚悟を新たにしました。

それにしても、新型コロナウイルスに翻弄された一年でしたね。外出の自粛やリモート会議も多くなり、句会や俳句大会も中止を余儀なくされました。ああ……。

コロナ禍の家居の五月墨磨れり

こんなコロナ禍の下、私は次の吉野弘の詩の一節が浮かび、文章にも引用しました（「祝婚歌」）。

健康で　風に吹かれながら／生きていることのなつかしさに／ふと　胸が熱くなる／そんな日があってもいい

未曾有の新型コロナウイルス禍の中、自身を見つめ直し、自然の癒しの効果も再発見したいものですね。そして、先述の自他を慰め励ます「俳句力」も信じ、明るく笑顔で共に前に進もうではありませんか。

新型コロナめ

鈴木しげを

今日は九月十九日。正岡子規の忌日である。今年の暑さは格別で九月になっても猛暑日が続いた。子規の亡くなったのは明治三十五年（一九〇二）である。地球の温暖化などはない時代、今から一一八年前のことだ。子規庵の庭の草花には露がおりていたことだろう。それにしても三十六年の生涯は惜しまれる。子規は敗戦国日本を知らないしその後の高度成長の日本も知らない。まして現在世界を席捲している新型コロナウイルスも知らない。日清戦争に従軍記者として健康に不安のある身に鞭打って大陸に渡った子規である。もし昭和二十年八月十五日の玉音放送をきいたら大声をあげて泣き伏したことだろう。そんなことを思いながら一向に終息の兆しを見せないコロナ禍の「この一年のわたしの俳句」について振り返りつつ稿を進めていきたい。

新型コロナめ

地虫出づはて仕事なし句座もなし

この二月以来「新型コロナウイルスの感染拡大により」この言葉何回聞いたろう。われわれの生活様式をすっかり変えてしまったコロナなのだが自身のこの疫病への認識はいまもって漠然としている。喜劇俳優の志村けんの感染死にはおどろいたがその死に家族の者も立合えないそんな理不尽にコロナの底知れない怖さを感じたものである。掲句は三月初旬の句。仕事なしは多少誇張があると思うが句座がなくなってしまったのは事実である。しかしこの句の時点ではまだ諧謔を弄する余裕があったと思う。コロナが中国武漢にはじまり、横浜に寄港した豪華船ダイヤモンド・プリンセスの感染騒動もなんとなく対岸の火事を見るようだったのである。

二月の終りに両国界隈の吟行に参加した。この時すでにコロナ感染の不安が報じられていたがまあ三密にならないようにということで決行したのだった。歩くコースは芥川龍之介の文学碑、吉良上野介屋敷跡、回向院のねずみ小僧の墓など。大川の風が二月とはいえやわらいだ日和だった。句会場は芭蕉記念館。吟行のたのしさにのって「猫の恋ねずみ小僧に係はらず」「杜国への翁のふみや梅真白」などと詠んだ。しかしそれを最後にわれわれの唯一のたのしみといっていい句会の場は公共施設の使用禁止によって一切開けなくなった。それからコロナ感染は日々増加して、ついには緊急事態宣言まで出されるに至ったのは周知の通りである。

花吹雪また花ふぶき誰も在らず
春眠の足りて何処ゆくあてもなし
家居よし鯛釣草にかがみては
ゆく春や外出叶はぬ肩かばん
徒もよしげんげんの野に遇へるなら

このコロナ感染症が首尾よく終息して年を経た時、ここに挙げた句など何のことと思われるかも知れない。早くそうなって笑い合えたらいいのだが。今年の花は皆で愛でることが出来なかった。この句、ある人から「桜を見る会」のことかと云われておどろいた。そうではないあれは桜を汚す会でしょ。その主催者はその後体調を悪くしてその座を降りるに至った。まさに「さまざまのこと思ひ出す桜かな　芭蕉」になってしまったのは皮肉なことである。つまらぬ方へペンが行きそうなのでやめる。この句は家の近くの公園の景。年々さくらが美しく見えるのは齢のせいであろう。息を呑むような光景であった。次はステイホームということで時間は充分にあっていくらでも眠ることが出来る。しかし、何処へゆくあてもないのもさびしいものである。週末というと肩鞄を肩に句会だ吟行だと出かけていた者が一日中家に居るのは家人にとっては気詰りなことだろう。それで腹はそれほど空かないのに三度三度のめし。人間は厄介な生きものだ。

新型コロナウイルスの流行は十七世紀に西欧を中心に三千万人の死者を出したペストに比較されるようになった。コロナの感染者はいま世界で三千万人に迫る。日本は八万人に迫る勢いである。ぼくは高齢者ではあるがまだ会社勤めをしているのでこのコロナ禍によって会社の景気の衰えは実感出来る。ペストほどの壊滅的なものとは思わないけれども、全ての産業や文化がぎりぎりのところに追い込まれている。つまりは命か経済か。これを両立させながらなどとお上はいうけれども……。

われわれ俳句をたのしむ者は、苦しい中にあっても通信句会、リモート句会といろいろな工夫をして仲間との絆を保っている。七月に入って句会を再開する動きも出てきた。もちろん、安全に感染予防に油断があってはならない。マスク、検温、消毒、嗽、ソーシャルディスタンス、フェイスシールド。老人であるから感染したら大変だぞとなかばおどしに耐えながら。それでも句座はたのしい。

句座一つ叶ひてうれしねぶの花
界隈の盆唄もなき夜空かな

今年はなにもなければオリンピック東京大会が開催される筈であった。なんともさみしいことである。

黄蝶あつめて

鳥居真里子

令和二年。誰もが想像し得なかった未曾有の厄災、世界的パンデミックが襲いかかった。連日報道される新型コロナウイルスの恐怖、ネットやSNS上では、様々なデマ情報がまことしやかに飛び交った。四月七日には緊急事態宣言。私たちの日々の暮らし、命が脅かされ、よろこびや楽しみをことごとく奪い去っていった。そして「新しい日常」という名の日常が始まったのである。

鶴髪となりつつさくら籠りかな
かの図形畏怖せよ春の紅海月
ここにゐるよさくらふぶきをあつめつつ
現の証拠うつつ煮詰めて春の蟬

これらの作品は宣言発令後に作句したもの。もとより一人で作句する机上派であるから、句座のないことや吟行に行けないことはさほど影響を受けずに済むだろうと、当初は高を括っていた私であった。窓の外の満開の桜を日がな一日眺め、そんな時間から生まれた作品がいつしか目に付くようになっていた。「さくら籠り」「さくらふぶき」にしろ「春の蟬」にしろ、やや心情が出過ぎた感は否めない。致し方ないとはいえ、元来「俳句は詩」と認識している当人にはやはり手ぬるく思えてならない。

一番は一句を引き締めるリズムが軟弱。このリズムの創造が足りない。一句は述べるより暗示しなくてはならない。よって、鮮明なイメージを読み手に送り届けていない。論理的には繋がらないが詩的には繋がってゆく、という醍醐味が欠落しているのだ。現下の長引く閉塞感が作品にも影を落としているのだろうか。句作はいわば孤独な作業である。とはいえ、それは自由な環境と時間を享受できればこその話である。時には多種多様、個性豊かな人たちと直に接してコミュニケーションをはかる、時には美味しい料理に舌鼓を打つ、そして自然の息吹に触れて英気を養う。こうして自ら得た環境と時間を蓄えていくことが、孤独な作業の糧になるのは言うまでもない。それが断たれてしまってはエネルギーそのものも行き場を失ってしまうのだから。

となれば、「俳句は詩」であるという原点に立ち返って己との言葉の闘いにいま一度挑んでみよう。詩である前に俳句、俳句である前に詩なのである。十七音に真正面からぶつかっていくことしかこの壁は打破できない。

くちびるの外に雨ふる血止草
黄蝶集めて蠟燭旅立つところかな
神さまの育てし鬱や凌霄花
吹雪く木やここは暗室誰もくるな
人間は五色の花ぞ天の川
あ、あれは天の鳥船ゆきむしが舞ふ
アマリリス生きてゐるから殺す息

散文の言葉と十七音の言葉は大きく異なる。散文の論理では伝えきれない何かを読者に手渡すことが十七音の醍醐味であり営みでもある。と念じてはいるものの、思うようにいかないのが現実である。まずリアリティが乏しい。「吹雪く木」「天の川」「ゆきむし」のどれもが東京に住む私にとっては「季語」というよりむしろ「言葉」としての捉え方となる。作句上ではすでに季語が虚構となっている。しかし、目の前にないものを想像する作業はイメージを喚起する力をより高める可能性も大だ。

夏の夜空に美しくかかる光の帯、天上の河原は虚構でありながら実存的な天の川なのである。その「天の川」と「人間は五色の花ぞ」の取り合わせに疑問も湧くが、私のなかで両者はしっかりと繋がっている。

「黄蝶集めて蠟燭旅立つところかな」の句に関しては「門」誌八月号の作品評で安里琉太氏がこう述べている。

――阿部完市の〈ローソクもつてみんなはなれてゆきむほん〉を思ったのは、同じ蠟燭だからというだけでなく、「旅立つ」と「はなれてゆき」といった動詞の働きの近さにも関わるのだろう。（中略）すっと縦に延びた軸のような蠟燭を持って離れていく、拡散ベクトルの阿部句に対して、鳥居句は「黄蝶集めて」と一度収斂した後、その収斂を含んだかたちで「旅立つ」という一方向へ推進する動詞が選び取られている。――面白い視点の鑑賞でまさにその通りである。阿部作品は寡聞にして承知していなかったが、もちろん阿部作品の放つ無彩色のポエジーの不気味さの魅力に「黄蝶」は到底及ぶべくもない。

意味性や理屈を超えて、ひとつの時空が鮮明に見えてくる瞬間のための作句。まことに難儀千万である。

以下の作品は〈思う〉と同時に一瞬にして出来たのだが、甚だしく破調である。言葉の表出が突飛で不条理が覆う。評価はさておき、とっておきたい作品ではある。

さよなら檸檬いちばんきれいな朝へ
いつも貨物船からたんぽぽのわたげ
ふくろふの夢に入りゆくときの奇妙
きつねの嫁入り綺麗な秋の舌ちらり

意識の闇から言葉が飛び出す瞬間。その不思議な感覚は、まだ何度か味わえそうな気がしている。

自然からのイエローカード

中原　道夫

今年は年が明けて、中国では門扉に春聯を貼り出す頃得体の知れぬウイルスに感染者が出たというニュースが飛び込んで来た。隣の厖大な国の極一部のエリアのことと、高を括って、以前のＳＡＲＳのときの様に、対岸の火事的な気分でいた。それが日を追って、彼のダイヤモンドプリンセス号が横浜港に寄港することとなり、恐怖が現実のものとなり生活のあり方まで一変させられる事態となった。二月の句会はギリギリ従来通り出来たが、三月からは総て中止、郵便やＦＡＸでの通信句会に切り替えた。支部の句稿が送られて来ると、今までより更に細かく句の横のスペースに短評を書き入れる作業にエスカレート、現在に至っている。会員にせめてもの気持ちだが、大幅に時間を割く訳だから、当然私の月産する句の数も激減。以前は自分も句会があれば句を出していたから、毎月自分の雑誌に発表している29句の倍くらいは常に残る計算だった。コロナに因り座が失われたことが、句の量産を著しく低下させた一年であった。

私の場合は、二〇一五年のパリのテロを皮切りに、次の年から二年続けてインドのヴァラナシの取材を試み、心機一転を図ろうとしていた。それも全く偶然、パリの同時多発テロの翌日に入国するという事態となり、どうせならこの様子を形にして残すことも有りかな、という気持ちが聳動《しょうどう》の中で起きたからだ。そしてその続きで二年続けてインドへ出掛けたのは〝時事〟とも違うテーマ詠の模索だったのだが、突き詰めれば〈生と死〉という骨組がぶら下がっていることは判っていた。インドでは否応も無くテーマが〝季語〟を呑み込む事態となり、無季の句が生まれた。

そして今年も偶然続きで総合誌から21句の依頼が来ていて迷ったが、〆切を少し延ばして貰い情勢を先取りする形で「疫病禍」として纏めた。結果的には可もなく不可もない早春の諷詠で発表していたら、きっと目にも止まらぬモノになっていたのではないか。辛うじて春先から空洞化し作品も残らない、無惨な年にならずに済んだ。

驛ピアノ春怨の指置いてゆく

自白してしまえばコロナ禍の中で、打ちのめされるような句の中にホッとするような句を、と図った句である。蟄居を強いられる中、YouTube で日本のみならず海外でも、駅頭のピアノを勝手に弾いていく人々を観たときに出来た。背後にそのうち不自由な生活を強いられるであろう観衆の中に北叟笑《ほくそえ》む疫病神が混じっているのでは、という妄想である。当然ながら句は一人歩きするから、この〝春怨〟の出処はいづれ希薄なものになろう。単なる弾く人、一個人の苦々しい思い出と取られても一向にかまわない。弾くことで憂さを晴らす、一寸だけ満足そうに去っていく姿が、何とも愛しく映った。

鬱々と春月をあぐ大廈船

春月といえばどことなく艶冶な、そして朧月ともなれば輪郭も滲んで鷹揚な気分になる。それがここでは豪華客船というきらびやかな、建物のごとき裏から鬱々と昇る。鬱々がこの句の仕掛け。大廈は以前泊った上海大廈から大廈船という造語を。中国で通じるかどうか――。

封鎖後もえやみは春の闇走る
戦禍ならまた春は來る地獄繪圖

見せ場作りといえば、この最後の二句。あとの句は付け足しと言っていい。一句目のえやみは春の闇と同音で揃えたのは当然のこと。見えざる姿のモノが走るという着想は、佐藤鬼房の「やませ来るいたちのやうにしなやかに」の動物的イメージがあった。最後の句は実は校了寸前で入れ替えた句。陰陰滅滅での終わり方もあったが微量でも〝希望〟の光を、の思いで作り直した。地獄絵図などという語は空転しそうな、禁じ手のような言葉である。太宰治の生家近くの寺で見た地獄絵図、燃え盛る火の海を逃げ惑う民衆と武漢の病院の床に転がる感染者の姿を重ねただけのことだと重々承知している。一日も早く戦争のように終結して欲しいという気分が先走った。

洒脱な、ユーモラスな句を念じている者にとっては戦禍とか大量殺戮を目的とするテロなどを詠むのは、真逆の方向で、実にやり難い。創作と雖も突き付けられる現実とが直ぐに乖離してしまうからだ。眼前のモノを見たまま写し取る〝写生〟という概念を持っているようならとても近寄れない世界。止めておいた方がいい。とは言え、私は俳諧から一番遠い「テロ」を詠い「疫病」という超現実のような時事句に手を付けてしまった。

（「銀化」6月号）

生まれ來て奇禍とも知らぬ蝶の白

近所の畑で初蝶を見た日を手帳に記している。去年と恐らく数日も違わない筈。桜や他の植物の開花の時期がそれほど狂わないことを我々は知っている。その自然の恒常性《ホメオスタシス》を発見したのも人間である。しかし近年、否、大分前から自然が人間に抗い始めていることも確か。イエローカードを無視し続けて来た我々が悪い。もはや遅きに失した感が強くなって来ている。

賈島《かとう》という詩人

波戸岡　旭

中国・中唐の賈島といえば、「推敲」の故事で知られる著名な詩人である。唐宋八大家の一人韓愈《かんゆ》は、彼の詩才を絶賛し、長く物心両面にわたり支援し、激励しつづけたが、進士に合格するも、生涯、不遇であった。窮乏の果て、最期は、わずか古びた折れ琴と痩せた驢馬だけであったという。彼はたいへんな苦吟詩人で、数か月かけてやっと一篇の詩を作り、なおかつそれを壁に貼ってながめ暮らし、推敲を重ねたという。そして、毎年、年の暮れには、その一年間に詠み得た数篇の詩を、机上に積み重ねて礼拝し、独りその詩篇を相手にしみじみ酒を飲んだという。いかにも苦吟詩人を彷彿させる話だが、自作に対する執心とその推敲のすさまじさは、思うだに身震いするものがある。今回、編集部から「この一年のわたしの俳句」をとの依頼状を手にして、ふと賈島のこの故事を思い出した。賈島ほどではなくとも、自作に執着し執心する炎は燃え続けているつもりではあるが、ついつい怠惰の虫に負けてしまう。

だが、私にとって、たまたまこの一年間は、格別の年であった。ちょうど昨年（二〇一九）八月に、第七句集『鶴唳』を上梓し、十月には、十一月号を「創刊二十周年記念号」（三七二頁）として発刊。ついで今年の五月に、六月号を「創刊二百五十号記念号」（一一四頁）として発刊した。前者は自作七十句、後者は自作三十句を掲載。総合誌にも数回出句して、比較的、発表句数の多い年であった。だが、いかんせん、句境が凡庸の域を出ない。賈島にならって、厳しく推敲を重ねるべきだと猛省しきりである。句会では、厳選をし、且つ全句講評をして、句の欠点をびしびし指摘し、作者の意向を確かめつつ、添削するが、さて自作となると、お手上げである。結局、賈島の祝杯とはならず、反省の弁しきりとなってしまう。なによりも自選力を養わねばと思うのである。

今年に入って、二月以来、コロナ禍で、句会は、添削通信句会のみであった（毎月九回）。それでも、七月からは、近隣の集会場で、月二回は、句会を開けるようになった。句会に臨むと、私はその場で投句分だけ、即吟で作る。二十分ほどの緊張がじつに心地よいのである。この即吟は、二十年ほど続けている。

十三湖耕すごとし蜆汁
富士高く抓みあげたる夏野かな
朝顔の青ばかりなる寓居かな

晩年へつなぐ若さや吾亦紅
雁行のまだ先急ぐ高さかな

ところで、旅行は、非日常の時空に身を置くことであり、その地の空気を呼吸することによって、詩歌の世界に入り易い。が、私の場合、その場で句を詠むことは、めったにない。俳句仲間との吟行であれば、その後の句会までに投句数分だけは作るが、個人の旅の場合は、旅を終えてから作る。旅を終えて、もう一度、旅をしていた間のその折々の空気感を呼び戻しながら、想像を加えて、句に落としてゆくのである。それだけに、旅の間は、できるだけその場の時空感を満喫する。手っ取り早いのは、草原などに寝転ぶことであり、仮眠することである。むろん、寒い季節や雨の時はそうはいかないけれど。

昨年は、二月初旬に、「札幌雪まつり」を観に行き、ついでに釧路・鶴見台そして網走・知床を旅した。旅の途中、雪原の中の丹頂鶴・大鷲・蝦夷鹿・北きつねを目の当たりに見た。丹頂は、鶴見台でちょうど餌をやる時刻に行き会わせて、次々と群れが飛来してくる景を目の当たりにした。数キロ離れた無人駅にも群れ遊んでいるのに出くわした。

雪原に鶴の白さの交はらず
丹頂のみるみる増ゆる雪の原
均整のこれぞ極みの鶴の舞
鶴唳に嶺々銀を極めたる

大鷲は、知床に向かうバスの中から、電線柱の上に止まっているのを見た。野生の大鷲をこんな至近距離で見るのははじめてであった。鴉が、幾度も近づいてはちょっかいを出しているのがおかしかった。

大鷲の腋見えてゐる梢かな
大鷲の後ろ鴉の負けてゐず

網走あたりの雪は、まったく水気がない。「なみだ橋」などの側をバスで通過するときなど、映画『網走番外地』を想い出したりしたものである。蝦夷鹿にも出会えた。

網走の雪のさらさら高倉健
一夜さに積む雪はなびらより軽し
蝦夷鹿の舌の長さよ雪間草

コロナ禍で、まだまだ家に籠もる日々が続くが、尋常でない日々を尋常の心ですごすことのできる幸せをたいせつに、賈島を範として句を推敲し続けようと思う。

小島への道現はるるお中日

骨太の写生

坊城　俊樹

現今の伝統俳句というものはどういう風になっているのだろうか。

所謂現今の伝統俳句系という俳句をあまり読んでいないので、近年の傾向は知らない。

「虚子のホトトギス系＝伝統俳句系」では無いのだと思っているからである。むしろ、先祖返りの俳句を目指している。

虚子系というより、虚子若かりし頃の大正から昭和の初期のころの俳句たち。

川端茅舎、野見山朱鳥、飯田蛇笏のような骨太の写生を令和の世に希求したのがこの一年間であった。

神杉の大垂直を星流れ　　俊樹
龍子浄土茅舎浄土の秋を訪ふ
象嵌の森田銀行寒灯下
荒梅雨の底を流れて渋谷川

今ひとつは、現代の俳句には見られない純粋客観写生の復活。

理屈と意味を捏ねることが多い昨今の現代俳句。安っぽい情の言葉が余韻だと勘違いしている伝統俳句。

それらはもう時代から要らない。

純粋客観写生とは虚子で言えば到達点である客観描写のこと。

俳句を作る段階として、デッサンから客観写生、主観写生へと移り、やがて主客混交の客観描写となる。それこそが虚子の謂う写生句だと思っている。

最近読んだ句集の中では、成田千空の句がそれに近いと思った。

青森県の土壌と風土を純粋に且つ鬼神となって写生する。風景は四方八方に、そして十方に飛翔してゆく。

なにしろ句という言葉遊びや意味づけ遊戯でなく、手垢に汚れた言葉のような意味を追わない。

無意味な句たちなのであり、だからこそ壮大な句であった。

黄落の地や無一物無尽蔵　　千空

斎場の微粒子までも時雨るるや　　俊樹
鉦力屋の中がらくたの秋の声
黒塀の永久に黒かり紫木蓮
龍昇りゆく稲妻のかたちして

自身の句の特徴とは、善くも悪くも感覚表現をなんとかその季題の本質に近づけようとしていること。

感覚とは曖昧なもので、その人間の我が儘なものそのもの。それが季の題とうまくやって行けるのかはかなり怪しい宿題である。

しかし、どうしてもその阿漕な誘惑に抗えず、句の宇宙に遊んでしまうのである。

狼の夢の中にも星流れ　俊樹
秋蟬はオルガンに似て忌を鳴けり
寒鯉の深く睡りて薔薇色に
嬌声の絶えてぽつんと夜の金魚

次に試しているのは、大衆性のある無意味な句。意味を追わないと言ったが、無意味になることで巨大化する。

通俗化していると言っても良い。無意味に通俗化して、無意味に肥大化してゆく。

氷川丸とはなんとなくクリスマス　俊樹
鯨色なりし巡洋艦の夏
姑娘の一陽来復なるチャーハン
帝国ホテルも錆びたり片時雨

そして一年間の別の目的であったものがキッチュ（紛い物）な句。

俳諧とは本来キッチュであるべく、眉間に皺をたてて論議するものではない。遊べば良い。しかつめ顔して論議するほどのものでもない。

放哉が言ったように、何の価値も無い放浪の詩人が他人様を面白がらせることが出来るかである。

たぶんここに五万人ゐる初詣　俊樹
猿廻し終へてまぬけな猿の空
涅槃西風ならば海軍カレーの日

最後には、とにかく今までよりも娑婆臭いものを作ろうと思っていた句。

即ち、これすべてが写生句であること。当然それを作るには吟行をせねばならない。書斎で他人様を感動させる句を作るなんてものは所詮嘘の遊戯である。

泥臭く墓地であろうが洞窟だろうがソープランド街であろうが写生しに行く。これが究極の目標であることは論を俟たない。

アメ横は南風の坩堝や漢また　俊樹
北斎の濤砕け散るアロハシャツ
キャバレーに電線絡みつつ流星
行列は鰻屋のもの無愛想
恋の色着て青山のあつぱつぱ

花見

星野　高士

　普通に始まった一年であったが個人的に私の主宰する「玉藻」が今年は創刊九十周年、そして鎌倉虚子立子記念館が開館二十周年、母の名誉主宰の星野椿が卒寿となる三つの祝いを控えていて、ホテルとの折衝や祝賀会の内容なども着実に決めてあっただけに予想もしなかった一つのウイルスによっていろんな仕事や句会、講演会が中止か延期となり、困惑した一年となった。

　それもこれを書いている時もそのウイルスは無くなった訳でもなく毎日の様に罹患者は増えているのである。

　二月までは祝賀会の事と同時に正月の仕事などもこなしていたので、作る俳句も日程へ向けて作っていただけに、思いもかけない事となった。

　もっともこれは日本のみならず世界中が同じ条件の下に生きていくので不平不満の持っていきようのないと言う未曾有の体験なのである。

　十年前に東日本大震災があった時も私の関係の句会や講演会は中止になったが、こちらは関東であったので約一ヶ月で普通に戻りいろんな事はできた。

　しかし今回の場合は感染症なのでうつしてはいけないうつされても大変なので自粛とステイホームで殆どの人が行動を控えざるを得なくなった。

　又今まであまり聞いたことがない「三密」ということが悉く俳句会に合ってしまうことも予測外。

　これでは通常の句会や吟行会は出来る訳もなく俳句もいよいよ終末かとも思ったりした。

　季題で基本なのが「雪・月・花」。正にお花見も感染の危険があるので集まれずに一人で何度お花見をしたことか。

　お花見は皆で行うからこそ、楽しく面白い句も見られるのだ。

　それでも一年の中で花の句がないのは余りにも残念なので数十句は作った。

　句会がないと互選もないので自選ということになるのであり、これも心もとないものだとつくづく思った。

　そして立夏も過ぎる訳だが、ここら辺りがコロナのピークで政府も緊急事態宣言とやらを発して更に人と会えなくなる。

　祝賀会の延期を考えざるを得なくなったのもこの辺り。

　小諸、高尾山、鐘供養という毎年何十年も続けている俳句の行事も全てお流れ。

句会もないのでその場所その場面を思い乍ら俳句は作り続けたのである。

感染症は百年に一回とも言われているが虚子の頃はどうだったのかと思って調べてみると明治の頃に「コレラ」がはやった。

コレラ船いつ迄沖にかゝり居る　　虚子
コレラの家を出し人こちへ来りけり　〃

などの句を見付けたが、やはり戦戦恐恐だったことが窺い知れる。

さすがそんな時も虚子は俳句を作っているので、今こそ客観写生なのである。

人に会えない、出かけられないのは未体験であるがそれでも俳句は作れるということは力強かった。

そうこうしている内に俳人は智恵を出してメール句会やメールが出来なければ郵送句会が始まったのである。

もっと進化しているのはＺｏｏｍやＬＩＮＥ電話の句会だ。とても座というものからは離れるがこう言った型でも句会ができるということもわかってきた昨今である。

日本政府も電子関係が世界に比べれば遅く、デジタル省庁なるものを作ったが、俳句の今後もそう言った電子機器を使わざるを得なくなってしまう時が来ているのかも知れない。

もっともこの流行病を完全に無くす薬が発見されれば俳句本来の座とか風情を復活できるのであるが。

だからといって俳句の内容が大きく変わることもないのは日本文化と伝統の重みであることは間違いないと思っている。

一年を振り返るというテーマは全世界が難局に陥りまた立ち向ってゆくことに精一杯で俳句どころではないと一度は思ったが、やはり今こそ俳句で乗り切ろうと思い乍ら花鳥諷詠を楽しもうと改めて思っている。

どちらかと言うと時事ものの俳句は残らないと思っているが、終りの見えないコロナ禍ではどんな俳句が見られるかは少し期待している。

いろんな選句をして困るのはマスクの作品。

しかし恐らくまだまだマスクは外せないであろうからどう詠うか。

季題としては冬であり感冒用なものであることは忘れてはいけないであろう。

来年こそはオリンピックや私共の祝賀会も普通に開催されることを願っている。と同時に通常の俳句の座を共有したいものである。

コロナ禍のなかで

松岡　隆子

二月初旬にクルーズ船、ダイヤモンド・プリンセス号で新型コロナウイルスの集団感染が発生して以来、私たちの日常は激変した。不要不急の外出の自粛が求められるなか、「栞」では二月末以降全ての句会を中止し、四月に予定していた創刊三周年記念の集いも急遽延期とすることにした。当初はこれほど感染拡大が蔓延するとは想像できず、秋には開催できるだろうと思っていたが、それも叶わぬとなって見直しを迫られている。気持ちを切り替えて三周年記念特集号の刊行に力を尽くした。句会も吟行会もなくひたすら自粛生活に耐えるなか、七月に発行となった記念号は会員たちにとって大きな活力となった。

記念号を発行してみて、こういう時こそ先ず確かな俳句雑誌を刊行することが必要であると感じた。会員にとって最良の学びの場であるべくさらに内容の充実したものでなければならない。内容の充実は俳句の充実に他ならない。仲間の良い句を読んで自分の作句の糧にする、そのような句が一句でも多くあることが肝要である。それには先ず良い選をしなければならない。ここ数カ月間、各句会の休会中は欠席投句の形で指導をすることになり選句の量が増えた。一人一人の作品に真剣に向き合い選をすることは苦労を要する仕事であるが基本的には愉しい。毎月の作品から作者の近況が窺え、自ずと親近感を覚える。病気の句を読めば心配になり、明るい句を読めばほっとする。そういった心の交流はかけがえのないものと思う。

ともかく良い選をするには自分自身の俳句の向上に努める必要がある。自分の句を進化させるにはどうすればよいか、残念ながら今の私にはこれといった方法は思いつかない。今は愚直でも、〝確かに見て、確かに感じたこと〟を丁寧に詠んでいきたい。この半年の自粛生活の中で何が詠めたか、自作を振り返ってみたい。

辺りには誰もいなくて桜かな
暇できてマーガレットなど植うる
緋躑躅の昼しんかんと街病めり
花柘榴日々にこぼれて誰も遠き
昼顔に予定なき日の歩を返す
昼顔と取り残されてをりにけり

四月、今年の桜は黙って咲き黙って散っていった。少し離れて一人眺めた桜を書き留めておきたかった。今までの人生でこれほど毎日家に居たことはなかった。庭の雑草を抜き、マーガレットを植えた。

五月、緊急事態宣言下の街は無人の街と化した。道沿いの躑躅の植込みの燃え立つ朱さが不気味だった。

六月、いくつかの小さな句会が再開され始めた。マスクを着用し、ソーシャルディスタンスをとり、換気のために窓やドアを開け、細心の注意を払っての句会であった。やっと取り戻した句会にみんなの顔が輝いた。

七月、感染症の拡大は収束の兆しもなく、東京では感染者の数が激増した。九月の本部例会も吟行会もまた中止とした。ポストまで手紙を出しに行った帰り道、昼顔を見た。あわあわと日に漂う様はどこか寂しげで、しばらく昼顔に心を通わせた。

これらの句は決して良い句ではない。だがそれはコロナウイルスと共に生きてきたこの数カ月の私の記録である。

コロナ禍は「栞」ではどう詠まれているか見てみたい。縹集や栞集には当初はコロナ禍を題材とした句が比較的多く見られた。コロナ禍を正面から詠むのではなく、暮しの中に取り入れてさりげなく詠んだ句には心惹かれるものがある。

蘇芳集の作品にはコロナ禍を詠んだ句は思いのほか少ない。蘇芳集は自選なので私が読み落としているかもしれないと思い丁寧に読み返してみた。記念号の特別作品10句も読んでみた。

あめんぼう見てきただけの外出かな　青山　丈
街病むも咲く薔薇それも紅き薔薇　野路　斉子
蟇出づる絶望などと言ふまじく　木内　憲子
不穏なる世も花菜咲き桜咲き　真保喜代子
もぞもぞとマスクの内のひとり言　八木下末黒
六月来運座なき日をうちかさね　吉田　幸敏

蘇芳集を読み、十五名それぞれの俳句の世界が確立されていることを改めて感じた。自分の詠みたい世界をあくまでも追究する。コロナ禍の句は句帳には記されているだろうが、当月作品七句の纏まりに収めるには及ばないのであろう。それぞれの俳句観に基づいて自分の俳句を極めていく姿勢は蘇芳集作家ならではと思う。「栞」を牽引してくれるトップグループの人たちの実力は頼もしい。

「この一年のわたしの俳句」は即ちこの一年の「栞」の歩みに他ならない。十月からは本部例会も再開となり少しづつ通常の生活が戻ってこよう。Withコロナの新しい生活様式に従いながら私たちの俳句を詠み継いでいきたい。

もう一歩前へ踏み出す

南　うみを

この一年の自分の俳句がそれまでの俳句とどう違ってきたのか、また変わらなかったのか振り返ってみる。

実は今年は第三句集を刊行する予定だったので、一年というよりも数年の自分の俳句を振り返ることになった。

これまで私が句づくりで大事にして来たのは、対象の生死の循環を含めての命の躍動をどう受け止め、言葉に定着させるかということである。私の場合、対象そのものがほとんど季語なので、いわゆる「季語を写生」することになる。季語を写生する場合、これまでのその季語の表情に新たな一面を発見し、現出できたかが句の成否の鍵になる。「ホトトギス」の俳人たちがこれまであくなき迄に挑戦してきた方法である。

負蜘蛛の繭の如くに転がれる

蜘蛛合戦で負けた蜘蛛は勝った蜘蛛に糸でぐるぐる巻きにされ、転がされる。後は死しかない。これが蜘蛛の死の一つの形なのだ。

くちなはの水のごとくに岩すべる

くちなわの岩をすべる様子を水に喩えた。まるでさざ波のように滑らかに滑るくちなわが見えたら成功だ。

満月へぬたばの猪の泥しぶき

猪がぬた場で転げまわるのは皮膚の寄生虫を取るためだが、敢えて「満月」と組み合わせた。月光を浴びながら、歓喜の猪の表情を得るためだ。想像力を加味した句である。

すつぽんのもんどりうつて落し水

これまで、湿田でのんびり過ごしていたすっぽんの慌てふためいた表情が見えたら成功だ。

枝蛙しづくの翅を咥へをり
呑まれゆく蛙や脚を真つ直ぐに

この二つの句は命の循環を詠んだもので、雨の中で羽虫を捕らえた枝蛙と蛙を呑み込まんとする蛇を描いたものである。そのダイナミズムが、「しづくの翅」であり、「脚を真つ直ぐに」である。

これまで採り上げた句は、以前に比べ生き物の生の有り様を一歩深く言葉に定着できたのではないかと思っている。これらの句は自然の小さなものから大きな生き物の生の有り様を句にしたもので、これまで一貫して変わらぬテーマである。以前の句とどう違うかと言えば、生と死のダイナミズムや美醜を問わず表現世界に定着できたことだろう。私の師の神蔵器は「命二つ」を理念に対象との命の交感を作句で最も大事にしてきた。微力ながら私もまたそのように対象に真向かってきたことがこれらの句からわかる。

もう一つは、最近の句作りの中で、呼びかけを含め擬人化の表現が多くなっていることが挙げられる。これもまた対象への命の交感から、ある時は虫に、また花に、小石に同化しての結果と思う。

おしやべりはおしまひ雨のいぬふぐり
伸びることうれしき春の蚯蚓かな
茗荷の子ちやんと真つ直ぐ出てきなさい
早起きをせよと子燕鳴き呉るる
穴惑そこは鬼棲む洞なるぞ
朝日子に寝ぼけ眼のいぬふぐり
こそばいぞ蟻はひ歩くつくしんぼ
春一番小石が靴に入りたがる

擬人化の根底には私のアニミズム思考が流れているが、年齢によるものか、抵抗感もなく言葉になった。虚子の言う「花鳥諷詠」の根本思想が、あらゆる存在と人間は同価値であることを踏まえれば、私としては誠に自然な言葉の流露なのである。

もう一つ挙げれば高浜に近い土地柄、原発と農村の荒廃を詠んだ句も多くなっている。

神輿発つ原発見ゆる入江まで
原子炉は永遠に眠らず夏の月
コンビニのうしろにぬつと稲架襖
名月へ捨田の芒挿しにけり

伝統行事の世界に異物が刺さっているような景、また原子炉に終息はあるのか。それから農村地域のコンビニの有り様、薄野に化した捨田が山裾を覆っている現状なども素材として詠んでいくべきと思っている。風土を詠むことが単なるノスタルジアに終わってはならない。

私の場合、表現法として新たなものが加わってきたと言うのではない。対象に真摯に向き合えば、今まで気が付かなかったものが見えて来て、それが対象の新たな表情の発見に繋がったに過ぎない。それには一歩も二歩も前へ足を踏み出すしかないのである。

変化する日常

村上　鞆彦

　この一年で最も印象に残っていることは、おそらくほとんどの方が同じことを挙げるであろうが、新型コロナウイルスの発生と世界的な感染拡大である。

　私が主宰をつとめる「南風」では、大きな句会として大阪での中央例会と東京例会の二つがある。いずれも三月から中止せざるを得なくなった。他の支部句会や小規模の句会も同様であった。

　当初は、一ヶ月か二ヶ月程度中止すれば、新型コロナウイルスも終息して、また例会が再開できるだろうと気楽に考えていた。ところが周知のとおり、日を追って国内の感染者数が増えてゆき、政府による緊急事態宣言も出され、句会の再開は当面見込めなくなった。

「南風」は二〇二〇年で創立八十七周年を迎えるが、長い歴史のなかでこれほど長い期間、句会を中止せざるを得ないのは初めてのことだった。「南風」だけでなく、どの結社でも事は同じであろう。

　結局、東京例会は七月から、大阪・中央例会は九月から、感染予防対策を十分に講じた上で再開することができた。参加した会員たちは口々に、句友と直接会って句会ができる喜びを語っていたが、そんな姿を見ていると私も素直に嬉しかった。

　例会を再開したとは言え、新型コロナウイルスはまだ終息したわけではない。感染を予防しつつ、「南風」としての活動をどう展開していくか、これからが大変であり、知恵の絞りどころである。幸いに、事業部や句会の世話役の方々が、周到に立ち働いてくださっている。力を合わせて、この局面を乗り越えていきたいと思う。

　対面式での句会はしばらく中止していたが、その間、「南風」として何も活動していなかったわけではない。従来から開催していた月一回のメール句会は、その重要性が一層高まり、参加者も増加した。今では毎回約七十人の参加者がある。

　また、有志によって、オンライン句会も行った。夏雲システムを利用させてもらい投句と選句を済ませた上で、zoom で合評をするという形式である。直に向き合うことにはもちろん及ばないが、パソコンの画面上であっても互いの顔を見つつ会話を交わせるということは、不自由な寂しさを埋めるものとして大きな役割を果たしてくれた。この句会がきっかけとなって、「南風」公式のオンライン句会が九月に誕生した。中央例会や東京例会に参加できない地方在住の会員を優先してメンバーとしている。当初は苦肉の策としてのオンラインを利用しての句会だったが、コロナ以前はなかなか句座を共にすることのできなかった地方の会員と毎月句会ができるようになり、かえって良い結果につながったと喜んでいる。

さて、私個人のことに話を移すと、新型コロナウイルスによって職場での働き方が大きく変わり、基本的に在宅ワークが推奨され、出社は必要な場合にのみ限るということになってしまった。

実は、以前の私が俳句を作る上で大切にしていた時間は、会社の昼休みの一時間であった。簡単に昼食を済ませて、あとは会社の近所の神社や広い公園などを散策するのである。この昼休みに作った句は、相当の数に上る。

ところが働き方が変わり、出社しても必要な仕事が済めばただちに在宅に切り替えるということになり、悠々と昼休みを取っている余裕はなくなった。一日中在宅で勤務する場合もあるが、休憩時間に家の周りを散策して俳句をつくるという気分にはなれない。変哲のない住宅街を歩いてまわっても気分が乗らないのである。

また以前は、句会のある日は早めに家を出て、途中の公園や句会場周辺を吟行してから句会に臨むことがほとんどで、相当の数の句をそこで作っていたが、句会の休止中はそれもできなかった。

そういうわけですっかりリズムが狂ってしまい、句を作る数が以前よりだいぶ減ってしまった。貧しい句帖の中からいくつか紹介したい。

仰向けて自転車直す桜かな

「今年の桜をどう詠むかで、俳人としての性根が分かる」とある人が言ったが、今年はどうも桜へ心が寄っていかなかった。その程度の性根ということかもしれない。

草匂ふ首切螽斯《ぎす》の鳴く闇に

体調管理のためのランニング。マスクをすると苦しいので、夜遅く人通りの絶えたころを見計らって走った。闇の草むらから、ジーっという音。調べてみて「首切螽斯」という名前を初めて知った。

油照りマスクの中に唇《くち》舐めて
片耳にマスク垂れたる暑さかな
値崩れのマスク積まるる西日かな

時事的な流行の素材はふだんは詠まないが、さすがに毎日マスクをしていると、どうしても気になって、ついついマスクを詠むことに。真夏のマスクは、今年を象徴する素材かもしれない。

【第32回俳人協会評論賞受賞】

虚子散文の世界へ

本井 英著

主宰誌「夏潮」の別冊「虚子研究号」を執筆・編集し、毎年刊行する著者。『虚子物語』（清崎敏郎・川崎展宏編・共著）、『虚子「渡仏日記」紀行』等、長年にわたる虚子への寄り添い・研究の成果が、本誌好評連載を経て今ここに――。

四六判変型上製　二八一頁
定価　本体二六〇〇円＋税

虚子自らが「私の絆となつて、一生附きまとつてきてゐる」という「散文世界」をもう一度点検し、評価することで、虚子の全体像へと迫り、そこで明らかになったことが再び虚子の俳句作品の価値をも照らし出してくれるものと確信する。（第一章より）

第一章　初期諸作、どうやって飯を食うか
第二章　「浅草寺のくさぐ〳〵」ほか文体の模索
第三章　「小説」への道のり
第四章　真似のできない小説
第五章　小説家として名乗り
第六章　長編小説に踏み出す
第七章　事実とフィクションと
第八章　死生観の確立
第九章　紀行文のことなど
第十章　戦後の名品
第十一章　最晩年の傑作
第十二章　番外篇―虚子と演劇と
おわりに　「世界一なるべし」…

黒澤あき緒 著

あかつきの山

藤田湘子第十句集『神楽』を読む

B6変型判並製　二〇〇頁
定価：本体二〇〇〇円＋税

『神楽』は第十五回詩歌文学館賞を受賞した生前最後の句集である。……俳句が好きで仕方がなかった湘子の飾らない顔が最も見えるのも、この句集だと思う。（「はじめに」より）

言葉と闘い言葉と遊び、

「鷹」同人の著者が、『神楽』（四四二句）を軸に季語やキーワードに導かれ、第一句集『途上』から遺句集『てんてん』まで行き来しつつ鑑賞した。

名句集をまるごと一冊鑑賞する試み。

近ごろ思うことども

最近考えていること
～野口雨情の童心に魅せられて～

今瀬剛一

野口雨情の故郷北茨城市で「雨情の俳句」と題して講演をした。話しながら現代俳句について考えさせられることが多かったので、以下記しておきたい。

余り知られていないことであるが雨情は詩の世界に入る前、あるいは入ってからも俳句との関わりがかなり深かった様である。明治三十八年には仲間を誘って「潮響会」という俳句会を発足させているし、「ホトトギス」を始めいろいろな雑誌に作品を発表している。現在確認されている俳句作品は百五十余句ある。

亀の子の売られてゐるよ冬の雨
ねころんで本読み聞かす炬燵かな

前句の「亀の子」の存在、その小さな哀れな命に対して「売られて居るよ」と静かに叫ぶ、ここからは雨情の温かい表情までが感じ取れる。後句の温かい人間関係、子供さんに絵本でも読み聞かせているのであろうか、「ねころんで」という表現が素朴で温かい。雨情の俳句にはこうした温かみ、大らかな純粋無垢な愛情があふれている。これは雨情の詩の根底を流れる心と共通している。例えばよく知られている「黄金虫」という作品、

黄金虫は金持ちだ
金蔵建てた蔵建てた
飴屋で水あめ買ってきた

この温かさはどうであろう、俳句で見てきた温かみと共通するではないか。さらに言えばこの作品は一、二節で「金持ち」といういわば俗の存在を言い、三節では「水あめ」を買うという人間的普遍的な温かい真実の世界へ転換している、この逆転の発想は俳句の取り合わせに通うところがあるように思えてならない。それはそれとして、この詩にある人間愛、純粋さは雨情の場合、俳句においても詩においても共通している。この詩は大正十二年の作品である、案外雨情の文学運動の一つである「童心句」の動きの中から生まれたものなのかも知れない。

童心句、それは雨情が三木露風等とともに提唱した文学運動の一つであり、大正末期にはかなりの勢いがあったらしい。それは「童心に映じた事物を俳句の様式による十七音字の基調として表現する」（「童心句の提唱」穂曽谷秀雄）という言葉や、「見たまま、思つたままを俳句の口調で言ひあらはせばいい」（「童謡作法講座」野口

雨情）という言葉が示す様に純粋無垢な対象把握、リズム回復、その二点を大切にしていた様である。

なお、雨情は大正十三年六月から昭和二年十二月まで「少年倶楽部」の童心句の欄の選を務めている。その入選作を見ると、無垢な感動、そしてそれを俳句の口調で一気に言い放っている作品が多い様に思った。

私は以上の様なことを二時間にわたって話した。話しながら私は雨情の大切にした童心の表現に心打たれていた。詩における童心の大切さ、それは芭蕉の「俳諧は三尺のわらべにさせよ」という言葉を挙げるまでもあるまい。童心とは虚飾を持たぬ、無垢な、純粋な心そのものであろう。これは我々の俳句の世界にも欠くべからざるものの一つだ。今、現在の俳句においてはこの辺のことがどうなっているのか、非常に気になるところだ。少なくとも我々の一世代前の作家達の作品にはその辺のことはしっかりと感じられる。

流れ行く大根の葉の早さかな　高浜虚子
滝の上に水現れて落ちにけり　後藤夜半
冬菊のまとふはおのがひかりのみ　水原秋櫻子

何ものをも廃して「大根の葉」に意識を集中してその「早さ」を見て取っている虚子、堂々と落ちる瀧に心奪われ、ついにはその瀧となりきって「水」の「現れ」続ける一瞬を見て取る夜半、そして「冬菊」を見て、見て、見て、ついには対象と一体化した秋櫻子、これら私達の先輩達は己を忘れて対象を見ている、これは童心、純粋無垢な姿勢と言えよう。そこには何の衒いもない、純粋に感動が自分でも意識しないうちにぽいと言葉となっている様な強さがある。その意味で何人も一言も差し挟むことの出来ない自身の感動そのものの表現である。そして私はふと思うのである。虚子の「客観写生」も、平畑静塔の「俳人格」も、水原秋櫻子の「自然の真と文芸上の真」も、こうした論は皆童心をいかに回復するかと言うことを必死に考えた結果至り得た境地ではないかと。

最近仄聞したことであるが

冬ふかむ父情の深みゆくごとく　飯田龍太
夏痩せて嫌ひなものは嫌ひなり　三橋鷹女

のような名句が文学史上から抹殺されようとしているというが本当なのであろうか、それも文法的な違いを指摘されたということによって……。私は文法を無視する者ではない。ただこの叫びは文法以前の問題だと言いたいのである。一句はまるごと叫びであるということを忘れて貰いたくない。叫び方が悪いなどとは誰も言ってはなるまい。雨情を流れる童心の表現に教えられたことは大きい。

一つの課題 ―自然の言葉との交響―

中村雅樹

一つの課題について述べてみたい。わたしの個人的な課題であるが、もしかすると、現代の俳句に求められていることではないか、とも思うからである。

学生時代のことである。ある先生の演習のテキストは道元の『正法眼蔵』であった。座禅を組むという経験なしに、テキストからのみ道元の思想を理解しようというのは、その理解におのずから限界がある。このような弁解じみた言葉を聞きながら、一年間読み続けたのであった。ところが、その内容がまったく理解できない。「谿聲山色」という巻があった。何でも、谷を流れる水の音も、山を彩る紅葉の色も、すべては仏の悟りの言葉である、というようなことが書かれているらしい。そこでわたしたちは、集中豪雨の水音も、旱の被害である作物の枯色も、仏の眼からみると悟りの言葉かもしれぬと、揚げ足をとったものである。

それから時がたって、わたしは俳句に足を突っ込み、縁あって大峯あきらの文章に接することとなった。自宅に咲いている牡丹について書かれた、次のような文章である。

花は自分の美しさを誇っているのではなく、こちらに話しかけ、私を対話に誘ってくれていた。それなら、牡丹の話すところを聞き、それに答えたらよいのではないか。――これがきっかけで、私にも牡丹の句がいくつか生まれるようになったと、自分では思っています。

牡丹が話しかける言葉を聞き、それに応じることによって句が生まれる。またあきらは次のようにも述べている。「われわれがものを本当に感じるときに自我というものはもはやない。自我は破綻している。自我意識のこの破れ目から物が吾々に出現して、物自身の言葉を語る」。

しかし、このように書きながら、「牡丹の話すところ」とか、「物自身の言葉」とか、これをどのように理解すればよいのか、またその牡丹や物自身の言葉を聞くとはどういうことなのか、いまだに腑に落ちないままである。

例えば、せせらぎの音を聞く、葦原を吹く風の音を聞く、これらを聞くことは日常的な経験であり、よくわかる。しかしそれらは音を聞いているのであって、それ以上の何かを聞いているような気がしないのだ。谿聲や山色から、仏の言葉を聞くことがわたしにはできないように、せせらぎの音はあくまでもせせらぎの音であり、風の音はあくまでも風の音でしかない。それらの音を音として聞きながら、そこに「物自身の言葉」を聞きとめるとは、どのような経験を言うのか。

もちろんその音を聞きながら、そこからさまざまなことを想像することはできる。またその音から何か別のことを思い出したりすることもあるであろう。この意味では、音はその音以上のものをわたしたちに伝えている、と言えるかもしれない。しかしこれをもって「物自身の言葉」を聞くということだ、と考えてよいのであろうか。文脈に即した表現として、あるいは一種の言葉の綾として、そのように言われるのであれば、納得できないこともない。ただそうであるならば、わかりやすくそのように言えばよいのであって、「自我意識のこの破れ目から物が吾々に出現して、物自身の言葉を語る」と、わざわざ神秘めかして言うこともないであろう。このように考えたりもする。あきらの真意を理解することは、なかなか難しい。

あきらの文章を拾い読みしていると、次のような文章に出会った。


現代俳句を見ると、あまりにも生の言葉が多すぎるような気がします。自分の言いたいことを言うだけで終わっている言葉が多いようです。自分の主観的な情緒の表出に過ぎない生の言葉は、自然が語る言葉にぶつかって一度かき消されなければだめなのです。人間の言葉が自然の言葉の中にいったんかき消されて、そこからもう一度再生した言葉、つまり自然の言葉と交響している言葉が本当の詩の言葉だと言えます。


現代は自然科学と実証主義の時代である。正しさは自然科学的に実証的に証明されて、はじめて正しいと言える。逆にいえば、自然科学的に実証的に証明されることが、期待されていないような事柄については、正しいのか間違っているのか判定のしようがない。わたしたちはこのように考えるのであるが、この思い込みこそが間違っているのかもしれない。詩人の直観と言えばそれまでであるが、わたしにはややもすると、大峯あきらの文章は、神秘的な御託宣のように響いてくる。

しかし、もし「物自身の言葉」を聞くこと、「自然が語る言葉」を聞くことができるならば、それは、とりわけ俳人にとっては、自然破壊を嘆いたり、環境保護を訴えたりする以上に、本質的なことであるように思う。「自然の言葉と交響」するところに、俳句（詩）の根拠があるように、漠然と思っているからである。作句の経験を重ねることにより、「漠然と」ではなく、それを確信にしたいとわたしは願っている。

顔が見えるということ

藤本美和子

「句会軒並み中止」「『座の文芸』コロナが直撃」、こんな見出しで記事が夕刊（読売新聞）に大きく掲載されたのは令和二年四月十八日のことである。

新型コロナウイルスが流行りはじめ、その感染拡大防止策として緊急事態宣言が出されたのは四月七日。個人的にはこの日、ある総合誌の写真撮影が入っていたがもちろんそれも中止となった。

ともかく、三月以来この方、句会は一度もしていない。結社の句会やカルチャースクールに月々八回ほど出かけるという私の暮らしも一変した。

なにより困ったのは定例として実施していた結社の句会をどうするか、であった。

句会の有無にかかわらず月々の投句締切は必ずくる。だが、句座がなくなると実作の機会は確実に減る。これは、わたくしをはじめ、誌友各人のモチベーションの低下に繋がるのではないか。あれこれ思い悩んでいたが、それも杞憂に終わった。この自粛期間中、ひとりの欠詠者もなく、月々の投句は送られてきたからである。

月に一度の、たった一枚の投句用紙は私と誌友をしっかり繋ぎとめるよすがとなっていたことに改めて気づかされたのである。会えなくなった分、投句用紙裏面の通信欄にはふだんより多くの方から便りが寄せられるようになった。直筆の文字の力を頼もしく思った。

とはいえ、対面式の、皆が一堂に会する通常の句座が囲めなくなったことの弊害は大きい。小誌の場合、多くても三十人ほどの句座ではあるが一人五句出句、総句数百五十句の合評や選評に接する場、機会が全くなくなったのである。私自身の体験からいっても句座に学ぶことは数多ある。例えば席題によって思いもかけぬ発想の一句が生まれたこと、締切という時間設定が一句に思わぬ力を授けてくれたこと、またさまざまな句や人との出会い、選句を通して鍛えられ磨かれる力等々、句座の恩恵は計り知れない。

以前、亡き師匠の綾部仁喜が「作家は句会で育つ」「結社で育つ」とよく言っていた。「句会に出て思いがけない句が高点をとってほくほくしたり、自信作に点が入らずにしょげたりする。それもこれも句会に出たればこその成果である」「句会における選句は発信に対する応答であるとし、発信と応答が即刻に行われる「句会にはサポーターもステージに声援やブーイングを送りながら共に盛り上がれるライブ感覚がある」と。

綾部先生のこれらの言葉を思い出しながら、「ライブ感覚」とは即ち一堂に会する喜びそのものであった、と今にして思う。

コロナ禍の今、このライブ感覚は結社誌の投句にこそあるのではないか、と思っている。つまり投句者の顔が見えるという点において。

例えば一枚の投句用紙に直筆で記された一句一句の作品、作者名、年齢、職業、居住地。一枚の投句用紙から作者がどのような土地に住み、どのような暮らしを営んでいるのか、またいかにして俳句と向き合っているのか、が見えてくるからである。明らかに作者の顔が見えるという安心感は信頼感に繋がる。また結社誌に掲載されたそれぞれの作品は誌友相互の便り、つまり消息となる。

これまでの句座はこれら誌友間の交流にとって最も簡便、かつ貴重なシステムであった。対面式の通常の句座の形がとれないのであれば新しい句座の形を探らねばならない。ここ半年ほど他の結社の動向なども参考にしながら模索する日が続いた。

そのようななか、遅ればせながら小誌ではインターネット句会、通信句会を立ち上げた。グループによってはメール句会、ファックス句会もやっているようだ。インターネット句会は以前から準備を整えていたもので四月から始めた。誌友に限らず誰もが参加できる形をとった。ひとりでも多くの方に小誌の存在を知って頂く場、きっかけとなればと考えたからである。始めて半年ほど経つが、今では誌友以外の方も含め五十名ほどの参加がある。通信句会はネットなどができない方々のために誌友が自発的に立ち上げたもので郵送形式である。前者のインターネット句会はさまざまな参加者で構成され、句風もバラエティーに富む。その点においてなかなか面白く楽しめる。結社という枠を外した利点である。一方で顔がまるきり見えない、というもの足りなさはある。しかしながらこれはネット社会特有の現象でもあろうから、今は如何ともしがたい。

顔が見える、という点においては今話題になっているオンライン句会なども今後主流になってくるに違いない。場所を問わず誰もが参加できるという仕組みは大いなる強みである。

ともあれ、今後はさまざまな句会、結社のありようが問われる時代になるのであろう。少子高齢化の現在、結社存続の危機もまた遠からずやってくるに違いない。

それでもなお一作者が書き留めた直筆の一句が残る結社誌。発信者と受信者の顔がはっきりと見える結社。またその句座。俳句が「座の文芸」である限り、結社が果たす役割は大きい。コロナ禍にあってそのことを強く感じた。

「写生」とは何か——念腹評伝を読む

岸本尚毅

最近のマイブームは佐藤念腹（明治三十一年～昭和五十四年）の評伝『畑打って俳諧国を拓くべし―佐藤念腹評伝―』である。蒲原宏氏による七百頁に及ぶ大著で、念腹と関係する俳人の事績や人物などの事実関係を徹底的に洗い出したもの。大正十二年生まれの蒲原氏は虚子、素十、中田みづほに師事。俳誌「雪」（新潟市）主宰。本書は八十九歳で書き始め、九十五歳で書き上げたという。

念腹はブラジル移民の俳人として知られるが、この評伝を読むと、念腹がたんに境涯の特異性だけで語られるべき存在ではないことがよくわかる。

念腹は巧い作家である。二十代前半から「ホトトギス」雑詠に入選を重ねた。ブラジル移住以前の新潟時代の作を『ホトトギス雑詠選集』から拾う。

海女が子の叱られ逃げて泳ぎけり
とばつちり嚙みて耕馬を罵れり
瓜番や仮寝の肱へ月さして
塗畦の上なる笠や去に支度
旅人の詣で交じりぬ神無月
帰山して焚火の輪にも見えられし
提灯によけゐし犬や雪解道
古酒の壺筵にとんと置き据ゑぬ
引きつれて立つ鳥もなき鳴子かな
鴨撃ちに今出し父や銃の音

客観写生を標榜した虚子が評価したのはこのような句であった。念腹が「ホトトギス」に登場した頃は、鈴木花蓑等が健在な上、四Sが台頭しつつあった。「写生」の隆盛期の作句力を体得した念腹青年は、虚子から授かった「畑打つて俳諧国を拓くべし」の一句を携え、開拓事業の傍らブラジル日系社会の俳句の指導者として活動する。以下はブラジルでの作（昭和二年以降）のうち『ホトトギス雑詠選集』入集句から拾った。

囀や只切株の海とのみ
王蝶の閉ぢし翅をめぐる蝶
雷や四方の樹海の子雷
井鏡やかんばせゆがむ昼寝起
暮方の釣瓶下ろして芋洗ふ
蛍火や戸にもたせある夜の鍬
霜害や犬の如くにさまよへる

投槍に飛びつく犬や蜥蜴狩
群鳥は野邊の腐肉に蛇は樹に
ブラジルは世界の田舎むかご飯
野仕事に暮る丶が好きや天の川
切株に木菟ゐて耕馬不機嫌な
夫婦して稼ぎ餓鬼なり野良遅日

簡潔に景を描く筆力に驚く。句を読むと、念腹という人物がそこにいる風景が浮かぶ。高野素十は「ホトトギス」昭和三年五月号の「雑詠句評会」で、念腹の「幹に寄す汗の流る丶背中かな」をこう評した。

念腹君がこういふ姿をしながら心で遠い所の何かを眺めてゐるやうな、さういふ姿を連想する。その遠い所のものといふのは開墾事業の前途かも知れない。又古里の景色を回想してゐるのかも知れない。が漠然と私の心には何か念腹君が遠い所のものを見つめて居るやうに感ぜられる句である。尤も之は炎天下に働いてゐる念腹君に同情する余りから感ぜられるのであるかも知れぬ。他の人々には強いない。（傍点引用者）

背中を伝う汗を感じながら木の幹に寄りかかる念腹の遠い眼差しを素十は想像し、その想像はさらに念腹の心の中に及ぶ。「写生」は絵画と関連づけられがちだが、むしろ読み手の想像力の発動にこそ写生の本質がある。この句が「写生句」であることは、句の属性のみに帰するのではなく、念腹・素十という作者・読者の関係において、その事態が成り立っていると考えたい。

素十は昭和十二年、念腹がかつて住んでいた新潟の家を訪れた。そのときの思いを、素十は念腹宛の書簡形式で「まはぎ」に寄稿した。

僕が越後に住み君がブラジルに住み、かうして君の居らぬ炉辺に僕が座つて酒をのむなんてね。然し君のブラジル行きは確かにい丶事であつた。あ丶いふ村に住んで居つたつて君にはする仕事がないよ。

一昔たちし炉辺に小酒盛

といふところか。

素十と念腹の作風は違うが、ともに虚子が提唱した「客観写生」の実践者である。念腹と素十は肝胆相照らす仲であった。その繋がりは句の解釈に及んでいる（前出の念腹句に対する素十の鑑賞の傍点部）。そんなところにも「読み手を選ぶ」「読み手に依存する」という写生句のやや逆説的な特質（それを限界と言う人もいるかもしれないが…）を垣間見る思いがするのである。

老人の俳句

坪内稔典

◎困っている

老人になって困っている。

まだ自分が老人だと意識していなかったころ、もしかしたらモーロクすると俳句がおもしろくなるかも、モーロク俳句が老人の未来を開くかも、と考えた。その時、頭にあったのは、

天の川わたるお多福豆一列

という加藤楸邨の句であった。この句に私は電撃的と言ってよいくらいに感動したのである。

私の代表作の一つと見なされているのは「三月の甘納豆のうふふふふ」だが、私の甘納豆よりも楸邨のお多福豆のほうがスケールが大きい。私の甘納豆は笑うだけだが、楸邨のそれは天の川を渡っている。しかも一列になった何個ものお多福豆が渡っている。

楸邨の宇宙的お多福の句は八十代で出した句集『怒濤』（一九八六年）にある。この句集では作品が年ごとに配列されていて、お多福豆の句は一九八四年、楸邨七十九歳の作である。七十九歳の老人が、天の川を渡るお多福豆を想像するなんて、なんともいいじゃないか。天の川といえば普通には牽牛・織女が逢引きする恋の舞台である。そこへ一列に渡るお多福豆を登場させたのは、常識を逸脱、あるいは大きく超えている。これはモーロクして常識的脈絡を逸れた者の表現だ、と私は思った。

というわけで、お多福豆の句を何度も話題にしたが、モーロク俳句という見方は一向に広がらない。俳人を前に講演したとき、お多福豆の句を紹介し、モーロクしたときにこのような句が生まれる可能性があるとしたら、私たちにはまだ名句を作る可能性が残っている、いずれモーロクするその時こそがチャンスである、と話すと、みなさん、大口を開いて笑うが、でも、笑うだけで終わってしまう。講演の後でわざわざやってきて、今の話はとても面白かったけど、でも、私はモーロクは嫌よ、ねんてんさんだって嫌でしょ、と告げる人もあった。

そういえば、ボケないために俳句を始めたい、という人が時々現れる。私はそういう人は敬遠する。うまくボケるために、すなわちモーロクの言葉の魅力を引き出すためにこそ俳句を作るべき、と思うのである。

さらにそういえばだが、シニアなんとかという団体に呼ばれて講演に行ったとき、最初にみなで、いつまでも若くいよう、という意味の歌の合唱があった。会長みた

いな人が挨拶で、一生青春を力説したこともあった。みんなでボケましょう、モーロクしてモーロク俳句を詠みましょう、というムードではないのである。

　で、老人になって何に困るのか。目や膝が悪くなり、難聴になり、トイレが近くなる。そうしたことにももちろん困るが、モーロク俳句の意義や可能性を言えば言うほど、仲間というか友だちがいなくなるのだ。

　ちなみに、私は当年七十六歳、いわゆる後期高齢者である。

◎楸邨のモーロク俳句

句集『怒濤』には次のような豆の句もある。

高速道路にこぼれひろごり青豆どち
蚕豆に日のあたる見てにこにこす

　私にはよく分からない。青豆たちはどうして高速道路に広がっているのだろうか。「青豆どち」のどちは仲間や同志を言う語だから、この句の発想は先のお多福豆に通じている。それにしても高速道路にこぼれて広がる青豆たちって何だろう。

　蚕豆の句はやや分かる気がする。この蚕豆は畑で育っているそれだろうが、良く育って満足だ、というのであれば平凡すぎて面白くもなんともない。駄句である。でも、この句の主人公は、ただ一人でにこにこしてしまうのだ。日の当たる蚕豆を見て、あっちでにこにこ、こっちでにこにこしている。ちょっと不気味というか気持ちが悪いが、それがまさにモーロクである。

『怒濤』には「南京豆黙つて坐りひとつかみ」もあるが、この豆の句は平凡、この豆にはモーロクの妙味がない。『怒濤』の楸邨は一種のまだらボケ状態にあって、モーロクしたり、ごく普通であったりする。もちろん、ごく普通のときの句は南京豆のそれが示しているように魅力がない。

　言うまでもないが、以上の話は楸邨が実際にモーロクしていたかどうか、という話ではない。俳句を詠むその創作現場の話である。

両断す南瓜の臍を二度撫でて
巨大なる南瓜おもふや眠りが来
たそがれや踵はなれし瓜の種
冬の駅犬過ぎ人過ぎぬけがら過ぐ
ころげ合ふ青柿ふたつバスの中

　これらも『怒濤』にあるモーロク俳句。南瓜の二句がとりわけ面白い。巨大な南瓜の句は、南瓜の中で眠るのだろうか。シンデレラならぬモーロク爺には、南瓜は安眠の場所なのかもしれない。私も真似をして、眠りにつくとき、巨大な南瓜を思い浮かべてみたが、私にはなんの効果もなかった。眠りは来なかったのである。

瓜の種、ぬけがら、青柿は私には分からない。でも、事態が尋常でないことは分かる。つまり、これらの句は楸邨のモーロクした創作現場を伝えているのではないか。楸邨、やるなあ、という感じだ。

◎空蟬へ入る象

ところが、である。楸邨のモーロク俳句は孤立していて、それを称揚する人が増えないし、モーロク俳句を目指す人も現れない。むしろ、モーロクは今なお嫌われているのではないか。

でも、モーロクをおいて老人の誇る何があるだろう。ボケは老化が伴う現象の一つと言ってよい。高いサプリメントの類を買ってそれに抗うよりも、むしろ、それと戯れるというか、ボケの魅力を取りだすほうがいいのではないか。第一、ボケをうけいれる姿勢に転じると、心身が軽くしなやかになる。若さや健康は、働いていたころの、あるいは家庭を作って子育てをしていたころの価値である。退職し、しかも後期高齢者に至った私などにとって、若さや健康はすでに過去の価値、今、それはさして重要ではない。

空蟬に象が入ってゆくところ

これは行方克巳の作。最近に出会ったモーロク俳句の傑作である。最後に「ところ」を置く言い方は、正岡子規の「なみあみだ仏つくりがつくりたる仏見あげて驚くところ」などが先蹤だ。子規のその「ところ」で歌いおさめた作品は、斎藤茂吉を魅了し、茂吉が歌人になるきっかけになった。そうしたことをこの句は連想させるのだが、それよりも、空蟬に象が入るという発想がすごい。突拍子もない発想である。世界の秩序が一変したような気がする。

克巳のこの句は句集『晩緑』(二〇一九年)にある。この句があるだけでも蛇笏賞や詩歌文学館賞、俳人協会賞などをこの句集はもらっていい、と思ったが、残念ながらどの賞からもスルーされた気配である。

春の星とぽんとぽんと水のうへ
行く春や輪ゴムのごとく劣化して
ひんやりと青大将のおとなしき
二つ三つ全部大根抜きし穴
草餅にゑくぼを一つ付けてやろ

『晩緑』のこれらの句もモーロク的である。春の星の句は水に落ちた星が水面を歩いている気配だ。とぽんという音を楽しみながら。二つ三つの穴が目について、すると畑中の穴が目に入ってきて、この穴、全部が大根を抜いた穴だ、と穴に感動しているのもいいなあ。

克巳は一九四四年生まれ、私と同年生である。彼はわが数少ない同志、すなわちモーロク俳人だ。もっとも、私が勝手に同志と見なしているのだが。

ともあれ、空蟬に入る象に出会って、私はモーロク俳句に再び希望を見出したのである。

◎モーロクは劇薬

すごい俳人でも老人になるとまったく魅力を欠く。それが通例である。楸邨のような俳人は珍しいのだ。たとえば山口誓子や中村草田男を思い浮かべるとよい。彼らは壮年期に数々の名句を残している。

流氷や宗谷の門波荒れやまず　誓子
夏草に汽罐車の車輪来て止る
秋の暮山脈いづこかへ帰る
家を出て手を引かれたる祭かな　草田男
万緑の中や吾子の歯生え初むる
空は太初の青さ妻より林檎受く

これらは俳句史を飾る名句だが、老人になってからの句は多くが平凡、または独善である。五七五による老人の言葉の世界を開くことが出来なかった、と言ってよいのではないか。最近に長寿を全うした金子兜太、後藤比奈夫などについても同じことが言えそう。要するに、老いて俳句を作るのはむつかしい。モーロクは劇薬的な創造力？

かつて「第二芸術―現代俳句について」（一九四六年）を書いた桑原武夫は、俳句は職業を持たない老人の消閑の具にふさわしい、と述べた。この桑原の発言に激しく反発したのが誓子や草田男だった。桑原は、消閑の具としての俳句は、老人の菊作りに似ている、とも述べたが、いい得て妙ではないだろうか。

愛の日のゴディバビタメールルレオニダス
先頭のいつか殿《しんが》り紅葉狩
賀客かと思へば風の音なりし

これは「角川俳句年鑑」（二〇二〇年版）の八十代の俳人の作。それなりの出来ではあるが、老人の菊作りに似ている。これらの句とモーロク俳句は画然と異なる。モーロクが劇薬になって、消閑の域を飛び越えてしまうのがモーロク俳句なのだ。モーロクは、言葉にとってサプリメントではなくひどい劇薬なのだ。

コロナで考えたこと
―「人間」と「時間」について―

岩岡中正

以下は、このコロナのパンデミックの中でささやかに〈思うこと〉である。『インドで考えたこと』（堀田善衛）をもじっていえば、「コロナで考えたこと」である。

何しろ今回のコロナ禍は、俳句や短歌や文学一般はもとより、科学・哲学・思想さらには人類史全体の知の一切を巻き込んで問い直すという、文字通り根源的《ラディカル》な問いかけだった。私たちにとっての課題は、宇宙という極大からウイルスという極小まで、さらには人類だけでない生命の起源からその未来にまで広がっているし、その上このパンデミックによって強制された自粛の家居《いえい》で、ハタと立ち止まって考える時間はたっぷりあるし、何より今日の事態の重大さに私たちは、私たち一個のそして人類の「いのち」について深く考える必要に迫られたのである。このようなパンデミックを神の罰と考えれば問いは神の領域にまで及ぶかもしれないが、さし当り今これは論外のこととしても、私たちは今日コロナウイルスによって、根源的な思索を迫られているのである。

そこであらためて〈近ごろ思うこと〉は二つある。第一に「人間」であり、第二に「時間」。第一の「人間」は、この致死の疫病《えやみ》の歴史から喚起される、人間の本質への関心である。いうまでもなくカミュの「ペスト」が読まれ、私たちはさらにさかのぼってボッカチオの「デカメロン」までたどってルネサンス期の生き生きとした人間の原型にふれたりした。その大胆で本能的で欲深で、他方で弱くはかなく繊細な人間。たとえばマキァヴェリやエラスムスに、さらにはモンテーニュや渡辺一夫まで、以前遊んだボルドー大学をなつかしく思い出しつつ再読した。私は今、四十数年の教壇生活に終止符を打って楽しい読書生活に入ったところである。ということで今私が〈近ごろ思うこと〉の第一はまず、「人間とは何か」であり、そこで出会った自由で生き生きした人間像から私は今一度、自分の俳句を見直し始めている。

第二に〈思うこと〉は「時間」だが、それもやはり私の七十二歳とコロナという、命運というか危機感からのことだ。やはり、こんな状況下で人は誰でも、いのちの果てを思うものだ。この弱者・人間に対して、強いウイルスが人間の、とくにこの弱い老人に「時間」を意識させるのである。「時間」といえば私たちは一番に子規を思い出すが、あれは彼が追い込まれて自覚した時間へと転位され凝縮された、意義深い時間である。つまり子規は、いのちの限界を見定めたその終点から照射された意味深い一瞬一瞬の、いわば「実存的時間」を生きたのである。これに対して凡人の私などがコロナで今ごろ「限りある時間」を自覚してみても、もう手遅れ。それは分かっていても、ふと自覚しただけでも立派。これもコロナのおかげで、私たちはあらためて「子規の時間」に学ばねばならない。

そこでこの「時間」だが、俳句では「境涯」といったりもするが、「晩節」ともいう。この限られた時間（晩節）の句では、私は深見けん二の次の句が好きだ。

晩節のその晩節や更衣　　深見けん二

もちろん虚子には〈去年今年貫く棒の如きもの〉があり、蛇笏には〈誰彼にあらず一天自尊の秋〉が有名で、どちらもすごい句だ。つまり、天地や宇宙を貫く自我の「時間」なのだが、けん二の「更衣」の句は、更衣らしく日常的で気負いがなくどこまでも謙譲で、日々新鮮。どこかお隣りから声かけて励まされているような気がする句である。この三人では、この深見けん二が只今九十八歳の最年長。どこか新鮮で息の長い、気負わない生が、このコロナ禍の危機の時代にうれしく、安堵を覚えるのだ。けん二先生にはこれからも毎年「更衣」を重ねられ、さらに元気に歳を重ねられることをお祈りしたい。

実はこのけん二俳句に心ひかれるように、コロナ禍のパンデミックの危機の背景にある無限の生命史の時間に対して、私たちは今あらためて「今」という時間とさしあたりの近未来の「明日」をどう意味あるものとして生きるかという、実存的な、意味ある時間を手にしているのではないかという気がする。「ニューコロナ時代」や「アフターコロナ」やコロナとどう共生するかという「ウィズ・コロナ」という技法とは一寸違う意味で私たちは今、限りある意味ある時間を生きることを迫られているのだ。

この長寿時代、私たちは子規のように劇的に生きることはできないが、淡々と真剣に生きることはできる。そこで思い出すのは、イギリス哲学会での私の恩師のこと。先生の祖父は幕府御家人で文人。明治初期にジャーナリストとして活躍。先生も淡々とよく読みよく書き、静かに考える方だったが、先年九十で亡くなられる年の二月に癌がわかると、三月末までに執筆の区切りを付け、出生地の町の桜の名所をひとまわりして静かにお花見を済ませると、その二日後の四月一日未明、眠ったまま静かに逝かれた。没後一年して、これまた篤実なお弟子が、みごとな遺稿集を出された。淡々と、しかしいのちの限り必死に生きる。その覚悟が、このコロナ禍の時代にあらためて求められているのだろう。

コロナウイルスで焙り出されたこと

酒井弘司

新型コロナウイルスが報じられるようになった二月以降、感染症も第一波から第二波へ拡大、いまこの原稿を書いている九月になっても、連日感染症について報じられ、その終息はいまだみえてこない。

俳句をつくる作者にとっては、大きな難題が二つ。

その一つは、コロナが報じられるようになって急遽、やむなく中止されるようになった句会や吟行会、そして大会など。異常事態と言ってよい。

新型コロナウイルスの現象は、多くの人に甚大な影響をもたらしたが、俳句と言う極小の詩型にとっても、思いもよらぬ被害をもたらした。

考えてみれば、俳句は「座の文学」とも、また「連衆」と言う言葉も使われる。どちらかと言えば、一人で書ききる詩型ではなく、座に集う人々によって付加され、形成されていく最短の定型詩と言ってよい。

かつて、大岡信は『うたげと孤心』で、次のように記している。

　「うたげ」という言葉は、掌を拍上《うちあ》げること、酒宴の際に手をたたくことだと辞書は言う。笑いの共有、心の感合。二人以上の人々が団欒して生みだすものが「うたげ」である。

この「うたげ」と言う言葉を、文芸創造の場へ移して独特な詩歌制作のあり方、批評のあり方を論じたのが『うたげと孤心』であった。

俳句の歴史を辿ってみても、連歌の時代を経て今日の俳句は生まれてきたが、新型コロナウイルスによって、この「うたげ」は閉ざされてしまった。

俳句は、句会などに集う人々の対話によって完成される文学。それが突如、感染症により遮断されたことを思うと、これは居てもたってもおれないことである。

もう一つの難題は、いま新型コロナウイルスに関連した俳句が多く詠まれているが、俳句の素材として扱うには難解な素材。時事は俳句のテーマには不向きな詩型と言われる。いまだ人口に膾炙するような作品がみられない。時事俳句はどちらかと言えば、説明や標語になりがちだからだ。

目に見えぬものに怯えつしゃぼん玉　　永島和子

ウイルスの乱をはるかに鳥帰る　中村英史
花満ちて二メートル間隔に人　小久保佳世子
コロナウイルス見えざる敵よ青き踏む　堀　美和子

わたしが住む神奈川県の結社誌から、関連した作品を拾ってみた。

これらの作品は、対象をごく身近な自然や人において詠んでいるが、そこからは言葉と言葉の衝撃によってもたらされる俳句空間の広がりが見られない。

目に見えない新型コロナウイルスは、いずれにしても脅威。そこに立ち向かう姿勢に、緊迫感が不足している。

俳句にとって大切なことは、「うたげ」と、もう一つの「孤心」。今日、俳句に欠如しているのは、孤に執して書くと言う姿勢がどこか乏しい。十七音の言語空間の出現に賭ける志が稀薄である。先にみてきた新型コロナウイルスを対象にした作品にも、そのことは言えよう。

ところで平成以後、わが国で起きた二つの大震災を詠んで、広く共感を呼んだ作品がある。

その一つ、阪神・淡路大震災は平成七年一月十七日に発生した兵庫県南部地震による大災害。

倒・裂・破・崩・礫の街寒雀　友岡子郷
枯草や住居無くんば命熱し　永田耕衣

耕衣は大震災に遭遇。そのときのことを「トイレ（二階）に入ったのがちょうど地震発生の五時四十六分。おしっこをしようとしたとたん、グラッときた。へたりこんだ頭上に、壁土やタイルがガラガラと落ち、体が埋まってしまいました。幸い四本の柱が支えになって、そこへはまりこんで助かりましたわ」（「俳句αあるふぁ」）と、そのときのことを語っている。耕衣は九十五歳。

また平成二十三年三月十一日の東日本大震災の句では、

車にも仰臥という死春の月　高野ムツオ
四肢へ地震ただ轟轟と轟轟と　〃
鬼哭とは人が泣くこと夜の海　〃

といった句が、多くの人の話題にのぼってきた。

これらの作品は、大震災直後の衝撃的な事物を直裁に把握。高野の「四肢へ地震」「鬼哭とは」の二句は無季。手法としては、季語を捨てているがそれも逼迫した状況の中では季語すら十七音の中にはおさまらなかったのだろう。俳句の可能性を大きく広げてみせてくれた。

時事俳句を超えると言うことは、季語を捨てると言う俳句の根底をゆるがすようなところも自覚して書く、最短定型詩のもつ力に、どう対峙していくかと言う覚悟でもあろう。

未曾有の災禍の中で

酒井佐忠

2020年もまた記憶に残る俳句界の変化の時代となった。金子兜太の死以後の、大物俳人が死去する傾向が、なおつづいた。兜太の年齢を超える最高齢の現役俳人だった後藤比奈夫が、六月に亡くなった。最晩年まで俳句を詠みつづけ、しかもなお明るいユーモアと鋭い批評意識、さらに年を重ねるごとに軽みをましていく、これまでの俳人の「老いの意識」とは一味違う感性を最後まで持ちつづけた最長老を失ったことは、喪失感が大きかった。

東山回して鉾を回しけり
この頃の空コスモスの色似合ふ

一句目はもちろん科学者を象徴する代表句。二句目は実は私事になるが、数少ない私の著書の『今朝の歌』の一句目に取り上げたもの。なんと第一句集の『初心』収録の句であったから、大いに驚かれ、また喜ばれたことを思い出す。その大俳人の最晩年の句集『あんこーる』と『喝采』は、いずれも百歳を過ぎて出されたものだ。

花衣てふは心に着せるもの
こんなとき喝采起こる涼しさよ

百歳を過ぎて、こんなにさわやかで、清らかな句が出来ることに私は驚き、また、その感性は第一句集のころから持続されていたのではないかとも思うのだった。それにしても、後藤夜半から後藤立夫、和田華凜まで四代にわたり俳誌「諷詠」が継続していることは、ある意味、俳句文芸の力といってもいい。

さらに、充実句集『火は禱り』で詩歌文学館賞を受賞した鍵和田秞子の訃報がつづいた。初期作品の〈未来図は直線多し早稲の花〉に象徴されるように、常に「直線」のような強靭な心性を俳句に表現しつづけてきたことに驚く。四年前には、『濤無限』で毎日芸術賞を受賞した。「俳句で芸術賞を」と喜びを語った姿が忘れられない。中村草田男の精神を最後までもちつづけた俳人である。

未来あり澄むにいちづの冬泉
夏の月焦土の色は彼の世まで
千年杉の影の濃き日よ西行忌

『火は禱り』には、過ぎ越しの時代を背景にしながら、「千年杉」や永遠の「冬泉」への憧憬と祈りに満ちた一巻で、こころ打たれるものがあった。「防空壕の中で『方丈記』を読んだのが文芸との出会い」という俳人の姿は、大磯の西行庵主としてしっかり受け継がれていた。「泉は先生（草田男）の詩の原点」という言葉も忘れられない。さらにつづいて、精力的に執筆をつづけていた伊藤敬子の急逝も惜しまれる。

ここ一、二年、数々の実力俳人が亡くなったことは、俳句界にとっても時代の変遷と歩調を合わせるような出来事といってもいい。俳句界が新しい時代と世代交代に、いや応なく向き合った年であったことも間違いない。若手の俳人も次々に誌上を賑わすようになった。角川俳句賞の受賞者は二十一歳で史上初めての若さである。これまでの俳句甲子園ばかりでなく、芝不器男新人賞、田中裕明賞などの存在や、各協会の若手発掘に対する取り組みの成果が、少しずつ表われていることは間違いないし、俳句界の将来を考えれば、喜ばしいことである。ただ、若さだけが価値につながることではない。ある程度は俳句の才質を見抜き、それに従って育てるいわゆる目利きの存在が、大切なことだと思われる。

加えて2020年は、語るに過ぎるがコロナ禍という未曾有の問題に襲われた。2011年の東日本大震災以来の大きな出来事である。俳句や短歌という文芸は、当然のように句会、歌会など人と接することによって意見を交わし、一句一首が生まれ、面談の批評によって成立する文芸といっていい。だが、今年は面談句会や授賞式、あるいは結社の記念大会などほとんどが中止になるか、オンライン、あるいは誌面での実施となったのは、かつてないことである。一般社会だけでなく、文化・芸術に与えた影響は、計り知れない。だが、大岡信の「うたげと孤心」をもち出すまでもなく、あえて「孤心」になることで自らの文芸の基盤を再認識する機会になったことは、今年、数多くの優れた俳句の出版物が刊行されたことが証明している。

地球ごとマスクに覆う夏の夢　　渡辺誠一郎

かつて若き日に私が愛したアルベール・カミュの『ペスト』で描かれた疫病がもたらした不条理の社会が思い起こされるような、渡辺の一句。最新句集『赫赫』を出したばかりの渡辺は、「現代俳句」10月号で「変わることと変らぬこと」との巻頭批評を書いている。「人との距離をとることを求められ、不要不急を掲げられるこのような状況だからこそ、確かな言葉を求め、自由な思いを発することが出来、自らの存在を失わないように、人々は言葉に向かうのかもしれない。そうであったなら、少なからずこれからも、俳句の世界が存在する意味は小さくないと思われる」。あえて長い結語を引いたが、「過去」と「未来」、「変わるもの」と「変わらぬもの」の共通性を感じさせる謙虚な物言いに共感する。最後に坪内稔典の「船団の会」の活動が完結し、会は「散在」し、一人一人は自由になるという。俳句界の「継続」と「散在」が多くのことを考えさせる2020年だった。

このごろ思うこと
―『佐藤鬼房俳句集成』刊行―

井上康明

『佐藤鬼房俳句集成』第一巻（二〇二〇年三月二十日朔出版）が刊行された。第一巻は、全句集を収録する。

通覧すると、佐藤鬼房は、有季俳句と無季俳句を自在に往復した俳人であることが分かる。その究極は、季節を超えた俳句であり、根底にあるのは、作者自身の人間への執着と、句作における想像力である。

やませ来るいたちのやうにしなやかに

平成五年、第二十七回蛇笏賞受賞の句集『瀬頭』所収の句である。蛇笏賞受賞時、この句が称揚された。やませは、東北地方に冷害をもたらす夏の東の海からの風である。しかし、やませは忌むべき風。いたちには、夜陰に乗じて兎や鶏をひそかに襲う獰猛な素早さがある。この句は、やませをいたちに喩え、躍如として描きながら、実は不吉なものが隠されている。やませの明暗の風土を、陰影深く描いている。

この時の選考委員金子兜太の「愚直の斧」と題されたコメントが忘れ難い。兜太はこう語った。

「佐藤鬼房の受賞が嬉しい。俳句を決めるものは〈人間の総量〉という考え方を、あらためて確認するおもいがある」

昭和二十六年刊の第一句集『名もなき日夜』は戦争前後の作品が収録されている。そのなかから有季の三句。

夕焼に遺書のつたなく死ににけり
濛々と数万の蝶見つつ斃る
胸ふかく鶴は栖めりきKaoKaoと

前二句は大陸での戦場を詠う。「夕焼」の句、拙い遺書を書いた兵の死を冷ややかに悼む。「濛々」の句、戦場の兵士が、数万の蝶の幻想を見ながら斃れる姿を描く。蝶は、季語というより幻のなかで舞い遊ぶ影である。「胸ふかく」は、復員した後、昭和二十五年作。作者の心中に栖む美しい鶴を語る。KaoKaoとはモダンにしてこの世ならぬ鶴の声である。

生きて食ふ一粒の飯美しき
切株があり愚直の斧があり
潮くみの耳とがらせて断乎たり

第一句集『名もなき日夜』より。無季の句三句。

「生きて食ふ」は、インドネシア、ジャワ島のバンドンでの終戦後の捕虜生活の作。生き難い日々を生き抜いて飢餓のなかで、一粒の飯を食する極限を描く。

「切株」の句は、昭和二十三年作。切株に置かれた斧は、それまでひたすらに振り下ろされていた斧であり、「愚直」の一語に作者の思いが籠る。切株と斧の手応え、切り倒したばかりの切株の匂うような生命感。一気の調子に愚直という人の意思と重心の低い姿勢がある。

「潮くみ」の句は、同二十四年作。歌舞伎舞踊や各地の祭礼の潮くみのイメージを一気に覆して、「耳とがらせて断乎」という描写に、梃でも動かないといった意志的な姿勢を示す。製塩のための潮くみ、「耳とがらせて断乎」たる女性の姿は、たくましい土着の風景となろう。

佐藤鬼房にとって俳句とは、「生きることの、生きていることの痛烈な表白」であり、表白に当たっては俳句固有の形式に従うが、古来の形骸と思われるものには、自分の判断で従わない、と語っている。（「俳句研究」昭和四十三年七月号）

この俳句集成、昭和四十一年、四十二年に『鹹き手』という百句がある。戦場を思わせる荒寥と、絶望を思わせる混沌とした風景の中から、母性を求め父性に立とうとする精神の再生が描かれる。鳥類、魚類、両生類のイメージとともに汚濁の底から立ち上がる高揚と緊張に満ちている。殆どが無季俳句であり、作者が真摯に自らを追求しようとして自ずと無季俳句に収斂していったことを思わせる。

火の塹壕海蛇と青ざめた禾
逆光の父呼ぶ岬千の手生え
光年の遠さで母を呼ぶ鹹湖
死後の名を彫るまひるまの磧礫に

最後の句集『幻夢』は平成十六年一月十九日、鬼房の三回忌に紅書房から刊行された。この遺句集は、あたたかく豊かにして自在、想念は遥かに飛翔する。

われは草卵の雛や寿《いのちなが》
眩しくも蝶の飛びたつ幻夢かな
暖かな海が見ゆまた海が見ゆ
翅を欠き大いなる死へ急ぐ蟻

自らを草、また卵の雛という生命のあたたかな幻想を語って、長寿の自らを祝う。豊かにして童心あふれる自愛の情景。句集の題名になった幻夢の句、蝶の幻を見るような句作の営為が表されている。暖かな海は、遠い浪漫の感情を抱き続けた作者が見る豊かな幻想であろう。

最後の句集は、有季か無季かを考えることに意味はない。作者は、現実と季節を超えた遥かな揺らぎのなかにいる。最後の句、自己を翅を欠いた蟻に仮託し、同時に大いなる死に向かうところ、作家精神の佇立を見る思いがする。佐藤鬼房の俳句は、その表現と季節が作者にとって必然であるかどうかを問いかけてくる。

一集は、俳句という形式に生涯をかけて向き合った精神の軌跡を示す。兜太の言う「人間の総量」の成果であろう。

コロナについて私が知っている二、三の事柄
～観照、ポスコロ、ウイルスとしての俳句～

柳生正名

　コロナに明け、コロナに暮れた一年だった。もっとも俳句にとって感染爆発《パンデミック》という事態は初めてのことではない。夏の季題・季語に伝染病「コレラ」がある。高浜虚子は大正3年7月の虚子庵例会に

コレラ船いつまで沖に繋り居る

を出句した。今回、日本では横浜港に停泊したダイヤモンド・プリンセス号から問題が顕在化したが、やはり歴史は繰り返す。

　コロナ問題をめぐり多様な言説が飛び交った中、最もしっくり来たのは9月初頭、富山県の山里、利賀を拠点に世界的に活躍する演出家、鈴木忠志の口から直に聞いた「第2次世界大戦に続く全人類の深刻な共通体験であり、精神文化に対する激甚災害としてのコロナ」という捉え方だ。この10年を振り返ると、東日本大震災とそれに続く東京電力福島第1原発事故があり、「未曾有」と表現された。俳句界では直後から数多くの「震災俳句」が発表されることになった。

車にも仰臥という死春の月　高野ムツオ

ただ今考えると、全人類的視野からすれば、それも地球上に一定の頻度で発生する巨大規模の災厄のひとつだったのかもしれない。問題が小さい、というのではない。原発爆発には通常の自然災害と異質の深刻さもある。ただ日本国内でさえ、直接の被害者と、それを外から見守るほかない者に二分されたことも事実だ。

　一方、国際化した現代、コロナは世界のどこに身を置く誰にも、自身が実は「生と死」の際どい境に常に立っていることを自覚させた。その観点から、第2次大戦以来の広汎な歴史的意味を持つといえる。とすれば、震災の当事者以外による震災詠に批判もあった俳句界で、一人一人にとってより切実かつリアルなコロナ禍を詠んだ秀句が多数登場してしかるべきだ。

◆観照としてのコロナ俳句

4月中旬の東京新聞紙上で、福田若之は

病院は尸《かばね》どころか冴え返る

などと詠んだ中原道夫の角川『俳句』4月号特別作品「疫病禍」21句と、同誌上の野名紅里《のなあかり》「精鋭10句競詠」からの一句

あんなところにからうじてつもる雪

を対比し、野名の句を「比べるのも気が引けるほどはるかに、いまこのときにしっかりと届く言葉たりえている」とした。読者の多くは、これを個別作品の評にとどまらず、「コロナ俳句」一般への疑念と受けとめたろう。

7月初旬の毎日新聞には片山由美子が「現時点では、後世に残りそうなコロナ俳句にはお目にかかっていない」と記した。これまで衆目の一致する代表的な「コロナ俳句」に出合えていないという点では筆者も同感だ。

なぜ震災俳句との違いが生まれたのか。一つの視点として、国語学者、時枝誠記の日本文学観が参考になる。時枝は万葉集と古今集以降の勅撰和歌集の間に大きな断層を見る。前者が自身の思いを直接表現し、「相手に呼びかける」歌が主体だったのに対し、古今集「仮名序」以降、自然はもちろん自己の思いに対してもある距離を設定し、客観化する「眺める文学＝観照」が基調になったと捉える。それは「呼びかけ」を本質とする言葉に対し、「文学を言語から切離して、そこに独自の世界を見出そうとしたことに原因する」（『国語学原論　続篇』第3章「言語と文学」）。つまり文学が言葉から乖離することによって、一種の思想化へと向かった傾向を鋭く批判したのだった。

それが「観照」である以上、福田が句の「言葉に手を伸ばすその手つきの繊細さ」を尊重するように、微妙な文彩、言いすぎず、婉曲に傾く細心さに価値が置かれる。呼びかける言葉の持つ露骨なまでの直截さを嫌うようになるのである。俳諧はそもそもこうした勅撰集的詩趣へのアンチテーゼとして生まれた一面があるが、子規から虚子へと至る写生論も経て、再び観照的なまなざしへと転じた。その結果、現在の俳句はコロナのように、広汎な人々にとってあまりにも切実で直接的な問題を詩として造形し、またそれを適確に評価することができなくなっているのではないか。

この視点で見ると、福田の取り上げた中原、野名の句はいずれも観照を基調とする。ただ中原の場合は

戰禍ならまた春は來る地獄繪圖

にも見られるように、漢語を中心とした語調の強さに「呼びかけ」への直截な思いをにじませつつ、深刻な状況に自らを積極的に投企し、詠もうとする。現実論としてそれは医療関係者以外には実体験が困難な分、仮想の世界と受け止められやすい。あくまで「観照」を評価軸にすれば、その純度に疑問符が付くことにもなる。

一方、野名の句は純然たる観照―世界への一切の働きかけはなく、ただ眺めている―にとどまる。思いはある。

しかしそれは物に託された純観照的なものである。興味深いのは、福田の内ではその思いの切実さが中原の句の直截さと並べられることで増幅されていると感じられる点だ。野名の句を「いまこのときにしっかりと届く」と断ずる福田の受け止め方は「中原の句」的なものとの併置があってこそだろう。野名の句の言葉それ自体が「届く」範囲は結局のところ「観照」＝勅撰集的美意識という土俵の中にとどまってはいないか。

俳句ジャーナリズムに眼を転じると、6月7日付朝日俳壇では、歌壇の20首強と比べると少ないものの、コロナ関連句が全40句中10句ほどあった。同紙は6月19日付朝刊で、2月16日付同紙俳壇に「コロナ禍の句」である

旅人の如くマスクを探しけり　　齋藤紀子

が初入選して以来の経緯を紹介している。俳句総合誌などではコロナ俳句について魅力的な特集が組まれた印象が薄い中、際立って野心的な企画であり、俳壇・歌壇選者4人ずつの作も掲載された。

南無金剛病魔退散白団扇　　長谷川櫂
三密を避け白南風の丘に立つ　　大串　章

7月初旬に片山由美子が「残りそうなコロナ俳句」にはお目にかかっていないと記したのも、暗にこうした状況を踏まえたものだったのだろう。現在の俳壇を代表する選者らの句もそうなのであれば、真の意味でいまに届くコロナ句は、「観照」のくびきに捉われた現在の俳句からある種の跳躍を経ずしては生まれ得ないのかもしれない。大串の句は

春風や闘志いだきて丘に立つ　　高浜虚子

という、ある意味で「観照」限定の自己からはみ出る主体を表現した怪作を踏まえている。ただ、それも虚子にならっている以上、観照一辺倒の同調圧力を打ち破る強さはない。

「新しい人よ眼ざめよ」との思いが募る現状である。それは万葉集までさかのぼり、文学の根源を探るレベルの挑戦となるのかもしれないのだが……

◆ポスコロのユートピア／ディストピア

「精神の激甚災害」たるコロナ禍は人々の人生や暮らしに大きな影響を及ぼす。それを探る試みとしても朝日新聞の取り組みは有意義なものだった。一見コロナ俳句には見えない数多くの同時代俳句の内にも深い痕跡が残されているはずなのだから。ビッグデータが関心を呼ぶ現代、「名句」という観点とは別に、それを辿ることは俳句という「衆の文学」に関わる者の責務ともいえる。

筆者が所属する結社誌「海原」では昨年度、購読者全員が参加資格を持ち、選者が作者名を全く知らされずに選考を行う「海原金子兜太賞」を創設した。年功序列を絵で描いた俳句界で真に作品の評価のみに基づくシステムは画期的だろう。未発表30句提出という厳しい条件にもかかわらず、2年連続60人台の応募を得て、8月下旬に第2回の選考が行われた。

　1800句以上が集まる以上、一種のビッグデータといえる。その中で今回、選考委員である筆者が強い印象を受け、授賞候補として上位に挙げた中には

夜のふらここ鬼ごっこのみんな鬼　三好つや子
ポンポンダリア昼を出られぬ数え歌
あめんぼの水面にやがて沈む街　三枝みずほ
捕虫網かぶせるための弟欲し　望月　士郎
はつなつの白線出たら死ぬ遊び　木村リュウジ

など、これからのポストコロナの時代を覆うかもしれない閉塞感や同調圧力、監視などの反理想郷《ディストピア》的イメージが浮かび上がる句が多くみられた。それは各作者が意識的に取り上げたテーマというものではなく、多分に集合的な無意識が反映された結果であろう。

　筆者が最も強く推したのは「ヒバオア島三十景」と題された30句。蓋を開けてみるとマブソン青眼作だったのだが、そこには一見「ディストピア」と正反対の「ユートピア」的表象が延々と連なる。画家ゴーギャンが生涯を終えた島を舞台に、ほぼ無季かつ定型をはみ出す文体で「派手な神秘」「地球の中心」などとステロタイプ化された楽園像を造形した。

　一見、エドワード・W・サイードが批判した西欧目線の「オリエンタリズム」に埋没しているように読めるが

丘の上《え》の馬《ま》に見下され人類末期
警官のタトゥーに蛇あり島に蛇無し

とディストピア的表象も姿を現し、西洋＝男根《ファルス》中心的な価値構造への批評性も感じさせる。何よりも、

孤島一つに足指五本のヒト千人
赤ブラジャーを干すや太平洋の眼に
赤子の心臓ほどのマンゴー落ちにけり

など情景鮮明かつ素朴な詠に惹かれた。

　かつて高浜虚子は「南方季題」を選び、日本的季の束縛から離れた俳句の在り方を志向したが、敗戦で「挫折」した。最近の文壇では2019年直木賞「宝島」（真藤順丈）、20年芥川賞「首里の馬」（高山羽根子）と沖縄人以外による沖縄小説が高い評価を受け、植民地後《ポストコロニアル》の視点が新たな意味を持ち始めてもいる。これとポストコロ

ナ、二つの「ポスコロ」の流れが今後の文学にいかなる影響を与えるか。俳句界もこうした広い視野を持つことが優れたコロナ俳句を生み出し、世界文学の中で存在感を明確にするための突破口となるのではないか。

◆あるいはウイルスとしての俳句

今回のパンデミックをめぐっては「ウィズコロナ」という理念が語られている。人類が風邪やインフルエンザ（いずれも冬の季語）とそうしてきたように、ワクチンや抗ウイルス薬の開発を進めつつ、「コロナと人類が共存すること」を意味する。生命史的観点からは人類を含む地球上の生命とウイルスは一貫して共犯関係にあった、というのが真実のようだ。

地球上生命／ウイルスと対比的に記したのは、ウイルスは生物ではない、というのが現在の定説だからである。生命科学の視点から生物は①細胞の形式を持ち、②自力での代謝活動と③自力での増殖ができなければならない。この三つともウイルスは満たさない。細胞の形を完備せず、他の生物の細胞内に侵入し、その組織を操り、資源を借用することでしか代謝も自己増殖も行えない。その意味で、純然たる生物と純然たる物質の境界上にいる存在だという。

つい思い出すのは、桑原武夫が先の大戦後に持ち出した「俳句第二芸術論」である。彼は小説や詩が芸術の一分野である文学に属することを自明と捉えた上で、俳句については純然たる文学の外部、もしくは周縁にある第二芸術と理解すべきことを主張した。

咳くヒポクリットベートーヴェンひゞく朝　中村草田男

などの句を俎上にのせたが、粗雑な論法もあり、俳句界からの猛反発を生んだ。ここで詳細を論じる余裕はないものの、興味深いのは、極微の存在であるウイルスが生命／物質という対立概念の境界線上に置かれることと、世界最短定型詩たる俳句が芸術／非芸術の境目に置かれたこととの通底性である。

ウイルスは自ら動くことはできず、物に付着するか、空気中に漂うだけである。しかし自身の遺伝情報は持つ。標的とする細胞に出合うと、巧妙な方法で宿主となる相手の細胞壁に付着し、自分の遺伝情報を送り込む。さらに宿主の持つ情報のコピー機能やそれに基づくたんぱく質の合成機能をのっとり、宿主に属する物質を原料として増殖していく。

俳句も、日本語で17音ほどという詩を形成するのに最低限の情報量しか持たない。そこには複雑な内容を持つ思想も、広大な自然の念入りな描写もそのままは盛り込めない。しかし最低限の情報量であるが故に身軽であり、様々な媒体を通じ、時には口伝えで他者の心にもたらされ、記憶に瞬時に取り込まれ得る。小説の全編を記憶することは不可能だが、俳句はそれが可能だ。五七五のリズム感が記憶への定着性をさらに強化する―詳しくは拙論「さすらう言葉としての俳句」（「現代俳句」2010年8月臨時増刊「五賞集成」）参照―。かくして、読者の心が俳句というウイルスの宿主となる。感染した俳句ウイルスは、宿主の記憶に既に存在する共通体験と結びつき、利用する。その際の糸口となるのが「季語／季題」。読者は季節感を手掛かりに自分の体験の記憶と句とを照らし合わせ、生まれた共感を手掛かりに、疑似的な記憶として自身に同化していく。

「ウイルス入門」を謳った啓蒙書で紹介される有名なエピソードは、哺乳類が進化の過程で胎盤を獲得した背景に関するものだ。母親が自分とは異なる遺伝子情報を持つ胎児と共存できるのは胎盤のおかげであり、哺乳類が人に至る高度な進化を遂げる上で存在意義は極めて大きかった。

その胎盤を形成する設計図に当たる遺伝子は、哺乳類の祖先がレトロウイルスに感染し、ウイルスの本体を覆う膜構造《エンベロープ》の遺伝子情報を自らに取り込むことで獲得されたというのである。産後の胎盤を土に埋めた胞衣《えな》塚は日本でも数多くみられる。

畦跳んで草の穂つかむお胞衣塚　神蔵　器

人間の現在が、生物とウイルスの「合体」の賜物であることは生命現象の全き神秘を思わせる。

一方、筆者には

遠山に日の当りたる枯野かな　高浜虚子

とその通り同じ情景を目の当たりにした記憶がある。それがありありと心中に浮かぶ。しかし、いつどこで見たのかは思い出せず、句の映像が自分の中に自身の記憶として定着してしまったのではないかとも思う。俳句形式は時に、内に仕組まれた作者の記憶情報を、読者の記憶の一部として刷り込むウイルス的な力を持つのではないか。

人類はウイルスとの共存を図ることで、次なる進化を準備しているのと同様に、俳句とも共に生きることを宿命付けられているに違いない。俳人はそれを肝に銘じ、句を詠み続けるだけだ。

（了、敬称略）

ちょっと昔の遠い過去
——平成俳壇の隠された真相

筑紫磐井

日本伝統俳句協会の創立

最近、『金子兜太戦後俳句日記』（白水社）が刊行され、『大久保武雄―橙青―日記』（北溟社）と合わせ見ることにより現代俳句史の謎が解けてきた。関係者の資料の保管が埋もれていた歴史を後世に明らかにしてくれるのである。ここではその中に書かれた一つの事件を紹介することとする。それは兜太の朝日俳壇選者への就任と日本伝統俳句協会の発足である。前者は一瞬の出来事であったが、後者は政官界を巻き込んでの大きな事件であった。

そもそも、虚子没後、昭和三十五年から朝日俳壇は中村草田男・山口誓子・星野立子・加藤楸邨の4氏共選となっていた。主要選者の推移は、●星野立子（玉藻）→高浜年尾（ホトトギス）→大野林火（濱）→稲畑汀子（ホトトギス）、●中村草田男（萬緑）→安住敦（春燈）→金子兜太（海程）となっていた。

この時の事情は、『金子兜太戦後俳句日記』によれば、昭和六十一年七月に「朝日学芸部の石川忠臣氏から安住敦の後任の朝日俳壇の選者の打診がある。」で始まる。しかし、十月中に石川氏の言う「朝日俳壇裏舞台騒動」が発生し、十二月二十九日にやっと稲畑氏の納得が得られ、一月四日に朝日新聞で予告、選者を開始する。

しかし事件はこれだけでは済まなかった。『大久保武雄―橙青―日記』を抜粋してみよう。

（六十二年）一月三日（土）晴

汀子先生より電話。朝日俳壇に金子兜太を勝手に選者に入れた。俳句ブームがジャーナリズムに左右され破格調の横行は許されないので伝統俳句を守る会を作るから協力してくれとのこと。私は、ホトトギス結社を守る会ではなく飽くまで虚子伝統を守る会とすべきこと、その中核にホトトギス、若葉の提携、汀子、敏郎の提携をおくべきだと助言。

一月三十一日（土）曇　寒の戻り

昨日清崎敏郎先生から、ハガキが来た。一月八日俳話会での私の意見をふまえ私の意見聞きたいとの便りである。

上京中の汀子先生から電話あり「今日池内友次郎叔父に会い万事大久保さんと相談するように、と激励されました」とのこと。私の先ず「一門を固めよ」との忠告に従い、残るところは晴子伯母のみという。私は「頭を低うして賛同を乞うべき」旨伝える。「清崎さんからは橙青さんの根廻し（一月八日）もあって協会には賛成。『顧問（常務理事なら）』で協力願いたい、とお願いしてきました」とのこと。

先日、坊城中子さんと三笠宮殿下を訪ねたこと、宮殿下は「伝統俳句という呼称は古い。協会を作るなら定款を見せよ、とのことがありました」とのこと。

又私が今日考えて、呼称は「日本俳句協会」でどうですか――と話したら、先日宮殿下も「新日本俳句協会」という言葉も出ましたとの返事。

それでは、宮殿下を総裁にお願いすることとして、私とたまたま同じ精神の呼称であった「新日本俳句協会」ということにしましょう。

橙青さんには、理事をお願いしたいといわれ、私も年だから常任顧問のようにして意見の開陳が出来るようにしてほしいと注文をしておいた。

汀子主宰は女ながら好奇心旺盛「父の年尾は危いものには手を出さぬ守りの人であった。俳人協会に俳句文学館が出来た四十七年に、もう少し時代をよんだ手をうつべきであった」。私にも何の働きかけもなくただただ眼で見ているといった風であった。

二月十三日（金）晴　暖　伝統俳句協会の目的「芭蕉が詠い虚子が唱えた花鳥諷詠精神」

午前、稲畑汀子主宰が取り組もうとしている俳句協会が孤立せぬように、と思って一案を作る。

目的「芭蕉が詠い虚子が唱えた正しい俳句の精神、花鳥諷詠の原点を深め且つ拡げる」。

会員「協会の目的に賛同する人を広く求める」。

とした。これはホトトギス一月号に出た汀子主宰の主唱が、ホトトギス以外は総て排除してわが道を行く、と採られ易いので、大義名分は飽くまで「花鳥諷詠」であること。

清崎敏郎氏が一月十九日若葉同人会で唱えた「花鳥諷詠の原点」、稲畑汀子氏がホトトギス一月号巻頭言でいう「正しい俳句の道」の二つの言葉を合作したものである。

午後三時二十分、ホトトギス社。一一〇〇号準備会の前に汀子主宰と打合せる。

因みに、俳人協会の定款は、単に「俳句文芸の創造的発展を期する」と記したのみである。

夜清崎氏に電話する。

四月五日（日）晴　暖かし

朝九：〇〇、清崎敏郎氏より電話。昨日俳人協会理事会

あり。草間理事長より、俳人協会脱会者三十九名（四月四日）。青邨氏同人会長やめる。俳協から会員引抜かんで欲しい、と発言した由。

私より新協会は花鳥諷詠連盟で、同志とは親しく提携、役員の退会はやむを得ない。三十九名位で、天下の協会理事長がさわぐのはおかしい。俳協はむしろホ誌の人はどうぞ新協へという位の度量が欲しい。新協副会長の私さえ、会派を越えての提携を唱えているではないか、と返す。

右経緯を芦屋の汀子主宰に伝える。

六月五日（金）晴　酷暑　32度

一六：三〇　塩川文相に、稲畑汀子さんを引合せる。日本伝統俳句協会の設立の趣旨を説明。四月八日発足、二ヶ月足らずで三六〇〇人の加入があったと報告。文相、好意的で、「私の在任中に社団法人にしたらどうですか」というので、文化庁の前畑文化部長を大臣室に呼ぶ。打合せ後、文化部長の部屋に行き文化普及課々長補佐林一夫氏より書類を貰う。稲畑汀子会長大喜び。「大久保橙青さんの威力が解りました」。担当者を決める必要あり、橋川忠夫君病気につき、松尾緑富君を当てては、と進言。

六月六日（土）晴　炎暑　関東37・5度　東京32度

一三：〇〇頃・・・大塚幸子さんが来た。日本伝統俳句協会への加入に悩んでいるという。

私は「花鳥諷詠」創刊号の私の発言要旨を見せて、ホトトギス、玉藻に片寄らないことが私の考えである、汀子会長も会の意見に同意された、と答える。幸子さんは、スカッとした顔をして、「根津庭園に吟行して来ます」といって出ていった。

そう言えば、昨日汀子会長が、「朝日の上田記者が私のところへも電話して来ました。大久保橙青という方はズバリものを言う人ですね…といっていました」と語った。

八月十七日（月）晴　暑　33・1度　正一郎君葬儀

塩川文部大臣より暑中見舞が来て、協会の申請を急いで下さい、と書いてある。高石事務次官に電話。事務的説明をつづけているが、よろしくと電話。

一五：〇〇　帰宅。

前畑文化部長より電話があったということで、追っかけて電話。法人化の定款、会員名簿を完備して貰いたいという。

九月二十二日（火）曇

文部省高石事務次官に協会法人化第一次審査につき依

頼。

十月二十八日（水）快晴　暖

一〇：五〇　文部省へ。塩川文相、高石事務次官不在にて名刺に記して挨拶。辺見文化庁長官、大崎文化部長、渡辺文化普及課長に、第一次審査よろしくと挨拶。

十一月二十日（金）快晴　13度～8度

一四：二〇　中島源太郎文相訪問。伝統俳句協会について。稲畑汀子、吉村ひさし、伊藤凉志三氏同行。

　杖ついて大臣を訪ひぬ日短

一五：〇〇　高石文部次官に汀子会長を紹介。

今日到着のホトトギスに、ホトトギス同人会長に大久保橙青氏を当てる旨の汀子主宰の消息掲載さる。

十二月十八日（金）晴

一六：五〇　前郵相唐沢俊二郎氏来訪。

　私が送った花鳥諷詠カレンダーに父樹子の俳句がのっていることを謝し、日本伝統俳句協会へ加入すること、日本伝統俳句協会社団法人化に協力すること、を約さる。

十二月二十四日（木）快晴

一〇：〇〇　唐沢前郵相より電話。

　先日、大久保先生からの依頼により、二十二日文部省文化普及課長に連絡してたのんだ。課長が、普通法人化に最低三年間は結果を見ることとしている。日本伝統俳句協会は、ホトトギスが後ろ盾であること、大臣からの申し入れがあること等で、例外中の例外として早期に認可するつもりですが、審議会にかける必要があるので少しの時間を下さい。とのことであったという。

六十三年一月九日（土）晴

昨夜、七：〇〇　汀子主宰と打合せ、福田みゆき、文部省打合せ結果と連絡。唐沢郵政相を協会顧問とした由。私もその積りであった。将来塩川文相もその処遇をするよう具申。

二月四日（木）立春

一二：〇〇　俳話会。

　清崎敏郎先生に先般の汀子会長との会談の礼を述べ、これから随時打ち合せを続けるよう進言。隔月に会う予定と言う。

　松尾緑富、坊城としあつ氏より伝統俳句協会について報告。文部省林文化普及課長《ママ》より呼ばれ、社団法人化につき無記名の反対陳情がある由。釈明資料提出を要望されし由。無記名というのは、卑怯であるが、善処を要す。いずれにしても、伝統俳句協会は今年が一番大事な年と思う。

二月二十四日（水）曇

伝統俳句協会のことで、文部省に反対投書あり。坊城事務局長は事情説明に文部省に呼ばれたとのことにつき、林普及課長補佐に坊城君を救け舟の電話をする。

林補佐は、投書した人は無記名で、少し年寄った人のようにも思います。早く許可の積りでしたが、出来るだけ積み重ねて塩川文相より指示された線で動くことと致します、と答える。

三月五日（土）曇

昨日ホトトギス一一〇〇号準備委員会で、文部大臣、次官、文化庁長官、鈴木知事を招待することに決まったので、今日朝から、中島文相秘書官、迫見文化部長に電話、鈴木都知事は高木秘書と打ち合せの結果、四月十日は先約九日を検討するという。高石文郎事務次官より電話。親睦会出席の件は打合せる。伝統俳句協会は幹部よりも事務局がのんきのようだ。書類は早く出して進行に心掛けて欲しい。俳人協会との競合心配いらぬか。設立を急ぐ理由は何か。俳人協会と伝統協会は異なった分野の人が入っているので俳人協会も減っていない。

伝統協会六千人を越え三六〇〇万円の金の保全の為、協会法人化を急ぎたしと答える。

右連絡後、稲畑汀子会長、松尾緑富君に伝える。汀子会長は、橙青さんには、おんぶにだっこと、協会は御世話になりますと、礼を言われる。

日本伝統俳句協会認可に至る政治的な駆け引きはこころまでである。以後、文部省の実務的な作業に入り、大久保の出番はない。「（坊城）としあつ君より電話。文部相より日本伝統俳句協会の社団法人の申請認可があったとのこと。」（十一月十七日（木））の記事があり、十二月二十一日、日本伝統俳句協会認可書受領となる。

登場人物

後先になったが、大久保橙青（武雄）はもと逓信省の官僚。東大法学部を出て入省し、要職を占めた後、戦後海上保安庁を創設し初代長官となった。その後熊本から衆議院議員に立候補し当選、田中派の重鎮となり活躍して労働大臣を務めた。俳句は高浜虚子に師事し、ホトトギスの同人会長を務めた。日本伝統俳句協会の設立、公益法人化に尽力したことは以上の通りである。日本伝統俳句協会の定款の原案作成と、政治家・官僚に対する根回しは大久保氏がほとんど取り仕切ったようである。

この日記の時期は、自民党最大派閥田中派の分裂、竹下派の立ち上げ、中曽根内閣から竹下内閣への交替、リクルート事件の発生、昭和天皇の危篤と政治的にも大転換期にあり、多忙を極めたと思われる。

ここで日記に登場するその他の著名人を眺めてみよう。

三笠宮（一月三十一日）が登場するのは意外に思われるが、虚子に俳句を学び、句集も上梓している。大久保たちが初期において、三笠宮を日本伝統俳句協会総裁に担ぎ出そうとしたのは想像を絶する政治の大きさを感じさせる。ただ三笠宮の意見は入れられなかったが。

塩川正十郎（六月五日）は塩爺で知られる人気者で、政治家としてはしたたかであったが、在任中の法人認可は間に合わなかった。その後小泉内閣では、史上最高齢財務大臣で内閣のスポークスマン役をかっていた。

唐沢俊二郎（十二月十八日）は前郵政大臣であるが、このような場所に権限外で登場するのは、代議士である父俊樹（俳号樹子）がホトトギスの同人であり、俊二郎も俳句を嗜んでいたからだ。日記でも中曽根総理と俳句の話を交わしていたことが書かれている。

中島源太郎（十一月二十日）は、この騒動の最中に中曽根内閣が退陣し竹下内閣となり文部大臣に就任し、協会の認可を行った大臣である。異色の人であり、戦前の中島飛行機の創業者の長男で、戦後大映に入社し映画制作をした。田宮二郎の主演する「黒の試走車」（梶山季之原作）はその中でも大ヒットした一つである。文部大臣としては稀に見る芸術の分かる大臣であったろう。

このような華々しい配役が加わって進行したのが日本伝統俳句協会設立のドラマである。俳壇史は、決して俳人たちによるコップの中の嵐ではなく、政治ドラマとなる可能性があるのだ。

＊

以上は、兜太の朝日俳壇選者就任が日本伝統俳句協会の発足に直接影響したことを明らかに示している。ただ言っておくが、以上の経緯は稲畑氏を貶めるために書いているのではない。俳壇の政治的画策は、石田波郷や西東三鬼も兜太もやってきたことであろう。俳人の評価は作品で決まるのであり、波郷や三鬼、兜太も汀子も立派な作家である。政治的な動きは、そうした文学活動の余業にすぎず（好き嫌いはあれ）非難される筋合いはない。問題はどれだけ（フェアな）手段を尽して、最終目的を達成したかにある。結局、汀子は勝ったのである。

［本論の執筆に当たっては大久保白村氏のご厚意に感謝する。］

一瞬一瞬を生きる

鈴木五鈴

二〇二〇年は、春から夏、そして秋へと自粛の日々が続いた。この先もどうなるかは不透明。なかなか季語の現場に立つこともかなわず、悶々とするばかりであった。今という現場に立ち、わが心との存問をするということが、いかに俳句にとって重要であることかを、改めて感じさせられている。「今という現場」とは言うまでもなく季語の世界を意味する。正岡子規の「病牀六尺」の宇宙がいかに過酷であったかを改めて思う昨今である。

そんな時、たまたま書庫の整理をしていると、「俳句の〈いのち〉について」（WEP俳句通信21号）の特集記事が目に入った。一体、俳人たちは何を〈いのち〉と心得ているのであろうか。俄然興味津々、むさぼるように頁を繰った。各氏の意見を大雑把にまとめると、①心構え・志・姿勢、②表現上の眼目・要・切れ・調べ、③季題・季語（以後、合わせて季語と呼ぶ）、ということになろうか。しかし、①②については本稿では対象外になるので略すが、③についても「俳句の約束事」という切り口での論調に終始する傾向があり、やはり不満。しかし一方で、俳句は「ただ今を詠む（木田千女）」「今を言い止めるものが俳句（永方裕子）」「眼前の「いま」「ここ」という時間、空間を切り取って定着させる（向田貴子）」「瞬間を永遠のものとする（西宮舞）」などの文言に触れることができ何故かほっとした。芭蕉の言と伝わる「物の見えたるひかり、いまだ心にきえざる中にいひとむべし」（赤冊子）と連動する思いを読み取れたからかもしれない。しかし、そうは言っても、季語が「俳句の約束事」で済まされては、私のもやもや感は晴れないのである。「季語は俳句の約束事ではない。必然である」と藤田あけ烏は呟いた。

当然のことながら、季語＝俳句ではない。俳句そのものの〈いのち〉をしっかりと支えているのが季語なのである。ではその季語の本意は……。

万葉の頃にはすでに季節の〈うた〉は存在し、私たち日本人は自然のあれこれとの一体感の下に美意識や感性等を育んできた。そうした中で季語の萌芽が見られるようになったのである。その大きな切っ掛けは、神殿造の住まいを彩る屏風絵（山水画が中心）から、四季折々の季題をテーマとした〈うた〉に替ったことにあったらしい。これを屏風歌と呼び、紀貫之が一世を風靡したと伝わる。その彼と彼のグループが古今集を編む際に、更に四季の精緻な分類、類型化を推し進めたのだという。この辺の経緯は『紀貫之』（大岡信）に詳しいが、こうした流れが季語という詩の言葉を醸成したことは間違いあるまい。その後の古代末の末法思想は、中世にかけて「無常」への思いを人々に抱かせることとなった。流れ去る時への強い意識は、そのまま、季節を待つ思い・惜しむ思いへとつらなるのである。

その思いは、若干の紆余曲折はあったが、芭蕉の俳諧へと継承された。先ほどの「物の見えたるひかり……」は、まさにその思いの象徴であり、季節を生きる「今」を、思いを込めて詠おう、という意思表明でもあったはず。私たちはその末端に位置しているのである。森澄雄も、無常という考えが芭蕉のなかにあったと理解する（『俳句に学ぶ』）。俳句は「無常の心で、ものをいつくしんで、詠わないとだめなんです」とも述べる。いくら長生きしても、結局は一瞬一瞬の積み重ねであり、取り返すことのできない、還ってこない時間を生きているのであり、それだからこそ、今を大事に、ものをいとおしんで生きなければだめなんだと。そして季語は、単なる季物などという小さなものではなく、日本人がいだいてきた文化の伝統や自然・時空・光を大きくつつんだ世界なのだと主張し、「季語をつつむ時空を大きく深く呼吸して詠むことが、一句のもつ世界を大きく、豊かにするもっとも肝要なことなんです」とも述べる。季語と無常は不即不離の関係として俳句を生きているのである。

ところで、俳句歳時記には多彩な季語が豊富に掲載されている。それらは、概ね「時候」「天文」「地理」「生活」「行事」「動物」「植物」の七種に分類され、改定の度に新季語が追加される傾向にある。

しかしながら、個々の季語の解説はその来歴と科学的客観的事実等が縷々述べられているに過ぎない。それらは私たちに知的満足を与えてはくれる。更に、例句を読めば解説以上の季語の本意・本情を伺うことも可能で、とても便利なものでもある。しかし、それを単なる辞書的なレベルに止めておいては勿体ない、と思う。私たちはすでに「季語と俳句の不即不離の関係」を知った以上、その有効な活用を模索したいものである。私たちの日常は、無常な流れの中に浮かぶ泡沫に喩えられるが、そうした一瞬一瞬の、活き活きと暮らす今を、心を込めて詠む。それが俳句の基本であり、そうした流れの一瞬一瞬を明示するのが「時」の象徴であり、季節の移り変わりを象徴する「季語」なのである。そうした「季語」に対し、私たちは昔から「待つ思い」と「惜しむ思い」を託しつつ詠み続けてきたのである。私たちの「今」を、私たちも、十七音の調べに乗せて詠み継いで行きたいものである。無常なる流れの中の一点を「季語」が支える、それが私たちの俳句なのであるから……。

俳句運命共同体の未来と俳人と評論家の使命

坂口昌弘

《俳句と評論の多様化について》

編集部からの依頼に忠実に、「近ごろ思っていること」を自由に語りたいが、自由に語れば語るだけ呟きに終わる懸念があるのは、俳壇の現状である。多様化はいいことであるが、様化しタコ壺化している。俳句も俳論も多多くの俳句が詠まれ、多くの文章が書かれても、お互い議論にならないで、ただ読み流されているだけで、積極的に展開していかない。私は今年、『俳句論史のエッセンス』を上梓した。今までの拙著は俳人論・作品論が多かったが「俳壇」での俳句論の連載を機会に約三年半は俳句論のことばかり考えていたのでここでも少し触れたい。作品の鑑賞・批評は、すべて読者・評者の主観的感想にすぎず、批評・感想の違いは好みの違いとなって終わってしまう。俳人は自分の句の評価だけを気にしていて、他人の句文に対する他人の意見・評価に関心を持つことが殆どなく、自らの感想をただ自由に語ることが多い。

《俳句論史について》

俳句史は、俳句論史・作品史・俳壇史から構成される。作品史と俳壇史の書は多いが、純粋な俳句論史は『現代俳句集成』（別巻2　現代俳論集）以外にあまりみず、現在の時点からの考察は殆ど書かれていない。俳句論がなくとも俳句は詠むことができるが、俳句史をリードしてきたのは、純粋で普遍的な俳句論である。

純粋で普遍的で本質的な俳句論とは、一般的に評論と呼ばれている過去の俳句論を紹介した文章ではない。作品の中味の鑑賞・解釈・解説でもなく、特定の俳人を論じる俳人論でもなく、俳人の一生を追う評伝・伝記・個人史でもない。時評や書評やジャーナリスティックな文章でもなく、俳人と結社の関係、俳人同士の個人的関係、各種協会や俳句総合誌を含めた俳壇の歴史に触れた俳壇史でもなく、研究者の論文のように、過去の資料の引用で埋めた研究・調査・報告論文でもない。季語の説明・配合・切字の説明といった俳句の作り方に関するハウツーものでもない。

純粋で普遍的な俳句論とは、俳句作品はどうあるべきかを論じる本質論である。俳人自身の言葉で自らの俳句のあり様・信条・信念を語ったオリジナルな本質論である。自らの俳句創作だけでなく、多くの俳人の創作に精神的根拠を与えるような普遍的な俳句論であるから俳句史において俳句論は少ない。ある意味では考えられる純粋な俳句論は出尽くしていて、現在では過去の俳句論を繰り返しているだけともいいえる。

俳句論は本来、普遍的・客観的・絶対的でなければ論として通用しないが、世界中の人々が共通に理解できる科学での論と異なり、文学での論は、やはり個人的主観が入ってくる。俳句論といえども、結局は、主観と主観の争いになる。

《俳句はなぜ有季定型か》

「やぶれ傘」八月号で、大島英昭によって『俳句論史のエッセンス』が紹介されて簡潔にまとめられている。

「取り上げられた俳人は、子規・虚子から誓子・楸邨・蛇笏・龍太・澄雄・兜太など合わせて三〇人に及び、間に『第二芸術論』・『軽み論争』・『俳句とアニミズム』等のテーマについても各一章が立てられている」と拙著の内容を簡潔にまとめ、「思わず引き込まれるところが随所にあった」といい、「アニミズムといえば、著者は本書全体を通して、芭蕉から虚子、龍之介をはじめ、多くの俳人に老荘思想の影響を見ている」と洞察し、「俳句はなぜ有季定型なのか」の章については、「中国文化の影響を受けて万葉集の頃に誰かが基本を五音七音に統一を図ったとしか考えられないとするなど、本書には興味深いテーマがつきない」と評されている。

多くの俳句論は近代の正岡子規から始めているが、俳句が日本語で詠まれる限り、『古事記』『万葉集』からの日本文学史の影響を考えなくして、俳句史も俳句論史も語れない。俳句が有季定型となっていることの理由を解明した人は歴史的に一人もいなかった。文学史上の謎の中の最大の謎である。日本語が五・七に向いていたという学者の意見は証明できていない。『古事記』の歌謡を分析しても、五七五七七の歌は二割以下であり、偶数・奇数が混在した歌が多く、古代の日本語が五・七に向いていたとはいえない。『万葉集』でなぜ五七五七七が決まったか、私なりの仮説を提示しておいた。なぜ俳句が五七五なのか、短歌が五七五七七なのか、合理的な代案が提示されていない。

俳句が有季であるのも、『万葉集』巻八、巻十の四季部立までさかのぼる必要がある。そしてなぜ、『万葉集』に四季部立があるのかは、中国の南北朝時代（五世紀～六世紀）の楽府《がふ》と呼ばれる歌の中に、相聞四時歌があり、恋の歌が四季観をともなって歌われていることの影響を考えなくては説明ができない。さらに、ではなぜ中国文学に四季観があるのかは、中国思想史を貫く陰陽五行説を学ばなければ理解できない。俳句が有季であり定型であることは、短歌が定型であり、上代に四季の歌の章があったことに起因し、それらは古代中国の陰陽五行説に依拠していることを拙著で詳説したので、代案としての仮説を知りたい。

《客観写生と主観写生》

他人の俳句論を理解することは簡単でない。私達は私達個人の考えを既に持ってしまっているため、他人の俳句論を理解することは難しい。正岡子規の俳句論を語るためには子規全集を理解しなくてはいけない。高浜虚子の俳句論を語るためには虚子全集を理解しなくてはいけない。俳句論史を語るためには過去の俳句論の多くを理解しなくてはいけない。俳句論には、論を証明する具体的な作品が少ないから、作品と俳句論の関係を理解することは困難である。俳句論で客観写生を説いた子規や虚子には主観的・想像的な俳句があり、俳句論と作品の中味にギャップがあることを知らなければいけない。俳句は簡単に客観写生と主観写生にわけられない。客観と主観の違いを多くの俳人・評論家は主観的に論じている。

拙著『俳句論史のエッセンス』について、岸本尚毅は「俳壇」八月号の書評「俳論のすべて」で、「本書は『写生』という言葉（概念）に関する俳論史として読むことも出来る。子規の章にある『写生を盲目的に信奉する俳人が多い反面、写生論に賛成しない俳句論が俳句論史を構成してきた』という大局的な見通しが、本書の基調をなしている」と洞察している。よく客観か主観かという問題が議論されるが、文学は科学とは異なり、文学に関する多くの文章は書く人の心と頭の中から言葉が出てくる限り、主観にすぎない。他人の主観に同意・同調する人の数が多ければその一つの主観が広く理解されていく。文学的意見は、どんなに優れた俳人の意見であっても、あくまで個人的な主観であり、いうまでもなく私の意見も一つの主観である。

高浜虚子や山本健吉の俳句論も、文化勲章受章者の文章といえども、主観的感想である。俳句も文章も絶対的客観性があるから優れているのではなく、書く人の主観が優れているから作品や文章が優れていると評価される。

俳句は客観的写生であるべきであるという正岡子規の俳論は、俳句史に影響を与えてきたが、子規の残した多くの俳句・文章には優れた主観的・想像的な句文が見られることはあまり論じられてこなかった。

《俳句とアニミズムと万物斉同》

宮坂静生は「俳句」九月号で、「労作―荘子・アニミズムを手掛かりに」と題する拙著の書評で、「労作である。類書がない」「表現の新しさを探るモダニズムという表現史が俳句思想史に代わる面があった」「本書は、芭蕉を核に据え、主に子規以後令和現代の俳人までの俳句論史の通史を試みた稀有の本となっている。余程、日本文化史に通暁し、かつ日本文化論に大鉈を振るわないと書けない」と解説する。さらに「荘子が『斉物《せいぶつ》』（すべてのものを斉しくする）と呼んだ行為こそが芭蕉以来俳人があぁでもない、こうでもないと繰り返し論じて来た俳句論の本質にあたるというのが、著者が本書で論じた趣旨である」と洞察する。荘子は「万物斉同」の思想で万物は平等であると説き、人間・動物・植物・無機物に共通な「道」が通い、命・魂が平等にあるといい、人間平等に反する戦争を嫌った。宇宙・自然と人間の心が一体となる平和を希求する人生観・自然観が芭蕉に影響を与え「造化随順」の俳句観を生み出して秀句・佳句を多く残した。「万物斉同（平等）」の精神は、中国の大乗仏教の「草木国土悉皆成仏」の思想を生み、日本の神仏混交の精神を生みだした。「万物斉同」はアニミズムを含んでいる。

イギリスの人類学者エドワード・タイラーは『原始文化』（一八七一）の中で、宗教の起源としてアニミズムという概念を創唱し、多くの例をあげている。タイラーの名付けた概念は英語として広く使われているため、俳人は誰も『原始文化』を読まずに、アニミズムという言葉に勝手な意味を与えているようだ。写生という概念と同じく、多くの俳人は自分勝手な定義で、写生やアニミズムという言葉を使用しているため多くの俳句論はかみ合っていない。アニミズムという単語の意味を翻訳すると、「自然の事物が魂または意識を持つという信仰」とあり、タイラーの定義を短く纏めている。タイラー以前にはアニミズムに相当する英語はなかった。日本文学では、魂あるいは意識をもった生命として理解されることが多いが、アニミズムとはもともと多くの古代民族に共通した宗教的信仰であった。タイラーの定義では、アニミズムの特徴は、動植物の生命を神と思い、太陽や月という生命のない物質を神として崇めることである。また中国と日本の祖霊信仰や仏像信仰も含まれている。お墓や仏像の前で手を合わせて拝む行為がアニミズムと定義され、釈迦仏教とは無縁である。アニミズムも誤解されてきた。

《切れと切字》

切字や切れの問題がよく論議されている。『俳句論史のエッセンス』で芭蕉の〈古池や蛙飛こむ水のおと〉の句は「や」で切れているのではないことを述べたが、一句一句の切れ・切字について解釈すべきで切字の総論はないことを詳細しておいた。

発句の句末の切字「かな」は既に「恋もするかな」「めづらしきかな」等、『古今和歌集』の歌を終わらせる言葉に多く見られる。歌の一首の最後に「かな」を置いて歌全体が独立して存在する効果を持たせている。句を最後で切るのも歌を最後で切るのも同じである。文章を「〜である」と終らせるのも同じ効果である。「絶景かな」という言葉にも見られるように「かな」は句末を強調する言葉であり、『万葉集』歌に見る一首の中の切字「や」

の働きに近い。『万葉集』には歌の最後が例えば「かも」で終わるものが多い。これも歌の最後を切る言葉として使われていた。『万葉集』で一首を「かも」で終わらせ、『古今和歌集』で「かな」で終わらせたことが、発句の「かな」に引き継がれたと考えられ、和歌から発句への言語の連続性がわかりやすい。まったく新しい語法が連歌・俳諧から突然発生したのではない。

切字についての議論が多いが、学者的に分類するのではなく、一句一句、「や」「かな」を含んだ作品全体の解釈をしてその句が良いのか悪いのか、その評価と切字がどう関係するのかを具体的に批評しなければいけない。

俳句にはそもそも総論はない。一句ごとの解釈・評価が大切である。この世のすべては評価の問題に尽きる。

《結社の時代の運命》

俳句関係の世界全体を、一般的に俳壇あるいは俳句界と呼ぶ言葉は、詳しく分析すれば、俳句運命共同体という言葉がふさわしい。まず最小単位として俳句を詠んでいる俳人が存在するが、一人の俳人が俳句を詠んでいるだけでは俳壇は存在しない。二人以上の座が必要となるのは、詠んだ句が良いか悪いかの評価が必要だからである。二人以上の座で指導できる人、きちんと評価できる人が中心となれば、結社ができる。俳人は自分で自分の句を評価できないから、人の評価を必要とする。ある程度共通の俳句観がなければ俳句の評価がお互いにできない。同人誌的組織も結社の変形である。違いは俳句の評価ができる代表・主宰がいるかどうかである。結社がもっとも大切な組織であることは、芭蕉の時代から変わらない。つぎに、俳句観が同じ結社の協会が必然的に生じる。結社の共通目標を為しえるためには協会が必要となる。俳人協会、現代俳句協会、日本伝統俳句協会といった共通の理念をもつ結社の集まりである。協会が必要とされる大きい理由は、結社を超えた評価の確立である。結社の中の評価は主宰・代表の主観的な評価基準・俳句観に限られるため、結社を超えた普遍的な評価が必要となる。つまり、協会賞が必要となる。最後に出版社が関与する。俳句に関する総合誌の存在である。結社や協会の限られた俳句観に縛られない雑誌の存在と、俳句や文章への対価を払う営利企業の存在が大切となる。俳人に稿料を払うという経済的構造は実は極めて重要である。さらに出版社の大切な使命は句集や評論集の出版である。俳人は結社誌、協会誌、商業雑誌に俳句を掲載してもそれが高く評価されるかどうかの保証はなく、最後には句集を出版して多くの俳人の評価をうけることになる。協会の賞も出版社の賞も基本的には句集への評価となる。それぞれの組織は、評価できる優れた人に選考委員を依頼し、句集の選考を行い、優れた俳人かどうか判定する。句集を出版することも基本的には営利企業の使命である。つまり、新聞社、出版社、協会、結社の組織の存在とそれらの構成員としての俳人・文章家の全てが俳句運命共同体と名付けられ、時には俳壇とか俳句界とか呼ばれる。日本の経済、日本の人口が増加している時代においては俳句運命共同体における大きい問題はなかった。しかしこの数年、その運命共同体に大きい問題が予見されることを私は機会あるごとに述べてきた。いままで私はいくつかの俳句総合雑誌に、俳句人口の減少によるインパクトを述べてきたが、やはり繰り返しておきたい。

平成二十七年の『俳壇年鑑』での鼎談以来、総合誌や結社誌で五年間繰り返し述べてきた予測であり、予測を変更する要素は見られない。俳句人口の減少、俳人の高齢化、若い人の俳句離れを考えれば、俳句運命共同体は二十年後に崩壊するであろうと私は言い続けているが。多くの俳人に同感していただけたし、私の予測に追随する俳人が多い。統計によれば、各協会の平均年齢は七十五歳以上であり、六十歳以下は数パーセントにすぎない。年齢構成が同じと仮定すれば、二十年後には、平均年齢は九十五歳以上であり、八十歳以下が数パーセントとなる。俳壇人口は今から約十年後には今のほぼ半分になり、今から二十年後には今の一割以下になってしまうと予測される。十年後、結社の数・結社の会員数・各協会の会員数・総合俳句誌の読者数がそれぞれ半分以下になってしまった時に、各結社・各協会・各出版社の組織体は存在できるだろうか。二十数年後に今の約九十%減少した時には各組織体は存在できないであろう。総合俳句誌や句集を出版している組織の存続は危なく、各協会の存続も危ない。俳句運命共同体は、すべて結社(同人誌を含む)の会員に負っているという意味では、俳壇はいつの時代も「結社の時代」である。結社が滅亡すれば俳壇の存在が無くなるという意味で、結社の存続が極めて大切である。結社・同人誌に所属しない俳人だけでは俳句運命共同体は存続しえない。俳人個人だけでは、結社・協会・出版社の存続は不可能である。結社・協会・出版社の運命共同体の組織を批判・非難する俳人が文章を書いて読んでもらえるのも各組織体の会員の購読のおかげである。十年後から二十年後の危機的状況に、各組織体は対処していかなければならない。俳句作品は作るだけでは存在しえない。俳句運命共同体の組織と互いの評価が存続してはじめて作品が存在しえる。俳人の使命は良い句を作ることであり、評論家の使命は公平公正な作品の評価をし、その理由を述べることである。多くの評論は俳人が良い作品を作ることに寄与していないが、ハウツーものではなく、すこしでも創作のために役立つ評論を書きたいと思う。

「このごろ思うことども」

西池冬扇

正月だから、思いつくまま「ことども」を述べる。

私は大峯あきらの俳句が好きである。彼の句には近代以降に培われた宇宙観が反映されているからである。

花咲けば命一つといふことを　大峯あきら

大峯の句における「花」は、ただの眼前に咲き初めた「花」だけを意味するのではない。伝統的な移ろいの情趣を見つめた「花咲けば」だけでもない。情趣を超えて命という存在の不思議さに観じ入ろうとしている。この句に接するたび私は俳句という表現様式の豊かさを思う。「命一つといふことを」が意味する言語空間の豊かさである。作者のまなざしに映る「花」が脳裏に呼び起こしたのは「命」という存在の「不思議さ」であろう。すべてのモノに、それが生物・無生物であるかを問わず、存在の意味を讃えた「命一つ」である。決して己の命に対する執着ではない。だが、読者によっては、特に自分の生命はこの世に一つしかない、かけがえのないものだととらえ、その意味で感動するかもしれないし、慨嘆するかもしれない。

そのような読者を大峯あきらは「読みが浅い」と叱責するだろうか、小乗的と憐れむだろうか。そうではあるまい。黙って微笑み頷くに決まっている。そういう宇宙精神の豊かさを湛えた「命一つといふことを」なのである。

虫の夜の星空に浮く地球かな　大峯あきら

これは写生の句ではない。頭脳の中に作り上げたイメージである。現代では小学生でも地球はこの宇宙の中では超微々たる存在であることを知っている。しかしこの大地を有限と実感することは、めったにない。地上にありながら、地球を星空に浮いているモノとしてとらえることは、想像でしかできない。我々の知識はその想像が合理的であることを疑わない。しかし五感を超えたところに発生する想像は常に非合理的な世界と隣り合わせにある。その意味ではメタ合理性の世界と呼べる。メタ合理性の世界は、合理的な世界からも、非合理的な世界からも近づくことのできる両者を超越した世界と定義してもよかろう。

この句は解りやすくて好きである。しかも前掲の句〈花咲けば命一つといふことを〉が一般化された「命」というモノの存在を詠っているとしても、どうしても個々の私の命というものが、脳裏にちらつく。それに比してこの句は自己の情を消し去った情、「非情」を前提としている。俳句的客観の行きつくべき視点で描かれているのである。そこにはモノコトに対する無限の愛情を感じることができるのである。人はそれを虚無と呼ぶかもしれないが。

月はいま地球の裏か磯遊び　大峯あきら

句意は磯遊びをしている作者が大潮であることに気づき、というより大潮を狙って磯遊びに出かけたのであろう、月が今地球の太陽と反対側にいるのだなと想像して脳裏に大きな天体のイメージを描いたのである。磯遊びに適した大潮は太陽と地球と月が一直線に並ぶときに生じる現象である。これも目に見えないモノを知識で想像している。その意味で写生の句ではないが、合理的である。しかも人間の生活が登場することで、より情趣が具体性をおびる。

彼の俳句には近代以降の宇宙観が反映しているといったが、単に宇宙の空間的構造のモデルをその俳句の中に取り入れているという意味だけではない。近代以降の宇宙観は単に我々に巨大な「合理的」宇宙像だけでない。五感を超えて時間とか生命の問題までその中に包含しているという意味である。ビッグバーン以前の姿や、ブラックホールの中を我々はどのようにイメージすればよいのだろうか。あるいは「生命体の発生や進化」とか「モノである生物と無生物の関係」とか、どう考えるべきか。もはや日常の想像力だけでは間に合わないような「思弁的」姿を有しているのが現代の宇宙像である。「思弁的」な姿というのは、観念だけに基づくので非合理性との間には明確な一線を描きづらい。宇宙マニアの世界にはオカルト的な趣向がはびこるのもそのせいである。ある意味では人間の想像力が合理性を飛び越えてなしうる、ことの表れでもある。観念の世界では合理性と非合理性は地続きである。人間の思考や魂の問題はその境界を超越して合理性と非合理性の世界を自由に往来する。メタ合理性という言葉を私が考えるとそのようなものになる。

詩歌・芸術というものは、もともと非合理性の世界で誕生したものであろう。さすれば、合理性を行動規範とする近代以降は住みにくかったに違いない。だが、経済性、市場性の衣装をうまく纏うことができた芸術は、生き延び、発展してきた。もちろん俳句もしかりである。余談だが、岸本尚毅氏が『夏潮』別冊の「虚子研究号vol10」で高浜虚子のジャーナリスティックな側面をとらえ、さらにその雑誌の「余滴座談会」で、虚子のビジネスモデルに触れていたのは印象的であった。

話は思わぬ方向に飛んでしまったが、思弁的な世界から合理的な宇宙像を眺めている大峯あきらのまなざしはきわめてメタ合理性があるといえる。俳句が挨拶だとすると、大峯あきらの俳句は現代の宇宙観に対するメタ合理性からの挨拶なのである。で、話はとびとびに飛ぶ。

○

風吹いて蝶々迅く飛びにけり
初蝶にかたまり歩く人数かな
ひとならび甘草の芽の明るさよ
甘草の芽のとびとびのひとならび　　高野素十

この四句は「ホトトギス」昭和4年6月号に掲載されたものである。四句を並べてみると実に感じよい。ちょっとした薬草園の風景だろう、特に蝶々が飛んでいるのが良い。俳句は何句か並べて鑑賞するのも一味増す。

四句目は「草の芽」論争で有名だ。ここで論争を蒸し返すつもりは全然ない。ただ、この物議を醸す有名な句への自分の思いの変遷を振り返ってみたいだけである。

俳句の初学のころは「こんな当たり前のことを句にして、どこがいいの」と、思っていた。私も半世紀昔は現代詩を愛読し血気盛んな若者だったのである。ところが五〇代のころから、なんとなくこの句が良くなってきたのである。高齢になったからといいたくないので、少しはいろいろなモノの存在の連関・不思議さに対する感受性が増大したからといっておく。自分の脳髄にある言語空間、つまり意味やイメージに共鳴するキーワードが量、質ともに豊富になったからだ。誤解のないようにいっておくが、これは〈甘草の芽のとびとびのひとならび〉に感嘆の声を上げない人は言語空間が貧困である、と非難しているのではない。化学反応の世界では、ある物質に反応する基もあればしない基もある。いかなるキーワードに反応するかは読者の固有の言語空間の性質によるものであり、それだからこそ詩歌の世界も豊かだ。排他主義は世界を貧困にする。

先ほど「なんとなく良くなってきた」といったのは、句材の甘草の芽をよく知ってからだ。甘草は薬草であると思ったとたん、人間の存在が大きくイメージの中に加わってくる、つまり単なる自然の風景だけではなく人間臭くなってくる。一並びの芽に人間が思いを込めて栽培したのだという、自然に対する人間の営みに愛おしさが湧いてくる。

「なんとなく」とあいまいな表現をしたのは「写生」の手法による読者の脳髄でのイメージ形成はすぐ慣れという腐食菌で陳腐化することをいいたかったのである。似たような例を挙げよう。

流れ行く大根の葉の早さかな　　高浜虚子

東京の郊外で見た景の写生である。この句は学校の教科書にも採録されて、地球の水の大循環を想起させるように鑑賞指導がなされている。それは高浜年尾の解釈だ。一方山本健吉がこの句を「痴呆的俳句」と一時評したことは有名だ。虚子の花鳥諷詠の極致は写生という手段を用いるか否かにかかわらず、モノそのものや人間の情を超えたところに存在する精神的極楽へ人間の魂を誘う。そして、人は自然の摂理と人間の生活が調和して存在する姿に喜びを覚えるはずだ。自然を構成するモノとしての人間という観念が読者の言語空間に存在していればこの句は人間の心に響き只事の句から一転して、宇宙の摂理の一部が光となり読者の中に響くことも可能なのである。読者の言語空間が共鳴するかどうか問われるのが俳句の世界である。痴呆的な景と判断しても怪しむことはない、共鳴する琴線が無かっただけのことである。

一つ根に離れ浮く葉や春の水　　高浜虚子

この句は「じっとものに眺め入る」ことで出来上がった句として虚子が自信をもって示した（『俳句の作りやう』）。虚子によれば、この句ができるまでに三つの発見をする。春のシンボルのような浮草の発見。一つの茎が延びて遠方の水底に根があること。それらが一つの根から出て「ことごとくシンメトリーに幾何学的に置かれた浮標であるかのよう」であることを発見する。じっとモノを眺め自然の摂理のごときものを発見した喜びを句にしたのである。

今あげた素十や虚子の句は、いずれもモノをじっと見ることによって生まれた写生の句であり、その写生を通じて自然の摂理に迫っていると作者自身が自解したり、読者が鑑賞することを可能にする俳句なのである。

写生という手法は基本的に人間の思想感情を中心に据えたものでない、つまり「非情」と呼ぶべき俳句独特の趣に近づく手法である。俳句という表現手段が読者の言語空間で強い共鳴を呼び起こすには作者がモノコトそのものを俳句で指し示してくれるだけでよい。作者の余計な情が絡めば共鳴の度合いは浅くなる。

〇

さきほど素十の句で「なんとなく良くなってきた」と書いた。手放しで感嘆していないことの表現である。これは別に素十の句に対してもらした言葉ではない。以前はともかく現在は多くの句に対してフレッシュな感動がないのである。俳句は短詩型であるがゆえに陳腐化が早いことに加え、その俳句が担う趣も陳腐化が急速なのだ。似たようなテーマの句がすぐに蔓延して、読者を飽きさせる。そこには永遠に追い求めるべき「新鮮さ」という課題があるはずだ。無論「新鮮さ」は単に句材の新鮮さを指しているのではない。趣そのものも問われている気がする。これは今年ゆっくり考えよう。（了）

俳枕について

広渡敬雄

歌枕は歴史的には古く万葉時代から延々と伝わる。二百を超える歌枕は、近畿を中心に陸奥の青森から九州肥後（熊本）までに及ぶが、当時は至便な交通手段があるわけでもなく、多くの歌人が実際には足を踏み入れずにイメージで作り上げているのは、致し方ないことであろう。

全国各地の庶民の歌も含まれる万葉集では、現地の地名を詠み込んだ歌も多いが、平安時代に入ると歌枕の概念が一般化し、それに伴い歌枕はしだいに変化する。即ち、以前の現地詠から、その地名と景観、景趣が慣例的に結びつき、地名の修辞的機能に関心が集まることで詠み方が変化し、中世以降は、あたかも現地で詠まれたかのような仮想の歌として詠まれるようになる。

固定した連想イメージや情緒が普遍化し、和歌に余情を持たせる修辞機能に加えて枕詞、掛詞、縁語等の技術も求められた。歌枕は「百人一首」にも三十首ほどあり、主なものは左記の通りである。

末の松山（宮城）：松の名所
伊吹山（滋賀・岐阜）：国境
逢坂の関（京都・滋賀）：関所―逢うを導くのが約束
宇治山（京都）：紅葉の名所
天の橋立（京都）：日本三景
三室山・竜田川（奈良）：カラフルな紅葉をイメージ
初瀬（奈良）：長谷寺の所在地
吉野（奈良）：桜、紅葉の名所
難波江・難波潟（大阪）：葦、刈り根、澪標の縁語
須磨（兵庫）：関所、侘び住まい、悲恋のテーマ
因幡山（鳥取）：松の名所、待つの掛詞

最近の歌壇では都の宮廷歌人の様に各地の歌枕が詠まれることは皆無で、忌避されているかも知れない。現在の歌壇の詠む対象は、歌枕や自然ではなく、自分の思いや社会との関わりを詠むことが主流になっているからである。

俳句も、自分自身や社会と自身との関係を詠む傾向が強まっている感もするが、まだ景観（自然）を詠む基本姿勢は、辛うじて残っている。

芭蕉は、『おくのほそ道』でみちのくの主要な歌枕を訪ね、故人（西行、能因法師等歌人）との心の交流を重ねて句をなした。それらの詠まれた地のあるものは俳枕とされ、歌枕ほどではないものの、既に三百年超の歴史がある。

鷹羽狩行は、『俳枕』のタイトルで小学館「本の窓」

に連載した一書の名前を最終的には『名所で名句』としたが、その事由として芭蕉以来俳枕は使われているものの、俳句で最も重要なものは、季語でありその次が地名であるとして、次のように説く。

即ち、芭蕉の去来抄を紐解けば、発句には、四季のみならず、恋、旅、名所、離別、無季とあり名所（地名）が季語に迫る力を持つと共に、歌枕のように文学的イメージを膨らませ、実景を知らずに詠うのでなく、その地を実際に旅しての見聞を土台に詠むからと述べる。

更に地名を詠む場合に留意すべき点として、芭蕉の句を引用しつつ、直接取り込む場合と前書きを置く場合とを提示する。加えて地名を詠む場合の大切なポイントは、「調べの力」であるとし、〈五月雨を集めて早し最上川〉を例句として「マ行音」が句全体に働いて最上川の地名を動かせないものにしていると語り、前書きの例句も示す。

奥州高館にて

夏草や兵どもが夢の跡

大伴家持が五年間国司だった越中は、歌枕も十五と多く、「越中俳枕」もいち早く編纂されたが、当然ながら全てが歌枕である。

他にも各地の観光協会や俳句会によって『加賀の細道俳枕百選』『能登の細道—俳枕百選』『八戸俳枕』『信州の俳枕』等々数多くの各地の俳枕が出版されている。

これに対し、林誠司は先ず「俳枕は殆ど歌枕と場所が重なり、俳枕のみは底が浅く空しい」と述べる。

確かに芭蕉の『おくのほそ道』は、歌枕を訪ねる旅だった。書き記すと、栃木の室の八嶋、阿武隈川、白河の関、信夫（福島）、名取川・末の松山・沖の石・野田の玉川（以上仙台）、塩竈、壺の碑、松島、平泉・衣川、最上川、象潟、出雲崎、佐渡、越中有磯海（雨晴海岸等）、色の浜（敦賀）等々であり、現在では、その大半が俳枕でもある。

数少ない例外が堺田越えでの封人の家〈蚤虱馬の尿する枕もと〉、山寺〈閑かさや岩にしみ入る蟬の声〉で、歌枕にはない俳枕である。

次に林誠司は「歌枕にはある隠された情緒が俳枕にはない」と加える。例えば『おくのほそ道』の仙台の歌枕では、名取川：じっと秘めている恋、末の松山：変わることない恋の誓い等々、そういう意味を念頭に置きつつ和歌を詠むので読み手もそれを意識して解し、多くの意味や詩情が生まれるが、俳枕には、それがなく、ただ多くの俳人が訪ねる場所に過ぎず「奥深さ」が足りないとも述べる。

筆者は、芭蕉による俳枕の成立の経緯と発句の本質から、俳枕は、歌枕のように仮に故事来歴や意図がなくとも、俳句の詠まれた場所とその自然を第一義とした場合があっても良いのではないかとも思うのだが。

確かに昭和六十年代から、観光ブームや村おこし運動という時代的背景からか、地名に基づく俳句を分類したアンソロジーが刊行され始め、『地名俳句歳時記』（中央公論社）、『新撰俳枕』（朝日新聞社）、『俳句の旅』（ぎょうせい）、『俳枕』（河出書房新社）、『ふるさと大歳時記』『地名・俳枕必携』（共に角川書店）と続いた。

これらは、単に名勝地に止まらず都市、町村も含み、先述の林誠司の批判を免れない。

昭和六（一九三一）年に大阪毎日新聞・東京日日新聞が、日本の新名勝地（山岳、渓谷、瀑布、河川、湖沼、平原、海岸、温泉等）の一三三景を選定し、それらの句を募集したところ、十万三千強の俳句が殺到、虚子一人で厳選し、各景ごとに優秀賞（金牌賞）、更に佳作五句（銀牌賞）を選定した。

その中の最も優秀な二十句を帝国風景院賞としたが、それらの句はその後人口に膾炙され、その殆どが歌枕と重ならず、今や堂々たる俳枕としての地位を確立している。

滝の上に水現れて落ちにけり　後藤夜半（箕面の滝）
谺して山ほとゝぎすほしいまゝ　杉田久女（英彦山）
啄木鳥や落葉をいそぐ牧の木々　水原秋櫻子（赤城山）
下り鮎一連過ぎぬ薊かげ　川端茅舎（阿賀川）
さみだれのあまだればかり浮御堂　阿波野青畝（琵琶湖堅田）
噴火口近くて霧が霧雨が　藤後左右（阿蘇山）
山越えて伊豆に来にけり花杏　松本たかし（熱海温泉）
漂へるものゝかたちや夜光虫　岡田耿陽（蒲郡海岸）
青蘆に夕波かくれゆきにけり　松藤夏山（霞ヶ浦）

俳枕が常に歌枕の後塵を拝し、そのあとをなぞる感があった来歴を思うと画期的なことであった。

虚子選は、ホトトギス俳人に偏っているとか、文字通り自然のみで、人間の営みの句が少ないとの批判があるが。

月の出や印南野に苗余るらし　永田耕衣

印南野は、兵庫県（播磨）の加古川東岸の台地で都と大宰府を結ぶ官道（山陽道）沿いに位置し、万葉集時代からの歌枕。柿本人麻呂の〈印南野も行き過ぎがてに思へれば心恋しき加古の島見ゆ〉、山部赤人の〈印南野の浅茅押しなべさ寝る夜のけながくしあれば家し偲はゆ〉等十数首がある。各歌人は、実際に足を踏み入れたのであろうし、神亀三年（七二六年）には、聖武天皇の御幸も記録される。

一方清少納言は『枕草子』の中で、「野は、嵯峨野さらなり。印南野。交野《かたの》。飛火野《とびひの》。しめ野。春日野。そうけ野こそ、すずろにおかしけれ（心ひかれて、趣がある）」と記しているものの、実際に行ったとの記録はなく、おそらく風評、万葉集等から形成された彼女の心象風景なのだろう。

当地に生まれ、近隣の高砂市で暮らした耕衣のこの一句を以て、人麻呂や赤人他の歌枕に伍して一躍俳枕に値すると筆者は思うが、鈴鹿野風呂の〈印南野は花菜曇りの神代より〉の他に印南野の佳句がないのが惜しまれる。

門司、本州・九州を隔てる早鞆の瀬戸は壇ノ浦の戦いの故事でも著名であるが、〈夏潮の今退く平家亡ぶ時も〉〈春潮といへば必ず門司を思ふ〉（高浜虚子）、〈門司に着き書きし便りや蚊喰鳥〉（中村汀女）、〈七月や雨脚を見て門司にあり〉（藤田湘子）等の佳句を得て俳枕である。

門司同様に、当地詠が名句たるとの称賛を得て、俳枕になったと見なして良いのではと筆者が思うのは左記の通りである。（先の新名勝句は除く）

流氷や宗谷の門波荒れやまず　山口誓子（宗谷海峡）
みちのくの淋代の浜若布寄す　山口青邨（淋代海岸）
曼珠沙華どれも腹出し秩父の子　金子兜太（秩父）
鎌倉を驚かしたる余寒あり　高浜虚子（鎌倉）
おもしろうてやがてかなしき鵜舟かな　松尾芭蕉（長良川）
葛城の山懐に寝釈迦かな　阿波野青畝（葛城山）
滝落ちて群青世界とどろけり　水原秋櫻子（那智の滝）

新たな俳枕となるためには、多くの俳人がその地を訪ねて佳句を積み重ねるだけでなく、著名俳人の皆を瞠目させる飛びっきりの佳句の出現が必須だろう。

又それ以降も俳人が当地を幾万と詠うことにより、当地の佳句が重層的に増えて、揺るぎない俳枕が確立する。

〈万緑の中や吾子の歯生え初むる〉（中村草田男）の「万緑」の様に、従来季語でなかったものが、名句が詠われることで新しい季語と認定され定着したように、俳枕となるためには、その地に絶妙な季語を配した作品が不可欠かも知れない。

加えて、名句がその地を俳枕とし、それにより当地の歴史、風土、自然を守り継ぐことになるとの強い信念を持つべきだろう。

歌枕は、文学的イメージを優先し、実景を知らずして詠まれるが、俳枕は『おくのほそ道』のように、実際に自ら足を運んでの旅の見聞感慨を土台にして詠まれており、そのことが大きな違いであり、そこが俳枕の強みでもある。

それがなければ、ただ俳人が多く訪ねて詠む吟行地に過ぎず、それらの作品には「奥深さ」が足りないとの林誠司の指摘も心すべきであろう。

虚子選の帝国風景院賞の様に幾万の句が、あたかも富士山の広大な裾野を形成し、一握りの佳句が富士絶巓としてその俳枕の代表句として人口に膾炙される。

狩行が言うように、名所で名句を詠もう！とは、揺るぎない俳枕が確立する第一歩だと思う。短歌が自然詠、名勝地、歌枕に目を向けなくなった現在、俳人に求められる責務は重い。

私の備忘録

守屋明俊

「現代の俳人は句をたくさん発表し過ぎる」梅津保一

尾花沢在の「おくのほそ道」大学学長。芭蕉が『奥の細道』に入れた俳句は五十句に過ぎないと述べたあと、現代俳人への皮肉を少し。平成二十八年五月十六日、芭蕉「おくのほそ道」旅立ち追体験ツアーに参加した際、小名木川の船上で学長からこの一言を聞いた。生涯の句数を問うているのではない。現代俳人の妙な忙しさを言っているにすぎない。句数でいえば、芭蕉の生涯の発句で疑念の余地のないものは九八〇句（今栄蔵校注『芭蕉句集』）で、蕪村は八六八句（清水孝之校注『與謝蕪村集』）。現代では例えば加藤楸邨が未発表句、未収録句を含み一三五三二句あるが、江戸時代と現代との句作をめぐる情報環境は全く異なるので、比較にはならない。現代では発表の機会がかなり多く、各総合誌では挙って三十句、五十句の作品を俳句作家に書かせている。それも多くは作ったばかりの作品であるから、芭蕉研究家、芭蕉顕彰者がそのことに乱造という印象を持ってもおかしくはない。ゆっくり時間を掛けて丁寧に作品を仕上げていくという環境は、時間に追われ生きている我々現代人にはなかなか作り得ないものである。

「解凍したら、句が腐ってたりして…」鍵和田秞子

私事で恐縮だが、若い時分に師の鍵和田主宰から「守屋さんは俳句をたくさん作っているようね？」と聞かれ、若気の至りで「沢山あって困っています。腐らないよう、冷凍庫に句を入れています」と言ってしまったことがある。これに対し、普段は冗談や駄洒落も言わない主宰の返して来た言葉が「解凍したら、句が腐ってたりして…」であった。まことに上質のジョークで、一本取られたというか、その言葉に心臓を抉られた。冷凍庫に入れなくても私の句は作る端から腐っていたからである。そのことがあって、現在では山口誓子を真似て一年間熟成した句を毎月投句するようになったが、それでも腐らないという保証はなく、やはり今は亡き主宰の言葉は重い。

「完全でないところに個性が生まれる」レディー・ガガ

ガガは「不完全さが大切。誰にでも違いが有る」という。一人一人を一律的にガチガチの基準に当て嵌めて評価するのが現代社会。個々の性格の違い、生き方の違いなど無いかのように「完成」を求める。完成を求められる側もその「完成」の尺度に合せようとする。俳句の世界でもそういうことがあるらしい。鍵和田秞子は若い頃まだ

「萬緑」に居た時に、句稿を見せた師の中村草田男から一度だけ注意を受けたという。曰く「そんな俳句らしーい俳句を作って何になるんですか?」と。具体的な指摘は知る由もないが、予定調和的で季語もまずまず巧く納まっている、自分の顔を持たない句群だったと想像しても失礼にはなるまい。その草田男の言葉を私たち弟子は何回も繰り返し聞かされて育った。句を美しく飾らないこと。「完成」に手が届かなくても、自分なりの真実がそこにあればいい、それが個性だと私は理解していたので、ガガの言葉は直ぐに受け容れることができた。

「料理は伝統を踏まえて基本を大切にしながら、間口を広げて創造する部分がなくては」山本彩香

琉球料理の継承に力を注ぐ琉球料理家。「元の形を知らずに工夫も創造もできません。基本を守りつつ時代に合わせ変えるべきものを変えていくのが、伝統を受け継ぐことです」という。この考えは和食の料理人にも共通していて、やはり伝統を引き継ぐというのはコピーするということではなく、そこに新しいものを加えないとそれは伝統の継承にはならないらしい。新しみを求めるのはどの世界でも同様であるが、言うは易く行うは難し。せめて俳句の素材を切り取る包丁は、錆びつかないよう研いでおかねば。

「監督の喜怒哀楽が作品の中にある」是枝裕和

『歩いても歩いても』『海街 diary』『万引き家族』の映画監督。「人間って何だろうというのを考えていく延長線上に映画作りがある」とも言う。喜怒哀楽といっても自分の思いを映画で述べるのではない。述べようとは思ってもいない。変な正義感もない。全ては観終ったお客さんの心に委ねる。ドキュメンタリー映画出身だけあって、家族一人一人の感情や血縁間の微妙な空気を掬い上げるのが巧みな映像作家である。「映画にできるのは、のっぺりとして見える風景にも実はいろんな凹凸がある、いろんな濃淡があると気づかせるところまでじゃないですか」。それは俳句という分野でも同じような気がする。作者の思いや信条に共鳴するという表面的なものでなく、たとえ地味でも人間や風景の描写が確り出来ていて、心の機微がそこはかとなく伝わってくる作品。私にはとても作れそうもないが、憧れではある。

「ハランベ(頑張ろう)」渡辺貞夫

「ハランベ」はスワヒリ語で、みんなが力を合わせる時の掛け声。それを演奏中にリズミカルよく陽気に歌う。渡辺は抜擢した新人ドラマーを「あまり考え込まず自由に本能的にスイングせよ」と励ます。嗚呼これも備忘録に入れておこう。俳句も手摑みで本能的に、ハランベ。

俳句を「作ること」と「読むこと」の難しさ

冨田正吉

父に勧められて、師岡本眸に導かれて俳句を作り続けて四十年になる。今、感じていることが二つある。俳句はつくづく縁が絆ということ。もう一つは俳句って、作るのも、読むのも難しいということです。

岡本眸先生の教えを簡単に要約してみたい。

①俳句は日記が根本の教えではないか。日記を書くときのことを思い出すと、一日の暮らしの出来事（世の中の動きも視野に入る）を振り返って、自分の心がどのように動いたかを胸に手を当てながら書くことになります。日々の暮らしの哀歓という感情を詠むことが中心にどうしてもゆきつきます。この感情を詠むのが難しいのです。

②自分の心の動きを見つめることは自分を見つめることであり、人間とは、人生とは何かを追求することです。さらに難しいところに入りました。俳句を自分自身を起点に素顔で作るものですよの教えと言ってよい。この場面の難しさは自分の人生観照の道が自己凝視から始まるとおっしゃっているのです。自己凝視は自己内対話と言い換えられます。とてもきびしいもの、切ないものです。

③自分の言葉で作ること。良い出会いが前提となります。自分の出合ったもの（風景、人、モノ、出来事等）の心境を書きとめることが第一です。次に自分自身が言いたいこと、伝えたいことを十分に間違いなく伝えられる言葉を選びます。そうしないと自分の言葉にならないわけです。

初学時代の一番の思い出は句集を沢山読んだことです。文献書院に通って何年も十冊以上買っておりました。俳句の多様性を知りました。多記憶にはなりませんでした。俳句作りの基本は、師の教えに忠実な作句なのですが、なかなかそうはいきませんでした。当時、腐心して今も実行しているのが多作多捨です。その頃大切にしていたのは俳句の型でした。当然のように師の型を学ぶことになります。また実力俳人の型も学びました。ずっと長く続いたので師から注意を受けたことを有難く懐かしく思い出します。

内容からゆきますと仕事、両親、自分、椿を主題のように作っていたように思います。仕事以外は現在も続いております。自分を詠むということがいちばん難しいのではないか。自分を自己凝視しきれないからです。自分の感情を客観視するまで冷徹になかなかなれないからでもあります。どうしても自分を甘やかしてしまうのです。

自作の要は自分の言葉になっているかです。型、切れ、韻律にも注意します。切字、省略にも注意しています。

俳句を作ることの難しさを要約します。①自分らしい表現の基礎となる言葉の紡ぎ方の難しさです。自分らしい俳句の練成の難しさでもあります。②季語の絞り方の難しさです。吟行の場合特に重要です。何を詠みたいかに出合えるかということです。どうしても時間に追われがちです。③どのような表現が自分にふさわしい言葉になるのかの選択が難しい。そのためには言葉の抽斗をふやしておく必要があります。④ものとの対話の難しさです。自分がものに入ってゆくのか、引き寄せて詠むのかということです。これはどうしても必要なことですので避けられません。⑤多作多捨の難しさです。

俳句という文芸の不思議は多くの場合、作る人と読む人両方になることにあります。多くの人が俳句結社に所属して、句会に出席しています。句会では出句、選句、師の講評があります。出句では自分の作品から選ぶ作業が入ります。このときに自分の作品を読むことになります。選句のときにも俳句を読みますし、選句数を整える場合にも読みこむことになります。という訳で何度も自分の読む力が確かめられることになっています。確固たる自分の基準が欲しくなります。仲間の選、師の選と講評がいつも楽しみでした。

私の基準は①心に響いている作品となっているか②やさしい表現か③季語が適切で動かないか④自己に正直な作品か⑤どこか光りを放っているところがあるのか⑥リズミカルか⑦発見があるか⑧慈しみのまなざしが注がれているか⑨俳句の日記となっているか等々です。

井上弘美の『読む力』からも引いて「読むこと」の難しさを整理してみたい。①やさしい表現かは、言葉自体が難しくなくてわかりやすい表現且つ表現に無理がないことです。②季語の大切さは当然でしょう。歳時記を十分読んでおくことが求められる筈です。③表現のユニークさ、新鮮さは言葉にかかっていますので読書経験の豊かさも求められるのではないでしょうか。④詩があるかも重要な点です。これがないと魅力がありません。⑤作者らしさがある俳句かも大切です。⑥対象への「愛」があるかとも記されております。私が作者と「もの」との関係で触れたこととダブります。また慈しみのまなざしとも重なり合います。作者が対象に愛情を注げば「もの」もきっと応えてくれるものですと師岡本眸も言っています。⑦納得できる写生かも重要ですね。これが難しい。⑧興の振幅は大きいか。これも私が大事なことにしている点です。これに尽きないのが俳句の多様性です。読みという批評に公式はありません。俳句って作ることも読むことも難しい文芸です。

篠田悌二郎の文体

――序詞を生かした調べの美しさ

菅野孝夫

篠田悌二郎について書こうとしているのは、私が彼の孫弟子だからではない。弟子の一人として悌二郎を知ってもらいたいという思いは勿論あるが、彼の完成させた俳句の、流れるようなリズムの美しさと、それを可能にした美意識の高さと繊細な言語感覚はもっと評価されていいと思うからだ。

最近の俳句はそれを失ったか、失いつつあるのではないかと思う。理の勝った俳句は言葉から繊細さを奪い、自己主張の強い俳句はリズムの美しさを失う。調べと言葉の玄妙さを取り戻したい。これは当然すぎるほど当然のことと思われるが、そのような俳句に出会うことは極めて少なくなってしまった。

篠田悌二郎。明治三十二年東京都小石川区（現在の文京区）生れ。十八歳で京北中学校を卒業、日本橋三越に入社。昭和十九年に退職するまで宝石貴金属売場に勤務。大正十五年、二十七歳のとき水原秋櫻子を訪ねて入門「破魔弓」「馬醉木」に投句。昭和八年、三十四歳で「馬醉木」第一期同人に推薦され、第一句集『四季薔薇』を馬醉木発行所より上梓。同十一年、主宰誌「初鴨」創刊。戦中の物価統制などにより、同十九年終刊。

秋櫻子に指名されて馬醉木新人会の指導に当ったりしたが、俳壇つき合いに興味を示さず、「作品第一」を標榜した。戦後二十一年六月、「野火」創刊。野火は馬醉木の高等学校と言われたりしたが、三十七年に馬醉木を離れた。六十年、八十六歳で松本進に主宰を譲り名誉主宰となり、六十一年、八十六歳で亡くなった。

『四季薔薇』のほか、『青霧』、『風雪前』、『霜天』、『深海魚』、『玄鳥』、『夜も雪消』など、七冊の句集あり。六十一年の『桔梗濃し』が遺句集となった。生涯賞罰なし。これが悌二郎という俳人である。

第二句集『青霧』の序に秋櫻子は次のように書いている。世の中には派手な仕事をする人と、ゆっくり腰を据えて地味な仕事をする人がいる。「地味な仕事は言い換えれば渋い芸である。また言い換えれば、欲のない芸である。しかし欲はないけれども熱は大いにある。その点では決して派手な仕事をしている人に劣らない。自分の句を灼熱の火中に投じて鍛練し、気に入るまでは一歩も退かぬだけの気迫を持っている」。それが篠田悌二郎であると秋櫻子は言って、渋い芸の句として次の五句をあげている。

よべ今宵とみに夜涼とおもひ寝る

群れのぼる鮒は見えねど川流る
夾竹桃か丶る真昼もひとうまる
枯尾根の馬柵天遠く歪み立つ
寒椿落ちたるほかに塵もなし

さすがに弟子を見る目に狂いがない。私は平成四年、悌二郎の死後、二代目主宰・松本進の時代に野火の門をたたいたので会ったことはないが、作品は何度も読んでいるので、秋櫻子の言葉に納得する。

篠田悌二郎について書かれたものでよく引用されるのは、山本健吉の『現代俳句』の中にある次の言葉である。「悌二郎の作品は、ただうっとりとその美しい情趣にひたっていれば足りるといった作品が多い。それはもちろん選択された題材の美しさにもよるが、それ以上に言葉の斡旋の巧みさと句の調子のなだらかさによっている。彼は耽美的な「馬酔木」風の正系に位置している。彼は波郷・楸邨のような際立った個性を示さないが、人目に立たない地味な仕事を積み重ねてゆきながら、いつのまにか独自の風格を築き上げている作家に属する」

もう一つ彼は同書で「この作者の句は、ややもすると抒情的に流れ去って、イロニックな俳句的性格が弱いのである」とも言っている。この指摘も見逃せない。長く引用したのは、悌二郎についてこれ以上付け加えることがないからで、二人をしてそう言わしめたのはどうしてなのか、短歌調と言われた悌二郎の作品を、便宜上いくつかのパターンに分けてみたが、それぞれの要素が相互に絡み合っているので、一応の分類にしか過ぎない。

一　体言止めの句

暁やうまれて蟬のうすみどり
海照ると芽ふきたらずや雑木山
魚市のあとの芥や東風の浜

このジャンルは、第一句集『四季薔薇』に多く見られる。や・かな・けりの、特に「かな」の使用を悌二郎は嫌って、弟子たちにもそれを求めたが、同書には「や」を使ったものは少なくない。注目すべきは初期の段階から、うまれて蟬のうすみどり、魚市のあとの芥や、のように序詞を効果的に使っていることで、上五と中七の「や」の切れは決して強すぎず、既に悌二郎らしい、短歌調の調べを整えていることである。

二　用言止めの句

石鹸玉木かげしづかに移りつつ
芍薬の咲ける井ありて水を乞ふ
流燈の相ふれたればたゆたへる

下五の用言止めは、悌二郎俳句の特徴の一つであり、石鹸玉⇩木かげしづかに移りつつ⇩石鹸玉⇩木かげしづかに……と永遠に循環し漂い続ける美しさである。ここから生まれる柔らかな情感が悌二郎の作品の底流にいつも流れている。

三　動詞の多用

猫の子に鳴かれて抱いてやりにけり
杖ついて祖母門にあり羽子をつく
子がたちて後立つ雀ほそりけり

悌二郎の俳句について言われる「短歌調」のリズムは動詞の使用から生み出されていると言ってもいい。一般に動詞の多用が嫌われるのは、述べて句が冗漫になってしまう危険があるからだが、その弱点をむしろ積極的に生かすことで悌二郎の作品は成り立っている。例に挙げた作品にはそれぞれ動詞が三つも入っているのに無駄な言葉がなく、事実を淡々と描写しただけで理屈が働いていないから、一気に読ませる。

四　畳みかけるリズム

冬の日のいみじき虹や四季さうび
トマト捥ぐ手を濡らしたりひた濡らす
秋桑を摘む音ばかり声もせぬ

ここで詠まれていることは単純である。作品にとって、事実はほとんど重要ではない。どう表現されているかがより重要である。言葉が全てだ。言葉の斡旋と組合せの妙が悌二郎の作品を悌二郎らしくしていることが分かる。ともすれば句の内容に拘り過ぎて、言葉を乱暴に扱っている作家を多く見ているので、悌二郎の言葉遣いの繊細さを見直してみたくなるのである。彼はもともときれいなことを美しく言っているのではなく、さもない事を美しく言っているのだ。

五　一句一章

花とほくひとつの声の蛙澄む
土用芽のわけてもばらは真くれなゐ
芦刈のしたたり落つる日を負へり

悌二郎らしさは一句一章の句に最も顕著にあらわれる。うっかりすると読者は、一句を読み終わった後で何を言われたのか覚えていないといった心理状態に陥り、うっとりと余韻にひたっている自分に気づくことになりかねない。山本健吉が「この作者の句は…美しい詩的律動の波に乗って流されるものを、力強く押し止め押し返す力に乏しい」と言ったのはこのことだろう。確かに読者を鷲摑みにする迫力には欠けるが、この調べの美しさはそれを補って余りあると言える。

個人的な好みから言えば、万太郎や誓子の句を見ているとその中の一語に触発されて、思わぬ作品が生まれることがしばしばあるが、悌二郎からは確かに稀である。彼の作品が、読者が新たなイメージを膨らます余地がないほど完成されているからかもしれない。悌二郎の手法を下敷に、読者の胸にずんと入り込む作品を、どうしたら詠むことが出来るか、ここは後に続く者に課せられた問題でもある。

六　序詞の活用

十ばかり熟れて今日摘む苺かな
旅なれやひろひてすつる栗拾ふ
はたはたのをりをり飛べる野のひかり

これまで悌二郎の俳句を文体別に見てきたが、彼の俳句は、それぞれの文体を句の内容によって使い分け、言葉を柔らかに組み合わせて醸し出される情緒的な雰囲気を味わえばいい、と言っても決して言い過ぎではないだろう。

それは今まで既に見てきた作品からも分かる通り、ひろひてすつる栗拾ふ、をりをり飛べる野のひかりという序詞の使い方のうまさ、序詞的な言葉の斡旋の見事さによるものだ。さらに言えば言葉に対する潔癖さであり、感覚の鋭さだ。それがあるために、普通なら俳句をダメにすると言われている動詞を多用し、切れ字を拒否しながらも切れを失わない、彼独特の世界を作り出すことが出来たのだと言える。

悌二郎はもっと評価されていい。彼の言葉に対する潔癖さはみごとだ。しかし残念ながら、悌二郎は彼の作風を正しく受け継いだ弟子に恵まれなかった。先輩達には不遜な言い方になってしまうが、彼ほどの美意識の高さ、繊細な言語感覚をもつ作家が育たなかったとも言えるが、私たちの生活環境から既に、情緒・情感と言ったものが失われてしまったためとも言える。

当然、俳句からもそれは失われて、即物的で論理的で、底の浅い自己主張の、俗臭芬々たる作品が蔓延してしまっている。試しに短歌の雑誌を三冊買ってみたが、状況は同じようなものだった。

論理的な主張は言葉から美しさを奪う。美しさを無くした言葉は情緒を失う。情緒を無くした言葉は痩せる。言葉が痩せると俳句も痩せる。俳句に言葉の美しさを取り戻したい。悌二郎の作品はもっと高く評価されていい。じっくり取り組んでみる価値がある。

最後に第一句集『四季薔薇』から三句紹介したい。

春蟬や多摩の横山ふかからず
三つほどの栗の重さを袂にす
鮎釣や野ばらは花の散りやすく

俳句史の踊り場にて

高山れおな

青木亮人の年間回顧

「文藝年鑑」（日本文藝家協会編　発行＝新潮社）にはジャンルごとの年間回顧の欄があり、七月に出た二〇二〇年版では青木亮人が俳句欄の執筆を担当していた。なかなか辛辣で、読んでいろいろ思うところもあった。青木がまず述べるのは、目利きの不在ということである。

現在の俳句界に目利きは居ない。俳壇を背負う人物や巧い作家、玄人筋を唸らせる職人肌の作者や時流に乗った俳人は多々存在するが、誰もが認めざるを得ない目利きは空位のままだ。

往時の高浜虚子や中村草田男、飯田龍太、三橋敏雄……彼らは優れた作者のみならず、何をもって「俳句」とするのか、その一点をゆるがせにしない目利きだった。季語らしさや巧拙よりも「俳」たるものが一匙でもあれば、是としたのだ。

歯切れよく書いているようだけれど、引用の後半はじつはよくわからない。俳句界は、目利きであろうがなかろうが、〈何をもって「俳句」とするのか〉については自信満々の人ばかりというのが当方の素朴な実感だからだ。〈「俳」たるものが一匙でもあれば、是〉とすることも、みんなそれぞれ勝手な基準でやっているというのが本当のところで、それが目利きの条件ならば世の中、目利きだらけのはずである。

右の引用には、虚子の選はすごかったという話が続き、〈虚子亡き後〉には、飯田龍太や三橋敏雄が、〈玄人筋を唸らせる選句眼を有した〉とまとめている。虚子の選句が俳句における価値基準を形成したのは大正から昭和戦前の限られた時代であることを考えると〈虚子亡き後〉はやや乱暴で、龍太や敏雄が権威になる前には、山本健吉もいれば高柳重信もいたんではないかと思うが、そのあたりは紙幅の都合ということもあるだろう。なんにせよ、以上の目利き不在説は枕であって、辛辣なのはその先である。

その龍太や虚子のような存在がいない現在、何をもって「俳句」とし、何が作品たりえないかを判断する基準は那辺にあるのか。それは各種受賞や話題、また各団体の権威が担う場合が多い。

こう述べた青木は、以下、二〇一九年の蛇笏賞、俳人協会賞、同新人賞、現代俳句協会賞、日本伝統俳句協会賞の受賞者・受賞句集を、それぞれ例句を引きながら淡々と紹介した上で次のようにしるす。

ところで、二〇一九年の俳句状況を概括するに蛇笏賞及び三協会受賞作を列挙し、特に句解や価値判断を添えなかったのは、これが現俳壇の姿だからだ。受賞自体に価値があり、壇上に立った受賞者は拍手に包まれ、その快挙を口々に称えられ、周囲ともども華やかな気分に満たされる。受賞作のどの点が「俳句」で、受賞を逃した作品は何が「俳句」たりえなかったかは問われず、人々の記憶には祝祭めいた華やぎや全国紙の記事に取り上げられた「偉い俳人」という記憶がたなびくのみだ。そして一年後には次の誰かが祝福され、総合誌は一年前同様に受賞時の写真を掲げ（以下略）

この後、青木は自身が注目する二〇一九年の句集として生駒大祐の『水界園丁』（発行＝港の人）を紹介し、抜井諒一と西村麒麟の角川俳句賞同時受賞に言及した上で、鴇田智哉らの同人誌「オルガン」の活動を称揚してやや唐突に稿を終わる。

何の不在が問題なのか

辛辣と記したが、むしろ絶望的な文章というべきかもしれないし、あるいは退廃的でさえあるかもしれない。具体的には誰一人攻撃していないにもかかわらず、読んでいて一種の瘴気に包まれるような気分を味わったことは言っておこう。なるほど、年鑑の回顧欄なのだから各種の賞の報告をするのは不自然な選択ではないが、目利きの不在という状況を措定することで、それらの賞の意義は空無化されてしまう。しかし他方、生駒大祐の『水界園丁』に対する激賞（青木は、〈平成俳句が獲得しえた金字塔〉とまで言っている）にしたところで、もし青木が目利きでないのだとしたら、各種協会賞と同様の空無の上塗りにすぎないことになる。

すでに述べたように、おそらく目利きは（青木自身も含めて）たくさんいるのである。では、そのあまたの目利きたちのうちの一人ないし何人かが、〈誰もが認めざるを得ない目利き〉として屹立し得ていないことが問題なのだろうか。しかし、これもじつのところあやしいように私は思う。

たとえばの話、ホトトギス全盛期の虚子ですら誰もが認める目利きだったわけではないし（目利きとして信用できなくなったから秋櫻子は自立したのだろう)、まして戦後の虚子が俳句界の全体に目利きとして睨みを利かせていた事実はない。もちろんある時期の虚子が、〈方向性も俳句観も異質の句群を「俳句」として見抜いた批評眼の持ち主〉として卓越していたのはその通りだろう。それが可能になったのは、旧派が指導者たちの高齢化(!)によって衰退し、無味乾燥な明治新派がさらなる一転回を求められていたタイミングにおいて、新派のメディアとしての「ホトトギス」が有為の才能の相当部分を投句者として囲いこむことに成功したからだった。そこに、結社経営者としての虚子の手腕があったが、その前提が失われてしまえば、虚子の〝批評眼〟といえども影響力はごく限定されざるをえない。実際、『虚子は戦後俳句をどう読んだか　埋もれていた「玉藻」研究座談会』(筑紫磐井編著　発行=深夜叢書社　二〇一八年)で虚子が読んでいる(読まされている)作品には戦後俳句の代表句が多く含まれるにもかかわらず、それらが秀句・名句として登録されてゆく過程に虚子がなんら関与していないのは(戦前に虚子が「ホトトギス」で採った若干の句を除く)、まさにその前提が失われていたからだった。

以上やや批判的に述べたが、青木の文章が湛えている無力感あるいは虚無感には私にも大いにおぼえがある。その虚無感を、虚子がいないから、龍太がいないから、という話にしてしまうのはしかし俗論だろうと言いたいだけのことだ。

俳句史の喪失、のようなもの

それでは、このような虚無感はどこからやって来るのだろうか。「船団」で見かけた坪内稔典の次のような発言が、それを考えるてがかりになるかもしれない。

坪内　(中略)結構、俳句史とは僕の若い頃、三十代とか四十代の頃からの印象でいうと、まだ考えられていたかな、という気がするんですよ。ところが今はほとんどなくなってしまった。

坪内　僕なんかは、俳句史を考えないで俳句を作ることは不可能じゃないかと思ってたんですね。つまり僕より前の人たち、あるいは同じ世代の人たちがどんな表現をしているかということを見通さないと、自分がやっていることの意味がわからない。若い頃からそれを考える姿勢をずっと崩さないようにしようと思っているけど、そういう僕なんかの関心がまわりには必ずしもうまく伝わらないというか。

名簿や総目次などからなる増刊号が出ることが予告さ

れているが、「船団」の通常形態での刊行は、六月に出た第一二五号で終了したようである。坪内の主宰誌らしく、その第一二四号では「俳句史の先端」を特集していた。右に引いたのは後者の特集のうち、〈座談会「俳句史の先端」―俳句とはどんな詩か〉にあった発言である（坪内以外の座談会参加者は、宇多喜代子と木村和也）。

最初の発言にある坪内の三、四十代の頃とは、一九七〇年代の後半から一九九〇年代の前半にあたる。私自身は一九九〇年頃に俳句を始めたのであるが、なるほど一九九〇年代前半の頃には、右も左もわからないなりに、俳句史に対する意識は持っていたように思う。ひとつには、「俳句空間」という高柳重信系・俳句評論系の総合誌への投句が俳句界との最初の接点だったからでもある。「俳句」に載っている主流的と思われる俳句、より具体的には人間探求派や天狼系の表現への拒否感があったから（今はまた違いますが）、「俳句空間」などで知った一九七〇〜八〇年代の俳句評論系の俳句を参照することが、自分の表現を探す助けになった。

一方で私は、かなり早くから虚子、そしてそれ以上に川端茅舎の句が好きだったが、おかげで「俳句空間」周辺に色濃かった後期新興俳句至上主義は私の中で相対化されていた。これについては、昨年の本年鑑で本井英が、〈「いわゆる俳壇」における「虚子評価」について、どこでその潮目が変わったか〉をめぐり、一九九二年に深見けん二が『花鳥来』で俳人協会賞を受賞したことをひとつのメルクマールとして挙げているのが参考になる。私は当時、深見の存在を知らなかったし、俳人協会賞にも関心はなかったが、今思えばそれと意識しないまま、虚子系の俳句をめぐるこの変化した潮流に乗っていた（流されていた？）と言えるだろう。

以上要するに、一九九〇年代のある時期までの私は、近代俳句では唯一好きな川端茅舎と近過去の俳句評論系俳句を立脚点にして、同時代の主流派の先へ出るべしという、自分なりの俳句史的遠近法を持っていたということなのである。ここで坪内の発言に戻れば、私自身においてそうした俳句史的遠近法が、〈今はほとんどなくなってしまった〉こと、そして俳句史的遠近法の内実はそれぞれだとしても、それがどうやら自分だけの話でもないらしいことに愕然とせざるを得ない。青木亮人の年間回顧の文章のあの虚無感、何が俳句かは問われないままに、あれこれの授賞儀礼だけが空虚に反復されているのが俳句の現在なのではないかとするあの無力感は、坪内が指摘する俳句史の喪失とこそ結びついていると私は思う。俳句史の喪失とは進むべき俳句の道の喪失でもあるだろうからだ。以上を念頭に置きつつ、再び青木の文章から次の一節を引いておきたい。

私見では、生駒氏の句集は平成俳句が獲得しえた金字塔で、膨大なデータベースからゲーム的リアリズムのように紡がれた氏の句群が令和元年に出現したことは、俳句史として大きな意義があったかに感じられる。

すなわち、生駒大祐が『水界園丁』において、〈膨大なデータベースからゲーム的リアリズムのように〉句を紡ぐことができたのは、俳句が歴史的遠近法を失っているという条件下にあるためとも考えられよう。同書は俳句史が失われたことの俳句史的メルクマールという奇妙な存在なのかもしれない（ちなみに、同書は青木の文章が載る「文藝年鑑２０２０」の刊行にやや遅れて、第一一回田中裕明賞を受賞している）。

ところで、先の座談会における坪内は、俳句史の喪失を指摘したが、その有効な打開策などは提示し得ていない。

坪内　（中略）今までは俳句史とか文学史というのは本になって読まれてきたけど、本そのものが読まれなくなるというか、買われなくなって、本の時代から何か違うものに移りかけているんですね。いわゆる活字から違うものに。そういう時に文学史と言うのはどんな役割を、どういうふうになるのか。

私もまた俳句が俳句史が〈どういうふうになるのか〉、坪内と同様に絶句しつつ立ち尽くしているというのが実際のところだ。変わりかけてなお変わりきってはいないこの歴史の踊り場の向こうにどうしたら出られるか、しばらくは模索の時が続くことになるだろう。

感銘の句集より

今年出た句集の中で最も感銘が深かったのは澤好摩の『返照』（書肆麒麟　二〇二〇年七月二五日刊）であった。

霊山の多き八洲を黄砂かな
大年の船行く浪をくらふ舟
噴水に睡り足らざる男たち
落鮎に日照り月射す残んの日
左義長の盛りを離れ際とせむ
脚速き千鳥真上に昼の月
傘つひに荷物のままや夏の旅
みな黙し螢の谷を去れずゐる
七竈真赤な此処が馬返し

雲水と別れては会ふ日照雨かな
渡る鷹友には見えて吾に見えぬ
石が石噛んで石垣花菖蒲

一般に俳句にはあまりジェンダーは現われないものだが、これはどうにもこうにも男の俳句というか、男として格好をつけた俳句であるなと思わずにはいられない。右に引いた句について言えば、出会いと別れというモティーフが通奏低音のように響いているだろう。出会いと別れと言っても狭義の人事には限らない。

一句目では、〈霊山の多き〉と独特の捉え方をされた八洲＝日本列島に、大陸からの黄砂が降る。列島と大陸の俯瞰された出会い。二句目は、浪を媒介にした船と舟の出会いと別れ。そこに大年という時間の別れが重なる。三句目は、それぞれに〈睡り〉から引き離された（別れてきた）男たちの出会い。男たちは仲間かもしれないし、たまたま噴水のほとりにいるだけの行きずり同士かもしれない。四句目では、一年の終わりへ向かう時間が鮎の生の終わりに重ねられ、〈日照り月射す〉という圧縮された叙法の中七が、常に入れ替わり、出会うことのない昼と夜の転変を思い出させ、胸に迫る。出会いと別れと簡単に言うが、そこにこもる思いの深さをあらわにしたのが八句目〈みな黙し螢の谷を去れずゐる〉――総じて、いまどきこれほど情を先立てた作りは珍しいと思うし、一句一句の仕上げの丁寧さも特筆に価する。

同人誌仲間の句集になってしまうが、橋本直の第一句集『符籙』（左右社　二〇二〇年六月二八日刊）もよかった。巻頭句の

貂の眼を得て雪野より起き上がる

はいかにも繊細で、生駒大祐などにも通じるこんにち風のデータベース的な詠みくちを思わせせないでもないが、句集の中ではこの句はむしろ例外的。全体としてはもっと素朴な直叙といった感じの句が多い。

銀塩のフィルムに河童夏痩せの
八月の夢の男はよく沈む
階段に人のかたちの秋がゐる

読み直すたびに別の句が好もしくなりそうな予感もするが、今回の再読では銀塩の句がいちばん胸に響いた。子供時代の川遊びをスナップした写真のフィルムを見ているのだろう。第一義的には自分（たち）を河童と呼んでいると思われ、しかしそこにはほんとうに河童も一緒に写っているのかもしれない。郷愁を帯びたその幻想が、〈銀塩のフィルム〉という滅びつつある（滅んでしまった）物体の名前をかくも美しく輝かせるのだ。

二〇二〇年印象

林　桂

俳壇的には周縁にあって、またあるからこそ俳句の中心の問題を穿つような仕事がある。

石牟礼道子の『色のない虹』もその一つだ。石牟礼には既に『石牟礼道子全句集』がある。この『色のない虹』は、未収録の三十一句とエッセイ、絵画を併載した遺作集である。俳句プロパーでない石牟礼の俳句は、俳壇的には文人俳句に分類されるのかもしれないが、余技や趣味性の趣はない。石牟礼の俳句は、いわゆる「俳句」から見れば、異形である。定型律には準拠しているが、その言葉は俳句的な季語や季題、テーマ性とは無縁である。石牟礼の身体、世界に準拠している象徴的な意味によって立っている。端的に言えば、俳句の無季、有季という概念に無縁な言葉で形作られていると言える。にもかかわらず、俳句が表現するべき、あるいはすることのできる世界を強く想起させる。私たち俳句にかかわる者は、多かれ少なかれ、その定型の美しさに魅入られているが、それが目的化しすぎてしまっているかもしれない。俳句甲子園世代の若者の言葉まで視野を広げても、技巧的ではあっても、心から遠くなっている言葉が多くなりすぎてしまってはいないか。そう思わせてくれる。

天日《てんじつ》のふるえや白象もあらわれて　石牟礼道子
戦《いくさ》して赤いクレヨンもなくなりぬ

『眞鍋呉夫全句集』にも同じことが言いえる。眞鍋にとって俳句は、石牟礼にくらべれば表現の中心に在り続けたジャンルだが、それでも第一の評価は小説だろう。世評が高い句集は『雪女』だが、続く『月魄』の言葉の強さは、これも俳壇的には異形に見える。

死者あまた卯波より現れ上陸す　眞鍋　呉夫
自爆死のひとりは娼婦だつたといふ

遠い日の思いが地下水脈を通って湧き出ているような句群が存在する。今は高価な稀覯本となっている戦中の第一句集『花火』や拾遺作品の若書きにも惹かれる。

サーカスがはてみづいろの夜となる　『花火』
めぐりきてなどかく深き汝が夜空　『花火』以後

來空（鈴木昌行）が亡くなって、小さな私家版の遺句集『来空の短詩』が出された。『河東碧梧桐全集』（二十巻）を編集、刊行したことは偉業と言っていいだろう。碧梧桐に、高浜虚子よりも詳細な全集が出現するとは、俳壇人は想像することができなかっただろう。碧門を自認し、それゆえに短詩を自称して生涯を通した。しかし、その遺句集によれば、來空は碧梧桐没後の弟子である。父と二代にわたる門人のようなので、父を通じて碧梧桐の仕事に親しんでいたのであろう。碧梧桐の体温以上に言葉こそが碧梧桐であるゆえに、その言葉を収集する全集編集の仕事に打ちこんだのであろうか。最後の碧門には違いない。敬愛すべき俳人だったろう。

俄《にわか》。河で輪が若くなった
ねむれない耳を一つにして置く　　來空

森田廣の第七句集『出雲、うちなるトポスⅡ』も衝撃的だった。森田は九十四歳である。島根俳壇の重鎮だ。しかし、その実力にもかかわらず、中央俳壇で注目されることが少ないように思う。正直に言えば、私自身もそのひとりだったと言える。そのテーマは、出雲人の末裔の視点から、天皇神話を相対化し、遙かな祖霊への鎮魂の言葉を紡ごうとするもののようである。何よりも一句の詩的昇華が高いのだ。深い思いが、いよいよ成熟した趣だ。もっと注目されてよい俳人のはずである。

睡い眼の羽抜鳥たち巨船着く　　森田　廣
草を脱ぎ木を脱ぐ神や天の河

柿本多映も九十歳を超える俳人だが、近年、全国的な大きな賞を次々と受賞し、華やかな人気作家となっている。その柿本の『拾遺放光』は、名前のとおり拾遺集である。『柿本多映俳句集成』落集の作品から、高橋睦郎が選出したものである。この集を前に思うのは、自選とは何かということである。なぜ本集に入らなかったのか、作品のレベルからは容易に答えが見えない。

清め塩水となりゆく春ゆふべ　　柿本　多映
春嵐人のとなりに人が寝て

俳壇的な動向で一番衝撃を受けたのは「船団」（坪内稔典代表）の終刊だろう。季刊で一二五号、三十年を超える活動である。同人の価値観とテーマで立つ唯一無二の同人誌であった。同人の多くが著作を持ち、論作ともに活発だった。作家活動の実質から言えば、大きな人数の結社誌を上回る実力者を擁していただろう。俳誌にあって、同人誌であり続けることの難しさは、同人誌に出発しながら、有力誌の殆どが結社誌に転じたことでもわかる。「風」「天狼」「海程」などが思い浮かぶ。その意味で、「船団」が新しい同人誌像を構築し続けてきた意味は大きい。今後を同人の「散在」という。幾つもの幻の「船団」が立ち現れる今後を、今は期待して待ちたい。

自選七句

1196名8372句

〈郭公〉
会田　繭［あいだまゆ］

夕暮の一樹白蛾の一樹なり
秋の夕暮火のなかに火を捨てて
バスケットゴールへ向きて秋の湖
それぞれの母国を語る暖炉かな
伸びつくし枯れつくしみな青空へ
雪嶺のしづけさ息を長く吐く
甲斐駒ヶ岳雪を待つ肌なり

〈青岬〉
青木　暉［あおきあきら］

椎茸の舞台の袖に似て愛《かな》し
香港に冬あり我に社命あり
着膨れて『箱男』てふ身のほてり
雲厚き過疎の村なり遅桜
雪焼をはにかんでゐる新教師
入学の靴に漢字とひらがなと
青鷺の十羽はゐるといふ話

〈鬣 TATEGAMI〉
青木澄江［あおきすみえ］

遺失物翼一対大花野
明日の領域を攻めたい流れ星
一本は思索中にて枯木立
影たちが集まってくる花見かな
止みかけている雨が好き夏の蝶
亡き人の名で呼びかけてみる蛍
八月や喪章の蝶が舞っている

〈羅ra〉
青木千秋［あおきせんしゅう］

水口に架かる木の橋春めけり
箸袋たたむ指先春惜しむ
明日からの旅の手筈や髪洗ふ
秋澄むや水車のこぼす水の音
声出して新聞を読む終戦日
走り穂や日にいくたびも手を洗ひ
どつしりと寒の居座る佛間かな

〈門〉
青木ひろ子［あおきひろこ］

一人独り四月を送る丸い椅子
『天国の本屋』鞄にスコール過ぐ
自由論争まな板の瓜二本
鈍感はまあるいまんま繭の白
十月を尽しぼんやり深海魚
忌を紡ぐいろどり月の糸車
大丈夫ひいらぎ咲いて大丈夫

〈不退座〉
青島　迪［あおしまみち］

袖口を濡らして掬う春の水
落椿ブロック塀の続きけり
道順を変え葉桜の中を行く
卯の花腐し昼を灯して美容室
ふすま越しに爪を切る音戻り梅雨
八月の真昼影のない電柱
冬銀河角の蕎麦屋のだし匂う

〈やぶれ傘〉
青谷小枝［あおたにさえ］

病室の窓の桜を見て帰る
店番のどこか拭ひてゐる日永
夏来る瓶のマリモの水換へて
草野球へくそかづらの実が乾き
灯の下にルパンホームズ黒葡萄
縞々のトートバッグで毛糸帽
冬の夜のメトロノームをなんとなく

〈栞〉
青山　丈［あおやまじょう］

探梅に見る飛行機の遠くなる
手を振らず歩いてゐると松の内
人日の帽子を途中から被る
薄氷へ濡れたる棒が投げてあり
遠くでも近くでもなく桜かな
この顔も四万六千日の人
帰りにもこちら見てゐる羽抜鶏

〈栞〉
青山泰一郎［あおやまたいいちろう］

佗助のしづかに白き開戦日
潮の目の光芒さやに冬至かな
久女忌の山家の日脚冬すみれ
母の声冬三つ星を仰ぐたび
夕映えに函嶺沈む涅槃かな
梅雨深し棚田一画捨て置かれ
海神の蒼さへ潜る茅の輪かな

〈郭公〉
青山幸則［あおやまゆきのり］

篠笛をたばさむ腰の涼しかり
古書売りに行く勤労感謝の日
十二月八日鏡の中に顔
くろぐろと洞ある古木梅ふふむ
方丈記読み了へし日の茅の輪かな
猫を呼ぶ龍太の声や夜の秋
水底に落葉重なる流れかな

〈風土〉
赤石梨花［あかいしりか］

梅が香に先立ててゆく弓袋
見まく欲り老いに遙けきちやつきらこ
蝌蚪の紐いづれの世より連なりし
端然と卒寿の人の夏衣
空蟬の箒に絡むきのふけふ
秋めくや器句集の焦げし香も
干されある磯着小さき雁渡し

〈笹〉
赤木和代［あかぎかずよ］

初比叡川たうたうと流れゆく
田打待つ御神田も猿田彦の宮
蝮蛇草余呉湖の水の蒼静か
青々と代田に映る山の数
秋小鳥久女の句碑のてつぺんに
父の郷豪雪の地は母の郷
明の春地球史に記すチバニアン

〈汀・りいの〉
赤瀬川恵実［あかせがわけいじつ］

椎若葉椎一本の雨の音
花明り素直な顔となりにけり
蛇穴を出づ野川を過ぐる風の音
春の鳥引戸重たき父の家
遠き日のははを呼び出す雛の日
青空へ一歩踏み出し冬木の芽
日あたりを誉めて仕事は畳替

〈りいの〉
赤瀬川至安［あかせがわしあん］

竜淵に潜むトゥランガリラ交響曲
電柱も竹の案山子も少し斜め
父の忌や十一月の転車台
冬薔薇いつぱいにして柩閉づ
ものの芽や生きる真んまん中に水
懐中の骨のぬくみや三鬼の忌
標高は八十米若葉雨

〈吾亦紅の会〉
赤塚一犀［あかつかいっさい］

侘助を活けてほのぼの町会所
鳩とゐて明治座前の日向ぼこ
碑に刻む大和魂つはの花
湧水の仲間と跳ねてあめんぼう
梵鐘の嘉禄三年蟻の列
正坐せし疎開児童の敗戦日
一族の墓所に犬の碑十二月

〈鴻〉
赤峰ひろし［あかみねひろし］

おろおろと歩く余生や竜の玉
一陽来復こぼさぬやうに陀羅尼助
しばらくは牡蠣雑炊の湯気を嚙む
百葉箱の前にほほゑむ蕗のたう
からからと鳴りて鳴門の干し若布
時の日や分身となるコルセット
これからは爪先立ちを花菖蒲

〈都市〉
秋澤夏斗［あきざわかと］

嚶鳴《おうめい》のあとは風音花さびた
夏雲の影山巓を駆け上る
峰雲や突堤繋ぐ水平線
山の背を日の昇りゆく氷柱かな
山枯れて鉄塔一基光るのみ
山稜や弾けて白き烏麦
昼食にワインも少し春の蟬

〈空〉
秋津　令［あきつれい］

竹馬の高さ違へてやつて来る
振袖を重ぬるごとき桜かな
ごきぶりを殺めし猫と夜眠る
かき氷食べて忘るる怒りかな
網戸より声かけてゐる自治会長
どこからも波の音して秋祭
鯖雲や地図より消えし村の数

〈からたち〉
秋保櫻子［あきほさくらこ］

円山のしだれ桜や闇に浮き
合歓の花雨に打たれて深ねむり
小鳥かな風か葉桜揺れてをり
幼子の手からこぼれてつくづくし
信楽のはらりと崩れ黒牡丹
里山に手折りて匂ふ女郎花
白粉花咲いて逢瀬のわかれ道

〈栞〉
秋元きみ子［あきもときみこ］

夢に師よ一語一語を爽やかに
黙禱の瞼ひらけば秋の風
菊なます作る雨音聞きながら
父恋へば父の声して冬の波
面白うてかなしき老いの日々の冬
午後二時は半端な時間桜の芽
勿忘草こころの襞に咲かせ置く

〈あゆみ〉

秋山和男（圓秀）［あきやまかずお（えんしゅう）］

冬夕焼庭師は梯子そのままに
鳥雲に丘の牛舎へ帰る群
声残し一気に駆けて夏帽子
さくらの芽まだ色もたず道の辺に
紙漉き場やかんの湯気の白きこと
秋の昼丘にそびゆる常夜灯
悴かみて笛の音変る舞台裏

〈夏野〉

秋山朔太郎［あきやまさくたろう］

ハーブの茶飲む春愁の花言葉
春一番ラグビーボールあちこちす
柏餅ピーターパンも老いにけり
三面鏡に八面六臂薄暑来ぬ
太古より社会間隔道をしへ
円座とは同心円に猫眠る
敬老日兄弟いつも四つちがひ

〈海棠〉

秋山恬子［あきやましづこ］

秋暑しこきこき磨く掛け鏡
人も樹もぐりぐり灼くる獺祭忌
あわあわと東寺の塔やしぐれゐる
山笑ふのしのしと来て猫の伸び
鯛焼の餡のぎつしりおほほほほ
花御堂すべての子供大人になれ
コロナ禍や蛇穴をいで右往左往

〈不退座・ろんど〉

秋山しのぶ［あきやましのぶ］

囀のただなかにいて眼の疲れ
ローマ字の表札増えて花水木
石段のあと十段や遠郭公
慎ちゃんも洋平もいた夏祭
曼荼羅のぬり絵大暑の鳩が鳴く
桃の箱三つ空席ありにけり
夜業まだ終わらず猫にかしずかれ

〈やぶれ傘〉
秋山信行〔あきやまのぶゆき〕

ひろびろと風吹くところ麦青む
降りさうな空を落ちくる夕ひばり
釣り宿の地べたに盛られ茗荷の子
ひと跨ぎほどの小流れあめんぼう
言ひさしてしばし仰げる秋の雲
穂芒や風吹くたびに湖の見え
雪しづる音のときをり旅の宿

〈家・円座・晨〉
秋山百合子〔あきやまゆりこ〕

約束の一誌がとどき冬すみれ
かがやいて雲の流るる古巣かな
しばらくを一人静のごと暮らす
八月や幽霊飴の透き通り
鉦叩星を叩いてゐるやうな
金木犀嘘のつけない香りなり
いつまでも青年のいろ榠樝の実

〈ひたち野〉
圷　文雄〔あくつふみお〕

幼子にほどよく負くる歌留多取り
鳥帰る筑波二峰の空高く
亀鳴くや外出自粛の髭伸びて
Tシャツのティラノサウルスかき氷
もう誰も叱つてくれず茄子の花
鬼怒川の蛇行どこまで稲の秋
黒潮や車窓にせまる蜜柑山

〈帆〉
浅井民子〔あさいたみこ〕

山の神地の神坐す花野かな
水脈太く川船上る今朝の秋
窓を打つ雨はひねもす一夜酒
水飲みへ鳩や雀や汗の子や
数式の真は美しソーダ水
光陰や薔薇の館の銀の匙
二百十日つや良く飯の炊き上がる

〈風土〉
浅田光代［あさだみつよ］

建礼門しんと御苑の抱卵期
射干の座敷となりぬ白生地屋
船頭の棹休めゐる浮巣かな
木偶の姫ばたりと嘆く秋まつり
いつもの窓にいつもの嫗落し水
詰め合うて十夜帰りのお蕎麦席
どうしても葱がつき出てバスの中

〈俳句スクエア〉
朝吹英和［あさぶきひでかず］

クリムトの金の煌めき卯浪立つ
火蛾の舞ふ闇の深さや地雷原
長考の果てなる一手飛蝗跳ぶ
縄文の舟分け入るや稲の波
冬雷や鎬を削る赤と黒
意表衝くロングシュートや寒明くる
土筆野の水子地蔵の鼓動かな

〈八千草〉
芦川まり［あしかわまり］

真ん丸の鼠の絵来る初便り
老いてなお野球少年春一番
地下バーの宙吊りグラス春の宵
甲骨書展「明」に黙考花衣
推敲の句はボツとせんしゃぼん玉
近松忌三味線の皮黒ずみて
地虫鳴く十二軒建つ屋敷跡

〈白魚火〉
安食彰彦［あじきあきひこ］

懸崖の菊香らせて長屋門
宍道湖の杭の一本みさごの座
初夢の中に名菓を置きわすれ
紅梅の咲き揃ひたる躙口
草青む匂へる土と風の音
まどろみの夢に友ゐて花に酌む
納豆の引く糸長し夏旺ん

〈ペガサス・青群・祭演・蛮〉
東　國人［あずまくにと］

「酔うて候か」紋黄蝶紋黄蝶
ポスターの女ぐったり炎天下
秋晴れがブルーシートに見えてくる
レモン搾る「ボーっと生きてんじゃねーよ！」
鮟鱇を吊す清掃道具入れ
一斉に降車ボタンの光る冬
地球儀に今は亡き国クリスマス

〈ひまわり〉
安宅智子［あたぎともこ］

踊り下駄音も蹴り上げ盆の月
篳篥透く千本格子秋の風
秋海棠ほのと点りて石灯籠
仏手柑枝垂れて加賀の土摑む
日輪はどんより地には犬ふぐり
鳶の空雀の空や豆の花
丹の橋の半分見ゆる青葉闇

〈鴻〉
足立枝里［あだちえり］

紙風船突くたび音の変はりけり
遅き日の空つぽのピアノ運搬車
分校に転入生やほととぎす
八月の音を選びし調律師
初秋の一灯カフェのカウンター
アルバムがタイムマシンとなる夜長
兄いまだ反面教師冬苺

〈山麓〉
足立和子［あだちかずこ］

花吹雪天からのこゑ瑠璃谺
蚯蚓鳴く秘話伝説の井戸の闇
風を読む浦島草の糸の先
梅雨入の雨脚ふとく擲つ甍
青鳩の波につまづく涼新た
軽やかに刻む音たて走り蕎麦
往還の橋の端に佇つ雁の秋

〈香雨〉
足立幸信［あだちこうしん］

歓喜の声一色となり黄水仙
どの花もそつぽを向いて黄水仙
頬ふくらませふくらますしやぼん玉
手を軽く添へてゐるだけ草刈機
試食して四粒五粒黒葡萄
どよめくといふ形してうろこ雲
甘茶蔓ならば残しておきたきに

〈若竹〉
阿知波裕子［あちわゆうこ］

それらしき風となりたり小晦日
息白く来て獅子鼻の鬼三面
鳥帰る竹生は人の棲まぬ島
おほかたは本店小さし春浅し
三月やむらさき多き市の花
生き物の温みざらつく袋角
詩あれば足らふ夕虹立ちてをり

〈昴〉
穴澤紘子［あなざわこうこ］

紅玉のどつと着く土間香り出す
新市街注連飾りなき家の増ゆ
文庫閉づ子らに翼を春の空
足りてなほ足らざるものや春寒し
疫病を生きぬく力夾竹桃
羽黒より空の星ほどだだちや豆
沙羅の花図書館始動本匂ふ

〈鷹〉
穴澤篤子［あなざわとくこ］

夕立が来るぞ来るぞと暮れにけり
草の穂や老も病も一緒くた
思案あるごとし夕日の烏瓜
薄原総身に風豊かなり
世に疎き日々安けしや冬紅葉
凍きはむ天の紺碧ゆるぎなく
鳥帰りしか街騒の天に満つ

〈童子〉
安部元気［あべげんき］

鶏を土間に入れやる野分かな
天高し空港出れば馬糞臭さ
来賓も踊るソーラン渡り鳥
討入の日なりきりきりきり返事せよ
冬尽くる鋼鉄の月中天に
金ぴかの関帝廟の冬ざるる
吾ひと球汝ひと球や野蒜引く

〈羅ra〉
阿部鷹紀［あべたかのり］

延々と撮り直しする初写真
初夏や開けつ放しの自動ドア
気詰りの沈黙梅雨のエレベーター
いきなりの夏服自粛明けの街
遠雷や派遣社員の地獄耳
本音言ひ少し後悔古梅酒
名も知らぬ人と祝杯挙ぐ夜長

〈山彦・北房俳句〉
天野光暉［あまのこうき］

用済みの案山子の脚を洗ひけり
住職が仕掛をなほす鼬罠
つけ睫毛田鼠鴽となる頃か
両耳を覆ふマフラー一壺天
蟇出でて隣のへびと寝たと云ふ
春愁を背負うてをりぬ金次郎
空蟬の摑む大きな甕の口

〈今日の花〉
天野眞弓［あまのまゆみ］

光芒の枝埋めつくす初神籤
豪華客船窓煌煌と旧正月
をちこちの雪間よろこぶ車椅子
体温計握りしめたる春の雷
ゴム風船捩る指先りす兎
ダイヤモンド婚立夏に弾むオンライン
花芒吹かれ夕日を撥ね返す

天野美登里［あまのみどり］〈やぶれ傘〉

綿菓子に子は口寄せて花の茶屋
刑務所の前にポストや春吹雪
反故の紙馬穴にポイと夏の夜
陽炎や列の頭に霊柩車
菊芋が咲いて畑があかるくて
朝刊は休みなりけり葛湯飲む
左義長の河原で猫の争へる

荒井おさむ［あらいおさむ］〈八千草〉

歌女鳴くや遊女の眠る浄閑寺
田の隅を刈る子らの声豊の秋
冬めくや予防注射の待ち時間
小さき祠の小さき淑気や紙垂白し
庭通る猫の子ミヤウときる仁義
寝間で聴く初音や雨は上がるらし
菜園に水遣る牧師夏帽子

荒井一代［あらいかずよ］〈鴻〉

しろがねの花のすすきとなる夕べ
鬼の子に吹きつさらしの宵の来る
去年今年厨にたてし水の音
さへづりや京千代紙の万華鏡
旅の本広げしままに夏立てり
田燕のやさしき雨をくぐりけり
静けさをするりと抜けて瑠璃蜥蜴

荒井千佐代［あらいちさよ］〈沖・空〉

爆死者の流れし川に牡丹雪
山焼きの熱の残れる殉教碑
どの坂も海より生まれ花朱欒
しばらくは鳴いてをりけり鵙の贄
臥す人に萩刈る音も障るなり
磔像の三本の釘冬来る
三面鏡一枚に雪降りゐたり

〈清の會〉
荒井寿子「あらいとしこ」

月朧角の易者へ右手出す
霾ぐもり汚れちまった地球かな
荷風の忌駒下駄を履くふらんす人
葉の色の雨を背負うて蝸牛
傘さして蕗刈る朝のうすみどり
おさな児の覚えし一語水引草
重箱の蓋に考の名栗おこわ

〈鴻・松籟〉
荒川心星「あらかわしんせい」

向日葵の真昼の黙を通しけり
山荘の底紅にまた宵がくる
吉良の地をゆくうつくしき雁の列
いちにちの過客は秋の風ばかり
抜きん出し一樹は鷹の座となりぬ
春の野辺生あるものの息遣ひ
大和歌の淡き墨色花に雨

〈鴫〉
荒木　甫「あらきはじめ」

年ごとに小さくなりぬ鏡餅
半分づつ分けて草餅桜餅
はたた神監視カメラは伏し目がち
秋出水いつものやうにもぐりつちよ
落日の地球の悪寒秋の蛇
アフガンの中村哲さん冬たんぽぽ
ちと頭が高いのだ葱坊主

〈白い部屋〉
有住洋子「ありずみようこ」

中天にペガサス井戸に紐垂れて
鱗雲木の根が石を抱きゐる
秋雨の止むたび緊まりゆく地層
娘の記憶とぎれし人に秋燈
穴に入る蛇に水位のしさりけり
神無月巨木の枝が地に触れる
いしぶみに銅板嵌め込まれ夜寒

〈ろんど〉
有本恵美子［ありもとえみこ］

みづうみは光を弾き連翹忌
石の上に並べて菊の根分けかな
目高の子となりの家の笑ひごゑ
次の駅まで行く夏の海を見に
棒縞を筬に打ち込む夢二の忌
イーゼルを横へずらせば居待月
調教の声ひびきけり冬日和

〈諷詠〉
有本美砂子［ありもとみさこ］

海苔舟の艫に舳先に海苔つけて
兄ゐれば兄と食べたき柏餅
ねぶた果て跳人の残す鈴数多
菊人形若武者といふ香りして
父と物言はぬ息子や青蜜柑
足袋買ふに換算表の置きありて
誰が吹いてもぽつぺんとしか鳴らず

〈やぶれ傘〉
有賀昌子［あるがまさこ］

待ち合はす駅のホームは春隣
亀が鳴くばたんばたんと木戸が鳴り
パリーみやげの香水封のままにして
芦ノ湖の船より仰ぐ山つつじ
夏あらしでこぼこ道をペダルこぐ
朝ぼらけ山宿に聴く時つ鳥
たそがれに温い玉露や秋近し

〈獺祭〉
粟村勝美［あわむらかつみ］

アルテミス女神の乳房風光る
ぶらんこを去るや小さき揺れ残り
安寧のひと日ありけり水温む
香港の治安気になる紅蜀葵
ナルシスの見惚るる水の澄めりけり
予期せざる笑ひの発作茸汁
短日や光芒消ゆること疾し

〈海原〉
安西　篤［あんざいあつし］

青葉闇アマビエの紛れ込みたる
階段の踊り場濡らし秋灯
聖護院八橋渡る秋暑かな
豪雨とや水攻めの陣隙もなし
連れ弾きの三線《さんしん》流れ涼新た
新涼や冥土のドアは半ドア
帰りしな唄口ずさむ星月夜

〈やぶれ傘〉
安藤久美子［あんどうくみこ］

卓上に硝子の林檎時雨来る
短日の動物園のアナウンス
どれほどの光年の先冬の星
啓蟄の土を啄む鳩の群れ
沈丁が咲きさうへりが低く飛ぶ
木下闇抜ければそこに美術館
星合ひの空プラネタリウムの上

〈南柯〉
安藤町彦［あんどうまちひこ］

春きざすその瞬間の逞しさ
体温をワインに移す二月かな
桜満開徳山沖の大和かな
生駒信貴二上葛城みな笑ふ
風鈴をつるす高さに風生まる
冷麦のなかのフルーツ嫌ひかも
コーラルピンク引いて唇に秋

〈羅ra〉
飯島ユキ［いいじまゆき］

水仙の花や天気の上り坂
初夏の湧水巡る小旅行
老いの身を飾る五月の硝子玉
念入れて洗ふ指先麦の秋
爪染めて無為な一日や梅雨籠
口々にけふの暑さをしづの女忌
けふの花閉ぢて夕日の白木槿

〈雲〉
飯田　晴［いいだはれ］

三日月の白さを帰る枯野人
傷あとに糸の手ざはり去年今年
つめたくて夜は琥珀を覗くかな
刃をつかふとき甘鯛に灯のとどく
島は春どの夜空から帰らうか
入海は魔のくらさ赤貝のひも
薔薇の影あつめて鳥を埋めけり

〈新宿句会〉
飯田幸政［いいだゆきまさ］

若葉風参道跨ぐ大鳥居
坂多き街を立夏の風渡る
背の孫も同じ藍染め浴衣かな
筑波嶺の風くぐりぬけ稲雀
山茶花や東御苑の朱の小垣
初日出ず五彩の波や九十九里
釣人と同じ水面を見て長閑

〈野火〉
飯塚　璋［いいづかあきら］

竹の秋駝鳥卵を生み落し
卯の花や雨の二日の切通し
向日葵や瓦斯バーナーは鉄を切り
飲み止しのコーヒーカップ真夜の月
湧水やお鷹の道の新豆腐
十六夜やにれかむ牛の横たはり
短日や使うて捨つる紙コップ

〈濃美〉
飯塚勝子［いいづかかつこ］

みどり児の頬押すやうに桃を押す
ごちそうの蜂の子飯に閉口す
吊橋にゆすられに行く冬紅葉
独楽に巻く紐なめて子の力みをり
春寒や箱あけてより伽羅かをる
鵜を仕込む鵜匠の腕の傷の痕
竹皮を脱ぐ羊羹を切り分けて

〈夕凪〉
飯野幸雄［いいのゆきお］

初日受く我が影西方へ長し
三一一名は津波とふテロリスト
名のみならず平和公園花盛り
騙されるものかコロナ禍四月馬鹿
被爆ビル灼け夕凪に抗はず
夕凪や拗ねる子即かず離れず来
被爆者の列か朱色の夾竹桃

〈秀・星の木〉
藺草慶子［いぐさけいこ］

引き汐に貝のひかりや寒の入
木の齢われの齢や冬深み
めくれたる木肌のあをし彼岸寒
指す天のけふ晴れわたり甘茶仏
落蟬の眼に砂粒のついてをり
蟷螂のむさぼる口のこちら向く
立話して蜻蛉のただ中に

〈ひまわり〉
生島春江［いくしまはるえ］

野良猫の毛繕いして後の月
菊の鉢日向に移す露天商
民宿の小さき湯殿冬日さす
初産のたまご買い足す寒四郎
餅撒きのもちの弾みて寒明ける
春めくや茶筅に残る泡ひとつ
古紙縛る紐に紐足す梅雨湿り

〈野火〉
生田泰子［いくたたいこ］

子燕の嘴五つ道の駅
六月や森のにほひのレストラン
夕立や抱卵の鳩うろたへず
稲架組みて集落一つ奥会津
漁師小屋荒れて波寄す残る虫
闇へ浮く雪の月山湯殿山
公園の水出る蛇口雪の朝

〈宇宙〉
池谷　晃〔いけがやあきら〕

衰へし眼を射貫く初日かな
棒切れで示すガイドに山笑ふ
父の日や異国を知らず旅立てり
首振つてＹｅｓと答ふ扇風機
行軍の兵隊炎天にて休む
ボタンなしタッチで始動扇風機
御御御付戴く里のお盆かな

〈小さな花〉
池田暎子〔いけだえいこ〕

誘ふかに水面光りて柳の芽
桜蘂降る別れはいつも潔く
追ひかける水輪あめんぼうのダンス
炎天や工事現場のシャベル音
百日紅散らせて池の艶めける
満月に積年の手を翳したる
苦も楽も浮世のならひ大花野

〈野火〉
池田啓三〔いけだけいぞう〕

災害は他人事ならず捨案山子
十二月八日商戦真つ盛り
啓蟄やたつぷりと寝て若返る
憂きことは脱ぎ捨ててよし更衣
万緑と万緑結ぶ赤い橋
白きシャツ白さの目立つ若さかな
この辺で引き返さうよ道教へ

〈豈・トイ〉
池田澄子〔いけだすみこ〕

読み初めや下唇で指湿らせ
年寄ると文字が斜めに風信子
生き了るときに春ならこの口紅
人とウイルスいずれぞ淋し卯の花垣
夏の月逢えない友たちは寝たか
蛇寒い筈日々老いて眠い筈
聖夜かな眠たいグッピーはお眠り

〈風土〉
池田光子［いけだみつこ］

球根にふはりと着せて春の土
足で寄せ畦焼きの草燃えたたす
夏座敷風筋といふおもてなし
涼風と来る神官の白袴
夕ぐれは風のなまめく臓《わた》うるか
括られし案山子見てゐる案山子かな
日溜りを握る形に吊し柿

〈青山〉
井越芳子［いごしよしこ］

大らかに枯れゆく蓮立つてをり
暖炉の火壁画の雲を照らしけり
咲きながらどこかを汚し濃紅梅
桜隠し肩に小鳥のゐる記憶
俳諧の猛者に隣りて桜餅
水は日にみがかれてゆく更衣
水底の闇を鵜篝揺れて来る

〈風の道〉
井坂　宏［いさかひろし］

寒明けて右脳は詩を詠み始む
雪間より受胎告知の天使出づ
転生の不可思議な時昼寝覚
月光は神の降臨夜の滝
仲見世はちぎり絵の街鰯雲
決心もなく踏み入りぬ夕花野
実千両何の憂ひも持たぬ赤

〈航〉
石井公子［いしいきみこ］

爪を切る音たてたてをり受験生
虚子へ置く立子の墓の椿の実
水澄みて鯉に西陣東陣
烏瓜二つ太宰の入水の辺
銀杏を拾ふ守衛に会釈して
包帯の人差し指や一葉忌
菰着せて冬の牡丹となりにけり

〈泉〉
石井那由太〔いしいなゆた〕

翅立ててこの世の蝶となりにけり
鷺芝の四方にかがやく家居かな
昭和史に腰を据ゑたるきらら虫
車座となる山の子や地蔵盆
飛天より賜りし色龍の玉
鳴り龍を鳴かせることも年用意
鳴砂を踏んで迎へる大旦

〈濃美〉
石井雅之〔いしいまさゆき〕

海苔あぶる月夜の波が照るほどに
折鶴を外の朧に向けて置く
夏草や古墳の空を戦闘機
袂よりぐい呑みを出し宵祭
稲穂波風吹くたびに田を溢れ
まなざしは何も見てゐず蓮根掘
夜神楽や鬼のことばで鬼囃し

〈風土〉
石井美智子〔いしいみちこ〕

鯉のぼり写る高さに児を掲ぐ
糠雨や傘の余白に花菖蒲
出刃確とまな板確と西瓜切る
荒天に鰊来ると番屋の灯
なまはげの荒ぶる声を聞きに来よ
かまくらの小さき神棚灯りけり
日の光集め尽して冬木の芽

〈ひたち野〉
石川昌利〔いしかわまさとし〕

山笑ふまして嬥歌の山なれば
先駆けは沈丁花とも野梅とも
鉄壁をなす蜂の巣の黒光り
嶺々を圧し広がる夏の雲
葬列を見送る如く百日紅
上戸下戸睦み合ひけり在祭り
蛤を足で探りし昭和の日

〈炎環〉
石　寒太［いしかんた］

天蚕のみどり伊那谿のさみどり
七夕星ひとつまばたき楸邨忌
後藤比奈夫死す
霍乱や百三歳の大往生
月涼し賢治のでんしんしん柱歩く
鬼柚子へ爪立てて嗅ぐをんなかな
影へわが影の重なり十七夜
戦争体験者零近し黄のカンナ

〈河〉
石工冬青［いしくとうせい］

枯蟷螂ゆつくり影を脱ぎゆけり
柚子湯して満天の星ふやしけり
冬深し生きていのちの白き壁
寒林の父起ちあがる膝がしら
雪を待つ眉毛の伸びる杉の闇
きさらぎや風の梳きゆく雑木林
竹やまに竹のこゑきく竹の秋

〈花藻〉
石倉政苑［いしくらせいえん］

湖風をうけて無花果出荷どき
レモンティ心の重さ消ゆるまで
文月や母の遺せし文にふれ
彼岸花燼余の如き昏れてゆく
こころざし無限にひろげ立葵
とろろ汁炉端照り合ふ古柱
天井川百年の名の新走り

〈地祷圏・響焰〉
石倉夏生［いしくらなつお］

木の瘤が瘤の夢見る月夜かな
漂泊のいつも途中の雪螢
名犬になれず枯野をひた走る
猛りつつ野火は麒麟をこころざす
春眠のうすむらさきの金縛り
糸桜夜は時間をしたたらす
洪水の殺気立ちたる速さなり

〈梓・杉〉
石﨑　薫［いしざきかおる］

虚子像の顔半分に春日さす
地球いまウィルスの船春の月
朴の花ひとつひとつの暮色かな
から揚げの山椒魚や指ひろげ
生き死にのはなし軽やか秋扇
鰯雲肘を大きく棹を打つ
去年今年老眼鏡の置きどころ

〈嘉祥・椢〉
石嶌　岳［いしじまがく］

陽炎をねつとり抜けて来る手足
狩衣の四五人とほる花菖蒲
ぼうたんの雨に朽ちゆく紅ならむ
鴨川の瀬音に扇置きにけり
七夕のうすきひかりの衣まとふ
十六夜や神田に子規の下駄の音
波郷忌や吹かれて髪の白きこと

〈ひまわり〉
石田雨月［いしだうげつ］

廃港に船霊つどう良夜かな
えびす舞紙の鯛釣る豊の秋
ことごとく瓦礫を鷹の渡りかな
仙厓の△□○ぬくし
逆襲の機を眈眈と海鼠かな
曼荼羅に除蓋障院南風強し
ああいうもの呉れた友達夏休み

〈今日の花〉
石田慶子［いしだけいこ］

アンデスの曲流れきて春兆す
首里城の焼跡にはや蘇鉄の芽
新樹晴「ありがとうね」と知事の手話
あじさしの来て子育ての海辺かな
七夕飾り消毒液と短冊と
コロナはいづこ旧盆市の人の波
よき日差那覇旧暦の七五三

〈鴻〉
石田蓉子［いしだようこ］

ゆく秋の水母のやうな朝の月
初時雨シチューにローリエ二枚ほど
マスクして違ふ己れとなりゐたり
網焼きの貝の口開く雪催
蝙蝠のよき舞台なり夕暮は
葦原やいつもなにかがゐる気配
翡翠の来るまで風の木蔭かな

〈秋麗・磁石〉
石地まゆみ［いしぢまゆみ］

聞き取れぬ呪ひもまた虫送り
八開手に雲の割れたる神嘗祭
除夜の鐘荒き風より荒く撞く
如月の重さを払ひ花鋏
ゆるやかに来たる徒歩鵜の闇しぶき
柚子恋ふ碧き泉よ若竹よ
鳴り竜を鳴かすてのひらさみだるる

〈暖響〉
石原博文［いしはらひろふみ］

暗渠出て春の小川となりにけり
糸トンボ流れの影の浮き沈み
田を植ゑし父に母ゐて泥まみれ
落蟬に羽の力が生きてをり
佞武多果て跳人が歩く鈴が鳴る
赤ん坊を抱いて跳人が息合はす
眼鏡ケースに眼鏡を戻す秋の暮

〈海棠〉
伊集院兼久［いじゅういんかねひさ］

早稲刈るを群れて烏の眺めをり
堰越ゆる水と落ち行く紅葉かな
冬晴や梢の鳥のいれかはり
蠟梅や陽に醸さるる色と香
冴ゆる朝牛乳受に花一輪
ぬるみつつきらめきゆるる水面かな
茅の先どこまで伸ぶる蝸牛

〈海棠〉
伊集院正子〔いじゅういんまさこ〕

眠りゐる猫の背光り夏は来ぬ
山寺の塔囲みをり紅躑躅
やや曲がる初採り胡瓜艶やかに
赤ん坊生まるるを待つ麦の秋
日の中に雀の弾む草紅葉
力溜め色の変はるを待つ冬田
折鶴の吊るさるるごと土佐水木

〈やぶれ傘〉
泉　一九〔いずみいっく〕

田螺から小さきあぶくひとつ立つ
カブ君とかごに名札のかぶと虫
日本酒のけだるき酔ひに冬苺
ぼうたんの花びら軽く花重く
杉の木の経木の舟に初鰹
腰すゑてけろけろと鳴く蛙かな
素麺の泡立つ鍋をのぞき込む

〈くさくき〉
磯　直道〔いそなおみち〕

異つ国の思い出にあり花水木
初夏も葉の落つることあり何かありや
麦茶飲む授業の汚れそのままに
初鰹縞くっきりと競られけり
初鰹豊州の競りはにぎやかに
詩境にはほど遠くあり梅雨ざんざ
梅雨雲は両肩にあり重かりし

〈燎〉
板垣　浩〔いたがきひろし〕

先づ富士へ礼して待てり初日の出
寅さんの映画初泣き初笑
桜満ち春雪止まず師の訃報
八重桜師の丸顔のふつふつと
梅雨の間の三筋の雪や遠嶺富士
底紅や師の句は数多人に優し
今世の追伸のごと花吹雪

市川伸子 ［いちかわのぶこ］
〈八千草〉

破れ芭蕉生真面目僧は気障に見え
どのドアを開けても開けても水引草
目差の会話で酌みし生ビール
青空はどこへも逃げぬ木下闇
畑一枚火を放ちたる花カンナ
新聞を風に遊ばせ三尺寝
委任状さらりと書きて残り鴨

市川浩実 ［いちかわひろみ］
〈汀〉

空耳の耳を離れぬミモザの夜
あふむきて空の奈落にゐる五月
牡丹園いやしき息をつつしめり
流木の流離はじまる夏の川
流れ星砂鉄つぎつぎ立ち上がる
tabaco屋の小窓のをんな冬の雨
冬の月あふみの水を封じたる

市場基巳 ［いちばもとみ］
〈草〉

ふきのたう山裾だれもまだ踏まず
青蛇を見しより沼の風ぬくく
城山へどんぐりに足すべらすな
庭歩かねば歩く楽しみ白木槿
何となくそこへ目がゆき秋の蛇
冬天へつながり楠の生きいきす
わが顔を見てよりイタチ隠れけり

市堀玉宗 ［いちぼりぎょくしゅう］
〈枻・栴檀〉

チューリップ無邪気な日々もあつたけな
なにもないけどこさへてくれし菜飯かな
たんぽぽの点けつぱなしの黄なりけり
飯饐えて見捨てられたる味すなり
しやうもない男についてゆく日傘
ががんぼの忘れし脚がじたばたと
ゆらゆらと海のものとも月のものとも

市村明代［いちむらあきよ］〈馬酔木・晨〉

校庭の端はみづうみ大根干す
薄氷をつついてをればバスの来る
八重桜こんなに咲いて誰も居ず
たんぽぽの絮おほかたは飛んでをり
水遣りの水はね返る日の盛
昼顔や川波ときに遡り
秋の蝶太古の岩の裂け目より

市村栄理［いちむらえり］〈秋麗・むさし野〉

うるふ日のやすけさにをり春の鴨
付箋ごと雑誌老いゆく星朧
蟇穴を出でうゐるすの都坐す
虹の橋パソコンでしか会へぬ生徒《こ》ら
哲学のはじめ榠樝の尻いびつ
りんりんと鹿が角臥す蝦夷の闇
レノン忌やかさぶた多き木が並ぶ

市村健夫［いちむらたけお］〈馬酔木・晨〉

棒引けば線の生まるる春の土
みづうみの風吹いてゐる巣箱かな
洗濯もの叩きて夏の来りけり
海の日や男の子ふたりを丸刈りに
人去りし道の精霊蜻蛉かな
漱石も子規も書生や切山椒
あの山に雪の来てをりあきらの忌

市村和湖［いちむらわこ］〈汀〉

半身に日のあたりゐる甘茶仏
人影のなきをかなしむ暮春かな
肺もたぬ魚の息づき夏の月
おほいなる茅の輪となりて虹立てり
鉄棒の凧に朽ちゆく鰯雲
冬の霧馬は輪郭崩さざる
天涯の光もろとも春の雪

〈知音〉
井出野浩貴 ［いでのひろたか］

陋巷の賢者よ何処クリスマス
淋しさはうりざね顔の官女雛
コメディアン逝きて花冷ことのほか
放蕩の果のすさびの金魚かな
しかうして川面は闇に祭鱧
ルビを振ることに始まる夜学かな
月天心今宵地球の青からむ

〈河〉
伊藤一男 ［いとうかずお］

この星に億の難民ごまめ噛む
地震の地も洪水の地も種浸す
幾度の飢饉と津波蘆芽ぐむ
三月や雫の光る鎮魂碑
点滴の袋に我が名日脚伸ぶ
散つてなほ白き残像寒牡丹
ことごとく父に似て来し菊膾

〈ペガサス・縷縷〉
伊藤左知子 ［いとうさちこ］

落椿地にかさぶたの色となり
溶接のベートーベンめき風光る
新酒酌む小上がりに置く身半分
つげ櫛の欠けて卯の花腐しかな
浮人形すこし凹んだまま憂うつ
前書きに紙魚ひとつ這ふ稀覯本
蟻の列乱すチョークの白い線

〈あゆみ〉
伊東志づ江 ［いとうしづえ］

茶の花や富士に分厚きレンズ雲
白昼のひしやげた時空鎌鼬
攫はるる夢から覚めて虎落笛
梅干しに吾パブロフの犬となる
スコールにずぶ濡れ笑ふしかなくて
かなかなのなかなかなかなかぬ日暮かな
椋鳥の渦が薄暮を塗り潰す

〈いには〉
伊藤　隆［いとうたかし］

春風や義民の墓碑に供花絶えず
ウイルスに国境は無し春寒し
荒ぶ世やじつと動かぬ蝸牛
廃校の庭の賑ひ盆踊
地球儀をじつくり見入る夜長かな
米寿とは一里塚なり冬椿
冴ゆる夜や動乱つづく国おもひ

〈香雨〉
伊藤トキノ［いとうときの］

庭掃きてをり啓蟄と思ひつつ
貝塚の何処と分からず草いきれ
向日葵やむかし赤チンどの家にも
大輪の薔薇や触れむとすれば散り
山麓の大根引くによき日和
冬薔薇やこの家の主には逢へず
外套の内ポケットの入る入る

〈若葉〉
伊東　肇［いとうはじめ］

冴え冴えと斎つ岩群の神さびぬ
昨夜の雪薄々刷ける干寒天
みどり児の黒曜の瞳よ花大根
芭蕉布を織りて白寿の花の昼
さながらに柳緑花紅風薫る
白百合や凛とナイチンゲール像
高嶺より下ろして麦の風渡る

〈春嶺〉
伊藤晴子［いとうはるこ］

正座して青墨匂ふ初桜
佳き音に焔をあげにけり春暖炉
人見知りのおかつぱ童女花の下
薔薇の風人をさらふといふことも
山消して大暑の雨の過ぎにけり
狐火や火を焚きしあと黒黒と
お降りやさくら色なる鯛の鯛

〈雪解〉
伊藤秀雄［いとうひでお］

雁渡る無住の島に護符販ぐ
女わらべの荒磯に現るる椿の実
蓑虫や原生林の宮の簷
逝きし人ばかり寄り来る十三夜
神の島指呼の断崖石蕗咲けり
菰押さふ瓦一枚墓囲ふ
糶終へし糶場を洗ふ冬夕焼

〈菜の花〉
伊藤政美［いとうまさみ］

部屋中に古書の匂ひや春の雨
蝸牛われは生涯木の家に
逆臣の裔かも知れぬ夏桔梗
虫集く新町といふ古き町
怒らない父の淋しさ雁来紅
吹かれやすき高さになりぬ冬芒
歌はねば忘れてしまふ手毬唄

〈萌〉
伊藤康江［いとうやすえ］

手鏡のほどの薄氷かざしをり
そこはかと梅の香とどく立子の忌
仮名文字を涼しく散らす料紙かな
尺蠖の五体投地のごと進み
青北風や船に備への潮見表
山中の水を吐き出すばつたんこ
ふつくらと袱紗たたみぬ雪催

〈野火〉
糸澤由布子［いとざわゆうこ］

陶器市冬日のささぬ棚の奥
走り去る若さうな猫冬銀河
春の雪猫の足跡より融けて
呼び出しの声無機質に冴返る
花冷やバスの通らぬバスレーン
八月のコンクリートの照返し
枝豆の夫にうすめの塩加減

〈藍生〉
糸屋和恵［いとやかずえ］

西の市蜜柑の色に灯りけり
不意に肩叩かれて風邪引いてゐる
靴下に雨のしみ込む一葉忌
花冷の夜を戻りし手を洗ふ
干す間にも乾く手拭麦の秋
まぼろしの都の春を惜しみけり
定期券買はぬ暮しや金魚玉

〈ひまわり〉
稲井和子［いないかずこ］

買初めはペットボトルの富士の水
架橋工事すすむ河口の波うらら
職場へと子の剪る朝の濃紫陽花
手をつなぐ保母もみどりの夏帽子
昼も夜も燈明灯す初盆来
自粛にてとんぼ帰りの帰省子よ
張り替えし網戸を青き風通る

〈ときめきの会〉
稲垣清器［いながきせいき］

掃初や子供跨る竹箒
初旅の妻の足どり誕生寺
春水やいまにも水車回りさう
朝採りの香りをすする秋茗荷
山国のしづかなねむり天の川
枯菊を心に咲かせ刈りにけり
大夕日落ちて満月冬田道

〈からたち〉
稲田ひふみ［いなだひふみ］

小春日の匂ひは母の匂ひとも
たかんなや一枚脱いで散歩径
結願の四人の旅や返り花
吾亦紅芯の強さは母ゆづり
冬帽子いつもの位置でウォーキング
冬の月海に雫をこぼしをり
駒返る同級生の弾む声

〈少年〉
稲田眸子 〔いなだぼうし〕

転がるがごとき歳月去年今年
獅子舞の獅子の口より見える景
騙し絵の中に潜みて亀の鳴く
折り返す時踏ん張りて種を蒔く
予定無きことが予定や花は葉に
網戸よりテレビの音の洩れてくる
西日中置かれしままの置き手紙

〈ホトトギス〉
稲畑廣太郎 〔いなはたこうたろう〕

大綿の綿の溶けゆく空の青
大綿に空明け渡す古刹かな
言の葉を奏でるやうに法師蟬
谺する声に色あり法師蟬
庭園の過去を繙き末枯るる
太閤の城十六夜を肩に抱き
大江戸の空凸凹に鰯雲

〈秀・四万十〉
乾 真紀子 〔いぬいまきこ〕

早苗まう風を喜ぶ背丈かな
川幅を狭めて豊か葦若葉
眦に朱を入れ祭化粧終ふ
常のごと流れて今日は盆の川
垂直にけもの径あり花臭木
淡く煮る白身魚や初しぐれ
月見るも寝支度のうち遠汽笛

〈菜の花〉
犬飼孝昌 〔いぬかいたかまさ〕

天平の音して魚板秋気澄む
よく声の通る淋しさ大枯野
鷺の翔つ羽音に残る余寒かな
紙飛行機二階より春乗せて来る
大桜揺れ全天に収まらず
切れ易きものに絆と蝌蚪の紐
正義など一夜で変る敗戦忌

井上京子〔いのうえきょうこ〕〈ひまわり〉

煽りつつ箕に転がせる干大豆
干し広ぐ赤き黒き白き豆
春菜の種シャリシャリ振りて封を切る
花白きままに十薬干されおり
擬宝珠の群れて一揆の顕彰碑
ひいふうみ葉を透かしつつ西瓜畑
掘り上げしこんにゃく玉のいびつなる

井上つぐみ〔いのうえつぐみ〕〈鴻〉

三寒四温象の睫毛の長きこと
鷭一羽春のさざなみ幾重にも
白木蓮谺のやうに昼の月
花辛夷風に濃淡ありにけり
車椅子の傍へに屈み花月夜
数へ日の猫の温もり残す椅子
冬うらら踊り子の舞ふオルゴール

井上弘美〔いのうえひろみ〕〈汀・泉〉

斉唱や春の岬の分教場
鷗らに春夕焼のまだ褪めず
水草生ふむかし六条河原院
淡海の水を屋敷に秋簾
霜降や十字に掛くる真田紐
水瓶に花鳥尽くせる霜夜かな
砂町に波郷恋ふれば霙けり

井上泉江〔いのうえみつえ〕〈草の宿〉

早朝の野良着の肩へ初音かな
土佐みづきの花に逢ひたく遠廻り
足元へ小鳥の止まる鍬仕事
子つばめの声枕辺にとどくほど
初生りの胡瓜輝やく老の手に
晩秋や令和を見ずに夫逝きぬ
女郎花零るるほどの雨来たる

〈郭公〉

井上康明［いのうえやすあき］

龍太忌の月明に入る花辛夷
六月や磐座に雨しぶきたる
青春切符夏シャツの背に皺
黒髪へ月光を梳き込んでゐる
蛇笏忌や山々は嶮競ひたる
山抜けて来し小春日の水しぶき
少年の無心の一字筆始

〈暦日〉

伊能　洋［いのうよう］

寒柝の近附いて来る画室かな
梅林や人と群れ居てひとりなり
頬に傷持ちしままなる祖母の雛
初蝶や閉門蟄居の庭の先
向日葵やゴッホの孤独重なりぬ
秋の夜春樹の新刊置き難く
山の日や山靴何処に紛れしか

〈燎〉

今泉千穂子［いまいずみちほこ］

少年の地図なき旅路虹の橋
人知れず月下美人の咲く夜かな
緑蔭にみどり児眠る乳母車
ブルーベリー摘む子の高さ赤とんぼ
寂聴の句集読み了へ虫時雨
台詞なき羊飼ひ役聖夜劇
難民の子にも届けよ聖樹の灯

〈街〉

今井　聖［いまいせい］

大定規携へ初夏の教室へ
鯉幟停電のまま朝が来て
蛇入れし袋と言へり動きけり
鉱毒の記憶や虹の緑にも
蟹飼つて私立文系一本で
海月しか見ず金谷まで小半時
流体として我は在り青芒

今井千鶴子〔いまいちづこ〕〈ホトトギス・玉藻・珊〉

夫逝きて十年の冬立たむとす
冬はそこ秋らしき日も無きままに
ややかすれ声なる虚子の手毬唄
思ひ出と共に古りゆく手毬唄
今年まだ雛も飾らず夕心
行春のかすかな雨と思ひをり
梅雨深し家のどこかで犬吠ゆる

今井　豊〔いまいゆたか〕〈いぶき・藍生〉

いわし雲孤独一蹴して眠る
石蕗の花誰か来さうで誰も来ず
こめかみに花柊の楔打つ
草の花ひかりの中でひかり浴ぶ
木漏れ日のやうな冬日に溺れけり
卒業の日も水切をして帰る
むづがゆし蚊柱どんなかたちにも

今瀬一博〔いませかずひろ〕〈対岸・沖〉

花びら餅つまめば紅の濃くなりぬ
シャボン玉一瞬静止して弾け
ふるさとの雨は痛かり山帽子
風かよふ円座二寸の高さなり
匙大き海軍カレー豊の秋
秋天やクレーン目礼ほどに傾ぎ
実万両大和心は待つ心

今瀬剛一〔いませごういち〕〈対岸〉

東京や梅雨のマスクのまま別れ
死に際になら言ふ亀の鳴きしこと
マスクして大東京へ立ち向かふ
バナナ剝く尖端晴れてきたりけり
春すでに水輪の中にゐるごとし
一樹づつ丁寧に濡れ春の雨
名を名告れ姿を見せよ春の鳥

〈輪〉

今園由紀子［いまそのゆきこ］

海人とまた普通の暮しつばくらめ
裾触るるミントの高さ夏に入る
木道の奥へ万緑友の逝く
山滴る五百羅漢の息吹をり
前置きの長き講話や法師蟬
風立ちて人声隔つ葦の原
綿雪を降らせ天使の遊びをる

〈貂〉

今富節子［いまとみせつこ］

空にさへマスクや春の昼の月
竹皮を脱ぎたるところあを光り
堂々の大樹の苔か苔の木か
梧桐に花あり風の騒がしき
棒グラフ折線グラフ梅雨籠
黒ばかりぬめぬめとをる梅雨の鯉
巣のやうな棘の中なる夏薊

〈火神〉

今村潤子［いまむらじゅんこ］

鰯雲ムンクの叫び我にあり
蜘蛛の囲の露や身内の微熱かな
砂時計一人で啜る晦日蕎麦
長病みの胃の腑くすぐる七日粥
無口なる父の横顔冬薔薇
着ぶくれて思惟ちりちりと絡みけり
漱石の生き様のつと木瓜の花

〈練馬区俳句連盟・杉〉

今村たかし［いまむらたかし］

餅焼いて吉凶吉凶裏返す
羽ばたきのちぎれんほどに春の鴨
鈴蘭の鈴の内なる昼の闇
水馬二段跳びして断かず
生きてゐることが戦毛虫焼く
昏睡に終へし手術やつくつくし
飴三つ供へ地蔵の冬ぬくし

〈夏爐・椎の実〉
伊予田由美子〔いよたゆみこ〕

二日はや燦とひかりの敷居まで
山暮しややに荒れたる涅槃西風
出雲より便りの絶えし桐の花
十薬の花の明け暮れいきいきと
青梅雨や夕べは雀友とせむ
その中に花火師もをり在祭
神留守の村に松の根盛り上がる

〈春月〉
入江鉄人〔いりえてつじん〕

西日落ち闇に浮かびしパルテノン
朝顔を少し片して亀の墓
店員の迷子をあやす師走かな
大泣きの嬰に獅子舞のたぢろげり
かくれんぼの鬼は炬燵を覗きけり
一円足らぬ葉書の届き寒明くる
検温銃に眉間狙はれ夏帽子

〈予感〉
入野ゆき江〔いりのゆきえ〕

年金の僅かをおろす鰯雲
大花野行けば先師に逢へるかも
深炒りの朝の珈琲小鳥来る
新米の濃きとぎ汁を樹にそそぐ
寧日の赤蕪あかく漬けにけり
冬草を踏み武蔵野の風の中
葉桜や橋渡るとき風あらた

〈青山〉
入部美樹〔いるべみき〕

人間の手が好きな犬草の絮
初冬や古裂に朱色縹色
祭殿の千木冬空を支へたる
朱蠟燭大涅槃図に灯りをり
父の忌の桜を母と見てをりぬ
新しき日傘や母に会ひにゆく
蟬声に昏みはじむる水辺かな

〈参・鼎座・紫薇〉
岩城久治〔いわきひさぢ〕

大旦明治は天を敬ひぬ
犬小屋に首輪・リードを遺し夏
われいかにとやせむゴールデンウィーク
えごの実の青し晩節汚すべし
大文字のこたび点燈誰そ何故
これを見てください芋の露揺らす
仲秋や月は間違ひなく加齢

〈鴻〉
岩﨑　俊〔いわさきしゅん〕

かまどうま跳ねて広島忌の真昼
朝霧やとほく雨戸を開ける音
あまさかる鄙の山茶花日に揺るる
初日影失ひてから分かること
初つばめ水切の石追ふやうに
曼珠沙華死者も河童も一列に
老鶯の瑪瑙のやうなこゑで鳴く

〈祖谷〉
岩田公次〔いわたこうじ〕

大寺の作法のやうに萩を刈る
時雨見そなはす魚山の仏たち
太陽を浴び喝采の犬ふぐり
一枚に重ね麦稈帽子売る
遠足の子ら一駅で降りて行く
撃たれてもみたし佳人の草矢なら
とこどつこい坂とは梅雨の登城坂

〈藍生・秀〉
岩田由美〔いわたゆみ〕

蔵前や人を分けゆく懐手
けんちんに浮ける油のきよらかに
襟巻をして店番や射的場
藪巻の影長々とみな蘇鉄
紐結ぶところが多し垣手入
歩み出す馬のその背に落花また
藤棚の下闇にして奥へ道

〈今日の花〉
岩田玲子［いわたれいこ］

北塞ぐ動かぬ闇の重さかな
冬ざるる現代アートのブリキ錆ぶ
万病に効くと丸薬寒に入る
バレンタインデー産まれ日と決め迷い犬
ウィルスに明日を問はるる花の冷え
白シャツにふと大人びし十五才
のど自慢鐘鳴らすまで法師蟬

〈鳰の子〉
岩出くに男［いわでくにお］

但馬にも高き山あり大旦
菜の花や四方に海もつ秋津島
ランボーもハイネも措いて目刺焼く
反骨を諧謔にして残る鴨
春眠や羽化登仙の中にあり
雁帰る蘇武への返書携へて
人と人和めば露の世も楽し

〈鷹〉
岩永佐保［いわながさほ］

達磨入道爆ぜて火となる浜どんど
ゆく春や鳥の挿絵の一コラム
しんしんと虎杖長けて河口堰
揺れてゐる昼顔消えてゆく記憶
火を止める前の味見や宵祭
けらつつき常識頭打ちに来よ
駅出でて二星仰ぎぬ湖の冷え

〈野火〉
岩本功志［いわもとたかし］

安達太良の天まで上がれ奴凧
巣ごもりの妻と窓辺の花見かな
山吹やフォッサマグナの谷深く
故郷を出て幾年ぞ蟬の穴
花すすき揺れて筑波の風の中
火を起す鍛冶の背中や冬に入る
時雨るるや志摩の小島の崖の松

〈雪解〉
上田和生［うえだかずお］

浮御堂浮寝の鴨に囲まるる
何ですの土竜塚です春隣
花辛夷村の外れに分家して
熱中症の妻を助けに田へ駆ける
棚田から棚田へ水を落しけり
神主の川を見てゐる厄日かな
直会の酒熱燗にしてもらふ

〈泉〉
植竹春子［うえたけはるこ］

永き日のトランペットを川へ向け
あめんぼの影十センチはなれをり
山中の男滝に遠く忌を修す
祝句集『火の匂ひ』
炎帝や一書ひもとく火の匂ひ
水澄むや業平竹の五六本
流木に腰下ろしたる嚏かな
枯柏とほりすがりに眺められ

〈陸〉
上田　桜［うえださくら］

鎮魂の海は金色初日の出
鷽替てしばし気楽な時過ごす
象の鼻に少女抱きつきうららけし
コロナ禍の日本列島風死せり
黒船の幻影はるか土用波
ごつごつと兜太生家の榠樝の実
首里城の火事跡に立つ龍柱

〈ランブル〉
上田日差子［うえだひざし］

八千草のなべてうつむく広野かな
愛嬌を隠してゐたり竈猫
極月や電車音聞く十五階
白鳥の啄むものに夕日影
亀鳴くや波引くやうに日が沈み
惜春や父読み止しの去来抄
したたらすものに夕日や小判草

上辻蒼人〔うえつじそうじん〕〈風土・春日野〉

葉牡丹の渦に省略なかりけり
最澄の薬としたる蓬摘む
つい我も雑木の山の一本目
盆梅の洞に命のある不思議
山桜夜は神の一人占め
どの山も色いつはらず山桜
縄文の村春霞してゐたり

上野一子〔うえのいちこ〕〈連衆・天籟通信〉

いわかんのなきは違和感火取虫
茄子の馬気分をわるくしないかい
白い靴いつもの嘘であるように
かあさんのタンスをあけるさるすべり
生業につとめておりぬ蠅たたき
すかしゆり雨やどりする場所がない
ぼんやりと海をみているラムネ玉

上野一孝〔うえのいっこう〕〈梓〉

春風に船団のごと古墳群
鳰の子に大きすぎたり余呉の湖
瞬けば滝の姿の違へたる
太刀魚のひかりまるごと喰らひたる
秋風や供出の鐘戻らざる
秋思とは十七音に余るもの
秋時雨世捨小路といふを抜け

上野春海〔うえのはるみ〕〈燎〉

小鳥来る聴き耳頭巾欲しき朝
阿弥陀堂暗きを出でて冬紅葉
大皿に伊勢海老ずいと威を張りぬ
昼月の空の深さや寒椿
花菜風よちよちの子の手は翼
離陸するリラ咲く島を傾けて
すぐ買へる米よ魚よ八月来

〈燎〉
上野洋子〔うえのようこ〕

千年を語り継ぎたり梅真白
春眠にすひ込まれゆくはと時計
翡翠の一閃水をはじきをり
小鳥来て朝の体操始まりぬ
新涼やポストに届く新刊書
綿虫やふいに出て来る捜し物
ボール蹴る声透き通る冬休み

〈風土〉
上村葉子〔うえむらはこ〕

糠床に塩ひとつかみ涼新た
台風を迎へ撃つたる方位盤
手廻しの轆轤良夜の灯を揺らす
冬木の芽やがて多弁となる気配
吊るさるる鮟鱇に児の後じさり
ふらここや往きと帰りの違ふ風
津軽三味線莫蓙に腰すゑ花の中

〈やぶれ傘〉
丑久保　勲〔うしくぼいさお〕

爽やかや眼鏡を拭いて空を見て
裏返る幟の文字を読む梅見
空青き日には蜥蜴がゐるタイル
雲海の下の街より登りきて
鉦叩いづこに生きてゐたのやら
八月は故人を想ふそんな月
法師蟬もやしの尻尾取りをれば

〈栞〉
臼井清春〔うすいきよはる〕

魚影まだ素描の淡さ春浅し
病む妻の小さき我儘うららけし
瞑りてより華やげる落椿
草笛の調子はづれを憚らず
枯れてゆくときも一途や曼珠沙華
読み返し燃やす文殻秋の暮
冬北斗句座の余韻の醒め遣らず

〈家〉
碓井ちづるこ〔うすいちづるこ〕

この洞に翅を休めよ夏の蝶
いま速さ昔風流田を植うる
羽繕ひしつつ夏鴨まりにけり
五月田に小学校の映りをり
聞かまほし芭蕉のころの田植歌
夏蝶や鎮守の杜の暗きより
予定表ついにまつ白夕燕

〈草樹〉
宇多喜代子〔うだきよこ〕

ありなしや百年のちの秋の風
よき名持つ海底の軍艦に春月
熱かつたろう熱かつたろう石一片
来し方とおもう八十余年の秋
脳中の芒のかたち定まらず
終日の雨よ西東三鬼の忌
病室の窓の四角の梅雨入かな

〈燎〉
内田廣二〔うちだひろじ〕

棒稲架の縄の結び目雀突く
地を割つて宙にあいさつ蕗の薹
行く秋やメトロノームを遅くして
梟の百八十度知らんぷり
南海トラフいつか来る地震鴨の陣
馬鹿馬鹿と妻との会話水温む
下腹に浸みる海鳴り鰊来る

〈杉・夏爐〉
内原陽子〔うちはらようこ〕

海光を眩しみをれば燕くる
春北風巌根に寄するうつせ貝
街濡れて電線に鳴く行々子
夜は秋のをりをり届く船の笛
露けさのわれを過ぎゆくもののこゑ
まなうらの芙蓉の白も夜に入れる
橋上に落暉燃え尽きかいつぶり

〈ひまわり〉
うっかり［うっかり］

猫に戸を叩かれている初湯かな
陸亀の鳴く真似をして遊びけり
うららかな三十六度七分かな
Waltz for Debbyパン工場の春夕焼
うかつにもパイナップルと呟けり
小鳥来るちょっと大きな鳥も来る
クリスマスケーキの箱をたたまねば

〈稲〉
槍田良枝［うつぎたよしえ］

すれ違ふ隔たりに散る夏落葉
朴若葉葉脈人体解剖図
向日葵の首ガクと垂れ敗戦日
仏足石に足重ねたる小六月
鰭酒に放火魔めきてマッチの火
書に籠もる日々山茶花のこぼれつぐ
昼の月砕かんとして鶴哭けり

〈鳴・貂〉
宇都宮敦子［うつのみやあつこ］

獅子舞に噛まるる番の廻り来し
鮮やかな手毬一つを形見とす
吊橋のだんだん揺れて山笑ふ
跨がねばならぬ顔ほどの梅雨茸
海月見る眼が玻璃に動きをり
秋の雲伸び縮みする鳥の群
鮞に飯をよごして昼の酒

〈鶴〉
うてなミヨ［うてなみよ］

風光る都電は今もチンチンと
鳴龍を鳴かせて涼しまた鳴かす
初鴨の水のおもてを走りけり
萩の雨芭蕉止宿の井筒屋に
膝掛のすべりやすさや検査待つ
柚子湯して一糸纏ひし心地かな
朗読の『たけくらべ』春遠からず

〈雲取〉
宇野理芳〔うのりほう〕

二駅の道草として春の雲
洗礼の白き衣よ風光る
白花は宥めの色か曼珠沙華
山の日の移りて畑の柿たわわ
冬瓜や晩年といふ淡きもの
不老水飲めとばかりに月明り
藍甕を眠らせてゐる冬の雨

〈煌星〉
梅枝あゆみ〔うめがえあゆみ〕

藁の香もねぢりねぢりて注連作
裸木の己が死角を消しにけり
雪解川束ぬる音も太りゆく
まつすぐのやうに曲がれり揚雲雀
透明の線を引きつつ滴れり
葯切られカサブランカの緩みたり
烏瓜闇に裏打されて咲く

〈野火〉
梅沢　弘〔うめざわひろし〕

窓付の封筒開く事務始
薔薇園に薔薇のやうかん水温む
父の日の烏賊の刺身の烏賊の足
一時間電車が無くて蟻とゐる
夏終る窓とドアある四畳半
コーヒーのための薬缶や秋の蠅
朝の日に朝のにほひや冬の水

〈ときめきの会〉
梅田ユキエ〔うめたゆきえ〕

正座して読み人待つや歌留多会
峠茶屋蔵王の山の春深む
実習の生徒乗せたる鰹船
あをあをと空へ空へと今年竹
天の川少し長湯の露天かな
不揃ひの人参もあり無人箱
金婚の旅のプランや春を待つ

〈冴〉
梅津大八［うめつだいはち］

大根洗ふ仕上げの水を掛けてをり
冬景色からバスが来る冬景色
万愚節支釣込足一本
どくだみや議員会館前の庭
籐寝椅子すなはち凪に寝てをりぬ
一本の薔薇の高さに富士昏るる
富士山を横切る子ども神輿かな

〈輪〉
宇留田厚子［うるたあつこ］

三代の揃ひて見上ぐ初御空
麗らかや頁をめくる白き指
かげろひてやがて消えゆく村ひとつ
花鋏どこに置きしや梅雨湿り
天仰ぐ狛犬もをり木の実落つ
蔵隅に眠る菓子型小鳥くる
小春日や逢ふ人の皆佳きかをり

〈薫風〉
越後則子［えちごのりこ］

大胆に湯上りさらす雛の前
本当は修羅場の中や囀りぬ
しやぼん玉はじけて思考反転す
羅の手足さみしき風を着る
闇掬ひ闇を押しやる踊の輪
焦れ死もいいねと君や花畑
過去形となりし空蟬日の差しぬ

〈八千草〉
衛藤能子［えとうよしこ］

たつぷりと闇吸ひとりぬ寒満月
寒晴れや筆のかすれを引く雲ぞ
連翹の鮮烈な黄のラ・ラ・ラ・ラ・ラ
薄墨の香ぞひろごれるきぬさらぎ
たそがれを黒揚羽となり吾が娘の来
秋日和珠玉の一滴山の端に
カルデラの淵より溢れいづる秋

〈暖響〉
江中真弓［えなかまゆみ］

触れてみし冬の泉のやはらかし
願かけの身をつらぬける寒清水
人気なき春のまひるの街おそろし
生きのびるべく花どきを籠りゐる
筍見てつくづく仰ぐ竹の梢
鳰の子のひとつ足らざる神隠し
夏つばめ羽をすぼむるとき恍惚

〈なんぢや〉
榎本　亨［えのもとみち］

練炭の欠けてキラキラしてゐたり
拙者狸この里の者にて候
成人の日やマンバウのおちよぼ口
桜鯛キッチンお借り申します
深々と醤られてあり春大根
白き柄の溶け残りたる梅雨茸
葛原の蛇に見えたる白き紐

〈航・素声〉
榎本好宏［えのもとよしひろ］

的を射る音も遠音に弓始め
水仙の仏道から往還へ
一尋は燕迎ふる高さにて
苗木市外れに掛かる芝居小屋
次々に沖へ夜陰へ白魚舟
汝の記憶横顔ばかり桜守
ここらより舟の灯を消す螢烏賊

〈雨蛙〉
海老澤愛之助［えびさわあいのすけ］

人日の翔びたつ喜寿の初心かな
どんど焚く第五分団待機せり
ランドセルのベルト調整春を待つ
観音の胎内に聞くはたた神
二世帯の二階の笑ひ夜の長し
大太鼓響動もす護摩や七五三
頭数揃はぬ過疎の川普請

〈ひたち野〉
遠藤悦子［えんどうえつこ］

病院に行くほどでなし春の風邪
上靴の名前もまぶし新入生
曲ること知らずに育ちアスパラガス
さからはず風と遊べり青芒
忘れ上手になれぬ性なり青芒
吹く風も染まりさうなる紅葉渓
幸せの壊れるもろさ菊枯れる

〈あゆみ〉
遠藤酔魚［えんどうすいぎょ］

一人置く上にまた置く冬帽子
枕木のひとつひとつに春の雪
ぎしぎしの花拘置所の見える土手
下の田へその下の田へ田水張る
音立てて未明の雨や柿若葉
ぜにあふひぼろと崩るる大谷石
雨上がりオクラの花の月の色

〈なんぢや〉
遠藤千鶴羽［えんどうちずは］

鳥籠にぶらんこ一つ秋の風
引き返す袋小路や神の留守
はりねずみ針を寝かせてお正月
紐引けばすつぽり春の闇の中
ステーキの赤き断面三鬼の忌
南風吹くラヂオ合ふまでガガガガと
新涼の言伝一つ預かりぬ

〈濃美・家〉
遠藤正恵［えんどうまさえ］

うぐひすのつたなきこゑに立ちにけり
海神を高く祀りて土用東風
かりがね寒き豊蔵の鼠志野
秋冷のきらめく波の先に島
畝傍山ふつくらとある笹子かな
狐面つけ極月の火を祀る
綿虫を連れて石山詣かな

遠藤由樹子［えんどうゆきこ］

鷹を呼ぶ拳を愛のかたちとも
石鹸玉母の記憶が割れてゆく
文字持たぬ鳥よ獣よ雲の峰
大鷹の子を見失ふ茂りかな
切株が草に溺るる日の盛
雨を縫ふ緋鯉となりて戻られよ
雪降るや人類誕生前のごと

〈氷室〉**尾池和夫**［おいけかずお］

海中のポットホールや秋日和
川に礼し鰻に礼し夕餉とす
静まりて夜庭に低く二つの目
春寒や日奈久断層目覚めたる
残る鴨二羽二羽一羽二羽一羽
夏の星那由多の時を渡りくる
生体的胸騒ぎある夏未明

〈氷室〉**尾池葉子**［おいけようこ］

翳生んでゆたにたゆたに石蓴生ふ
海苔粗朶の青く浮き立つ汽水かな
帚木のあたり夕日の翳りても
一ト夜干す茸三種に笊ひとつ
月待つや木立の深き水の神
竜淵にひそみ砂底落ち着かず
葛咲くや日数の浅き沢崩れ

〈鷹〉**大石香代子**［おおいしかよこ］

人馴れの鳩も雀もクリスマス
マスク品切れ大陸の都市封鎖
きさらぎの窓の雨粒街無音
花時のゆふべの眼鏡洗ひけり
鞄また忘れし春の夢の中
桐咲いて日のまだ高き夕餉かな
喇叭鳴るやうな陽光アマリリス

大井恒行［おおいつねゆき］〈豈〉

かたちないものもくずれるないの春

歩くたび幻像の春残りけり

花ら怒り尽忠の木々そびくれる

荒亡の声とならんや春愁秋思

根は風のうそぶく水を生きており

夏の花いつか目指そう世界線

傾城やコロナの眠り祈るのみ

大上朝美［おおうえあさみ］〈鏡〉

蛸飯を初買ひにし損ねけり

裸木にとんびローカル線北へ

海風や隣の庭の花とべら

大山蓮華鉢に咲かせて逝かれけり

蟹ステイホームと言ひて穴の奥

人体痒し水中花暴れ咲き

新型はいづれ旧型浮いてこい

大岡蒼一［おおおかそういち］〈ひまわり〉

ゲーム機に駄駄羅遊びとなる三日

寒鴉またぎらぎらと来てぎらと翔つ

立春に拾うべくして陽の欠片

緑さす側に孵りて泳ぎ出す

点滅の後に点く赤凍曇り

別れまた振るたび光る革手套

鰭酒の底に鰭ある安堵かな

大勝スミ子［おおかつすみこ］〈八千草〉

香水二滴今日あの人に逢えそうな

風の盆一夜の恋に炎え尽くし

秋の旅怒濤を枕に三世代

温め酒遺影の夫に告げること

コロナ禍の虚しさふるる合歓の花

落暉美し幾とせ過ぎし敬老日

ノーベル賞山中博士や一位の実

〈鶴〉
大川倭玖［おおかわいく］

ひなたぼこしてそばづゑをくらふとは
炭籠に菊炭のぞく水屋かな
犬小屋に猫のをりけり梅の寺
ははの手の小袱紗ひざに宗易忌
かへるごや小学校のビオトープ
喚鐘のきこえてきたる夏座敷
野良猫のひよいと貌出す網戸かな

〈星の木〉
大木あまり［おおきあまり］

蛇の舌ふつと思へり雨の日は
砂掘れば蟹の鋏や青葉潮
別れぎは少女に泣かれ砂日傘
涼しさを描くごとくに水すまし
初凪の小船ばかりや東歌
あらたまの玉葱になら本音言ふ
破魔弓の忘れものありショットバー

〈刈安〉
大木孝子［おおきたかこ］

掬へども掬へども灰汁遅日かな
へつたりと烏賊の丸干し受難節
除菌臭日に日に強し花水木
脱臼の脚もてあます新生姜
腹蔵のふの字もなかりしらさぎは
ずずだまをじやらり今様遊びせむ
北限の多羅葉の実の辰砂いろ

〈都市〉
大木満里［おおきまり］

潮騒につつまれてゐる昼寝かな
一村の一揆のごとき祭かな
青芝や子どもの声のきらきらと
籐椅子や手に一枚のモジリアニ
後篇を読みたくなりし良夜かな
団栗を敵の数だけ拾ひけり
木の葉散る木立の奥のひかりかな

〈夏爐〉
大窪雅子〔おおくぼまさこ〕

春北風や海の中なる潮ばかり
四つ手網上を青海苔流れゆく
燕飛ぶ土佐の卯の花腐しかな
貴船菊揺れゐて海の遥かなる
ほつほつと城に人出づ冬紅葉
足袋の裏少し湿して初神楽
人の輪の小さくなりてどんど果つ

〈野火〉
大越秀子〔おおこしひでこ〕

風花や牧の広さに羊鳴き
太陽光パネルの角度日脚伸ぶ
鉄鍋の底の厚さや春の雨
豆腐屋の前濡れてゐる二月かな
乗込みの鯉の背鰭や朝の雨
地下足袋のマジックテープ麦の秋
山椒の芽ひとにぎりほど煮含めて

〈やぶれ傘・棒〉
大崎紀夫〔おおさきのりお〕

あつあつの鯛焼き上野広小路
綿虫をつかみゆつくり手がもどる
跨ぎ越すガードレールと小町草
横向きに笹舟がゆく日の盛り
うみうしを棒でつついてゐる炎暑
除草機が向き変へてゐるときの音
舳倉島まで来て蚋に刺されけり

〈不退座〉
大澤　優〔おおさわゆう〕

四方の春スターウォーズを見て帰る
三日はやカレーの匂う通りかな
ハイヒールひびく夜道の沈丁花
どの窓も陽射しいっぱい卒業す
乗り捨ての自転車藤の花咲いて
目にあふれ千の藤房上天気
青葉若葉スマホに吾子の笑い声

大澤ゆきこ［おおさわゆきこ］

雁風呂や島に薄るる戦の碑
蝌蚪の紐とろり息づく隠れ沼
花合歓や西施呼びたる八重の雨
音立てて満たす水筒山清水
かそなれや神事知らせる祭笛
黒ネクタイ少し緩めておでん酒
小春日や昭和の匂ふ広辞苑

大島英昭〈やぶれ傘・棒〉［おおしまひであき］

榾あかり蜂の子を食ふ話など
山羊の名はツヨシとモモ子日脚伸ぶ
よく光るふはふはドーム寒明ける
フットサルコート三面鳥雲に
ほのぐらき夏越の雨となりにけり
数珠玉を見てふくれゆく雲を見て
朝顔にいきなり雨が横なぐり

大島幸男〈氷室〉［おおしまゆきお］

雪形が出ました帰郷しませんか
カーナビにまた逆ひて麦の秋
翡翠の嘴の先より露ひとつ
屍を出でてのたうつ針金虫
ゆく秋のすぐそこにある雲の群
海鳴の凍てし自転車置場かな
切れぎれによぢれて黒き雪の川

大高　翔〈藍花〉［おおたかしょう］

まだ一志抱き木の芽のかたくなに
春の星死者の瞳を灯すべく
緊急事態宣言下花の首都
つぶやきの届かぬ距離の花疲
休校の子と見届ける花筏
革命の星の配置に燕の子
終に腹ばひに描く絵こどもの日

〈風の道〉
大高霧海［おおたかむかい］

廻れ廻れ須臾も止まざる走馬灯
韓藍の恋の衣や相聞歌
案山子やつすモンローの唇紅妖し
帰り花神に授かる命かな
吉書揚げ炎舞の中に書聖確と
混声の囀り鎮む無言館
命滾る詩魂の炎庭桜

〈香雨〉
太田寛郎［おおたかんろう］

冬すでに黒装束の貨物船
山の端へ遠まなざしの浮寝鴨
亡き妻の知らぬ令和ぞ日向ぼこ
もう還り来ぬこといくつ冬夕焼
黒塀を過ぐ蠟梅を感じつつ
家ぬちへと入り来し迎火のけむり
山ひとつ越えくる音の盆太鼓

〈かびれ〉
大竹多可志［おおたけたかし］

人逝けばまぼろしを見る野火の夜
ゆたかさを何かと問はれ麦の秋
無住寺の風の歪みや蟻地獄
終活の句集を編むや韮の花
震災忌地球の異変また聞きぬ
目の前の時間のねぢれ毒茸
日記果つ過去も未来も行間に

〈朴の花〉
大岳千尋［おおたけちひろ］

佐保姫や陶の河童の四重奏
幾千と干さるる目刺みすゞの忌
ふらここを乗り捨て風の又三郎
晩夏光繋船永久の闇を置く
啄木鳥の谺もつつき終へにけり
捨案山子ムンクの叫びさながらに
ひよつとこの口のすぼみや虎落笛

太田土男［おおたつちお］〈草笛・百鳥〉

冬木立一鳥とめて緩びけり
ちちんぷいぷいたんぽぽの絮を吹く
蕨採り木地師について山に入る
花筏疫《え》病《やみ》の街を流れゆく
雷のあとくされなく終りけり
穀象や出アフリカの人類史
自画像の青のピカソや黴の花

大谷のり子［おおたにのりこ］〈野火〉

春愁や八目鰻の八つの目
箸にくづれて江戸前の穴子鮨
梅雨寒や顔洗ふとき袖ぬれて
ポケットのルーペコンパス雲の峰
頂上の集合写真赤蜻蛉
コードレス掃除機秋の日を吸へり
回転ドア一人一枠寒波来る

太田眞佐子［おおたまさこ］〈濃美〉

ラガーマン四肢張つて陽を摑みをり
寄り合ひてはは似ちち似よ福寿草
綿虫を珠とつつみし掌
佐保姫の嫋やかに来る草千里
ブルーインパルス東京の夏空よ
濃く淡く和紙の原色鮎の淵
薬膳のまづは湯呑にさくらの香

大塚太夫［おおつかだゆう］〈雲〉

枝豆の飛んで夜空の近さかな
身代はりのやう子供らが置く木の実
春の駅なら泣いてゐる人がゐる
二階より春寒の街つながれり
遊んだ顔のまま帰る春の暮
傘雨忌の少し甘めの玉子焼
細胞は死んで生まれてみどりの夜

〈八千草〉
大塚てる乃［おおつかてるの］

かまつかや錆しままなりトタン屋根
寒夕焼ギロリ睨みし不動かな
父に似てメモ魔メモ好き日記買う
柿若葉レトロな店のレジの音
檜葉の香のひときわ強し梅雨夕焼
カラフルな南部鉄器や啄木忌
木守柿北の便りは家売ると

〈扉・晨〉
大槻一郎［おおつきいちろう］

田植機の軽油匂うて終りけり
水無月の街に出回る夏越かな
みちのくに塩焼く匂ひ芭蕉の忌
銀杏散る中にちちははみんなゐて
窓広き五階の書店冬日寄す
葱の香と一緒に始発電車発つ
七種や残るいのちの話して

〈草原〉
大西淳二［おおにしじゅんじ］

第一花よりも大きな夏の花
夏草の第二十花も色褪せず
炎天へ延びたる蔓に蕾満つ
灼熱のホースとなりて夏の花
悪疫を逃れて並ぶ夏座敷
道標とまがふ句碑あり夏木立
夏雲や山の彼方は伊勢の海

〈円座〉
大西誠一［おおにしせいいち］

それぞれの自分の色に草の花
柿一つ残して空の真青なる
ひらがなの夢が宙向け星祭
どの山も影どつしりと良夜かな
現世は穢土来世は浄土蚯蚓鳴く
本陣に褪せし提灯女郎花
九九の表貼る教室や小鳥来る

〈鷹・晨〉
大西　朋［おおにしとも］

青銅の色おびし枝や冬の鵙
備蓄品倉庫点検耳袋
象の鼻地面打ちをり日脚伸ぶ
魚は氷に裾野に白き家並び
ひやりともほのぬくしとも大干潟
橋覗く背中明るし更衣
月見草雲に隠れし山思ふ

〈燎〉
大沼つぎの［おおぬまつぎの］

晩学の偶にうたた寝掘炬燵
夫の留守少し嬉しく鰆焼く
乙姫の忘れものかや桜貝
忘れめや別離のあとの春の月
正直も時に疎まし花うばら
モノクロのローマの休日自粛の夏
苛立ちの眼や夏の布マスク

〈香雨〉
大野崇文［おおのたかゆき］

はればれと大の字になり寝積めり
掛軸を抜け出て来さう宝船
駒返る草に雨後の日さし来たる
山神の恵みすなはち滴れり
さりながら十日の菊の香りやう
悟りゐるごとくに日向ぼこりかな
天の闇地の闇むつび年を越す

〈草の花〉
大野信子［おおののぶこ］

桃の葉を入れて桃の実届きけり
表具屋の深き庇や秋暑し
いも菓子の店の二階の芋御飯
かりがねや四方に岐かるる札の辻
この年も榧の実を踏み父の墓
住職の代はる話や山眠る
樫の木へ凩の重さの芒種かな

大畑光弘「おおはたみつひろ」〈春月〉

秋高しあの聖火台戻り来て
跳ね返る射的のコルク秋祭
菰巻の固き結び目松の空
春光やテトラポッドに散る怒濤
ステイホーム棚上げ捕虫網持たす
万緑を抜け東京の水となる
献血に応ふる人のなき炎暑

大林文鳥「おおばやしぶんちょう」〈藍生・夏爐〉

鰹船発つ太き艫綱今外し
発つまでを赤子あやしぬ鰹漁夫
肩組みて発ちゆく漁夫や鰹船
春分の靴新しき糶場人
古算盤鰹糶値をピシと打つ
傷多き今日の魚体よ梅雨荒れて
峰雲や水平線に大漁旗

大堀祐吉「おおほりゆうきち」〈菜の花〉

蟬声の真ん中に居て暮れてくる
曼珠沙華思ひも寄らぬところから
別宮の列にも並び初詣
梅日和「婦系図」の話して
偶数といふは良き数残る鴨
行けさうで行けぬところに山桜
沈黙は身を守るため蝸牛

大海かほる「おおみかおる」〈初蝶〉

若布干す潮の香りの寄せし浜
下校の子登校の子の日傘の円
爽やかに拡大鏡を覗き込む
影踏みの影の大きな良夜かな
うすもみぢひと日フォーレの子守歌
屋上に話し声する十三夜
オーボエの遠く流れて秋の暮

大村康二［おおむらこうじ］〈円虹〉

亀鳴くや水面に泡の浮いて消え
遠泳の指先遠く遠くへと
名月やことりと猫の帰る音
アオザイの鳥の刺繍や月の客
みちのくの雨と旅する芭蕉の忌
マスクかけ顔半分の嘘をつく
紀伊國屋の前で人待つ漱石忌

大矢知順子［おおやちじゅんこ］

洗濯機回せば泛ぶ年の豆
朝東風や声出して読む朔太郎
書き終へて封して春の月遠し
双翼の整ふ三歩鶴引きぬ
甕に記す「令和元年」梅を干す
穂芒のすべてが表すべて裏
寸借のペンが形見に秋の声

大輪靖宏［おおわやすひろ］〈輪・上智句会〉

若菜粥椀は大きめ輪島塗
駅までの五分の友や春の雪
女生徒のスマホの飾り小さき雛
新緑の大樹葉ごとに光乗せ
河童忌やふと書を閉ぢて夕寂し
祖父のこと孫に語りつ秋刀魚食ふ
なほ生きる気概もて鳴く秋の蟬

岡﨑さちこ［おかざきさちこ］〈獺祭〉

柿照るや復元されし武家屋敷
虎落笛落暉に染まる漁村かな
残照を独り占めして雲雀舞ふ
母の忌やそばを離れぬ紋黄蝶
百日紅子の姿なき通学路
一湾に千の島あり大夕焼
夫と子の仰臥の河原星月夜

〈燎〉
小笠美枝子［おがさみえこ］

春寒やコンパスの弧の切れ切れに
鵠鳴く四千キロの旅の果
花を背にクラス写真の椅子二列
縞栗鼠の軽ろき跳躍夏来る
夕立の叩く海抜ゼロの街
少年の指揮棒となる猫じやらし
横道に逸れゆく話おでん鍋

〈深海〉
小笠原玲子［おがさわられいこ］

緑蔭にかくれんぼなどしてみたき
白き世に白々とあり白紫陽花
消えて行く家系しみじみ夏の草
計れざる人の痛みやつくつくし
麦茶てふ水の重さを買ひにけり
蠅に目を泳がせられてしまひけり
鰯雲墓は変はらずありにけり

〈菜甲〉
緒方　敬［おがたけい］

竹林のそら恐ろしき月見かな
もの思ふことにはじまる鰯雲
星空の近さよ旅の林檎屋よ
露けしや針のやうなる身のひかり
蹤いてくる鹿のいつしか憑きにけり
冬を詠むエロスのやうな日を膝に
難しきこと空耳に海鼠噛む

〈ロマネコンティ・中《ちゅう》俳句会〉
岡田翠風［おかだすいふう］

枯菊の灰となりても香りたち
中天の輝いてゐし稲穂垂る
茎立つや形なき雲つぎつぎと
瀬のままに水音を変へ春のゆく
響くものみな色をもち八月来
青トマトふた口かじり鴉去る
風鈴や風に色ある海暮らし

〈ろんど〉
尾形誠山［おがたせいざん］

着ぶくれが揃つて囲む駅ピアノ
木枯や銀座の隅に占ひ師
俳縁が俳縁を呼ぶ春を呼ぶ
よく晴れてビル屋上の植田風
跡継ぎは三男坊や牛冷す
八月や不戦の誓ひ永久に
名月や湯屋の唐破風千鳥破風

〈炎環〉
岡田由季［おかだゆき］

体温に近き食べもの春の雨
ふらここの双子静かに入れ替はる
鳥の巣に帰り大きく見える鳥
星涼し電卓のもう進化せず
丸呑みといふ生き方や白芙蓉
咳ひとつ古代エジプト展示室
極月の壇上に立つハイヒール

〈ときめきの会〉
岡野悦子［おかのえつこ］

啓蟄や桃缶ひとつ棚の上
春立つや虎屋の羊かん厚く切る
無住寺の空の青さや桐の花
梅雨晴間さあ今の内今の内
ねこじやらし風をつかまへこつつんこ
湯治場へ続く峠や敷紅葉
日向ぼこ誰か居て良し一人良し

〈方円〉
岡村千恵子［おかむらちえこ］

南京櫨十一月の肩に触れ
干満のほどよき冬の礁見す
大雪の月天心に坊泊り
帰路は子が付き添ひくるる夕笹子
坂登り切ればすだじひ長閑なり
暮れぎはの独りとなりぬ山ざくら
天領の山の谺も藤村忌

〈ひまわり〉
岡村利江［おかむらとしえ］

宇治川の早瀬や秋の鵜飼い小屋
即位の日加賀にて祝う菊日和
門扉開け令和迎うる大旦
書き初めは「命」と傘寿の坂一つ
鶴《つ》林《る》寺さんへ雛街道を鈴鳴らし
龍になる夢追いかける鯉幟
杜若咲く鐘楼門もその奥も

〈雪解〉
岡本欣也［おかもときんや］

宝永は富士のたんこぶ山笑ふ
冷し瓜踊らせて水湧きにけり
風鈴や尾の短冊の絵は頻伽
膵癌の術後五年を過ぎ涼し
二重窓二重にしめて冬に入る
船鉾に人の大波小波かな
紅富士や火の玉朝日さす紅に

〈風土〉
岡本尚子［おかもとしょうこ］

寒林にひつかかりをり朝の月
薄氷やタイルまばらな外ながし
飴細工の羽根ちょんちょんと鳥帰る
かげろひを来て流鏑馬の弓しぼる
鮎宿のいぶし色なる愛宕札
盆踊り達磨に手が出足が出て
スカイツリーの天辺の揺れ神の留守

〈ひまわり〉
岡本比呂［おかもとひろ］

アロハシャツ背に北斎の土用浪
皺の手の重なり合うて歌かるた
花すすき風と夕日の去りし村
山霧のおどろおどろと坂昇る
本堂に子どもの草履師走寺
草の露もらいて猫の朝帰り
家中に春陽を入れて庭師去る

〈南柯〉
岡本へちま［おかもとへちま］

冒険の鼓動そのまま初寝覚
冴返る起居一畳の禅修行
研ぐ米は触れるや逃げる春の水
遠ざかる程に気高し山霞
尺蠖の小さく跨ぐ国境
蟬時雨通り雨また蟬時雨
腹しぼり蟬渾身のフォルテシモ

〈燎〉
岡山祐子［おかやまゆうこ］

千の枝かくも美し春の雪
水温む師を待つ帰帆待つやうに
風音は祖霊の声か稲穂波
詩の欠片紡ぐ小春の丘に佇ち
眼閉づ紅葉且つ散る安らぎに
しぐれ虹入江深きに舫ひ船
初冬の山ふつくらとぬくさうに

〈梓〉
小川　求［おがわきゅう］

蟬しぐれ次の一手の待たれをり
からつぽの空残りけり秋燕忌
賜りし命大切沖縄忌
悼　中村哲氏
一隅を照らす大きな冬の月
またもとの人の好い犬猟期果つ
小鳥屋も兼ねてゐるなり種物屋
ものの芽や大阪弁の孫娘

〈鷹〉
小川軽舟［おがわけいしゅう］

秋風やボナールの絵の黄に満ちて
谷越しにニコライ堂や寒日和
初雪や好き好きにとるおばんざい
岩石に地球の歴史雪解川
からからと旗降ろさるる日永かな
薫風に掃かるるごとく雀散る
蟬時雨書見に余念なかりけり

小川晴子〔おがわはるこ〕
〈今日の花〉

若井汲む古都の慣も身につきて
婆抜きの婆に当りて初笑
樹海なほ影の深しや忘れ雪
さくらえびのパエリア旨し山のシェフ
城垣の復興遅々と四月尽
水無月や絹織る町に音の無く
虚ろなる埴輪の眼蕎麦の花

小川美知子〔おがわみちこ〕
〈椝〉

どの窓にも雨降つてゐるさくらんぼ
踏石を見ながら渡る晩夏かな
冷蔵庫にプディング二つある良夜
浮寝鳥見てそれからも歩きけり
また同じセーターを着て風が吹く
弟のおとうと顔や草の餅
斎館の前は白梅ばかりなり

小川もも子〔おがわももこ〕
〈円座・古志〉

とんとんと叩いて楽し菊枕
木の実落つほろりほろりと待つ母へ
先生へつづくこの空この紅葉
山国は鳥のかたちの鳥威し
行く秋へ手を振つてゐる舟の人
子らの声朝をあふれて初氷
ポケットに貝殻風に春かもめ

沖あき〔おきあき〕
〈鷹〉

一睡に彗星近し避暑泊り
声もなく母の来てをり月の椅子
追ひ縋るやうにこぼるる零余子かな
貝殻に緋色ひとすぢ小春凪
禍々しき世なれど地虫穴を出づ
不夜城の噴水音を失へり
銀ぶらの日傘男子も眺めかな

〈春耕〉
沖山志朴［おきやましぼく］

雪吊に百万石の空緊まる
広げ干す白子に湯気の影踊る
たつぷりと古書を齧りて紙魚速し
舟虫のぞろつと逃げてひそと寄る
しどけなく脱がれてゐたり蛇の衣
ゆるやかにはづませ握る今年米
隣り家に腰を据ゑたり抜け南瓜

〈鷹〉
奥坂まや［おくざかまや］

音が音ひしぐ船渠《ドック》や西日射す
星なべて自壊のひかりきりぎりす
月光に鎖鳴らして象老いぬ
ひらがなのここちの日向ぼこりかな
春の星この世限りの名を告ぐる
クロッカス汽笛は刻をゆたかにす
ひるがほや死はただ真白な未来

〈風土〉
奥田茶々［おくだちゃちゃ］

モロッコの駱駝に揺らる月夜かな
俳号に猫の名もらふ小春かな
鰤起し氷見の旅寝の耳尖る
冬怒濤越前太鼓打つごとし
稚児の鼻みんな白塗り花まつり
手に乗せて仏師のねずみ穀雨かな
来ぬ人を定家かづらの道に待つ

〈春野〉
奥名春江［おくなはるえ］

花の咲く頃の怠気な波の音
残り香のありふらここの揺れ止まず
夜遊びと言へばさうかも緑の夜
涼しさの今生の夢死後の夢
とびきりの夕空野分遠く去り
大根の乾きてよりの重さかな
近づきぬ冬のさくらとわかるまで

〈海棠〉
奥村かな［おくむらかな］

玉砂利に張りついてをり赤とんぼ
ゆく秋やピアノの上の縫ひぐるみ
その上に比叡の頂冬木立
ティッシュ引き出し嬰の初仕事
初旅の若狭のみやげ箸二膳
春浅し上る下るの京マラソン
白南風や花のごとくに皿のピザ

〈雪天〉
小栗喜三子［おぐりきみこ］

銀杏落葉明るく照らす村の道
宝船枕の下に良き夢を
初東風や日本海は波高し
読書する使つて良き椅子日向ぼこ
春嵐掲示のポスター飛びにけり
雪割草優しい色の映ゆるかな
先づ供ふ筍飯を仏壇へ

〈朴の花〉
尾崎秋明［おざきしゅうめい］

水あらば水の広さの初御空
父母恋へば故山の峰の朧月
おふくろの味を忘れず昭和の日
空蟬を三尺離れ鳴き始む
蜩や棺にひとつ覗き窓
恋文も遺品のひとつ冬銀河
魂は汚してならじ雪女郎

〈毬〉
尾崎人魚［おざきにんぎょ］

落日や大きうねりの洗ひ髪
壁紙の薔薇の薄紅明易し
話術てふマジックボックス夏の恋
行間を読まれたくなしグラジオラス
晩夏光原色吊す物干台
新宿のサイケが透ける晩夏光
夏の果マラカス転ぶカウンター

〈郭公〉

長田群青［おさだぐんじょう］

光年の果の寒星一つ老ゆ
月光にほぐれて枇杷の花匂ふ
秋風や帆のやうに立つ守衛帽
爆心のドームに小窓樟若葉
湯の神の誰か鈴振る雪催
早や三周忌老幹の梅真白
猖獗の世をとろとろと蜷の道

〈笹〉

小澤昭之［おざわあきゆき］

参道といふも急坂初詣
理髪店出てうぐひすの声しきり
青嶺待つ嗚呼上高地今一度
少年の素振り欠かさぬ熱帯夜
宅地造成稲田一枚残しをり
今は無き父母の苫屋よ草雲雀
多賀宮へ向ふ湖上に冬の虹

〈燎〉

小瀬寿恵［おせひさえ］

蠟梅の香に触れ朝の一万歩
叩き独楽少年の目の青光り
柏槇の捩れ捩れて寒の寺
がうがうと五月雨月の取水口
宿坊に山羊の子生まる夏初め
決断は女が早し葛の花
軍港の光と陰と鰯雲

小田切輝雄［おたぎりてるお］

雨霽れて夕空広しつばくらめ
古きもの今に叶ひて更衣
消防団総出の洗車青嵐
快感はばさと切られし梅雨の髪
昼風呂の我が身風船葛かな
覚め際の夢に入り来し秋涼し
けふよりのつくつく法師澄雄の忌

〈椰〉

小田富子［おだとみこ］

天地に聡く樺《かんば》の木の根明く
夕日影の中にわが影あたたかし
顧みて禍福も遥か夕桜
路地暮れて京の一夜の軒菖蒲
栗の花三日続きの雨雫
涼しさやガレの花瓶の帆掛け舟
秋風や埴輪は瞳見開きて

〈風土〉

落合絹代［おちあいきぬよ］

千本の桜隠しを二階より
つばくろの空となりたる海の町
舞殿に花散り巫女は白拍子
母の白髪娘の銀髪へ緑さす
八才の記憶も語れ終戦忌
水美き遠野や鮎のあぶり焼
この谷戸のこの小流れの鳥兜

〈浮野〉

落合水尾［おちあいすいび］

倒木をわたりて余花の谷を越す
花合歓やあの世に声をかけに出る
精霊舟波を灯して波を越す
仲秋の名月利根に上がりたる
伊豆の秋死後に新居と句碑残す
ふきのたうかけがへのなき水の音
父の日の野鯉を釣りてかがやかす

〈少年〉

落合青花［おちあいせいか］

天の川届かぬ亡友へ手紙書く
石ころにチョンチョンと口づけしじみ蝶
数え日のあれもこれもに急かされて
暖冬と言えどもやはり冬は冬
チームラボ風船アートの仲間達
黒日傘うしろ姿の角に消ゆ
かなぶんの近づく翅音耳キャッチ

〈浮野〉
落合美佐子［おちあいみさこ］

野の木々に声響かせて初鴉
引き返し乗込鮒をのぞきたり
青葉木菟青にまぎれず身じろがず
ぎしぎしの伸びはうだいに風の鞭
空蟬の引きたる穴の湿りかな
大鍋の有無を言はせぬ薬喰
冬ざくら百歳越えし骨白し

〈ひいらぎ〉
越智　巌［おちいわお］

ルミナリエ風化許さじ阪神忌
小夜時雨腹にやさしきおばんざい
梅含む宮水の井の渾渾と
遍路撞く鐘殷々と山の寺
縫上げを解くも嬉し子の浴衣
鳴焼や味の決めての手前味噌
ハンモック揺れ邯鄲の夢結ぶ

〈菜の花〉
小津由実［おづゆみ］

ぶらんこを漕ぐすれ違つてゐるばかり
昭和の日ゴッドファーザーといふ映画
最期まで聞いてゐたのは蟬の声
両側で風鳴つてゐる冬帽子
人は枯野に野良犬は死語となり
結局は残りし二人クリスマス
豆を撒く家の中にも闇のあり

〈ゆきしづく・童子〉
音羽紅子［おとわべにこ］

冴え返る頰がびりびりするほどに
みるみるとわかさぎ釣りの穴凍り
わかさぎのまだ小さきも釣針に
わかさぎの命乞いする子どもかな
生臭き手袋となり橇曳けり
春立てる灯油タンクのちゃっぷんと
雪まつりプレハブ小屋の番をして

〈少年〉
小野京子［おのきょうこ］

光の輪くぐり鴛鴦たちの朝
ふと止まるペン先にある春愁ひ
ハミングの始まつてゐる朝の薔薇
朝寝して太陽に顔のぞかるる
たんぽぽの絮背伸びして風を呼ぶ
ひたすらに出番待つ子ら夏帽子
せせらぎを一品として冷奴

〈繪硝子〉
小野田征彦［おのだゆきひこ］

チェンバロの音軽やかに春来る
あたたかし亀石の眼の睡たさう
ひとり来てまた立ち止まる蓮の前
磨かれし床の涼しき弓道場
大路往く秋暑の重き影曳きて
霧しぐれ落葉松の針降るばかり
冬耕す富士に一朶の雲もなき

〈河〉
小野寺みち子［おのでらみちこ］

初景色きのふとちがふ鳥の来て
教会の転調鳴鐘風光る
冷蔵庫アルミの匙のありし頃
ジンジャーの大樹に栗鼠の走りをり
北斎の波待つサーファー秋夕焼
いくたびも空押し返す芒かな
木枯やパリ北駅の駅舎の灯

〈薫風・沖〉
小野寿子［おのひさこ］

親しみの湧く雪の嵩朝まだき
冬帝に逆らひつつも従へり
堅雪に五分のたましひある如し
頬かむりかむり直して後につき
雪に生れさまざまな雪に育てられ
目ぢからも脚のちからも雪が知り
温情の二字に解け出すざらめ雪

〈日矢〉
小原　晋［おはらすすむ］

富士の嶺の青し大根畑かな
故里の家路しろじろ月冴ゆる
朝参り天神さんの梅ほつほつ
葉に花に透ける光や聖五月
紫陽花の淡きに寄りて濡れそぼつ
盆東風や老夫四人の長床几
航跡の白一筋や秋の海

〈清の會・初蝶〉
小俣たか子［おまたたかこ］

染筆の太々春の立ちにけり
雛飾る蕎麦屋重要文化財
涼しさや上空ブルーインパルス
減反の田んぼ花野となりにけり
すこやかてふ名の検診車花カンナ
着ぶくれて着こなしてゐる女かな
シュレッダー動きつぱなし十二月

〈葦牙〉
尾村勝彦［おむらかつひこ］

冬日落つ波金色の日本海
かなしさに胸もて受くる雪礫
赤色灯点いて寒夜の手術室
ディキシーの流るる冬の蔵茶房
神鈴の綱の重さや寒参
胎動の山奔流の雪解川
句碑訪へば桜隠しの長命寺

〈燎〉
小山田慶子［おやまだけいこ］

五線紙にひろふ花野の風の音
身のうちの何のあふるる荻の風
実ざくろや小さき嘘をきき流す
霜の夜の木々の鼓動のひしめけり
はらからの持ち寄り料理年忘
エプロンはギンガムチェック昭和の日
風さそふ古き揺り椅子レース編む

〈澤〉
ガイ［がい］

平泳ぎの蹴伸びと蹴伸びすれ違ふ
校庭に灼け監督のパイプ椅子
パレットに黒残りたる休暇明
素手に食ふ印度咖喱や星月夜
霜月や刑務作業の椅子丸し
キャッチャーマスクに水洟付いてしまひさう
陽炎や外野手下がる下がる下がる

〈椋〉
海津篤子［かいづあつこ］

鬼の子をさがしに出でて鳴かれけり
鳥籠に鳥のゐない日冬深む
目のかぎり檜山杉山つばめ来る
牡丹に風出て父の忌なりけり
深ぶかと目を馴らしゆく青葉かな
東京は人想ふ街桐の花
深呼吸せよと花野に呼ばれけり

〈湧・百鳥〉
甲斐遊糸［かいゆうし］

一望の甲府盆地や桃の花
青空といふカンバスに桃の花
先立ちて孫娘行く桃の花
古墳より見下ろす下界桃の花
勾玉を磨く少年桃の花
田に畑に働く人や桃の花
旧知なる甲斐の山山桃の花

〈湧・百鳥〉
甲斐ゆき子 [かいゆきこ]

風光る虚子の言の葉碑に刻み
三・一一青空に頭垂れ
旅の地に山焼きの香の残りゐる
山焼きの後一本の道歩き
末黒野の山頂までをリフトかな
昨夜来し獣の糞や草萌ゆる
園児らの揃つて歌ふチューリップ

〈祥・天為〉
甲斐由起子 [かいゆきこ]

楼蘭の砂に瑪瑙と銅と灼け
花つたふ雫を舐めて黒蜥蜴
緑蔭に鷹の眠りの深からず
笑ひ皺濃きオアシスの西瓜売り
亡国の月下流砂のとめどなく
肌白き木乃伊の睫毛星流る
銀漢や風葬の沙果てもなし

〈百鳥・晨・湧〉
甲斐よしあき [かいよしあき]

マスクして和泉式部の墓所と歌碑
兄逝きて一人遍路の浜辺かな
つばめつばめ細見綾子の生家訪ふ
棕櫚咲くや芭蕉生家に近き宿
帽子屋に帽子あふるるパリー祭
新涼や音無く落つる砂時計
神馬舎に残る表札秋の声

〈からたち〉
加賀城燕雀 [かがじょうえんじゃく]

からたちの刺も包めり木の芽雨
春眠の夢ことごとく獏の食み
やさしさも男らしさの遍路かな
信条は和して同ぜずつばくらめ
時の日や五世代使ふ手塩皿
勾玉の穴を抜けたる風は秋
秘して来し事白日に石榴熟る

〈磁石・井の頭〉
角谷昌子［かくたにまさこ］

眉宇清ら囀りに面上ぐるとき
蒼天に富士の喰ひ込む立夏かな
青梅雨や師の戒名に蛍あり
雀らの焦げ色強き原爆忌
終戦日うろこの強き魚捌く
不確かな明日なり柘榴裂くるなり
冬霧の濃きに溺るる鳥のこゑ

〈ひたち野・芯〉
鹿熊俊明（登志）［かくまとしあき（とし）］

コロナウイルス地球の春を狂はせり
残雪が蓮華と化せり朝日岳
紺碧に咲く泰山木や大手門
欝の世に命を見たり稚鮎跳ぶ
山の日の渋谷の街や三十五度
うそ寒し取り痕のこる蘭奢待
マスクして観る幻のマラソンコース

〈若竹〉
加古宗也［かこそうや］

夕星や麦の秋風甘く吹く
伶人の笛吹いてをり万緑裡
硝煙の名残り香をふと梅雨炉焚く
水郷の水路双手に行々子
二月堂より如月の影を踏む
木枯や合掌固き木乃伊仏
一月や真一文字に鳥礫

〈鳴〉
笠井敦子［かさいあつこ］

鳥避けのネット外せば風は秋
烏瓜引けば手応へ遠くあり
吹き止みて冬三日月の鎌の切れ
去ぬ燕難民は空仰ぐのみ
安心を容にすれば浮寝鳥
影作るものに走りて蜥蜴の尾
木の蜜柑大方残す景として

〈方円〉

笠原　秀［かさはらしゅう］

露けしや夜の車窓の鏡文字
分骨の壺に触るるも十三夜
遠山は疾うに日暮れて冬ざくら
ねがはくば米寿まではと七日粥
夏浅し亀戸に買ふ江戸切子
大甕の河骨ついと立ち上る
青田径往くや自づと気の晴るる

〈ひまわり〉

笠松怜玉［かさまつれいぎょく］

きりきりと初商いの珈琲挽く
風満てる青水無月の種苗店
鉄棒の子等を見ている白日傘
耳遠くなりし姉妹に星流れ
左手のしびれにも慣れ夏初め
夏潮に火の粉を降らす造船所
トーストにバターとあずき春の朝

〈きたごち〉

柏原眠雨［かしわばらみんう］

神事終へ姫を乗せたる馬洗ふ
粧ひて月山朝の雲を脱ぐ
踏切の折々鳴りぬ蓮根掘
大寒や地下へと沈むエレベータ
途切れずに演歌流れて種選
春落葉掃き出してゐる神楽殿
湯の里の昼の静けさ漆掻

〈草の宿〉

片桐基城［かたぎりきじょう］

出る時を鬼に指示する鬼やらひ
麦刈つて水平線が重くなる
薄氷の裏へと逃げる記憶かな
ちぎり絵の花を飾れば萩に風
ポケットに色なき風を持ち帰る
青い地球水の地球の冬ふかむ
湯豆腐のぷるんと駄々を捏ねてゐる

〈燎〉
片山はじめ［かたやまはじめ］

病室の四人無言や春灯下
咲き満ちて花にも翳り柩ゆく
荒梅雨や落武者のごと犬が来る
もう弾かぬギターも並べ書を曝す
菊の香や父には嘘をつかぬまま
妻居らず布団一枚重ねけり
髭剃つてする事が無い大晦日

〈風樹〉
かつら　澪［かつらみを］

一つ鳴るは宮の鈴の音神の留守
鎌鼬神木疵を負ひしかな
花筏魂添ふごとく水のうへ
光年の星のながれて春徂けり
沙羅散華法灯しづと点りたる
ひぐらしや流離の舟は汐の間に
満天に架かる橋とも大銀河

〈晨・晶〉
加藤いろは［かとういろは］

毒ありてこその文藝冷し酒
マフラーをぐるぐる巻きにして孤独
鷹飛ぶや風となりゆく高さまで
冬うららお相撲さんが自転車で
揚げたての鯨カツ食ふ神の留守
立子忌の紅茶に足して薔薇のジャム
みづうみの風を自在に夏つばめ

〈家〉
加藤かな文［かとうかなぶん］

これ二つ春手袋の指さして
藤の花たまに頭の上にのる
開きたる本に葉桜から日差し
昼顔のガードレールをまたぎけり
小さくて軽いお土産秋の雲
天井に何度もとんぼ通夜の家
人間のよく滑るなり木の葉道

加藤啓子〈嘉祥〉［かとうけいこ］

練切の菓子のうす紅春隣
飛花落花ひかりの中の母と子と
休校の花壇チューリップ全開
カーテンのふくらむ窓辺柿若葉
鈍行のボックスシート麦の秋
ゆびきりげんまん白粉花暮るる
微笑みに会釈で返す小春かな

加藤耕子〈耕・Kō〉［かとうこうこ］

殺すなと聖書のことば憲法記念日
疫病のまつただ中や憲法記念日
あぢさゐの毬山空を恋ふいろに
夏空や人のがれえぬ罪と罰
日日介護日日草の花ざかり
冬桜この世をことにはるかにす
冬の日や天地返しの土の息

加藤直克〈俳句スクエア〉［かとうなおかつ］

沈黙は皮膚より近し彼岸花
ちちろからちちろに遷るしらべかな
虹彩ににぎわう波の初日影
水音に水音生まれ青き踏む
はんざきの半身すでに月となる
朝凪の波はベッドの母の脈
黒南風の海より陣痛運びくる

加藤信子〈滝〉［かとうのぶこ］

花吹雪美しく泣く人とをり
天地の青のあはひを鳥帰る
日蝕へぎぎと天牛発ちにけり
静かなる園児の午睡サイネリア
映像無音朔太郎忌のシャンゼリゼ
日盛りの小児病棟よりピエロ
トローチの穴吹けば鳴る寒夜かな

〈悠〉
加藤英夫［かとうひでお］

眠りゐる街しづかなり今朝の春
渓声にまけじと四方の山笑ふ
十薬に一隅与ふ法の庭
時越えて昔をひらく古代蓮
月白や塾へ急ぐ子家路の子
御仏に留守を頼みて神の旅
遠山も端山も眠る信濃かな

〈鳴〉
加藤峰子［かとうみねこ］

筆圧に夢を託せり受験生
夏の陽へ裏返されて赤子這ふ
校庭を移民のやうに鴉の子
白桃や母へひとつの嘘通す
閉門の乳鋲の錆や笹子鳴く
冬雀群る風になり点になり
働く灯またたいてゐる霜夜かな

〈清の會〉
金井政女［かないまさじょ］

街中の師の碑に春惜しむ
先がけて一隅占むる犬ふぐり
芙蓉生け夜半に続く水墨画
立ち話鉄砲百合に聞かれてる
茄子畑無駄花無しと母の言ふ
吊草のひとつづつ揺れ秋の暮
栗のいが蹴つて栗虫でて来たる

〈ひたち野〉
金澤踏青［かなざわとうせい］

猫の仔のまだ目のあかず名をもたず
青水無月老女がひよいと輪投げの輪
梅の実のこぼれて雨の匂ひかな
端居とはさびしき言葉煙草に火
暁の寝釈迦を離れゆく青女
きりぎりす古人たやすく家を捨つ
炊きたての飯産み立ての寒卵

〈郭公〉
金田咲子［かなださきこ］

霜のこゑ遥かに緒方貞子逝く
太陽に息つくやうな冬の草
龍太忌の龍太にあそびごころあり
湯ざめしてわが心音のひとつひとつ
風の四角の三角のほとけのざ
愛別のあと干草を口にせり
血を吸つて分身となる蚊とゐたり

〈秀〉
金谷洋次［かなたにようじ］

差し汐の佃小橋や夕薄暑
かはほりや夕汐匂ふ船溜り
釣宿の立て干す櫂に夕立急
夕虹やまだ雫して舫ひ船
抜路地の暖簾涼しき甘味茶屋
手土産はあみの佃煮白絣
潮の香の路地に鬼灯市の鉢

〈郭公〉
金森直治［かなもりなおじ］

十二月八日を待たず大勲位
素裸の街の一樹の淑気かな
こと問はば白梅の句を返すひと
ラブイズオーバ九十齢の春の闇
手を振りし提督はるか青岬
ペン胼胝も死語かと撫づる夜の秋
年忘れ疵のルアーを主賓とし

〈清の會〉
金山征以子［かなやませいこ］

城跡の鷹鳩と化す日和かな
退屈な日を抱卵の鴨を見に
コロナ禍の東京の空燕来る
夕ぐれは別の水音鴨涼し
青鷺の凝視一点夕さるる
遠浅間虚子散策の青田道
散歩てふ仕事の一つ半夏生

〈衣・祭演〉
金子　嵩〔かねこたかし〕

無神論丸く納める鏡餅
初日の出無神論者も手を合わせ
空けておけ青大将の逃げ道を
きりぎりす酔いを醒まして貰い泣き
メロン切るハミングで切る薄く切る
玉葱の同情話嘘涙
冷房が無心無色の老い造る

〈濃美〉
加納輝美〔かのうてるみ〕

秋晴れの広場絵かきと物乞ひと
娘と枕ならべて眠る白夜かな
重箱を拭ひ三日も過ぎにけり
子のうしろ少し離れて小松引き
差水に湯玉の散るや蝶の昼
よく晴れて昼の鵜川のたひらかに
こんなにもきれいな川の鮎なれば

〈八千草〉
椛島富喜代〔かばしまふきよ〕

梅林は枝の目立ちて花静か
季語もらい見上げる辛夷まだ蕾
鯛焼の温みバッグの中にあり
薄暗き庭を染めおり落椿
いつよりか熟柿好みになりにけり
踏み跡をずんずん進む芒原
よそ行きの何やら苦し冬衣

〈雪解〉
加畑霜子〔かばたそうし〕

白山の襞の陰翳初茜
雄叫びに寒行の水ひた被り
飼屋リフト畚に小昼も上り来し
掌に拾ふ捨蚕の冷えつたふ
亀の声聞きてわが句の集大成
大き耳なれど蚯蚓の声聞かず
百態の雲遊ばせて代田澄む

〈やぶれ傘〉
神山市実［かみやまいちみ］

冬うららパン買ふ列に入りにけり
紙コップの白湯の温もり春の昼
校庭に生徒の気配なき日永
芝青む寝転ぶ犬に日が差して
夏草の川面を覆ふほどにまで
雨あがる売地の札と草いきれ
ゆつくりと池面に降りる蜘蛛の糸

〈雨蛙〉
神山方舟［かみやまほうしゅう］

叡山の影もしぐれて翁の忌
風花に肩を組み合ふノーサイド
紅梅の影や師の句碑彫深く
大仏殿の昼を点せる春の燭
麻酔覚め命存ふ蟬の声
快復へ確かな歩み今朝の秋
遠く来て余光に惜しむ大花野

〈朱雀〉
神山ゆき子［かみやまゆきこ］

シャンソンを口遊む夜ボジョレヌーボ
単線の海より暮るる空つ風
空つ風藍色沈め遠州灘
原発は思案のかたち空つ風
呼び鈴は昭和の音色柚子たわわ
鰭酒やしづめの雨の港町
雪螢消ゆるときふと紅の彩

〈野火〉
亀井歌子［かめいうたこ］

ものの芽や素直に伸びていとほしき
日日草無人の園の風見鶏
茸飯川場の米の雪ほたか
台風の被災地思ひ湯に沈む
寒卵味噌汁に割る日曜日
筑前煮大鍋二つ年用意
大旦東の窓を開け放つ

〈やぶれ傘〉
亀岡睦子［かめおかむつこ］

深大寺町子らが育てた蕎麦の花
橙の落ちさうになる鏡餅
囀りてやがて飛び行く雀かな
雨上がり春菊の芽の出揃つて
影させば甕のぼーふら騒ぎたて
稲妻しきり懐中電灯そばに置き
春の雪枝をかすめて消えにけり

〈八千草〉
亀田　薫［かめだかおる］

八月や副教材に少年兵
あいさつに来し野良猫の露まみれ
小鳥来てやがてかなしくなる鸚鵡
老人が目配せし合ふ茸狩
牡丹雪しづかに遊ぶ庭師の子
青き踏む絵の具まざるの嫌ひな子
流木の花器に野の菊ひとつかみ

〈玉藻〉
河合昭子［かわいあきこ］

小浅間や畦てらてらと春田なる
春浅き大社千年心柱
冒険のいろの服買ひ秋の雲
飛火野や目の合ふ鹿とはかる息
凍雲となるをためらひ大庇
荷整理の今日はおしまひ根深汁
立冬の時計の針を合はせけり

〈繪硝子〉
河合寿子［かわいひさこ］

岬への単線軌道草の花
クリスマスカード恋文読む心地
雛まつり一寸ほどの奈良人形
連翹や日暮れ音無き雨となり
こはごはと少女の抱く仔猫かな
麦秋の風の中なる足利路
穂絮とぶ頓にわたしの物忘れ

〈あゆみ〉
川合正光［かわいまさみつ］

蚊帳たたむ吊り輪の音の響かな
日盛の盆地の駅の長停車
黴の香に暫し佇む蔵の中
濡れ髪もタオルも凍る湯屋帰り
急流の水浴びてゐる苔青し
お神籤を引く山雀にお鳥目
秋の寺五右衛門風呂のありにけり

〈煌星〉
川上純一［かわかみじゅんいち］

まほろばの神の許しに山を焼く
閼伽井屋に汲まれ溢《こぼ》れし春の水
はつ夏の天女舞ふごと瓊花《けいか》咲く
鳥海山高みへ一気岩燕
母の手引き拝む青嶺や湯殿山
山荘の白樺木馬八月尽
比良八荒剝がさる湖の波しぶく

〈栞〉
川上昌子［かわかみまさこ］

あをくさきにほひ上蔟まで四日
カーブミラーカーブミラー栗の花
待たされてゐると思ふとばつたんこ
鶏小屋の屋根に鶏厄日かな
身に入むや地球老ゆるといふことも
松過ぎの雀や足のはやきこと
坐りても歩きても六月の風

〈花野〉
川上良子［かわかみよしこ］

青梅雨の永久のほほゑみ思惟仏
あやめ剪る朝のひかりしぶきけり
郭公や舗装ぷつつり切れてをる
手にのこる硬貨のにほひのうぜん花
わが影の道化のごとし大西日
将軍の孫像秋園に君しのぶ
蟋蟀や母屋の門の鍵の癖

〈青草〉
川北廣子［かわきたひろこ］

力士らの直球を受く年の豆
目に見えぬものを蹴上げよ半仙戯
鱧汁に供養のをはる奥座敷
母のことまた考へる遠花火
子の背丈それとなく見る九月かな
短日の厨剝いたり刻んだり
百段の磴の一歩や今朝の冬

〈爽樹〉
川口　襄［かわぐちじょう］

水馬のおのれの影に追ひ付けず
夏の蝶形状記憶の翅畳む
渺茫の海を溢るる大夕焼
船虫の何やら謀議して散りぬ
忠言は直球がよし青山椒
裏返る海月に悩みありやなし
新涼の水面を浮子の動きけり

〈雉〉
川口崇子［かわぐちたかこ］

猫の髭つくづく長しチューリップ
風光る木立を鳥の移るたび
日を返す瀬戸の潮目や花蜜柑
翅少し畳み余して天道虫
星飛んで檜山の闇の匂ひけり
大根引く背に波の音風の音
竹林の騒ぐ北窓閉ざしけり

〈豈・祭演〉
川崎果連［かわさきかれん］

炎天やぼくらの国の液状化
ソーダ水明日は別の人が好き
ぶんかのひそっとぱんつをぬいでみる
この国の足の踏み場もなき枯野
冷蔵庫入れたものしか出てこない
からすうりはたらかないでいきている
才能か努力か運か寒卵

〈あゆみ〉
川崎　茂［かわさきしげる］

福寿草幸せのかぜ薫らせて
露天風呂降りては消ゆる春の雪
春雷に心躍らせ地図広ぐ
紫陽花やひと雨降りて藍深し
衣被つるりと食へば母恋し
吾亦紅侘しき雨のひとり旅
枯木立ふと振り向けば八ヶ岳

〈燎〉
川崎進二郎［かわさきしんじろう］

草若葉寝ころんで聴く風の声
雨足を葉音で知らす白雨かな
悩みつきぬ子との語らひ水羊羹
散水に耐へて一筋蜘蛛の糸
笑みこぼる今日といふ日の紅芙蓉
稲架掛けに夕日の沈む谷戸田かな
箱の辺《へり》乗つては滑る冬の蠅

〈海原・青山俳句工場〉
川崎千鶴子［かわさきちづこ］

春野にうとうと白雲にうとうと
曙の春満月に詩を孕む
なにひとつ離したくない夕桜
子等が来て家中鯉が泳ぎけり
昼寝の子母の乳房をくるくると
赤紙来る頃芋の蔓引く頃
太古より暴走族のかなぶんぶん

〈海原・夕凪・青山俳句工場〉
川崎益太郎［かわさきますたろう］

帰り花「前島密」貼る葉書
「化石賞」俺のことかと枯蟷螂
濃厚接触禁止花筏
枯れるとはこういうことか認知症
知らぬ間に笑くぼが皺に花は葉に
長生きは「不要不急」と散る桜
耳朶悲鳴眼鏡補聴器夏マスク

〈なんぢや〉
川嶋一美［かわしまかずみ］

媚びるとは磯巾着のかたちして
牡蠣舟のここに残れる近松忌
鯛焼のおろそかならぬ鱗かな
鯛焼やこの界隈に老いてゆく
泳ぎ子も夕づきくれば祭の子
迎火や父の眼鏡に美しく
走馬燈こどものかほをさびしくす

〈樹色・つくえの部屋〉
川嶋ぱんだ［かわしまぱんだ］

春霖の町のすべてがトタン屋根
春耕に舟を浮かべる雨後の午後
水眼鏡してアクリルの向こう側
テーブルの書類が濡れる鯰の死
口腔に燕とびこむ午後の車庫
捨てられている文春の紙魚だらけ
寝過ごして南瓜を抱けば水曜日

〈風土〉
川田好子［かわだたかこ］

梟の一声太古の闇さます
よるべなき手足となりぬ更衣
端居して言はずじまひを畳み込む
ピンヒールの朱きステップ巴里祭
かなかなのそのことづてはむねにきく
八月十五日夾竹桃の滾る闇
酌みかはす仏ばかりの月の客

〈南柯〉
川村悦哉［かわむらえっさい］

幾百の松明傾《なだ》れ山火立つ
末黒野に瞭然と縁ありにけり
水取や春の螢のごと火の粉
荊咲く島にオラショは継がれけり
黙禱の項を焦がす残暑かな
星今宵厩は黒く眠りけり
沢庵に小皺火星に人面岩

〈顔〉
川村智香子［かわむらちかこ］

百万の霜柱踏む開戦日
正装の鳥の正座深雪晴
ふらここを降り今生の人となる
鯛焼に腹案たつぷりあるやうな
夜の雪静寂をなぞる音のして
一匹の蛍を緘に白封筒
揚雲雀コロナ禍を抜けコロラチュラ

〈山彦・四季〉
河村正浩［かわむらまさひろ］

影いつまでも付いて来る吾が夏野
影持たぬもの紛れゐる原爆忌
少しづつ母はこはれて茸汁
惜しみなく地酒ふるまひ薬喰
すでに限界雪の曠野となりし村
人・パン・壁・風呂敷に耳山笑ふ
滴りて太古息づく鍾乳洞

〈泉〉
菅家瑞正［かんけずいせい］

しろがねの日照雨の中のあきつかな
物置の戸の開いてゐる冬隣
桧葉垣は肩の高さや一の酉
米櫃の米を取り出す冬至かな
さねさしの相模の野辺や冬霞
下萌や体育館に子等の声
うたかたは呟きに似て春の水

〈六曜〉
神田ししとう［かんだししとう］

ここからを結界となす夏薊
恐竜の爪の捕へし夏休み
秋暑し三葉虫の集く石
銃声のあとの喚声運動会
乾びゆく大地離れぬ蚯蚓かな
役牛の軛の解かれ夏の月
ひとつふたつ密を離るる蛍の火

〈暖響〉
神田ひろみ［かんだひろみ］

冬籠うつかりああと返事して
熊野街道海へ出るまで空つ風
言葉みな小さき別れ春銀河
飛びさうにして歩きだす雀の子
違ふ明日来るとミモザは髪に触れ
ドクトル・ジバゴただ向日葵の散る字幕
思考またはじめに戻る磯巾着

〈野火〉
菅野孝夫［かんのたかお］

水ごくごく鶯のこゑ聞きながら
雪形や一本欠けて馬の足
滝となるまで何事もなき流れ
雷鳥を眺めてをるとまた一人
圏谷の半円形の星月夜
剣岳峨々たり夏の月あげて
谷深く届く日差や冬木の芽

〈鴻〉
神野未友紀［かんのみゆき］

指させば枯野の星の増えてくる
竪琴の十三の弦しぐるるか
試し弾く玩具のピアノ春浅し
鵙高音磐座過ぎる通り雨
一陣の風の平らに夕花野
風起こしたる夏服の高校生
雲梯の列のしんがり夏の蝶

〈俳句フォーラム〉
木内　徹［きうちとおる］

蚕豆や世に出たがりのひとばかり
塀の上に大小二個の椿の実
酸漿やギターピックが落ちてゐる
秋立つや犬には地震予知力が
九月はや電波時計に電波来る
ウィルスをこき混ぜるべく台風来
灰色の分厚きものの台風来

〈栞〉
木内憲子［きうちのりこ］

影といふ影に吾が影ありて秋
師のこゑの草に宿りて露けしや
冬支度めきぬ返書の二三通
くちびると花ひひらぎがやや冷ゆる
ポケットのなかの広さの冬野かな
鎌倉は椿の紅き辺りかな
蝸牛や野に一点といふところ

〈晨〉
木内怜子［きうちれいこ］

きさらぎや草にも影の生れ出で
流木の動きたさうや春の夜
若き日を手にとるやうにハンモック
凡ならぬひと日となれり富有柿
茶の花の蕊たいせつに咲きにけり
冬月や林を越えて笙の音
返り花この世の日射し忘れかね

〈青海波〉
木浦磨智子［きうらまちこ］

神無月祈《ね》ぎ事すべて舞のこと
駄目出しの稽古のつづく秋日和
渾身に秋を舞ひけり七拍子
今生の力尽して秋を舞ふ
舞ひ終へし安堵に干しぬ菊の酒
次の世も舞ひ遊びたし冬に入る
初しぐれ四十五年を舞ひ納む

〈秀〉
祇園快太［ぎおんかいた］

甃石にこぼるる萩の耀へる
陋屋の煤触れまじく去年今年
初蝶の蕗のたうより蕗のたう
しんしんしんと枝垂桜の水面かな
漂へるひと塊の余り苗
水ぐるまこぼす水音芹の花
初潮や海の家なき由比ヶ浜

〈や・晨・唐変木〉
菊田一平［きくたいっぺい］

楪の赤し百人町ホテル
硝子戸の音のちぐはぐ春北風
水無月の地べたに釘を刺す遊び
水昏く照らして恋の草ぼたる
東京の夜をあらはに稲びかり
大安吉日となりも秋刀魚焼く煙
餌台に一と匙よべの冬至粥

〈往還〉
菊地一雄［きくちかずを］

甲斐駒へあつまつてゆく鰯雲
空恋ひて蟬仰向けに死すあはれ
喪の旅やこころにもなどながし吹く
秋水の日かげりやわが心の訃
螢火や水音は詩のごと流る
ひつしりと日に異《け》に露ぞ野辺送り
二《タ》夜三夜やませ煽ちぬ喪衣脱ぐも

〈やぶれ傘〉
きくちきみえ［きくちきみえ］

梅の実の落ちれば傷のつく高さ
梅雨の夜へ転がつてゆく団子虫
月下美人の向き変へてより眠る
秋蝶の犬鳴く方へ去りにけり
酉の市抜けて信号待つてゐる
つやつやとして大寒の霊柩車
海あれば海の遠くを見る遍路

菊池洋勝［きくちひろかつ］

押しボタン式の信号春の蝶
平熱に戻るベッドや暖かし
取り調べ口を割らない蕗の薹
力士には見えぬ小食や花菜漬
生乾きパンツと夏のマスクかな
病床へ目力のある金魚かな
数え日や外の薬舗にない薬

〈燎〉
菊池由恵 ［きくちよしえ］

叩き売りの長き口上初笑
献体の眠りし墓標鳥雲に
銀座から流行る男の日傘かな
ギヤマンや黄昏時の神谷バー
こもごもと戦時下語る生身魂
溝蕎麦や暗渠抜け来し水のきら
古民家の世過ぎの気配花八手

〈深海〉
如月リエ ［きさらぎりえ］

春浅し綿菓子色の昼の月
生きてゐるそれだけで良い夕桜
紫木蓮はらりと過去を忘れけり
自らの涙で満つる金魚かな
ポニーテール高く結びて卒業す
すぐ人を好きになる癖夕紅葉
梅真白初めて会ひし日のやうに

〈草の花〉
岸野常正 ［きしのじょうしょう］

代々の飛鳥人なり野蒜摘む
荒天のあとの晴天鑑真忌
ラムネ玉鳴りてそろそろ八十路なる
真言の坂の南蛮咲きにけり
粉を吹く寺領の竹や秋暑し
大鷹や風の聞こゆる古戦場
淀川に寒の雨降り蕪村の忌

〈青嶺〉
岸原清行 ［きしはらきよゆき］

淑気満つ巌の如き樟の幹
天冴ゆる出征兵士・軍馬の碑
詣で人なんぞ絶えしと亀の鳴く
青き踏む憶良・旅人の世を偲び
ほととぎすコロナ籠りの壺中天
ほうたるや闇深ければ光濃し
大茅の輪くぐり疫禍の世を出でむ

岸本隆雄［きしもとたかお］〈ひいらぎ〉

ドローン飛ぶ空へ放水出初式
しだれ梅へと手を伸ばす車椅子
「めつちやゐるおたまじやくし」と子の叫ぶ
コロナ禍や海の家なき由比ヶ浜
桃ひとつ供ふ遊女の慰霊塔
初物の桃香り立つ朝の卓
園丁の帽に一輪冬の薔薇

岸本尚毅［きしもとなおき］〈天為・秀〉

帽の上蟷螂の居る男かな
病院の遠く明るく秋の暮
日に月にととのひ初めし芒の穂
山茶花を這ふもの翅のありて飛ぶ
ひつぱられ今川焼は湯気漏らす
白き家古びつつあり冬薔薇
草枯れて地蔵を嗤ふ道祖神

岸本洋子［きしもとようこ］〈八千草〉

コンクリに影したたらせ黒揚羽
桔梗や幾何学好きの十六才
答出ぬ秋思フリーズドライにす
美し国原発という隙間風
石庭の砂紋角立つ冬隣
一茶忌や仔等も雀も遊ばぬ世
寒稽古向う剣士は好好爺

来生慶子［きすぎけいこ］〈八千草〉

菜園のさやえんどうを箸置きに
白露かなグリーンカーテン綻びて
春を待つ夫は釣果を皮算用
男体山へまず降りたもう竜田姫
豊漁はさておくとして鯊日和
新巻捌く出刃は新潟三条産
日本橋今日はお江戸ぞ梯子乗り

〈輪〉
北川　新［きたがわしん］

衣被嘘つくやうに食ふ女
来し方を悔いし齢の冬鏡
鼻先に力を集めしやぼん玉
ふらここや繰り言多き古時計
更衣老いの思案はほかにあり
さしくれし日傘に影を奪はるる
空蟬の何に無念の力みかな

〈豈・面・俳句新空間〉
北川美美［きたがわびび］

鶯や昨日の庭に手を入れて
炎昼に握る手があり摑みけり
にごりえの男女生涯裸なり
青北や瞳に海のうねりを見
はつあきの白くかがやくひざ頭
葡萄棚の下にくぐもる声深く
晩秋の水のかたちを彫り当てし

〈燎〉
北見正子［きたみまさこ］

一人居に友あり句あり夜長あり
ジーパンの穴の主張や吾亦紅
池澄めり空ゆくものをすべて容れ
枯尾花あしたは風になるつもり
来し方を問うて令和の初鏡
四阿に恋の落書鳥帰る
東京を出づることなし心太

〈夏爐〉
喜多村きよ子［きたむらきよこ］

もう馳けぬ馬場の栗毛や梅の花
松の花こぼし磯鵯飛び立てり
らふそくの灯を手囲ひに梅雨遍路
正面に参観の尾根稲稔る
外材を荷揚げの埠頭燕去ぬ
神楽果つ十六夜の月雲の端に
暦売り四万十海苔も並べ売る

〈草の花〉
北村菜々子［きたむらななこ］

花入れに花足してゐる盆の月
山道は池塘に開け弟切草
番僧の去りてむささび月夜かな
帯締めて人を迎ふる春障子
地祭の笹を濡らして春の雪
卯月野に母を思へり忌の近し
竹寺や青水無月の竹を伐り

〈鴻〉
北村　操［きたむらみさお］

白桃を一つ買ひたる男傘
甲冑も漢書も寺のお風入
杉玉や出羽は寒九の雨となる
薬喰板戸かたかたかたと鳴る
十三夜為書のある豆色紙
晩稲刈りごろ鳶笛のよく透る
床の間の十三仏画初しぐれ

〈春月〉
喜多杜子［きたもりこ］

新そば粉袋を押せばきうと鳴る
米櫃を洗ひて干して天高し
まきあがりつつ激流へ冬紅葉
脱ぎ置きし綿入れ母の居るごとし
初東雲屋根ことごとく鱗めく
句碑開き梅の花びらひらひらと
夏の午後睡魔が錘り付けに来る

〈赤楊の木〉
木田康子［きだやすこ］

托卵の郭公あつけらかんと啼く
茶柱の二つが立つて四月尽
祖母も母も別れの時は花の頃
青蛙飛んでぬたつと雨催ひ
一念を恃む良夜でありにけり
凍蝶の触れなば崩るかと思ふ
侘助や化粧つ気なしの女なり

きちせ　あや［きちせあや］〈泉〉

山頂を離れ小春の雲となる
膝ついて節分草の花ふやす
鶺鴒の三段跳んで寒に入る
存分に河鹿を聴いて先師の忌
ワイン酌むわれら戦後の夜学生
潮騒に聴き入る年の迫りけり
出航の近付く鴨の頭の揃ふ

木下克子［きのしたかつこ］〈燎〉

稚の笑みさざなみとなり初電車
浮く塵の影ゆるやかに春の池
啓蟄や先師手書きの入門書
オルガンの鍵ふかく押す花の昼
余所行きの母の和服と白日傘
クレーン二基冬天に描く三角形
帽うしろ前に枯野の測量士

紀　志摩子［きのしまこ］〈歴路〉

清涼の畏む風の大鳥居
きらきらと蚯蚓の進む御参道
十薬の挿す一輪を竹の筒
白牡丹くづるるための深ぐもり
六月のきまぐれ風の日暮時
国後島を海霧の消し去る峠道
「蟬折れの笛」見ず須須の秋の風

木野ナオミ［きのなおみ］〈春野〉

秋の声水の面から雲居から
偲ぶこととみに増えたり星月夜
淋しさの一つに冬の青空も
草おぼろ門柱のみの生家跡
飛花落花心の置き処定まらず
しじまてふ積もりゆくもの水中花
水打つて打つて来ぬ人待つ夕べ

〈薫風・沖〉
木村あさ子［きむらあさこ］

白神は星の番人初山河
剪定の音に津軽の幕上る
腕利きの漁師といはれ芋植うる
げぢげぢや父を疎みし日の遠く
川音は紙漉唄か夏の月
農小屋に火伏せの札や林檎熟る
戻り来し子に雪の香の濃かりけり

〈鶴〉
木村有宏［きむらありひろ］

行く秋の三匁枡を求めけり
土笛を吹くは翁や冬日和
着流しの波郷を夢に花八つ手
你《ニー》好《ハオ》といひ初夢の沙漠都市
畑に降る雪を吉《よ》事と見たりけり
連れ立ちし妻も長靴春の雪
円墳の方にひと際野萱草

〈やぶれ傘〉
木村瑞枝［きむらみずえ］

寒に入る居間に昔の聴診器
放牧の馬そこにゐて息白し
蛤の砂抜きをするお昼過ぎ
夏に入る仏間の窓を開け放ち
赤き爪夏手袋に透けてをり
サイダーの泡の音聞く昼さがり
ファドを聴く夜濯少し後にして

木本隆行［きもとたかゆき］

波の上を波が走れり西行忌
手に掬ふ水のひらたき穀雨かな
水甕の水のごとくに昼寝かな
向日葵は焼き尽くされるまで咲きぬ
木洩れ日はひかりの濾過や風は秋
ことづてのごと朝顔の種を採る
冬麗や波郷の筆跡うつくしく

〈野火〉
興野妙子［きょうのたえこ］

籐椅子や父亡き今もそこにあり
七七忌線香の火に秋の風
午後の部屋時計の音と秋の薔薇
休耕田土黒々と冬眠す
水仙や夫の写真のかたはらに
束の間に溶けて芝生の春の雪
日暮まで野に人のあり麦の秋

〈青草〉
草深昌子［くさふかまさこ］

一家みな一つ間にゐる良夜かな
子規の面構へが好きでさくら餅
窓といふ窓に縛つて簾古り
涼しさの縁の下など覗きけり
梅雨出水あれは中洲か鉛色
日本のぐるりは海の明易し
一服の野菊きれいなところかな

〈貝の会〉
楠田哲朗［くすだてつろう］

秋七草山路の果ての先師句碑
街路樹に残りし一葉十二月
何事も忘れ鐘つく初詣
囀に迎へられたる陶の里
啄木忌庭を過ぎりし風一陣
あぢさゐを活けて窓辺を明るうす
民宿の葭戸に透ける余呉の湖

〈若竹〉
工藤弘子［くどうひろこ］

藁しべに匂ふ夕日や松納
春寒し地下道暗き口開けて
混み合うてされど密やか雛の影
過ぎる日もそよげる風も清和かな
梅雨深し楽の流るる五番街
くれなゐの重さに崩れ日の牡丹
覚えなき鍵のいくつか蚯蚓鳴く

〈樹〉
國井明子［くにいあきこ］

秋の薔薇蝶ネクタイの似合ひさう
行く秋の図柄くづさぬラテアート
テキサスは地の果て冬の蠅ひとつ
貞任の舘の晴れて桐の花
土用凪太極拳は寂として
残暑なほ若衆募集に但書き
鈴ひかる八角神輿無花果も

〈火星〉
国方　弘（一航）［くにかたひろし（いっこう）］

反り返る三毛の尻尾や夏祓
夕立へ拳突上げ村長選
午後よりは臨時休診祭笛
新涼の水平線へ竹とんぼ
鳥渡る根岸の路地の消火栓
冬銀河暗渠めぐらす大都会
福助の赤い座布団雪来るか

〈郭公〉
功刀とも子［くぬぎともこ］

樹の齢水に揺れゐて十二月
山紅葉あふれディーゼル起動音
寺ばかり記す絵地図や日の盛り
草の香に細き雨くる蛍の夜
菰巻の松を数へて姉妹
糞を落して新緑に鳥鳴けり
武蔵野の梅へ梅へと電車急く

〈清の會〉
久保田庸子［くぼたようこ］

大正の母のショールをミラノ巻き
春一番ここぞと回る風見鶏
山山は眼の果まで新樹光
椎匂ふささくれベンチに歩を休め
昨夜の雨緋鯉の緋色きは立ちぬ
借畑にそれぞれ育つもの半夏
この道につい来てしまふ猫じやらし

〈赤楊の木〉
熊田俠邨［くまだきょうそん］

藪漕ぎをして山神に餅供ふ
松七日呉春の軸を掛け流し
蕗味噌を共につつきて生さぬ仲
白地着て生まれ在所は記紀の島
瓢簞の尻撫で亡師莞爾たり
露けしや亡師に借りし本二冊
秋澄めるものとて維那の白髯も

〈やぶれ傘〉
倉澤節子［くらさわせつこ］

みかんもぐ人ゐてふたつもらひけり
電灯の紐カチと引く冬の夜
踏み入りて節分草とたしかむる
クロワッサンの屑払ひをる花曇
語尾はねる新人教師ヒヤシンス
水打つて村の萬屋古りにけり
炎天の坂自転車を押してくる

〈燎〉
蔵多得三郎［くらたとくさぶろう］

去年今年いつしやうけんめい生きてをり
亀鳴くや眠ればひと日減るいのち
夏は来ぬ壺屋の皿の魚の容
巴里祭を心に遠く病みてをり
終戦忌なにはともあれ生きて来し
たまゆらののうぜんかづら朱を零す
煤逃げに妻も一緒に来るといふ

〈歴路〉
倉橋鉄郎［くらはしてつろう］

駅前の黒きデゴイチ朝曇り
白南風や像の鯨は空へ跳ね
石据うる沢庵の墓所冷まじや
武蔵野の光の春を初景色
葉桜やここに発する神田川
自粛の世なんじやもんじやの花盛り
黒南風や「三密」の語の呪文めき

〈鴻・泉の会〉
倉林治子［くらはやしはるこ］

小面の眉根の美しき花ぐもり
音立ててどこかが狂ふ花篝
降るを自在にいちめんの桜しべ
実梅落つ音が日向を作りけり
一途といふ青春ありき草いきれ
茅花流し遥かなるもの殖やしゐる
波郷忌を文机に座し何もせず

〈ひまわり〉
蔵本芙美子［くらもとふみこ］

憂国の筍飯の湯気を吹く
四月馬鹿またもや鍋の落ちた音
仕立屋の肩にメジャーや敗戦忌
虫の夜のメール追伸追伸で
大根を突き出しているセルフレジ
海神へ一礼をして浜とんど
大丸の大きな暖簾今朝の春

〈ひたち野〉
栗田百子［くりたももこ］

秋深む免許返納迷ひゐて
木枯の迷ひ子となるビルの街
災害の無き事祈る初詣で
裳裾曳くやうに退きゆく春の潮
初雲雀まぶしき声をこぼしけり
記録的炎暑に売らる犬の靴
風にさへその気配無く秋立てり

〈伊吹嶺〉
栗田やすし［くりたやすし］

長城や妻が指さす秋つばめ
塩断ちに慣れて晦日の蕎麦すする
芽木濡らす音なき雨を眺めをり
虚子の忌や拾へば温き川原石
クレソン摘む富士湧水に顔映し
綾子師とたどりし畦やかきつばた
水底にひかるスプーンや広島忌

〈小熊座・街・遊牧・円錐〉
栗林　浩［くりばやしひろし］

広島のとある小川の螢かな
禁じられし遊びのあとや牛膝
花野出るときの寂しさ捺印は
椅子取りの最初の敗者いぼむしり
白南風に紙の飛行機乗りにけり
金色のタイの釈迦佛みなみかぜ
英雄の陰に悪妻百合の蕊

〈花鳥〉
栗原和子［くりはらかずこ］

鳥けものやはらかく花散らしゆく
街一切消えてゆくなり春夕焼
夏座敷猫はしつぽで答へけり
ビスケット硬き異国の夜長かな
烏瓜短き旅が終りけり
この径もいつかは曲がる枯葉踏めよ
凍蝶に触れればあたたかなからだ

〈沖〉
栗原公子［くりはらきみこ］

風の名のあまたありけり抱卵期
地団駄を踏みて落せる春の泥
正論はおよそ退屈藤ゆれて
山滴る人に会はねば言葉痩せ
寂しさやなべて色濃き盆のもの
青みかん言つておかねばならぬこと
空想は自在な遊び鳥渡る

〈蘭〉
栗原憲司［くりばらけんじ］

雛の間に夕べは月の光射す
鞦韆に影の乗りゐる夕べかな
こんもりと夕日の浮きて茶山かな
椎若葉雀翔つとき光負ふ
朝の蟬井戸の周りの濡れてゐて
白波のごとき雲あり夏燕
露草や風に吹かるるたび殖えて

〈海坂・馬酔木〉
久留米脩二［くるめしゅうじ］

満天の星渾身の除夜の鐘
むらさきに筑波二峰の初霞
瓜人忌も乙女椿も淡淡し
初蝶を見逃さざりし花眼かな
篝火のとどかぬ花も盛りなる
あかあかと檜皮の剝かれ時鳥
疫病退散七夕竹太し

〈海棠〉
黒木まさ子［くろきまさこ］

青青と大欅立つ今朝の秋
秋麗や淡海閑かに水を張る
家計簿をつけてをらるる生身魂
茶の花の咲いて転職定まりぬ
この春の冷えの不思議や鳥の啼く
歩み来て石に腰掛く暮春かな
夏の果地図を眺むるばかりなり

〈鷹〉
黒澤あき緒［くろさわあきを］

金の夕月銀の夕星雛納む
ネーブルころころ在宅勤務捗らず
舐めるほど乾くくちびる寺山忌
電柱に暑いと言つてゐる男
朝涼やゴム手袋がきゆつと鳴く
聖夜なり着陸の窓傾けり
一匙の蜂蜜冬に耳澄ます

〈燎〉
黒沢一正［くろさわかずまさ］

薔薇咲いて庭の主役に躍り出る
夕虹や壺中の天と立ち尽くす
見慣れても見飽きぬ山よ日向ぼこ
春めくや雑木林の上の雲
師の言葉すべてが宝春の月
放課後の教室のやう春愁は
再会の笑顔と笑顔さくらんぼ

〈やぶれ傘〉
黒澤次郎［くろさわじろう］

粛々と卯の花流す野川かな
相伝の家古ぶとも棕櫚の花
ひらひらと枯葉ふるふる山路かな
どの家も木枯し吹ける道に沿ひ
一里塚熟柿ひとつが供へられ
遥かなる山に目をやる秋の暮
秋初風取るに足りない男にも

〈海棠・運河〉
黒田ツヤ子［くろだつやこ］

村人の案山子に声をかけてゆく
星月夜一星月を離れざる
雛の手に小道具持たす息を止め
海へ漕ぐふらここ空を飛ぶごとし
吾が町を一望花の丘に立ち
新涼や庭の木木にも草花も
虫時雨野にゐる如く眠りたり

〈藍生〉
黒田杏子［くろだももこ］

深く睡りて寂かに目覚め花を待つ
兜太百年龍太百年さくら
花に問へ星包みゆく花に問へ
山に雨谷間谷間に山櫻
あさがほに噴井の水の届きけり
祝電が来る朝顔の咲き揃ひ
稼がない老いぼれふたり月を待つ

〈樹〉
桑野佐知子［くわのさちこ］

佐保姫に会ひにも行けず国眠る
伽羅蕗の煮詰まるまでのボール乗り
薔薇よりも勝手放題生きてやる
角とれてつまらぬ人に冷素麺
天蓋の天女笛吹く小暑かな
酒蔵の隅に猫ゐる送り梅雨
香水は女の歴史風そよぐ

〈中《ちゅう》俳句会〉
慶本三子［けいもとみつこ］

初蝶のひかりとなりて舞ふ高さ
春風の先を歩いて図書館へ
万緑をゆらしトロッコ滑り出す
青田波風の勇者と出会ひけり
ひまはりや砂丘のあつき風を抱き
沖の帆に夕焼迫る五能線
五箇山の萱ぶき褪せし秋すだれ

〈野火〉
小池旦子［こいけあさこ］

獅子岩の沖へ吼えをり春疾風
佐渡あると思へば見えて春霞
天空の里や軒場に蕎麦を干し
飯盛山色無き風の過ぐるのみ
水落す音をかすかに日暮れけり
冬桜香るともなく裏の山
裏山の凍裂の声聞く深夜

〈太陽〉
高下なおこ［こうげなおこ］

菊炭のぴしぴし熾る白障子
初蝶や黄の残像のまなうらに
山笑ふ家継ぐ人は誰も居ず
あめんばう跳ねては光撒きちらす
風鈴に和すや越中おわら節
もてなしや秋草飾る細格子
ひとつ灯に団居せし日よつづれさせ

〈沖〉
甲州千草［こうしゅうちぐさ］

弾けては祝ぎの色なす海桐の実
はじかみに地の源のほのかな朱
数へ日の客上らずに帰らずに
廃材に役目を与ふ年の暮
潮まねき海のリズムを背にしたり
一木の影を豊かに営巣期
青トマト嗅ぎて身重を口にせり

〈山彦〉
河野悦子［こうのえつこ］

聖鐘の胸深く来るバレンタインデー
雛飾り甘き香りの佛間かな
鳥の鬱わたしの鬱や菜種梅雨
目つむりても減りゆく命聖五月
梅雨晴や雫神神しき朝
螢も蚊も命同じと思へども
年の瀬や金のなる木に花たわわ

〈樹〉
幸野久子［こうのひさこ］

通のかほして古書市をそぞろ寒
古本の聖書の山や冬隣
茶の花の余滴がひとつまたひとつ
八月や北魏菩薩のいくさ傷
啓蟄や薬舗へ黙の列伸びる
児のつむに砂場の山に飛花落花
夕薄暑帰らぬ児あり翁あり

〈雪解〉
古賀雪江［こがゆきえ］

銷夏の書なれと自粛の部屋に積む
羅をたたみて綾を揃へけり
睫毛まで汗し転居の荷づくりす
引越の度に減りゆく書を曝す
衣更へてをとこ歩きの散策に
門に翳る桐の大樹に帰省しぬ
端居して祖母との刻をかろんぜず

〈清の會〉
小坂照子［こさかてるこ］

漁火か星こぼれしか秋の暮
月光のさし込んでゐるランプ小屋
朝の海螺鈿を撒きしごとヨット
花サビタ寒立馬とは目のやさし
あぢさゐは余呉の湖色誰も見る
蜘蛛の囲の裏を眺めてみることも
萩の風墨の滲みし繭の絵馬

〈豆の木・海原〉

こしのゆみこ〔こしのゆみこ〕

替え芯の突如こぼれる結氷期
水音の遠く近くに巣箱かけ
肉眼の力のかぎり海市かな
練習の終わらぬ結婚土佐水木
逼迫の誰も蚊帳より出てこない
夜の秋ことば少ないあそびせり
手も足も短くなって山眠る

〈河〉

小島　健〔こじまけん〕

あをあをと山のかぶさる洗ひ鯉
玲瓏と山月上げぬ冷し酒
良き書たり今宵蠅虎親し
ふるさとの人老いやすし稲の花
初鴨や山湖にはかに緊まりたる
羽音なき虫を遊ばせ枇杷の花
鶴唳の塒を月ののぼりけり

〈泉〉

小島ただ子〔こじまただこ〕

小鳥来る風鶴院のおん墓に
花八手「悲母鈔」を読むひとひかな
一陽来復硯に落とす水二滴
命日の赤きつぼみの臥龍梅
リヤカーの轍は二つ鳥の恋
忘れ霜螺鈿細工の硯箱
風を呼ぶ青大将の抜殻よ

〈栞〉

小島みつ如〔こじまみつじょ〕

綿虫よ吾もこの里に止まらむ
遠ざくらそろそろ病衣かわく頃
海に漁火地に花の闇匂ふ
雄蕊見せびらかして緋の躑躅垣
朗読は「ういらう売」よ間の涼し
蓮は実にレース編み似の容姿もて
月まろし老の足掻きの修まりぬ

〈草の花〉
児玉　薫［こだまかおる］

日の差して雀よく鳴く障子かな
眠さうな鶏のまなぶた小春風
ふるさとの餅は大ぶり雑煮椀
日向ぼこ目瞑りをれば鳶の笛
大いなる春満月の虚子忌かな
時をりは雲を見てゐる袋掛
どの花となくて藤房ゆれゐたり

〈航〉
児玉一江［こだまかずえ］

花蘇枋ボート乗り場に人を待つ
庭石に青走りたる蜥蜴かな
命日を感謝の日とす沙羅の花
人の眼の高さにひよいと吾亦紅
しづけさの地を這ふやうに秋の蝶
冬ぬくし願の成就の草鞋《わらぢ》かな
万両や一期一会の茶筅塚

〈梓〉
小玉粋花［こだますいか］

猫の耳かすかに動き寒明けぬ
春は遅々結び目しかと蕨縄
こぼるるも貴《あて》に慎し白椿
永遠とは毎日のこと柿若葉
炎昼や狒狒より明く髪染めて
丁寧にひと日を巻きて花木槿
佇みて鶏頭と吾のディスタンス

〈からたち〉
児玉隆子［こだまたかこ］

抱き止める子と青草に倒れけり
さし昇る月の香となる花みかん
大の字に深眠る子や若葉風
濁流と戯れあふ西瓜見送りぬ
銀漢に竿さしかけて野良着干す
身の丈に合ふ実をつけて小草かな
裸木ののびのびと突く碧き空

〈家・円座〉
児玉裕子［こだまひろこ］

玫瑰や国後島は雲の中
百日紅終ひの花をもたげをり
冬菜畑一直線に道のびて
青竹のごとき太葱刻みたり
見習ひの接客係つくしんぼ
西行忌ツアー中止の報とどく
透明の絵具かさねて濃あぢさゐ

〈春耕〉
児玉真知子［こだままちこ］

ミシン踏む音のけだるき残暑かな
父の忌の近きと思ふ初さんま
里山に雲の動かぬ厄日かな
ほどほどの暮しに慣れて衣被
稲の香の刈り時といふ村の長
行く雲の流れ促す神渡し
身仕度に手間取る朝や冬めけり

〈鬣 TATEGAMI〉
後藤貴子［ごとうたかこ］

山高帽子ありをりはべり仕舞いけり
あの雲の粘り具合や鉈匂う
蓮根の穴は傀儡を通すなり
大爆笑蒲公英諸君総入歯
我が死後の箸やコバルト垂れており
蓴菜沼われが見えたり隠れたり
わが灰が降る或る朝の北窓よ

〈俳句スクエア・豈・俳句大学〉
五島高資［ごとうたかとし］

ウイルスと共に翌なき春を生く
救急車さつきの花に来て止まる
大空へ登る坂なり時計草
追ひかけて土手に濡れたり秋の虹
実朝の矢を探しけり藤袴
木馬より降りて夕月と帰りけり
竹林や銀河の端に風を結ふ

〈百鳥〉
後藤雅夫［ごとうまさお］

過去へ過去へ昭和の扇風機が廻る
むなしきことばかり燕も帰りけり
天も風も悲しみいろの暮秋かな
母逝つてしまひし日よりどつと冬
末枯にほつぽり出され泣く子かな
寒やひとりぼつちに屋敷広すぎる
いつも心に詩があり土筆摘み帰る

〈風樹〉
古藤みづ絵［ことうみづえ］

今生も後生も夢か花おぼろ
小面の恋に炎立てり花篝
旅人みな翳ともとほる夕桜
追ふすべもあらぬ柩車よ花は散り
花吹雪流離の旅は果てもなし
門川は地蔵川とや花筏
葉桜や疫神翳もなく潜み

後藤　實［ごとうみのる］

秋うららラジコン一機宙返り
小春日の貨物列車の音高し
北西の連山雪を冠りけり
一面に空浮かべたる代田かな
雨の打つ額紫陽花の揺らぎかな
木陰からふはりと出づる梅雨の蝶
子犬連れ駆ける少年夕焼雲

〈子規新報〉
小西昭夫［こにしあきお］

大根か玉子か豆腐かこんにゃくか
何よりの馳走は闇や闇汁会
討ち入りの日のコーヒーとヨーグルト
サルビアは八百屋お七の色に咲く
桃の実は桃のかたちをしておりぬ
王様の気分を少しアマリリス
プラトンとアリストテレスとぼくの夏

〈燎〉
小西悦子［こにしえつこ］

お惚気も愚痴も飛び出す女正月
昨日と違ふ風の抜け道沈丁花
葉桜や日の斑のあそぶ木のベンチ
夏の空感謝のブルーインパルス
自販機のアルプスの水原爆忌
子規さんの献立表や馬肥ゆる
他愛なき話のはづむ良夜かな

〈泉〉
小橋信子［こばしのぶこ］

けふ山の大きく見えて注連飾る
待春の天竺ねずみ水吸うて
木橋ゆく音や蛙の目借り時
ぶらんこの揺れつづきをる物日かな
木の窪に雨水たまる愛鳥日
ジャスミンの触れたる自動販売機
紛れたし薔薇一輪の渦のなか

〈鶴〉
小林篤子［こばやしあつこ］

月まろく令和元年暮れむとす
杖持たず歩く山茶花日和かな
母の忌の墓参叶はず花貝母
あたたかや朴一木の玉杓子
梅雨の雷わが空き腹にひびきけり
体内にチタンボルトや梅雨寒し
共に老い土用鰻をひたに食ぶ

〈清の會〉
小林栄子［こばやしえいこ］

老杜氏の麹掬ふ手冴返る
ジャズ聴きて一人も楽し春の宵
来るに聞き宿に又聞く時鳥
箸入れてくづるる鮎の化粧塩
夏やさい誤字もあいきやう無人店
澄む秋や形見となりし文の文字
新涼や糊のききたるシェフ帽子

〈吾亦紅の会〉
小林和久［こばやしかずひさ］

葉の形を保ち蟷螂威嚇せり
虫捕りの仕上げとなるや法師蟬
品書を手に進物の節料理
早帰り先づは話しに春満月
行く夏のブルーベリーを供へけり
秋雨や古し雑巾真似て縫ふ
好物の料理こしらふ盂蘭盆会

〈円虹・ホトトギス〉
小林志乃［こばやししの］

外に出でて独りに慣れて長閑なり
けふ一日誰にも逢はず朧月
この先の流れが読めぬ蜷の道
雲追うて暮れて馬追鳴くと言ふ
どんな日も蟻はいそいでゐるらしく
ひと時は虫の宿にて待つことに
一粒の薬の効き目つづれさせ

〈天頂〉
小林順子［こばやしじゅんこ］

雲水の足首白し朝時雨
鉄瓶の湯気転びたる梅日和
献血後の夫の饒舌風光る
一秒で測る体温花曇り
仙人掌の花は踊り子舞ひ上手
虎落笛今宵の脈の速きこと
出し雑魚のゆつたり沈む霜の夜

〈湧〉
小林千晶［こばやしちあき］

文化の日施設の母とフラダンス
寒木瓜のひとしほ棘の尖る朝
冬苺ひと粒ほどの悲しみよ
背伸びして覗く教室一年生
三日月のおぼろ誰とも逢へぬ日々
幸せの足し算赤のチューリップ
黒南風や鮫の背を跳ぶ白うさぎ

〈風土・草笛・樹氷〉
小林輝子［こばやしてるこ］

風除けに風の棲みつく十三湊
齢順の上座賜る年忘
どうにかなるどうにもならぬ雪の嵩
八重垣の山しろがねと初日記
我が村は雪のゆつくりできるらし
風鈴のちりんと夫の七七日《なななぬか》
夕風の渡る芒の走り穂に

〈森の座・群星〉
小林迪子［こばやしみちこ］

男の子ひとり芒を持てば兵に
やはらかき冬日や素き大嘗宮
銘酒の空瓶とりどり六日の集積所
時折の庭師の気配春障子
春雨や再診の椅子浅く掛く
大工らの木の香に浸り三尺寝
団地古る集会所にカンナの黄

〈燎〉
小林みづほ［こばやしみづほ］

届けたき物に新蕎麦宇宙基地
稲の穂の雨の重みも吊られけり
野兎のもぐもぐ覗く兎小屋
片恋を知り初めし子と歌かるた
影は吾を待ちては歩む冬木の芽
晩鐘のねぎらふ医療聖五月
通勤を自転車に替へかんかん帽

〈遊牧・祭演〉
小林　実［こばやしみのる］

初景色情死のような粗大ゴミ
いち日の重さたとえば春ショール
蛇口から生きている水花まつり
月山の話をすれば白日傘
定かではないが落葉は人が好き
はつふゆの鉄を叩けば血の匂い
雪の駅母が出て来て父が来る

〈やぶれ傘〉
小巻若菜［こまきわかな］

塀越しにあをき榠樝の七つ八つ
逝きし友の声よ笑顔よぬくめ酒
論客を迎へちり鍋煮立ちをり
うかうかと傘寿を迎へ桜咲く
夏近し白海老漁がはじまると
乾門くぐれば著莪の花今も
初ものの桃手のひらに載せてみる

〈不退座・むつみ〉
小松崎黎子［こまつざきれいこ］

小正月遺品のギター正面に
いつの間に圏外にをり山笑ふ
フランスのしやぼんの香り養花天
密接を避けてもとどく香水よ
オンライン飲み会となり水中花
梅を干す上がり框のささくれて
コテージに笑ひ声して月見草

〈燎〉
小松玲子［こまつれいこ］

十キロの辣薤漬けて母卒寿
煮崩れし南瓜甘辛母の味
子らを乗せかつての名馬秋の雲
床の上千羽鶴折る月あかり
空店舗の元町歩く十二月
絵踏の世遠くあり今祈りあり
少年の学舎決まり春立てり

〈燎〉
小宮久実［こみやくみ］

ピカドンの記憶鮮やか夾竹桃
孑孑の命の水を撒きにけり
ともかくは転ばぬやうに万年青の実
我武者羅に生きし昭和よ合歓の花
タンポポ黄ダイヤモンド婚となりし
初ざくら唯唯願ふ師の快癒
さくらさくら天へ旅立つ千枝子晴

〈春月〉
小室美穂［こむろみほ］

とりあへず春愁を詰め旅鞄
結葉や掌に木洩れ日といふしづく
揺り椅子を揺らせば舟に梅雨籠り
路線図の多色にめまひ街灼けて
夕月夜白の浮き立つ海鼠壁
子の絵本開けば窓に色鳥来
四阿にゐて黄落の渦の底

〈燎〉
小山雄一［こやまゆういち］

文化の日自由と平和あらばこそ
葉牡丹の渦に吸はるる薄日かな
三代が本気で遊ぶかるたかな
春光や奥まで透くる雑木山
武蔵野に佐保姫の息吹き渡る
何事も面白がれと山笑ふ
やはらかな師の面差しや夕桜

〈山彦〉
近藤道子［こんどうみちこ］

どんど待つ焼くには惜しき注連飾り
耕やしの座る畦あり水の音
樟若葉樹齢は空へ盛り上がる
膝付けば大地の温みつくづくし
初音して野のステージの幕開く
水音のしずかに秋思乗せて行く
一色に一斉に曼珠沙華の海

〈ひまわり〉
西條千津 ［さいじょうちず］

島渡船恵方の陸に着きにけり
啓蟄や地獄の砂の動きけり
あじさいの上に物干竿二本
まっすぐな雨まっすぐに白い百合
長靴を履いて七夕竹伐りに
十二月八日バナナの段ボール
場末の灯映す晦日の水溜り

〈ひまわり〉
斎藤いちご ［さいとういちご］

もういいかい金木犀の秘密基地
よく転びよく笑う子や寒椿
竹馬の股だんだんと開きゆく
すべり台てっぺんにある若葉風
子らのなき学級園にいちご熟る
小さき手の中の鍬形動かざる
渋滞の先に新米走りおり

〈草の宿〉
斉藤悦子 ［さいとうえつこ］

達磨市手に乗るほどの福を買う
入学児希望詰め込むランドセル
囀の谷へバンジージャンプかな
休校の子等が手伝田植かな
へぼキューリ勿体つけて皿の上
はたた神ついてゆけないオンライン
長期戦コロナコロナの終戦日

〈燎〉
齊藤和子 ［さいとうかずこ］

幼子を抱くぬくみや青葉雨
白ビールドイツとの時差七時間
一発の花火が合図鵜飼舟
メロディーの絵本にはしやぐ子クリスマス
検診に身の丈伸ぶる小正月
桜鯛ほぐして分くる誕生日
藤の花歩幅の違ふ夫の背

〈郭公〉
齊藤幸三［さいとうこうぞう］

ひと色の山襞深く夏がゆく
今生の今渾身の秋の蟬
的射ぬく音八方へ成人祭
就中八ヶ岳遥かかな麦を踏む
桜咲く母の使ひしラシャ鋏
「人恩師恩」の甲子雄句あれば
自然恩欲し万緑の甲斐の國
信玄棒道老鶯の臈長けて

〈貂〉
斎藤じろう［さいとうじろう］

銀杏の薄皮指に絡みつく
大関の手形足形銀杏散る
神官の銀ねず袴初明り
初旅や一期一会の雲と雲
蠟梅の溶け出しさうな真昼かな
湧きあがる同じ紋様夏の蝶
炎昼や気配を消して草も木も

〈東雲〉
齋藤智惠子［さいとうちえこ］

銀竹や自然の手品垣間見る
心音は器械で動く春霞
人を待つ改札口の春ショール
欧州へ旅は水もの夏の夢
蛍火やゆふべの宿の甘い水
来る来ない花占ひの秋桜
写メールに秋の風立つ軽井沢

〈鳴・辛夷〉
齊藤哲子［さいとうてつこ］

日に透けて幽き音や若布干し
晩春の柱に凭れ読む信書
難聴も生ある証蟻地獄
借りし書を詰めしリュックや台風禍
鬼灯市鉢に切り良き値の付きし
回廊に鯉の水音冬に入る
生家跡雪真つ平ら真つ平ら

〈やぶれ傘〉
齋藤朋子〔さいとうともこ〕

白木槿とりわけ今朝の空青し
この峠越せば上州つくつくし
東向いて食べる初物柿甘し
ご神木はパワースポット初詣
両の手を火鉢に預け蕎麦を待つ
水温むオール捌きの軽やかに
沈丁ややまひ談義に終りなく

〈野火〉
斎藤万亀子〔さいとうまきこ〕

蛍袋咲くや夫の忌近づきぬ
風光る競り再開の請戸港
遠雷や郵便バイク通り過ぎ
爽やかや三重櫓上り切り
日本語の台湾人と秋惜しむ
しぐるるや会津のころり三観音
一円切手の前島密去年今年

〈昴〉
斉藤みちよ〔さいとうみちよ〕

いつか去る冬いつか来る別れの日
一本の杭のさざ波春立てり
米山の伏流水や田水張る
かくれんぼの鬼は良寛端午の日
万太郎忌昼に茶碗の一夜酒
持ち歩く水の重さや終戦日
世阿弥忌や佐渡にのぼれる盆の月

〈栞〉
齋藤　充〔さいとうみつる〕

春駒の跳んで青空近くせり
籠りゐて四月の雨の音もなし
ふらここの一つを揺らすだけのこと
父の日の背中合はせの駅の椅子
引く波に小石の鳴れる更衣
コンテナの影ごと吊らる酷暑かな
転舵して無月の岬を巡視艇

〈野火〉
斉藤百合子［さいとうゆりこ］

てのひらに受け初水のやはらかし
海苔弁の二段重ねや日脚伸ぶ
春の日のレコード盤の歪みかな
春がすみ弁天様のふくらはぎ
水鉢に解き放たれて目高の子
普段着の舞妓二人やかき氷
缶チューハイ開けて一人や遠花火

〈燎〉
佐伯和子［さえきかずこ］

眼裏に天の香具山歌留多とる
胸に師の温顔桜隠しかな
御蚕の桑を食む音生くる音
帽子脱ぐ青きマニキュア夏芝居
黒き雨降りし八月来たりけり
川に沿ふ田の面きらめく鳥威し
石舞台暮れて千古の露を置く

〈朱夏〉
酒井弘司［さかいこうじ］

小鳥くる大きな涙ひとつ連れ
雛祭朝より水の奔る音
人類はどこへ漕ぎゆく春の海
新しい人若葉の光つれてくる
朝から蟬ヒロシマのながい一日
ひとつぶの青葡萄手にここまで生き
八月十五日一本の道つづきつづく

〈日矢〉
酒井直子［さかいなおこ］

りすの鼻木の洞に見ゆクリスマス
雀らの朗らか東風は恋の風
野の風となりたる母と草を摘む
なにやかや朝顔の苗伸び盛り
笑ひヨガにつられ笑ひや梅雨籠り
かなかなやベッド一つを残す部屋
なまくらな草刈鎌やすいつちよん

〈河〉
酒井裕子［さかいひろこ］

父と沖見てゐた憲法記念の日
明け易の空濡れてゐる鳥のこゑ
音消して茅花流しに佇つは師よ
左脳より右脳が淋し茅花笛
生も死も受身よ天道虫とんだ
参道の高き石段羽抜鶏
螢の夜シャンプー匂ふ少女とゐ

〈年輪〉
坂口緑志［さかぐちりょくし］

向日葵の激しく枯れて活けられし
壺を倒し活けてあるなり梅もどき
思惟の指ほそき観音蓮枯れて
小判錬り込みし梵鐘雪螢
半鐘に入れある撞木初音せり
しじみ蝶止まりて翅を擦り合はす
青きまま瓢の笛降る沖縄忌

〈嵯峨野〉
阪田昭風［さかたしょうふう］

初日さす樹齢不詳の御神木
麦踏やたぐり寄せたる疎開の日
春風や句碑建立の友の恩
散るまじと大輪の薔薇耐へてをり
秋の虹雨雲ひらく践祚かな
年の瀬や胸に荷を抱く配達夫
朝空の富岳近しや十二月

〈豈・遊牧〉
坂間恒子［さかまつねこ］

海きさらぎ杉原千畝という男
朝桜ほどよきところ梯子かな
ほととぎす村山槐多の尿ひかる
噴水のかなしみ色を記録せよ
打水や母の白骨褒められる
わたくしの現在へ引く蜘蛛の糸
銀木犀その奥疾走オートバイ

〈汀〉
坂本昭子［さかもとあきこ］

麦の秋闇を無限に土偶の眼
誰か吹く麦笛ひとつ師の忌かな
子ら眠り端午の星の残りたる
ほうたるの闇の吐き出す男の子
十薬の白光到る火宅かな
どしやぶりの奥の明かるき末草
夏つばめ運河は黒き色徹す

〈燎〉
坂本　巴［さかもとともえ］

賀状書く最後さいごと思ひつつ
日向ぼこ一人ぼつちが二人居り
もう少し摘むのを待たうクローバー
落研の廓噺や扇風機
天国の話真面目に空澄めり
強がりに清貧といふ隙間風
棟方の天女の艶や冬ぬくし

〈浮野〉
坂本坂水［さかもとばんすい］

手術享く覚悟も出来て花八ッ手
鷹舞ひて余命は天に任せけり
癌などは竹瓮の中に放り込め
我が癌は台風一過かもしれず
試歩の道冬たんぽぽにかがみ込む
冬萌や野に出て軽く土を踏む
一生を気軽に生きて野に遊ぶ

〈いには〉
坂本茉莉［さかもとまり］

六法の一は憲法鷹渡る
種馬のとほき眼差し夕花野
たましひが先へ先へと落葉踏む
乗務員交代御慶申しつつ
生き死にをへだてゝゐたる春障子
エープリルフール病原体に角
検眼の眼鏡重たし若葉寒

〈パピルス〉
坂本宮尾［さかもとみやお］

朧夜の冷たき鍵を渡さるる
鵜篝の火の粉一番星へ飛ぶ
鵜は黒き翼を魔王のごと広ぐ
なまぐさき闇かぶさり来鵜飼舟
喉撫でて鵜縄を一羽づつ結ぶ
木槿垣若き鵜匠の長着干す
菊枕一途といふを畏れけり

〈都市〉
坂本遊美［さかもとゆうみ］

秋晴や洗ふ馬の背水走り
感触の手になつかしき蝗かな
霙るるやいよよ赤りて敷煉瓦
筋雲の染む早晨や冬木の芽
玄関に受身に転ぶ花疲
針鼠丸く手の中夏休み
炎昼や町の顔してマンホール

〈浮野〉
坂本和加子［さかもとわかこ］

一月や忘れやうなきいのちの譜
花満ちて人深閑とこもりたる
休校の長びく庭の草茂る
紅ひかぬ日々を重ねて古浴衣
人質のごとし暴風圏の中
明日あると思へば軽し花野道
赤とんぼ森あるかぎり水辺あり

〈河〉
佐川広治［さがわひろじ］

コロナ禍の青きひかりの遠花火
かぎりあるいのちに月ののぼりけり
白鳥の残ると決めてしまひけり
白鳥の祈るかたちに眠るなり
寒明けや波郷の席が空いてをり
深吉野の桜ふぶきを浴びてをり
西行の夢中落花のなかにあり

〈鴻〉
佐久間敏高［さくまとしたか］

海鳴りを幾夜聴きしか桜貝
惜春の烟るがごとく竹生島
一木に一草に影ありて首夏
片蔭にをりみづうみを遠く置く
青山河望郷に色ありとせば
一人来て緑蔭といふ居間に入る
麦秋の音色たとへばハーモニカ

〈野火〉
佐久間秀男［さくまひでお］

見にも来よ今盛りなり滝桜
大砲の如き筍送りけり
亀鳴くや妻も耳より老いすすむ
弟を背負ふ少年原爆忌
玉砕の兄は百歳敗戦日
秋灯や古書に昭和の匂ひあり
軽便の通りし跡や花芒

〈年輪〉
櫻井　實［さくらいみのる］

潤む眸に初日の綺羅を溢れさせ
牛の鼻より早春の吐息かな
梅実落ち人めいめいに呟けり
ふところにうしほのうねり朝ざくら
燃え尽きてかくも朽ちたり曼珠沙華
一点の濁りもあらぬ紅葉かな
木の葉降る永遠の記憶を消すごとく

〈棒〉
櫻井ゆか［さくらいゆか］

人よりも人の影濃き炎暑かな
支柱より逸れ八月の空摑まんと
鳥渡る土を踏まずに帰りけり
みられけりどんぐりひとつ拾うとき
壺の萩風のかたちに収まりぬ
短日や塀の外から掃きはじめ
数え日の雲のこみあう水面かな

〈ひいらぎ〉
左近静子［さこんしずこ］

秋袷楚々と身に添ふ京育ち
射干にいよよ艶増す京町家
薄れゆく大文字惜しみ京を去る
五山の火消えて町家の暮らしの灯
紅ほのと茶巾絞りの雛の菓子
手弱女の小褄紮げし春の泥
疫平癒願ひて図子に鉾ちまき

〈太陽〉
佐々木画鏡［ささきがきょう］

寒昴みちのくの地の道標
神神しき初日を産むや瀬戸の海
春雪の甘したとへば和三盆
新型肺炎流行りて恐怖走る春
春爛漫狐の探せし温泉地
人影のなき校庭の清和かな
海霧やかなたに「二十四の瞳」

〈薫風〉
佐々木雅翔［ささきがしょう］

淑気満つ百の仏に百の燭
一番札掲げ御前のえぶりかな
喝采のごとき歯打ちや春祈禱
かまびすしき鳥獣保護区渡り海猫
掌中の螢を闇へ放ちけり
観音の化身のいろや大賀蓮
篠笛の澄みゆく杜の爽気かな

〈きたごち〉
佐々木潤子［ささきじゅんこ］

足型は鉄腕アトム桐一葉
ネクタイを緩めて覗く聖夜市
煤逃やレディースデイの映画館
焼嗅し差す戸に吊す回覧板
蛇穴を出づ裏木戸に夕餉の香
宅配のサインどくだみ匂ふ手で
襖絵の虎の眼光花あやめ

〈今日の花〉

佐々木澄子［ささきすみこ］

ゴンドラの上る灯見ゆる後の月
夕日浴び風と遊ぶや枯尾花
凍鶴の鳴き声渡り北原野
風揺らす樹々は歌ひて春立ちぬ
山桜ここにも隠れ里ありて
御所近く流刑の島の青田風
新酒酌む越後の旅は夫とゐて

〈椰〉

笹　寿子［ささひさこ］

畦の桑熟れて誰にも摘まれざる
星淡く夜干しの梅の匂ひたる
祈るより術なき一夜大颱風
海の色沖まで濁り雁渡し
若き日の夢は何処ぞ鳩を吹く
笹山の墳墓森森笹子鳴く
段畑の畦の末黒や高曇り

〈若葉〉

笹目翠風［ささめすいふう］

見霽るかす田の果《はた》てなる初筑波
寒の水微恙の妻に勧めけり
畦を焼く時に煙に襲はれて
再びの落花の次第に静まり来
湖風に柳絮のどつと飛び初む
対岸の蘆叢隠れ初鴨ゐ
隼の増々高く雲居なる

〈童子〉

佐藤明彦［さとうあきひこ］

急がざる流れとなりぬ春の水
豌豆の花咲きてもの言ふごとし
黄あやめをくぐりし水の流れ来る
あぢさゐのこの放埓の花の数
ひらきたり十七八の蟻地獄
日雷乾パン出して食らひにき
ゆきよどむところもありて秋の水

佐藤郁良［さとういくら］〈群青・銀化〉

雨に窶るかまつかの緋も日の丸も
ポインセチア決して火宅ではないが
まづは日に透かしてもみむ花びら餅
揺籃の川音に摘む根白草
東京に人消えてをる万愚節
南風や叩いて和へる漁師飯
空蟬の力をほどきゆく雨か

佐藤一星［さとういっせい］〈風の道〉

明星に寒月の刃のしのびよる
管楽器四温の中を歩き出す
本所より渡る墨東橋朧
葉桜や水色に透くゼリー菓子
長梅雨や組んで動かぬ紙相撲
黴の香や妻にないしよの古写真
鳥渡る先の先まで青信号

佐藤稲子［さとういねこ］〈やぶれ傘〉

ふる里の駅の風鈴鳴り渡る
あるはずの断崖絶壁霧のなか
湯畑の硫黄の匂ひ時雨来る
凍戻る手術の傷の疼く日よ
水温む何やら動く池の底
筍の刺身出さるる寺の膳
空豆はふかふか綿に埋もれをり

佐藤公子［さとうきみこ］〈松の花〉

澄む水の堰落つるまで真つ平
水音は枯に覆はれ峡深し
たわたわとどんどの団子担ぎくる
わたつみのけふ晴れ渡る絵踏かな
夕映えやはちきれさうな葱坊主
山水にしろがねの鯉沙羅の花
青蘆に肩濡らしゆく河畔かな

〈鬣 TATEGAMI〉

佐藤清美［さとうきよみ］

厄いの日も白くあり木蓮花
花曇りなければ作る母たちは
春の暮そぞろ神のみゆく空よ
桜山人でないもの登りゆく
ステイホームピーマンの虚を埋める
君に手の届かない距離梅雨に入る
落ちながら花のため息沙羅双樹

〈ひまわり〉

佐藤戸折［さとうこせつ］

なめくぢに角が出てゐてまへうしろ
シーサーの顔の皺皺へと酷暑
ががんぼの脚の深さにキーボード
水を釣るばかりの竿と残る蠅
秋草のもつれあひては支へ合ふ
初雁や瓢湖を狭く旅の鳥
三寒の眉山四温の吉野川

〈ときめきの会〉

佐藤敏子［さとうとしこ］

もしもしにもしもしといふ初電話
道の駅夕日の中の菫かな
手をつなぎ母と見てゐる沙羅の花
若竹や墓へと抜ける切り通し
夕さりの雨ひとひらの蓮散りぬ
橋ひとつ越えれば里や雪催ひ
白鳥が一歩一歩と寄り来たる

〈少年〉

佐藤裕能［さとうひろよし］

帰り待つ犬の影無き秋の暮
巌窟に又も海鳴り冬来たる
まどろみは部屋いっぱいの春日かな
柿若葉揺れてあかるき窓辺かな
薫風や六十余年共白髪
萬緑や曾孫のうぶ毛ふんわりと
柿捥げば空柿色に染まりゆく

〈燎〉
佐藤　風［さとうふう］

淋代の海を満たして初茜
わらわらと湧き出すやうに野に遊ぶ
繭籠る日々の重さを連れて夏
行き来絶えことば痩せゆく夏の月
きんゑのころじやらせば金の種こぼす
銭湯に富士のペンキ絵文化の日
寂しさは師のゐぬ句座よ小鳥来る

〈燎〉
佐藤風信子［さとうふうしんし］

墓所までのつくしたんぽぽ犬ふぐり
暮れぎはの古き湯の町合歓の花
どこにでも咲いてなごみぬ姫女苑
あらくさも花をつけをり源義忌
紐いろいろ溜まる抽出し十二月
遠き日の母に教はる足袋作り
趣味聞いてくる主治医や日脚伸ぶ

〈南柯〉
佐藤双楽［さとうふたらく］

花冷えを持ち帰りしや妻の耳朶
五月雨は洗ひ流さぬ脱ぎ捨てよ
落ち蟬や顔あるものとないものと
秋風や大道芸の玉弾む
人参を人参のまま馬喰らふ
アトリエに雨音かすか蛍来る
耳傾げピアス取る夜やほととぎす

〈信濃俳句通信〉
佐藤文子［さとうふみこ］

長閑さやパンチを喰らふチンパンジー
夕東風や住居侵入罪の猫
直進を美徳としたり心太
白蓮に薄紅走る雨意の空
秋深しいつもの電話今日は無く
古本の帯を外せり霜の夜
山茶花の一片浄土に向かひけり

〈青草〉
佐藤昌緒［さとうまさを］

もの言はぬ日も十日目や春の水
母の手やふと止まりたる団扇風
ゆすらうめ含めば今朝の曇りかな
金網にやんまの貌の黒きこと
急坂を這ひつくばつて瀑布かな
月満ちて松の梢に草の蔓
寒禽の声の高さや竹箒

〈ろんど〉
佐藤涼宇子［さとうりょうこ］

蕎麦打ちの名手を囲み新走り
八十の素数を学ぶ寒茜
鳥の羽静かに流る冬の水
遊郭を偲ぶ雛壇郡山
後の雛叱られもせず泪ぐむ
客人は頷くばかり菊膾
風待月句集枕に敷いてをり

〈河〉
佐藤綾泉［さとうりょうせん］

オルガンに校歌の楽譜野ばら咲く
筍飯家族六人たりし頃
天高しこの一望は虚子の海
操舵室に父との時間銀河濃し
冬立つや一湾の灯の澄み渡る
冴返る天金の書の閉づる音
雛飾る眼裏にまた黒き波

〈やぶれ傘〉
眞田忠雄［さなだただお］

桜橋のレガッタ中止川おぼろ
脚悪《わろ》き椋《む》鳥《く》も来てゐる春の耕
平家村の春の灯点《とも》す伊予の山
余り苗の置いてけぼりにすなと立つ
甘藷葉の炒め料理よ慰霊の日
嘉手納基地の柵の外なる仏桑華
ご先祖に田をお見せして送り盆

〈風土〉
佐野つたえ［さのつたえ］

干し芋に空つ風の味染み込みぬ
揺るぎなき朝の水面の冬紅葉
小学唱歌口ついて出る冬至風呂
仏生会声明ひびく建長寺
老い親に歩を合はし行く春の空
台風や痛む草木もの言はず
自転車に子を乗せ急ぐ秋祭

〈鴻〉
佐野久乃［さのひさの］

スマホ手に七夕の夜の城下町
毬栗のころころ山の日が撓む
千両も万両も実に一茶の碑
一陽来復下弦の月の昇るころ
初凪や湾に猿島うさぎ島
魚は氷に泣いて赤子の育ちゆく
鈴虫を飼うて殖やして籠りゐる

〈ときめきの会〉
佐野祐子［さのゆうこ］

引き出しは群青の海さくら貝
春深き雨の漁港や街は黙
大海の闇を流るる天の川
朝風にささやく夢幻大賀蓮
掃初や箒の先に猫の足
冬うらら百面相の赤子かな
浜へ行く父の自転車夏の雲

〈歴路〉
沙羅ささら［さらささら］

声もなく川は暗きへ原爆忌
目つむりて滝音に身を打たすかな
世は人智及ばず掌上の林檎
秋をかぎろひ露座仏ゆらと発光す
三輪山の上げて重たき春の月
蒲公英の絮の緊迫風を前
踏み分けて聴く六月の森の声

〈貝の会〉
澤井洋子［さわいようこ］

寒椿明治生まれの母を恋う
春泥をよければ又も春の泥
雲の下に雲の世界や夏来たる
術日決まるカーテン越しの薄暑光
生還を願い夏日に身をさらす
野茨の咲く頃なりし帰りたき
頬杖をついても一人遠青嶺

〈笹〉
澤田健一［さわだけんいち］

山深き葉蔭に秋の闇のあり
秋の闇抜ける山径寂しかり
それぞれの予定を終へて秋日終ふ
秋燈火点さぬ棟の暮れ翳る
門灯を点して並ぶ仲の秋
秋ともし心を点す力あり
消えてゆく街のあかりや秋深し

〈燎〉
澤田　敏［さわだびん］

形代へ病の師の名玉泉へ
青鬼灯男勝りの笑窪の子
五番街のマリーを唄ふ無月かな
病室の兄の髭剃る小春かな
八十年祝ふ母校の松の芯
春光や走る子跳ぶ子寝転ぶ子
片里に住まふ幸せ青き踏む

〈燎〉
沢田弥生［さわだやよい］

瑞垣に沿ふ湧水の淑気かな
鴨川の水源神地木の芽風
紫宸殿の左近の桜含みたる
自粛する店の軒先燕の子
木の芽晴糺の森の水の音
池の端の動かぬ孤舟梅雨深し
秋風に五体游がせ里歩く

〈青海波〉
椎木富子［しいぎとみこ］

雁来紅島のみやげの藁草履
帳尻の合はぬ家計簿残る虫
銀杏散る赤線で消す住所録
飛石のほどよき歩幅石蕗の花
釣舟に犬も乗り込む浅き春
岬道に海女の畑や黄水仙
軍鶏の蹴爪するどき花の冷

〈璦〉
塩路隆子［しおじたかこ］

大神の初風に乗る鳥の影
今しばし身を委ねたし若葉峪
夏影の濃き神域へ一礼す
月影を浴びたる舟屋梅を干す
浪音をひと夜の涼に伊根の宿
媚びる術覚えて秋の金魚かな
この谷も限界集落稲を刈る

〈遊牧〉
塩野谷　仁［しおのやじん］

平凡に八十へいぼんに初星
鉄棒という春愁のはじめかな
川を見てシンプルに居る八十八夜
新型コロナウイルス闇に蟻無数
どの木ともなくどの灯ともなく晩夏
月涼し百済から舟来るごとし
纏向山系古来野菊は人待ち花

〈燎〉
塩谷　豊［しおやゆたか］

むすびの地の句碑に触れてや梅雨の蝶
負ふものの多し形代息かくる
初時雨本屋が一つまた消ゆる
土塊を一つ傾け芽の予感
茹でたてのパスタの香り山笑ふ
スニーカー紐を結べば夏隣
悠久やメタセコイアの夏木立

〈松の花・はまなす〉

しかい良通［しかいりょうつう］

松の事は松に高きに登りたり
一点のいつはりもなく冬に入る
日記買ひ卒寿のくるを待つとせん
卒寿となり年酒の酔ひの柔らかし
多喜二忌や都大路をマスクして
木食の微笑仏似のふきのたう
初つばめ卒寿となれりあつけなく

〈からたち〉

重村眞子［しげむらまさこ］

馬追の髭は自在や草のいろ
虫繁し広間に眠る父ひとり
掌に胡桃転ばせ饒舌の父
歌仙巻く八人衆や式部の実
濃竜胆誓子生家の翁の軸
爽やかや水屋に波津女ゐますごと
曼珠沙華消えていく日は知らずなり

〈ひまわり〉

雫　逢花［しずくおうか］

ふたつみつなるこそよけれかえりばな
赤とんぼサンダース氏の長き影
駄菓子屋の奥は暗くて春炬燵
鷹鳩と化し汝が髪の天使の輪
桜餅の香を移しつつ文庫本
水面はなべて水平あめんぼう
甚平や碁敵のほか敵はなし

〈青山〉

しなだしん［しなだしん］

ほどきゆくやうにも見えて藁仕事
月光の凪の果てより神還る
裸木のはだかの枝のちからかな
たてがみに手綱に雪の舞ひ降り来
やや翔んで丹頂胸をぶつけ合ふ
石にこゑ水に息ある安居かな
月満ちて落葉松の穂の鳴るごとし

〈やぶれ傘〉
篠﨑志津子［しのざきしずこ］

たしかめに何度も外に春の雪
検診の結果待ちなの薄氷
ひとしきり風の抜け行く木下闇
道すがら蔓引き寄せる烏瓜
学生がゾロゾロ街に初紅葉
手鏡で口の開け方つくつくし
かいだんを一段飛ばし冬帽子

〈きたごち〉
篠沢亜月［しのざわあづき］

田仕舞の煙の燻す武家屋敷
献血のプラカード立つ年の市
蒟蒻に舌を焼きたる初閻魔
行列の末端にゐて冴返る
春北風に髪をとばして黙禱す
愛鳥日雀のつつく孔雀の餌
釣り渡す手にシャボンの香聖五月

〈ペガサス〉
篠田京子［しのだきょうこ］

八月の傾斜の中を陽は昇る
納得しそうで赤い椿を離れる
月の雫ポケットいつも空けてある
G20飛魚は曲れない
薔薇活ける棘をあれこれ切り落とし
赤鬼は無二の親友節分祭
言いなりのようでたんぽぽここで咲く

〈夏爐〉
篠田たけし［しのだたけし］

踏絵踏むごとく炎暑の影を踏み
老漁夫の子無きさびしさ海月浮き
浜木綿咲く島に悲恋の僧の墓
夢に来る人みな若し梅雨障子
落人の島影指呼に鯖火燃ゆ
閃々と稲妻立ちしあとの闇
蒼天のどこかが冥し曼珠沙華

〈ときめきの会〉

篠塚文代［しのつかふみよ］

引く波の泡となりけり桜貝
山門をくぐり青葉の海の中
夏木立妊婦押しゆくベビーカー
朝風やトンボ群れ来る栄村
打ち伏して猫の目線の秋の空
丸善の猫展を出て鰯雲
飲み会や鮟鱇鍋の煮詰まりぬ

篠塚雅世［しのづかまさよ］

もちつきの空気をたたくやうな音
糸切れし凧なり殊に輝くは
日と風をなじませて張るテントかな
まつすぐにかはせみ風と衝突す
衰へしものより揺れて糸瓜棚
切り売りの布少し買ふ星祭
月光やペルシャの姫の細密画

〈氷室〉

四宮陽一［しのみやよういち］

春がすみ麒麟の空に遠比叡
休園の植物園の花盛り
支柱など頼りにせぬと鉄線花
仙人掌に一日限りの花の色
水切の石が跳び越す鰯雲
競馬果て去り行く馬へ冬落暉
既視感の中に一つの年立てり

〈笹〉

柴田鏡子［しばたきょうこ］

空海のかよひしといふ山の梅
松園の雛にまゐらす金平糖
風上の川の淵より紋白蝶
川に沿ひ花巡礼のはじまりぬ
夕刊の端に椿の実を二つ
ひたひたと人すれちがふ水の秋
霊山の全きを見せ真葛原

〈空〉
柴田佐知子［しばたさちこ］

冷え切つて骨格標本の気分
幾万の声挙げてゐる霜柱
春がすみ水を豊かに村滅ぶ
忘るるを懼るる母に毛布足す
奪ひ去る音となりゆく雪解川
灯のついてより錯乱の花の山
血族の細りて螢柱かな

〈鳰の子〉
柴田多鶴子［しばたたづこ］

むらさきは着こなせぬ色リラの花
家々を屋号で呼びて雛飾る
風なくて散り風来れば花吹雪
君たちに未来は展く今年竹
草餅を取り分け野の香分かちあふ
持ち時間たつぷりとあり蝸牛
日焼子を抱く父もつと日焼して

〈郭公〉
柴田美佐［しばたみさ］

川波に春光ひとつひとつ乗る
雨さつとやみたるほたるぶくろかな
風音に雨を零せり夏木立
針葉樹林ひぐらしの声に澄む
爽やかや大学生の櫂そろふ
冬木立運河のひかりまとひたる
ビル壁を叩き寒九の雨が来る

〈青兎〉
柴田洋郎［しばたようろう］

枯菊を刈らむと思ふばかりかな
春川を橋より覗く遅刻の子
来てみれば杉菜の丘でありにけり
擂鉢の美しき円錐蟻地獄
プランターの完熟トマト今朝の贅
健忘の妻を探して草の絮
教皇の眉毛にかかる時雨かな

〈六曜〉
芝野和子［しばのかずこ］

松手入ピアノの弾き手代わるらし
秋出水ボトルの水を買い足して
円陣を解くかけ声鰯雲
起重機や悴む人の降りて来し
字数枠超えては消して大試験
「面面」と胴着の汗の空気斬る
氷屋のぎざぎざの鋸直に引き

〈六曜〉
柴生　函［しばふはこ］

人肌の熱に雪虫弱りける
運針の無心果てなし春の雨
トランポリン青春脱ぎ捨てるもっと
田植機の夜明けを連れて始動せり
皿を拭く一枚ごとに夏隣
夏見舞い浜の夕風含みおり
青東風やひんやり乾く海鼠壁

〈からたち〉
芝元孝子［しばもとたかこ］

鹿火屋など知る人もなく村もなく
傾れ咲く萩がせばめし火屋の道
農を守る腕の日焼けを誇りけり
すぐそこに川ある生活《たつき》下り簗
垂幕の子規の一句や夏に入る
虫の声耳に遊ばせパズル解く
雲辺寺五百羅漢の息白し

〈海棠〉
澁谷あけみ［しぶたにあけみ］

ごつとんと分岐秋暑の電車ゆく
きちきちの触覚太短く不敵
しゆこんしゆこんと輪切色白初大根
紬きゆつと歳末の身をひきしめて
乾坤を包みてをりぬ花の雨
樟若葉線香寝かせて手向けあり
一歩一歩杖押す地面青蜥蜴

〈遠矢〉
渋谷節子 ［しぶやせつこ］

御列へ小旗とカメラ十一月
（令和元年即位祝賀）
綿菓子の生まれしさまに春の雲
熊が好き代りに君とハグをする
梅雨雲の綻び見せず降りもせず
三月場所コロナウィルスに占拠さる
羽ばたくを知らぬか燕宙を切る
桜隠し嫁がぬといふ子と居りぬ

〈知音〉
島田藤江 ［しまだふじえ］

雪いよよ本降りとなる朝桜
町川に汐差してきし夕桜
春禽の翔つや動体視力欲し
みづうみへ観音の道春の月
春昼の眉ふと動き忿怒佛
行く春やはしびろ鸛の身じろいで
春の地震かそかなるものいま過ぐる

〈門・ににん〉
島　雅子 ［しままさこ］

火祭の全身でぶつかつてきた男
回転ドア毛皮につづき犬通る
訪問は電波に乗つて春の星
ひかり曳き落ちてゆくかな聖五月
わが脈がみつからぬなり短き夜
八月のぽんぽんだりあよ延命剤
月白しハープは翼広げをり

〈朱夏〉
清水和代 ［しみずかずよ］

川面よりハレルヤの声冬ざるる
寒桜淋しき人のあつまりて
どの木にもさわりたくなる木の芽どき
風の匂い土の匂いの六月来る
かまきりの斧短くて今日も雨
草笛の少年森をつれてくる
野葡萄の揺れて時間の戻る音

〈耕・Kō〉
清水京子〔しみずきょうこ〕

ロシアより船着く港雁渡し
枯れ色となりてなほ跳ぶ飛蝗かな
星月夜ギリシアの神の饒舌に
余儀のなき家居の戸口初蝶来
地に伏して祈る法王白牡丹
母の日や老ゆれど自炊続けをり
緑さす道久久の登校児

〈流 -ryu-〉
清水青風〔しみずせいふう〕

虫鳴かぬ地無し葬無き家の無し
秋の夜や友がぽつりと死後のこと
単線と云へど鉄路は二本夏
稜線は北へ走りて春立ちぬ
暮れかかる橋に人あり吾亦紅
才尽くすことは天意よ秋はじめ
雲の峰仰ぐ仏子も耶蘇人も

〈燎〉
清水徳子〔しみずのりこ〕

万緑や一人写経の円覚寺
御朱印の墨のきはやか青田風
千屈菜の揺れて水面へ風つなぐ
夕富士やぽつと紅さす返り花
傘寿には傘寿の夢や初日記
金の成る木に花の咲く淑気かな
梅の香やみくじを結ぶ天満宮

〈栞〉
清水裕子〔しみずひろこ〕

当てもなく来て店先の日記買ふ
白梅は日の香しばしを佇めり
薔薇の香を雨の消したる多佳子の忌
声がして人見えざりき終戦忌
団栗の不意打ち心立て直す
話し合ふ間合に一葉落ちるなり
久女想ふ日のまつ赫な膝毛布

清水道子〔しみずみちこ〕

桜餅食ぶやはらかき言の葉も
さりげなく花守の来て空仰ぐ
キャンプの灯消えて星空下りてくる
石山といふ秋風の立つところ
風葬の名残抱きて山眠る
煮凝や山河少しく傷みをり
肺あをむまでの深息冬麗

〈遊牧〉
清水　伶〔しみずれい〕

冬鷗ほどの微光をくちびるに
髪染めてミカドアゲハの寂しさに
極月のしろばな散らしわが孤島
姿見に懸想のごとき蝶生る
白もくれん遠い乗換駅見ゆる
麦秋の絹いちまいを風という
身のうちの星座傾けメロン切る

〈秀・クンツァイト〉
下坂速穂〔しもさかすみほ〕

かたはらに夢二来さうな秋日傘
振り向いて荷風にあらぬ懐手
ひとまはり小さし母も返り花も
寒の雷一つ寝しなにもう一つ
梅咲くやしづかな人に囲まれて
子規の風吹く六月の晴れ間かな
人懐つこく蜻蛉の来ることも

〈槑〉
下平直子〔しもだいらなおこ〕

白鳥に水広くあり青くあり
兄の目に吾はまだ少女青胡桃
遠き日が匂ふ六月の抽出
初時雨フォークダンスの輪の崩れ
白粉花や更けてコンビニまでの用
漣のひとつひとつに秋入日
医通ひの花なら白き返り花

〈清の會〉
下鉢清子［しもばちきよこ］

貝塚や残る暑さも日まぜなる
烏柄杓抜く飯前の一仕事
山を見て水見て秋立つ日なりけり
草むしり老の進みのもつさりと
コロナウイルス猖獗の地の毛虫焼く
北窓を開く飯屋の木の把手
亥《い》より子《ね》に沈香かをる懸想文

〈風叙音《フュージョン》〉
純　平［じゅんぺい］

蝸牛一歩一歩の杖の跡
母の日や働く母へピンクマスク
凍星や友の留守電消せぬまま
聴くことはそれだけでいい福寿草
夕時雨広場に残る一輪車
初盆や考より大き妣《ひ》の遺影
今も尚負けず嫌ひの生身魂

〈風叙音《フュージョン》〉
笙鼓七波［しょうごななみ］

目から鱗ぽろりと二枚落ちて春
夜櫻の夢幻泡影仰ぎけり
若葉風葉擦れの音のフォルティッシモ
夏蝶の光と影を運び来る
滴るや音符のごとく跳ねてをり
姥月の光一条縷のごとし
胸に抱く詩集諳んず寒落暉

〈ひいらぎ〉
小路智壽子［しょうじちずこ］

青畝忌や共に旅せし幾山河
初夢や母の黒髪梳り
純白の富士にまみゆる旅始
昨日虚子今日は紫峡忌花万朶
胡蝶蘭香り馥郁遺影笑む
誕辰を祝ぐかや庭に初蝶来
魔術師の手巾さながら花菖蒲

白井功二［しらいこうじ］〈野火〉

薫風や廃線ホーム野晒しに
青梅雨や本と紅茶と揺り椅子と
文庫本すべり落ちたる籐寝椅子
足組みて待合室の夏帽子
ドアノブのビニール袋茗荷の子
おはやうの声はつきりと梅雨あがる
みんみん蟬独唱枝を揺さぶりぬ

白石喜久子［しらいしきくこ］〈円座・晨〉

冬晴や小さき音の砂遊び
老犬の顔の近づく落葉掻
昨日今日中止の葉書春北風
花どきの聖堂は静かな光
忽ちに緑雨は珠となりにけり
まつさらな螢袋を灯すべし
雷鳴の中を雀のまつしぐら

白石多重子［しらいしたえこ］〈宇宙船・パピルス〉

少年の息ぽつぺんの毀れさう
ぼたん雪ジャングルジムの中を降る
梅雨の太陽みな鋭角の陶破片
盆のもの漂ふ先に廃炉あり
盆の波浮桟橋の裏を打つ
人間魚雷発ちたる海に盆の月
陶房を出でて仰ぎぬ冬銀河

白石正躬［しらいしまさみ］〈やぶれ傘〉

日脚伸ぶ雀てんでに飛び跳ねて
寺の藪出会ひ頭に雉逃げて
葱坊主いらないものは鎌ではね
茎立ちの大根そのまま打ち捨てて
こんにやくを大釜で煮る春日中
春浅しまんまるの月川に浮き
一羽二羽川へ飛び込む春の鴨

〈あゆみ〉
白井梨翁〔しらいりおう〕

ゆつたりと鬼灯市に雨の降る
後ろからカラビナの音山開き
約款の小さき文字や目借時
青梅を捥いで赤穂の塩を買ふ
桐の花盆地に雲の流れ来る
炎天の大字小字墓仕舞ひ
鼻ピアスハチ公前も終戦日

〈白魚火〉
白岩敏秀〔しらいわとしひで〕

沖までを紺一色に寒明くる
等身の鏡に映す春帽子
柿若葉庭に仕掛くる鼬罠
秋桜揺るるは言葉交はすごと
どんぐりの拾はれたくて落つる音
水割りの氷かちりと鳴つて冬
枯菊を束ねし紐の蝶結び

〈樹氷〉
白濱一羊〔しらはまいちよう〕

犬の尾に叩かれてゐる鶏頭花
彫刻のごとき秋果が卓の上
捨案山子諸手広げて流れけり
銀河濃し星を結ぶといふ遊び
読初は『孫に好かれるための本』
泣初を母に返せば笑初
俺に似ろ俺に似るなと日向ぼこ

〈海棠〉
新藤公子〔しんどうきみこ〕

「がんばろう」と米寿のくるる初電話
仁左衛門の蹠まで美し二の替
春寒の近江や夫の七回忌
かの世から父くる気配春の闇
万福寺の魚板のへこみ緑さす
情死てふ詞ふるびぬ桜桃忌
黒猫と出会す道や日の盛り

〈栞〉
真保喜代子［しんぼきよこ］

何となく空見上げたる終戦日
敬老の日や窓際に猫眠り
酉の市らしき夜風が吹いてをり
店仕舞ひ多き町筋空つ風
小流れの囁き春光のささやき
すみれ咲く遠の窓よりヴァイオリン
春雨や江戸の地図見る虫眼鏡

〈円虹〉
新家月子［しんやつきこ］

冬近し文字盤の無い腕時計
草原の羊を数へ年の夜
桃色の動物ビスケットより春
終点に待たせしあなた寒明くる
そこまでが遠くて今日も暖かし
畳まれて朧月夜のショベルカー
香水の香にナタリアの不在かな

〈顔〉
菅沼とき子［すがぬまときこ］

人日や六畜の声遠ざかる
寒梅の一輪といふ白さかな
間のありて声のありたり春寒し
水影を流して白し水芭蕉
薄闇へ夕顔の白ほどけゆく
懐郷の声となりたる遠河鹿
碧天に六方を踏む大冬木

〈博多朝日俳句〉
菅原さだを［すがはらさだを］

凍返る只管打坐とは音もたず
ふらここに老の軍歌の行き戻り
徘徊の老の行方の遍路坂
ボール追ふ子目で追ふ母に片かげり
ななかまど岩より岩へ修験道
魚は氷に上りひとりの暮し増ゆ
春を待ち巡礼を待つ木の駅舎

〈晨・梓・航〉
菅　美緒［すがみを］

花散りしやうに貝殻西行忌
春死なば光の粒となり海へ
電柱を草へ引つ張る蜘蛛の糸
草矢打つ少年宇宙船めがけ
ひぐらしや何書くでなく墨磨つて
長堤を銀輪のゆく鰯雲
小犬来て我を嗅ぎゆく枯野かな

〈貂〉
杉浦恵子［すぎうらけいこ］

白蝶の郵便受けに触れさうに
花冷や群鳩のこゑ地を伝ふ
芝青し転がるやうに雀たち
近近とフェイスシールド時計草
さいかちの莢さらさらとさやうなら
薄き日の丈まちまちに女郎花
寒椿禅道場へ至りけり

〈都市〉
杉本奈津子［すぎもとなつこ］

皀角子の弾けて売屋《うりや》売れぬまま
ガラス越合はす手と手や天の川
終活と云ひて何せむ草の花
抽象と具象のはざま雪激し
病室や人の寝言を聞く寒夜
病むと云ふ事にも厭きて春夕《ゆふべ》
雨激し葉陰に一羽巣立鳥

〈風土〉
杉本薬王子［すぎもとやくおうじ］

祇園会は耳の奥から始まりぬ
先斗町猫も香水欲しげなり
湯豆腐を食べて緋鯉に囲まれぬ
瞑想は午睡に変はる春の雨
靴下を脱げば足から夏が来る
露の世を繋ぎし露の命かな
睡蓮を押し分けて来る鯉の鼻

〈燎〉
杉山昭風［すぎやましょうふう］

春の夜や昭和の音の大時計
点検の防災井戸も水温む
正座して戦争語る盆の客
子規の句碑越えて湖風萩の風
御捻りを馬がぱくりと村芝居
濁流の芥とどめて草枯るる
飲み干して今日の気合の寒の水

〈冬林檎・きたごち〉
杉山三枝子［すぎやまみえこ］

霜降や納屋に朽ちたる居ざりばた
植物園磴の始めの毒茸
万札を軍手の握る歳の市
初鏡後ろに犬の覗きをり
梅が香や打掛に舞ふ金の鶴
美顔器の並ぶ電気屋春兆す
フォークリフト操る試験炎天に

鈴木顥子［すずきあきこ］

春禽の集ふシンボルツリーかな
背伸びして海を見てゐる夏帽子
とりどりの色の葡萄を詰め届く
秋の雨高野槙提げバスを待つ
とんぼの眼胸の算段見透かされ
鳩吹くや白樺林暮れ残る
離れ家に祖母の温みや雪催

〈雉〉
鈴木厚子［すずきあつこ］

わが影をぬけていきいき流し雛
草の香をかぶり七夕竹を伐る
夜濯の盥に星の降りてきし
供華の香の市内電車や広島忌
被爆樹の黐青き実を結びをり
白シャツの少年の切る絵画巻
干鰈の尾に紐の穴ひとつづつ

〈藍生・雪華・itak〉
鈴木牛後 ［すずきぎゅうご］
木が霧に浮かび鴉が木に浮かぶ
牧閉す牛の蹄の皺堅く
冬深む空家は個人史ごと崩れ
わが靴をわれが追ひかけゆく吹雪
春の雪ホワイトボード消しても字
さくらさくなくなる人はみえなくなる
桜咲く橋の名は開拓者の名

鈴木五鈴 ［すずきごれい］
〈草の花〉

坊守と縁側にゐて蓬餅
田上がりの泥足の踏む蛇苺
すぐそこに秋の来てゐる波の音
稲妻の夜を七半の切り裂き来
蝗飛ぶまた飛ぶ古墳登り口
荒鋤の田の初雪となりにけり
坊さまが子どもに交じり雪まろげ

鈴木貞雄 ［すずきさだお］
〈若葉〉

大うつけ役も器量や初芝居
スカイツリーよりも麗はし土筆《つくづくし》
胸削がれ武甲山滴ることならず
鉾差して鈴《りん》の音そろふ嵯峨祭
睡蓮の危坐ゆるがざる驟雨かな
目を剝いて跋折羅が叫《おら》ぶ冬の闇
身を抛り出してラガーの投地かな

鈴木しげを ［すずきしげを］
〈鶴〉

古草や貧なにものと友二の句
地虫出づはて仕事なし句座もなし
花吹雪また花ふぶき誰も在らず
紺夜空白もくれんは帆の如し
へその緒はたしか在るはず笹粽
句座一つ叶ひてうれしねむの花
二百十日蛇口捻れば鳴きにけり

〈薫風〉
鈴木志美恵［すずきしみえ］

残暑なほ牧に追加の塩袋
干し魚の夕日まみれに秋の浜
雪積んで相貌まろぶ修験岩
凍滝になほ百丈のひびきかな
ひと間づつはたきを掛けて春を待つ
朳摺る加勢の雪のひとしきり
水口に満つる水音暁涼し

〈秋麗〉
鈴木俊策［すずきしゅんさく］

菊の香や月の光は日の光
花になる芽を慰めて葉になる芽
バイラスの白斑あやしき花青木
人類の淘汰粛々竹の秋
脱ぎ捨てし殻のトラウマなめくぢり
一本の直線梅雨の天昇る
日本語の肌色の謎秋の風

〈雨蛙〉
鈴木すぐる［すずきすぐる］

濁流の地鳴りをなせる雪解川
通りまで気合の洩るる寒稽古
仏塔の透ける木立や鳥の恋
筆塚の文字は鏡花や梅香る
蒼天に触るる神木芽吹き急
三密と自粛に暮れてはや立夏
鐘鳴らし近づいて来る氷菓売

〈風土〉
鈴木石花［すずきせっか］

紅梅を過ぎ白梅に野点傘
大輪になる魁や牡丹の芽
朧なる新病原体碇泊す
天井に風船吸ひ付く部屋籠り
流れ星生くるものみな死に向かひ
希ふ天地安穏月白し
螻蛄鳴くや日々新薬を待つばかり

鈴木節子［すずきせつこ］
〈門〉

地を踏んで地よりの力初山河
私を輝かすため冬野ゆく
削ぎ落すものにも詩片冬木の芽
己が知能指数殖やさん海鼠食ぶ
わが臍の動くことなし冬欅
憫れみは要らない白侘助ひらく
握り拳の中はかなしみ春を待つ

鈴木多江子［すずきたえこ］
〈雲取・貂〉

ウイルスも命のひとつ花吹雪
古代魚を釣りあげし夢五月憂し
短夜の眠りのふちを歩く豹
栗を剝く眉間に言葉溜めこんで
素戔嗚の髯も吹かるる葛嵐
ただ過ぐるもの欲心と寒満月
子年とて暁斎鼠獅子舞図

鈴木貴水［すずきたかみず］
〈浮野〉

早春のあぶく一つの目覚めかな
恋猫の鼻に傷負ふ帰還かな
はじけては直ぐに群なす目高かな
利根川へ歩く二時間葭すずめ
鳴らすこと出来ぬ鬼灯がき大将
水の秋影をずしりと蔵屋敷
ぎり廻し秩父連山深眠り

鈴木太郎［すずきたろう］
〈雲取〉

足裏に踏絵の記憶火酒の国
生くるため桜の息を吸ひにけり
雄心の溢るるまでの昼寝かな
木耳は鳥獣戯画の忘れ物
ありありと花野揺らせる雲の出て
須佐之男命の魂振りここに秋祭
業平の武蔵野に住み若水を

〈秀〉
鈴木豊子［すずきとよこ］

貝寄風や十ばかりなる力石
手に肩に木斛の花降ってくる
睡蓮や戸障子ひたと閉ざしたる
爆心の川に下り佇ち夏帽子
風が出て八重むらさきの木槿かな
谷深く下りれば寒き水の色
人を待つ冬の紅葉の明るさに

〈今日の花〉
鈴木典子［すずきのりこ］

獅子舞に白狐加はり笛太鼓
かたかごの花や文豪起居の庭
料峭や津波のその日語り継ぐ
不要不急みちに人なく桜東風
薪能奈良の夜空の奥深し
キリシタンの謂れきく村ほたる飛ぶ
茶の花や遠嶺はなやぐ大入日

〈ろんど〉
すずき巴里［すずきぱり］

枯木星星の迷子を預かり中
白鳥湖空の色して水と云ふ
錆鮎の旅の頃なる瀬音かな
僕らの夏私らの夏消えて夏
勾玉が欲し団栗をポケットに
十三夜島の電話に波の音
夕郭公はるけき色の母子手帳

〈なんぢや〉
鈴木不意［すずきふい］

氷上の日あたるところただ白く
墓石に隠れて見えて初蝶来
夕桜孔雀一鳴きして暗く
かたまつて人老いにけりビール酌む
浅草や氷白玉小さき卓
刻々と氷菓に似合ふ雲流れ
蜂たかる蘇鉄の花の終るころ

〈暖響〉
鈴木浮美江［すずきふみえ］

庭箒持つや跳び出す青蟷螂
でで虫を見るなり唱歌口遊む
マスクして多くを守る闇の中
萩の風なびく高原峠越ゆ
稲雀一陣の風三百羽
秩父山野遠方に見つ刈田道
妹逝きて仰ぐコロナ禍星月夜

〈燎〉
鈴木美智留［すずきみちる］

初明り古りし土蔵の開き窓
雛の日や雛のやうな孫産まれ
街に人なく令和二年の春満月
子の足のペダルに届く五月かな
駆けまはる素足そつくり子と孫と
果樹園の高き脚立や大西日
鈴虫や町にひとつの郵便局

〈皀・樹〉
すずきりつこ［すずきりつこ］

青きネモフィラ東海の波に溶け
当世を夏安居として家居せり
ひぐらしに急き立てられて吾が余生
壊れるは物のみならず人の秋
夕雲は羊水となり月を抱く
百合根とはまつこと心の容して
二ヶ月の落款少しずれてをり

〈輪・柵〉
須藤昌義［すどうまさよし］

八重桜風に粘りの出できたる
五月野の光あつめて茹玉子
サングラスかけて無頼となれぬ顔
町筋を大鯉泳ぐ秋出水
単線へ乗り継ぐ故郷空つ風
米屋兼炭屋ときどき花を売る
冬の鳶高舞ふゴジラ上陸地

〈貂〉
須原和男［すはらかずお］

鴨引いて信濃は水のひろびろと
大川を蹴つては雲へ夏燕
はればれと散つてのけたる白牡丹
大皿にちひさく盛つて夏料理
胸に来て草の匂ひの稲子かな
ほどほどの闇こそ好しと踊るなり
浅草を足袋で蹴りゆく人力車

〈からたち〉
清家幸子［せいけゆきこ］

桜みて浮かれてみても独りかな
水郷の古き町並つばくらめ
流木に座しうりずんの海抱く
袋かけ海に夕陽の落ちるまで
天の川近くて遠き子の任地
家系図に名もなき人の墓洗ふ
切り口の匂ふ冬木を高く積む

〈翻車魚〉
関　悦史［せきえつし］

生の時間秋の淡海まで来たり
サムクラゲ　唯識　水を落ち広がるミルク
アウシュヴィッツと牛久　息もつけぬ銀河
三月の遺骸が揺れるではないか
光り立つアマビヱもがな春の海
地球史の水母のやうに家にをり
夏草に呑まるる未来ありにけり

〈こんちえると〉
関根道豊［せきねどうほう］

神殿へ万歳の民みなマスク
寒昴アフガンに井戸を掘る歌
還暦の改定安保鬼は外
疫病の地球を覚ます青葉かな
検事老い矜持は老いず矢車草
昼顔のフランスデモのやうに咲き
団塊の曾孫を抱く敗戦日

関谷ほづみ［せきやほづみ］〈濃美〉

電気柵一間開けて田起しす
空へ行く径は此処から新樹光
天上へ供物高々朴の花
田水引く音のみがして村の午後
喉仏波打たせつつ麦酒干す
夕暮の吾児の凱旋草虱
鹿垣の崩るるままに山暮し

瀬島洒望［せじましゃぼう］〈やぶれ傘〉

初午の昼餉を王子界隈で
隣でも木魚の音が春の通夜
若楓金剛柵は朱に塗られ
狐雨降らせし雲が過ぎて虹
蕉翁のかつては裏を見たる滝
柳多留なんぞ読むかと籐寝椅子
颱風に飛ばされてゆくものの音

瀬戸正洋［せとせいよう］

木の芽和へにんげんに進化は必要である
三月や免疫力も落ち体力も落ち
夏深む上からの命令だから困る
夕立やストップウォッチが止る不思議
からだぢゅう痒くて秋の螢かな
頭痛が棲み着いてしまつた九月
ソープレスソープ閻魔詣かな

瀬戸　悠［せとゆう］〈枻・春野〉

笹鳴はいのちをしめといふことか
僧形が焼野の端に立つてゐる
生前か死後か萍ひしめくは
青野ゆく馬の鬣りんりんと
蓮根を切れば糸ひく厄日かな
綿虫や日暮が眉に下りてくる
極月の鏡の中に立ち暗む

〈歴路〉

千賀邦彦［せんがくにひこ］

台風生る赤道のこの海やさし
海まさに青き揺籠《ゆりかご》台風育つ
地球儀の大洋つるり台風来
連獅子ぞ親子台風並び来て
台風来隠るる巣なき風見鶏
台風や渦に目なきが銀河系
台風は岡本太郎に描かすべし

千仗千紘［せんじょうちひろ］

冬深し失せ物ばかり思い出す
シクラメン耳障りな嘘は捨てる
ゲシュタルト崩壊したし夏至る
睡蓮やクロード・モネの美《は》しき夢
またしても初秋に失くす幼年期
海猫帰る天は広げた腕の幅
武器なんて持っていませんせん生姜です

〈杉〉

千田佳代［せんだかよ］

鄙に住み行くさきざきの曼珠沙華
蚊のこゑを現に洛中洛外図
身に沁みて読むよ鱒二の『山椒魚』
かたびら雪敷きて唐招提寺かな
黄泉までの杖と草鞋や養花天
ひとりと思ふ目刺の藁を抜くときに
一炊の夢より醒めて不如帰

〈天為〉

仙田洋子［せんだようこ］

国引きの空あをあをと鳥渡る
遊び女の売らるる如し羽子板市
四月馬鹿待たずに逝けり志村けん
春の宵じゃんけんぽんで負けて死ぬ
虫干やドストエフスキーの貌も干す
喰はれざるものは腐りて青野かな
円盤の抉るギリシャの夏の空

〈草の花〉
仙入麻紀江［せんにゅうまきえ］

身仕度の早き夫をり水温む
貼り紙は巫女募集なり日永なり
団子虫に足十四本麦の秋
時の日やかつて九人の住みし家
白南風や雀は光るものが好き
息災は子供孝行むかご飯
低山もけふ然りげなく冬に入る

〈栞〉
相馬晃一［そうまこういち］

己が息マスクに深く暮の春
蟾出でてみれば人間病めりけり
離れつつ人の歩みや花は葉に
茅の輪潜るやYシャツが風の音
街騒や髪を洗へば耳双つ
あけくれの自粛ごころや更衣
夜濯ぎのマスクを星に吊しけり

〈燎〉
相馬マサ子［そうままさこ］

流木に絡む芥や秋出水
蔦紅葉青梅を統ぶる大鳥居
奥多摩の濁流前に走り蕎麦
秋思ふと川の流れを見てをれば
穂芒や土産に拾ふ石ひとつ
藷蔓に入り日しづもる里の畑
一夜さの湯宿に秋を惜しみけり

〈天頂〉
薗田　桃［そのだもも］

かなかなのふつと途切るる間の軽し
嬰の手足のびのびからすうりの花
蛙の子ひたすら光食んでをり
鍋の数増えすぎてをり梅雨の雷
葛咲くや水平線に島見えて
鷹柱空に円心あるごとし
端つこのすこしとろける日向ぼこ

〈空〉
苑　実耶［そのみや］

初鶏の声に勝れるややの声
面取れば更に強面鬼は外
手術痕見せ合ふ湯殿春隣
手を取られ舟に乗り込む桃の花
健啖を競ふがごとき花筵
皮一枚むかれ白磁となる根深
船に沿ふ海豚の群れに飽きにけり

〈浮野〉
染谷多賀子［そめやたかこ］

つくしんぼ十歩に足らぬうきや橋
野うるしや赤芽一寸ほど見する
土筆摘みためてただ今休校中
盆栽の根張りは隆と梅雨払ふ
茅の輪くぐり一身ふつと軽くなる
冬麗のけふは訣れねばならぬ
つつしみて遺影の母に御慶かな

〈秀〉
染谷秀雄［そめやひでお］

白菜を括りし紐の解けがち
汲置の火防の水も寒の内
天竜川の土手遥かなり猟名残
咲き満ちてゐて白梅になほ蒼
荒鋤の田に紛れたる春の草
青鷺の胸の毛吹かれ抱卵期
犬稗のひときは高き麦の秋

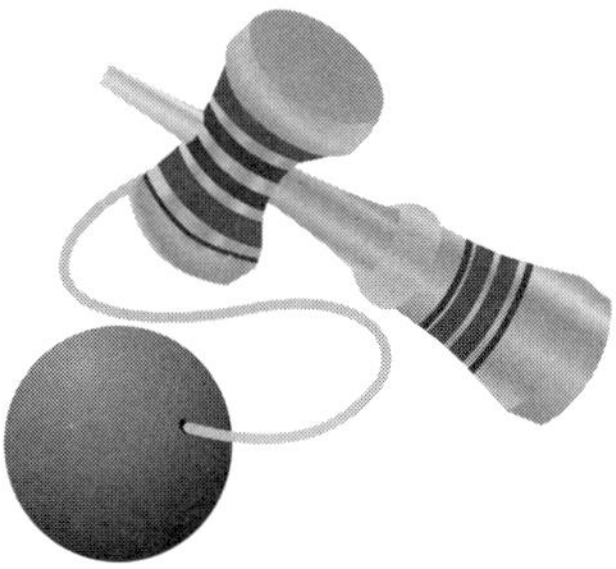

〈静かな場所・秋草〉
対中いずみ〔たいなかいずみ〕

雪粒のひつかかりゐる氷柱かな
氷柱折る小さき気泡のままに折る
風吹いて薄氷重くなりゐたり
姉が姉らしくある日の蕗の薹
豆の花よりも大きな指輪して
空蟬のそこだけ雨のかからなく
綿のせて子らの聖樹となりにけり

〈雪解〉
多賀あやか〔たがあやか〕

轟々と土の匂に秋出水
舞ひふゆる明日香の棚田赤とんぼ
とんぼうの肩に止りて親しかり
朝の窓開けてはじまる秋思かな
とどまりて望の月なり鴟尾の上
金魚田に隣る一枚芋の秋
秋夕焼海原を染め荘厳に

〈藍生〉
高浦銘子〔たかうらめいこ〕

流木に棲みついてゐる螽蟖
苔の上の落葉はそつと掃かれけり
老人に老いし母あり水温む
川上の橋川下の橋うらら
ヒヤシンス挿す清潔な台所
どの記憶よりも遠くに桐の花
月のいろのダチュラに月の匂ひかな

〈鹿火屋〉
高岡　慧〔たかおかさとし〕

手花火の終り瞳のなほ炎ゆる
空気ごと食べる小春のクロワッサン
手のものを失ひて雛手を変へず
春愁猫のかたちで眠りをり
ミルフィーユ家づとにせむ花散る夜
夏に入る雨青年のこゑもてり
すててこは第一礼装妻とゐて

〈若葉・愛媛若葉〉
高岡周子［たかおかちかこ］

冬田道風の殺気を感じつつ
里桜あの頃があり今があり
剪毛の羊ぽかんと立ち上がり
人寄れば声の明るき花樗
蜜豆の求肥こつこつ噛む大事
決断の迫る明け暮れ髪洗ふ
棉の実の綻ぶといふ好き知らせ

〈あした〉
高尾秀四郎［たかおひでしろう］

夕暮れに豆腐売る笛一葉忌
凍ての夜の頬が求むる母の膝
霜焼の手でありし日の空真青
西行忌春死ぬ夢を夢に見て
昼顔は知らじ巷のメロドラマ
盂蘭盆会支那寺にある死者の市
夕化粧おんな生きますしたたかに

〈空〉
高倉和子［たかくらかずこ］

流れゆく人を見てゐる日向ぼこ
なぐさめて欲しくて入る炬燵かな
水鳥の吹かれて丸くなりにけり
少年に木屑の匂ひ春休み
薫風や頷くやうにサラダ食べ
尾の先は雲に乗りたる鯉幟
一心に瀧見て体軽くなる

〈風の道〉
高杉桂子［たかすぎけいこ］

全身を楽器となして囀れり
白牡丹漢字は余白より匂ふ
蛍の夜いろは光りの水明り
黄金虫闇へ返せば燈に戻る
東大生汗ぬぐひ来る無縁坂
水禍にもめげぬ蔵元あらばしり
しぐるるや宿の仲居の京言葉

高瀬春遊芝 〈嘉祥〉 ［たかせしゅんゆうし］

手ぬぐひと鋏を腰に菊手入れ
菊の顔直して去れる菊師かな
金糸魚の海の深さの金の筋
春立つや生まるる前に名は春子
ちちははの遠く卯の花曇かな
窯跡の陶片青し冴返る
信楽焼の粗き膚や梅雨の月

高田正子 〈藍生〉 ［たかだまさこ］

鳥の恋始まつてゐるはるかな木
少年をしたがへ少女風薫る
かたつむり雨の光を殻の内
山繭の淡きみどりの振れば鳴る
芋虫のしばらく山の日差し嗅ぎ
人参の畑ももみぢしてをりぬ
まぎれなき築地育ちや嫁が君

高田昌保 〈草の花〉 ［たかだまさやす］

橡の実を蹴り合ふ親子参道へ
冬日差す汀女の句碑や野毛巡り
春を待つ社に神楽太鼓の音
手水舎の水こんこんと風光る
狛犬の見守る社木の芽風
母の忌やカーネーションを供花とせん
父の日や夢に会ふ父好好爺

高田睦子 〈あゆみ〉 ［たかだむつこ］

満州といふ我が生地針槐
だぶだぶのスフの制服入学す
三八銃扱ふ授業黄砂降る
着ぶくれて接収逃れ三姉妹
紙きれと化す軍票や雪しまく
舞鶴の雪へ上陸倒れ込む
メロン食ぶかつて軍国少女の日

高野ムツオ［たかのむつお］〈小熊座〉

狐火や狐火見しと語る眼に
目も口も耳もなけれど大冬木
怒りもて永久凍土動き出す
東日本大震災忌狼声す
ウイルスに絶滅はなし緑の夜
人絶えしのちこそ花の吉野山
万葉の一葉として雷雨待つ

高橋邦夫［たかはしくにお］〈暖響〉

鎮魂の続く八月須臾に過ぐ
産むやんま渓に孤影を打ち続け
藁塚累累みちのく深く来たるかな
津波八年秋日の浜に重機満つ
高台の仮設住居に芒原
曼珠沙華猿除け柵を張る畦に
津波映像見し目に沁みる後の月

高橋さえ子［たかはしさえこ］〈栞〉

桃の日や一流水に添ひゆくも
春服に着替へてパンダ見にゆかむ
青き踏む牧水没後九十年
夜は雨といふ豌豆の莢のゆれ
冷房のよく効いてをる舞台裏
竹皮を脱ぐ普段着を脱ぐやうに
白障子夜々の日数を重ねけり

高橋しのぶ［たかはししのぶ］〈春野〉

いつの間に点る街灯銀杏散る
佐義長の果ててけだるき海の色
鳥雲に老ゆる暇などなかりけり
甚平の漂ふやうに生きてをり
ことことと蕗煮ることを自粛とも
言訳の汗おさへてもおさへても
海の日の大きな窓を磨きをり

〈薫風〉**高橋千恵**［たかはしちえ］

えんぶりの篝火大地明るうす
捨て舟のまはりびつしり花筏
両手もて存分に飲む岩清水
定價金参圓の書を曝しけり
山並の稜線なづる秋落暉
馬屋に入る光の束や寒に入る
田に降りて白鳥大き花となる

〈知音〉**高橋桃衣**［たかはしとうい］

五月雨の音のいつしか心地よき
秋風や母の鉛筆みな小さく
落葉掃けとぞ竹箒吊しある
咳止めの飴舐めて咳き込みにけり
眼鏡掛けし老兵ばかり社会鍋
立ちて見て坐りて覗き浦島草
満開の薔薇剪り落とす勝者のごと

〈五七五・豈〉**高橋修宏**［たかはしのぶひろ］

燃え墜ちる蝶ことごとく拝火なれ
物乞いの掌より銀河の零れけり
大花野閉じて姥捨てつづくなり
薬玉を吊るや原子炉踏みしめて
亀鳴くや石棺の中がらんどう
待つ人を待つ坐居留守《ウイルス》の花の闇
太平洋上かの不時着の蟬の殻

〈風土〉**高橋まき子**［たかはしまきこ］

投げ入れのやうな一群彼岸花
住み慣れし街に迷路や蔦紅葉
白鳥の浮寝花びら置くやうに
山腹の大島桜海を割る
蠛蠓の真中に何か守るもの
「アオ」と呼び植木屋蛇を放りけり
魚呑んで海鵜の首の淋しさよ

〈鳴〉
髙橋道子［たかはしみちこ］

秋風や笑みてみなとのやうな人
勘狂ふかりがね寒き川に出て
頤を寒気に浮かせ虎泳ぐ
たはむれに折れば乳吹く野芥子かな
地球史の今をたしかに憂ふ春
人に行動あぢさゐに変種
風鈴も心も揺さぶられてこそ

〈樹色〉
髙橋美弥子［たかはしみやこ］

パーカーのフードを充つる春思かな
ふるさとの風の重さよ栗の花
溽暑かな回送のバス見送りて
実柘榴や束縛という愛も死も
月涼し書肆にぎんいろのハモニカ
クロサイの耳うごうごと夏隣
ちちははのひかりはそこに名草の芽

〈都市〉
髙橋　亘［たかはしわたる］

年玉や少年の骨太くなり
熱燗や今は昔のことばかり
踏み切つて背面跳びの秋の空
父の忌の窓をはなれぬ鬼やんま
釣糸の光に蜻蛉向きをかへ
星残る高炉に沖の初明り
百畳の宿坊に寝て虫の声

〈昴〉
髙松守信［たかまつもりのぶ］

上りゆく一本の坂涅槃西風
たんぽぽの絮の軽さにある自由
糊代を日々置く身過ぎ青簾
秋暑し戦禍切り取る写真展
進まざる原発廃炉渡り鳥
今上の即位宣明秋気澄む
冬日和包む禍福も諍ひも

〈郭公〉
高室有子〔たかむろゆうこ〕

冬麗の蔵白きまま壊さるる
冬の日や塀にみじかき草の影
大寒や油の脱けし猫の貌
春昼の紙に包みし鯉しづか
登山口よりざくざくと霜柱
天上大風何告げる初燕
郭公のこゑとこゑの間はかりあひ

〈鷹〉
髙柳克弘〔たかやなぎかつひろ〕

疫病が来るよ猫の子雀の子
薔薇の芽や神持たず子を愛すのみ
馬上の子父を忘れて風薫る
聖家族万引き家族運動会
抱きとめし子に寒木の硬さあり
問ふは我答ふるも我冬木立
東京をめくらば焦土蝶や蜂

〈春月〉
高山　檀〔たかやままゆみ〕

古酒盆に一人将棋の駒の音
鴛鴦の胸を並べて水を押す
結ばれしみくじはづすも年用意
去年今年天地を返す砂時計
余寒かな外して重き黒真珠
味噌蔵の味噌のつぶやき木の芽風
急ぎ来て盆僧ふはと座りけり

〈羅ra〉
高山みよこ〔たかやまみよこ〕

人の老い明日の我が老い花筏
指示待ちの犬の総身麦の秋
からすうりの花と天網いづれが疎
野のものは野に葡萄の実の自在
白なれば群れてはならじ曼珠沙華
大寒の背骨つくづく大事なり
磯野家はひとりも欠けず笑初

〈豈〉
高山れおな［たかやまれおな］

初夢や擬古擬古と切る斎柱《いみばしら》
するすみの蜥蜴するするする業平忌
秋／桐生／宴／源氏名／嘆きの壁
クリームソーダ／誰似／二学期／君の名は
颱風が来る夢見つつ笑ひつつ
半世紀後の夕刻や憂国忌
神君の鷹野の記念写真なし

〈草の宿〉
滝川聡美［たきがわさとみ］

空罐を蹴つて春愁声もなし
冴返る悲喜こもごもの靴の音
くちあけて四角三角つばめの子
ベランダに残る炎熱原爆忌
紺碧の全き空や秋深し
裸木の千の手千の祈りかな
芒洋たり十二月八日の海

〈いには〉
滝口滋子［たきぐちしげこ］

ほのぬくきほとけのひたひ花柊
しやぼん玉うつりしもののきゆうくつさう
伏舟に腰かけてをり菜の花忌
身につくる緋色一点養花天
花合歓の葉騒に眠気さそはるる
黒南風や毒ある草をまづ覚え
盆灯籠回り仏間のみづいろに

〈若竹・風のサロン〉
田口茉於［たぐちまお］

ハンカチを違ふ形にたたむひと
父の忌や父のハンカチ抽斗に
夏雲や空の真中に出勤す
浮かんでは消ゆ夏蝶の知らぬ道
ネクタイの男過ぎゆく夏の森
吾を通る水音夏の木立にも
金色のスープ夕立の一滴

〈やぶれ傘〉
竹内文夫［たけうちふみお］

風花や送らるる人送る人
団子虫手に転がしてゐる日永
屋上に踊り子ひとり梅雨晴間
城内の砂利を踏む音日の盛り
来し方も行く末も夢曼珠沙華
やや長く湯に浸かりゐて去年今年
駒台に歩兵一枚山眠る

〈きりん・橡・滑稽俳句協会〉
竹下和宏［たけしたかずひろ］

独酌やさざえの愚痴を聞きながら
男なら見よ沖縄の雲の峰
虹立ちて童話の街となりにけり
水打つや心のけじめ日のけじめ
相聞の歌垣を識る葛の花
加齢とも闘ふつもり冬帽子
獅子舞の共に老いたる足捌き

〈燎〉
竹田清美［たけだきよみ］

茅花野や立山連峰見はるかす
初採りの早蕨匂ふ厨かな
はつなつやペダル軽やか女学生
病室の開かずの窓の遠花火
到来の能登の栗剝く小半日
立山を背に寒鰤の大漁旗
鰤片身捌きて今日の大仕事

〈ろんど〉
竹田ひろ子［たけだひろこ］

遠富士もタワーも包む大夕焼
ラムネ玉ストンと抜けて風軽し
うつかりも年相応や水中花
罪犯すかに外出の春寒し
街中のコロナに歪む桜桃忌
振巾の時に大きく春愁
いま余生まだまだ余生夏惜しむ

〈野火〉
竹田和一［たけだわいち］

柿の蔕残る梢や寒雀
縁石の献花に滴春の雨
春の雨机の上の時刻表
朝市のほど良く曲る胡瓜かな
夏蝶や釣人一人岩の上
身に入むや錆びゆく銀の腕時計
秋雨や無縁仏に一円玉

〈夏爐〉
竹中良子［たけなかよしこ］

道ゆく人また加はりて日向ぼこ
寅彦の文机小さし藪柑子
沖を見て漁師屯や鰆東風
猪垣の近くに嫁菜摘みにけり
朔日降り境内樟の春落葉
星の名の知らぬ同士や蛍狩
田祠に一礼田水落としけり

〈星雲〉
竹本治男［たけもとはるお］

湯煙の影絵を映す夕霞
大太鼓に巫女はすつくと初神楽
ゆずり葉や幾代に繋げ五輪の火
朱の鳥居抜くる涼風神の道
盆荒れや津軽三味線なほ激し
英霊の夫の恋文敗戦忌
温もりは顔半分の冬日向

〈青海波〉
竹本良子［たけもとよしこ］

門松を立てて瀬音の錦帯橋
きのふより今日を色もつ名草の芽
改元のあしたを匂ふ桐の花
高楼に座し涼風をわたくしす
コロナ禍の距離の挨拶夏帽子
門川の朝な夕なの石たたき
烏瓜あの世この世と揺れゐしか

〈雉・晨〉
田島和生［たじまかずお］

正月の歯並び美しき睨み鯛
家々をゆさぶる比良の荒れじまひ
朴訥な枝々を張り花辛夷
春の日は湖より昇り立金花
コロナ禍の街へ春雷割れにけり
田水張り浪の光琳模様かな
犬の影人の影ゆく植田水

〈海棠・杉〉
多田芙紀子［ただふきこ］

手をつなぎよもつひら坂春の夢
蟹満寺道やほがらに鳥の恋
ははそはのははの顕ちくる杏の実
星飛ぶや夫のスマホは充電中
流灯会草の湿りへ膝がしら
鮎落ちて北嶺紺を深めけり
百代の過客にまじり初旅に

〈ホトトギス・祖谷〉
多田まさ子［ただまさこ］

並べたる歌留多の裏は日本地図
雛壇を見上ぐる子等の正座かな
飴舐めて揉めてゐる蟻をりにけり
噴水の光にまみれゐる穂先
世話役に当たる撒き塩宮相撲
返り咲き綿毛全う鼓草
一寸の草にも影や小六月

〈海原〉
田中亜美［たなかあみ］

繭に居て繭のかなしみ五月来る
オンライン授業若葉の窓は無く
録音の初めのノイズ花は葉に
青葉騒だから押韻なのだから
万緑に小さき鉤裂き夏館
籠もる部屋ありて秋明菊活けて
一つ家にギター弾く人月の秋

〈海棠〉
田中恵美子［たなかえみこ］

埃のごとく腕につく蚊の名残
千歳飴ゆらして鳩を追ひゆけり
ポインセチアにほどこしの金の粉
二才児の天使の羽や聖夜劇
夏つばめ雨の浄めし畑よぎる
鈍色の雲置く金剛山《こごせ》梅雨の入
体温を越ゆる日となる原爆忌

〈ひいらぎ〉
田中喜郎［たなかきろう］

朝霜や肩を寄せ合ふ羅漢像
供華挿せば蝶来て遊ぶ妻の墓
梅雨晴や杉の香著き鞍馬寺
返し縫ひ覚えし吾子の針供養
野阜に立ちて見送る帰燕かな
鵙の贄我にも多き忘れ物
寝静まる明日香の里や落し水

〈秀〉
田中三二良［たなかさんじりょう］

残雪や赤く鋭く木々の棘
滔々と水集めたる春の河
青葉みな風の光となりにけり
日を背負ひ天道虫の歩みたる
枝々に青毬栗や光の輪
草の穂や光の波を作りたる
枯るるものみな枯れ川音のみひびく

田中純美［たなかじゅんみ］

初つばめ朝一番の見舞客
ほうたるや水の近江は母が里
二重虹渡ればあなたに会へますか
無住寺の夜をひとり占め青葉木菟
亡母の部屋秋の風鈴鳴ってをり
童唄ほどに弾まずどんぐりこ
城はみな哀しき歴史飛花落花

〈ときめきの会〉
田中陶白［たなかとうはく］

胸を張り改札通る赤い羽根
露草や竹人形の踊るごと
小春日のスコアボードに零を書く
駅に立ち俄遍路のわれがゐる
水馬青く大きな空のあり
心太とぎれし会話つなぎけり
青柿や貨物列車の窓に肘

〈からたち〉
田中松江［たなかまつえ］

病む夫と同じ灯にゐる厄日かな
菊人形人絶えしとき息はきぬ
花の名にしあはせもらふ福寿草
大鯉の身をゆりてくる梅まつり
山笑ふ生きて際限なき農事
かなしびに故郷向けば花樗
どの山も遠くに見えて九月来る

〈主流〉
田中　陽［たなかよう］

目に見えぬ自然と対峙寝るとする
空襲とコロナ二度の怯えを生きてきた
「俳句は無関係」再び彼の声がする
奢る俳人ついに自然の逆襲に
無人機が人間襲うそんな星
人類や戦争やってる暇はないぞ
老妻の寝顔に映る時間と無

〈野火〉
田中義枝［たなかよしえ］

猫がゐて冬の蠅ゐて窓辺かな
ショートカット春の息吹の項かな
仏壇の子の微笑みや風信子
八十路なほ馥郁として紫木蓮
父の日の夫の好みのひつまぶし
すべり台人影もなく黒揚羽
処暑の風なんとはなしに眼鏡置く

〈八千草〉
田中涼子［たなかりょうこ］

あの嶺々は兜太の秩父霧おほふ
平家琵琶園の木槿はとぢるころ
七曜をおとろへしらぬ菊大輪
水鳥に憑かれ「無」なりし小半時
波着けば浜藻応へり半夏生
秋暑し心頭滅却香を炷き
廃校の廊下自在に赤とんぼ

〈耕〉
棚橋洋子［たなはしようこ］

川ふたつ越えて父訪ふバレンタイン
低く低く川面打つほど初燕
晴れ渡る夜空ラジオの別れ霜
石を蹴るだけの遊びや風光る
父の日や片減りしたる桐の下駄
鮎釣の夫の鑑札竿と籠
黒黒と伊吹山嶺秋夕焼

〈あゆみ〉
田邉　明［たなべあきら］

討入りの気合で玄関ぐいと開け
「もういいかい」叫ぶ子の背に風花す
波被る岩礁ふたつ冬うらら
七草や珊瑚もダイヤも要らないの
ふらここに腹這ふ駄菓子食べながら
防風林揺らす浜風鳥雲に
春愁ドレスに飛びしワイン拭く

〈鴻・年輪・ハンザキ〉
田辺満穂［たなべまほ］

仙台の油麩庖丁始めかな
高麗笛に芭蕉大きく玉解けり
水槽の角はプリズム春立てり
燻製にいぶす真穴子神の留守
黒檀の座敷机に蟬のこゑ
蠅とんで旧豪商の三和土かな
花冷の錠剤のこる舌の下

〈春耕〉
棚山波朗［たなやまはろう］

すぐ転ぶ寄居虫の宿大きすぎ
父の日の常備薬また飲み忘る
夏痩せの頰にコロナのマスク痕
働きづめ綾子の燕帰りけり
鳴き足らぬらしつくつくもみんみんも
筆談の文字の掠れや秋入り日
能登荒磯波の花咲く日和かな

〈漣〉
谷　悦子［たにえつこ］

ひとつ家に牛も眠りし梨花月夜
慈悲心鳥鳴きて伯耆の夜明けかな
日本海眼下に大山牧開き
白鳥舞ふ空の茜に染まるまで
落葉しぐれ雨と聴く夜の稿ひとつ
蟷螂に荒野の枯れの迫り来る
白鳥帰る淋しき村を野に残し

谷川　治［たにがわおさむ］

登校児一人のための雪を掻く
武蔵野の春待つ雑木林かな
一日は孤老に長し寒明くる
どの道を往くも水音雪解村
雨垂れの穿ちし穴に下萌ゆる
鎌倉に笹鳴く右府の忌なりけり
春寒し畳の縁にさへ転ぶ

谷口一好［たにぐちかずよし］

昨日より数減つてゐる春の鴨
つばくろの囀ジーで了りけり
いつのまに更地となりし幟かな
あぢさゐの磴半身にて擦れ違ふ
たてよこにたたまれてハンカチのあり
福引や唐箕回ししことはるか
乾燥機に縮むでしまひしスエーター

〈運河〉
谷口智行［たにぐちともゆき］

対岸の菜畑へ通ふだけの橋
かたばみはみちくさの花ともだちの花
孑子の甕に出目金入れてやる
百足虫打ちつつ人生にへこたれる
深吉野は山霧を懸けつらねをり
秋麗の神坐すあの木この木かな
暮秋の窮鳥のこゑかと思ふ

〈りいの〉
谷口直樹［たにぐちなおき］

立春の青竹息を揃へたり
さへづりやうつらうつらの火伏せ神
判をつき犬を引きとる半夏生
木霊する分水嶺の閑古鳥
奥山の深き墨色星流る
母の忌の袱紗にくるむ柿紅葉
山葵田の石積み直し春を待つ

〈海棠〉
谷口春子［たにぐちはるこ］

木枯や校門の樹々しやべり出す
身に入むや二胡の調べの嫋嫋と
話聞くやうに綿虫肩に来る
触れてみる寝釈迦の螺髪巻貝めく
叱られて外で泣く子や春の暮
霧の山くだりて町の灯のやさし
浜の家寝静まりたる月の海

〈鴻〉
谷口摩耶［たにぐちまや］

冬麗の大木戸門をくぐりけり
寒林へざくと一歩を踏み入れし
木椅子三脚寒禽の寄り来たる
枯芝の土手は駱駝の背《ナ》のやう
マフラーをゆるめて歩く池の端
カレー食ぶ窓いつぱいの枯木立
臘梅の香りを胸に門を出づ

〈鏡〉
谷　雅子［たにまさこ］

しぐるるやはやなつかしき小石川
点り初むる街に現れたる寒満月
大寒の雨やめでたき石の色
片付けられさうな人類風光る
コロコロで拾ふ髪の毛今朝の秋
新涼やひさびさに買ふ時刻表
秋色やひとり来て乗る海賊船

〈薫風〉
田端千鼓［たばたせんこ］

海に出てなほ一条の雪濁り
桜蘂降る天守閣なき城趾
三閉伊一揆の像に海霧迫る
蟬の翅透けて木肌の見えてをり
村いくつ湖に沈めて盆の月
盆の灯を消せば月光入り来たり
ふくろふの鳴けば夜が来る雪が降る

〈顔〉
田畑ヒロ子［たばたひろこ］

石の上に蝶一頭の淡き彩
ピーマン切る鍾乳洞が現れる
青山に嵌め込んである滝一条
蝌蚪の紐のぞきて刑に引かれそう
金木犀まつりのように散っている
泥葱を一皮剝けば無罪なり
嚏して梵字のような顔となる

〈花鳥・ホトトギス〉
田丸千種［たまるちぐさ］

一夜城築く高張酉の市
浅酌で済まぬ仲なり菊膾
雪女郎雪男にはふり向かず
麗人と佳人出くはす梅の下
うぐひすや蓑虫庵に過客あり
耳成へ傾く畝傍百千鳥
半仙戯右に傾くくせのあり

〈六曜〉
玉石宗夫［たまいしむねお］

ストローで夏を吸い上げやる気出す
イルカジャンプ台風一過の大空へ
勤務終え辿る坂道銀木犀
南十字へ阻むもの無し帰燕群
紅葉前線埋立地で果てにけり
隙間風を絶滅させしマンション群
凍蝶の最後に見しは少年の眼

〈河〉
田村恵子［たむらけいこ］

銀皿のボンボンショコラ春の雪
幾たびもニュース速報かげろへり
ON・AIRのランプ点滅花の雨
朝の虹艇庫の扉開け放つ
文字盤の白蝶貝や涼新た
たましひの吸ひ込まれゆく雪の夜
呟きのひとつを掬ひ毛糸編む

〈鴻〉
田邑利宏［たむらとしひろ］

ユーミンの優しきアルト風光る
飛行機雲空半分に夏のいろ
一人づつ渡る吊り橋揺れて夏
少年の秘密基地跡桐一葉
晩秋といふ眼差しを川の面
昼月のあやふき白さ寒に入る
富士山ナンバー駆け抜ける二月尽

〈山彦〉
田村　葉［たむらよう］

草原は地球の産毛風光る
蛇穴を出るや信号待ちとなり
八月の小窓をよぎる白い列
木犀の黄昏通り水の声
銀杏散る次の頁は猫の街
火の色を描けぬ指先雪女
黒白のけむり呑みこむ初鴉

〈森の座〉

田山元雄［たやまもとお］

唐揚げの虎魚の面を箸で突く
鴨川と言へば飛石夏来たる
玫瑰や砂さらさらと風を追ふ
燕去ぬたそがれどきの空残し
秋高く鉄が鉄打つ造船所
下校児と猫の自由や天高し
朱色また耐へる彩なり烏瓜

〈森の座〉

田山康子［たやまやすこ］

廃船に赫と陽当たり沖縄忌
あれこれを捨て吾残る竹煮草
海へ出て己をほどく処暑の川
料峭や漁船はひかり乗りこなし
巣箱から蜂流れ出て日は高し
男佇つ明日植ゑる田を眼で均し
白白と過去より茅花流しかな

〈道〉

田湯　岬［たゆみさき］

鳥帰る砲台今も沖を向く
おろろんの鳥影沖に遠霞
フクシマのデブリそのまま霾ぐもり
今はただ陽炎の野や校舎あと
かぎろひて象形文字の烏かな
鳥帰る棒グラフめくビルの空
鳥雲に入る白雲の郷目指し

〈沖〉

千田百里［ちだももり］

流木を焚けば潮哭く九月かな
黒猫の来て月見の座出来上る
倫敦のしぐれてをらむ漱石忌
鷹鳩と化しダークスーツの群に入る
窮屈な止り木惜春に叶ふ
馬酔木咲く李白は水辺にて酔へり
多佳子忌の夏の怒濤に足濡らす

〈梓〉
知念哲庵［ちねんてつぁん］

春風や大虚子の筆のびやかに
草笛を吹きて逢瀬の合図とす
夕顔や今宵の妻は生絹色
十月の空蹴り破る楕円球
みちのくの塵無き空や雁帰る
外語より和語を鍛へよ漱石忌
縁談も持ち込む二月礼者かな

〈朱夏〉
地畑朝子［ちばたあさこ］

近寄れば燃え移りけりなかまど
めぐり会いし人と仰ぎぬ初日の出
聴きとめし初音に髪を束ねけり
ふれし年の淡き記憶よ青りんご
カンナ燃ゆ戦争を忘れていない
妹の忌やわたしを掠め黒揚羽
門火焚くもしも会えたら言うことも

〈風の道〉
千葉日出代［ちばひでよ］

闇焦がし猛る山火の駈け登る
振りむきて魂あるごとし流し雛
春の雪六区に囃す寄せ太鼓
逆潮に逆巻く卯波大鳴門
白百丈天をつらぬく滝こだま
言霊のしづもる高野霧襖
京菓子の淡きももいろ春隣

〈りいの〉
中條睦子［ちゅうじょうむつこ］

稲架解かれ水平線に七ツ島
色なき風等間隔の水の皺
出くはして蟷螂に道ゆづりたり
苔起こす爪あと狸の為業やも
鳰潜りうちひろげたる光の輪
白湯たぎる音にまじりて初音かな
牡丹の馥郁たるにマスク脱ぐ

〈鳰の子〉
長野順子［ちょうのじゅんこ］

まだ読まず抱きしめてをり懸想文
春陰や埴輪に著き指のあと
ぶらんこを下りて地球に着地せり
母悼むこの豆飯の匂ひにも
この森の風の追伸落し文
恐竜の骨眠る里青田風
プールより勝者の四肢の這ひ上がる

〈好日・草樹〉
塚田佳都子［つかだかつこ］

行く春の人はせつせと手を洗ひ
蛇穴を出てすてきな独りぽつち
水音は常に新し鵙日和
形なきものを形に盆支度
大樟の出臍のやうな瘤に秋
ときめきか動悸か柘榴割れにけり
魚付林影を濃くして冬深む

〈南風〉
津川絵理子［つがわえりこ］

畳まれし凧の目玉と擦れ違ふ
四十雀よりくるくると虫の翅
子の数の自転車とまる茂かな
水澄むや余白のつなぐ掌篇集
ポケットの木の実の中の鍵探す
短日や紙鍵盤に指の音
餅焼いてをればひとりの歌生まれ

〈天為・櫂〉
津久井紀代［つくいきよ］

梅雨深し鏡の奥にベラスケス
荒梅雨や由一の鮭の口に縄
青胡桃扉二重の子規の書庫
十薬のある日言葉が湧くやうに
閨秀とは星野立子の忌なりけり
大仰に包む落雁雪解風
ああ言へばかう言ふボロ市の男

〈豈〉
筑紫磐井〔つくしばんせい〕

母国には滴るほどの罪ありし
紫陽花や明日死んでゆく人の数
昭和史の風花　美空ひばりかな
紅白に分かれて歌ふめでたさよ
戦争と平和が哀し琉球弧
「革命の五月が来た」と書き始む
弾丸尽き糧絶え市街しづかなり

〈鷹〉
辻内京子〔つじうちきょうこ〕

人形のてのひら厚き白夜かな
足許を転がる風やゑのこ草
極月の居間しみじみと見渡せり
松立てて日暮あはしと思ひけり
高きビルなくて綿虫弾き合ふ
芽起しの雷トリセツと虫眼鏡
昼寝覚時疫に遠き日のひかり

〈円虹・ホトトギス〉
辻　桂湖〔つじけいこ〕

草取の熱をまるめて持ち帰る
腸に故郷の香の残る鮎
女王花羽衣色の朝来る
日盛の朱き鳥居の疲れゐて
香水や耳打したき事忘れ
ヒマラヤの塩はももいろ新豆腐
かなかなや読経の語尾の不明瞭

〈円座〉
辻　まさ野〔つじまさの〕

春疾風家にオルガン届きし日
春眠さそふオーボエの音色かな
吹き替への映画に春を惜しみけり
向かひ合ふ川宿のあり明易し
葛の葉や積荷が銀でありしころ
曼珠沙華鉱泉宿へほそき道
月光に弾かぬピアノの月日かな

〈朱夏〉

辻　升人［つじますと］

一矢一撃邪心小心小さき胸
唖蟬にやさしく言いたいサヨナラを
翔べぬ鳥やがて八月翔ばぬ鳥
芽吹くを伐るおぞましき僕の性
百歳百戦一日一戦冬満月
鵙の贄俺をあの木へ刺して置け
焼酎が好きで冬野の爺となる

〈篠〉

辻村麻乃［つじむらまの］

夕暮れの甘き匂ひや新樹光
起こし絵や赤坂の街壊れゆく
不用品捨てたる余白雲の峰
空蟬を迂回してゐるベビーカー
爽やかや赤子は両手組み合はす
枯れ木から薄き夕暮れ始まりぬ
五千頭の龍冬天を睨みをり

〈小熊座・すめらき〉

津髙里永子［つたかりえこ］

螢火を追ふ不確かな踏みごたへ
髪洗ふ排水口を見つめつつ
衣被つるりと思考力もどる
聖書読む嘆きの壁のつめたさに
白鳥を急かす歩かす餌を抛り
仏壇に旅館の燐寸小正月
霾ぐもり消毒液は蒸発す

〈予感〉

土田　栄［つちださかえ］

ぶつかつて風の重みに冷ゆるかな
空が鳴る春一番の神保町
いまさらに父を思へり夏の雨
まばらなる乗客初夏の銀座線
しばらくはさら湯にぬくむ春隣
心地よき寒さや夕日見て飽かず
生きのこるひかりの強さ蛍籠

〈野火〉
土屋瞳子［つちやとうこ］

とつておきの珈琲を淹れ春暖炉
雉鳩のこゑ春昼のフランスパン
朴咲くや空の隅々まで青く
老鶯や巻機山のよく晴れて
素麺の帯ほどきをり敗戦日
雪迎へ縮の里の筬の音
冬籠飯豊山晴れても曇りても

〈からたち〉
土山吐舟［つちやまとしゅう］

紅梅を散らして故山を別るる日
身の跳ねてラヂオ体操朝桜
薄荷糖を口に転がし昭和の日
大らかな心で笑ひ野にあそぶ
麦秋の気怠き昼の家郷かな
炎天に耐へては肥料荷揚人
盆三日火に始まりて火に終る

〈草の花〉
土屋実六［つちやみろく］

象さんの鼻ちぎれゆく春の雲
アネモネと色鉛筆のアネモネと
花あざみ柵のあひだに牛の顔
黄水仙月の色して暮れ泥む
解けぬ謎あり籐椅子に凭れゐて
摘草やかしこの空に雲の川
日のゆるむ川面を茅花流しかな

〈やまぐに〉
恒藤滋生［つねふじしげお］

宇宙まで行かずに消えし大花火
寺を過ぎ神社を過ぎて蛇進む
家という檻ありて夜長くなる
紅葉や花眼の人ら包みたる
立てられて寝ている本や冬に入る
山眠るところどころに灯を点し
雪達磨の分も散歩と体操す

〈燎〉
角田恵子［つのだけいこ］

畦川のとんとん流れ水の春
葉桜や昼間のラジオ筒抜けに
昼は昼夜は夜の色朴の花
日は山へ帰つてゆけり竹煮草
秋暑しバッグの中身減らさねば
染物屋の木戸の開け閉て夕月夜
青梅街道一気呵成の黄落期

〈風叙音《フュージョン》〉
角田美智［つのだみち］

芽吹きたる大樹ゆつたり空挟む
波しぶく海に砕けり春の月
うたかたの虹の消えゆく石鹸玉
無事祈る帰雁の空の果もなし
秋蟬や蟻に担がれ命了ふ
明急ぐ空に残るや白き月
半夏生水玉宿す夕べかな

〈晨〉
津森延世［つもりのぶよ］

竜天に登る夜地震のありにけり
桃の花わらべに恥づることあまた
海に出る終りの堰やねむの花
四十雀ほどよき距離に人もかな
筑紫はも南国めきぬ花梯姑
白秋のデスマスクあり朱欒咲く
森の辺に住みかなかなと暮れにけり

〈八千草〉
都留嘉男［つるよしお］

我が影を雲海に曳く縦走路
墓洗ふ戦死公報のみの文
殉教の島の奥津城蛍草
夏めくや少女の銀の耳飾
袋角南都の風のやはらかく
みちのくの風の重さの乱れ萩
みすずかる信濃追分椽の花

出口紀子〔でぐちのりこ〕〈梓・晨〉

辛夷咲く木喰仏を見にゆかむ
一憂もなきがごとくに野に遊ぶ
ペダル踏む八十八夜の風の中
遠雷やカーブミラーにゆがむ町
うつし世の閻魔は親し凌霄花
何やかやペン皿にあり空蟬も
梨剝いてあとさきになる話かな

出口善子〔でぐちよしこ〕〈六曜〉

被爆国の土に黙して草毟る
人類を篩に掛けて蚊喰い鳥
太陽の余波《なごり》巻き取る秋簾
蝗食《は》み戦中の棘呑み下す
秋灯下本と居場所を分かち合い
夜の思惟のゆるき読点ばったんこ
初風呂にまだ働かす四肢浸す

寺川芙由〔てらかわふゆう〕〈玉藻〉

麦青む畝の境をあやふやに
春宵や点さぬままの絵蠟燭
橋の名は残れど暗渠百日紅
砂浜をさらふ波音星月夜
糸瓜忌や虚子の鎌倉晴れわたり
住職の作務衣姿や蕎麦を刈る
ぽつねんと万葉の歌碑木の葉散る

寺澤一雄〔てらさわかずお〕〈鏡〉

梅雨寒やカレーの匂ならわかる
雲母虫紙喰ひながら文字を喰ふ
陋屋に屋上のある十三夜
晩秋のグリーンランドから戻る
球場の中の枯野を一望す
寒林に大勢入り二人出る
疫病の都市の周りを蕗の薹

〈駒草〉
寺島ただし［てらしまただし］

誰が渡り行きしか秋の虹消ゆる
廃船の操舵室より秋の蝶
ふぐ釣られ鞠のごとくに弾みけり
高くゆく花ひとひらをこころにす
行く春の畑に一つ椅子がある
空蟬の磐石押さへゐるかたち
鳴く虫の老いゆくこゑと思ひけり

〈絵空〉
土肥あき子［どいあきこ］

帆柱のまはり混みあふ宝船
軒先に吊られ藁靴より雫
おほかたは空でありたる種袋
尾のあたりまだ皺の寄る鯉幟
保育器のなかの欠伸や緑の夜
稲荷社に狐百態ゐて涼し
猪汁の大きな骨を摑みけり

〈ひまわり〉
戸井一洲［といいっしゅう］

朝餉の間明るく閉ざす白障子
菰ひとつひとつの世界寒牡丹
ひなあられだけの雛の日過ぎゆけり
病窓に港まつりの大花火
野ぼとけの赤きエプロン稲の花
秋彼岸菓子屋横丁にぎわえり
雲割って陽光一閃蜜柑山

〈今日の花〉
東郷節子［とうごうせつこ］

海に崩る浜の火柱どんど焼き
針山に母の移り香針供養
青梅の里に咲くかたかごや風誘ふ
身に沁むや主なき蔵書に囲まれて
柳散る巨石魯人の墓の辺に
マジシャンの爪美しき秋惜しむ
浮寝鳥しづかにたゆたふ築地河岸

〈運河〉
藤　勢津子［とうせつこ］

そこに見る母の面影幸木
春の空深し鍬持つ青年に
梅干してそれから手紙書くつもり
土砂降りに声をしぼりて葦雀
もてなしは庭の柚子の実捥ぎてより
吾亦紅不思議な花でありにけり
初雪の京都三条河原町

〈弦・面〉
遠山陽子［とおやまようこ］

闇米を食べてぞ育ちせりなづな
傘さして漫ろにゆけば見えくる春
廃坑から猫の出てくる花ぐもり
自分史に水戸あり夏の月熟れて
熟柿落つ今日の重さでありにけり
唇のさみしき冬の熱帯魚
根より葉の大き大根晴れわたる

〈春野〉
常盤倫子［ときわりんこ］

白魚に喉越しといふ奈落かな
背徳と美徳のいろに柴木蓮
今生は遠流のごとし麦をふむ
藤房のゆれやまずなり懺悔録
沙翁劇のふいの暗転ひるねざめ
掌中の鮎ときめきの大音響
逃げやすき夜空とおもふ黒らんちう

〈馬酔木〉
德田千鶴子［とくだちづこ］

香水瓶の底に残れる我が日月
受け流し聞き流しつつ鰯雲
胸にあるさざなみもまた水の秋
この先の人生足し算秋珊瑚
ならはしの疎かならず豆を撒く
滴りの一掬しかといただけり
わが躊躇洗ひ流せし夕立かな

〈ペガサス〉
徳吉洋二郎［とくよしようじろう］

咳嚏こんがらがって真言宗
冬のぶらんこ我が影を追いかける
黄泉よりも産土遠しどんど焼
どこまでの炎天いつまでの汚染水
終戦忌水平線を太く画く
八月の人影ヒトを離れけり
人間を脱ぎ万緑のど真ん中

〈少年〉
利光幸子［としみつさちこ］

厳寒の朝の黙禱祈りの灯
鬼やらひ闇より声の立ちあがる
ペンだこは夫の勲章梅莟む
麗らかや積木の塔の高くなる
背負ふ荷に軽重は無し祓草
朝寝などせぬまま逝きしお母さん
病室へ高原の風吾亦紅

〈春月〉
戸恒東人［とつねはるひと］

風呂吹を吹いて一歳加へけり
あかつきの海に気《け》あらし震災忌
令《よ》き風のここに和みて梅の寺
夕照のやがて残照春の海
緊急事態宣言戦艦大和の忌
坂東に生まれて律気行々子
靄深き青水無月の筑波かな

〈天頂〉
鳥羽田重直［とっぱたしげなお］

梅雨ごもり棚から物のよく落ちて
高齢者に前後期あり蚯蚓鳴く
無為無策たとへば春の風邪心地
目立つこと好まぬ性や吾亦紅
延命治療望まず松は色変へず
羽抜鶏のごときに追ひかけられてをり
世界中コロナと亀に鳴かれけり

〈ひたち野〉
飛田伸夫［とびたのぶお］

水揚げの蜆大粒舟着場
筑波嶺をかなたに進む袋掛
玫瑰や津波の瑕の癒えぬ街
文机に紙のはりつく残暑かな
白壁の里の酒蔵木守柿
自販機の缶落とす音冬の月
湯治場の硫黄の匂ひ山眠る

冨田拓也［とみたたくや］

コーラ瓶にありし王冠秋時雨
パックマン進みし画面夜の長し
船にからみし蛸の挿絵や秋灯下
恐竜も眠りゐるかと枯山河
高層マンション隼も住んでゐて
春昼や巻かれ癖ある鳥瞰図
日や遠く驟雨を照らしゐたりけり

〈栞〉
冨田正吉［とみたまさよし］

まなぶたに冬日が乗つて来たりけり
日向ぼこ本のをはりを読みにけり
駅までは三分ほどの椿かな
槍投げの槍に椿がちよと先
髭剃つて寒いさくらを通るかな
赤ん坊の分も足したる桜餅
啄木忌大きな握り飯を食ふ

〈南柯〉
冨野香衣［とみのかえ］

獅子舞の頭大きく振りて晴れ
初鏡母にゑくぼのありにけり
紙漉きの水の光を漉きこめり
黄たんぽぽ使用禁止のすべり台
囀に膨らむ空の青さかな
喃語には喃語で応へさくらんぼ
短日や背ナを温めし子の重さ

〈波〉
富山ゆたか［とみやまゆたか］

おにぎりに四角はなくてたんぽぽ野
水玉の一つと遊ぶ蓮若葉
惜春や浜に転がる虚貝
図書室の音無き時計若葉雨
裸電球灯る下闇地蔵堂
紫紺富士夕焼雲を放ちけり
光芒に浮かぶや峡の木守柿

〈鳳・海棠〉
土本　薊［どもとあざみ］

福笹背にうどんを啜る男かな
休みつつ上る石段日脚伸ぶ
雪解水帰る故郷のもうあらず
時鳥の声を追ひつつ寝まるなり
下刈の背中を雨の打ちにけり
ふと我に返るをホホと青葉木菟
置き水のとろりと温む秋浅し

〈青海波〉
豊田美枝子［とよたみえこ］

花散るや青石垣の櫓跡
尖塔の十字架春日返しをり
青水無月貝塚三つ抱く城址
銀漢や我が一願の道遠し
貫入の楽のお茶碗遠添水
皇居秋源氏絵巻のよな儀式
冬満月令和の深夜皓皓と

〈風樹〉
豊長みのる［とよながみのる］

水天はいよよ澄みけり雁渡る
西方へつづく吾が道鰯雲
神さぶる弥勒菩薩や露に座し
手を振るや霧の立ちくる別れ坂
天国は夢の苑かも銀河澄む
雲割っていま流星の滝ぞ落つ
秋夕焼西方浄土透きけらし

〈門〉
鳥居真里子［とりいまりこ］

かぜまちぐさ風にぎりしめてアジア
黄蝶集めて蠟燭旅立つところかな
くちびるの外に雨ふる血止草
月のあを煎じて飲んでゐる母性
家中に秋蝶充たし皿洗ふ
まひるまの花野までゆくみな水母
あ、あれは天《あま》の鳥船ゆきむしが舞ふ

〈星雲〉
鳥井保和［とりいやすかず］

駅降りてすぐに潮の香花蜜柑
みどり児を転がしてゐる天瓜粉
掬ひ来て去年の金魚に加へけり
句を敲く一推二推秋灯下
万葉の濱に良夜の松の影
道なりに弓なりに沿ふ蜜柑畑
水尾残しあらぬところに鳰の水尾

〈濃美〉
鳥沢尚子［とりざわひさこ］

鳥翔つて水際に処暑の日が残り
青芒裏木戸といふ風のみち
あはあはと夢の継ぎはぎ明易し
喪のことば探つて摑む夏帽子
卯の花腐しおいと呼ぶ夫とゐて
農衣干す花菜明りの一軒家
傘寿すぎ共に嫁したる雛飾る

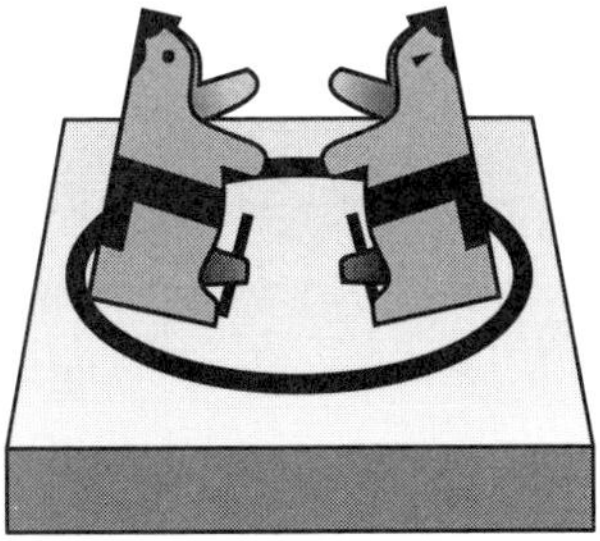

〈風土〉
内藤 静［ないとうしづか］

薫風や巫女が轡をつかまつる
地球儀のまなか倫敦子規忌かな
一陽来復ヒマラヤの空真紅
囀やマスクに薬師さまの印
蝶の紋千輻輪と思ひけり
繰り返す旋律ひとつ雨蛙
囲を張るや米粒ほどの蜘蛛にして

〈韻〉
永井江美子［ながいえみこ］

遠き日の石の手触り晩夏光
秋声を聴くや名もなき者として
蜩へ去りし声追ふひもすがら
なにか映しただひたすらを芋の露
野を焼いて帰るをとこの風の音
下萌を立つまつすぐに父の声
ひと抱くやうに稲刈るは旅なり

〈遊牧〉
長井 寛［ながいかん］

応仁の乱のごとくの残暑来る
冬瓜を枕にこの世漂泊す
方舟に乗り遅れぬよう秋の蝶
卑弥呼にも蒙古斑あり雁来紅
日暮里の丘より上を秋という
曇天の石碑を穿つ鵙の声
満月に一番近いオランウータン

〈鬣 TATEGAMI〉
永井貴美子［ながいきみこ］

生きるときもいろいろ終わるときも春
海までは遠いね小さい蝶生まれ
かなしみは柳の花の匂いかも
一日の嘘の結晶春の蟬
耳に淡く光る骨あり麦青む
いつも眠たし円心に水馬いる
初夏のハイボール傷癒えている

〈椰〉
永方裕子［ながえひろこ］

潮目いま暮光のいろに秋の行く
鶺鴒梢こまごましく行き来
くれなゐの流れ藻拾ふ春まぢか
梅日和など有り無しの日々過ごし
ちぎれ飛ぶ夕雲街に燕来ず
深井戸の地中はるかに春の月
河原より盆の雀の翔ちにけり

〈風叙音《フュージョン》〉
永岡和子［ながおかかずこ］

花あけび雌花雄花の色違へ
生と死の隣り合せや糸桜
大山蓮華揺るる葉蔭でささやけり
異次元の古墳に咲きし百合白し
蝦夷富士や暮色に映ゆる大豆稲架
一つ咲き一つ枯れ行く思草
笹鳴のかそけき声に聞きふけり

〈いぶき・藍生〉
中岡毅雄［なかおかたけお］

月見草いくつひらけば眠るるか
手をつなぐこともなくなり草の花
綿虫やいもうとのこゑ妻のこゑ
すきとほるやうなにほひの雪兎
陽炎にしづまりかへる都心かな
夕方にすこし歩きぬ桐の花
夕空の縹ひろがる金魚玉

〈貝の会〉
仲　加代子［なかかよこ］

抱き上げし稚のぬくもり千代の春
大空へ白木蓮の咲き盛る
杖ついてゆっくり回る茅の輪かな
夕菅の終の一輪あかず見る
師の句碑へ榧の実降らす寺苑かな
再会は秋の神戸のこうひい屋
一茶忌や信濃旅せしはるかな日

〈椰〉
中川歓子［なかがわかんこ］

掛大根海風山を越え来たり
「ハーモニカ」聞かせてくるる初電話
佐保姫のけしきだちたる山河かな
きらきらと目よりあふるる春の海
蟬時雨抜け来てコロナの街無音
しののめの美しき鳥声秋立てり
夕空や同じ高さに蜻蛉《あきつ》群れ

〈知音〉
中川純一［なかがわじゅんいち］

汚れなき朝や泡吹虫とても
亀虫のぞろりぞろりと素十の忌
青虫の食つちや寝食ちやねたのもしき
鮭の屍に蟹の這ひ寄る渚かな
豊かなる頬を寄せつつ林檎捥ぐ
ためらひもなくむささびの一ッ跳び
春マスク同士一瞥かはすのみ

〈日矢〉
中川寛子［なかがわひろこ］

八月の礼拝「剣を鋤とせよ」
らつきようや口とんがらせよく喋る
柿赤し伊達の郡の子を見舞ふ
大地震のあの日と同じこぶし咲く
受難節こんなに光あふれても
薔薇活けて心明るくしてゐたり
夏椿はらり君逝く夕べかな

〈春野・晨〉
ながさく清江［ながさくきよえ］

針とめて立つ膝払ふ梅日和
しづけさを水に広げて雪解富士
月朧湯ぼてりのこる土踏まず
春の夜のまだ炎を知らぬ絵蠟燭
十薬の十字清めて雨上がる
秋草に跼み亡きひと身近にす
寒晴や孤高清しき大欅

〈樹・樹氷〉
長澤きよみ［ながさわきよみ］

春筍の突き抜く力荷の中に
黒猫の短いしっぽ花曇
万愚節猫の顔色診る獣医
ぶらぶらと撫で肩並べ青ふくべ
東京の一番端の冬桜
虎猫の胃腸弱りて漱石忌
撫でられて猫逝く夜の暖炉かな

〈鳴〉
中下澄江［なかしたすみえ］

永き日の抽出し全部開けてみる
春宵や街はモノクロームの砂漠
万緑の一人時間に慣れ過ぎて
梅雨寒の坂登りきり余命ふと
フレアーの揺れ勇ましく夏の女
蜩や何か零れてゆくやうな
日向ぼこ猫には猫の影ひとつ

〈河〉
永島いさむ［ながしまいさむ］

故郷の林檎リュックに亡命す
青き葱こぼし漢のエコバッグ
うづまいて宇宙のまなか独楽たてり
肺に棲む鬼火三十七度五分
行く春のオタフクソースの焦げたる香
夏の月めがねに映し山頭火
夏帽に枇杷四顆いれ父帰る

〈朴の花〉
長島衣伊子［ながしまえいこ］

待つことは夢を見ること花ひらく
失へるものの重さや鳥雲に
波音も香水も身をはなれゆく
日蔭より日向に蜘蛛の力糸
ほぐれては雲を見せたる雲の秋
初富士を仰がむ長き橋渡る
風あらばすぐに音立て冬柏

〈やぶれ傘〉
中島和子［なかじまかずこ］

ゆきずりの道にころがる青花梨
ふんはりと草に被せる捕虫網
萍の花のさ揺らぎ風まかせ
宅配で届く旅の荷梅雨じめり
夏霧の早き流れの中にをり
充電の静けさにあり夜の秋
新涼の風に出合へり朝の道

〈日矢〉
永島和子［ながしまかずこ］

菊の日のをんなの鎖骨描きをり
田畑も生活《たつき》も沈め秋出水
空に火を放つ製油所神の留守
パンドラの箱の蓋開く春の雷
灯点しの八十八夜のノクターン
相逢うて嬉し十薬真白なり
青梅雨に降りこめられし寧けさも

〈風叙音《フュージョン》〉
永嶋隆英［ながしまたかひで］

恋猫のこゑに一瞥犬のシロ
一片が一天となる花吹雪
乙鳥の反りてみるみる点となり
繊翳の鴉声残して子と別れ
ひとり欠け二人欠けるや降り月
真つ新に腹真白なり初雀
裸木の百の大手に伊吹かな

〈予感〉
中島たまな［なかじまたまな］

風の出てけふのさくらとなりにけり
たたなづく青田千枚陽が絡む
底紅やどのみち迷ふ明日のこと
雨を来て花野どこまで人恋し
夫の予定私の予定十二月
深爪のさみしさにをる聖夜かな
初夢を見る日だといふ風の音

〈門〉
中島悠美子［なかじまゆみこ］

太陽に眩むおんおん鳥総松
きさらぎの胎内出づるほむらかな
以後の世の白業からたちの花は
滴りの光たちまち底ひなる
聲明や白蟻は異次元出入りして
黙契のかたち天蚕吹かれゐる
密閉の空より出でて鶴来たる

〈風土〉
中嶋陽子［なかじまようこ］

椅子下に膝抱ふる子花ぐもり
愛鳥日世界の空の澄み渡り
スカイツリーの片蔭東京の秒針
母牛に味噌汁飲ませ青田風
靴下の模様ちぐはぐ蚯蚓鳴く
鳥渡る子ども聖書に大樹の絵
答案の裏にらくがき窓に雪

〈耕〉
長瀬きよ子［ながせきよこ］

ウイルス禍の世の只中を卒業す
蟬しぐれ光陰惜しむごと激し
向日葵に金剛力の日差しあり
一茶の句揺らし風鈴鳴りにけり
草千里馬に親しき赤とんぼ
古墳巡り泉州の秋惜しみけり
蕉門十哲図に女人冬うらら

〈桔槹・群青〉
永瀬十悟［ながせとおご］

星屑の鎮もる北の泉かな
防護服の人を囲める昼の虫
一つ灯に集まる家族台風裡
縄文の土偶と枯野にて笑ふ
コロナとは我が身の内の春の闇
パンデミック街の灯の朧なり
しんがりを行く紋白蝶と行く

〈ろんど〉
永田圭子［ながたけいこ］

セザンヌのテーブルクロス梨を剝く
その青きステンドグラス聖五月
少年に諾ふ一語龍の玉
白牡丹昏れゆく時も白徹す
読み返すカミユのペスト明易し
碑に特攻とあり土用波
蛍の一つは逝きし兄ならむ

〈絵空〉
中田尚子［なかたなおこ］

花冷や引戸つまづきつつ鳴りぬ
花筵行儀がよくて叱らるる
掛けたての巣箱の底をうち仰ぐ
ぶら下がる玉葱は案外自由
金魚死すスカイツリーのぼんやりと
新涼や矢を抜いてゆく的から的
水祝儀たつぷりの湯を沸かす役

〈青海波〉
中田英子［なかたひでこ］

春月やかくて死ぬまで夫恋ふか
黙深く松が枝張る春障子
一片のはなびらも塵水を打つ
この栗の色の靴欲し旅恋し
ひとり居もよし百千の虫と寝て
秋声や謀叛に亡ぶ守護大名
山雨来て長門一国そぞろ寒

〈少年〉
中田麻沙子［なかだまさこ］

たつぷりの湯に菠薐草震災の日
ダッフルコート夫にビートルズの時代
目かくしの鬼いつも父夕桜
蕗湯がく洗濯好きな母とをり
母が吊り父畳む蚊帳子鯨三頭
亡き人はみな善き人に萩の花
今生の父の窓辺や風花す

〈青海波〉
永田政子［ながたまさこ］

爆音は夏ゆすりゆく航空祭
生きるとは虚実とりまぜ落葉散る
たつた三坪これが世界よ冬の亀
ブラックをと通ぶる十五芽吹きかな
さざ波はゆりかごとなる蝌蚪のひも
ゆつくりと生くるは短か蜷の道
パラソルを差して女に戻りけり

〈俳句大学・秋麗・火神〉
永田満徳［ながたみつのり］

初鴉祖父のこゑして過りけり
戦死には敵味方もなし花吹雪
身一つもて元気と出水の故郷より
ちりちりとコロナ禍の世の誘蛾灯
狙ひうちしたるやうなる夕立かな
全学年つらぬく廊下銀杏散る
寒鴉これみよがしに水弾く

〈栞〉
長束フミ子［ながつかふみこ］

ひと色を貫く森の曼珠沙華
おろおろと日差しのありぬ花八ッ手
張り替へて影のふくらむ白障子
春雨の少しばかりを傘さして
藤房の雨よぶ丈となりにけり
初夏の葉擦れの影の広ごりぬ
降り過ぎて紫陽花の色流れけり

〈辛夷〉
中坪達哉［なかつぼたつや］

物言はぬときも会話や二十日月
これよりの紅葉うながす空の青
小夜時雨端座の臂を置きかへて
図書館の匂ひを嗅ぎに鵙日和
街うらら電車の軌道跨ぎては
思ひ出すまでは目を閉ぢ蛙の夜
名も知れぬ花の幾つか庭も夏

〈残心〉
中戸川由実［なかとがわゆみ］

言霊の幸ふ国の初御空
指栞して春眠の膝の本
たんぽぽの絮吹いてみる無聊かな
切尖まで水のいのちの花あやめ
手斧目の深くろぐろと梅雨に入る
青梅雨や脚美しき聖橋
普請場に木つ端の匂ひ夜の秋

〈燎〉
中西秀雄［なかにしひでお］

囀の零るる梢ゆれやまず
路地裏に化粧をなほす祭髪
経の濃き紺絣吊忍
秋声を聞くや天守の最上階
碑は空爆の悲話木の葉降る
シリウスや中東の砂漠に水路
雪吊の縄のほどよき緩びかな

〈鴻〉
中西富士子［なかにしふじこ］

太郎次郎家を離れる柿の里
少女らはタピオカドリンク小鳥来る
椋鳥の百羽二百羽日の暮るる
冬隣千住あたりで雨に遇ふ
本殿を少し離れて植木市
家康の青年の像風光る
ポケットの中の半券更衣

〈都市〉
中西夕紀［なかにしゆき］

牛飼の子の牛とゐて石鹸玉
茫洋と人中にあり三鬼の忌
光より掬ひ上げたる岩魚かな
瀬音消さぬほどの音楽冷し酒
夏帽を取り椋の木をなつかしむ
箱庭の家に隣家を作り遣る
路地裏の漢方医なり昼の虫

〈泉〉
長沼利恵子［ながぬまりえこ］

カブトガニのペーパークラフト風光る
葉生姜と一つ袋に水絵の具
声高に山羊の鳴きゐる冬仕度
塔頭や二つ大きな返り花
三角縁神獣鏡に寒の艶
己が手の洗ひ痩せたる鳥曇
萍のひと田に音のなかりけり

〈氷点〉
中根唯生［なかねただお］

梟に遠い時間を偸まれる
煮凝ったままわたくしのペンネーム
蓬摘むきれいな骨になりたくて
節穴を覗いてみれば外は春
巴旦杏きのうの嘘のあたたかし
仏頭のごろんとありぬ麦の秋
ぼうふらの浮いて沈んで摩訶般若

〈一葦・風土〉
中根美保［なかねみほ］

青空の切れ端を曳き野分過ぐ
金襴の糸のほつれや夷切れ
拾ひたる星戻しやる聖樹かな
冬晴や貝の釦に鶸の斑
空よりも翳り遅れて春の海
逃げ水へキックボードを蹴り進む
翼竜の骨格標本仰ぎ夏

〈ひまわり〉
中野仍子［なかのあつこ］

木洩れ日のしだいに移り花莚
無観客虹のかなたへ打球音
不確かな明日という日や夕薄暑
ポケットに遊び心や木の実入れ
さわやかや保存樹木に耳をあて
天敵なくゆるり反転寒の鯉
薪をつぎ炉辺の話に引きこまれ

〈阿南シニア俳句〉
中野　郁［なかのいく］

二日早やピザ配達のバイク音
連凧の端点となる小宇宙
目礼に微笑を返すサングラス
白髪の乾くはやさよ原爆忌
千切雲良夜の庭のパイプ椅子
花野径パプリカ歌う輪の中に
鉄橋の弾痕洗う秋の雨

〈八千草〉
中野ひでほ［なかのひでほ］

隙間風とじて閉じえぬ我が財布
昭和の家子の数ほどに隙間風
如月の朝日に温む亡夫の椅子
五月晴耳が鉛にコロナ聴く
卓に一輪露草で足る今朝の幸
赤唐辛子ち切る指先熱し熱し
秋天やネガティブ突っ込むシュレッダー

〈氷室〉
長野眞久［ながのまさひさ］

適業は農業とあり初神籤
春すでに水影草に日のこぼれ
平凡な日々を綴れば風光る
嶺越しの風の明るき蕨摘み
薔薇の前この気後れは何ならむ
柩閉づるときさはさはと菊香る
何待つとなくひとりゐて霜の声

〈濃美〉
長野美代子［ながのみよこ］

ひと夜さの逢瀬の渡し月の舟
秋思とも糸のほつれし舞扇
秋惜しむ濡れ砂歩く音さへも
立冬の空へ尾を跳ね鯱凜と
水蹴つてしぶきの中の喧嘩鴨
切り貼りも古りて信濃の障子かな
風は地を這ふあをあをと麦三寸

〈帯・門〉
長浜　勤［ながはまつとむ］

仙骨のほのとありたる時雨かな
狐火のこともあらうに家族めく
綿虫や故郷しだいに乾きたる
大根のしづかなるとき緻密なり
機音のかすかに春の氷かな
ゆるやかに膕のばす雨水かな
蟇おほきなものに抗へり

〈濃美〉
中原けんじ［なかはらけんじ］

人類は黙りこくりて亀鳴けり
この先は流れに添うて花筏
さくら東風美しき水面となりにけり
雨音の土管をいそぐ青時雨
光り合ふペットボトルも秋暑し
白塗りの男とび出す秋まつり
舟寄りて夜寒の灯ゆれ合へり

中原幸子［なかはらさちこ］

道端のスミレと白いご飯好き
AIは無用でんでんむし無敵
もういや、ということふたつ心太
獺祭忌糸瓜忌子規忌ハイ元気
朝刊が夕刊が来る小鳥来る
まっ赤ひと粒これはそよごの実かどうか
マスクしてヤツはななめに走る飛車

〈草の花〉
仲原山帰来［なかはらさんきらい］

雪柳の風指す方へ往かんかな
忍冬のかはたれ星に匂ひ立つ
坊津に伊集の花散る男梅雨
砂防柵に終日風の花とべら
豆引くや天龍灘の風受けて
鶸啼ける葉陰の残る百合の木に
眼指で物言ふ白きマスクかな

〈今日の花〉
中牧　修　［なかまきおさむ］

古里の匂炊き上ぐ今年米
春眠や開きしままの文庫本
紙風船つけば昭和の音響く
姉妹焼き立て藷を半分こ
今も尚残る老舗の炭火焼
捨てられぬ古き団扇や蔵の中
コロナ禍やプールひつそり水湛へ

〈青海波〉
長町淳子　［ながまちじゅんこ］

小春日や木偶十体の箱廻し
月おぼろ獏に食はれし夕べの句
この山や桜浄土と言ふべかり
草の闇縺れをほどく蛍かな
人去りて卓一脚の秋思かな
蜩や旅をつつしみ夕岬
山門へ向ふ一歩や霧浄土

〈ひまわり〉
永松宜洋　［ながまつぎよう］

張り替えしギターの弦や冴え返る
いつの間に煮詰まる鍋や同窓会
麦秋や不要不急とひとりごと
母の日はそっと湿布をはがしおり
ガラス戸の小さき手の跡夏に入る
古漬をかじる夕べや虫の声
日の暮て干す大根の白さかな

〈松の花〉
中丸しげこ　［なかまるしげこ］

鳩吹く風帽子へコイン投げ入れて
風力発電色なき風に羽根回し
色葉散る太陽黒点極小期
追ひ焚きの湯のふくれくる神の留守
コードレス掃除機すいすい建国日
跳箱の六段を跳び卒園す
フェイスシールド試作の男の子桐の花

〈晶〉
長嶺千晶［ながみねちあき］

鵜篝の水へしたたり昏にはか
山霊のうごく鵜篝なびくとき
ひそやかに樹齢の充つる花の息
癒えよとて幹噴きいづる花のかず
泣くごとくおほぞら揺るるさくらかな
終りなき脚本ばかり原爆忌
星合やひとりづつ去る映画館

〈予感〉
仲村青彦［なかむらあおひこ］

暖房やピアノの音を午後へ追ひ
一人づつ年のつまりし閻魔かな
黒マスク白マスク街かすみつつ
初ざくら裏山に竹黄なること
ちがや掘りつち取りもどす薄暑かな
月と日と入れかはりたるすひかづら
南風やタイヤの跡が雲にまで

〈鶴〉
中村阿弥［なかむらあみ］

灯火親し集ひて波郷回顧展
姉と肩並べ初富士見てをりぬ
毛馬に句碑尋ねしことも春星忌
口笛に応へて鳴けり河原鶸
流れゆく野川へ桜吹雪かな
アンドゥトロワひらひら咲いて烏瓜
広重の雨はななめや夕立来る

〈風叙音《フュージョン》〉
中村一声［なかむらいっせい］

瀧に飛び巌に語るやぎんやんま
方寸の箸に交ずるか秋の雲
振り仰ぐ天に一つの木守柿
冬木立走れば無限の空の生る
穢《けが》れなき大地の母よ冬の富士
初日の出無限の音を奏で行く
逆寄せの見えぬ敵なり春いづこ

〈陸〉
中村和弘［なかむらかずひろ］

初凪の鳩の骸は羽毛のみ
ヒマラヤを火群となせし初日かな
戦中の下肥におう梅見かな
病院船となりて全灯春暑し
捨造の名の叔父生きて終戦日
神牛の喉の皮膚垂れ穀雨かな
荒壁のにおいだちたる土用かな

〈信濃俳句通信〉
中村和代［なかむらかずよ］

触れ合ふは罪なり桜隠しかな
緑陰に座すや男は影を捨て
灯を消して思惟整へる梅雨の底
かなかなや最後に残す一行詩
名月の裏に見つけし擦過傷
神さまの寝息かすかに雪の山
寒月光刺すや私は深海魚

〈予感〉
中村香子［なかむらこうこ］

老鶯の青葉の彩となりて鳴く
あきるまでグラナダを聴く春の暮
籠りゐて身の重くなる水中花
孫の献立愉し山家の夏料理
騎馬三騎森の小径の霧を走る
堂寂と待降節の炎のふゆる
娘より新訳聖書クリスマス

〈貂・柵・棒〉
中村幸子［なかむらさちこ］

枇杷の花どこかに月のあるらしく
寒晴や鵯が全身見せて啼く
冬うらら飛天は乳房憚らず
うす曇りてふ眩しさに桜満つ
子育ての鵜や大いなる糞落とす
草刈るや朝の空気を響かせて
蔓草に絡むつるくさ梅雨上る

〈沖〉
中村重雄［なかむらしげお］

片づけて冬の机となりにけり
手袋をぬぎ手袋を選びけり
巣の端をしつかり蹴りて巣立ちけり
さつと葉をむかれて目覚む柏餅
頤に血の透く少女袋掛
蟇一歩あゆめば一歩老ゆ
老人が老人想ふ秋の蟬

〈雪天〉
中村愼六［なかむらしんろく］

二階には夏物吊られしまま枯野
咳ひとつ互いの嘘を許す朝
春雨の雫はつまんでみたきもの
恋猫やききずてならぬ噂きく
花袋忌や柱時計が捨てられぬ
蝸牛のの字ばかりの書き損じ
合歓の花浄土ちかしと思いけり

〈鴻〉
中村世都［なかむらせつ］

水音も米磨ぐ音も十二月
糸杉のつんつん春の月掲ぐ
じやんけんのあひこの続く黄水仙
白蓮の落つ白蓮の影の内
筍を茹でる間のヴィヴァルディ四季
太々と這ふ蚯蚓にも雨の宵
半島に鬼の伝説大西日

〈天頂〉
中村　正［なかむらただし］

榛《はん》の花借自転車の出払つて
春一番地球の皮を一毟《ひとむし》り
マンションを丸ごと呑める白雨かな
休業の父と駆つこ若葉風
竿灯の竿大捻り二捻り
林檎捥ぐ空の高さも籠に入れ
大川の水豊かなる一の酉

中村達郎〔なかむらたつろう〕〈風叙音《フュージョン》〉

糧運ぶ右往左往の蟻をりぬ
刈草の積みたる匂ひ雨に増す
梅雨入の古新聞の重さかな
交差点「赤」を横切る赤蜻蛉
暮れ落つる空に月あり葭簀越し
焼茄子の旨さ加はる皺の数
深酒の後の美味さや蜆汁

中村姫路〔なかむらひめじ〕〈暦日〉

新松子家持の海まなかひに
栴檀の実を置き去りに冬に入る
探梅や歌垣の地の晴れ渡り
花の雨どこにも行かぬ日曜日
言の葉にかなしみ生まれ蛙の夜
一瞬の翳りを見せて凌霄花
富士よりの風の湧き立つ花野かな

中村冬美〔なかむらふゆみ〕〈豈・ペガサス〉

鳥曇に天の構図を欲しいまま
浅　春の耳　朶痒き　昼の街
窓全開青葉に染まる隠し部屋
私の時間どこへ消えたの　秋天
無住寺へ美男かづらに導かれ
生も死も天の配剤萩ゆれて
秋風裡布目通して針を打つ

中村雅樹〔なかむらまさき〕〈晨〉

夜おそく着きたる駅の黄菊かな
舟が舟ゆらして通り日短か
業平の墓と伝へて雪深し
たうたうの疎水は春の近江より
宿坊のしだれ桜に着きにけり
花の宿これほど咲いてゐやうとは
日雷送り迎へに舟を遣り

〈深海〉
中村正幸［なかむらまさゆき］

体温を持つやうな影春障子
夕焼けてまこと一人となりにけり
地の色となるまで鹿の濡れてをり
クレヨンの春の色より減りにけり
雛しまふときにも向きのありにけり
かたちなきものを見つめて毛糸編む
大根の白さ盗まれさうにあり

〈風土〉
中村洋子［なかむらようこ］

風を巻く伊良子岬や鳥帰る
花明かり水明かりして神田川
暈をなす甲府盆地の桃の花
母の日の真岡木綿の肌ざはり
ぼうたんも仁王も五指の力満つ
能因のたどりし道の道をしへ
太鼓より始まる読経大施餓鬼

〈ひまわり〉
中村瑠実［なかむらるみ］

瑠璃啼いて八方の山晴れ渡る
白シャツに蒸気アイロンひと滑り
でで虫の雨の雫と融合す
電子より紙の辞書引く茶立虫
一籠の小茄子長茄子光り合う
抜け道の小暗きところ寒椿
発車笛凍てしホームを転がりぬ

〈今日の花〉
中村玲子［なかむられいこ］

公園の隅の隅まで春匂ふ
目刺焼き団地に昭和匂ふかな
初節句逞しきかな次男坊
道渡る軽鳧の親子のディスタンス
町川に小さき波立つ野分かな
車椅子押せば秋空どこまでも
行事終へ聖樹を土に戻しけり

〈道〉
中森千尋［なかもりちひろ］

猪独活の気骨を通すサロベツ野
台風禍忽と消えたる鉄路かな
地震跡に寄り添ふやうに秋桜
和歌山は母のふる里吊し柿
跫音のつかずはなれず寒月光
ちちの手に白樺の皮初炊ぎ
樹氷林むかし国体ありし里

〈ときめきの会〉
中山絢子［なかやまあやこ］

松取りて信濃の空のすみわたる
沢音も瀬音も春の流れかな
久々のあばれ天竜夏の雷
気負ひなく小菊の咲いて母の村
落ち鮎の泳ぐ姿に焼かれけり
木曾節の恋のくだりや温め酒
地吹雪のど真ん中来る郵便夫

〈晨・百鳥〉
中山世一［なかやませいいち］

金星の弾み出でたり夕桜
さへづりの中に大岩坐りたる
小枝ごと吹き飛ばされてきし古巣
コンドルの洋館梅雨の灯を点す
四万十の川師のつかむ大蚯蚓
送り火を銀河の端の星に焚く
鉄の杭打ち込まれたる霜の岩

〈暖響〉
中山洋子［なかやまようこ］

停泊の「いずも」の迫力秋思かな
停泊の船首沖向く湾の秋
産土を押し上げてゐる霜柱
海に向く十字架の墓寒椿
柿若葉明るし今日はいい天気
利かん坊もいたづらつ児も葱坊主
咲き上り誇らしくあり立葵

〈信濃俳句通信〉
奈都薫子［なつかおるこ］

丹念に小さき春を掬い上げ
体ごと風にまかせて赤とんぼ
蚊一匹細き羽音の破る闇
大花野風折りたたみ光りおり
花八手なぞりて風の丸くなり
野放しの自由の軋み虎落笛
剝き出しの生命力や緑風

〈藍生〉
名取里美［なとりさとみ］

隼の月下一群ふつと消ゆ
海　上　天　心　寒　月　光　柱
お松明走る火の音水の音
お松明火の粉一粒消えぬまま
修二會更く女人の前の荒格子
法螺貝に引きこまれゆく朧かな
山百合は崖に乗りだしひらく花

〈知音〉
行方克巳［なめかたかつみ］

ソーダ水あまさず嘘の聞き上手
梅雨の月飛白《かすり》の如く明るめる
鉋屑の風こそばゆき三尺寝
雲の峰にも頽廃と澎湃と
西口の交番前の薄暑かな
軽暖や昔アジトの紀伊国屋
晩緑やあと十年で片が付く

〈杉・西北の森〉
滑志田流牧［なめしだるぼく］

キムチ鍋丹東駅の人いきれ
野水仙屹立しをる監視塔
白菜の山揺ぎなき牛車過ぐ
拉致されし人の消息冬の雁
ミサイル発射祝ふ広場の霙かな
寒ぼたん将軍様と云ふ男
枯野また枯野貫き夜汽車行く

〈群星・森の座〉
奈良比佐子［ならひさこ］

揚雲雀筑波を探す歩道橋
抽出は記憶の隠れ処七変化
正座出来るかぎり居正し終戦忌
夫遠し投網届かぬ鰯雲
文芸を杖とし柿を丸く剝く
漱石忌バス通りを猫渡り切る
あなたには供華《はな》をあげますクリスマス

〈門〉
成田清子［なりたきよこ］

花すすき風は遠くへ行く途中
雪がふる残り時間の音がする
どの樹にも遠き日のあり冬がすみ
老人よみんな右向け右は春
白藤のひかりの午前風の午後
でで虫の樹下の哲学明日は晴れ
六月の青の奔流シベリウス

成海友子［なるみともこ］

家朽ちて万両の赤残りけり
岩肌を走る蜥蜴のしっぽかな
冬空に梢流るる雲一つ
湧水の深きを覗く年の暮
萩の花小さき風にも溢れ落ち
高麗の茶碗眺めて春の昼
浜離宮の御空とビルと菜の花と

〈草の花〉
名和未知男［なわみちお］

火蛾の門出づれば星の多き夜
どの川も千曲の支流秋澄める
賢治忌や久しく見ざる天の川
綿虫の光りてよりの野の翳り
しなざかる越に寝まりて雪を恋ふ
坂も楽しや山帰来花咲けば
月見草の白きに今宵月赤き

〈日矢〉
新堀邦司［にいほりくにじ］

梅が香や立志の君の旅姿
鴨の子の一二三四すこやかに
天来の風の涼しき夕べかな
小夜嵐小布施に栗を降らせけり
天領の水のまろやか日田の秋
色鳥やジブリの森の散歩道
青年の声朗々と初披講

〈からたち〉
新森しなの［にいもりしなの］

文机に若水とあり若狭和紙
紙雛の雅びの極にあらせらる
菜の花の一株愛《かな》し遊里跡
時の日や恩賜の時計子に譲り
のうぜんを観るのうぜんも我を見る
オクラホマミクサーの輪や金木犀
青空をひとつ残して片しぐれ

〈ひまわり〉
西池冬扇［にしいけとうせん］

大蕪抱え地球の重くなる
押すな押すな木の根伝いの蟻の道
二つほど大きくいびつ盆団子
犬通る少し遅れて麦藁帽
蜥蜴消え不思議な隙間岩垣に
海荒れるひとり酸漿揉む夜は
特別の切符一枚銀河濃し

〈ひまわり〉
西池みどり［にしいけみどり］

冷まじや餓鬼の声する弥陀ヶ原
群れ芒中より光溢れさせ
漂うているだけのこと雪婆
角の家かどやと申す遍路宿
猪のどこかにいると春の闇
白魚の黒点回るバケツ中
すみれ濃きところ一等三角点

〈ひまわり〉
西岡啓子〔にしおかけいこ〕

鷺草の花窓口に切符買う
白鷺の飛んで亀浮く池の面
覗き見る小川に映る遍路かな
正座して玻璃に張り付く青蛙
黄砂降る額にかざす体温計
長梅雨の水なみなみに一輪車
雨しずく跳ねてトマトの熟れにけり

〈風叙音《フュージョン》〉
西川ナミ子〔にしかわなみこ〕

芝桜信号待ちの隙間埋む
静謐の白き泡あり森青蛙
「もののけの森」てふ異界苔青し
指の香や庭の収めの秋茗荷
烏瓜引けば小山の動きたる
傾きし陽に薄墨の紅葉山
電線の幾何学模様春を待つ

〈岳〉
西澤日出樹〔にしざわひでき〕

冥罰を躱すごとくに笹起きる
別れ霜恬淡として大地なる
春の山大いに獅子吼してをりぬ
春の水たゆんたゆんと胎動す
魂魄を携へてゆけ花筏
摩耗知る月は再生繰り返し
午前零時狩猟の銃の目ざめをり

〈鬣 TATEGAMI〉
西躰かずよし〔にしたいかずよし〕

人型に切り抜く夜のレモン
呼吸音切リヌク夜ノ病室
洗面器にうつる正確な死
雨の成分に耳をすますます
テレビを消すと夕立の音
雪の歩数をかぞえてください
死ンダ妹ハ雪デシタ

〈鴻〉
西野桂子［にしのけいこ］

争はず競はず白の曼珠沙華
昼の月葉牡丹の渦ゆるびけり
立子忌の鎌倉彫の小抽斗
鴨の距離人間の距離夏は来ぬ
黒揚羽おのれの影を攫ひけり
焦げさうな日本列島苧殻焚く
終戦の日のうつくしき瑠璃蜥蜴

〈知音・件〉
西村和子［にしむらかずこ］

偕老の叶はざりける屠蘇を酌む
七福神巡るは時を溯る
みちのくの星は大粒春隣
初桜対岸からも五時の鐘
衣更へて居職の心定まりぬ
忘れられ時々愛され夜の金魚
背越鮎京もここらは川滾ち

〈古志〉
西村麒麟［にしむらきりん］

双六や一人で遊び直す子も
鬼強き世の懐かしき追儺かな
眠さうな鶯餅が皿の上
花冷の黒々と夜や吉野山
さくらんぼもうすぐ伯父となるらしく
蔓ものの大わがままや夏の月
虫売の使ふきりぎりすの言葉

〈母港・香雨〉
西山常好［にしやまつねよし］

しあはせは生きてゐること緑立つ
担ぎ来て海の重さの昆布干す
平和像の腕は下ろさず長崎忌
語り部が水呑む八月十五日
海の香の百の坂町くんち来る
学びても師は越えられず帰り花
十二月八日海まで歩きけり

〈雉・晨〉
二宮英子 [にのみやえいこ]

桜咲く一日をこもり針仕事
うぐひすや二人離れて芝手入れ
降り出しの雨音あらき浅蜊汁
夏燕ヒマラヤ杉にひるがへる
金亀子ひつくり返りたるが飛ぶ
木の葉散る一葉旧居へ縄電車
チョコレートひとかけ貰ひ日向ぼこ

〈からたち〉
二宮洋子 [にのみやようこ]

松手入れして借景の拡がりぬ
泣けば父笑へば母似桃の花
草を引くいつか無心になつてをり
菖蒲園の白極まれば孤高なる
夏マスクして核心に触れざりき
秋に生れ秋に逝く子規ながれ雲
鰯雲この地の涯を誰も知らず

〈樹〉
丹羽真一 [にわしんいち]

橘や茅の部厚き千鳥破風
行く年の風のひと刷き七味売
雛飾る造り酒屋の試し桶
春の野や背中合はせに坐りゐて
鳥帰る吊るし飾りに月日貝
寄つてきて掌サイズ夏の蝶
池といふ楽器ひびかせ牛蛙

〈やぶれ傘〉
貫井照子 [ぬくいてるこ]

間遠なる添水の音や日が暮るる
裏庭につづく敷石花八つ手
手水舎の柄杓まつさら淑気立つ
車窓より雪の山並送電線
庭石に石の色あり春の雨
山々の裾は青田や雲白し
花びらのけだるき午後の菖蒲園

〈鹿・郭公〉
布川武男［ぬのかわたけお］

ふるさとは奥まで冷えて月の道
凍星のきんきんと出づ山の宿
しばらくは木を切る音が春の山
病棟の廊下は長し遠蛙
梅雨の蝶声上げて追ふ山の子ら
石垣に隠れて蛇のやはらかし
振り向ける顔の母似や残暑光

〈ときめきの会〉
沼田智恵子［ぬまたちえこ］

満開の桜の下に占ひ師
ナナハンの名前は忍者大南風
梅雨晴れの湖へ漕ぎ出せ月の舟
川風の匂ひを解く葭簾
パナマ船入りて燃えたつ梯梧かな
浮葉いま立ち上がらんと水動く
ソーランもいよよ佳境や酔芙蓉

〈風土〉
根岸善行［ねぎしぜんこう］

もみぢへと紅葉かつ散るもみぢかな
ふるさとのふところふかし冬ぬくし
うすらひや雲のゐくぼに田のゐくぼ
海に鳶山にはとんび暖かや
春雷をこつんと空の棚に置く
木漏れ日か風か影濃き夏蝶か
くちなしのこの世の染みに触れはじむ

〈馬酔木〉
根岸善雄［ねぎしよしお］

落葉松の新涼のかげ宙にあり
落葉松の幹の斧傷秋暑かな
朝靄の晴れて落葉松黄葉かな
寒明けの落葉松を靄擦つてゆく
落葉松の新芽に珠の雨雫
新緑の落葉松を亡き師と仰ぐ
夜鷹鳴き落葉松の闇ひしめくも

〈ソフィア俳句会・若葉・上智句会〉
根来久美子［ねごろくみこ］

拝むもの数多ある国はつあかり
てのひらがさいごのしとね春の雪
音階は色にもありて紅葉山
肩書の無き名刺刷る十三夜
如来座し秋の極まる美術館
モデル闊歩仏頂面の冬来たる
凍雲に光る切れ目や奥貴船

〈やぶれ傘〉
根橋宏次［ねばしこうじ］

さかさまに叩く屑籠寒明くる
給油所がとほくに見ゆる麦の秋
大川の海月を橋の半ばより
きれぎれに港の汽笛アカンサス
さらさらと草の吹かれてゐる厄日
小春日のかまぼこ屋から出るけむり
ねぢまはし探してゐたる年用意

〈きたごち〉
野家啓一［のえけいいち］

ミキサーに春菜の回る朝の卓
見つからぬ本を二度買ふ万愚節
風薫るフェイスシールド越しなれど
谷風の石碑と四つに蝸牛
巴里祭男一人の茶漬飯
流星の落ち行く先の隠れ里
スーパーに月見セットや曇空

〈暖響〉
野口　清［のぐちきよし］

初御空輪を描く鳶の影映る
水溜りみな夕映えや村の道
こともなく夏鶯の日暮かな
石塔に丶《チュ》と居る鴉敗戦忌
揚花火大群集に滴れり
ひそやかに玉を転がす初ちちろ
片脚の蟋蟀の着地よろめける

〈やぶれ傘〉
野口希代志［のぐちきよし］

室外機フル回転の去年今年
放水の準備完了どんと焼
逆巻きて野火走りゆく遊水池
日時計は正午を指して若葉風
ぶんぶんとかなぶんの飛ぶ夕べかな
裏木戸より入る虚子庵に秋の虫
店先で湯たんぽを売る巣鴨かな

〈秀〉
野口人史［のぐちひとし］

初みくじ連れに引かせて覗きけり
マスクして秀麗となる眉目かな
春浅し豆大福を二つ買ふ
よく晴れた昼はパスタの木の芽和
自販機のコーラごとんと夏めけり
秋草のあきのうなぎつかみとは
帯見せよ袖を見せよと七五三

〈夏爐〉
野崎典子［のざきふみこ］

梅東風や木地師住まひし家の在り
聞香のこゑもれてくる春障子
初蟬や植物園に野菜畑
沢瀉や湖に雨ひろごりぬ
鶲くる午後のイタリア料理店
飯桐の実やどの山も晴れてをり
寒林の奥先端技術研究所

〈栞〉
野路斉子［のじせいこ］

道迷ふ萩のすつかり刈られゐて
表札のなき家灯る寒さかな
綿虫も我もびつくり顔同士
雨降ると落葉が降ると人は傘
知らぬ事多しよ蝶の亀の声
抱卵期森全体の事として
蝶には蝶の考へありて自動ドアの前

〈辛夷〉
野中多佳子［のなかたかこ］

一礼にくぐる山門椿東風
チチと鳴る朝の検温初ざくら
風一陣またも一陣花ふぶく
受診終ふ母へ、新茶の封を切る
青田まぶし一駅ほどを微睡みて
湯殿へは瀬音づたひに河鹿宿
糸瓜忌を電池換へたる電子辞書

〈草笛・瑞季〉
野乃かさね［ののかさね］

神の木へ神の降り来ぬ雪月夜
どの窓を開けても桜朝ごはん
雉子啼くや床屋に停まる耕運機
駄菓子屋の七色の飴囀れり
四万六千日小路の奥のカレーの香
龍淵に潜みマスクの群の黙
天平の風の棲みつく真葛原

〈なんぢや〉
のの季林［ののきりん］

苦瓜を恐竜にして遊びけり
蔓引けば別の木揺るる木通かな
枯木星絵本のやうに三日月も
おなじ色なる弦月と夕桜
たんぽぽや枯山水の岩根より
蟬生れて翅伸ばしゐる雨の軒
杖の人後手に佇つ西日かな

〈信濃俳句通信〉
野々風子［ののふうこ］

西の国旅して来たる春の夢
蛇穴を出づ先づはパソコンオンにする
ガウディの思考回路は青大将
間違ひを笑ひて流すソーダ水
盆休み何は無くとも夫の居て
夕焼や雲のマーブル広げをり
夕暮れの街灯照らす残る雪

〈熱病派〉
Nobeuze［ノブーズ］

思ひ出が鎖骨に溜まりただ閑か
座礁した漁船のやうな朝自由
心臓を全面制圧彼岸花
閑かさや内臓の音響く秋
苦しみは秋君強くなる紅葉
花柄の傘で職質され麻布
商店街抜けてそのままヒモに成る

〈沖〉
能村研三［のむらけんぞう］

しづかなる寒行僧の徒跣足
春窮の列に加はりマスク買ふ
つつ闇の幽寂に置く納め雛
止め椀の湯葉の薄味春の宵
面箱の中はおぼろの大癋見
川越して変はるしきたり若葉冷
青田満々銀糸の雨を受くるかな

〈門〉
野村東央留［のむらとおる］

仮死といふ死もあり蛇の穴を出づ
花疲れコロナづかれの令和かな
青嵐地球に弔電飛び交ひぬ
麦秋の端ゆく父の戦闘帽
揚羽の死ジョン・コルトレーンの逝く日
星飛んで二等辺三角形の謎
老人の手招き菌山へ誘ふ

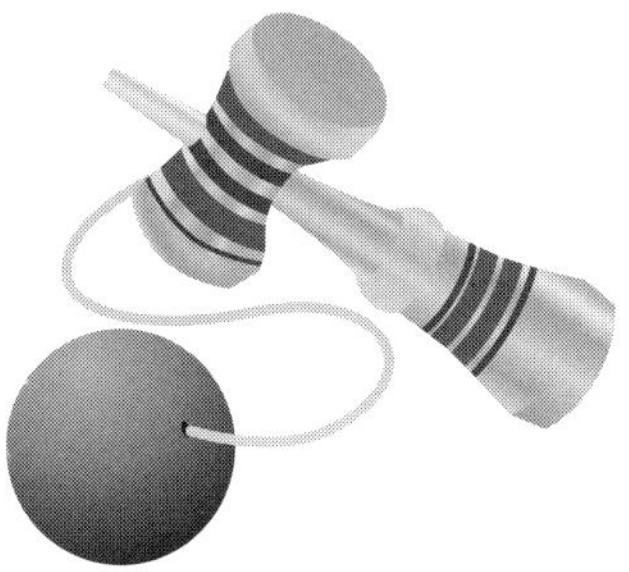

〈不退座・棒〉
萩野明子〔はぎのあきこ〕

隣から釘を打つ音花八手
コートごと抱きしめられて昼の街
春遅々とミシンの音が壁越しに
昨日より捩花しゃんとねじれたり
海老天の尻尾がまっ赤梅雨兆す
鶏にまぶた稲妻また走り
校庭に雲の影ゆく花カンナ

〈ひまわり〉
萩原善恵〔はぎはらよしえ〕

目を入れて写仏の顔の秋澄めり
透かしてみれば龍浮かぶ壺金木犀
合鍵はポストの中や秋の昼
時折はでんぐり返る浮かれ猫
梅雨の傘開けばイルカジャンプする
紫陽花のこの青が好きシーボルト
沢の水汲みに青葉の古道かな

〈やぶれ傘〉
萩原渓人〔はぎわらけいと〕

揚羽の幼《こ》虫触れればピュッと赤き角
梅雨茸の朽ちて真青の空となり
ふつくらとなすびのひかる朝かな
干梅の匂ひ懐かし里の庭
田の出来をゆつくり視つつ露の畦
臭木咲く小川のむさしとみよかな
こんもりとかな女の句碑や曼珠沙華

〈梓〉
萩原康吉〔はぎわらやすよし〕

風の誘ひし恋もありけり風車
夏鷹の窓に入りつつ秩父線
木犀の香や通り過ぎたる人のごと
新宿のビルが押し上げ秋の空
相席の新蕎麦ひとり旅同士
病癒えし後の一杯根深汁
息吸うて吐いて鼻かむ二日かな

〈emotional〉

漠　夢道［ばくむどう］

空に雲われに一日あれば足る
わが影を踏んではじめて見える影
ミステリーになるかもしれぬ砂の山
平らなり海を見ていた平らなり
いつか死ぬ晴れのち曇り小雨降り
いつのまにマーラーの曲になっている
うす暗き日のありうす暗くしていたり

〈青草〉

間　草蛙［はざまそうあ］

城垣のここに崩るる花吹雪
春眠や二度寝三度寝四度の寝
夏草のあはひを蝶のひらといづ
甘樫の丘やそよ風柿日和
蜘蛛の囲のしかと組まれて秋の風
鴨渡るこれより酒のうまくなる
冬鵙のこゑはいづくぞ子ら遊ぶ

〈春月〉

橋　達三［はしたつぞう］

今朝秋の速歩肩甲骨鳴らし
痩せ浜の小石押し遣り秋の潮
さみしさは銀杏黄葉の暮れてより
念のためポストを覗く二日かな
若布干す胴長靴を干すやうに
ぼろぼろに朽ちし敷藁いぬふぐり
降るほどに華やぐ桜隠しかな

〈鶴〉

橋本なみ［はしもとなみ］

新涼や木のボタン選る小抽斗
ケーキ屋の新作並ぶ九月かな
文鎮の小さなつまみ冬近し
極月の火伏せの神に詣でけり
春宵や呼び塩をして海のもの
春疾風竹林を先づ捉へけり
春筍の届きにはかに厨ごと

〈やぶれ傘〉
橋本美代［はしもとみよ］

一年の足跡見ゆる古暦
曾孫二人生まれると聞く年の暮
夫逝きて三十余年春惜しむ
ベランダに花の吹き込む午后となり
軽鴨の子の巣立ちて僧は池掃除
早逝の次男を偲ぶ走馬灯
秋暑し子は浄土への道半ば

〈暦日〉
蓮實淳夫［はすみあつお］

黙契の闇の底ひの秋螢
草の花歌仙巻かれし地は墓に
感声の真つ只中や卵茸
冬の片虹フクシマがその後ろ
蓬摘む休耕をもう嘆かずに
陽にそつぽ向く向日葵の意地もがな
矢車草へ潤声の迸る

〈春月〉
長谷川耿人［はせがわこうじん］

手土産を包みのままに夜業の灯
玄人の旅荷の軽さ草の絮
けん玉の技の百態煤ごもり
初雪やゆづられ譲る古都の径
無観客試合の空を鳥帰る
涼風にあまびゑ様の護符靡く
そのあとの雲も羊にハンモック

〈若葉〉
長谷川槙子［はせがわまきこ］

クラス替へ近き教室シクラメン
水底を少し先ゆく花の影
をさなごに母が紅差す春祭
風船の糸まつすぐに放しけり
飛魚や一瞬海を脱ぎすてて
水面には映らぬ恋の螢かな
み空より影降つて来る松手入

〈耕〉
長谷川美幸［はせがわみゆき］

茶の花の垣根の囲む家敷畑
木守柿字名に残る薬師堂
京の町見下ろす寺や花の雲
天孫降臨の地黄心樹の花
蕗むくや暮らし豊かに日の暮れて
存分に一日を使ふ五月晴
産土の土用三郎晴れ渡る

〈湾〉
簱先四十三［はたさきしとみ］

ふつくらと結ぶ風呂敷文化の日
煙突は陶焼く柱藪柑子
古都曼荼羅旅に花観て仏観て
冬芽立つひと日ひと日の日を足して
屋根よりも高きを空といふ五月
風騒ぐ端午名残りの竿に旌
時雨降る闇に濃淡ありにけり

〈葦牙〉
畠　典子［はたつねこ］

釜に注す水一杓の淑気かな
三月の東京駅の怒濤かな
切貼のさかなの動く春障子
野武士とも蝦夷丹生の首ぬきんでて
叩かれて抱かれて西瓜買はれたる
花火師の闇より闇へ走りけり
里山の一辺展く水の秋

〈草の花〉
旗手幸彦［はたてさちひこ］

若冲の墓所に風立つ春落葉
雛罌粟や目鼻おぼろの石ぼとけ
深吉野は暮れ早き里洗鯉
新たなる旅立ちのとき竹植うる
分水の嶺をはるかの帰燕かな
綿吹くや海の彼方の夕明かり
竜の玉雄岳は皇子の墓どころ

〈若葉・岬・栃の芽〉
畠中草史［はたなかそうし］

目隠しを解く間もどかし福笑
三味の音の洩れ見番の鳥総松
無造作に笹垣へ挿す寒施行
冬ざれや貝塚跡に立つ石碑
悉く綺羅なす梢の寒の雨
弥次郎兵衛机辺に三寒四温かな
卵塔に一輪ごとの寒椿

〈春耕・薫風・蘆光〉
畑中とほる［はたなかとほる］

初明り岬の馬の立ち眠り
灯台へ馬の集まる青岬
新緑へ馬の駈け出す尻屋崎
秋時雨湯気立ててゐる岬馬
豆撒や一生鬼で終はるらし
揚雲雀見えぬほど空深かりき
鳥帰る大間海峡波高し

〈燎〉
波多野　緑［はたのみどり］

青すぎる雲の絶え間よ草矢射る
捕虫網片手に眠る父の背
朝刊を取り無花果を採りにけり
木に石に遺る古文書螻蛄鳴けり
今願ふことただ一つ福寿草
惜しみても惜しみてもなほ桜散る
きらきらときらと森より揚羽蝶

〈豈・GA〉
秦　夕美［はたゆみ］

緑さす五体崩ゆるにまかせたり
夏至の夜を流れあぐぬる真水かな
野分雲にぶき刃をにぎらしむ
縞馬の縞に影なき秋の声
来世てふ三音あそぶ氷柱宿
うら、かに魚の小骨をせゝりたる
羅の裾のあそべる奈落かな

〈鏡〉

八田夕刈［はったゆかり］

墨は墨の重さで磨りぬ春の月
茂吉忌の蝙蝠傘の骨太し
夜つぴての口傳となりぬ渋団扇
鬼灯の百欲しと駄々言うてみる
をんな寄る何の日となく菊膾
皺くちやな紙幣を拾ふ一葉忌
夜な夜なを湯婆の蛇腹太りたる

〈空〉

服部早苗［はっとりさなえ］

投函す立待月の光添へ
太箸やひかりの中の一家族
盃を呑む獅子頭より手の出でて
やはらかに水をくぼませ落椿
ステイホーム蚕豆莢に太りゆく
湯の中の麺をどりだす大暑かな
洗鯉うすく紅はく帰郷かな

〈草の花〉

服部　満［はっとりみつる］

初蝶は古墳の草に湧きにけり
涅槃西風テトラポッドは波に痩せ
船長の長き不在や水母寄す
砕けてはごろたを弾く夏怒濤
ゆひゆひと鴉の羽音野分だつ
水澄むや耳聡くゐる沼ほとり
湯豆腐やさりげなく聞く暮し向き

〈天頂〉

波戸岡　旭［はとおかあきら］

ふくいくと花びら餅や窓に鳥
観世音の口角春の日差かな
後宮の佳麗三千牡丹苑
帰り来て猫に被せる夏帽子
星飛んで隣国の空疑へり
わあわあと泣いて帰る子曼珠沙華
亀石に鶴引く頃と思ひけり

〈瓔〉
波戸辺のばら［はとべのばら］

たいくつな一年坊主葱坊主
今わたし巨木ハンター青嵐
墓洗う一族郎党マスクして
赤とんぼ黄泉平坂すいと越え
水澄むやバジルを摘んだ指香る
老人へ脱皮の途中星月夜
木犀に呼ばれて二人ここにいる

〈風の道〉
羽鳥つねを［はとりつねを］

初靄の奥より有耶無耶神の聲
山頂に楤の芽天麩羅出すお店
余韻のみ置き去りにして花火果つ
砂よりも泥吐く土用蜆かな
だぶだぶの軍手の母子栗拾ひ
上空にヘリ飛び椎の実を降らす
しなやかな蘇枋の枝の帰り花

〈玉藻〉
花形きよみ［はながたきよみ］

松過の八重洲地下街迷ひ路
大寒の磨きあげたるサキソフォン
四方の山残る寒さに息ひそめ
残る鴨亀と日向を頒ちをり
釣忍己に返る古机
絵タイルに残るマドロス銀杏散る
藻塩焼く紫煙真横に神の留守

〈藍〉
花谷　清［はなたにきよし］

四葩八重部分日蝕十六時
海潮音ジャスミンの傍よぎるたび
パンデミック前線にひと地球の日
濡れている幹の片側つくつくし
夜は朝の午後は夜のゆめ濁り鮒
半眼の瞼に重い冬の噴水
棒に吊るされ棒鱈の二つ折

〈今日の花・遠矢〉
花土公子［はなどきみこ］

浮かぶたび水きらめかす鳰
雛菊やどの子の頰も丸々と
群れ咲けど一人静の昼下り
連絡船先へ先へと燕魚
時の日やスローライフとなりし夫
半夏生自粛の日々の無精髭
満月を浮かべ一枚張りの湖

〈ときめきの会〉
塙　勝美［はなわかつみ］

もの憂げな生簀の真鯉春深む
悪相の野猫住みつく春の納屋
藁咥へ急ぐ鴉や梅雨夕焼
朝獲れの土用鰯や波崎港
人魚姫にいつかなる夢プールの子
ちんまりと母似の鼻や秋深し
夕茜杭一本の寒さかな

〈今日の花〉
馬場眞知子［ばばまちこ］

測量のポールの先や鰯雲
復元の屋根も玉座も城大火
背預ける大地に注ぐ冬銀河
風花の見えて届かぬ露天風呂
若布汁異国の人の箸使ひ
菜の花の道一列に道着の子
網手繰るいくつもの手や春深し

〈からたち〉
浜田京子［はまだきょうこ］

汁こぼした箸落としたと闇汁会
七種のほのと大地の匂ひして
出来たてのメロディみたいな春の雨
田水張る右も左も休耕田
狙はれてゐるのは地球すいか割り
一画に寄り添ふ墓石青田中
手を握るだけの介護よ虫の闇

〈栞〉
濱地恵理子〔はまちえりこ〕

街暮れてけふの自分に桔梗買ふ
桔梗の夜は星々を近寄する
日記にはマフラー失くすことをのみ
花詠めば生家の桜まなうらに
時の日のふたりの母を見舞ふかな
街路樹の親しき高さ更衣
蕗一握勇者のごとく持ち帰る

〈ペガサス・豈・連衆〉
羽村美和子〔はむらみわこ〕

閉塞の日々を斜めにたんぽぽぽ
しゃぼん玉この世を出て行く風がある
古代蓮夜更けは尾鰭動かして
流星群両手指より羽になる
秋桜きれいな骨になる体操
光ファイバーぴっしりと月夜茸
大マスクそよいでみたい耳がある

〈風土〉
林　いづみ〔はやしいづみ〕

瑞枝ごと木の芽起しの雨まどか
二輪草一人静に押され気味
草引くや朝の十分毎の嵩
参禅の庭掃きをはる竹の春
菊月の墓前に供ふ記念号
聴き分くるまでは目瞑る草ひばり
根深汁いざ流星群見に出でよ

〈鬣 TATEGAMI〉
林　桂〔はやしけい〕

しらたまの塩《しほ》／しんしんと／死《し》に／詩《し》を捧《ささ》ぐ
蠟《らふ》涙《るい》や／廊《らう》を影《かげ》行《ゆ》く／／楼《ろう》の中《うち》
泥濘《ぬかるみ》に／濡《ぬ》れる／糠星《ぬかぼし》／鵺《ぬえ》三日《みっか》
ははそはの／妣《はは》の／箒草《ははきぎ》／針《はり》千《せん》本《ぼん》
いつか黄昏《たそがれ》／海豚《いるか》／居《ゐ》るてふ／壱岐国《いきこく》も
美《み》空《そら》に／水《みづ》の／満《み》ち光《ひか》りゆく／命《みこと》かな
りんりんと／六花《りくくわ》／りうりう／龍《りゆう》の髭《ひげ》

〈ときめきの会〉
林　三枝子［はやしみえこ］

それらしき顔の親方達磨市
尾を振れば何とかなるさ蛙の子
鉦二つ打ちて仏間の涼気かな
二メートル離れて愛でる白牡丹
おとなしく墓にゐる夫盆支度
死にかけの足の爪伸ぶ日向ぼこ
雪山の如き雲なり冬夕焼

〈鴻〉
林　未生［はやしみき］

凍蝶の夢の褥《しとね》となる一葉
老僧のこゑびんびんと雪が舞ふ
ふくろふの鳴くころ背戸の灯るころ
ゆりかもめ春の夕焼の海へ向く
桜吹雪浴びて淋しくなるばかり
日ごと来てはや葉桜となる水辺
家籠りの日なりカンナのまくれなゐ

〈暖響・好日〉
林　みさき［はやしみさき］

戦争は水鉄砲で済ませぬか
澄む水の音の絶えずよ賢治の忌
稲田に残照棒のごときかな
薔薇にある渦巻く力解くちから
梅雨の夜の触角めきし膝頭
炎ごと角皿に盛る秋刀魚かな
沖縄忌束ねし髪を結ひ直す

〈鳴〉
原田達夫［はらだたつお］

凍裂や呼応するかに遠くでも
犬友は疎に犬ども密に花の昼
白シャツを着て外がいい外はいい
ラガーマンタトゥーむちむちぶち当る
冬霧や膨らみながら人の来る
一刷毛の日に初霜の潤みたり
パン屑と人と春禽一塊に

〈初蝶・清の會〉
原　瞳子［はらとうこ］

百本の色鉛筆の春を待つ
而うしてもとの二人よ茗荷汁
もう声の届かねば振る夏帽子
分校の移動図書館小鳥来る
灯しても消してもひとり虫しぐれ
遠き子を呼ぶ母もまた花野中
一陽来復母の口癖ありがたう

〈暖響・椎〉
原　百合子［はらゆりこ］

終戦日柱時計の螺子を巻く
一瞬も永遠も旅葱刻む
火の如き弟子とはなれず冬椿
裸木となりて明日が見えてくる
勾玉に大小の穴大南風
夏帽子被れば旅の顔となる
のうぜんか阿修羅のごとく生きられず

〈家・晨〉
晏梛みや子［はるなみやこ］

金魚でも飼ひたし雨を聞きながら
しかうして続く晩年松落葉
新涼の小石の音を掃き寄せて
栗むいてひとりの音に馴れずゐる
火恋し思ひ出さうと目をつむり
酢海鼠や月ありながら雨の降る
柊を挿し夕潮のゆたかなり

〈青山〉
坂東文子［ばんどうふみこ］

棒杭に山羊の繋がれ蕗の薹
春雨や神代の山は恋をして
万緑の深山女人を拒みけり
山祇の息に触れつつ歩荷来る
秋風の故山へ父は還りけり
追熟を待つ白桃の匂ふ中
神の名を有耶無耶にして留守詣

〈河〉
坂内佳禰［ばんないかね］

江ノ電は虚子の通ひ路小鳥来る
松島の月の港を発ちにけり
愛姫の寺に榠樝の七つ八つ
亡き人と師走満月見たりしよ
紅皿はまこと伊万里よ寒の梅
通さるる寺の内陣薔薇のとき
喪の家を辞する卯の花月夜かな

〈鴻〉
半谷洋子［はんやようこ］

待宵や壁際に置く椅子一つ
くらがりを灯し水引草の紅
茶が咲いて遠にぼんやり水平線
対岸へ小舟で渡る初詣
定位置の母笑む写真さくらの夜
薔薇へ水空へシーツを広げ干す
白靴の自づと大き歩幅かな

〈遊牧・ペガサス〉
檜垣梧楼［ひがきごろう］

月明や帰化許されし妻とゐる
アポ取つてゆくブータンの夜這星
秋風や村の地蔵も年をとる
荻か芒かどこ吹く風や樹木希林
無門関なる関もあり実南天
有情なり破れ屋根から天の川
朝寝することもありけり観世音

〈ひまわり〉
東原芳翠［ひがしはらほうすい］

あかつきの刈田の轍水溜めて
ソーラーパネル斜めの面や冬ぬくし
立てかけし白いカンバス去年今年
旧正や口上に舞う三番叟
住職の写経のすすめ二月尽
軒のものみやげに貰う夕薄暑
詰襟の急ぐ自転車柿若葉

〈方円〉
疋田武夫［ひきたたけお］

口紅直す母の小指やわれもかう
枯蟷螂摑めば日差ほどの熱
ミモザ咲く三十余年住み古りて
三世代おのおの距離を空けて夏
雷一撃湾の一島震はせて
白百合に義弟沈めて出棺す
みな母に思へて眩し白日傘

〈春耕・東京ふうが〉
蟇目良雨［ひきめりょうう］

コロナ禍を一寸夜遊び三鬼の忌
六月や歌へば心軽くなる
父の日の鳥渡の酒に酔ひにけり
原爆忌この世に地球あるかぎり
素十忌を天然の風吹きわたり
十一月老人時計進みがち
闘球を後へ送りつつ前進

〈あゆみ〉
日隈三夫［ひぐまみつお］

せせらぎの音懐かしきおぼろの夜
手遊びの八十八夜わらべ唄
使ひたき傘持ち梅雨の街へ出る
木漏れ日が葉蔭をゆする立夏かな
麦秋や小津の映画に似て静か
親子して読書して待つ海の家
谷津に風蒲の穂絮を膨らます

〈汀〉
土方公二［ひじかたこうじ］

流灯にまぎれし母をもう追はず
稲滓火を崩せば新しき焔
面立ちの大人びて来しピラカンサ
流木は砂に刺さりて鷹流る
煮凝や二タ夜続きの葬の雨
耕さぬことにも慣れて野火の空
牛の眼に陣痛来たる夏の霧

〈天為〉
日原 傳［ひはらつたえ］

孤島より鉛筆書きの初便り
風船の渦巻く模様ふくらます
鯉の子の器量見てをり養花天
子蟷螂はやさみどりの背を反らし
こまごまと薊の花の団扇かな
秋高し天保山に昼寝人
焚火跡残る一枚岩広し

〈椰〉
檜山京子［ひやまきょうこ］

嶺々の襞くつきりと秋に入る
ペンのインクはたと途切れぬ秋黴雨
徐に浮かぶ気配の寒の鯉
春寒し時には高く波砕け
初蛙泥けむり立て顔出しぬ
風動き草刈られゆく草いきれ
ねんごろに灼けし墓石に水そそぐ

〈りいの〉
檜山哲彦［ひやまてつひこ］

草田男忌日矢を梯子と登るべし
昔男ありとて暑し寝もやらず
寝よゆれよ白鳥大いなる卵
長閑しや弧をなす鰐の牙に鳥
噛んで噛んで豆飯の香の翡翠色
青かびのうねり涼しよチリワヰン
一宿を乞ふ猿夢に初嵐

〈燎〉
日吉怜子［ひよしれいこ］

旅立ちの人へ散華の花吹雪
黄砂舞ふ国境のなき空を舞ふ
又訪はな平和の礎慰霊の日
コロナ禍の中や十薬一重八重
梅雨しとどウーバーイート小走りに
オートバイで駆けゆく僧侶盂蘭盆会
野路の秋小さな旅の荷を背負ひ

平川扶久美《ひらかわふくみ》〈山彦〉

山茱萸や風の産毛の光り出す
小波は風の点描木の芽ふく
青空は母船雲雀の吸われゆく
乾びゆくタイムトンネル蛇の衣
夕焼は膝抱く匂い列車待つ
銀河まで歩ける杖を母に買い
電飾は星の抜け殻冬木立

平栗瑞枝《ひらぐりみずえ》〈あゆみ・棒〉

冬の虹銀座に焦がしバターの香
折り曲げてまだはみ出してゐるセロリ
寄つてみるだけのケーキ屋梅の花
もんじや焼きの土手が決壊黒ビール
冷やしさうめん何にでも効く置き薬
新涼の皿に震へてゐる甘味
ひめむかしよもぎ遠くへ行きたい日

平子公一《ひらここういち》〈馬酔木〉

追憶の情を慰すやに花万朶
彼の人の百夜の夢よ鳥雲に
貝の舌つつき自粛の夜半の春
風入れの絵巻に魅入る大和仮名
無上なる忘我の刻を綾むしろ
戒名に名の一文字や盂蘭盆会
打菓子の百菓比照や漱石忌

平田繭子《ひらたまゆこ》〈風樹〉

雲の峰歩幅正しく踏み出せり
短夜の追うて詮なき夢の端
地球に生享けたる不思議蚯蚓鳴く
いのちみなはかなきものよ一葉落つ
いつせいに星座はうごき冬に入る
光年の絶えざるながれ冬銀河
満天の星のこゑ降る霜夜かな

〈耕・Kō〉
平戸俊文［ひらととしふみ］

凍滝の中水潜る音のあり
荒瀬へと消ゆる細波初燕
巣燕や三和土に古き仕込桶
水神を覆ふ蕗の葉水速し
姫普請と伝ふ門あり額の花
雨あがる謡坂はや蟬時雨
隠し田のごと山の田や早稲実る

〈栞〉
廣瀬ハツミ［ひろせはつみ］

堂塔に夕月かかる遠ざくら
手折りたるばかりに零れ桷の花
逆光の浦波はるか夏ひばり
合歓咲くや橋の向かうの道暗く
吊橋の半ばで帰る雁渡し
神還る大吊橋の昼の月
冬滝へ真向かふ心整へり

〈やぶれ傘〉
廣瀬雅男［ひろせまさお］

餅花のひとつに触れてみな揺らす
蕗味噌の匂ひ厨に満ちにけり
鳥帰る山近ければ雲低く
園児らは昼寝の時間チューリップ
杉落葉踏み産土を詣でけり
風の音聞こゆる夜の菊膾
湯豆腐やひとりの酒はゆるゆると

〈郭公〉
廣瀬町子［ひろせまちこ］

春暁の脈打つてゐる指の先
戸締りをしたかと羽搏つ寒鴉
太陽が眩しすぎるぞ二月富士
大祥忌梅の花咲く空遥か
種蒔いてひとひらの雲下りてくる
桜東風なつかしき声ひとつひとつ
芥川龍之介忌山中の螢とぶ

〈栞〉
広渡詩乃［ひろわたりしの］

父の樹と思ふ高さの花こぶし
亡き母の歩幅となれば菫草
青葉眩しよオンライン授業果て
親のなき蟷螂の子の薄みどり
みちのくの血を母に享け吾亦紅
大空に不文律あり雁の棹
潜るとき首に勢ひやかいつむり

〈沖・塔の会〉
広渡敬雄［ひろわたりたかお］

火葬場に煙立ちをり葱畑
インバネス鯨文化を語りけり
猟犬の墓まあたらし猫柳
弘法麦見えて砂丘の了りけり
教会の扉の重し黒揚羽
山塩の粗い微光や夏の果
跳箱の最上段の秋の暮

〈幡・香雨〉
福井貞子［ふくいさだこ］

たんぽぽや膝突いて聞く子の話
春の昼沐浴すみし嬰眠る
肝心なところで弱気恋の猫
軽トラがそのまま屋台夏暖簾
遺されてイニシャルKの冬帽子
枯芝の起伏を踏めば応へけり
筆立てに沈む鉛筆冬了る

福井信之［ふくいのぶゆき］

ひととせのすぐるは早し秋の蟬
しみじみとまたつくづくと零余子飯
白鷺の佇む畦や秋気澄む
ゆつくりと日の翳りゆく鱧の皮
つづれさせ運河に沿うて子どもの絵
鐘の音の徐徐に消えゆく花野かな
花桐や風吹き上ぐる峠越え

〈沖・出航〉
福島　茂［ふくしましげる］

やや尖る靴を選んで今朝の秋
介護車のバックして入る萩の家
落し水昨日と違ふ田の匂ひ
吊し柿妻の実家の大き門
鳥海山は全姿を見せて里祭
十二月八日ニュース映画の早き齣
年の暮巫女に教へる巫女のゐて

〈栞〉
福島三枝子［ふくしまみえこ］

ベランダの空の続きを鳥渡る
床に落つ紙一枚の音の冬
金星と冬三日月やまた眠る
折返す電車の床に追儺豆
うぐひすのよく啼いてをり終の家
口遊みつつ手を洗ふ春の果
誰もをらぬ藤棚を風吹きぬける

〈雛・若葉〉
福神規子［ふくじんのりこ］

通り名のゆかしき京の手毬唄
雪降るや書斎に古りし帽子掛
目つむりてゐたし初音を聞きてより
考へることに疲れて著莪を見る
浮いて来い宵の盥にひとりぼち
秋さやか海の色してハッカ飴
大冬木父亡きことをふと思ふ

〈雨蛙〉
福田敏子［ふくたとしこ］

山茶花散る風来ても風来なくても
薄氷に遊びて人に遅れけり
ここ通る度に見上げる燕の巣
望郷や夾竹桃の花咲けば
秋めくや立山・黒部眼裏に
水音の絶えず聞こゆる月の宿
秋楽し虚子の一句を口遊み

〈花信〉

福谷俊子［ふくたにとしこ］

あらたまの光となりし鳥礫
梅の花にほふ天下に天上に
ぐにやぐにやの線が絶筆イースター
郭公の二度鳴きにけりピザ焼くる
黄ばら白ばら風に濁りのなかりけり
敗戦日の蟻ジグザグに木を登る
あをみて消ゆる三島忌の雪婆

〈梓〉

福田　望［ふくだのぞむ］

大粒の涙の吾子や蝶の昼
武田菱背負ふ社や檜葉芽吹く
錆臭き優勝カップ夏の空
可でもなく不可でもなき日心太
みどりごのやはらかき息秋の宵
朧夜の水の響きの自戒めく
竹刀振るまた竹刀振る朧かな

〈深海〉

福林弘子［ふくばやしひろこ］

慟哭をみごもるかたち凍鶴は
未踏てふ青のありけり鳥雲に
春愁のメトロノームのつぶやきぬ
やはらかな人間となり春惜しむ
ちちははの影よく乾く麦の秋
炎天下祈りしづかに激しかる
ふたりゐて黙の涼しくありにけり

〈暦日〉

福原実砂［ふくはらみさ］

針塚へ日差のとどく針供養
絵馬堂の壁に「うし」「うめ」梅花祭
片隅に宗因の句碑宵祭
夏芝居二枚目笑ひさらひけり
石鼎庵のこる杉谿天高し
牛若の欄干に乗りゆりかもめ
冬紅葉鴨川に向く阿国の碑

〈ひまわり〉
福本三千子〔ふくもとみちこ〕

台風来抽き出し我楽多一杯に
免許返上背に負い帰る芋南瓜
いつの間にビンゴ穴明く年忘れ
松過ぎや付箋の多き子の手紙
餡食ぶる断酒の夫や春の立つ
世話好きの隣家の妻女葱の苗
父の日や先ず驚いて荷を解きぬ

〈椋〉
ふけ　としこ〔ふけとしこ〕

球根のきつとどきどき春一番
青空を見せて雛を納めけり
ゆく春の箒にからむ鳥の羽
丸洗ひされたる嬰に緑さす
紫陽花のしづく雀を濡らしけり
先生を見たかと綿虫に問うて
冬北斗流るるほどでなく涙

〈円虹〉
藤井啓子〔ふじいけいこ〕

初秋と山頂駅に待ち合せ
秋めきて昼より灯す山ホテル
みどり児につるりひと匙新豆腐
今度こそ屋根が飛びさう颱風来
新宿にばつたり出会ふ穴惑
コンテナを吊る秋天の高さまで
秋風や船の別れの長かりし

〈たまき〉
藤井なお子〔ふじいなおこ〕

散るものの散りばめてあり西行忌
入梅のひとときは小さき絵でありぬ
青梅に負けない両目雨降る日
窓の景映したくなる梅ゼリー
箸先をフランス風に熱帯夜
美術史を変へるグラジオラスを剪る
八月を逃げるかたちにアールデコ

〈磁石・秋麗〉
藤井南帆［ふじいなほ］

アネモネやひつそり役争ひを降り
窓越しの令和二年の桜散る
新茶淹れ祖母を近くに感じをり
簾より風来て外す眼鏡かな
牽牛花閉ぢる力を残し咲く
秋麗や五重の塔に歪みなく
白菜を古代の亀のごとく食む

〈山彦〉
藤井康文［ふじいやすふみ］

村中がもぬけのからで蕗の薹
山笑うあちらこちらに印象派
梅雨菌ひと日無頼をつくしけり
一人居のずぼらの中に枇杷の種
茄子もんでなんのかんのと人たらし
村はがらんどう憂き憂き稲の花
大根抜き息を吐き出す土の神

〈やぶれ傘〉
藤井美晴［ふじいよしはる］

明けてゆく水面に鳴けり残る鴨
ふらここがみんな揺れやみ午後三時
このところどこへも行かず柳絮飛ぶ
曲がるときたしかにリラの匂ひして
貨車の行く音のをりふし散る桜
晩春の飛行機雲がほどけゆく
白い日がいま冬雲に入るところ

〈河〉
藤岡勢伊自［ふじおかせいじ］

はるかなる水の記憶のしたたれり
さくらんぼひしめくことの美しき
焼そばに口を汚して酉の市
漱石忌雨に灯油の濃き匂ひ
東京に煙突のなきクリスマス
白鳥の空にしみたる寂のこゑ
ユトリロの白き街角冴返る

〈今日の花〉
藤岡美恵子［ふじおかみえこ］

身の丈の暮らし寧けく水澄めり
葉牡丹や小さきプリマのチュチュに似て
下萌や馬の絵タイルつづく街
県境は海の真ん中鳥帰る
巣燕に山の駅舎の梁太く
山の名聞き花の名たずね夏野原
庭菜園にくの字への字の胡瓜かな

〈耕・Kō〉
藤島咲子［ふじしまさきこ］

光揉む大河かなたに春雪嶺
枝枝に森青蛙の卵塊ぞ
寺屋根も野川も炎暑光はげし
蛇笏忌の嶺玲瓏とありにけり
アイヌ名の風の岬や冬夕焼
鉄舟の文字濃くふとき寺襖
寒の雨打つ僧堂の火灯窓

〈今日の花〉
藤田幸恵［ふじたさちえ］

新走嗜む夫の饒舌に
窯元に続く名匠文化の日
煩悩を消すてふ坂や初詣
蛍追ひ彼の背追ひしかの川よ
巡礼路蛇に出交し経唱ふ
旅行鞄虚ろに置かる夜の秋
野仏に身を委ねをり鬼やんま

〈秋麗〉
藤田直子［ふじたなおこ］

金閣の仏透け見ゆ大旦
花きぶし貧しきことに慣れむとす
隠棲の心地ゆふがほ蒔いてより
萬緑の紅や鍵和田秞子逝く
叱られつつ蹤いてゆきたし蛍沢
青嵐火を創るとき石を打ち
乗り捨てし雲の緋色や神の旅

〈草の花〉

藤田万里子［ふじたまりこ］

絵のやうな雲浮かびをり春の鳶
目覚むれば異郷にありぬ春の雪
流れ藻の岸に片寄る余寒かな
えごの花零れて初瀬は水に暮れ
手廂の中に富士ある夕焼かな
龍淵に潜み真昼のハイボール
ふるさとは雪降る頃か毛糸編む

〈海原・遊牧〉

藤野　武［ふじのたけし］

胃カメラの何処まで行っても蝶の羽音
母の背の紫雲英野よりも暗かりき
菜の花愛《かな》し悲しやコメディアン逝きぬ
生も死も胴震いする夕桜
田草取りさわさわ手さぐりで老いて
哀しさの変奏にして水の月
銀杏散る泣き出しそう吹き出しそう

〈森の座・群星〉

藤埜まさ志［ふじのまさし］

敲かれて匂ひ立つ詩山椒の芽
柱無き家に住み古り昭和の日
渡良瀬いま鼻先並めて鮭遡る
津軽野に鷹の親しく林檎熟る
子の将棋駒の欠けしは木の実もて
星の海鯨が二頭仔を間に
頭を上げよ今こそ非戦枯蓮

〈知音〉

冨士原志奈［ふじはらしな］

砂時計ほどの音立て春逝けり
霾や機械油の染むる爪
一声のしてたちまちに蟬時雨
秋冷の雨瓦礫にも墓標にも
いくばくの罪を携へ待降節
しくじりは胸を離れず冬の月
冬枯やささめく音を失はず

〈古志・百花〉

藤　英樹［ふじひでき］

ときをりは蛇となりけり月の僧
折りとりて遙かに能登の芒かな
濁流に呑まれしものを夕焚火
よぼよぼと来て朗々と謡初
なにもかも吊る雪国の梁ぞ
家々の只の花こそ愛しけれ
大輪の薔薇を見てをり薔薇の中

〈日矢〉

伏見清美［ふしみきよみ］

雷神の海より攻めて来るらしき
憂き時は憂き色をして散る桜
竹は皮脱ぐ疫病の収まらず
台風来飯たっぷりと炊いてあり
避難路は青葉の山に続きけり
八方の虫の中なる旨寝かな
初句会観音様のお膝元

〈ひいらぎ〉

藤村たいら［ふじむらたいら］

暁光へ輪注連の漁船波蹴立て
知恩院鶯張りを踏む余寒
春うらら遠眼差しの野の仏
罔象女の機嫌麗し植田澄む
草矢射る砦跡てふ丘に向け
湖渡る風を招ける夏座敷
逃げられて風を掬ひぬ捕虫網

〈ひまわり〉

藤本紀子［ふじもととしこ］

新しい自転車届く二月かな
昭和の日机に布と糸と針
滝飛沫風に吹かれて右に寄り
文月のうさぎの小屋は空っぽに
星月夜だんだん星の増えてくる
山法師の実の甘きこと鳥よ来よ
元旦のだらだら坂を猫帰る

〈泉〉
藤本美和子［ふじもとみわこ］

浅間山全景が見ゆ餅あはひ
万両のいろ千両におくれけり
三月の小学校の半旗かな
夕時はにはかに白し半夏生
初七日の風に浮きたる葛の花
サフランのうすむらさきの服喪かな
色鳥やひと巻は母恋ふるうた

〈草の花〉
藤森実千子［ふじもりみちこ］

磐座に沁みて消えなむ国栖の笛
生き替りして飛鳥人春田打つ
小満や乳房の絵馬を千と吊り
義太夫の汗のかぎりの声音かな
ワイナリーを十重に二十重に袋掛
旧家守るもののひとつに茎の石
葛湯吹く愛憎日々に遠くなり

〈青草〉
二村結季［ふたむらゆき］

初雪の山を向うに玉葱植う
山浮いて家並動かぬ朝霞
天窓に透けて青空朝寝かな
雀の巣我に一男三女あり
二年目の京の暮しや新豆腐
木犀や招待状に金の封
大年に届く大鯛退院す

〈たまき〉
佛原明澄［ぶつはらめいちょう］

臍の緒は佛間にあるよ大暑くる
時の日の出水と云ふだけの時間
日の強さ水の軽さと花菖蒲
一本の鉛筆を持たば海の日リーダか
妙喜庵大暑とは知るも知らぬも
船は出てゆく煙は無し半夏生
空海の風景としてぼさつ花

〈濃美〉
船戸成郎［ふなとしげお］

蜘蛛の巣の顔に当りて居醒橋
寄り添ひてこゑなき二人広島忌
山霧の舞台峠の夜明けかな
時雨虹けふ二度みたる日本海
花ふぶく古今伝授の碑に
出世城固く閉ぢをるこどもの日
木霊する夏鶯や杉木立

〈濃美〉
古川美香子［ふるかわみかこ］

古き書に隠しノンブル蝶の昼
ぼんやりと柳絮に道を譲りをり
筒抜けに通す松風夏座敷
短夜のワイングラスの細き脚
ああ言へばかう言ふ母と草の花
下りホームに綿虫と私と
余白には余白のかたち冬田かな

〈燎〉
古田貞子［ふるたていこ］

とめどなき父の蘊蓄青めだか
ポップコーン弾け完売夏まつり
秋気満つ欅大樹の梢まで
たんぽぽの原や母ゐて父もゐて
師の句集点訳桜かくしの夜
三十階までもようこそ天道虫
夕虹や吾が青春の丘に佇ち

〈野火〉
古橋純子［ふるはしすみこ］

甘き香に低き羽音や熊ん蜂
カーネーション施設の母に会ひに行く
色刷のハザードマップうそ寒し
籾殻のくすぶつてゐて日の暮るる
木造の家の軋みや冬旱
トーストにたつぷりのジャム漱石忌
カピバラは鼠の仲間日脚伸ぶ

〈かつしか〉
別所博子［べっしょひろこ］

米寿祝ぐ蠟梅の香の馥郁と
冬の蚊が一匹コインランドリー
春の雨鉄の門扉の花模様
花うつぎ散り敷き雨の音静か
土手に風少し離れて栗の花
朝曇りお櫃に移す釜の飯
爽涼や免許返納証明書

〈栞〉
別府優［べっぷゆう］

先導の四万六千日の旗
踏み固められてしまへり蟬の穴
帽子屋の鏡の中の敬老日
半分に日差しの届く冬座敷
大鍋に火が廻り年改まる
靴揃へながら外見て夜の桜
垂直に梯子が薔薇の中に立つ

〈りいの〉
辺野喜宝来［べのきほうらい］

工房の機音高く今朝の秋
抜け路地の心地よき風秋つばめ
黒豆を煮つめてをりぬ綾子の忌
汽笛短く島を離るる月夜かな
十・十忌揚がりゆく旗頭かな
十段に足らぬ御嶽や鵯高音
町中のここが御嶽や櫨紅葉

〈都市〉
星野佐紀［ほしのさき］

操舵室奉る金毘羅海霧深し
脱稿の朝の散歩や木の実踏む
千枚田畦に朝日の木守柿
船室の写真の夫へ初明り
おもひきり最後のターン初泳ぎ
春寒の日の斑を負うて川の鯉
朝の日にそれとわかりし花青木

星野高士［ほしのたかし］〈玉藻〉

石階に苔の剝がれし神の留守
小牡鹿のうしろに迫る怒濤かな
上野晩秋何にもしない人ばかり
敗荷は浄土とならず大鴉
秋晴や松本楼へ道標
万緑に一歩新緑にも一歩
夕河岸の幟も立たず新市場

星野恒彦［ほしのつねひこ］〈貂〉

五月雨ファックス受信の紙詰まる
荒梅雨や行方の杳と鴨母子
水の上《へ》をひかる一筋蜘蛛の糸
江戸朝顔ドイツ朝顔貌並べ
夕されば蕾つんつん烏瓜
曙の枕にひびくつつく法師
白むくげ弓張月にしぼみゆく

星野　椿［ほしのつばき］〈玉藻〉

茄子と紫蘇あれば忽ち漬物に
茄子汁味噌は小諸の山吹を
老医師とお化けの話胡瓜もみ
振り返る九十年や走馬灯
天知虚子共に文人走馬灯
蜩の遠く近くに昏れてきし
詩の如く涙の如く月見草

干野風来子［ほしのふうらいし］〈橘・俳句スクエア〉

爽籟の北岳いまし蒼き山
卑弥呼よぶ仙丈ヶ岳ここ秋風
夜叉神《やしゃじん》峠を越えて哀しき吾亦紅
野呂川の色なき風を渡りけり
さても紺青北岳りんだう風来るか
見霽かす白峰三山星月夜
Kitadakeにタルチョ掲げよ鳥兜

〈きたごち〉
細野政治［ほそのまさはる］

かき氷掬ふ真珠の首飾
霧裂いて落《らく》のひと声前穂高
体ごと飛んで姉妹の恋かるた
甲斐駒を仰ぎ野沢菜洗ひ上ぐ
雪残る辻にまぐはひ道祖神
清明や樹海に富士の影三里
山積みの廃車に蛇は皮を脱ぐ

〈歴路〉
細山柊子［ほそやまとうこ］

吾が影を曳くさびしさの月の道
観音変化のひとつはマリア島の秋
秘仏の扉いま開かれて堂小春
波郷忌の日差し零るる清瀬村
瀬音急く天安河原神楽月
吉原の路地に駄菓子屋凍曇り
秋篠のみ寺のついぢ春隣る

〈若葉・岬・輪〉
堀田裸花子［ほったらかし］

波音は星の心音初明り
たぢろぎも無く三門を春の蝶
麗日やコロナ自粛の庵籠り
ふるさとの七つ星背に天道虫
外つ人も羽織るはつぴの踊の輪
帰燕してしじま復する蜑の路地
時雨るるや対岸よりの寺の鐘

〈雲取〉
堀口忠子〈ほりぐちただこ〉

切株の艶よ乳歯に風光る
若かりし時の色なり松の花
地球といふウイルスの檻鳥帰る
緋牡丹のなにやらあやし触れてみる
金雀枝や箒の魔女に黄冠《コロナ》菌
小豆打つ呉春の絵図に母のこと
茶をたてて胸に序破急炉を開く

〈鬣 TATEGAMI〉

堀越胡流［ほりこしこりゅう］

はつふゆをスイングジャズの歩幅にて
十人の子のみを幸に走馬燈
良き事のありしこの夜は桃になる
鞦韆漕ぐ夜叉が菩薩に変わるまで
結願の青葉しげれる高野山
老人がまた生れたる秋の暮
緋衣の即身仏と秋惜しむ

〈運河・鳳〉

堀　瞳子［ほりとうこ］

いち枚の風に分れて飛花落花
耕人の水平線へ背を伸ばす
紀ノ川をけづる波音風光る
浮雲のゆつくり動く金魚玉
皿に盛る金玉糖や谷崎忌
この世より彼の世すずやか流灯会
山々に神の名小鳥来たりけり

〈豈〉

堀本　吟［ほりもとぎん］

春の闇壁が突然しゃべりだす
黄金週間《ゴールデンウイーク》ヒ・ミ・ツ首都封鎖《ロックダウン》
豚饅頭《シクラメン》みみはもいろ篝火草《シクラメン》
穴を出て帰れと言われ蛇の列
バラックの戸にちかぢかとカンナ咲く
舌先に甘夏つぶす故郷未練
こころ閉ざすこの子に柿を剝いてやる

〈蒼海〉

堀本裕樹［ほりもとゆうき］

迦具土神の怒りか街灼くる
原爆の日の鉄臭き道具箱
うち集ふ血族蚯蚓鳴きにけり
玉眼の澄みたまふ月今宵かな
帰り花今朝の霊夢のつづきとも
とことはに駈くる真白き狼ぞ
彼の世より水汲むごとく若井かな

〈やぶれ傘〉
本郷美代子［ほんごうみよこ］

服に着く虫を払ひて土手の道
冬空に飛行機雲とヘリコプター
冬日浴び猫はひねもす窓辺にて
囀りの高まりに猫落ち着かず
荒東風を厭はず子等はボール蹴る
甥の葬悔しき程の梅雨晴間
蟬の声微睡む中をゆつくりと

〈青海波〉
本城佐和［ほんじょうさわ］

大君の恋の野に摘む菫草
せせらぎの光より生れ聖五月
白牡丹己がしじまの闇に散る
夕顔の吐息と思ふ香りけり
あなかしこ御所のほうたる胸に来る
蕭蕭と涼しき風の行宮址
紅てふ重さ落ちたり寒椿

〈獺祭〉
本田攝子［ほんだせつこ］

年立つや令和の御代の日ののぼる
草原の天地つなぎ揚ひばり
観潮や百の目うづに吸ひ込まれ
鈴蘭の鈴鳴らしたき丘一面
王朝をのぞく絵巻や寺涼し
一葉落つ暮しにコロナ溶け込みて
人恋うて鹿すり寄り来神の島

前北かおる〈夏潮〉［まえきたかおる］

五社一寺三百人と島椿
遊船のぽつんととまる夜景かな
お揃ひの光るカチューシャかき氷
バンコクのラッシュアワーの夕焼けて
大いなる嵐の過ぎし小鳥かな
病院も墓苑も過ぎて雪の山
凍星にこみ上げてくる暁の色

前澤宏光〈棒〉［まえざわひろみつ］

橋の上鯊釣を見て沖を見て
振り向けば声なきこゑの花野かな
いちづなる独楽の心棒しづかなり
さざ波の風来てコスモスを揺らす
バス停の人入れ替る霧の中
杉の秀に雲をあそばせ神還る
海からの日のねんごろに山眠る

前島みき〈日矢〉［まえじまみき］

青葉木菟鳴《ころなゆゑ》きをらんか帰郷できず
マスクして世をおそれをり青簾
短夜のわが心音をきき眠る
移動自粛緩和浮巣をみにゆかん
新茶汲む母の知らざる齢生き
武甲嶺の傷あらはなり今朝の秋
鮎落ちて那珂川は瀬を速めけり

前田貴美子〈りいの・万象〉［まえだきみこ］

人消えてしろつめ草の野の光
いづくよりこのまぶしさを白てふてふ
夕さりの榕樹ぞよめく夏至の蝕
ハンモック塩ふるやうに雨のきら
おほごまだら優美にかくも無防備に
高機へ白萩の風通ひけり
冬蝶の白海光を余したる

〈漣〉
前田攝子［まえだせつこ］

重陽の日を試乗車の助手席に
名探偵ポアロの推理夜長の灯
一陽来復あけぼのすぎは天を突く
寒禽を容れて老樹の格にあり
鷹鳩と化し諸鳥に加はりぬ
青いちまい剝がしたくなり春の海
亡き夫に腕白時代桑いちご

〈栞〉
前田陶代子［まえだとよこ］

天井の片隅昏し桜どき
街路樹のたしかな影を来て暮春
花桐や遠目の利かぬとはさみし
打水の端踏み夕べ近くしぬ
湧水の音無き音を聞いて秋
深秋の畳にひろふ貝釦
一帆のごと白鳥のかがやける

〈鴻〉
槇尾麻衣［まきおまい］

裸木の怒りのかたちレノンの忌
あかあかと千本鳥居片しぐれ
春満月こらへてをりぬ旅ごころ
句座の窓放ち薫風あそばせり
風涼し水の動きをいつまでも
馴みをる津軽塗箸やませ吹く
緩やかに準備体操厄日くる

〈濃美〉
牧　富子［まきとみこ］

荒彫の仏匂へり山桜
焚くほどの嵩とはならず夏落葉
音もなく畦草にのる烏蛇
烏瓜忍ぶ恋ほど色づきて
山寺のくいぜを刳る火鉢かな
切株の生きて紅さす霜の花
青菜入れ武家の雑煮の一位箸

〈椰〉
正木　勝［まさきまさる］

ひつそりと素十短冊夏座敷
山門に傘休めれば夏蛙
蘆枯るや田川の水のゆるみなく
鐘暮れて紅葉且つ散る東山
行く人の背薄れつつ冬の霧
勝鬨の如くに雪解一乗谷
夏嶺みな武者の陣跡関ヶ原

〈紫薇〉
正木ゆう子［まさきゆうこ］

歩み来る年へ机を空けにけり
老いそめし男愛しと芋煮やる
吾が見れば吾の痕跡初蝶に
蟷螂のあし繊々と草を踏み
はるかなれば白濁として鷹柱
三千羽一声もなく鷹渡る
白菜を宮殿として棲むもよし

〈日矢〉
眞砂卓三［まさごたくぞう］

一病は手懐けてあり青き踏む
雲の峰大志抱きしことあらず
生身魂煙たがられてゐるのかも
戦後なる一時代あり忍冬忌
鶏頭の思はず数を数へけり
今生に未練のありて玉子酒
音のなき楽のごとしや雪降れる

〈鳰の子〉
政元京治［まさもときょうじ］

鼻撫でて機嫌うかがふ馬場始
三川の葭を束ねて大茅の輪
悟りなどまだまだ先と法師蟬
原爆忌路面電車の軋む音
一斉に独身寮の土用干
軍手から軍手へ移る草虱
主役より大蛇を囃す里神楽

〈梓〉
増子香音［ますこかおん］

木瓜の花僅かばかりの熱持ちて
連翹や手もなく空を舞ひさうで
白蓮の池にこぼれて涅槃かな
霞立つむかうに舟がついと行く
寝転びてまばたきさへも長閑なり
モディリアーニの女のやうな鉄線花
秋思とはみな野良猫のやうなもの

〈やぶれ傘〉
増田裕司［ますだゆうじ］

仏花には白リンドウを求めけり
骨壺を納めし寺の柿たわわ
初詣厄年のなき歳となり
江知勝の終の宴に集ふ冬
夜桜に極楽をみる東寺かな
ハナミヅキ人なき街を染めにける
蚕豆の終りも近し独り酒

増田　連［ますだれん］

戦争知らぬ人羨《うらや》まし敗戦忌
敗戦日哀しいながら嬉しさも
雑音の〈玉音ラジオ〉雲の峰
〈B29〉なき空の色〈玉音放送〉
死後となる〈B29〉も〈玉音〉も
コーラーは呑まず八月十五日
敗戦忌天皇好きの日本人

〈鴻〉
増成栗人［ますなりくりと］

つぎつぎときちきちばつた僧正忌
煮凝を崩し気儘といふ時間
一月一日落款の朱のうつくしき
日の短経木に包む山のもの
鴨の陣崩れてはまた鴨の陣
一筆写経郭公の声ひとしきり
鰡とんでとんで六人河岸の秋

〈悠〉
増山至風［ますやましふう］

初凪の弧線白波由比ヶ浜
初春を奏す江ノ島弁財天
大仏の後背やさし春の雨
青嵐抜ける鎌倉切通し
銀漢や怒濤打ち寄す稚児ヶ淵
夕富士の稲村ヶ崎新松子
秋思いま七里ヶ浜の日は沈む

〈秀〉
増山叔子［ますやまよしこ］

重なりて消えて夕べの鴫の水脈
冴返る月を追ひつつ家路かな
たなぐもりながらも薄日梅の花
真清水の花びら沈みつつ流れ
水ぎはの我に向きたる鹿涼し
曼珠沙華草のしづくを踏みゆけば
沖に帆の賑はふ朝や海桐の実

〈鴻〉
待場陶火［まちばとうか］

侘助一輪黙を通してゐたりけり
菱餅を切つて好々爺となれり
窯守の水鶏月夜となりにけり
ほうたるの闇に鼓動のありにけり
秋のこゑ聴く陶窯のがらんどう
新米の届く縁の深さかな
木菟鳴いて窯守に濃き夜が来る

〈蘭〉
松浦加古［まつうらかこ］

さやけしや甲斐に流るる紡ぎ唄
遺さるる箆の光沢冬の菊
眠る山身を低うして富士のもと
探梅といふ足どりに山を行く
春の雪すきとほりつつ雨となる
みやしろへ近づくほどに梅白し
「さよなら」のあとも見上ぐる花杏

松浦敬親［まつうらけいしん］〈麻〉

銀宝ゐて金宝をさがす三鬼の忌
だんだらといふ岐阜蝶の滝模様
大花火ボイドの皮膜にゐる我等
朝顔の裾に隠し子めく花芽
花虻が冬も燿歌や神の庭
公現祭枯れの根が知る日のぬくみ
地球儀をマスクで回す余寒かな

松浦靖子［まつうらやすこ］〈風の道〉

雲悠々渓流新樹光溢れ
人類の危機を遠くに春の月
学校にタイムカプセル花の冷
春筍に命養ふ家籠り
木霊して遠郭公や浅間晴れ
地震熱暑激雷豪雨五月果つ
大いなる暈を纏うて梅雨の月

松浦麗久［まつうられいきゅう］〈いつき組・日本俳句教育研究会・樹色〉

木の芽時イヤーモニターから爆音
カポタスト外し春風と謳おう
マリーゴールドの花やミの音に近似
ウーリッツァーひゅぴょひょひょぉんと夏の蝶
流星や少女の中の少年性
三度上は落葉か僕か君か落葉か
アップライトピアノが剝き出し火恋し

松岡隆子［まつおかたかこ］〈栞〉

ほつこりと十月の日が水の上
その先はとうに日暮れて烏瓜
破蓮を見てゐし時間持ち帰る
煤逃げの漢らとゐて沼を見る
少年と真白き鳩のゐて二月
六月の花の白さを言ひ合へる
昼顔へ予定なき日の歩を返す

松岡ひでたか［まつおかひでたか］

赤蝮提げて来たるは河内婆
河内婆日焼の余地のなかりけり
夏の夜やまだ見えてゐる焼場の火
終戦日ブリキの罐を水こぼれ
白桃の泛べるままに水溢れ
涯底《そこひ》には亡骸の群夜光虫
炎天下前をトラック後にも

〈松の花〉松尾清隆［まつおきよたか］

あをあをと白雲流る夜の秋
子の髪を切り床を掃く原爆忌
そのほかは種もしかけもなき添水
成年後見人のしごとに冬支度
花韮に飾られてゐる大樹の根
空は天才ことに啄木忌の空は
六月の五日は横田滋の忌

〈松の花〉松尾隆信［まつおたかのぶ］

午後四時の空腹感や羽抜鳥
広島忌水ゆたかなるライン川
五歳児の手振り合ひ出す盆踊
にはたづみにも十月の上高地
逝く年の富士の白さを見尽せり
春光の港にコロナウイルス船
砂丘より若緑へと下りけり

〈橘〉松尾紘子［まつおひろこ］

戯れに薄氷踏むや缶珈琲
回廊の太き柱やあたたかし
禍禍しき此の世一《ト》日は花の雨
対岸の鋭き猿声や夏の暁
やはらかき薔薇の吐息や吾が吐息
彼のひとの慎み深き秋扇
初夢の淡く哀しく忘れけり

〈歴路〉
松尾正晴［まつおまさはる］

堰に来てふくらむ水や木の芽風
宮殿の廊下の金の燭おぼろ
川風の運ぶ水音の籠枕
アロワナの泳ぎゆつたり水涼し
秋思ふ一乗谷の館の跡
親王の騎乗の像や花の海
チェーンソーの音の止むとき風若葉

〈青草〉
松尾まつを［まつおまつを］

水甕に大寒の水満たしけり
春泥に一直線の轍あり
自転車に腰を浮かすや春一番
飛花を手に受けて香りを確かめぬ
万緑や君とキスせむ丘の上
令和元年皐月朔日鹿島立ち
色変へぬ松やはるかに即位礼

〈燎〉
松田江美子［まつだえみこ］

昼の月橋の袂の花菖蒲
糠の手でつかむ受話器や春の雨
クリムトの世界を抜けてソーダ水
白南風や箒で掻かれ象の背
国技館に幟百本いわし雲
天高く総帆展帆満船飾
家苞の楽焼茶碗葛湯とく

〈暦日・学習院俳句会〉
松田純栄［まつだすみえ］

さざなみはモネの彩なり春来る
『舞姫』を執筆の間や春の闇
あぢさゐや絵馬にコロナの文字見ゆる
汝が弾きし別れの曲や星月夜
子規の倍生きてをりけり柿の秋
雪がふる亡き友よりの便りとも
都心まで遊びに来しか雪女

〈浮野〉

松永浮堂［まつながふどう］

遊水の紺を深めて秋気澄む
赤とんぼ虚空に止まりゐるごとく
影先に落ちてゆくなり桐一葉
白鳥の声一天を突くごとし
純白の未来買ふべく日記買ふ
はるかなる聖鐘春も遠からじ
秋声は秘仏の闇の辺りより

〈木魂・海原〉

松林尚志［まつばやししょうし］

寒満月無言貫ぬき中天に
ソプラノに自づから和すイブ更けて
通院やラッシュに揉まれマスクして
杖とてもいつか相棒花は葉に
背筋伸ばせと立ちはだかるや蜀葵
新涼の曾孫の機嫌抱きとるも
睦言を聞いてゐるかに夏の月

〈夏爐〉

松林朝蒼［まつばやしちょうそう］

鉾岩の向うに海や恵方詣
白梅に日差戻れば眼白翔つ
春の城見えて術後の妻眠る
参道に亀石ありぬ青葉木菟
藷植ゑて水遣りゐたり島の漁夫
金堂に遺唐絵図や鷹渡る
紙漉きの吊り綱替ふる冬日和

〈青海波〉

松村和子［まつむらかずこ］

松蝉や手を振つてゐるホテルマン
鬼灯の鳴らぬ少女のサキソホン
夏草や埋め戻されし国府跡
笹鳴きや生垣高き門構
冬鳥の止まり損ねし枝の揺れ
新聞紙ずらして二枚大根巻く
ゆるやかに稜線のびる春田かな

〈草の宿〉
松本さき［まつもとさき］

無骨なる手に温室の独活真白
人よりも牛の多産や山笑ふ
宣誓を以て芽吹立つ大欅
銭葵貯へも借りもあらざりき
空蟬の命のかたち拾ひけり
蒼穹に塗り残しなき秋の空
神の杜色なき風の素通りす

〈八千草〉
松本紀子［まつもとのりこ］

蚯蚓にも子も孫もいて夜鳴きする
倖せはおでんの玉子二つから
たびらこふんでたびらこさがしている
そら豆のもう一眠りの出来心
ほたる火の一つまぎれる水鏡
その片端を空穂に読む震災忌
見残した夢の続きよ蛍草

〈樹〉
松本宣彦［まつもとのりひこ］

大空を残してゆけり秋燕
長き夜をグレンミラーとハイボール
鮫の目に余る巨艦の骸かな
対岸の安房のともしび懸大根
如月の水に晒して京友禅
笊蕎麦に一本つけて送り梅雨
有線にジャズの流るる鮪鍋

〈阿吽〉
松本英夫［まつもとひでお］

昼の月落ちてきさうな野焼かな
だんだんと水重くなる水中花
箱庭や昔日の日の当たりゐる
一旦は異界へくぐる茅の輪かな
中村哲医師
アフガンの土塊付きし冬帽子
雪吊の縄光りけり鳶の空
枯山の枯れを尽くして句碑一基

〈鳰の子〉
松本美佐子［まつもとみさこ］

落椿落ちぬ椿に見つめらる
光背を青田明かりに濡れ仏
晴れてまた雨の気配や破れ傘
薔薇園のはるかに凪の白帆かな
戸車を換へてはかどる盆用意
風にさへ見放されしか枯蓮
湯ざめして鏡に映る手術あと

〈俳句スクエア〉
松本龍子［まつもとりゅうし］

煮凝りのなかに津波の映りたる
時間からかくれんぼして夏霞
風吹いて月うらがへる鯉幟
囁きは常夜にそそぐ五月雨
原爆忌ひとの影より蝶生まれ
箱庭の山の彼方に夕景色
稲の花雌蕊ゆらしてゆく時間

〈宇宙〉
松山好江［まつやまよしえ］

啓蟄に昇任のこと告げられる
ななかまど青天井を押し上げる
天才の一つに努力天高し
裏腹の自由と孤独豊の秋
短日の看取りのひと日長かりし
初空や富士燦然と輝ける
初旅はパワースポット巡りかな

〈海棠〉
真野五郎［まのごろう］

街中にぎようさんゐはる恋の猫
夕薄暑ドアを開けばカレーの香
背番号のなしも青春鰯雲
老の身にことわりもなくもう秋来
やうやくに野分立ち去る夜の明けて
吾子転び泣いてゴールの運動会
地味もよし名もなく終る吾亦紅

〈野火〉
真々田　香［ままだかおる］

揺れやすきところに揺れて秋桜
秋の昼家鴨の群れて水流れ
あさぎまだら飛んで来てゐる秋の昼
落葉掃く落葉の音や昼の月
団子屋の団子三色春近し
水底に届く日差や春めきて
暇な日をひまにしてゐる花の雨

〈春野〉
黛　執［まゆずみしゅう］

春火鉢ふたりつきりとなりにけり
梅に母さくらに父のよみがへる
妻の声してゐる辺り暮れかぬる
おろおろと花の中なるふたりかな
さびしさは散る花よりも残る花
草餅と天眼鏡と湯呑みかな
ちちははの墓へつづけり春の道

黛　まどか［まゆずみまどか］

降りてくる春の帽子を押さへつつ
ちちははに遅れて浴ぶる落花かな
水打つてしばらく風の祇園かな
涼しくて赤子の眼よく動く
大川の音なき流れ終戦日
落葉して落葉してまだ落葉せる
久女の忌秋水の忌の寒さかな

〈不退座〉
まるき　みさ［まるきみさ］

学校は休み窓辺のヒヤシンス
不揃いの輪ゴムごちゃごちゃ梅雨に入る
青柿の五つは塀の外に出て
昼寝覚め体内時計狂いなし
盆の月雲間にふわりふわりかな
ハロウィンの南瓜や犬が落ち着かず
倫敦よりメール渋谷は小夜時雨

〈輪・枻〉
三浦明彦 [みうらあきひこ]

初明りものみな影をあたらしく
天青くして風花を見失ふ
没骨の不二遠からず春霞
二合半を持て余したる花疲れ
夏草の高みへ軽き風を着て
折鶴のするどき嘴や夜の秋
秋はゆふぐれ銀色の糸の雨

〈阿吽〉
三浦 恭 [みうらきょう]

焼く匂ひいぶる匂ひや冬隣
調律師のさぐりゆく音秋深し
寝そべりし猫の薄目や冬ぬくし
うららかや音のそろはぬ二部合唱
一村の消えたる歴史えごの花
鳥の名をよく知つてゐる夏帽子
外へ向くひとりの席やアイスティー

〈湧〉
三浦晴子 [みうらはるこ]

静かなり枝が木の葉を離すとき
落とすもの落として光る冬欅
吾が前に道伸びてをり初山河
風が息抜く折々を笹子鳴く
老木の瘤に仏相蘖ゆる
クレッシェンドデクレッシェンド河鹿鳴く
胸にひらく花火のありて林火の忌

〈濃美〉
三尾博子 [みおひろこ]

鯉跳ねて小春日和を散らしけり
雑魚咬みしままの鮟鱇羅られけり
白檀の香のほぐれゆく春障子
老鶯のこだまを濡らす早瀬かな
萍生ふ水面の雲を追ひつめて
川風の届きし宿や夏料理
筆圧のおろおろ残暑見舞かな

〈門〉
三上隆太郎［みかみりゅうたろう］

一弾指身の浮かびゐる花の山
あぢさゐの天に乳房を含ませり
薔薇剪るや棘ことごとく仮定形
いま露となりたる月にまた合へり
照紅葉椅子引く力持たず引く
寒四郎付箋のごとき生と死や
鷹渡るわれ一木となり吹かる

〈嘉祥〉
三代たまえ［みしろたまえ］

天上大風春蘭に花芽四つ
船艦は星から星へ蓮は葉に
夏霧やそこに海あり御霊あり
友情や恋や一会の草いきれ
一筋の鷺の細りや今朝の冬
パソコンのデータクラッシュ冬ざるる
極月の空青々と傷みけり

〈夕凪・銀化〉
水口佳子［みずぐちよしこ］

綿虫のプリントアウトして不明
樹々の声マフラーすこし緩めれば
冬の鵙火葬場へ口渇きたる
ヒヤシンス壁の古色をくちぐちに
ほどけゆく折鶴はるかぜの法衣
海市まで駅からはさう遠くない
八月六日フーセンガムが張り付いた

〈鴻〉
水沢和世［みずさわかずよ］

父の忌のとくとくとくと冷し酒
なまくらな包丁を研ぎ十三夜
ベレー帽少し斜めに木槿の忌
鰡飛んで何も変らぬ冬日向
閉めきつて鷗外荘の春障子
人恋ふや草かげろふを草蔭に
和宮御廟のうしろ青葉木菟

〈花鳥来・秀・青林檎〉
水島直光［みずしまなおみつ］

先代の手仕事を継ぎ秋灯下
乗り換へて冬靄かかる川を越え
電車より見えたる庭の梅早し
袷に着替へ登場豆を撒く
日の中へ残んの花の花吹雪
麓まで雲のかかれる梅雨最中
絵団扇や宵には上がる京の雨

〈青山〉
水谷由美子［みずたにゆみこ］

花と語り鳥と語りて家籠
遭難をしさうな高さかき氷
どこもかも閉鎖草餅でも買ふか
始まりの青く大きな揚花火
木通の実結城の色に熟したる
祖母の手の柿くるくると剝きくれし
白樺のソーシャルディスタンス秋惜しむ

〈梓・棒〉
水野晶子［みずのあきこ］

太箸や明るく余命推しはかり
初蝶の可笑しきほどにせはしなく
難所いま蜜蜂群るる桜かな
すかんぽやこゑを出さねば声の老ゆ
船頭に小さき緑陰ありにけり
無花果を煮てをり母に詫びてをり
僧形の寒のひかりを曳いてゆく

〈煌星〉
水野悦子［みずのえつこ］

信楽の火色の景色風光る
白日傘陽の重力を撥ね返す
三川に聴く秋声や水禍の史
七岳の闇の大景虫しぐれ
晴女ばかりの旅や天高し
日の入りが舞台の盛り紅葉山
餅搗の最後の一手平手打ち

水野幸子［みずのさちこ］〈少年〉

草笛を吹くたび遠くなる故郷
水よりも空のきらめく植田かな
花柄のブラウス母の日の母に
父より生きて八月十五日
ヘプバーンのやうな短かき髪洗ふ
近松の女に冬のばら真紅
猪鍋や酔うて五木の子守唄

水野さとし［みずのさとし］〈煌星〉

城石の刻印白し冬日和
丹頂の来るための空空けて待つ
真つ新な日差しをまとひ初詣
湯の宿や渓音高く明易し
逆王手忍の一字の扇子閉づ
夕日より高くなりけり秋茜
鬼やんま我が王道を一直線
〈鬣 TATEGAMI〉水野真由美［みずのまゆみ］
おほきな窓ばかり麦秋の病院
梅雨の月しろき匂ひのしろき花
遊ぶとき傾ぐ体や冬木の芽
縄跳びを抜けて一人は昼の影
巻き貝や春の星座を巻き込んで
著莪の花自粛を自粛したくなる
夏夕べ橋に木霊の立ちもどる

水間千鶴子［みずまちづこ］〈貝の会〉

少年の素足きらめく渚かな
桐一葉ひらりと刻をこぼしけり
煮凝やしんと更けゆく通し土間
山の端に夕星うるむ鳴雪忌
小判草村を正午のバスがゆく
竹皮を脱ぐや去来の塚の辺に
竹林の八十八夜の雨の音

〈不退座〉
三瀬敬治［みせけいじ］

行列も雲も動かず初参り
駅を出て上り坂なり春の月
ガラス越しにサメに見られている薄暑
Tシャツのマドンナの顔干してある
街灯の灯ともし頃や鉦叩
陸橋に一人占めなる後の月
豆まきのそろそろ鬼になる時間

〈萌〉
三田きえ子［みたきえこ］

みたらしの水の明けゆく淑気かな
初音して水の文目の緩ぶなき
父の息子の息つむぐ紙風船
二礼かつ二拍手に風薫るなり
うたがきの山を遠見の展墓かな
稔田をわかちて常陸水郡線
寸刻の日の燦々と冬木の芽

〈草の花〉
三谷寿一［みたにじゅいち］

雲取山の霧に隠れてさるをがせ
一村は寝落ちてをりぬ落し水
相輪におし照る月の名残りかな
根白草摘むや靄立つ神の池
虫出しや水の底より泡一つ
常念岳の深き山ひだ涅槃西風
新茶汲む五風十雨の茶どころに

〈春月〉
三井利忠［みついとしただ］

朽ち船の竜骨あらは初しぐれ
おでん酒酌めば故郷訛りかな
夜まつりの秩父や雨の桟敷殿
早蕨の萌えて垂水の飛沫かな
下萌や渡来石工の鑿の痕
神木の紙垂のちぎれて春一番
海光や椎の新樹の盛り上がる

〈風土〉
南　うみを［みなみうみを］

初風呂の臀のたるみを何とせう
細枝を箸に作りて野がけの子
梅雨なまず畦はらばひて次の田へ
太刀振りの二人の汗の横つ飛び
棚田から日本海へ堰外す
煙茸よつてたかつて吐かさるる
石当てて秋の名残りの鍬の音

〈山彦〉
三野公子［みのきみこ］

桜鯛跳ねて夕日を弾きけり
筍茹でるごぼりごぼりと湯が踊る
新緑や五臓六腑の青むまで
百円に百十円の残暑かな
コロナ禍や消化不良のまま立秋
黒葡萄熟しきつたる重さかな
青空の病んでゆくなり木の実落つ

〈やぶれ傘〉
箕田健生［みのだけんせい］

椋鳥の巣穴となりし椎の幹
茶屋の影映して静か秋の池
病室の窓越しに見る寒夕焼
蕎麦湯飲みほつと一息深大寺
日の暮れていよいよ白き牡丹かな
戻り梅雨濁りし川に鯉の群
ステイホーム昼寝をしたり本見たり

〈鴫〉
箕輪カオル［みのわかおる］

尖りくる風に色めく麦芽かな
眠る山より人の声水のこゑ
水切のやうな跳躍鴨渡る
雨の綺羅のせて朝の濃りんだう
剝がれゆく雲を間近にお花畑
コロナ禍の今しんしんと柿若葉
鵜を止めてぽつんと沼のはぐれ杭

〈栞〉
宮尾直美［みやおなおみ］

立ち読みの本の重さやそぞろ寒
春一番町より消えし種物屋
師を恋ふる春の泉を一掬に
たはむれの草笛ふいに鳴ることも
山川の山より暮れて半夏生
トーストにバターたつぷり巴里祭
老人になりきれなくて桃を食ぶ

〈山河〉
宮川欣子［みやかわきんこ］

正月の玻璃戸の先の空磨く
朧夜や留守居の少女羽化をする
水統べる高体温の水中花
さよならの後の沈黙オーデコロン
蜩の第三楽章はじまりぬ
変哲もない晩夏ずれた銃声
小春日や気付かぬうちに指に傷

〈赤楊の木〉
宮城梵史朗［みやぎぼんしろう］

残る蚊と遅参の追善供養かな
有り余る寸暇束ねて秋惜しむ
手袋の指ささくれて人と会ふ
よんどころ無うて明けたる喜寿の春
地虫出づあらぬ噂に尻端折り
名にし負ふ李杜の邦より春の風邪
脳天の血溜り抜いて夏立ちぬ

〈猫街〉
三宅やよい［みやけやよい］

噴水がきらめく犬の夢はなに
荒壁に直に店の名島の夏
朝涼の砂丘吸い込むスニーカー
島の旅ねむる目蓋に星涼し
南国の秋へ傾く天秤は
台風来空がぶあつく降りてくる
さわやかに酸化してゆくわが手足

〈羅ra〉
宮坂みえ［みやさかみえ］

野蒜焼く句会中止の報せ受け
六月のクローゼットの消臭剤
老い楽し極彩色のソーダ水
中高に植ゑる寄せ植梅雨晴間
ぬるり抜ける海老の背腸やそぞろ寒
胡桃割る少し快復骨密度
小春日や朦朧体の女の絵

〈日矢〉
宮崎あき子［みやざきあきこ］

妖しげな雲の遁走黍嵐
星々のぴしりぴしりと霜夜かな
クロッカス風が尖つて来たりけり
万愚節猫の髭など御守りに
かぐはしき闇の中より蟇の声
黒南風や弟橘媛の沈む海
み仏はをとめなりけり白芙蓉

〈南柯〉
宮成乃ノ葉［みやなりののは］

芯柱起こし雪吊はじまりぬ
静脈に留め置く針や寒月下
深き夜の冬三日月の尖りかな
掃き寄せて根元とどのふ落椿
衣更ふ「この子」「あの子」と引き寄せて
お勝手はらつきよのにほひ終日《ひもすがら》
一つづつ音の加はる夏の朝

〈蕗の里・水輪〉
宮野しゅん［みやのしゅん］

水平線きりりりと鳥の渡りけり
藁塚の倒れて影を乱しけり
冬桜遠くが透いて見えにけり
一水に還る気安さ春の雪
鹿垣の途切れてをりし春田かな
いづかたへ行くも風あり修司の忌
一枚の音となりゆく男梅雨

〈野火〉
宮本京子［みやもときょうこ］

凶が出て空元気出す小春かな
春昼や金魚がゆらりゆらめいて
筑波嶺の裾を彩る蕎麦の花
写経する子等の横顔蟬時雨
虫の音と月の光と散歩道
如月の雨しとしととときりもなし
ブラックベリー摘む手に飛んで雨蛙

〈あした〉
宮本艶子［みやもとつやこ］

引き際の静かな覚悟春落葉
小町忌や風が歪める水鏡
かわほりが統べるこの世の見えぬもの
馬追の己透くまで鳴きとおす
凩や過去振り向くなふりむくな
初氷昨夜の刹那を煌めかす
冥界か未来か大根抜きし穴

〈秀〉
三吉みどり［みよしみどり］

水洟の仰ぐ東京タワーかな
数へ日の風に干されて作業服
あたたかや砂に踏みたる楓の実も
佇まひその人であり春日傘
とんとんと靴履く道の四葩かな
青鷺と風に吹かれてゐたりけり
空青く再会汗をふきながら

〈炎環・わわわ〉
三輪初子［みわはつこ］

二度となき令和二年の二月尽
蹴る石のなくて平和や地虫出づ
滑りよき採血の針涼新た
人間とにんげんの距離五月闇
寒ざむとちくわの穴の空気かな
まな板のはみ出す生涯葱一本
吊革のきゆしきゆし揺るる十二月

〈笹〉
三輪洋路［みわようじ］

籠城の美濃山中に籾の殻
光秀の真実いづこ虎落笛
山笑ふ美濃に国盗りものがたり
春めくや街にはためく桔梗紋
郭公や七曲りして砦山
竹伐りて風の慟哭俳師逝く
長き夜の盤上聡太前のめり

〈やぶれ傘〉
武藤節子［むとうせつこ］

皿に置く匙音ひとつ秋の夜
CTに映らぬ痛み冬ざるる
気がつけば土筆探しの日となりて
稜線の真白きままに夏に入る
ゆらゆらと春が膨らむ雨上がり
もの洗ふ蛇口いつぱい開けて夏
家中の壁にはりつく残暑かな

〈円座〉
武藤紀子［むとうのりこ］

ほとばしる水に近くて葛の花
つながれて空を飛びをり鳥威
鳥渡る樅の木のある幼稚園
切山椒さびしきものに鳩の声
春の雨舌一枚をしまひけり
アズナブール聴いて古巣の見ゆる窓
家古りてほのかに光り釣忍

〈白魚火〉
村上尚子［むらかみしょうこ］

丘の上の風車二月のかぜ回す
龍天に登る梯子の濡れてをり
にはとりの道へ出てゐる芒種かな
難しき神の名常磐木落葉踏む
蟻穴に入る城門の蝶番
木枯や夫を待つ灯と子を待つ灯
百の壺並べ師走の登り窯

〈南風〉
村上鞆彦［むらかみともひこ］

雲厚きまま夜明けたり行々子
みどりごに祖母の来てゐる実むらさき
秋雨や画鋲にのこるビラの角
新月の夜を柊の花にほふ
ぬひぐるみ同士もたれて春の暮
雨音の闇に澄みゆく網戸かな
梅雨晴れや茶筒の蓋を抜く音も

〈門〉
村上万亀重［むらかみまきしげ］

花筏終は安堵の形なり
少年の黙れは無視よ牛蛙
緑さす風の存問ありがたし
ボーイソプラノたりし吾なり夏は来ぬ
夕風は投網打ち継ぐあたりより
血族の一揆は遥か銀河濃し
寒林の木霊美少年かも知れず

〈貂〉
村岸明子［むらぎしあきこ］

微《かす》かにも柳青める水明かり
花の影人は何処へ隠れたる
花の雲都の病ひただならず
消毒の手が濡れてゐる花の宿
ＤＤＴに塗《まみ》れし戦後花吹雪
鳩尾《みぞおち》に抱きて帰りぬ竹の子を
黒龍江《アムール》の水入れ夏のオホーツク

〈門〉
村木節子［むらきせつこ］

紙縒いま指のいのりよ春の月
天上への弔辞か風の雪柳
ずぶ濡れの海は八月両手空《から》
流木は吟遊詩人よ赤とんぼ
強か者は塀をとびますクレマチス
典雅なり雨粒受けてけむり茸
まつさらな大根さみしさを洗ふ

〈やぶれ傘〉
村田 武［むらたたけし］

直売所青首大根山と積み
手で計る川の水温春めきて
春近し喜寿の祝ひの赤きシャツ
持ち帰れば何かと問はる髢草
秋暑し隣る空地に家が建つ
稲びかり秩父の山を照らしけり
湧き立つは筑波のあたり雲の峰

〈雪解〉
村田 浩［むらたひろし］

閉校の村人共に卒業歌
籠る間に桜前線北上す
水飲んで息整へる祭獅子
鰐化石出土の島の牛角力
フラメンコ月のデッキを踏み鳴らし
鷹渡る島の祠にマリア像
大鯉を抱へて走る池普請

〈あゆみ〉
村田敏行［むらたびんこう］

花筏心の鬱をもて流る
マスクして髪摘まれをる薄暑かな
時の気の地球儀被ふ余寒かな
つちふるや水俣病の供養仏
竹馬や縹渺として我が故郷
春泥や靴底のロゴあざやかに
時の疫に窓より見遣る紫雲英かな

〈八千草〉
村松栄治［むらまつえいじ］

椋鳥や静寂の夕を鳴き壊し
草紅葉風の姿がモザイクに
雷門一の酉ぞと飾り持ち
駅伝の襷繋がり年酒注ぎ
岩盤も打ち貫きし友春逝けり
磯遊び向かい小島の夕日影
父母も居て眺めし斜暉や蟬時雨

〈湧〉
村本昌三郎［むらもとしょうさぶろう］

比叡より無窮の空へ冬の虹
初吹の竹の五孔になじむ指
薄氷をもて薄氷を流しけり
黒南風や真珠筏を叩く濤
すつぱさは人を恋ふ味桑苺
方丈の欄間の透かし彫り涼し
頰少し染めて菊酒白寿の師

〈栞〉
室井千鶴子［むろいちづこ］

雛飾る老いたることの口に出て
仲春といふはこのごろ柱拭く
遠雷や箍を幾重に仕込み桶
先を行く人もひとりや海霧深し
けふのこと語り尽くしてまだ良夜
僧と行き合ふ満月の石畳
透かし見るうすき封筒鳥渡る

〈雪解〉
毛利禮子［もうりれいこ］

寝ころべば全身が耳囀れり
草の芽の色膨らませ雨の粒
み仏の思惟の永きに汗引きぬ
ヘルメットぬつと西日のマンホール
金木犀漫ろに行きて銀木犀
高野槙切り口匂ふ精霊会
寒鯉の気配のありて水動く

〈鳴〉
甕　秀麿［もたいひでまろ］

重ね着や日記はいつか曝さるる
日脚伸ぶうしろの正面おばあちゃん
棚に銃マタギの家の土雛
蒙古斑追ひゆくカメラ夏座敷
自販機より富士山の水広島忌
阿弖流為の山アテルイの川紅葉粲
星涼し光年といふディスタンス

〈濃美〉
森　あら太［もりあらた］

夜は夜の風のにほひや今年竹
緑陰に佇むごとし余生とは
秋蛍余生を慈しむに似て
穂水ひく今年かぎりと決めし田の
竹伐つて真澄みの空を輝やかす
雁や夜爪切るなと妣のこゑ
白鳥を呼べば犇めく風の中

〈運河・晨〉
森井美知代［もりいみちよ］

初田打つ眼上ぐれば弓月嶽
ひむかしにかぎろひ見えて冴返る
美しき勅使の足音紀元節
大まかに我も弟子なる虚子忌かな
青嵐でんと居座る石舞台
岩を抜け岩に入る水澄みにけり
蓬莱山麓に寝ねたる夜長かな

〈鴻〉
森川淑子［もりかわよしこ］

百磴を下りる間際の稲光
芝すこし湿りてをりぬ秋の蝶
仏にも横顔のあり冬の月
着ぶくれて足りないもののあるやうな
切株にしばらく残る春の雪
着る機会なきも洗うて更衣
茅舎忌の一と声だけの牛蛙

〈鴻〉
森　睡花［もりすいか］

遠き目をして古雛流さるる
日向水猫がのぞいて行きにけり
夏草や記憶を捨ててきた辺り
父と子の離れて歩く暑さかな
少しづつ忘れ涼しくなりにけり
水汲んで銀河の下に二人棲む
釣舟のつながれてゐる寒さかな

〈祭演・衣・豈・ロマネコンテ〉
森須　蘭［もりすらん］

冬薔薇くちゃっと咲いていて自由
凧揚げて引いて引かれて私も空
すっと水仙ずっと人間　愛すかな
雨の匂いさせて恋猫帰宅する
蝶々のリズムで日向出来上がる
地平線感じたい日の揚雲雀
風あらば風の傷あり花菖蒲

〈鴻〉
森多　歩［もりたあゆみ］

たまゆらの命なりけり雪螢
冬桜しづかな午後の日の中に
草いちご陵へ雲懸かりけり
カリヨンの音が茅花野の音となる
寒山拾得ふふ鳥のこゑ近づけり
野葡萄のその中にある海の色
秋思いま海へすとんと日の入る

〈都市〉
盛田恵未［もりたえみ］

滴りの湿る土剝ぐ鴨二匹
鰯雲森へ流るる夜明けかな
稲架掛を終へて夕日に向きにけり
脚のある母の俎板薺打
大寒の湯舟に解くる足の先
日を返す小流れ堰の芹青し
睡蓮に俄雨来る小暗がり

〈森の座・群星〉
森　高幸［もりたかゆき］

天鵞絨を着て暑からう黒揚羽
柘榴の実告白めきて自句自解
秋薔薇影ごと剪りて誕生日
あたたかな小さな葬儀銀木犀
紙を漉く水のいのちを揺り起こし
うぶすなや父と挑みし山眠る
寒稽古鉄砲柱唸るまで

〈風土〉
森田節子［もりたせつこ］

初笑おしゃべり止まぬ二歳半
桃の花「今日から陽《はる》は年長さん」
春風の真中少年ペダル漕ぐ
菖蒲湯の児はむつちりと湯を弾く
いもうとに絵本読みをり鼻に汗
少年の臑の打ち傷夏惜しむ
二学期の少年の掌の厚きかな

〈雉〉
森 恒之［もりつねゆき］

鰆鮨頬張りし目へ波上がる
磯の上に見えては沈み若布刈竿
黒服の鉄筋工や油照
床山のさやけき櫛の捌きかな
書陵部の鉄の窓枠金木犀
寒昴サンドバッグを打込めり
凍空の一点を指し平和像

〈夕凪〉
森野智恵子［もりのちえこ］

休校のながき校庭花は葉に
住み古や四方の青嶺のあたらしく
いつせいに水脱ぐ児らの紺水着
テスターの香水耳朶にレジの列
庭下駄の木肌たのしむ盆帰省
短夜のことのついでに爪を染め
四五本のコスモス束ね誕生日

〈森〉
森野 稔［もりのみのる］

特大切手はつなつの風で来る
麦嵐廊下一切もの置かず
林檎選る妊婦の傍に近づけぬ
人去りし刈田本気の熱をもつ
誠実を堪へきれずに木の葉降る
探梅は微醺がよろし遠回り
潜堤の辺りさざめく春の潮

〈やぶれ傘〉
森　美佐子［もりみさこ］

林間の小径にぽつと曼珠沙華
一夜城の野面石積みうろこ雲
迷ひつつやつぱり五年日記買ふ
日溜りの庭木の根元海老根咲く
用水に鯉水際に半夏生
土手ゆけば草刈あとの匂ひかな
墓参り終へて鐘撞く寺の昼

〈閏・磁石〉
守屋明俊［もりやあきとし］

巣箱新ししろがねの蝶番
時の日や焼けたる首里の水時計
病葉に戦火の色を学びたり
籐寝椅子父の全盛期の熱海
尼寺址の草刈るつひに膝をつき
涼新た眼鏡を外す頃の風
凍りつくよ東海林太郎のやうに寝て

〈鴻〉
森　祐司［もりゆうじ］

菜の花の土手にひと日を使ひ切る
梅雨の蝶山城跡の切通し
道遠く玉虫と遇ふ真昼間よ
種瓢ずしりと東向島
旅路ふと家路のごとし十三夜
篆書かく筆に背と腹初しぐれ
手を入れるためのポケット冬木立

〈都市〉
森　有也［もりゆうや］

夏草や螺線に登る古墳山
豆蒔くや埴輪の顔に穴三つ
ここよりは立入禁止天狗茸
小肥りの芋虫天に父と母
過去といふ重荷石榴の口開く
ストーブに片頬赤く妻眠る
ぼろ市の脛出して着る訪問着

〈鳰の子〉
師岡洋子［もろおかようこ］

この余呉の湖のひかりに若菜摘む
虎落笛腰をゆたかに土偶立つ
冬木の芽地震を知る木も知らぬ木も
父と子の並びて歩む影涼し
釣具屋の壁に葉月の潮暦
苧殻火や紅さすだけの夕化粧
半衿を小鍋に染めて春を待つ

〈風土〉
門伝史会［もんでんふみえ］

歳の市大きな闇に隣りをり
臘梅の透けて晩年見えてくる
母の世の雛と棲み古り終の家
鳥帰るすらりと立ちし湖中句碑
聞き覚え無き囀りに目を凝らす
甘茶仏乾きてくろがね光りかな
螢火とわかる暗さを待ちてをり

〈朴の花〉
八木次郎［やぎじろう］

珈琲は湧水仕立て花ミモザ
濃き闇のあらば濃く浮くさくらかな
万緑や百戸を埋めし熔岩の径
火口湖に石の落ちゆく晩夏かな
簡潔に記する返信朝の百舌
貝の身の甘き歯応へ初しぐれ
さざんくわや水の底なる欠け茶碗

〈海原・棒〉
柳生正名［やぎゅうまさな］

指の先やんまに貸してゐて身重
鰰に脛まで埋れなほ漁る
アフガンで死なせし大根煮くばかり
人体潤《ほと》び関八州といふ朧
もう妊婦ではなく螢籠揺らす
らんちうの影ある金魚鉢のそと
顔覆《フェイスシールド》ひとふ空蟬の中にゐた

〈八千草〉
矢口椛子［やぐちかこ］

秋澄むやオルガンの音は尖塔に
桜蘂ふる道つづく小さき寺　ライプツィヒ・聖トマス教会にて
金魚病む水の中なるウイルスや
擦れ違ふ想ひ落ち葉も言の葉も
巴里時間今宵は雪の降るさうな
秘めごとを慈しむやに衣被
風葬の眼窩を射る陽敗戦日　久米島にて

〈きたごち〉
屋代ひろ子［やしろひろこ］

初鮭の尾鰭川掘る水飛沫
穭田の切藁濡るる月山路
布団より小さき怪獣一つ出づ
市民墓地Z区画の山桜
資料館に鬼の木乃伊や四月馬鹿
短夜やゴッドファーザー完結編
電灯の紐に地震来る熱帯夜

〈山彦〉
保田尚子［やすだなおこ］

はね橋の開いて令和の春通る
何もかものっぺらぼうの春に啼く
しずかなる戦争ありて目刺焼く
昭和の日竜宮城に亀がいる
蛍の火種を一つ持ち帰る
海碧ければ赤龍にうろこ雲
捨墓の山煌煌と月の下

〈ひまわり〉
安富清子［やすとみきよこ］

糸遊の色なく揺らぐ砂の紋
蝶の影追いて心字の池ほとり
陰陽の洞に音まくはたた神
昇龍の松を褥の青葉木菟
いすの実の面白き穴覗き見る
稲光細き血管青立ちぬ
浮かれ出すひょっとこ面の祭足袋

〈松の花・ホトトギス・玉藻〉
安原　葉［やすはらよう］

寒晴を登り樹海を縫ふ旅路
一片の落花にもある静心
虚子の齢いつしか超えて明易き
京めざし急くは光秀明易き
津波跡しるき山内露けしや
露けしや一と日の家居また旅へ
生きてゐてこその再会秋涼し

〈ひたち野・森の座〉
矢須恵由［やすやすよし］

紙漉きの紙を重ねて老いにけり
竜天に登る東京スカイツリー
花冷えやまだ届かざる同人誌
アインシュタインの舌より大き棕櫚の花
存へて非才を悟る麦の秋
すさまじき巨樹の盤根総社宮
手分けして二人暮しの目貼かな

〈玉藻〉
柳内恵子［やなうちけいこ］

芽柳に風の径あり佃煮屋
水音に傾き芭蕉玉を解く
秋近し風索索と信天翁
子規の庭残暑の出口見つからず
靖国で一休みして神の旅
著ぶくれてマンハッタンの風纏ふ
雪吊りを雲が引つぱる兼六園

〈海棠〉
矢野景一［やのけいいち］

朝採りの水の重さの秋茄子
紛れさう落葉の中の鬼ごつこ
山姥の乳かと蕎麦湯注ぎたい
多喜二忌の全粒粉のパンを焼く
膝猫の寝言や恋のことらしき
棄老疫病なるかや窓に雨蛙
ラッピングされる死はいや百合咲くとも

〈玉藻・天為〉
矢野玲奈［やのれいな］

秋晴や第一走者まづじやんけん
すれ違ふときにふくらむ愛の羽根
六法の用紙は薄し冬に入る
退屈な手袋窮屈なブーツ
春浅しそろそろ赤のアイシャドウ
学校に行けぬ四月のランドセル
掌にぽこと胎の子の歌緑の夜

〈漣〉
矢削みき子［やはぎみきこ］

国引きの杭となる山初霞
さくら貝よく笑ふ子が反抗期
春闘や団塊世代と云ふ括り
鯉呼べば鯰のひげの現るる
金魚鉢夜は無人となる駅舎
身にしむや一万石と云ふ城下
灯台は無垢の白なり神渡し

〈燎〉
矢部悦子［やべえつこ］

茅花流し窓に絮毛の置土産
鬣のもぢやもぢやポニー炎暑光
森林公園厩舎に少女馬洗ふ
鬣を梳く少年の眼の涼し
秋の声じつと伏し目の繋ぎ馬
朝冷の厩舎に栗毛額白《ひたいじろ》
蹄鉄を替ふる葦毛に銀やんま

〈山茶花・ホトトギス・晨・夏潮〉
山内繭彦［やまうちまゆひこ］

発電機引つ張り出して地蔵盆
あたりには鳥影もなく崩れ簗
冬ばらの黒とも見ゆる真くれなゐ
ひとときを謡うてみせよ囃子雛
かの世とも未来とも見えかげろへる
睡蓮の花影ふいに揺らすもの
大楠に神の降り立つ青嵐

〈鹿火屋〉
山尾郁代［やまおいくよ］

今日といふ過去ふりかへる柚子湯かな
二月はや文楽人形宙駈ける
啓蟄や忍者屋敷の縄梯子
春空へ天文台の螺旋階
蔦若葉駆け出しさうや築地塀
千本の向日葵声を上げてをり
滝へ行く胸に響けり滝の音

〈ひたち野〉
山岸三子［やまぎしみつこ］

本尊の掌厚し木の芽晴
街薄着正装のごとマスクつけ
糸蜻蛉影絵のやうに翔びたてり
蛍草摘めば零るる一雫
その彩を指輪にしたき実むらさき
仄と浮く鎌の夕月冬ざるる
霧氷林天の蒼さと光り合ふ

〈燎〉
山岸嘉春［やまぎしよしはる］

台風一過田に起き上がる力満つ
田の神と話すがごとく初鴉
梅日和納屋も母屋も明け放ち
祖父の木の接穂となりし父の枝
春耕の鍬を返せば土笑ふ
鉈ひとつ忘れられをり竹の秋
土手の草刈られて水の音澄めり

〈秋草〉
山口昭男［やまぐちあきお］

ここからは水音暗き草紅葉
浮寝鳥見るどのポケットも深い
竹馬で飼育係のやつて来る
いくたびも明るくなりぬ寒の雨
苗代へぶつきらぼうに入る水
筍にそのまま書いてある値段
ゆがみたる袋もありぬ掛けにけり

〈天為・秀〉
山口梅太郎［やまぐちうめたろう］

拾はれて来て飾られて烏瓜
信楽焼の狸小春の野に立てる
冬耕や土深く土深く掘る
お飾はねずみと達磨そして鶴
いつも座るベンチに他人春の雲
コロナ禍や牡丹散つてしまひたる
くちなははいつも突然現はるる

〈清の會〉
山口佐喜子［やまぐちさきこ］

都心より小さき富士よ四温晴れ
すれ違ふ水上バスや花筏
逝く春やこれより先はケセラセラ
誰も来ぬ散歩道なり額の花
酷暑かな言葉忘れてしまひさう
台風禍鴉の声は常のごと
数へ日や何か急かるる何もせず

〈鳰の子〉
山口　登［やまぐちのぼる］

動かざる大観覧車夏つばめ
せせらぎの光にまぎれ夏の蝶
一丁を田の字に切りて冷奴
半島の先は海峡石蕗の花
置きどころなくて客間に大南瓜
まつすぐに飛べぬ不本意雪蛍
着ぶくれて覗くポルシェのショーウィンド

〈鴫〉
山口ひろよ［やまぐちひろよ］

雲雀東風水面のきらら草のきら
羽撃きの天空目指す海月かな
鉄砲百合再会のなきさやうなら
白拍子めく秋蝶の消ゆる蔭
秋寂ぶの音せぬやうに置く受話器
雪催ひ降ればうづもれさうな駅
紙漉女しづかに木の葉閉ぢ込めぬ

〈ときめきの会〉
山崎　明［やまざきあきら］

掃初や父のつくりし竹箒
近づけば鯉も近付く春の水
平穏のひと日を予感朝桜
切り株を抱へゴリラの秋日和
つくつくし夕日の中の磯馴れ松
角まがり虫の声聞く家路かな
残る蚊に有楽町で刺れけり

〈紫・豈〉
山﨑十生［やまざきじゅっせい］

天敵のいない淋しさ建国日
大鋸屑の卵の温み春の朝
過客には最もふさはしき泉
一丸となりウイルスを攻める蟻
澄む水は遠心力を発揮せり
品胎と云ふ語を識りぬ掘炬燵
十二月八日桜とふ字の怖し

〈雲取〉
山崎奈穂［やまざきなほ］

神官の秘色の袴淑気満つ
紅梅の華やぎにある句碑ひとつ
初ざくらその一木に声あげて
家を隠して葉桜の飛鳥山
いきなりの極暑心の置きどころ
文豪の石に腰かけ涼新た
平家琵琶聴き入る寺の散紅葉

〈青山〉
山崎ひさを［やまざきひさを］

亡き人の山形訛さくらんぼ
巻紙に候文や老涼し
昭和の日昭和生まれの身なりけり
平仮名のわが名妻の名祝箸
浜菊や仰ぐ高さに津浪跡
編集長若し半袖半ズボン
蓮見舟蓮押し倒し押し倒し

〈日矢〉
山崎房子［やまざきふさこ］

風神は袋を肩に旅立てり
赤く濃く満天星もみぢ日に応ふ
成人を祝すまるまる朝の月
逢ひたけれ声聞きたけれ春の雪
七曜のけふ何曜日蝌蚪に足
柏餅呑気に食べてゐる我か
眼を病んで目を閉づ青葉梅雨の中

〈軸〉
山崎政江［やまざきまさえ］

貰い泣きしたのは夢か薔薇一輪
陽炎の置き忘れたる一輪車
薫風の身に深まりて読書室
亡き父の拍手鉄砲百合咲かす
送り火へ猫やわらかく咬みあえり
振り出しへ戻る木の実の青さかな
まつわりて鳥獣啼かす別れ霜

〈りいの・絵空〉
山崎祐子［やまざきゆうこ］

名は呼ばず若婿と呼ぶ水祝儀
美しい嘘なんて嘘ヒヤシンス
白玉に秘密は閉ぢ込めておく
古文書の文字ひとつ読み麦茶かな
秋茄子や地酒は佳き字ばかりなる
十五夜の飯をきれいに食べ尽くす
黒潮と空のあはひを鷹の声

〈八千草〉
山下升子［やましたしょうこ］

世界は冥い馬酔木ゆさゆさゆれており
裏方の手先の見えるさくら餅
令和二年静寂に酌む暑気払い
三猿の距離の気になる残暑かな
水害をのがれし古酒を含みたる
山水画をぱりっと男の秋扇
白砂利を正す古刹の秋の音

〈笹〉
山田和夫［やまだかずお］

餅搗や十に余れる臼並べ
球春や拍手喝采なきドーム
それぞれに咲きてひとつの雪柳
朧の腑をとりたる花もはしやぎけり
丘越えてより奔放や飛花落花
追悼の山へ日傘の登り来る
堂涼し吾法名を授かりぬ

〈ときめきの会〉
山田孝志［やまだたかし］

賓頭盧が身をすり減らす初参
人知れず波と遊べや桜貝
草の芽や草木塔の空蒼し
若竹や風の囁く嵐山
柿もぎる梯子の父や大夕日
夜勤明けコンビニ飯と秋の雲
寅さんが振り向く駅の晦日そば

〈波〉
山田貴世［やまだたかよ］

三日はやこの青空は鳶のもの
水照りの椿一花の胸に落つ
花は葉に幹に手ふれし夕ごころ
浄土とは師の在すところ朴散華
相州の暮色に溶けて梅雨の蝶
七月の竹林の風さやらさや
八月やいくつ拾いし虚貝

〈木魂・山河〉
山田ひかる［やまだひかる］

わたくしを調律せんと若菜摘む
包丁を研いで二月を引き寄せる
二百十日いつものように箸揃え
いなびかり手の静脈を太らせる
落ちつかぬクリップの山虫の闇
地球儀を真上から見て桃すする
山椒の実人を選ばぬ自動ドア

〈稲〉
山田真砂年［やまだまさとし］

白梅のはるかに咲けば死後のこと
退屈な音や遅日の水車小屋
炎昼や手足ひらひら坂のぼる
梨食むや水の細胞さりさりと
小鳥来る夢の覚め際眩しくて
都府楼の礎石に立てば日短
木枯しに一対の耳ありにけり

〈円虹〉
山田佳乃［やまだよしの］

寝正月てふ曖昧な幸せも
葱刻む音整うてきたりけり
残花散る誰も乗らないバス発車
新らしき命を宿す暑さかな
透明な水に隠れてゐる金魚
床磨き上げ新涼の一間かな
忘れゆく自分のかたち秋の雲

〈鷹〉
山地春眠子［やまぢしゅんみんし］

大湖《おほうみ》に無垢の日矢立つ信長忌
地芝居の逸《いつ》派手なる泣口説《なきくどき》
大柚子の柄《へい》たる黄金色を捥ぐ
硯北と記せば漸《やや》に暖かし
霖雨潸々《さんさん》世事《せいじ》囂々蟇交む
麾下に入る麻姑《まこ》と耳搔蠅叩
放つとくつきやないみんみんの競ひ啼

〈円座・晨〉
山中多美子〔やまなかたみこ〕

灯の奥に灯のともりゐる雛まつり
早蕨や泉のごとき修道士
五月来る教室椅子と机だけ
新緑の絵筆を洗ふ木曾の水
母は手を握りかへしぬ萩の花
狂ひなき明治の時計冬薔薇
神鶏のつくりものめく寒さかな

〈不退座〉
山中理恵〔やまなかりえ〕

侘助や傘にぱらぱら雨の音
母もなく子もなく母の日のダンス
雑踏の中にまぎれて街薄暑
水色のインクの手紙処暑の風
秋澄むや錨模様のマンホール
信号の青の点滅やや寒し
顔認証終えてマスクをすぐ戻す

〈泉〉
山梨菊恵〔やまなしきくえ〕

遠国の旅のをはりの朝寝かな
手向け花摘んだる虹の立ちにけり
杉の香の濃くなる夜の大祓
秋興や桧山は雨をうつくしく
数珠玉の音のすさびを掌
晴れ際の風の冷たき厩栓棒
水鳥の失せたる水の日向かな

〈鶴〉
山根真矢〔やまねまや〕

鴨川の石美しき旱かな
遺品再び遺品となりぬ天の川
鳥辺野に縄張ありて鵙の声
食虫植物一管となり虎落笛
こだましか停まらぬ駅や鳥曇
宇治山は宇治ののどの山藤の花
蚊遣たく燐寸消えたる暗さかな

〈百鳥〉
山本あかね［やまもとあかね］

秋燕万葉の野の晴れ渡り
そのことば珠とあたため月を待つ
征きしまゝ幾星霜や星の飛ぶ
ぼんやりとオクラの花の花ざかり
柿すだれ一休寺へはあと少し
秋の夜のひとりといふは寂しいぞ
書き直す十一月の予定表

〈衍〉
山本一歩［やまもといっぽ］

長靴のままなる彼岸詣かな
鍬の柄の艶も八十八夜かな
薔薇の香と思ふ真つ赤な薔薇だといふ
ほうたるの闇ほうたるのをらぬ闇
登山バスに登山とかかはりなく座る
歩きけり稲の花咲くころなれば
霧の中なり火の匂ひただよふも

〈衍〉
山本一葉［やまもとかずは］

魚は氷に上りて母が呼びに来る
行く風に来る風に散るさくらかな
サイダーを一気に飲めば海傾く
片蔭に待つ片蔭に沿うて来る
新しき捕虫網なりすきとほる
籐椅子に聞こえぬふりをして沈む
さびしくてきれい最後の手花火は

〈八千草・天為〉
山元志津香［やまもとしづか］

人生に放課後ありとや玉子酒
瑠璃ムスカリ寒夜の夫の他人めく
百幹の竹に音なし牡丹雪
米寿はスロー・スロー・クイック雪解川
春愁の余白にクリムトの金ちらかし
集落があれば墓地あり柿青し
励ます医師のフェイスシールド遠かなかな

〈梓〉
山本純人［やまもとすみと］

うららかな指が世界をつくりけり
小さめの結婚式や秋の海
万国旗係となりて南風
蜘蛛の糸眺めて待てる始発かな
六行の訃報の欄や時計草
寒晴の光うけとめ能登瓦
春の門くぐり両手はぶるつとす

〈雲取〉
山本菫［やまもとすみれ］

野を駆くるための手足ぞ雪解川
朝刊の天気図に蝶ひそみをり
とり落とす螢砕ける前に飛べ
金管の出だし揃はず青蜥蜴
こゑあらば鯉の饒舌梅雨の月
母は子を子は黒蟻を見てしづか
舷梯をのぼり日傘をもてあます

〈今日の花〉
山本輝世［やまもとてるよ］

大寒の機関庫に飛ぶ火花かな
紅梅や血縁はみな髪真白
淡々と過ぐる金婚花曇
薫風やコロナ禍を生き母百寿
青嵐白き花とも葉裏とも
返還の基地森閑と竹煮草
糠床のよく働きて今日は処暑

〈やぶれ傘〉
山本久枝［やまもとひさえ］

風船に吹き込む息の二度三度
曾祖父の顔知らぬ孫墓洗ふ
鳥渡る都会のビルのその上を
あと一段もう一段と毛糸編む
明易し鳩の濁りのこゑ近し
船頭と釣人の行く朝曇り
団十郎咲かせて今朝の朝顔展

〈汀〉
湯口昌彦［ゆぐちまさひこ］

権禰宜の神呼ぶ声や初鴉
飛ぶ鳥の音ふくよかに牡丹の芽
はつ夏のピアノや木霊呼びに行く
ときのけや虹をきのふに街の老い
稲の穂のしごき掴みに出来をみる
長汀や波音月の韻を踏み
昇りゆく月へ挿頭して大熊手

〈夏爐〉
由藤千代［ゆとうちよ］

恵方宮本殿開けてありにけり
学校は臨時休校鳥雲に
鰡とんで宮参道は海に尽き
御座船の水尾ながながと浦祭
沼わたる風の中より蜻蛉来て
冬の鵙文学館に孤蝶展
歳の市端に広げて骨董屋

〈やぶれ傘〉
湯本正友［ゆもとまさとも］

土手脇の小ながれに雑魚竹の春
ビル壁を隅無く染める冬夕焼
淑気満つ弓張提灯ともる社
パキパキと薄氷つぶし児が通る
水温む沼の日向に鳥数羽
風わたる向かう岸まで蘆の角
用水脇茅花流しの中にをり

〈やぶれ傘〉
湯本　実［ゆもとみのる］

霙降る狸穴《まみあな》坂を早足で
石垣は野面積みとか寒すみれ
短日の駅前ライブ客疎《まば》ら
新聞手にソファーに向かふ目借時
土手道は江戸の外濠ホトケノザ
農道より林道に入る蟬しぐれ
屋形船は出番なき儘秋暑し

〈泉〉

陽 美保子［ようみほこ］

空蟬を五つ集めていぎたなし
七回忌修せし扇置きにけり
寒林に日射しの戻る鳥合はせ
花冷やえやみのかみのそこここに
文書いて淡き交はり春落葉
凧狂ふなりもののけにときのけに
姥百合と同じ昏さに人のこゑ

〈鴻〉

横井 遥［よこいはるか］

秋燕や小さく灯す勝手口
バリウムを胃の腑に二百十日かな
料峭や古代更紗に神と象
浮き来るも潜るも水輪広げ春
花冷えの傘畳み入る定食屋
紙風船畳めば春を畳むごと
撫で払ふ香水瓶の薄埃

〈四季の会〉

横川 端［よこかわただし］

酒含みしばし眼瞑る獺祭忌
ころがるも空見つめゐる落椿
ウィリスの強かにして冴え返る
籠り居て花の始終を見届けり
草むしる妻の背見つつ出掛たり
婿に腰押されて詣る紅葉寺
秋深し友の便りの遠のけり

〈八千草〉

横川はっこう［よこかわはっこう］

草餅や日本《やまと》武尊《たける》にありし恋
吾が墓に糞の表敬春の鳥
行く春や籠り居の民おき去りに
語り継ぐ令和二年の花の頃を
涼しさや香車突きたる指美しき
縁に酌む肴は棋譜と冷奴
ポインセチア闇のはぐくむ猩猩緋

〈円座〉
横田欣子［よこたきんこ］

其処此処に地球の嗚咽春の泥
疫病の世の片隅へ散るさくら
国難とおもへど青嶺ゆるがざり
夕涼の一灯を得し朱唇佛
荒梅雨の雲追ひ払ふ大鳥居
日の暮れを忘れて遊ぶ麦の秋
のけぞつて仰ぐ大佛晩夏光

〈今日の花〉
横田澄江［よこたすみえ］

一湾の金波銀波や初明り
立春のひとりの暇針を持つ
春郊や古墳の起伏風を呼ぶ
豆飯や孫より届く長寿箸
田を植ゑて蔵の裏まで水明り
応答の無き尼寺や昼の虫
身に入むや苔の衣の石仏

〈棒・不退座〉
好井由江［よしいよしえ］

大福の豆がとび出て寒の明け
花の中誰かの電話鳴っている
飛花落花ポストの口が北を向き
山手線二周の家出春の月
母の日とはこそばゆき日よ鏡拭く
当然のように蟇いる酒場の灯
二百十日晴包丁がよく切れる

〈山彦〉
吉浦百合子［よしうらゆりこ］

口だけは達者な母の春の風
コーヒーの思わぬ苦さ春時雨
ポニーテールの若き担任新学期
もう誰もいない故郷苔の花
父母よりも夫よりも生き夏の月
祈る手の皺深深と広島忌
透明な水の宅配原爆忌

〈燎〉
吉江早苗［よしえさなえ］

箸の先とんと揃へてお元日
井戸端の束子あたらし梅三分
五月憂し捨て処なき鍋みがく
終戦日象の花子を語り継ぐ
今年米袋の耳のぴんと立つ
天高し円周率を復唱す
白湯のものこそ旨し山は雪

〈祖谷〉
吉崎礼子［よしざきれいこ］

山畑に麦踏みしこと懐かしき
青き踏む氏神様へ続く道
虫食ひであれど四つ葉のクローバー
夫もまた草笛吹けぬ子でありし
梅雨明けの近き漁船を洗ひをり
空を見るやうに金魚の浮かびゐる
先行きし人にまた会ふ花野かな

〈ろんど〉
吉田克美［よしだかつみ］

濡れ縁に母の下駄待つ五月かな
メーデーやマイクに若さぶつけた日
大瑠璃の声降り止まぬ修験道
祈りの手玄孫に繋ぐ長崎忌
梨剝くや溢るる水の音を喰む
出羽に嫁し山菜漬を遺したり
身に沁むや手話にて歌ふ赤とんぼ

〈漣〉
吉田みゆき［よしだみゆき］

立春のかはたれ時の窓辺かな
円空の大日如来あたたかし
みささぎに声を残して巣立鳥
薬また二つ増やして半夏生
初鴨を待つ草木のそよぎかな
みづうみへ展ける古墳冬日和
冬の畑畝あるやうな無きやうな

吉田有子［よしだゆうこ］〈祖谷〉

寒鯉の背ナに来てをり山の影
句碑一つ梅の香りの中にあり
美しき空のありけりさくら咲く
まづ庭の牡丹に案内してくれし
青空の二百十日を句に遊ぶ
一句得て文化の日とぞ思ひけり
電飾の道は駅へとクリスマス

吉田幸恵［よしだゆきえ］〈やぶれ傘〉

柿つるす緑の屋根の保育園
冬夕焼け盛り土の上のショベルカー
休校のフェンスに絡む蔦若葉
道問うてなほ真つ直ぐに行く薄暑
向日葵の陽を跳ね返す高さかな
足下に地熱の残り盆の月
太刀魚の光り残して焼けにけり

吉田幸敏［よしだゆきとし］〈栞〉

代田水いつとはなしに星の出て
ともかくも野に出でてみる薬の日
けふもまたえやみの話茄子植うる
炎帝に仕ふ鍬胼胝をまたふやし
晩節や玉の緒ひたと白絣
けさ秋の花掛水を田に満たす
十二月八日裸火に風すこし

吉田林檎［よしだりんご］〈知音〉

何もかも干してあるなり団地春
眼まだ生きてゐるなり背越鮎
マスカット入れてマティーニ溢れしむ
もの売らぬテントもひとつ秋深く
水底はこちらなのかも冬の水
冬の川逢魔が時の鋼色
デスマスクごろんと置かれ冬館

〈汀〉
吉田黎子〔よしだれいこ〕

一つゆく雲の高さや破蓮
冬木立影ふれあひて音たてず
カトレアや裾のながるるチェロの椅子
地獄絵の前にしばらく風二月
花鳥図のなかに騙し絵春浅し
方丈のまひるの灯青時雨
青岬一列にゆく調教馬

〈太陽〉
吉原文音〔よしはらあやね〕

秋の蟬すつと木霊を離れたり
草の絮九輪は天つ風の駅
巨石積みあぐねて神の山眠る
田の鶴のくくと伸びたる首白し
詩の糧は薔薇音楽の糧は海
みほとけの羽化する気配青葉闇
燦然と現るる磐座春の鷹

〈樹〉
吉原文子〔よしはらふみこ〕

主張せず大地にぎはす犬ふぐり
梅雨茸小人が仕事するごとし
天と地のあひだ騒がし蟬時雨
忘れたきこと忘られぬ盆の月
鰹塚削り節いろにて秋暑
傷ものもあるとお隣よりの枇杷
生まれ出る物あれば散るぼうたんも

〈清の會〉
吉藤とり子〔よしふじとりこ〕

夕ぐれの風にかさこそ懸り凧
幼な振る手から出る出る石鹸玉
湖風やそよぐ植田の鳶の声
梅雨の朝傘持てあます一年生
新宿のど真ん中にもねこじやらし
荒れ畑や真葛の花の真つ盛り
沼遥か初冠雪の富士望む

〈磁石〉
依田善朗［よだぜんろう］

新涼や土から生えて石仏
物干の靴下冬となつてゐる
戦闘機過ぐ口中に牡蠣崩れ
咳割るるひねもす右岸日蔭なる
残桜の剝がれて後は風の物
豊満を風にまかせて桐の花
どの蟻も道の半ばぞ師は逝けり

〈むしめがね〉
四ッ谷　龍［よつやりゅう］

自転車の輪が五月雨を突き飛ばす
くさむらの奥のくさかげ鑑真忌
鳰の雛高校生は髪染める
鳰浮巣男に蕁麻疹が出て
鳰浮巣見ながら健康茶の話
断崖の上に帰省の女の子
秋燕が化石の崖を飛びにけり

〈雪解〉
余田はるみ［よでんはるみ］

初秋の草の穂揺れて触れ合はず
野外能残暑の夕日まともにす
新涼の紺屋に金魚コレクション
青条揚羽色なき風に流さるる
鬼やんま瑠璃の眼空へ動きけり
もう逢へぬ誰かれ想ふ銀河の夜
六甲の夜景奈落に天の川

〈知音〉
米澤響子［よねざわきょうこ］

ばらばらになるまで飛ばむ秋の蝶
落し蓋一枚買うて果大師
紙五回折ればヒコーキ春隣
夕暮の草の匂ひの捕虫網
汕頭のハンカチ母の絶頂期
女郎蜘蛛浄財箱に糸掛けて
秋水は暗渠へ雲は大陸へ

〈ひまわり〉
米本知江［よねもとともえ］

山肌にはりつく暮らし蕎麦の花
柿熟るる古井戸のみの屋敷跡
若水汲む釣瓶《つるべ》の音のひびく闇
啓蟄や畑に返す野菜屑
花筏鯉の泳ぎにしたがえり
産みたての卵見ている羽抜鶏
草野球白南風《しろはえ》にのるアナウンス

〈秋・昴〉
米山光郎［よねやまみつろう］

女案山子のありて傾むく風のあり
秋草の葉ずれの匂ひほどけ道
いだてんの足のはやさや萩の風
雪月夜院殿居士の墓碑傾ぐ
イソップのはなしの白さ初鴉
母の息ふところにあり生きてゐる
かきつばた長男の目で見てをりぬ

〈鴻〉
良知悦郎［らちえつろう］

一挙とは生きてゐることつつじ山
新緑の堰を越えたる山の音
揺るるとは明日ある証し藤の花
大手門黙を深める萩の白
虫すだく信濃の寺に灯の入る
毛つくろふ鵜にやはらかき冬の凪
枯れ切つて池の底まで枯れ色に

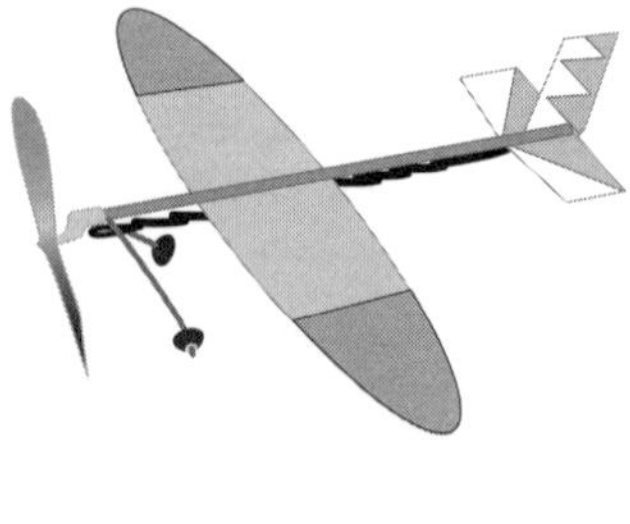

〈こあみ俳句会〉
脇　佐和子［わきさわこ］

凋びたる太刀魚の銀冬の浜
絵硝子のイエスキリスト島の秋
牛膝払ひて峰の僧戻る
子沢山らしき声して柿の家
磯菊の獣めく香や海は紺
淋しさのボール蹴る子よマスクして
長梅雨の畳に拾ふ猫の爪

〈杉俳句座〉
脇村禎徳［わきむらていとく］

天上を水の滾りぬ桜かな
あふたびに背丈のびし子桃の花
二人居に風鈴かなひ鳴りにけり
父母のゐる彼岸も嘸や曼珠沙華
赤トンボわが眦を行き来して
今昔も月夜なりけり近松忌
ひそやかにおのれ怺へて花八ッ手

〈風叙音《フュージョン》〉
渡辺克己［わたなべかつみ］

年たけて帯を緩うす春の雨
雨晴駅の向かうは春の雨
万年雪剣を越ゆる風青し
硝子戸に揺るる草の葉青時雨
闇走り庵りせる神夏の雨
黒凍みの椎の向かうに冬の月
冬暁松の林の荒れゆけり

〈ça va!〉
わたなべじゅんこ［わたなべじゅんこ］

「泣けるよね」泣かない君は秋の雲
インスタに死人の名前花八手
冬霧霽れてココアはまだ掌のなかに
すんすんとすすむ欠落梅ふふむ
さくらひめ夢みるときをひとりじめ
走り梅雨人っ子ひとりという町に
梨ころろそろそろきろうかころそうか

〈響焔〉
渡辺　澄［わたなべすみ］

思い出すたび新しい雪が降る
ふくしまは地つづきにあり鳥帰る
七夕や品川駅で手を振って
石は呼び砂は流れてみなみかぜ
マスクして人間らしくこどもらしく
紅葉かつ散る東京へ帰る人
桜満開きいているのは死者の数

〈濃美〉
渡辺純枝［わたなべすみえ］

グラウンド四隅より萌え来たすなり
おほかたは灰となりたる春炉かな
ひと仕事終へて春炉に戻りけり
うぐひすや琅玕の声響かせて
五月十三日の空が真つ青父よ母よ
夕立の匂ひ近づく将棋盤
高々と馬の歩める大暑かな

〈小熊座〉
渡辺誠一郎［わたなべせいいちろう］

かの昔首細くして枕蚊帳
打水の光や母のふくらはぎ
捨てられしマスク億万夏蝶来
バイラスは怖し伽羅蕗は旨し
秋風の栖あるなら道の奥
熱燗や鬼房のこと語れよと
身のどこか置き忘れたる蒲団干す

〈やぶれ傘〉
渡邉孝彦［わたなべたかひこ］

午後に入り田んぼ明るむ暮の秋
初晴の川に斜めに架かる橋
たんぽぽ黄車両通行止めの道
ビル壁に木の影動く薄暑かな
竹の皮散り木漏れ日が土壁に
文机の中のごちやごちや梅雨に入る
盆用意何か浮き浮きする心地

〈若竹〉
渡邊たけし［わたなべたけし］

みなしごの鳴く芭蕉庵下地窓
室生寺のちっちゃな塔にある小春
地虫鳴く降嫁の宿の隠れ床
お歯黒どぶ跡は暗渠に冬の蝶
斎場の寒鴉にも島なまり
木の芽吹く江戸の名のこす碁盤割
切り通しはどこかはんなり花うばら

〈燎〉
渡部悌子［わたなべていこ］

今朝の空貫ひてゐたる額の花
内臓をまづは一箸初秋刀魚
ほの甘き苦瓜の種真つ赤なり
皮一枚精一杯の熟柿かな
梅雨晴間無音界なる暁の富士
悼むとは忘れざる事盆仕度
最上川よいしよまかしよの涼み舟

〈ぽち袋〉
渡辺徳堂［わたなべとくどう］

泣相撲児抱く力士に引つ掻き傷
土牢を覗けば背後鵙が啼く
冬灯し対座の芭蕉像五寸
水際に靴と見紛ふ番鴨
ねんごろに拭きコロナ禍の雛納む
鼻先の汗がマスクに滲んでる
人間を殺せし梅雨に傘開く

〈野火〉
渡辺長子［わたなべながこ］

繰返すイルカのジャンプ風光る
工場の始動の音や朝桜
落慶の山門夏の蝶来たる
藻の花を揺らして去りぬ狐雨
空青きことの淋しき吾亦紅
とさか重しと直立の鶏頭花
ポインセチア空港行きのバス通る

〈風土〉
渡辺洋子（やや）［わたなべひろこ（やや）］

掛乞にふみこまれたる居留守かな
青き目の律儀顔なる初戎
笹子鳴く去来の墓のつつましく
腕白の騒ぐ真中に蛇の皮
葷の香の未だかすかや古すだれ
燕の子数へて今日の始まりぬ
田を植ゑて眠りこけたる村ひとつ

〈風の道〉
渡邉美奈子［わたなべみなこ］

工事夫の見上げてゐたる桜かな
子供の日もはや登れぬ樹にもたれ
麦秋にとどまつてゐる夕日かな
母の鎌みるみる刈田増やしけり
非常口のドア立冬の音たてて
跡地とはかくも小さく冬の草
古暦撫づれば彼の日ありありと

〈南柯〉
和田　桃［わだもも］

まつさきに春がきてゐるおばんざい
山峡の風はおほらか鯉のぼり
秋澄むや山頂に出て人の声
霊峰の水麗しき井守かな
縫ひ物を手に朝市の林檎売り
山柿や古墳削がれてゆく月日
五月雨や陀羅尼助屋に古《こ》る梲《うだつ》

〈湾〉
和田洋文［わだようぶん］

落蟬の見てゐる空の深さかな
海鳴りの耳の奥なる良夜かな
春風の蓬髪指で梳きにけり
船笛に結び目はなし鳥雲に
金瘡小草閻魔に詫ぶる罪多し
禁足や八十八夜の雲ながれ
きみが日傘をまはすワルツのやうに

編集後記

●ここ数年、フランスやイタリアへ行ったときは、何日か地方の町や村を歩いてきました。で、次はどのあたりにいこうかと考えているときコロナ禍ということになって、どこかへ出かけることなど夢のまた夢ということになってしまいました。それでも家でミシュランガイドブックなど眺めていると、あれこれ行ってみたいところが新たにいっぱい出てきました。しかし、時間はどんどん過ぎ、その中で足腰は弱くなる一方で、旅に出るなどいよいよ儚い夢に終わりそうです。
　釣りの方はというと、この春の乗っ込みシーズンに出かけたいとは思っていますが、果たして四国や九州まで行くことができるのか。これも計画倒れになりそうで、さてさて。（の）

●年末近く、関越自動車道下の〈立往生〉映像を見ながら、近年にない早い大雪、それにしても運転手さんたち、何だか頼もしい！などと、やや不謹慎な感想を抱いたのでしたが、年も明け、さらに雪害は増え、新型コロナはこれまでにない猛威をふるっています。
　波乱と流動、そんな日々が続きますが、わたしたちがそれぞれ、事に対していくことに変わりはありません。

　「年鑑二〇二一年版」は、一九、二〇年版より多い一一九六名のご参加となりました。またエッセイ欄も、これまでで最大の三十三名のご寄稿を賜りました。書き手の方それぞれの思いの深い、充実の内容と感じています。ぜひ読み進めてくださいませ。（土）

●コロナウイルスという言葉を耳にしてから、1年が経とうとしています。どのように対処していいのか、オロオロしている間に時間だけが経ってしまいました。幸い、いまのところはコロナに感染しない、させないで済んでいます。が、情況は一向に収まる気配はなく、不安はますます大きくなるばかりです。いつになったら、以前のように集まって句会ができるようになるのでしょう。少なくとも、句会終了後のお酒を飲みながらの楽しい反省会はまだまだ先の話になりそうです。
　今回の年鑑に掲載された俳句はそんな状況下で応募していただいた俳句です。あとから読み直して、そんな時代もあったと、いえる時が早くくればいいと、願うものです。（き）

ウエップ俳句年鑑
2021年版

2021年1月30日発売　定価：2900円（税込）

発 行 人　池田友之
編 集 人　大崎紀夫
編集スタッフ　森口徹生　土田由佳
　菊地喜美枝
デザイン　（株）サンセイ

発行　（株）ウエップ
〒160-0022　東京都新宿区新宿1-24-1
藤和ハイタウン新宿909
Tel 03-5368-1870　Fax 03-5368-1871
URL.http://homepage2.nifty.com/wep/
郵便為替00140-7-544128

印刷　モリモト印刷株式会社

俳人名簿

【凡例】氏名、所属先、郵便番号、住所、電話番号、FAX 番号（電話番号と同じ場合は＊印）、メールアドレス、生年月日、出生地、句集・著書名の順に記載。

あ行

会田　繭《郭公》山梨県生
青木　暉《青岬》〒270-1176我孫子市柴崎台2-6-11（☎04-7161-2381＊/akiraaoki3192@yahoo.co.jp）昭29.1.30/東京都生
青木澄江《鬣 TATEGAMI》〒399-4117駒ヶ根市赤穂16709-3/長野県生/『薔薇のジャム』『薔薇果』
青木千秋《羅ra》〒390-1701松本市梓川倭1445/長野県生/『泰山木』
青木ひろ子《門》〒340-0002草加市青柳5-36-3（☎080-5388-3332/048-935-2256＊）昭20.3.2/埼玉県生
青島　迪《不退座》昭20.10.6/大分県生
青谷小枝《やぶれ傘・棒》〒134-0085江戸川区南葛西3-19-4（☎03-3687-1082 FAX03-3687-1307/saeko@atelix.net）昭21.7.28/福井県生/『藍の華』
青山　丈《栞・棒》〒120-0026足立区千住旭町22-7（☎03-3881-3433 FAX03-3881-3194）昭5.6.18/東京都生/『象眼』『千住と云ふ所にて』
青山泰一郎《栞》〒244-0803横浜市戸塚区平戸町624-1-603（☎045-826-0729）昭16.9/愛知県生
青山幸則《郭公》〒410-0303沼津市西椎路766-14（☎055-967-7124＊）昭24.5.30/山梨県生
赤石梨花《風土》〒244-0001横浜市戸塚区鳥が丘12-4-304（☎045-864-2492＊）昭8.2.25/愛知県生/『レクイエム』『望潮』
赤木和代《笹》〒522-0047彦根市日夏町2680-49（☎0749-25-3917＊）昭32.6.10/京都府生/『近江上布』
赤瀬川恵実《汀・りいの》〒189-0026東村山市多摩湖町4-32-16（☎042-398-5234＊）昭19.3.24/愛知県生
赤瀬川至安《りいの》〒189-0026東村山市多摩湖町4-32-16（☎042-398-5234＊）昭17.12.18/大分県生
赤塚一犀《代表 吾亦紅の会》〒186-0011国立市谷保7106-4（☎042-574-9455＊）昭10.11.10/東京都生/合同句集『吾亦紅』
赤峰ひろし《鴻》〒595-0071泉大津市助松町3-17-23（☎0725-31-3690＊）昭8.1.21/熊本県生/『太郎冠者』
秋澤夏斗《都市》〒195-0072町田市金井5-12-2（☎042-735-7762＊/natsuo.akizawa@gmail.com）昭19.8.9/東京都生
秋津　令《空》『俳句の杜 2018 精選アンソロジー』
秋保櫻子《からたち》〒624-0834舞鶴市城屋1299（☎090-8657-9190 FAX0773-75-3438）昭21.11.21/京都府生
秋元きみ子《栞》〒253-0056茅ヶ崎市共恵2-4-21（☎0467-83-3643＊）昭10.10.8/東京都生
秋山和男（圓秀）《あゆみ》〒262-0033千葉市花見川区幕張本郷6-12-34（☎043-272-6966＊/k.akiyama@jcom.zaq.ne.jp）昭19.8.25/栃木県生
秋山朔太郎《主宰 夏野》〒170-0004豊島区北大塚2-24-20-601（☎03-3367-2261 FAX03-3269-7871）昭17.6.1/東京都生/「俳人ならこれだけは覚えておきたい名句・山口青邨」（雑誌掲載）
秋山恬子《海棠》〒600-8388京都市下京区坊門町782-1-204（☎075-821-2058）昭16.6.20/岡山県生
秋山しのぶ《不退座・ろんど》〒167-0023杉並区上井草2-24-1/昭23.2.16/福島県生
秋山信行《やぶれ傘》〒336-0932さいたま市緑区中尾103-15（☎048-874-0555）昭20.5.14/埼玉県生
秋山百合子《家・円座・晨》〒464-0802名古屋市千種区星が丘元町14-60-201（☎052-783-3810＊）昭16.7.7/愛知県生/『朱泥』『花と種』『花音』
圷　文雄《ひたち野》〒305-0861つくば市谷田部2004-1（☎029-838-1475/f-acts@wb4.so-net.ne.jp）昭22.1.12/茨城県生
浅井民子《主宰 帆》〒186-0002国立市東4-16-

17(☎042-577-0311＊/tamiko-asai@dream.jp)昭20.12.14/岐阜県生/『黎明』『四重奏』
浅田光代《風土》〒569-1041高槻市奈佐原2-13-12-704(☎072-696-0488＊)昭20.12.27/福岡県生/『みなみかぜ』
朝吹英和《俳句スクエア》〒152-0022目黒区柿の木坂2-22-23/昭21.6.12/東京都生/『青きサーベル』『光の槍』『夏の鏃』『朝吹英和句集』
芦川まり《八千草》〒189-0011東村山市恩多町1-47-3/昭17.10.24/山形県生
安食彰彦《白魚火》〒691-0014出雲市口宇賀町409(☎0853-63-3601 FAX0853-63-3628)昭9.12.18/島根県生/「紺物語」「続紺物語」「また紺物語」、百科1集～37集
東　國人《ペガサス・青群・祭演・蛮》昭35.4.3/千葉県生
安宅智子《ひまわり》〒770-0026徳島市佐古六番町5-28-1101(☎088-626-1251＊)昭14.6.26/徳島県生/『百灯』
足立枝里《鴻》〒154-0014世田谷区新町2-2-16-602/昭41.10.1/東京都生/『春の雲』
足立和子《山麓》〒257-0006秦野市北矢名1085-2(☎0463-76-4661＊)昭15.11.10/神奈川県生
足立幸信《香雨》兵庫県生/『一途』『狩行俳句の現代性』
阿知波裕子《若竹》〒465-0091名古屋市名東区よもぎ台1-909(☎052-773-5782＊)昭17.10.8/愛知県生/『山櫻』
穴澤篤子《鷹》〒152-0004目黒区鷹番3-12-3(☎03-3710-8689)昭9.6.14/宮城県生/『草上』
穴澤紘子《昴》〒207-0033東大和市芋窪6-1377-1(☎042-562-1472＊)昭17.10.30/満州生/『水底の花』
安部元気《副主宰 童子》〒038-3802青森県南津軽郡藤崎町大字藤崎字南豊田34-6(☎0172-75-2975 FAX0172-75-2976/gabe@Juno.ocn.ne.jp)昭18.11.8/旧満州生/『水鉄砲』『稲子麿』『一座』『隠岐』『いちばんわかりやすい俳句歳時記』『美しい日本語』
阿部鷹紀《羅ra》〒381-0043長野市吉田1-10-3-6(t-abe@shinmai.co.jp)昭45.6.19/東京都生
天野光暉《山彦・北房俳句》〒716-1421真庭市下中津井32(☎0866-52-3801)/『出遊』『妙聲』
天野眞弓《今日の花》〒142-0064品川区旗の台2-13-10/昭10.3.9/山梨県生
天野美登里《やぶれ傘》〒856-0827大村市水主町2-986-2(☎080-5468-5840)昭27.1.13/長崎県生/『ぽつぺん』
荒井おさむ《八千草》
荒井一代《鴻》〒440-0853豊橋市佐藤2-28-11(☎0532-63-9690＊)昭32.10.14/愛知県生
荒井千佐代《沖・空》〒852-8065長崎市横尾3-28-16(☎095-856-5165＊)昭24.3.24/長崎県生/『跳ね橋』『系図』『祝婚歌』
荒井寿子《清の會》〒270-1143我孫子市天王台1-24-3
荒川心星《鴻・松籟》〒472-0006知立市山町山83(☎0566-82-1627＊)昭6.10.19/愛知県生/『ふるさと』『花野』
荒木　甫《鴫》〒277-0827柏市松葉町4-7-2-305(☎04-7133-7632＊/araki-h@nifty.com)昭12.5.6/京都府生
有住洋子《発行人 白い部屋》(☎03-6416-8309＊)東京都生/『残像』『景色』
有本惠美子《ろんど》〒635-0831奈良県北葛城郡広陵町馬見北2-5-6(☎0745-55-2118＊)昭11.9.25/鳥取県生
有本美砂子《諷詠》兵庫県西宮市/兵庫県生
有賀昌子《やぶれ傘》〒330-0044さいたま市浦和区瀬ケ崎1-37-2(☎048-886-7448)昭16.7.21/大阪府生/『余花あかり』
粟村勝美《獺祭》〒338-0832さいたま市桜区西堀1-17-19(☎048-861-9077 FAX048-838-7898/k-awa@pure2z.com)昭8.4.26/大阪府生/写真俳句集『ひねもす俳句』①
安西　篤《代表 海原》〒185-0013国分寺市西恋ケ窪1-15-12(☎042-321-7192＊)昭7.4.14/三重県生/『多摩蘭坂』『秋の道』『素秋』、評論『秀句の条件』『現代俳句の断想』『金子兜太』
安藤久美子《やぶれ傘》〒124-0012葛飾区立石4-30-6(☎03-3691-1473)昭19/東京都生/『只管(ひたすら)』
安藤町彦《南柯》〒632-0071天理市田井庄町19-1(☎090-7685-1409/matihiko.ando@gmail.com)昭32.3.25/奈良県生
飯島ユキ《代表 羅ra》〒390-0815松本市深志3-8-2(☎0263-32-2206)東京都生/『一炷』『らいてうの姿ちひろの想い』『今朝の丘－平塚らいてうと俳句』
飯田　晴《主宰 雲》〒276-0023八千代市勝田台1-7-1 D1005(☎047-487-7127＊)昭29/千葉県生/『水の手』『たんぽぽ生活』『夢の変り目』

飯田幸政《新宿句会》〒277-0087柏市常盤台18-12/昭14.3.12/福岡県生/『九十九里』
飯塚　璋《野火》〒330-0071さいたま市浦和区上木崎6-14-18(☎090-3349-0664 FAX048-832-2119/sushidki@docomo.ne.jp)昭22.5.14/群馬県生
飯塚勝子《濃美》〒465-0055名古屋市名東区勢子坊1-1127(☎052-701-9625＊)昭16.7.22/茨城県生
飯野幸雄《代表 夕凪》〒734-0004広島市南区宇品神田1-5-25(☎082-251-5020＊)昭15.5.24/広島県生/『原爆忌』
藺草慶子《秀・星の木》
生島春江《ひまわり》〒770-8003徳島市津田本町3丁目1-73-203/昭21.11.14/徳島県生/『すきっぷ』
生田泰子《野火》〒962-0001須賀川市森宿辰根沢74-5(☎0248-75-1844 FAX0248-75-5256)昭12.8.21/福島県生
池谷　晃《宇宙》〒426-0028藤枝市益津下60-12/昭14.2.4/静岡県生/『自由席』
池田暎子《小さな花》〒123-0842足立区栗原3-10-19-1001/昭17.1.2/長野県生/『初蝶』
池田啓三《野火》〒272-0827市川市国府台4-7-52(☎047-371-6563＊)昭7.5.17/岡山県生/『玻璃の内』『自画』『蒙古斑』『春炬燵』『美点凝視』
池田澄子《豈・トイ》〒166-0015杉並区成田東4-19-15/昭11.3.25/神奈川県生/『たましいの話』『思ってます』『此処』他
池田光子《風土》〒649-6217岩出市山田89-191(☎0736-79-3363＊)昭20.2.27/和歌山県生/『月の鏡』
井越芳子《副主宰 青山》〒354-0035富士見市ふじみ野西2-1-1 アイムふじみ野南一番館1104(☎049-266-3079＊/yoshiko-torinoomosa@s9.dion.ne.jp)昭33.4.19/東京都生/『木の匙』『鳥の重さ』『雪降る音』『自註井越芳子集』
井坂　宏《風の道》『深海魚』『白き街』
石井公子《航》〒230-0063横浜市鶴見区鶴見1-6-28-301(☎045-584-4088＊)昭14.5.12/東京都生
石井那由太《泉》〒191-0032日野市三沢2-40-21(☎042-592-0742＊/ishiihy@jcom.zaq.ne.jp)昭16.12.21/東京都生/『雀声』
石井雅之《濃美》〒475-0911半田市星崎町3-48-1-607(☎0569-23-0473＊)昭16.2.13/東京都生
石井美智子《風土》〒018-1856秋田県南秋田郡五城目町富津内下山内字高田147-7(☎018-852-2736/tomo55@ae.auone-net.jp)昭29.11.29/秋田県生/『峡の畑』
石川昌利《ひたち野》〒306-0411茨城県猿島郡境町下砂井604(☎0280-87-0517＊)昭15.2.14/茨城県生
石　寒太《主宰 炎環》〒353-0006志木市館2-8-7-502(☎048-476-4505＊)昭18.9.23/静岡県生/『あるき神』『炎環』『翔』他、『わがこころの加藤楸邨』他
石工冬青《河》〒933-0134高岡市太田4821(☎0766-44-8364)昭8.10.27/富山県生/『松太鼓』『東風』、『双髪』(合同句集)、富山県合同句集第1集〜第45集
石倉政苑《主宰 花藻》〒525-0054草津市東矢倉2-29-19(☎077-562-6124＊)昭18.8.11/兵庫県生/『俳句俳画集 季節の響き』『俳句俳画を楽しむ 四季の輝き』
石倉夏生《代表 地祷圏・響焰》〒328-0024栃木市樋ノ口町130-13(☎0282-23-8488＊)昭16.8.2/茨城県生
石﨑　薫《梓・杉》〒112-0006文京区小日向2-10-26-306(☎03-3945-4909/kaoru-music@mvb.biglobe.ne.jp)昭18.7.22/東京都生
石嶌　岳《主宰 嘉祥》〒173-0004板橋区板橋1-50-13-1301/昭32.2.16/東京都生/『岳』『虎月』『嘉祥』
石田雨月《ひまわり》〒772-0003鳴門市撫養町南浜蛭子前東113(☎088-686-1734)昭22.8.19/徳島県生
石田慶子《今日の花》〒900-0014那覇市松尾2-19-39-1102(☎098-864-0241 FAX098-864-0245)昭10.8.12/東京都生/『きびの花』
石田蓉子《鴻》〒257-0003秦野市南矢名2-1-1(☎0463-78-1448)昭14.9.18/神奈川県生/『薩摩切子』
石地まゆみ《秋麗・磁石》〒195-0053町田市能ケ谷6-46-8(☎042-708-9136＊)昭34.6.4/東京都生/『赤き弓』
石原博文《暖響》〒324-0043大田原市浅香3丁目3732-25(☎0287-55-1708＊)昭24.5.7/栃木県生/『菜畦』
伊集院兼久《海棠》〒594-1111和泉市光明台1-29-7(☎0725-56-7726)昭24.12.20/鹿児島県生

伊集院正子《海棠》〒594-1111和泉市光明台1-29-7(☎0725-56-7726)昭26.1.8/福岡県生
泉　一九《やぶれ傘》〒336-0041さいたま市南区広ヶ谷戸548(☎048-887-6069*/yuji19jiyu@gmail.com)昭21.6.1/埼玉県生/『住まいのかたち』
磯　直道《主宰 くさくき》〒332-0023川口市飯塚4-4-7(☎048-251-3033*)昭11.2.26/東京都生/『東京の蛙』『初東風』『連句って何』
板垣　浩《燎》〒191-0012日野市日野1111-1C-604(☎042-585-2314*)昭19.7.19/山形県生
市川伸子《八千草》神奈川県生
市川浩実《汀》〒111-0035台東区西浅草3-28-17-1401(☎03-3845-5445*)昭36/東京都生
市場基巳《主宰 草》〒769-2101さぬき市志度975-18(☎087-894-7541)昭8.4.20/香川県生/『損ねけり』
市堀玉宗《栶・梅檀》北海道生/『雪安居』『面目』『安居抄六千句』、エッセイ『拝啓良寛さま』
市村明代《馬酔木・晨》〒593-8312堺市西区草部805-4(☎072-271-9278*)昭29.6.29/大阪府生
市村栄理《秋麗・むさし野》〒194-0041町田市玉川学園4-10-23竹重方(☎042-720-4213*)昭35.10.14/東京都生/『冬銀河』
市村健夫《馬酔木・晨》〒593-8312堺市西区草部805-4(☎072-271-9278*/takeyan14@nike.eonet.ne.jp)昭29.8.12/大阪府生
市村和湖《汀》東京都生
井出野浩貴《知音》〒332-0017川口市栄町1-12-21-308/昭40.12.15/埼玉県生/『驢馬つれて』
伊藤一男《河》〒983-0021仙台市宮城野区田子2-42-14(☎022-258-1624 FAX022-258-4656)昭22.5.13/宮城県生
伊藤左知子《ペガサス・縷縷》東京都生
伊東志づ江《あゆみ》山梨県生
伊藤　隆《いには》〒264-0021千葉市若葉区若松町361-62(☎043-232-3548*/takashi-ito@tbc.t-com.ne.jp)昭7.10.14/千葉県生/『天恵』
伊藤トキノ《香雨》〒249-0004逗子市沼間3-17-8(☎046-872-5087)昭11.3.3/岩手県生/『花莟』他4冊、『自註伊藤トキノ集』、入門書『季語を生かす俳句の作り方』(共著)他
伊東　肇《若葉》〒158-0096世田谷区玉川台2-20-11(☎03-3700-0556*)昭18.5.5/東京都生/『青葡萄』『山祇』『多摩川』他
伊藤晴子《主宰 春嶺》〒193-0941八王子市狭間町1464-2-712(☎042-666-1616*)神奈川県生
伊藤秀雄《雪解》〒910-3402福井市鮎川町95-3-2(☎0776-88-2411*)昭10.6.11/福井県生/『磯住み』『仏舞』
伊藤政美《主宰 菜の花》〒510-0942四日市市東日野町198-1(☎059-321-1177*)昭15.9.3/三重県生/『青時雨』『四郷村抄』『父の木』『天音』等8冊
伊藤康江《萌》〒157-0066世田谷区成城9-30-12-505(☎03-3483-7479 FAX03-3483-7489/yasue@fa2.so-net.ne.jp)昭16.2.15/大阪府生/『花しるべ』『いつもの窓』『濤のこゑ』『自註伊藤康江集』
糸澤由布子《野火》〒308-0052筑西市菅谷1797(☎090-2318-0315 FAX0296-22-5851/kichiemo.5851@gmail.com)茨城県生
糸屋和恵《藍生》
稲井和子《ひまわり》〒770-0805徳島市下助任町2-18(☎088-626-2817*)昭8.12.24/徳島県生/『文字摺草』
稲垣清器《ときめきの会》〒293-0002富津市二間塚1806-4(☎090-4071-9707 FAX0439-88-0782)昭14.9.5/長野県生
稲田一二三《からたち》〒799-3701宇和島市吉田町北小路乙64(☎0895-52-1208)昭19.9.19/愛媛県生
稲田眸子《主宰 少年》〒341-0018三郷市早稲田7-27-3-201(☎090-3961-6558/boshi@peach.ocn.ne.jp)昭29.5.2/愛媛県生/『風の扉』『絆』
稲畑廣太郎《主宰 ホトトギス》〒152-0004目黒区鷹番1-14-9(☎03-3716-5714*)昭32.5.20/兵庫県生/『玉箒』『閏』
乾　真紀子《秀・四万十》〒781-5235香南市野市町下井111(☎0887-56-2539*)昭26.9.1/高知県生
犬飼孝昌《菜の花》〒481-0013北名古屋市二子双葉35(☎0568-24-0308*)昭16.1.1/愛知県生/『土』
井上京子《ひまわり》〒771-5204徳島県那賀郡那賀町中山字小延15-4/昭26.10.1/徳島県生
井上つぐみ《鴻》〒277-0831柏市根戸470-25-916(☎04-7133-5251*/rekoinoue@yahoo.co.jp)昭27.1.15/長崎県生
井上弘美《主宰 汀・泉》〒151-0073渋谷区笹塚2-41-6・1-405(☎03-3373-6635*)昭28.5.26/京都府生/『あをぞら』『汀』『顔見世』・『京都千年の歳事』『読む力』他

井上泉江《草の宿》〒324-0062大田原市中田原821（☎090-7402-9659）昭9.3.26/栃木県生
井上康明《主宰 郭公》〒400-0026甲府市塩部4-9-9（☎055-251-6454＊）昭27.5.31/山梨県生/『四方』『峡谷』
伊能　洋《暦日》〒156-0043世田谷区松原4-11-18（☎03-3321-3058＊）昭9.4.12/東京都生/『紫陽花の湖』
今泉千穂子《燎》〒190-0001立川市若葉町2-52-4（☎042-536-3236）昭23.9.25/佐賀県生
今井　聖《主宰 街》〒235-0045横浜市磯子区洋光台4-34-15（☎045-832-3477＊/ariga10nara@s5.dion.ne.jp）昭25.10.12/小説『ライク・ア・ローリングストーン—俳句少年漂流記』、ジュニア新書『部活で俳句』、句集『九月の明るい坂』他
今井千鶴子《ホトトギス・玉藻・珊》〒154-0022世田谷区梅丘2-31-6（☎03-3420-2050 FAX03-3420-9080）昭3.6.16/東京都生/『過ぎゆく』他
今井　豊《代表 いぶき・藍生》〒673-0881明石市天文町2-1-38（☎090-3827-2727）昭37.8.27/兵庫県生/『席捲』『逆鱗』『訣別』『草魂』
今瀬一博《対岸・沖》〒311-4311茨城県東茨城郡城里町増井1319-1（☎029-288-4368＊）昭40.10.9/茨城県生/『誤差』
今瀬剛一《主宰 対岸》〒311-4311茨城県東茨城郡城里町増井1319-1（☎029-288-3330）昭11.9.15/茨城県生/『対岸』『約束』他
今園由紀子《輪》東京都生
今富節子《貂》〒157-0071世田谷区千歳台6-16-7-313/昭20.5.20/富山県生/『多福』『目盛』
今村潤子《主宰 火神》〒862-0971熊本市中央区大江6-1-60-206/昭15.5.29/熊本県生/『子別峠』『秋落暉』『中村汀女の世界』
今村たかし《会長 練馬区俳句連盟・杉》〒177-0041練馬区石神井町3-27-6（☎03-3996-1273/imataka@dream.com）昭15.2.14/『百会』『遊神』
伊予田由美子《夏爐・椎の実》昭24.3.10/高知県生/『仮の橋』『彩雲』
入江鉄人《春月》〒134-0084江戸川区東葛西9-8-15（☎03-3689-4292＊）昭25.1.5/長崎県生/『おんぶばつた』
入野ゆき江《予感》〒190-0032立川市上砂町3-6-14/昭10.7/東京都生/『清流』
入部美樹《青山》〒247-0006横浜市栄区笠間2-10-3-210（☎045-893-5730＊）昭33.3.25/広島県生/『花種』
岩城久治《主宰 参・鼎座・紫薇》〒603-8035京都市北区上賀茂朝露ケ原町16-705（☎090-3281-6660 FAX075-721-4088）昭15.9.24/京都府生/『秋謐』『冬焉』等、『子供のいる俳景』（串田孫一挿画）等
岩﨑　俊《鴻》〒300-1235牛久市刈谷町5-59（☎029-874-3685＊/takashi-iwasaki@jcom.home.ne.jp）昭23.3.14/神奈川県生/『風の手紙』
岩田公次《主宰 祖谷》〒773-0010小松島市日開野町字行地1-17（☎0885-32-4345＊）昭19.6.7/徳島県生
岩田由美《藍生・秀》〒221-0854横浜市神奈川区三ツ沢南町5-12（☎045-323-3319＊）昭36.11.28/岡山県生/『春望』『夏安』『花束』『雲なつかし』
岩田玲子《今日の花》〒162-0842新宿区市谷砂土原町3-8（☎03-3269-6033）昭29.3.16/東京都生
岩出くに男《鳰の子》〒569-1031高槻市松が丘2-3-17（☎072-687-0552＊）昭14.10.6/兵庫県生/『晏』
岩永佐保《鷹》〒252-0303相模原市南区相模大野1-16-1（☎042-744-6775＊）昭16.6.6/福岡県生/『海響』『丹青』『迦音』『自註岩永佐保集』
岩本功志《野火》〒277-0871柏市若柴264-1デュオセーヌ柏の葉503号室（☎090-1807-1821/iwamotodsk@joy.ocn.ne.jp）昭18.2.1/鳥取県生
上田和生《雪解》〒596-0845岸和田市阿間河滝町1625（☎072-426-0888＊/kueda11@sensyu.ne.jp）昭15.2.11/大阪府生/『稲田』、随筆『お多福豆』
植竹春子《泉》〒213-0032川崎市高津区久地4-4-23（☎044-822-1955＊）昭22.4.30/山梨県生/『蘆の角』
上田　桜《陸》〒174-0046板橋区蓮根3-15-1-209（☎090-2249-6399 FAX03-3965-7841）昭25.4.14/福岡県生/共著『現代俳句精鋭選集13』『平成俳人大全集』
上田日差子《主宰 ランブル》〒151-0053渋谷区代々木2-37-15-204都筑方（☎03-3378-9206＊）昭36.9.23/静岡県生/『日差集』『忘南』『和音』
上辻蒼人《風土・春日野》〒637-0004五條市今井町1496-2/昭19.4.18/『道程』『青田』『千振』『奥大和』
上野一子《連衆・天籟通信》〒803-0844北九

州市小倉北区真鶴2-8-6(☎090-7296-1496 FAX093-651-1344/ueno1ko@gmail.com)昭30.5.21/福岡県生/『ランゲージ·ダンス』
上野一孝《代表 梓》〒171-0042豊島区高松3-8-3(☎03-3530-3558 FAX03-5995-3976/azusa-iu@able.ocn.ne.jp)昭33.5.23/兵庫県生/『萬里』『李白』『迅速』『風の声を聴け』『森澄雄俳句熟考』『肉声のありかを求めて』『俳句の周辺』
上野春海《燎》〒186-0002国立市東4-4-13(☎042-577-9777*)昭15.5.2/東京都生
上野洋子《燎》〒186-0013国立市青柳1-12-13/昭21.5.21/山梨県生
上村葉子《風土》〒263-0031千葉市稲毛区稲毛東3-3-17(☎043-243-0194*/yoko-u@jeans.ocn.ne.jp)昭20.11.12/千葉県生
丑久保 勲《やぶれ傘》〒338-0013さいたま市中央区鈴谷9-4-19(☎048-853-3856*)昭14.2.5/栃木県生
臼井清春《栞》〒227-0033横浜市青葉区鴨志田町806-18(☎045-962-6569*/kiyoharu2505@quartz.ocn.ne.jp)昭17.3.21/岐阜県生
碓井ちづるこ《家》〒458-0812名古屋市緑区神の倉3-99(☎052-876-9027*/usuichi@k4.dion.ne.jp)昭14.1.1/大阪府生/『洋々会35年記念合同俳句集』
宇多喜代子《草樹》〒563-0038池田市荘園1-11-17(☎072-761-7323*)昭10.10.15/山口県生/『りらの木』『夏月集』『象』『記憶』『森へ』
内田廣二《燎》〒186-0005国立市西2-7-27(☎042-571-0897*/hiroji1634@icloud.com)昭23.4.3
内原陽子《杉·夏爐》〒781-0015高知市薊野西町1-14-13(☎088-845-1829)昭2.11.19/東京都生/『雲井』
うっかり《ひまわり》〒773-0022小松島市大林町字本村124(greendaiquiri@gmail.com)昭57.11.25/徳島県生
槍田良枝《稲》〒187-0003小平市花小金井南町2-9-32-1(☎042-462-3214*)昭24.10.25/東京都生/『風の日』、『俳句で歩く江戸東京』(共著)
宇都宮敦子《鴫·貂》〒336-0021さいたま市南区別所5-9-18/昭10.2.14/岩手県生/『錦玉羹』『琴弾鳥』
うてなミヨ《鶴》〒156-0057世田谷区上北沢5-10-14(☎03-3303-7356*)昭22.3.4/北海道生
宇野理芳《雲取》〒114-0034北区上十条5-10-9(☎03-3909-2349*)昭17.4.1/東京都生
梅枝あゆみ《煌星》昭39.4.13/三重県生
梅沢 弘《野火》〒344-0007春日部市小渕179-11(☎048-761-0283/ume.satoyama@gmail.com)昭31.8.31/埼玉県生/『ふるさとの餅』
梅田ユキエ《ときめきの会》〒314-0025鹿嶋市下塙1000(☎0299-82-2414 FAX0299-84-7525)昭21.8.10/茨城県生
梅津大八《谺》〒244-0816横浜市戸塚区上倉田町1803-5(☎045-861-4930/umetsudai8@gmail.com)昭24.1.2/青森県生/『富士見ゆる』
宇留田厚子《輪》新潟県生
越後則子《薫風》〒031-0814八戸市妙字黒ヶ沢4-38/青森県生
衞藤能子《八千草》〒170-0003豊島区駒込3-4-2(☎090-3478-9018 FAX03-5394-0359)昭22.3.29/東京都生/『水の惑星』
江中真弓《選者 暖響》〒180-0006武蔵野市中町1-11-16-607(☎0422-56-8025*)昭16.7.11/埼玉県生/『雪径』『水中の桃』『武蔵野』『六根』、アンソロジー『俳句の杜4』
榎本 享《なんぢや》〒674-0074明石市魚住町清水1364(☎078-942-0527*)昭14.8.3/兵庫県生/『明石』『おはやう』『守宮&燕の子』
榎本好宏《主宰 航》〒234-0054横浜市港南区港南台3-14-1-614(☎045-835-0332*)昭12.4.5/東京都生/『祭詩』など、著書『森澄雄とともに』など
海老澤愛之助《雨蛙》〒359-1132所沢市松が丘1-5-2(☎04-2922-0259*/aij9607@yahoo.co.jp)昭17.12.8/東京都生
遠藤悦子《ひたち野》〒312-0036ひたちなか市津田東1-8-10(☎029-272-2492*)昭14.1.28/茨城県生
遠藤酔魚《あゆみ》〒274-0067船橋市大穴南1-11-23(☎047-462-0721*/rs-endo@cotton.ocn.ne.jp)昭24.10.17/京都府生
遠藤千鶴羽《なんぢや》〒197-0004福生市南田園3-10-17(☎042-553-7661*/chizuha0213@yahoo.co.jp)昭39.2.13/東京都生/『コウフクデスカ』『暁』『新現代俳句最前線』
遠藤正恵《濃美·家》〒465-0055名古屋市名東区勢子坊1-1109(☎052-703-9463 FAX052-908-9021)/愛知県生/『野遊び』
遠藤由樹子〒154-0024世田谷区三軒茶屋2-52-17-203(☎03-6450-8988*)昭32.7.13/東京都生/『濾過』

尾池和夫《主宰 氷室》〒611-0002宇治市木幡御蔵山39-1098(☎0774-32-3898 FAX0774-33-4598/oike-kazuo@nifty.com)昭15.5.31/東京都生/『大地』『瓢鮎図』
尾池葉子《氷室》〒611-0002宇治市木幡御蔵山39-1098(☎0774-32-3898)昭16.1.25/高知県生/『ふくろふに』
大石香代子《鷹》〒173-0004板橋区板橋1-50-13-1301(☎03-5375-0977*)昭30.3.31/東京都生/『雑華』『磊磊』『鳥風』ほか
大井恒行《豈》〒183-0052府中市新町2-9-40(☎042-319-9793*)昭23.12.15/山口県生/『風の銀漢』『大井恒行句集』『教室でみんなと読みたい俳句88』など
大上朝美《鏡》昭28/福岡県生
大岡蒼一《ひまわり》〒779-3215徳島県名西郡石井町藍畑字竜王52-58(☎088-674-4938*)昭19.12.8/徳島県生/『花ひらひら』
大勝スミ子《八千草》〒171-0051豊島区長崎5-1-31-711(☎03-3955-6947*)昭8.6.25/鹿児島県生/「あの調べ」(写真とつづる俳句集)、「旅日記と17音の裾野」(小冊子)
大川倭玖《鶴》〒272-0835市川市中国分2-3-7-D/昭19.3.22
大木あまり《星の木》〒226-0006横浜市緑区白山3-18-1吉本方(☎045-934-7503*)昭16.6.1/東京都生/『遊星』
大木孝子《代表 刈安》〒112-0014文京区関口1-1-5-902(☎070-4092-6470)昭20.11.29/茨城県生/『藻臥束鮒』『杵巓』『あやめ占』『蟲狩』
大木満里《都市》〒243-0034厚木市船子1341-3相田方/神奈川県生
大窪雅子《夏爐》〒781-0304高知市春野町西分213-1(☎088-894-2299)昭17.12.8
大越秀子《野火》〒347-0017加須市南篠崎2435-1(☎0480-65-7033*)昭27.6.14/埼玉県生
大崎紀夫《主宰 やぶれ傘・棒》〒335-0022戸田市上戸田1-21-7(☎048-443-5881*)昭15.1.28/埼玉県生/『草いきれ』『釣り糸』他
大澤　優《不退座》〒187-0035小平市小川西町2-7-403/昭25.1.1
大澤ゆきこ昭20.3.19/東京都生
大島英昭《やぶれ傘》〒364-0002北本市宮内1-132(☎048-592-5041*/usagi-oshima@jcom.zaq.ne.jp)昭17.7.12/東京都生/『ゐのこづち』『花はこべ』
大島幸男《氷室》〒618-0012大阪府三島郡島本町高浜3-3-1-606(☎090-1244-1161/yukimachio@gmail.com)昭23.1.20/新潟県生/『現代俳句精鋭選集9』
大高　翔《藍花》〒102-0083千代田区麹町1丁目4-4-2F(ライフルハブ)/昭52.7.13/徳島県生/『親子で楽しむこども俳句塾』『帰帆』ほか
大高霧海《主宰 風の道》〒150-0032渋谷区鶯谷町19-19(☎03-3461-7968 FAX03-3477-7021)昭9.2.6/広島県生/『水晶』『鵜飼』『白の矜持』『無言館』『菜の花の沖』
太田寛郎《香雨》〒292-0041木更津市清見台東2-32-16(☎0438-98-2259*)昭15.7.25/神奈川県生/『一葦集』『雞肋記』『花鳥』『自註太田寛郎集』
大竹多可志《主宰 かびれ》〒116-0011荒川区西尾久8-30-1-1416(☎03-3819-1459*)昭23.6.23/茨城県生/『気流』『熱気球』『青い断層』『0秒』『水母の骨』『芭蕉の背中』『自註大竹多可志集』、エッセイ『自転車で行く「奥の細道」逆回り』『自転車で行く「野ざらし紀行」逆回り』
大岳千尋《朴の花》〒259-0111神奈川県中郡大磯町国府本郷1120-13荒井秀子方(☎0463-61-2370*)神奈川県生/『青鳩』
太田土男《代表 草笛・百鳥》〒214-0038川崎市多摩区生田3-5-15(☎044-922-7886*)昭12.8.22/神奈川県生/『花綵』ほか、エッセイ『自然折々 俳句折々』
大谷のり子《野火》群馬県生/『豚の睫毛』
太田眞佐子《濃美》〒501-3787美濃市上野413(☎0575-37-2225*)昭11.10.13/岐阜県生
大塚太夫《雲》〒203-0043東久留米市下里3-2-23(☎042-476-4621*)昭27.12.28/秋田県生
大塚てる乃《八千草》〒214-0021川崎市多摩区/昭24.1.2/岩手県生
大槻一郎《晨・扉》〒572-0820寝屋川市中木田町17-3(☎072-824-6885*)昭13.4.10/京都府生/『自分史』『雪』『湖』『花時』
大西淳二《主宰 草原》〒634-0824橿原市一町1349米田方(☎090-7367-4357/0744-27-4363*/ohminezan@nifty.com)昭29/奈良県生/「草原I〜IV」
大西誠一《円座》〒503-0973大垣市木戸町957-17(☎0584-78-0823*/ose-0520-kidomachi@docomo.ne.jp)昭21.8.4/愛媛県生/『現代俳句精鋭選集15』
大西　朋《鷹・晨》〒305-0041つくば市上広岡501-2(☎029-895-3732*/tomo@onishi-lab.

jp)昭47.10.16/大阪府生/『片白草』
大沼つぎの《燎》〒206-0811稲城市押立543-3(☎042-377-4822*)宮城県生
大野崇文《香雨》〒277-0005柏市柏4-11-3(☎04-7163-1382*)昭26.1.16/千葉県生/『桜炭』『酔夢譚』『遊月抄』
大野信子《草の花》〒350-1126川越市旭町1-25-23/昭13.1.10/埼玉県生
大畑光弘《春月》〒332-0012川口市本町2-1-20-204(☎048-222-7358)昭20.1.1/島根県生/『雲海の島』
大林文鳥《夏爐》〒787-0023四万十市中村東町3-9-2/昭28.1.6/高知県生
大堀祐吉《菜の花》〒510-0834四日市市ときわ1-8-15(☎059-353-4849*)昭17.9.8/三重県生/『冬星座』
大海かほる《初蝶》〒270-1145我孫子市高野山226-24(☎04-7182-9522)昭18.5.23/高知県生
大村康二《円虹》
大矢知順子〒243-0037厚木市毛利台2-7-7(☎046-247-4844*/junoyachi@gmail.com)昭18.5.28/愛知県生/『揚ひばり』
大輪靖宏《主宰 輪》〒248-0012鎌倉市御成町9-21-302(☎0467-24-3267*)昭11.4.6/東京都生/『海に立つ虹』、評論『なぜ芭蕉は至高の俳人なのか』他
岡﨑さちこ《獺祭》〒146-0093大田区矢口2-29-3(☎03-3750-5684*)昭16.10.25/東京都生
小笠美枝子《燎》〒187-0045小平市学園西町2-11-7-6/昭28.12.13/栃木県生
小笠原玲子《深海》〒445-0851西尾市住吉町3-21(☎0563-57-7493)昭18.8.6/愛知県生/『薔薇の棘』『赤の鼓動』
緒方　敬《主宰 菜甲》〒818-0125太宰府市五条5-9-15(☎092-923-6109*)昭2.11.14/福岡県生/『晩菁集』『盞影集』『十觴集』、編著『菜甲歳時記』
岡田翠風《ロマネコンティ・中(ちゅう)俳句会》〒241-0814横浜市旭区中沢3-18-14/愛媛県生
尾形誠山《ろんど》〒262-0019千葉市花見川区朝日ケ丘3-4-21(☎043-271-6939*/ogata@fg8.so-net.ne.jp)昭23.7.8/東京都生/『潦』
岡田由季《炎環》〒598-0007泉佐野市上町1-8-14-4(☎080-1464-1892 FAX072-487-3727/yokada575@gmail.com)昭41.10.9/東京都生/『犬の眉』
岡野悦子《ときめきの会》〒314-0116神栖市奥野谷104-1(☎090-3406-6792)昭21.7.16/茨城県生
岡村千惠子《方円》〒226-0018横浜市緑区長津田みなみ台7-33-15-10-109(☎045-512-0883*/gumi-gumi1941@nifty.com)昭16.12.13/山口県生
岡村利江《ひまわり》〒770-0909徳島市寺町88/徳島県生
岡本欣也《雪解》〒552-0011大阪市港区南市岡3-1-17(☎06-6581-5635*)昭13.11.27/大阪府生/『山径』
岡本尚子《風土》〒252-0176相模原市緑区寸沢嵐3109(☎042-685-1070)昭30.3.6/京都府生
岡本比呂《ひまわり》〒779-3121徳島市国府町和田字居内161(☎088-642-0062 FAX088-642-0677/rampuya@cosmos.ocn.ne.jp)昭22.3.10/徳島県生
岡本へちま《南柯》昭33.9.6/奈良県生
岡山祐子《燎》〒214-0037川崎市多摩区西生田4-24-16(☎044-954-8065*)昭14.3.17/鹿児島県生
小川　求《梓》〒247-0063鎌倉市梶原3-3-11/昭22.2.26/宮城県生/『赫いハンカチ』
小川軽舟《主宰 鷹》〒223-0053横浜市港北区綱島西1-4-26-101(☎045-642-4233*)昭36.2.7/千葉県生/『朝晩』『俳句と暮らす』
小川晴子《主宰 今日の花》〒157-0073世田谷区砧1-22-3(☎03-3415-3580*)昭21.1.13/千葉県生/『花信』『摂津』『今日の花』
小川美知子《栞》〒143-0021大田区北馬込1-7-3(☎03-3778-6793*/sora409@hb.tp1.jp)昭24.5.15/静岡県生/『言葉の奥へ－岡本眸の俳句』『私が読んだ女性俳句』
小川もも子《円座・古志》〒468-0063名古屋市天白区音聞山1049水谷方(☎052-831-1540)昭17.8.16/愛知県生
沖　あき《鷹》〒192-0032八王子市石川町2971-13-501(☎042-646-7483*)昭19.1.31/鳥取県生/『秋果』
沖山志朴《春耕》〒192-0363八王子市別所2-45-2-604(☎042-674-1588/okyoshi02@ttv.ne.jp)昭19.9.5/東京都生/『鯛』
奥坂まや《鷹》〒157-0062世田谷区南烏山2-31-31-111(☎090-2201-5277)昭25.7.16/東京都生/『列柱』『縄文』『妣の国』『鳥獣の一句』
奥田茶々《風土》〒154-0016世田谷区弦巻3-24-12-203(☎03-3426-7863)昭16.1.29/兵庫

県生
奥名春江《主宰 春野》〒259-0311神奈川県足柄下郡湯河原町福浦349-3/昭15.11.8/神奈川県生/『沖雲』『潮の香』『七曜』『春暁』
奥村かな《海棠》〒603-8434京都市北区紫竹東栗栖町50/昭10.2.19/大阪府生
小栗喜三子《雪天》〒945-0066柏崎市西本町3-5-8/昭9.12.7/東京都生
尾﨑秋明《朴の花》〒230-0001横浜市鶴見区矢向4-24-2(☎045-575-5851 FAX045-575-5857/19akimoto@mug.biglobe.ne.jp)昭19.1.25/大分県生/『源流』
尾崎人魚《毬》〒144-0031大田区東蒲田1-16-11-104(☎03-3737-3147*/labom.0023@jcom.zaq.ne.jp)昭30.2.3/東京都生/『ゴリラの背中』
長田群青《郭公》〒409-3607山梨県西八代郡市川三郷町印沢54(☎055-272-4376*)昭22.12.3/山梨県生/『霽日』『押し手沢』
小澤昭之《笹》〒458-0025名古屋市緑区鳥澄3-712(☎052-623-9763*)昭17.12.29/愛知県生
小瀬寿恵《燎》
小田切輝雄〒234-0052横浜市港南区笹下1-10-14(☎045-843-4921*)昭17/長野県生/『千曲彦』『甲武信』
小田富子《梛》〒338-0811さいたま市桜区白鍬570-1(☎048-854-3080*)昭11.5.1/広島県生
落合絹代《風土》〒242-0024大和市福田6-1-13(☎046-267-6451*)昭12.10.25/広島県生
落合水尾《主宰 浮野》〒347-0057加須市愛宕1-2-17(☎0480-61-3684*)昭12.4.17/埼玉県生/『青い時計』『谷川』『澪標』『平野』『東西』『徒歩禅』『蓮華八峰』『浮野』『日々』『円心』、『山月集—忘れえぬ珠玉』
落合青花《少年》〒818-0122太宰府市高雄2-3849-12(☎092-924-5071*)昭21.10.8/福岡県生/俳句とエッセイ集『思考回路』
落合美佐子《浮野》〒347-0057加須市愛宕1-2-17/昭13/埼玉県生/『花菜』『野みち』『野菊晴』『自註落合美佐子集』
越智　巌《ひいらぎ》〒663-8154西宮市浜甲子園3-4-18(☎0798-49-6148*)昭16.10.5/愛媛県生
小津由実《菜の花》〒512-1212四日市市智積町3538-16/昭33.11.14/三重県生
音羽紅子《主宰 ゆきしづく・童子》〒060-0007札幌市中央区北7条西20丁目2-6-202(☎090-7057-1800 FAX011-351-1079/beniko421@yahoo.co.jp)昭57.9.21/北海道生/『初氷』『わたしとあなた』
小野京子《少年》〒870-0873大分市高尾台2-8-4(☎097-544-3848*)昭11.6.14/大分県生/俳句とエッセイ集『新樹』『風の道』『ときめき』、随筆集『癒し』
小野田征彦《繪硝子》〒247-0061鎌倉市台1638(☎0467-46-4483/y-onoda@sage.ocn.ne.jp)昭13.11.15/神奈川県生/『縦笛の音』『妙妙の』
小野寺みち子《河》〒981-0942仙台市青葉区貝ケ森1-17-1(☎022-279-7204*/elmer1212@gmail.com)宮城県生
小野寿子《代表 薫風・沖》〒038-0004青森市富田2-10-10(☎017-781-6005*)昭8.12.1/青森県生/『角巻』『夏帯』
小原　晋《日矢》昭19.3.3/岡山県生/『旅にしあれば』
小俣たか子《清の會・初蝶》〒270-1142我孫子市泉41-22(☎04-7182-9234*)昭16.3.23/東京都生
尾村勝彦《主宰 葦牙》〒064-0919札幌市中央区南19条西14丁目1-20-705(☎011-563-3116*)昭9.10.20/北海道生/『流氷原』『海嶺』
小山田慶子《燎》〒205-0001羽村市小作台3-15-4(☎042-554-5795)東京都生

か行

ガイ《澤》昭60.12.6/東京都生
海津篤子《椋》〒158-0083世田谷区奥沢7-23-14-301(☎03-3704-6423*)昭28.9.29/群馬県生/『草上』
甲斐遊糸《主宰 湧・百鳥》〒418-0015富士宮市舞々木町935(☎0544-24-7489 FAX0544-29-6489)昭15.12.16/東京都生/『冠雪』『月光』『朝桜』『時鳥』『紅葉晴』
甲斐ゆき子《湧・百鳥》〒418-0015富士宮市舞々木町935(☎0544-24-7489 FAX0544-29-6489)昭22.11.22/静岡県生
甲斐由起子《天為・祥》〒192-0153八王子市西寺方町1019-313/『春の潮』『雪華』『近代俳句の光彩』
甲斐よしあき《百鳥・晨・湧》〒567-0007茨木市南安威2-11-34(☎080-6109-6527 FAX072-

641-0645）昭23.5.4／静岡県生／『抱卵』『転生』
加賀城燕雀《主宰　からたち》〒799-3763宇和島市吉田町浅川182-5（☎0895-52-0461＊）昭24.10.4／愛媛県生
角谷昌子《磁石・井の頭》〒181-0013三鷹市下連雀1-24-1（☎0422-48-1368＊）『奔流』『源流』『地下水脈』、評論集『山口誓子の100句を読む』『俳句の水脈を求めて―平成に逝った俳人たち』他
鹿熊俊明（登志）《ひたち野・芯》〒310-0005水戸市水府町1406-1（☎029-227-1751＊／kakuma99@vesta.ocn.ne.jp）昭11.8.2／富山県生／『御来迎』『巨根絡む』、著書『八百万の神』『世界を観て詠んでみて』
加古宗也《主宰　若竹》〒445-0852西尾市花ノ木町2-15（☎0563-56-5847＊）昭20.9.5／愛知県生／『舟水車』『八ツ面山』『花の雨』『雲雀野』『茅花流し』
笠井敦子《鴫》〒272-0812市川市若宮3-59-3（☎047-338-4594＊／maykasai@s3.dion.ne.jp）昭9.5.1／福島県生／『モナリザの声』
笠原　秀《方円》〒223-0062横浜市港北区日吉本町4-10,A-302／昭12.3.25／新潟県生
笠松怜玉《ひまわり》〒770-0861徳島市住吉3-11-20（☎088-622-8369＊／yk.1004@ezweb.ne.jp）昭18.2.14／徳島県生／『百句集』
柏原眠雨《主宰　きたごち》〒982-0804仙台市太白区鈎取2-13-5（☎022-245-2129＊）昭10.5.1／東京都生／『炎天』『草清水』『露葎』『夕雲雀』『花林檎』『風雲月露』
片桐基城《代表　草の宿》〒324-0064大田原市今泉434-144（☎0287-23-7161／kijou@m8.dion.ne.jp）昭9.2.25／東京都生／『昨日の薬罐』『水車小屋』
片山はじめ《燎》〒192-0003八王子市丹木町2-142-5（☎042-692-0802＊）昭16.2.20／北海道生
かつら　澪《風樹》〒560-0084豊中市新千里南町3-24-8（☎06-6831-0283）昭7.6.30／兵庫県生／『銀河鉄道』『四季吟詠句集』『平成俳人大全書』
加藤いろは《晨・晶》〒862-0908熊本市東区新生2-6-2（☎096-365-0846 FAX096-367-9039）昭26.7.15／熊本県生
加藤かな文《代表　家》〒470-0113日進市栄3-1307-3-602（☎0561-72-4075＊）昭36.9.6／愛知県生／『家』
加藤啓子《嘉祥》〒336-0031さいたま市南区鹿手袋7-14-27／昭25.11.26／栃木県生
加藤耕子《主宰　耕・Kō》昭6.8.13／京都府生／『空と海』他、翻訳集『A Hidden Pond』他
加藤直克《俳句スクエア》（☎028-624-0979＊）昭21.10.15／『葆光』
加藤信子《滝》〒982-0841仙台市太白区向山4-23-14（☎022-267-0727＊）昭15.4.15／宮城県生
加藤英夫《悠》〒270-0131流山市美田69-248（☎04-7154-0412＊）昭12.2.5／東京都生
加藤峰子《鴫》〒260-0852千葉市中央区青葉町1274-14（☎043-225-7115＊／mi-kato@jcom.zaq.ne.jp）昭23.10.20／千葉県生／『ジェンダー論』『鼓動』
金井政女《清の會》〒273-0048船橋市丸山1-21-10／昭16.4.23／千葉県生
金澤踏青《ひたち野》〒312-0012ひたちなか市馬渡3266（☎029-273-0293＊）昭12.2.28／茨城県生／『人は魚』、アンソロジー『現代俳句精鋭選集10』『同18』
金田咲子《郭公》〒395-0151飯田市北方2258-6（☎0265-25-1889＊）昭23.1.15／長野県生／『全身』『平面』
金谷洋次《秀》〒178-0064練馬区南大泉2-5-43（☎03-3925-3464＊）昭26／富山県生／『天上』
金森直治《郭公》（☎052-914-4703＊）昭5.12.26／愛知県生／『つり百景』『一竿百趣』など
金山征以子《清の會》
金子　嵩《代表　衣・祭演》〒235-0045横浜市磯子区洋光台6-17-13（☎045-833-1407）昭10.12.15／東京都生／『ノンの一人言』『みちのり』『天晴（てんせい）』
加納輝美《濃美》〒501-3704美濃市保木脇385-5（☎0575-35-2346＊）昭19.11.25／岐阜県生／『青嶺』
椛島富喜代《八千草》〒175-0082板橋区高島平2-28-6-1021／昭29.8.25／熊本県生
加畑霜子《雪解》〒918-8076福井市本堂町70-14（☎0776-37-1048／090-4327-5399）昭11.3.28／福井県生／『藍』『加畑霜子自註句集』『金婚』『献体』
神山市実《やぶれ傘》〒331-0825さいたま市北区櫛引町2-82（☎048-652-8229＊／kankuro1921@kne.biglobe.ne.jp）昭25.4.16／埼玉県生
神山方舟《雨蛙》〒359-1133所沢市荒幡9-3（☎04-2926-6355＊／makoto.k406@gmail.com）昭6.4.6／埼玉県生
神山ゆき子《代表　朱雀》〒426-0007藤枝市潮

152-21(☎054-646-1432＊)昭20.11.7/静岡県生/『桜の夜』『うすくれなゐ』
亀井歌子《野火》〒154-0003世田谷区野沢3-3-16(☎03-3422-6310＊)昭11.10.13/神奈川県生/『ロビンフッドの城』
亀岡睦子《やぶれ傘》〒335-0031戸田市美女木2-26-3/昭6.9.27
亀田　薫《八千草》〒157-0062世田谷区南烏山1-10-25-307(☎03-6908-2903＊/k.k.m.kameda@nifty.com)昭37.5.15/福岡県生
河合昭子《玉藻》昭26.2.17/福岡県生
河合寿子《繪硝子》(☎03-3671-9254＊)昭9.7.4/東京都生/『童謡の日』
川合正光《あゆみ》〒297-0029茂原市高師2141-5(☎0475-24-3191＊/mbrkawai2016@tf7.so-net.ne.jp)昭15.4.17/兵庫県生
川上純一《煌星》〒572-0824寝屋川市萱島東3-24-1-1004(☎072-825-1655＊)昭32.12.15/三重県生
川上昌子《栞》〒403-0007富士吉田市中曽根3-11-24(☎0555-22-4365＊)昭24.7.30
川上良子《主宰 花野》〒167-0052杉並区南荻窪3-7-9(☎03-3333-5787＊)昭18.5.23/旧朝鮮生/『大き礎石』『聲心』
川北廣子《青草》〒259-1145伊勢原市板戸480-6(☎0463-95-3186＊)昭25.1.3/神奈川県生
川口　襄《爽樹》〒350-1103川越市霞ケ関東4-5-8(☎049-231-5310＊/jkoshuusan@gmail.com)昭15.5.8/新潟県生/『王道』『マイウエイ』『蒼茫』『自註川口襄集』『星空』、紀行エッセイ集『私の道』
川口崇子《雉》昭17.11.12/広島県生
川崎果連《豈・祭演》
川﨑　茂《あゆみ》〒274-0067船橋市大穴南1-2-8/茨城県生
川崎進二郎《燎》昭22.11.15/栃木県生
川崎千鶴子《海原・青山俳句工場》〒730-0002広島市中区白島中町12-15(☎082-222-1323＊)昭21.6.3/新潟県生/『恋のぶぎぶぎ』
川崎益太郎《海原・夕凪・青山俳句工場》〒730-0002広島市中区白島中町12-15(☎082-222-1323＊/masutaro@wine.plala.or.jp)昭21.4.3/岡山県生/『秋の蜂』
川嶋一美《なんぢや》〒661-0951尼崎市田能3-18-3(☎06-6491-4361＊)昭24.4.22/京都府生/『空の素顔』
川嶋健佑(ぱんだ)《主宰 樹色・代表 つくえの部屋》〒798-2112愛媛県北宇和郡松野町大字蕨生1713(panda.tobutobu@gmail.com)平5.5.26/大阪府生/『Hello world』
川田好子《風土》〒145-0075大田区西嶺町29-14(☎03-3758-3757)
川村悦哉《南柯》昭41/東京都生
川村智香子《主宰 顔》〒249-0001逗子市久木8-19-47(☎046-872-0342＊)神奈川県生/『空箱』
河村正浩《主宰 山彦》〒744-0024下松市花岡大黒町526-3(☎0833-43-7531＊)昭20.12.21/山口県生/『桐一葉』『春宵』『春夢』など12冊、『自解150句選』『俳句つれづれ』
菅家瑞正《泉》〒193-0941八王子市狭間町1465-2-603(☎042-664-8728＊)昭19.3.17/福島県生/『伊夜彦』『遠望』
神田ししとう《六曜》〒671-0101姫路市大塩町247-4(☎090-3429-4604)昭34.10.25/兵庫県生
神田ひろみ《暖響》〒514-0304津市雲出本郷町1399-19(☎059-238-1366＊/shkanda@blue.plala.or.jp)昭18.11.29/青森県生/『虹』『風船』『まぼろしの楸邨』
菅野孝夫《主宰 野火》〒344-0007春日部市小渕162-1-2-304(☎048-754-2158 FAX048-754-2180/kanno304@helen.ocn.ne.jp)昭15.3.19/岩手県生/『愚痴の相』『細流の魚』
神野未友紀《鴻》〒444-0079岡崎市石神町8-9(☎0564-22-4301＊)昭33.9.5
木内　徹《代表 俳句フォーラム》〒331-0823さいたま市北区日進町2-1233-7(tkiuchi@sta.att.ne.jp)昭28.3.4/東京都生/『紫荊』
木内憲子《栞》〒188-0002西東京市緑町3-6-2/昭22.5.4/長野県生/『窓辺の椅子』『夜の卓』
木内怜子《晨》〒634-0063橿原市久米町927-203号/昭10.5.11/神奈川県生/『繭』『夕菅』『自註木内怜子集』
木浦磨智子《青海波》〒740-0022岩国市山手町3-15-9(☎0827-21-7877＊)昭9.12.11/広島県生
祇園快太《秀》〒247-0008横浜市栄区本郷台4-18-21(☎045-894-1320＊)昭8.7.31/岡山県生/『尾瀬河骨』
菊田一平《や・晨・唐変木》〒189-0002東村山市青葉町3-27-22(☎042-395-1182＊/ippei0128@ozzio.jp)昭26.1.28/宮城県生/『どつどどどどう』『百物語』
菊地一雄《往還》〒192-0363八王子市別所

1-41-1-6-704/昭5.9.14/東京都生/『方壺以前』『方壺』『往還』『十友』『知足』『山の花』
きくちきみえ《やぶれ傘》〒235-0036横浜市磯子区中原2-18-15-202(☎045-772-5759)昭32.6.26/神奈川県生/『港の鴉』
菊池洋勝(webherojp@yahoo.co.jp)/北大路翼編『アウトロー俳句―新宿歌舞伎町俳句一家「屍派」』
菊池由惠《燎》〒193-0831八王子市並木町31-7/昭19.3.9/東京都生
如月リエ《深海》〒445-0822西尾市伊文町27(☎0563-56-8477*)昭21.2.1/愛知県生
岸野常正《草の花》〒461-0001名古屋市東区泉1-13-25プラウドタワー久屋大通804(☎052-951-4717*)昭15.9.15/鳥取県生/『青山椒』『槻の小径』
岸原清行《主宰 青嶺》〒811-4237福岡県遠賀郡岡垣町東高倉2-7-8(☎093-282-5890 FAX093-282-5895)昭10.7.30/福岡県生/『草笛』『青山』『海境』『天日』、秀句鑑賞集『一句万誦』
岸本隆雄《ひいらぎ》〒232-0064横浜市南区別所5-20-21(☎045-715-6955*/takataka-k@nifty.com)昭11.12.21/三重県生
岸本尚毅《天為·秀》〒221-0854横浜市神奈川区三ツ沢南町5-12(☎045-323-3319*/ksmt@mx7.ttcn.ne.jp)昭36.1.5/岡山県生/『「型」で学ぶはじめての俳句ドリル』『十七音の可能性』『生き方としての俳句』
岸本洋子《八千草》〒177-0034練馬区富士見台1-8-18-213(☎03-3990-4902*)昭18.1.25/兵庫県生
来生慶子《八千草》〒215-0014川崎市麻生区白山5-1-8-907(☎044-988-9553)昭22.8.14/東京都生
北川　新《輪》〒247-0008横浜市栄区本郷台5-32-15(☎045-893-0004)昭21/神奈川県生
北川美美《豈·面·俳句新空間》〒376-0023桐生市錦町2-7-18/昭38.9.24/群馬県生
北見正子《燎》〒177-0054練馬区立野町3-23(☎03-3594-2879)昭10.6.25/東京都生
喜多村喜代子(きよ子)《夏爐》(☎088-872-3726)大15.10.6/高知県生
北村菜々子《草の花》山口県生
北村　操《鴻》
喜多杜子《春月》〒302-0119守谷市御所ヶ丘4-9-10戸恒方(☎0297-45-7953*)昭18.5.19/茨城県生/『てのひら』『貝母の花』

木田康子《赤楊の木》〒543-0014大阪市天王寺区玉造元町8-29(☎06-6761-4975*)大阪府生
きちせ　あや《泉》〒164-0014中野区南台3-33-6(☎03-3381-8521*)昭3.1.1/東京都生/『素描』『消息』
木下克子《燎》〒187-0004小平市天神町1-9-15/石川県生
紀　志摩子《歴路》昭24.3.24/東京都生
木野ナオミ《春野》〒320-0043宇都宮市桜4-1-19-1005(☎028-622-8434*)昭12.6.22/栃木県生/『緑の夜』
木村あさ子《薫風·沖》〒036-8223弘前市富士見町18-29(☎090-5343-4475/0172-37-6780*)昭27.2.26/青森県生
木村有宏《鶴》〒352-0016新座市馬場4-5-7/埼玉県生/『無伴奏』
木村瑞枝《やぶれ傘》〒336-0911さいたま市緑区三室1454(☎048-873-2268*/mizu-e.bce.428.ki-mura@docomo.ne.jp)昭21.1.1/埼玉県生
木本隆行昭44.11.15/東京都生/『鶏冠』
興野妙子《野火》〒306-0034古河市長谷町21-9(☎0280-22-2426/tkyonomame-0817@ymobile.ne.jp)昭19.8.17/茨城県生
草深昌子《主宰 青草》〒243-0037厚木市毛利台1-15-14(☎046-247-3465*/masakokusa.0217@tiara.ocn.ne.jp)昭18.2.17/大阪府生/『青葡萄』『邂逅』『金剛』
楠田哲朗《主宰 貝の会》〒651-1212神戸市北区筑紫が丘5-2-10(☎078-583-9447*)昭22.8.18/兵庫県生
工藤弘子《若竹》〒371-0837前橋市箱田町643-3(☎027-253-1567*)昭17.8.17/東京都生/『若菜摘』
國井明子《樹》〒279-0026浦安市弁天4-10-10(☎047-355-7606*)岩手県生
国方　弘(一航)《火星》〒700-0905岡山市北区春日町3-4(☎090-6404-3218)昭20.4.16/岡山県生
功刀とも子《郭公》山梨県生
久保田庸子《清の會》東京都生/『土の髄』
熊田俠邨《赤楊の木》〒596-0073岸和田市岸城町1-25-602(☎072-438-7751*)昭10.3.14/兵庫県生/『淡路島』
倉澤節子《やぶれ傘》(☎042-564-9346*)昭20.10.22

蔵多得三郎《代表 燎》〒186-0005国立市西1-17-30-303(☎042-575-0426*/t7-m1-ku@jcom.zaq.ne.jp)昭14.7.23/鳥取県生
倉橋鉄郎《歴路》昭11.2.26/京都府生
倉林治子(はるこ)《鴻・代表 泉の会》〒372-0031伊勢崎市今泉町1-1227-6
蔵本芙美子《ひまわり》〒770-0024徳島市佐古四番町13-7/昭22/徳島県生/『魔女の留守』
栗田百子《ひたち野》〒311-1236ひたちなか市国神前8403(☎029-263-2237*)昭9.9.5/茨城県生
栗田やすし《顧問 伊吹嶺》〒458-0021名古屋市緑区滝ノ水3-1905-2/昭12.6.13/旧満州ハイラル/『伊吹嶺』『遠方』『霜華』『海光』『半寿』『山口誓子』『碧梧桐百句』
栗林 浩《小熊座・街・遊牧・円錐》〒242-0002大和市つきみ野7-18-11/『うさぎの話』、著書『新俳人探訪』『昭和・平成を詠んで』など
栗原和子《花鳥》〒151-0066渋谷区西原1-31-14-301
栗原公子《沖》『銀の笛』
栗原憲司《蘭》〒350-1317狭山市水野923(☎04-2959-4665*)昭27.7.25/埼玉県生/『狭山』『吾妻』
久留米脩二《主宰 海坂・馬酔木》〒436-0342掛川市上西郷332-1(☎0537-22-9806*)昭15.8.29/旧朝鮮生/『満月』
黒木まさ子《海棠》〒560-0001豊中市北緑丘2-1-17-103(☎06-6854-3819*)昭11.3.7/大阪府生
黒澤あき緒《鷹》〒352-0034新座市野寺4-10-2(☎042-476-5857*)昭32.10.24/東京都生/『双眸』『5コース』『あかつきの山』
黒沢一正《燎》〒368-0005秩父市大野原2817-7/昭36.1.24/埼玉県生
黒澤次郎《やぶれ傘》昭9.4.22/埼玉県生
黒田ツヤ子《海棠・運河》〒648-0054橋本市城山台2-9-4(☎0736-37-2718*)昭20.6.9/大阪府生
黒田杏子《主宰 藍生》〒113-0033文京区本郷1-31-12-701(☎03-6801-6464 FAX03-6801-6357)昭13.8.10/東京都生/『木の椅子』『一木一草』『日光月光』、『存在者金子兜太』
桑野佐知子《樹》〒251-0056藤沢市羽鳥2-4-15(☎0466-34-6850)大阪府生/『樹下石上集』
慶本三子《中(ちゅう)俳句会》埼玉県生
小池旦子《野火》〒949-7104南魚沼市寺尾451(☎025-776-2226)昭11.10.17/東京都生
高下なおこ《太陽》〒729-0413三原市本郷町南方5425(☎0848-86-3101*)昭14.8.8/広島県生/『明日』『虹二重』
甲州千草《沖》〒270-0164流山市流山4-517-3(☎04-7158-3256)昭19.11.29/秋田県生
河野悦子《山彦》〒753-0022山口市折本2-13-28(☎083-925-6721)昭13.12.30/島根県生/『時雨傘』
幸野久子《樹》三重県生
古賀雪江《主宰 雪解》〒231-0003横浜市中区北仲通5-57-2ザ・タワー横浜北仲1608(☎045-900-1881*/urara_yukie7@yahoo.co.jp)昭15.12.9/東京都生/『花鳥の繪』『雪の礼者』『自註古賀雪江集』
小坂照子《清の會》〒276-0045八千代市大和田274-17(☎047-482-2239)昭9.3.25/『予定表』
こしのゆみこ《代表 豆の木・海原》〒171-0021豊島区西池袋5-14-3-408(koshinomamenoki@gmail.com)昭26/愛知県生/『コイツァンの猫』
小島 健《河》〒165-0035中野区白鷺3-2-10-1024(☎03-3330-3851*)昭21.10.26/新潟県生/『爽』『木の実』『蛍光』『山河健在』他。『大正の花形俳人』『俳句練習帖』他
小島雅子(ただ子)《泉》〒190-0031立川市砂川町3-18-3(☎090-4599-7250/042-535-4252*/hhh0723@docomo.ne.jp)昭16.7.23/東京都生
小島みつ如《栞》〒256-0812小田原市国府津5-13-7(☎0465-43-1382*)昭6.11.10/三重県生/『夏の午後』
児玉 薫《草の花》〒252-0314相模原市南区南台5-5-10(☎080-1120-4954/rc190366-3238@tbz.t-com.ne.jp)昭24.9.8/長野県生/
児玉一江《航》〒202-0023西東京市新町2-6-7(☎0422-53-6955*)昭21.2.25/長野県生/『千曲』『縞更紗』
小玉粋花《梓》〒331-0062さいたま市西区土屋490-1(☎048-625-2651)昭22.8.3/東京都生/『風のかたち』
児玉隆子《からたち》〒799-3730宇和島市吉田町立間2-2880-1(☎0895-52-0856*)昭7.10.20/愛媛県生
児玉裕子《家・円座》〒471-0078豊田市昭和町1-23-23/昭31.7.14/愛知県生/『富有柿』
児玉真知子《春耕》〒206-0804稲城市百村1628-1-602(☎042-378-4208)『風のみち』

後藤貴子《鬣TATEGAMI》〒950-0864新潟市東区紫竹7-11-14-305（takako.m@mbg.nifty.com）昭40.1.25／新潟県生／『Fran』『飯蛸の眼球』
五島高資《代表 俳句スクエア》〒320-0806宇都宮市中央3-4-7-901（☎090-4751-5527 FAX028-632-9360／takagoto@mac.com）昭43.5.23／長崎県生／『海馬』『雷光』『五島高資句集』『蓬莱紀行』など
後藤雅夫《百鳥》〒290-0002市原市大厩1820-7（☎0436-74-1549 FAX0436-74-1228）昭26.12.27／神奈川県生／『冒険』
古藤みづ絵《風樹》〒560-0082豊中市新千里東町2-5-25-606／大阪府生／『遠望』
後藤　實〒338-0013さいたま市中央区鈴谷7-6-1-604（☎048-852-4198＊／m.goto-hm@cilas.net）昭17.7.1／愛知県生
小西昭夫《子規新報》〒790-0924松山市南久米町750-6（☎089-970-2566＊）昭29.1.17／愛媛県生／『花綵列島』『ペリカンと駱駝』『小西昭夫句集』、朗読句集『チンピラ』
小西悦子《燎》〒186-0013国立市青柳3-22-16 1-106（☎042-595-6571＊）昭16.2.27／富山県生
小橋信子《泉》〒193-0943八王子市寺田町432-131-105／昭23／茨城県生／『火の匂ひ』
小林篤子《鶴》〒359-1111所沢市緑町4-45-7ライフハウス新所沢501（☎04-2922-1487＊）昭17.11.4／神奈川県生／『花篝』『貝母』
小林栄子《清の會》〒273-0048船橋市丸山3-47-11（☎047-438-6278＊）昭12.2.24／東京都生
小林和久《吾亦紅の会》〒344-0032春日部市備後東6-3-19（waremokounokai@kobayashi.so-net.jp）東京都生／合同句集『吾亦紅』
小林志乃《円虹》〒663-8102西宮市松並町3-9-105（☎0798-65-1047＊／sinono31313@gmail.com）昭23.3.4／愛媛県生
小林順子《天頂》滋賀県生
小林千晶《湧》〒567-0832茨木市白川2-15-2（☎072-632-0717＊／kob@hcn.zaq.ne.jp）昭32.2.17／大阪府生
小林輝子《風土・草笛・樹氷》〒029-5506岩手県和賀郡西和賀町湯之沢35-221／昭9.5.1／茨城県生／『木地師妻』『人形笛』『自註小林輝子集』『狐火』
小林迪子《森の座・群星》〒343-0046越谷市弥栄町4-1-13（☎048-978-3395＊）昭18.7.27／東京都生
小林みづほ《燎》〒192-0913八王子市北野台4-28-2（☎042-637-5077＊／mitsuho-koba@ezweb.ne.jp）昭19.2.3／長野県生
小林　実《遊牧・祭演》〒276-0046八千代市大和田新田1076-45（☎047-458-3571）昭17.1.9／東京都生
小巻若菜《やぶれ傘》〒330-0072さいたま市浦和区領家7-17-14,D-405（☎048-832-8233＊／wakana-dance0406@ezweb.ne.jp）昭15.4.6／東京都生
小松崎黎子《不退座・むつみ》〒315-0057かすみがうら市上土田874（☎0299-59-3330＊）昭22.2.14／茨城県生／『男時』
小松玲子《燎》〒231-0801横浜市中区新山下3-15-6-616（☎045-625-9990）昭27.3.25／神奈川県生
小宮久実《燎》〒186-0002国立市東4-18-10（☎042-572-2275）昭9.3.24／秋田県生
小室美穂《春月》〒183-0051府中市栄町2-28-18（☎042-360-0710＊）東京都生／『そらみみ』
小山雄一《燎》〒187-0011小平市鈴木町1-241-2／昭19.9.22／新潟県生
近藤道子《山彦》〒744-0031下松市生野屋4-5-7（☎0833-44-8953）昭7.8.13／山口県生

さ行

西條泰彦（千津）《ひまわり》〒772-0051鳴門市鳴門町高島字竹島347／昭19.3.3／徳島県生
斎藤美智代（いちご）《ひまわり》〒779-3102徳島市国府町西黒田字東傍示34／昭38.3.10／徳島県生
斉藤悦子《草の宿》〒324-0233大田原市黒羽田町487-10（☎0287-54-1634）昭14.10.1／栃木県生
齊藤和子《燎》東京都生
齊藤幸三《郭公》〒406-0033笛吹市石和町小石和142／昭14.10.5／山梨県生
斎藤じろう《編集長 貂》〒270-0034松戸市新松戸5-117-2（☎047-346-2482＊）昭20.1.7／栃木県生／『木洩れ日』
齋藤智恵子《代表 東雲》昭16.4.25／東京都生／『微笑み』『黎明』『現代俳句精鋭選集Ⅱ』
齊藤哲子《鴫・辛夷》〒273-0116鎌ケ谷市馬込沢8-8／昭18.8.23／北海道生

齋藤朋子《やぶれ傘》〒335-0023戸田市本町5-9-18/昭7.3.31/東京都生
斎藤万亀子《野火》〒963-0213郡山市逢瀬町多田野字寺向12-3(☎024-957-3576＊)
斉藤みちよ《昴》〒352-0025新座市片山1-21-32(☎048-479-7080＊)昭19.7.23/新潟県生
齋藤　充《栞》〒240-0026横浜市保土ケ谷区権太坂3-31-28(☎045-710-8466＊/ms.gonta.0106@outlook.com)昭19.1.6/神奈川県生
斉藤百合子《野火》〒306-0032古河市大手町7-26(☎0280-22-3758)昭32.10.9/茨城県生
佐伯和子《燎》〒186-0005国立市西2-28-49
酒井弘司《主宰　朱夏》〒252-0153相模原市緑区根小屋2739-149(☎042-784-4789＊)昭13.8.9/長野県生/『蝶の森』『青信濃』『谷戸抄』、評論集『金子兜太の100句を読む』
酒井直子《日矢》昭26.3.12/福岡県生
酒井裕子《河》〒272-0004市川市原木1-3-1-602(☎047-327-9080＊)昭14.2.24/富山県生/『麓』
坂口緑志《代表　年輪》〒516-0051伊勢市上地町1814-3(☎0596-24-7881＊/ryokushi7@yahoo.co.jp)昭23.7.21/三重県生
阪田昭風《嵯峨野》〒227-0036横浜市青葉区奈良町1566-38/昭10.9.5/京都府生/『四温』
坂間恒子《遊牧》〒298-0126いすみ市今関957/昭22.10.28/千葉県生/『残響』『クリスタル』『硯区』、共著『現代俳句を歩く』同『現代俳句を探る』同『現代俳句を語る』
坂本昭子《汀》〒133-0051江戸川区北小岩6-17-4/昭21.7.7/東京都生/『追伸』
坂本　巴《燎》〒215-0022川崎市麻生区下麻生3-32-6(☎044-874-9033＊)大12.10.9/山梨県生/『大花野』
坂本坂水《浮野》〒347-0043加須市馬内608(☎0480-61-2579)昭9.10.31/埼玉県生/『山恋ひ』
坂本茉莉《いには》昭39.1.29/新潟県生/『滑走路』
坂本宮尾《代表　パピルス》〒177-0041練馬区石神井町4-22-13(sakamotomiyao@gmail.com)昭20.4.11/旧満州生/『別の朝』『真実の久女』『竹下しづの女』
坂本遊美《都市》〒157-0066世田谷区成城8-5-4(☎03-3483-0800＊)昭20.6.21/東京都生/『彩雲』
坂本和加子《浮野》〒347-0043加須市馬内608(☎0480-61-2579)埼玉県生/『野辺山辺』『水辺』
佐川広治《河》〒358-0004入間市鍵山3-1-4-302(☎04-2936-6703＊)昭14.10.10/秋田県生/『光体』『遊牧』『俳句ワールド』
佐久間敏高《鴻》〒301-0043龍ケ崎市松葉5-8-11/昭14.7.13/東京都生
佐久間秀男《野火》〒963-7749福島県田村郡三春町字一本松138-4(☎0247-62-2770＊)昭10.11.5/福島県生
櫻井　實《年輪》昭11.1.29/三重県生
櫻井ゆか《棒》〒615-8193京都市西京区川島玉頭町71(☎075-381-5766)昭9.5.26/京都府生/『石の門』『いつまでも』
左近静子《ひいらぎ》〒661-0953尼崎市東園田町2-54-211(☎090-4030-0064 FAX06-6499-0256/gmsakon.157.gfyo@docomo.ne.jp)昭16.3.3/京都府生
佐々木画鏡《太陽》〒733-0842広島市西区井口5-4-7-205(☎082-501-3203＊)昭25/広島県生
佐々木雅翔《薫風》〒031-0822八戸市白銀町字沢向18/青森県生
佐々木潤子《きたごち》〒983-0851仙台市宮城野区榴ヶ岡105-2-P1105/昭39.9.17/東京都生/『遠花火』
佐々木澄子《今日の花》〒223-0062横浜市港北区日吉本町6-40-11(☎045-565-2391＊/sumikosasaki_tk@yahoo.co.jp)
笹　寿子《梛》昭13.5.2/東京都生
笹目翠風《若葉》〒311-3433小美玉市高崎1702(☎0299-26-5239)昭20.8.15/茨城県生/『葭切』、共著『富安風生の思い出』
佐藤明彦《童子》〒359-1153所沢市上山口1833-5(☎04-2928-8432＊/akikusa-s-satoh@h4.dion.ne.jp)昭27.10.6/北海道生/『怪力・ポップコーン』(共著)
佐藤郁良《代表　群青・銀化》〒188-0012西東京市南町5-23-5(☎042-478-7824＊)昭43.9.24/東京都生/『海図』『星の呼吸』『しなてるや』
佐藤一星《風の道》〒241-0005横浜市旭区白根8-19-20(☎045-951-8533＊)昭13/群馬県生/『夜桜の上』
佐藤稲子《やぶれ傘》〒168-0071杉並区高井戸西3-3-5-304(☎03-3334-8610)昭19.6.10/岩手県生
佐藤公子《松の花》〒215-0011川崎市麻生

区百合丘1-17-5-604(☎044-954-9952＊)昭18.11.20/神奈川県生/『山恋譜』『明日の峰』『自註佐藤公子集』『母』
佐藤清美《鬣TATEGAMI》〒379-0133安中市原市2045-4(kymyj2005@yahoo.co.jp)昭43.2.23/群馬県生/『空の海』『月磨きの少年』『宙ノ音』
佐藤戸折《ひまわり》〒292-0814木更津市八幡台3-3-8(☎0438-36-5983＊)昭22.9.10/山形県生
佐藤敏子《ときめきの会》〒314-0112神栖市知手中央10-8-11(☎0299-96-5272)昭25.2.17/福島県生
佐藤裕能《少年》〒359-1132所沢市松が丘2-50-6(☎04-2926-7611 FAX04-2939-9263)昭6.8.14/東京都生
佐藤　風《燎》〒186-0003国立市富士見台4-24-5(☎042-576-4035＊)昭21.2.9/福岡県生
佐藤風信子《燎》〒186-0003国立市富士見台4-12-2-404(☎042-849-2733＊)東京都生
佐藤双楽《南柯》〒634-0051橿原市白橿町5-2-4-103(☎0744-28-3094＊/minami420suger722hiromi1023@docomo.ne.jp)昭33.7.22/奈良県生/私家版句集第一、二、三、四、五、六、七
佐藤文子《主宰 信濃俳句通信》〒390-0804松本市横田1-28-1(☎0263-32-0320 FAX0263-32-8332/fumiko@go.tvm.ne.jp)昭20.5.11/三重県生/『邂逅』『火の一語』『火炎樹』『風のロンド』『風のエチュード』
佐藤昌緒《青草》昭19.5.12/神奈川県生
佐藤良子(凉宇子)《ろんど》〒571-0052門真市月出町16-18/昭16.7.26/大阪府生
佐藤綾泉《河》〒988-0852気仙沼市松川157/昭23/宮城県生
眞田忠雄《やぶれ傘》〒346-0034久喜市所久喜150(☎0480-21-0628＊/tadaosanada@hotmail.com)昭14.11.28/宮城県生
佐野つたえ《風土》昭13.8.29/山梨県生
佐野久乃《鴻》愛知県生
佐野祐子《ときめきの会》〒288-0001銚子市川口町2-6385-382(☎090-8686-9258)昭32.1.20/茨城県生
沙羅ささら《歴路》昭27.7.11/東京都生/『歴路句集アンソロジー』
澤井洋子《名誉主宰 貝の会》〒651-1212神戸市北区筑紫が丘5-2-10(☎078-583-9447＊)昭17.12.6/兵庫県生/『白鳥』、『澤井我来·人と作品』
澤田健一《笹》〒471-0005豊田市京ヶ峰2-1-93(☎0565-80-6974＊/fa24758@tk9.so-net.ne.jp)昭14.11.4/台湾生
澤田　敏《燎》東京都生/『初燕』
沢田弥生《燎》〒197-0003福生市熊川1642-8/昭17.1.8/旧満州生/『源流』
椎木富子《青海波》〒747-0804防府市松原町2-14(☎0835-22-3638＊)昭12.2.6/山口県生/『遠花火』
塩路隆子《瑷》〒630-0122生駒市真弓4-12-12(☎0743-78-7947＊/g.g.ttshioji@kcn.jp)昭7.1.25/兵庫県生/『花衣』『美しき黴』
塩野谷　仁《代表 遊牧》〒273-0033船橋市本郷町507-1-2-307(☎047-336-1081 FAX047-315-7738/you-boku@dune.ocn.ne.jp)昭14.11.20/栃木県生/『私雨』『夢祝』『兜太往還』他
塩谷　豊《燎》〒245-0067横浜市戸塚区/昭22.7.31/茨城県生
しかい良通《松の花·はまなす》〒249-0004逗子市沼間3-11-3/昭6.5.13/大阪府生/『帰帆』『米山南』『沼間』『芦穂』、『秋元不死男の世界』『わが師不死男の俳句』『現代俳句精鋭選集Ⅳ』
重村眞子《からたち》〒624-0853舞鶴市南田辺105-2(☎0773-75-8855＊)昭19.12.18/福岡県生
雫　逢花《ひまわり》〒770-0037徳島市南佐古七番町9-7/昭16.10.18/香川県生/合同句集『瑠璃鳥』『珊瑚樹』『万緑』『踊』『桐の実』『宙』
しなだしん《主宰 青山》〒161-0034新宿区上落合1-30-15-709(FAX03-3364-6915/shinadashin@wh2.fiberbit.net)昭37.11.20/新潟県生/『夜明』『隼の胸』ほか
篠﨑志津子《やぶれ傘》〒335-0034戸田市笹目6-8-12(☎090-7719-0095/shinosakura912@gmail.com)昭22.1.2/東京都生
篠沢亜月《きたごち》〒980-0861仙台市青葉区川内元支倉35-5-202(☎022-263-1659＊)昭36.2.6/宮城県生/『梅の風』
篠田京子《ペガサス》
篠田たけし《副主宰 夏爐》〒788-0005宿毛市萩原4-16(☎0880-63-3001＊)昭11.3.30/高知県生/『有心』
篠塚文代《ときめきの会》〒314-0408神栖市波崎6560-2/昭31.3.2/千葉県生
篠塚雅世〒270-0164流山市流山7-621-2(☎090-4723-3945/shinozuka.masayo@gmail.

com)昭41.10.16/岐阜県生/『猫の町』
四宮陽一《氷室》〒606-8344京都市左京区岡崎円勝寺町91-204(☎090-1717-5208 FAX075-754-5234/kappa.suisui@gmail.com)昭24.4.5/大阪府生/『片蔭』
柴田鏡子《代表 笹》〒451-0035名古屋市西区浅間2-2-15(☎052-521-0571*)昭11.3.23/愛知県生/『薔薇園』『惜春』
柴田佐知子《主宰 空》〒812-0053福岡市東区箱崎3-15-29(☎092-631-0789*/sora.sachi@jcom.home.ne.jp)昭24.1.10/福岡県生/『筑紫』『歌垣』『母郷』『垂直』
柴田多鶴子《主宰 鳰の子》〒569-1029高槻市安岡寺町5-43-3(☎072-689-1543*)昭22.1.8/三重県生/『苗札』『恵方』『花種』
柴田美佐《郭公》〒135-0045江東区古石場2-5-10-805/昭38.11.27/東京都生/『榠樝』『如月』
柴田洋郎《主宰 青兎》〒299-3236大網白里市みやこ野1-4-1-104(☎0475-53-6319*/yougosan@chorus.ocn.ne.jp)昭14.7.7/宮城県生/『青兎』、詩文集『貰ひ乳の道』
芝野和子《編集長 六曜》〒590-0532泉南市北野1-1-20(☎072-483-7436*/setukazu@flower.zaq.jp)昭27.9.17/大阪府生
柴生　函《六曜》
芝元孝子《からたち》〒797-0014西予市宇和町伊賀上883(☎0894-62-1538*)昭18.3.23/愛媛県生
澁谷あけみ《海棠》〒584-0069富田林市錦織東1-12-7(☎0721-25-6453*)昭28.3.6/大阪府生
渋谷節子《遠矢》〒134-0088江戸川区西葛西3-11-16-503(☎03-3869-1930*)昭11.7.20/東京都生
島田藤江《知音》〒340-0015草加市高砂2-18-26-1003/山梨県生/『一葉の路地』『泥眼』
島　雅子《門・ににん》〒252-0311相模原市南区東林間7-19-7/兵庫県生/『土笛』『もりあをがへる』
清水和代《朱夏》〒252-0307相模原市南区文京1-1-14/昭14.11/静岡県生
清水京子《耕・Kō》〒466-0823名古屋市昭和区八雲町64(☎052-833-0717*/kyoukos@sb.starcat.ne.jp)昭26.1.8/愛知県生
清水青風《主宰 流-ryu-》〒501-3829関市旭ケ丘2-2-47(☎0575-22-2425*)昭18.3.17/岐阜県生/『午后の位置』『飯田龍太は森である』
清水徳子《燎》〒245-0063横浜市戸塚区原宿3-57-1-12-405/昭15.2.11/島根県生
清水裕子《栞》〒270-0034松戸市新松戸7-223 F901(☎047-345-8693*)昭10.6.25/東京都生
清水道子〒047-0156小樽市桜1-11-3(☎0134-54-6900*)昭21.10.7/北海道生/『噴水』『花曜』
清水　伶《遊牧》〒290-0003市原市辰巳台東5-3-16大西方(☎0436-74-5344*)昭23.3.31/岡山県生/『指銃』『星狩』
下坂速穂《秀・クンツァイト》〒123-0856足立区本木西町9-9(kosuzup4@jcom.zaq.ne.jp)昭38.4.8/静岡県生/『眼光』
下平直子《栞》〒300-1158茨城県稲敷郡阿見町住吉2-3-16(☎029-834-2351)昭19.12.28/東京都生/『冬薔薇』
下鉢清子《主宰 清の會》〒277-0052柏市増尾台2-13-5/大12.7.13/群馬県生/『沼辺燦燦』など。句集10冊
純平《風叙音》
笙鼓七波《主宰 風叙音》〒270-2212松戸市五香南2-13-9(☎047-384-5864*/fusion73@live.jp)昭27.9.25/静岡県生/『凱風』『勁風』『花信風』
小路智壽子《主宰 ひいらぎ》〒657-0065神戸市灘区宮山町2-7-15(☎078-821-0550*)昭15.3.18/大阪府生/『絵屏風』『九輪草』『風鐸奏づ』
白井功二《野火》〒306-0101古河市尾崎3689-1(☎0280-76-3591*)昭24.11.5/東京都生
白石喜久子《円座・晨》〒466-0044名古屋市昭和区桜山町3-52(☎052-852-7117*)昭23.10.30/東京都生/『水路』『鳥の手紙』
白石多重子《宇宙船・パピルス》〒136-0076江東区南砂2-11-10(☎03-5606-0359*)昭16.4.30/愛媛県生/『釉』
白石正躬《やぶれ傘》〒370-0503群馬県邑楽郡千代田町赤岩125-1(☎0276-86-2067*)昭15.5.21/群馬県生/『渡し船』
白井一男(梨翁)《あゆみ》〒273-0137鎌ヶ谷市道野辺本町2-24-30(☎047-445-1764*)昭23.9.7/福島県生
白岩敏秀《主宰 白魚火》〒680-0851鳥取市大杙34(☎0857-24-0329*)昭16.7.15/鳥取県生/『和顔』
白濱一羊《主宰 樹氷》〒020-0832盛岡市東見前1-85-1イーハトーヴC204(☎019-638-3766*/

iti819@yahoo.co.jp）昭33.5.7/岩手県生/『喝采』
新藤公子《海棠》〒639-1055大和郡山市矢田山町1184-83/昭10.2.5/徳島県生
真保喜代子《栞》〒253-0005茅ヶ崎市松風台8-11（☎0467-51-8270＊）昭11.2.5/東京都生/『凪の景』
新家月子《円虹》〒662-0867西宮市大社町11-37-807（☎0798-70-2109＊）昭46.12.25/千葉県生/『赤い靴』
菅沼とき子《顔》〒252-0137相模原市緑区二本松1-11-24/栃木県生
菅原さだを《代表 博多朝日俳句》〒838-0068朝倉市甘木泉町2057-9（☎0946-22-4541）昭7.7.1/福岡県生/『生かされる』
菅　美緒《晨・梓・航》〒251-0035藤沢市片瀬海岸3-24-10マリンテラス508号（☎0466-52-6167＊）昭10.3.19/京都府生/『諸鬘（もろかつら）』『洛北』『左京』『シリーズ自句自解Ⅱベスト100菅美緒』
杉浦恵子《貂》〒167-0034杉並区桃井3-2-1-207（☎03-3396-8905＊）昭14.1.3/熊本県生/『窓』『旗』
杉本奈津子《都市》〒227-0036横浜市青葉区奈良町2762-78/昭20.7.4/広島県生
杉本薬王子《風土》〒602-0915京都市上京区三丁町471室町スカイハイツ415（☎075-366-6377＊/hsugimot@mail.doshisha.ac.jp）
杉山昭風《燎》〒319-2131常陸大宮市下村田2000番地（☎0295-53-2610）昭14.2.25/茨城県生/『田の神』『私の運転人生』
杉山三枝子《主宰 冬林檎・きたごち》〒985-0835多賀城市下馬5-11-6（☎022-366-3039）昭30.1.9/宮城県生/『朧夜』
鈴木顕子〒530-0041大阪市北区天神橋1-10-9（☎06-6354-2487 FAX06-6351-8751）昭22/大阪府生
鈴木厚子《雉》〒729-6333三次市下川立町188-2（☎0824-67-3121＊）昭19.9.20/広島県生/『鹿笛』『紙雛』『盆の川』、随筆『厚子の歳時記』『四季の花籠』、評論集『杉田久女の世界』『林徹の350句』
鈴木牛後《藍生・雪華・itak》〒098-1213北海道上川郡下川町三の橋564（☎01655-4-2063/gyuugo.suzuki@gmail.com）昭36.8.30/北海道生/『根雪と記す』『暖色』『にれかめる』
鈴木五鈴《副主宰 草の花》〒349-0218白岡市白岡926-4（☎0480-93-0563＊）昭25.12.18/埼玉県生/『枯野の雨』『浮灯台』
鈴木貞雄《主宰 若葉》昭17.2.1/東京都生/『月明の樫』『麗月』『うたの禱り』
鈴木しげを《主宰 鶴》〒185-0005国分寺市並木町1-21-37（☎042-324-6277 FAX042-328-0866）昭17.2.6/東京都生/『並欅』『小満』『初時雨』
鈴木志美恵《薫風》〒039-1501青森県三戸郡五戸町大字上市川字林ノ前10-1（☎0178-68-3050）昭22.12.22/青森県生
鈴木俊策《秋麗》〒325-0002栃木県那須郡那須町高久丙5086-4/昭17/福島県生/『登高』『大童』
鈴木すぐる《主宰 雨蛙》〒359-1143所沢市宮本町1-7-17（☎04-2925-5670＊）昭12.3.22/栃木県生/『神輿綱』『名草の芽』
鈴木石花《風土》〒376-0013桐生市広沢町6-307-11グレイス広沢302（☎027-754-0188＊/chouonhi@sunfield.ne.jp）昭7.9.10/群馬県生/『石の花』『貝くるむ絹』『花辛夷』
鈴木節子《名誉主宰 門》〒120-0015足立区足立3-26-15（☎03-3886-5970 FAX03-3886-7955）昭7.4.29/東京都生/『夏のゆくへ』『秋の卓』『冬の坂』『春の刻』『自註鈴木節子集』
鈴木多江子《雲取・貂》〒202-0003西東京市北町3-3-7（☎042-421-0043＊）昭22.2.23/東京都生/『花信』『鳥船』
鈴木貴水《浮野》〒347-0016加須市花崎北4-2-108（☎0480-66-1992＊）昭13.6.8/栃木県生/『雲よ』
鈴木太郎《主宰 雲取》〒202-0003西東京市北町3-3-7（☎042-421-0043＊）昭17.12.22/福島県生/『山朴』『雲取』『冬祭』『秋顆』『花朝』『森澄雄の恋の句』
鈴木豊子《秀》〒709-0802赤磐市桜が丘西7-19-12/昭17.7.29/奉天生/『管絃祭』『関守石』
鈴木典子《今日の花》〒214-0013川崎市多摩区登戸新町188（☎044-932-2100）昭9.9.30/東京都生
すずき巴里《主宰 ろんど》〒262-0042千葉市花見川区花島町432-10（☎043-258-0111＊）昭17.7.14/南昌生/『パリ祭』
鈴木不意《代表 なんぢや》〒166-0002杉並区高円寺北3-21-17-504/昭27.1.23/新潟県生
鈴木浮美江《暖響》〒331-0811さいたま市桜区白鍬659-7/昭12.4.14/群馬県生

鈴木美智留《燎》〒186-0012国立市泉3-14-5（☎042-573-3616＊）昭30.4.10/東京都生
すずきりつこ《代表 皀・樹》〒176-0002練馬区桜台2-25-15/昭5.9.15/北海道生/『雪の匂ひ』『夜発ちの舟』他
須藤昌義《輪・梲》〒244-0001横浜市戸塚区鳥が丘47-13（☎045-864-6620）昭15.11.24/栃木県生/『巴波川（うづまがわ）』
須原和男《貂》〒270-0021松戸市小金原5-16-19（☎047-341-9009＊）昭13.4.13/東京都生/『五風十雨』、評論『川崎展宏の百句』など
清家幸子《からたち》〒783-0085南国市十市3294-1ヴィラ・プランタン201（☎090-4780-2363）昭18.12.5/愛媛県生
関　悦史《翻車魚》〒300-0051土浦市真鍋5-4-1/昭44.9.21/茨城県生/『六十億本の回転する曲がつた棒』『花咲く機械状独身者たちの活造り』、評論集『俳句という他界』
関根道豊《版元 こんちえると》〒330-0804さいたま市大宮区堀の内町1-606 W816（☎048-645-7930＊/8hazukinokai@jcom.home.ne.jp）昭24.8.27/埼玉県生/鑑賞集『秋日和』、句集『地球の花』
関谷ほづみ《濃美》〒501-1108岐阜市安食志良古26-29金川方（☎090-5005-8661）昭26.12.6/岐阜県生/詩集『泣般若』、『火宅』
瀬島洒望《やぶれ傘》〒330-0063さいたま市浦和区高砂4-2-3（☎048-862-2757 FAX048-862-2756/syabo@nifty.com）昭15.9.11/東京都生/『異人の館』『印度の神』『葷酒庵』ほか
瀬戸正洋〒258-0015神奈川県足柄上郡大井町山田578（☎0465-82-3889/lemon7_0308@yahoo.co.jp）昭29.5.24/神奈川県生/『俳句と雑文A』『俳句と雑文B』他
瀬戸　悠《梲》〒250-0011小田原市栄町3-13-7（☎0465-23-2639＊）神奈川県生/『涅槃西風』
千賀邦彦《歴路》〒107-0062港区南青山4-5-17（☎03-3401-0080）昭15.4.12/愛知県生/『地球の居候』
千仗千紘
千田佳代《杉》〒252-0011座間市相武台3-18-9（☎046-253-5144＊）昭5.6.14/東京都生/『樹下』『森澄雄の背中』ほか
仙田洋子《天為》〒222-0003横浜市港北区大曽根3-13-1-104/東京都生/『橋のあなたに』『雲は王冠』『子の翼』『はばたき』
仙入麻紀江《草の花》〒581-0071八尾市北久宝寺1-4-55/昭24.5.11/大阪府生/『弖爾乎波』
相馬晃一《栞》〒261-0003千葉市美浜区高浜3-5-3-405/昭18.4/北海道生
相馬マサ子《燎》〒168-0064杉並区永福1-20-13（☎03-3327-6885＊）昭22.5.9/兵庫県生
薗田　桃《天頂》（☎095-856-6547＊）昭27.12.30/長崎県生
苑　実耶《空》〒811-2111福岡県糟屋郡須惠町新原15-6/昭22.5.23/福岡県生/『大河』
染谷多賀子《浮野》〒340-0202久喜市東大輪530（☎0480-58-0776＊）昭16.3.19/埼玉県生/『神あそび』
染谷秀雄《主宰 秀》〒266-0005千葉市緑区誉田町3-30-93（☎043-291-5957＊/someyahideo@nifty.com）昭18.8.31/東京都生/『誉田』『灌流』

た行

対中いずみ《代表 静かな場所・秋草》〒520-0242大津市本堅田4-18-11-307（☎077-574-3474＊）昭31.1.1/大阪府生/『冬菫』『巣箱』『水瓶』
多賀あやか《雪解》〒589-0023大阪狭山市大野台2-8-9（☎072-366-9353）昭12.12.19/大阪府生/『雪詠まな風詠まな』
高浦銘子《藍生》〒215-0017川崎市麻生区王禅寺西4-13-16（☎044-955-3915）昭35.4.23/千葉県生/『百の蝶』
髙岡　慧《鹿火屋》〒158-0082世田谷区等々力1-15-10（☎090-3807-5701/solan3104@nifty.com）昭22.11.17/兵庫県生
髙岡周子《若葉・主宰 愛媛若葉》〒791-0113松山市白水台5-2-12（☎089-925-8341＊）昭18.11/愛媛県生/『寒あやめ』
髙尾秀四郎《代表 あした》〒194-0203町田市図師町1333-8（☎042-793-3984＊/takao.hideshiro@nifty.com）昭24.2.11/長崎県生/『探梅』
高倉和子《空》〒812-0054福岡市東区馬出2-3-31-302（☎092-643-2370＊）昭36.2.26/福岡県生/『男眉』『夜のプール』
高杉桂子《風の道》〒230-0011横浜市鶴見区上末吉4-5-3朝日プラザ三ツ池公園202（☎045-575-0755＊）昭16.10.29/東京都生/『現代俳句精鋭選集12』

高瀬春遊芝《嘉祥》〒351-0035朝霞市朝志ヶ丘1-7-12ニチイ朝霞426/昭11.2.1/埼玉県生
高田正子《藍生》〒215-0018川崎市麻生区王禅寺東1-29-7/昭34.7.28/岐阜県生/『玩具』『花実』『青麗』『自註髙田正子集』
高田昌保《草の花》〒240-0011横浜市保土ヶ谷区桜ケ丘2-44-1-402(☎045-334-5437)昭26.10.27/東京都生
高田睦子《あゆみ》〒274-0060船橋市坪井東1-12-19(☎047-465-5518*)昭6.10.13/大連生
高野ムツオ《主宰 小熊座》〒985-0863多賀城市東田中2-40-26-504(FAX022-364-6859)『萬の翅』他
髙槗邦夫《暖響》〒344-0038春日部市大沼2-71-131(☎048-747-5606〈暖響発行所〉)昭17/栃木県生
髙橋さえ子《栞》〒168-0072杉並区高井戸東1-1-30/昭10.3.22/東京都生/『萌』『瀬音』『緋桃』『浜木綿』『自解100句選 髙橋さえ子集』『自註髙橋さえ子集』
高橋しのぶ《春野》〒259-0311神奈川県足柄下郡湯河原町福浦482(☎0465-62-4875*)昭24.4.19/福岡県生/『海光』
高橋千恵《薫風》〒031-0804八戸市青葉3-19-7(☎0178-22-5907*)昭9.4.24/青森県生/『母の行李』『好きなだけ』
高橋桃衣《知音》〒171-0031豊島区目白2-5-1(☎03-6338-9255*/toy@chi-in.jp)昭28.3.10/神奈川県生/『ラムネ玉』『破墨』『自註高橋桃衣集』
高橋修宏《代表 五七五・豈》〒939-8141富山市月岡東緑町3-52(☎076-429-1936 FAX076-492-3022/takahashi@cross-design.biz)昭30.12.27/東京都生/『夷狄』『蜜楼』『虚器』、評論集『真昼の花火』他
高橋まき子《風土》〒249-0005逗子市逗子4-11-27クレドール新逗子103(☎046-871-2853)昭23.2.21/神奈川県生
高橋道子《代表 鴫》〒260-0003千葉市中央区鶴沢町2-15(☎043-225-5393*)昭18.5.19/千葉県生/『こなひだ』
高橋美弥子《樹色》〒791-1105松山市北井門3-17-11エルディム椿102(☎090-6137-1208/masaokateijo20150108@gmail.com)昭38.2.9/群馬県生
高橋政亘(亘)《都市》〒214-0008川崎市多摩区菅北浦4-15-5-411(☎044-945-2707)昭17.4.1/静岡県生
髙松守信《主宰 昴》〒352-0023新座市堀ノ内2-7-15(☎048-201-2819*/7488skmy@gmail.com)昭11.10.10/福岡県生/『野火止』『湖霧』『桜貝』『冬日和』他
高室有子《郭公》〒400-0022甲府市元紺屋町17-409(☎055-252-3303)昭40.3.13/山梨県生
髙柳克弘《鷹》〒185-0032国分寺市日吉町2-37-47(☎090-7042-4134)昭55.7.1/静岡県生/『未踏』『寒林』『凜然たる青春』『どれがほんと? —万太郎俳句の虚と実』
高山　檀《春月》〒134-0081江戸川区北葛西4-25-9-205(☎03-3687-8229*)昭22.9.23/東京都生/『雲の峰』
高山みよこ《羅ra》(☎090-7218-8104/kaba-kun@jcom.zaq.ne.jp)昭22.4.21/東京都生
高山れおな《豈》〒134-0081江戸川区北葛西4-14-13-603(☎080-2044-1966/leonardohaiku@gmail.com)昭43.7.7/茨城県生/『ウルトラ』『荒東雑詩』『俳諧曾我』『冬の旅、夏の夢』『切字と切れ』
滝川聡美《草の宿》
滝口滋子《いには》〒292-0041木更津市清見台東3-30-29/神奈川県生/『ピアノの蓋』
田口茉於《若竹》〒216-0004川崎市宮前区鷺沼4-14-2ドレッセ鷺沼の杜C409(☎044-577-1746*/mao_taguchi@yahoo.co.jp)昭48.7.26/愛知県生/『はじまりの音』
竹内文夫《やぶれ傘》〒330-0061さいたま市浦和区常盤9-15-20-1303号(☎090-4092-7198/takeuchisin53@gmail.com)昭28.12.7/埼玉県生
竹下和宏《きりん・橡・滑稽俳句協会》〒606-0032京都市左京区岩倉南平岡町60-2(☎075-711-6377*)昭10.3.10/京都府生/著書『想いのたまて箱』、合同句集『猪三友』、『傘寿記念句文集』、句集『泉涌く』『青き踏む』
竹田清美《燎》〒921-8131金沢市三十苅町丁89(☎076-298-0091*)昭15.11.28/富山県生
竹田ひろ子《ろんど》〒189-0011東村山市恩多町5-36-19プルミエール久米川503(☎042-203-5028*)
竹田和一《野火》〒340-0154幸手市栄5-10-104(☎0480-43-2114)昭17.1.23/東京都生
竹中良子《夏爐》〒780-0956高知市北端町105/昭22.8.3/高知県生
竹本治男《星雲》〒590-0504泉南市信達市場

31-285（☎072-482-1425＊）昭20.3.19/大阪府生
竹本良子《青海波》〒740-0022岩国市山手町2-8-1（☎0827-23-4722＊）昭17.9.8/広島県生
田島和生《主宰 雉・晨》〒520-0532大津市湖青2-13-7/昭12.12.29/石川県生/『青霞』『鳰の海』『天つ白山』、『新興俳人の群像』他
多田芙紀子《海棠》〒601-1317京都市伏見区醍醐京道町11-3（☎075-571-1272＊）昭6.3.20/兵庫県生
多田まさ子《ホトトギス・祖谷》〒776-0013吉野川市鴨島町上下島300-2（☎0883-24-9223＊）昭29.5.1/徳島県生/『心の雫』
田中亜美《海原》〒213-0011川崎市高津区久本3-14-1-216（☎044-822-1158＊）昭45.10.8/東京都生/共著『新撰21』『いま兜太は』
田中恵美子《海棠》〒584-0037富田林市宮甲田町2-26/昭22.10.9/大阪府生
田中喜郎《ひいらぎ》〒655-0861神戸市垂水区下畑町龍ノ庭538-3（☎078-754-2052＊/keybo1944@yahoo.co.jp）昭19.2.3/奈良県生
田中三二良《秀》〒381-0043長野市吉田3-12-56（☎026-241-1917）昭7.8.3/長野県生/『青夏白冬』
田中純美〒336-0021さいたま市南区別所7-6-8-3204（☎048-844-6226）昭8.3.24/京都府生/『来し方』
田中　白（陶白）《ときめきの会》〒314-0128神栖市大野原中央4-6-11/昭21.6.27/徳島県生
田中松江《からたち》〒799-3720宇和島市吉田町知永4−761（☎0895-52-4442）昭13.5.18/愛媛県生
田中　陽《代表 主流》〒427-0053島田市御仮屋町8778（☎0547-37-3889 FAX0547-37-3903）昭8.11.22/静岡県生/『傷』『愉しい敵』『ある叙事詩』
田中義枝《野火》〒306-0226古河市女沼396-2（☎0280-92-3023＊）昭13.3.7/茨城県生
田中涼子《八千草》〒178-0062練馬区大泉町6-29-20-510（☎03-6763-9577＊）
棚橋洋子《耕》〒480-0104愛知県丹羽郡扶桑町斎藤御堂61（☎0587-93-5224）昭22.1.1/岐阜県生
田邉　明《あゆみ》〒294-0047館山市八幡19-1（☎090-4380-4580）昭25.5.19/東京都生
田辺満穂《鴻・年輪・ハンザキ》〒458-0014名古屋市緑区神沢1-833（☎052-877-2645＊）昭16.9.30/愛知県生
棚山波朗《主宰 春耕》〒191-0043日野市平山3-29-5（☎042-591-4863）『之乎路』『雁風呂』『料峭』『宝達』『東京俳句歳時記』
谷　悦子《漣》〒689-4221鳥取県西伯郡伯耆町富江259-1（☎0859-63-0631）昭16.12.2/岡山県生/絵文集『お地蔵さまといっしょ』
谷川　治〒194-0032町田市本町田1790-14/昭7.7.24/群馬県生/句集『畦神』『種袋』、歌集『吹越』『草矢』
谷口一好〒730-0823広島市西区庚午南2-39-1-304（☎090-4753-3428）昭30.1.18/鳥取県生
谷口智行《副主宰兼編集長 運河》〒519-5204三重県南牟婁郡御浜町阿田和6066（☎05979-2-4391＊）昭33.9.20/京都府生/『藁嬶』『媚薬』『星糞』、評論『熊野概論』
谷口直樹《りいの》〒198-0052青梅市長淵1-894-19（☎0428-25-0868＊）昭17.2.3/東京都生
谷口春子《海棠》〒616-8342京都市右京区嵯峨苅分町4-11（☎075-871-5427）昭4.2.22/京都府生
谷口摩耶《鴻》〒271-0087松戸市三矢小台2-4-16（☎047-363-4508 FAX047-366-5110/mayapilki@hotmail.com）昭24.4.10/東京都生/『鍵盤』『風船』『鏡』、著書『祖父からの授かりもの』
谷　雅子《鏡》〒112-0002文京区小石川1-24-3-501/昭22.9.7/大阪府生/『慈庵句集』
田端千鼓《薫風》〒031-0023八戸市大字是川字楢館平30-1/昭24.1.26/青森県生
田畑ヒロ子《顔》〒258-0019神奈川県足柄上郡大井町金子3035-7（☎0465-83-4757）福島県生
田丸千種《花鳥・ホトトギス》〒156-0053世田谷区桜3-17-13-608（☎090-7189-1653/chigusa.tam@gmail.com）昭29.11.8/京都府生/『ブルーノート』
玉石宗夫《六曜》〒658-0001神戸市東灘区森北町7−1−10（☎078-411-3483＊）昭16.8.16/兵庫県生
田村恵子《河》〒982-0837仙台市太白区長町越路19-1393-1-311（☎022-229-4682＊）昭33.5.20/秋田県生
田邑利宏《鴻》〒270-0151流山市後平井5-26（☎090-4702-4145）昭21.9.14/山口県生
田村　葉《山彦》〒753-0032山口市堂の前町2-3-502宇多村方/昭20.9/山口県生/『風の素描』

田山元雄《森の座》〒225-0021横浜市青葉区すすき野3-6-11-306（☎045-901-5699＊）昭15.1.9/東京都生

田山康子《森の座》〒225-0021横浜市青葉区すすき野3-6-11-306（☎045-901-5699＊）昭21.2.24/東京都生/『森の時間』

田湯　岬《主宰 道》〒001-0901札幌市北区新琴似1-7-1-2（☎011-765-1248＊/tayu@mint.ocn.ne.jp）昭23.3.29/北海道生/『天帝』『階前の梧葉』

千田百里《沖》〒272-0127市川市塩浜4-2-34-202（☎047-395-3349＊）昭13.8.2/埼玉県生/『巴里発』

知念哲庵《梓》〒332-0012川口市本町1-10-9（☎048-222-2015＊）『寒露』

地畑朝子《朱夏》〒350-2213鶴ヶ島市脚折1407-27（☎049-285-9598）昭8.1.2/大阪市生/『まっすぐに』

千葉日出代《風の道》〒135-0061江東区豊洲1-2-27-617

中條睦子《りいの》〒920-0926金沢市暁町18-38/昭19.4.8/石川県生/『青蘆』

長野順子《鳰の子》〒662-0811西宮市仁川町1-2-12（☎0798-53-1087＊）昭29.6.6/兵庫県生

塚田佳都子《好日・草樹》〒247-0026横浜市栄区犬山町67-3（☎045-891-4086＊/ka-tsukada@jcom.zaq.ne.jp）昭19.2.25/長野県生/『耳目』『素心』

津川絵理子《南風》昭43.7.30/兵庫県生/『和音』『はじまりの樹』

津久井紀代《天為・枻》〒180-0003武蔵野市吉祥寺南町3-1-26（☎0422-48-2110＊/minokiyo@jcom.zaq.ne.jp）昭18.6.29/岡山県生/『命綱』『赤の負』『てのひら』『神のいたづら』

筑紫磐井《豈》（☎03-3394-3221＊）昭25.1.14/東京都生/『我が時代』『筑紫磐井集』『婆伽梵』『野干』

辻内京子《鷹》〒222-0032横浜市港北区大豆戸町875-4-3-710（☎045-547-3616＊）昭34.7.30/和歌山県生/『蝶生る』『遠い眺め』

辻　桂湖《円虹》〒652-0064神戸市兵庫区熊野町4-4-21（☎078-531-6926＊）昭31.1.19/兵庫県生/『春障子』

辻　まさ野《円座》〒502-0858岐阜市下土居1-6-17（☎058-231-2232＊/masano.kiki@icloud.com）昭28.3.25/島根県生/『柿と母』

辻　升人《朱夏》〒192-0015八王子市中野町2485-3（☎042-625-0482 FAX042-625-0483/t-tech@kem.biglobe.ne.jp）昭15.11.19/東京都生

辻村麻乃《主宰 篠》〒351-0025朝霞市三原2-25-17（rockrabbit36@gmail.com）昭39.12.22/東京都生/『プールの底』『るん』

津髙里永子《小熊座・すめらき》〒168-0065杉並区浜田山4-16-4-230（lakune21blue.green@gmail.com）昭31.4.22/兵庫県生/『地球の日』、エッセイ『俳句の気持』

土田　栄《予感》〒333-0847川口市芝中田1-36-3（☎048-268-2373＊）埼玉県生

土屋瞳子《野火》〒950-3135新潟市北区つくし野1-8-12/昭18.1.7/新潟県生

土山吐舟《からたち》〒799-3710宇和島市吉田町立間尻甲360（☎090-1574-1191）昭21.9.17/愛媛県生

土屋実六《草の花》〒594-0004和泉市王子町443-2（☎090-3707-4189 FAX0725-41-4034）昭24.12.30/大阪府生

恒藤滋生《代表 やまぐに》〒671-2131姫路市夢前町戸倉862-1（☎079-336-1282＊）昭25.1.21/兵庫県生/『山国』『青天』『外套』『水分（みくまり）』

角田惠子《燎》〒164-0012中野区本町6-27-17/昭15.3.8/福井県生

角田美智《風叙音》〒270-2266松戸市常盤平西窪町15-22（☎047-384-5759＊/michy73@tbz.t-com.ne.jp）昭12.3.5/千葉県生

津森延世《晨》〒811-3104古賀市花鶴丘3-5-6（☎092-943-8715＊）昭20.10.26/山口県生/『しろしきぶ』

都留嘉男《八千草》〒215-0001川崎市麻生区細山8-17-10/昭11.5.14/大分県生

出口紀子《梓・晨》〒248-0027鎌倉市笛田4-15-9（☎0467-31-8722＊/nokongiku@jcom.zaq.ne.jp）和歌山県生

出口善子《代表 六曜》〒543-0001大阪市天王寺区上本町8-3-6（☎06-6772-1712 FAX06-6773-5338/haiku575@dolphin.ocn.ne.jp）昭14.8.12/大阪府生/『羽化』『娑羅』など7冊、伝記小説『笙の風』

寺川芙由《玉藻》〒156-0045世田谷区桜上水4-1,G312/昭17.4.20/東京都生

寺澤一雄《代表 鏡》〒114-0016北区上中里1-37-15-1004（☎03-6356-6500＊）昭32.1.11/長野県生/『虎刈』

寺島ただし《駒草》〒273-0125鎌ケ谷市初富本町1-18-43（☎047-445-7939*/tadterashima@jcom.home.ne.jp）昭19.2.15/宮城県生/『木枯の雲』『浦里』『なにげなく』『自註寺島ただし集』
土肥あき子《絵空》〒146-0092大田区下丸子2-13-1-1206（☎03-5482-3117*/akikodoi@me.com）昭38.10.13/静岡県生/『鯨が海を選んだ日』『夜のぶらんこ』『あそびの記憶』
戸井一洲《ひまわり》〒770-0872徳島市北沖洲2-5-19（☎088-664-1112*）昭5.4.27/徳島県生
東郷節子《今日の花》〒211-0025川崎市中原区木月3-3-16/昭5.1.23/東京都生/『歯朶』（共同句集）
藤　勢津子《運河》〒610-0121城陽市寺田大川原30-50/香川県生/『幸木』『遊学』
遠山陽子《主宰　弦》〒190-0004立川市柏町3-2-4（☎042-537-3317*/gengaku117@gmail.com）昭7.11.7/『弦楽』『黒鍵』『弦響』他。『評伝 三橋敏雄』
常盤倫子《春野》〒213-0033川崎市高津区下作延4-18-5（☎044-877-8784）昭16.2.8/北海道生
徳田千鶴子《主宰　馬酔木》〒143-0023大田区山王4-18-14（☎03-3777-3233 FAX03-3777-3272）昭24.2.18/東京都生/『花の翼』他。秋櫻子に関する著書4冊
徳吉洋二郎《ペガサス》〒261-0004千葉市美浜区高洲3-15-6-1602（☎043-277-6165*）昭16.3.20/福岡県生
利光幸子《少年》〒870-0875大分市青葉台2-2-9/昭21.10.10/大分県生
戸恒東人《主宰　春月》〒213-0001川崎市高津区溝口2-32-1-1209（☎044-811-6380*）昭20.12.20/茨城県生/『福耳』『令風』『いくらかかった「奥の細道」』
鳥羽田重直《天頂》〒300-1237牛久市田宮2-11-9（☎029-872-9133*）昭21.1.19/茨城県生/『蘇州行』
飛田伸夫《ひたち野》〒311-1125水戸市大場町598-2（☎029-269-2498*）昭22.3.1/茨城県生
冨田拓也〒574-0042大東市大野1-2-17（☎072-870-0293*）昭54.4.26/大阪府生
冨田正吉《栞》〒189-0012東村山市萩山町3-4-15/昭17.6.22/東京都生/『父子』『泣虫山』『卓球台』
富野香衣《南柯》〒639-1134大和郡山市柳町556-504/昭31.6.24/岡山県生
富山ゆたか《波》昭24.3.27/東京都生
土本　薊《鳳·海棠》〒586-0077河内長野市南花台6-4-1/和歌山県生
豊田美枝子《青海波》愛媛県生
豊長みのる《主宰　風樹》〒560-0021豊中市本町4-8-25（☎06-6857-3570 FAX06-6857-3590）昭6.10.28/兵庫県生/『阿蘇大吟』『北垂のうた』『シルクロード』等11冊、『俳句逍遥』他多数
鳥居真里子《主宰　門》〒120-0045足立区千住桜木2-17-1-321（☎03-3882-4210*）昭23.12.13/東京都生/『鼬の姉妹』『月の茗荷』
鳥井保和《主宰　星雲》〒642-0012海南市岡田214-10（☎073-483-4566*/y_haiku2@yahoo.co.jp）昭27.2.22/和歌山県生/『大峯』『吃水』『星天』『星戀』など
鳥沢尚子《濃美》〒501-2123山県市大森381（☎0581-36-2311）昭6.12.4/岐阜県生

な行

内藤　静《風土》昭12.3.30/千葉県生
永井江美子《韻》〒444-1214安城市榎前町西山50（☎0566-92-3252*）昭23.1.9/愛知県生/『夢遊び』『玉響』
長井　寛《遊牧》〒273-0117鎌ヶ谷市西道野辺2-11-103（☎047-445-1549*/nagai-kan3@m7.gyao.ne.jp）昭21.3.27/新潟県生/『水陽炎』
永井貴美子《鬣TATEGAMI》
永方裕子《主宰　梛》〒152-0034目黒区緑が丘1-7-22-202加藤ビル（☎03-6459-5718*）昭12.4.10/兵庫県生/『麗日』『洲浜』
永岡和子《風叙音》〒270-0021松戸市小金原9-20-3（☎047-343-2607/n.kazuko@minos.ocn.ne.jp）昭20.5.16
中岡毅雄《代表　いぶき》〒673-0402三木市加佐981-4（☎0794-82-8419*）昭38.11.10/東京都生/『一碧』『啓示』『高浜虚子論』『壺中の天地』
仲　加代子《貝の会》〒669-1412三田市木器572/大15.7.22/兵庫県生/『奥三田』『躾糸』『夫婦旅』
中川歓子《梛》〒564-0072吹田市出口町34·C1-113（☎06-6388-7565）昭16.6.4/兵庫県生
中川純一《知音》東京都生/『月曜の霜』

中川寛子《日矢》〒247-0005横浜市栄区桂町325-1-401(☎045-893-9762/hiroko-rocco@jcom.zaq.ne.jp)昭18.6.13/静岡県生/エッセイ集『池のほとりで』『命を見つめて』
ながさく清江《春野・晨》〒107-0052港区赤坂6-19-40-402(☎03-3583-8198)昭3.3.27/静岡県生/『白地』『月しろ』『蒲公英』『雪の鷺』『自註ながさく清江集』
長澤きよみ《樹・樹氷》〒279-0031浦安市舞浜3-35-1(☎047-351-9292*)昭23.11.28/兵庫県生
中下澄江《鴫》〒353-0004志木市本町5-3-29(☎048-471-0930)中国天津生
永島いさむ《河》〒248-0011鎌倉市扇ヶ谷4-27-8(☎080-3019-3600 FAX0467-24-8557/like-a-rollingstone_1958@jcom.zaq.ne.jp)昭33.3.16/東京都生
長島衣伊子《主宰 朴の花》〒257-0028秦野市東田原499-8(☎0463-81-7130)昭25.4.8/鳥取県生/『朴の花』『青』『星まつり』
中島和子《やぶれ傘》〒335-0021戸田市新曽1318(☎048-444-4100)昭15.4.28/埼玉県生
永島和子《日矢》〒231-0827横浜市中区本牧和田1-1-405/昭16.11.14/東京都生
永嶋隆英《風叙音》〒242-0014大和市上和田1772-20/昭19.3.12/神奈川県生
中島たまな《予感》〒296-0034鴨川市滑谷788(☎04-7093-2229)昭38.4.2/千葉県生
中島悠美子《門》〒116-0001荒川区町屋3-14-1(☎03-3892-5501*)昭14.11.9/東京都生/『俳句の杜 2016 精選アンソロジー』
中嶋陽子《風土》〒154-0001世田谷区池尻4-28-21-308(☎03-3795-8346*)昭41.9.5/岐阜県生/『一本道』
長瀬きよ子《耕》〒484-0083犬山市犬山字東古券756(☎0568-61-1848*)昭16.5.26/岐阜県生/『合同句集』
永瀬十悟《桔槹・群青》〒962-0839須賀川市大町350(ynagase1@ybb.ne.jp)昭28.3.29/『橋朧―ふくしま記』『三日月湖』
永田圭子《ろんど》〒541-0048大阪市中央区瓦町1-6-1-1502(☎06-6202-8879*)昭17.1.1/大阪府生
中田尚子《絵空》〒120-0005足立区綾瀬6-13-9大池方(☎090-1841-8187 FAX03-3620-2829)昭31.8.20/東京都生/『主審の笛』『一声』
中田英子《青海波》〒747-0841防府市仁井令町15-20(☎0835-23-1698*)昭13.12.30/徳島県生/『辰砂』
中田麻沙子《少年》〒270-0111流山市江戸川台東4-416-18(nakata-liburu@jcom.zaq.ne.jp)昭21.10.3/埼玉県生
永田政子《青海波》〒747-0045防府市高倉1-1-22-701(☎0835-38-7223*)昭16.3.27/山口県生
永田満徳《学長 俳句大学》〒860-0072熊本市西区花園6-42-19(☎096-351-1933*/mitunori_n100@hotmail.com)昭29.9.27/熊本県生/『寒祭』、共著『新くまもと歳時記』
長束フミ子《栞》〒123-0843足立区西新井栄町3-10-5(☎03-3840-3755)昭12.4.26/東京都生
中坪達哉《主宰 辛夷》〒930-0818富山市奥田町10-27(☎076-431-5290/tatuya@pa.ctt.ne.jp)昭27.2.13/富山県生/『破魔矢』『中坪達哉集』『前田普羅 その求道の詩魂』
中戸川由実《代表 残心》〒226-0019横浜市緑区中山3-9-60(☎045-931-1815 FAX045-931-1828)昭33.3.31/神奈川県生/『プリズム』
中西秀雄《燎》〒198-0043青梅市千ヶ瀬町3-551-15/昭19.7.4/新潟県生
中西富士子《鴻》〒444-0914岡崎市末広町6-14モアグレース末広町904(☎0564-79-1412*)昭19.7.22/静岡県生
中西夕紀《主宰 都市》〒194-0013町田市原町田3-2-8-1706(☎042-721-3121*)昭28.9.4/東京都生/『都市』『さねさし』『朝涼』『くれなゐ』、共著『相馬遷子 佐久の星』
長沼利惠子《泉》〒193-0832八王子市散田町2-54-1(☎042-663-2822)昭14.2.18/千葉県生/『虫展』
中根唯生《代表 氷点》〒444-2104岡崎市駒立町マルタ23(☎0564-45-7293)昭4.8.7/愛知県生/『旦暮抄』『きつね雨』『有情帖』『八旬』
中根美保《一葦・風土》〒214-0022川崎市多摩区堰2-11-52-114(☎044-299-7709*)昭28.3.29/静岡県生/『首夏』『桜幹』『軒の灯』
中野仍子《ひまわり》〒770-0872徳島市北沖洲1-8-76-5(☎0886-64-1644/徳島県生/『鼓草』
中野　郁《阿南シニア俳句》〒774-0043阿南市柳島町中川原73-6(☎0884-22-2645)昭7.2.6/徳島県生
中野ひでほ《八千草》〒176-0002練馬区桜台4-18-1(☎03-3994-0529*)昭14.11.25/群馬県生/『四季吟詠句集』
長野眞久《氷室》〒630-0257生駒市元町2-13-

22(☎0743-74-5691＊)昭12.3.21/静岡県生
長野美代子《濃美》〒503-0021大垣市河間町4-17-2(☎0584-91-7693＊)昭5.3.26/岐阜県生/『俳句の杜アンソロジー①』
長浜　勤《代表 帯・門》〒335-0002蕨市塚越1-11-8(☎048-433-6426＊)昭29.11.10/埼玉県生/『黒帯』『車座』
中原けんじ《濃美》〒480-1158長久手市東原山34-1 LM413(☎0561-62-4462＊)昭21.6.21/大分県生/『二十三夜月』
中原幸子〒567-0032茨木市西駅前町4-503(☎072-623-6578＊/snsn1216@cap.ocn.ne.jp)昭13.1.3/和歌山県生/『遠くの山』『以上、西陣から』『柚子とペダル』『ローマの釘』
仲原山帰来《草の花》/昭25.1.7/沖縄県生/『冠羽』
中牧　修《今日の花》〒178-0065練馬区西大泉6-8-4(☎03-3923-1225＊)昭8.4.27/長野県生/『柿若葉』
長町淳子《青海波》〒771-0219徳島県板野郡松茂町笹木野八上115-3(☎088-699-2634＊)昭14.10.5/徳島県生
永松宣洋《ひまわり》〒770-0053徳島市南島田町4-105(☎090-2898-4584/epine3100@yahoo.co.jp)昭35.3.10/徳島県生
中丸しげこ《松の花》/昭21.11.3/神奈川県生
長嶺千晶《代表 晶》〒186-0003国立市富士見台4-41-1-105(☎042-577-7783 FAX042-571-6519)昭34.11.3/東京都生/『晶』『夏館』『つめた貝』『白い崖』『雁の雫』『長嶺千晶集』、『今も沖には未来あり—中村草田男『長子』の世界』
仲村青彦《主宰 予感》〒292-0064木更津市中里2-7-11(☎0438-23-1432＊/ao_yokan-world@yahoo.co.jp)昭19.2.10/千葉県生/『予感』『樹と吾とあひだ』『夏の眸』『輝ける挑戦者たち』
中村阿弥《鶴》〒201-0002狛江市東野川3-17-2-201/昭16.12.29/京都府生/『宵山』『山鉾』
中村一声《風叙音》〒252-0311相模原市南区東林間8-14-24(nakamura-atd3927wsd@jcom.home.ne.jp)昭12.7.3/長崎県生/『神が初めに創られたものとは—俳句で読む聖書物語』『聖書の物語性と修辞法』『ワードパル英和辞典』
中村和弘《主宰 陸》〒174-0056板橋区志村2-16-33-616/昭17.1.15/静岡県生/『東海』等
中村和代《副主宰 信濃俳句通信》〒390-0805松本市清水2-8-10(☎0263-33-2429＊)昭23.1.2/徳島県生/『魔法の手』『現代俳句精鋭選集15』
中村香子《予感》〒204-0004清瀬市野塩4-93-12(☎080-3495-8024)昭8.2.4/東京都生
中村幸子《貂・椎・棒》〒180-0002武蔵野市吉祥寺東町3-18-9(☎0422-21-7537＊)昭16.12.20/山梨県生/『笹子』『烏柄杓』
中村重雄《沖》〒264-0025千葉市若葉区都賀2-15-12(☎043-232-5857＊)昭10.4.22/千葉県生/『朴』
中村愼六《雪天》群馬県生
中村世都《鴻》〒275-0012習志野市本大久保2-6-6(☎047-475-4069＊)昭17.2.3/東京都生
中村　正《天頂》〒179-0072練馬区光が丘3-3-4-726/昭10.1.2/京都府生
中村達郎《風叙音》〒252-0303相模原市南区相模大野6-20-5-605(☎042-745-3286＊/pochi-tatsuro0826@docomo.ne.jp)昭18.8.26/東京都生
中村姫路《主宰 暦日》〒194-0021町田市中町3-22-17-202(☎042-725-8435)昭16.7.29/東京都生/『赤鉛筆』『千里を翔けて』『中村姫路集』『青柳志解樹の世界』
中村冬美《豈・ペガサス》〒262-0014千葉市花見川区さつきが丘1-26-7(☎043-250-5823＊)昭12.1.25/福岡県生/『白い象』
中村雅樹《代表 晨》〒470-0117日進市藤塚6-52(☎0561-72-6489＊/nmasaki575@na.commufa.jp)昭23.4.1/広島県生/『果断』『解纜』、評論『俳人宇佐美魚目』『俳人橋本鶏二』他
中村正幸《主宰 深海》〒445-0853西尾市桜木町4-51(☎0563-54-2125＊)昭18.4.5/愛知県生/『深海』『系譜』『万物』『絶海』
中村洋子《風土》〒225-0011横浜市青葉区あざみ野3-2-6-405(☎045-902-3084＊)昭17.11.23/東京都生/『金木犀』
中村瑠実《ひまわり》〒770-0011徳島市北佐古一番町3-30-803/昭17.1.23/兵庫県生
中村玲子《今日の花》〒359-0041所沢市中新井4-24-9(☎04-2943-1422＊)昭10.11.4/宮城県生
中森千尋《道》〒004-0809札幌市清田区里塚2条4-9-1/昭24.5.3/北海道生/『水声』
中山絢子《ときめきの会》〒399-2221飯田市龍江7162-4(☎0265-27-2503)昭12.8.21/長野県生
中山世一《晨・百鳥》〒270-1432白井市冨士

198-44(☎047-445-4575＊)昭18.10.1/高知県生/『楝』『季語のこと·写生のこと』『雪兎』『草つらら』
中山洋子《暖響》〒339-0033さいたま市岩槻区黒谷814-2(☎048-798-6834＊)昭17.3.16/東京都生/『大欅』(寒雷埼大句会800回記念句集)
奈都薫子《信濃俳句通信》〒390-0861松本市蟻ヶ崎1-4-33(☎090-5429-4060)昭35.6.13/長野県生
名取里美《藍生》三重県生/『螢の木』『あかり』『家族』
行方克巳《代表 知音》〒146-0092大田区下丸子2-13-1-1012(☎03-3758-4897 FAX03-3758-4882)昭19.6.2/千葉県生/『知音』『素数』『晩緑』
滑志田流牧《杉》〒202-0013西東京市中町5-14-10/昭26.8.31/神奈川県生/小説集『埋れた波濤』
奈良比佐子《森の座·群星》〒343-0032越谷市袋山1887(☎048-974-6525＊)昭10.6.18/茨城県生/『ロスタイム』『忘れ潮』
成田清子《門》〒340-0014草加市住吉1-13-13-702(☎048-929-3537＊)昭11.1.31/神奈川県生/『春家族』『時差』『水の声』『自註成田清子集』
成海友子〒336-0018さいたま市南区南本町2-25-9(☎080-3210-7682 FAX048-825-6447)
名和未知男《主宰 草の花》〒182-0012調布市深大寺東町7-41-8(☎042-485-1679＊)昭7.8.29/北海道生/『くだかけ』『榛の花』『羈旅』『草の花』
新堀邦司《日矢》〒196-0012昭島市つつじが丘3-4-7-1009/昭16.2.16/埼玉県生
新森しなの《からたち》〒625-0005舞鶴市字朝来中795-33(☎090-6603-1151/niimori.y@gmail.com)昭31.5.3/京都府生
西池冬扇《主宰 ひまわり》〒770-8070徳島市八万町福万山8-26(u_nishiike@nifty.com)昭19.4.29/『碇星』他
西池みどり《ひまわり》〒770-8070徳島市八万町福万山8-26(☎088-668-6990＊/alamo2midori@i.softbank.jp)昭23.9.4/徳島県生/『だまし絵』『森の奥より』『風を聞く』『葉脈』『貝の化石』『一文字草』『星の松明』
西岡啓子《ひまわり》〒779-4806三好市井川町西井川322-13(☎0883-72-2810＊/nis_keiko7@yahoo.co.jp)昭11.10.10/徳島県生/『里川合同句集』
西川ナミ子《風叙音》〒343-0034越谷市大竹804-15
西澤日出樹《岳》〒399-7504長野県東筑摩郡筑北村乱橋806(☎0263-66-2431＊/mail@nishizawahideki.com)昭56.8.5/長野県生
西躰かずよし《鬣TATEGAMI》〒624-0851舞鶴市大内野町24/昭47.12.17/京都府生/『窓の海光』
西野桂子《鴻》〒270-2252松戸市千駄堀792-1-412(☎047-387-5705＊)昭22.1.25/東京都生
西村和子《代表 知音》〒158-0093世田谷区上野毛2-22-25-301(☎03-5706-9031＊)昭23.3.19/神奈川県生/『夏帽子』『心音』『椅子ひとつ』『わが桜』『虚子の京都』
西村麒麟《古志》〒215-0021川崎市麻生区上麻生7-3-5パーシモンII201/昭58.8.14/大阪府生/『鶉』『鴨』
西山常好《主宰 母港·香雨》〒856-0806大村市富の原2-16-1(☎0957-55-2258＊)昭16.2.25/長崎県生/『母港』『草の花』
二宮英子《雉·晨》昭12.4.13/神奈川県生/『出船』
二宮洋子《からたち》〒799-3703宇和島市吉田町東小路/昭34.6.28/愛媛県生
丹羽真一《代表 樹》〒112-0011文京区千石2-12-8(☎03-5976-3184＊/sniwa11@gmail.com)昭24.2.25/大阪府生/『緑のページ』『お茶漬詩人』『風のあとさき』『ビフォア福島』
貫井照子《やぶれ傘》〒335-0004蕨市中央1-20-8/昭22.1.1/東京都生
布川武男《郭公·代表 鹿》〒322-0036鹿沼市下田町2-1099(☎0289-64-2472 FAX0289-65-4607/nunokawa@if-n.ne.jp)昭8.3.28/埼玉県生/『積乱雲』『虫の夜』『旅びと』
沼田智恵子《ときめきの会》〒314-0121神栖市溝口635-2(☎0299-96-3788)昭21.5.11/茨城県生
根岸善行《風土》〒362-0042上尾市谷津1-7-2(☎048-771-1727＊)昭11.6.13/埼玉県生
根岸善雄《馬酔木》〒348-0053羽生市南3-2-16(☎048-561-4781＊/haiku-yoshiokun@docomo.ne.jp)昭14.12.10/埼玉県生/『霜晨』『青渦』『松韻』『光響』
根来久美子《ソフィア俳句会·若葉·上智句会》〒213-0002川崎市高津区二子3-13-1-201(m-k-negoro@nifty.com)昭32.8.9/広島県生
根橋宏次《やぶれ傘》〒330-0071さいたま市浦和区上木崎8-7-11(k.nebashi@able.ocn.

ne.jp)昭14.8.22/『見沼抄』『一寸』
野家啓一《きたごち》宮城県生
野口　清《暖響》〒369-1302埼玉県秩父郡長瀞町大字野上下郷2088(☎0494-66-0109)昭10.4.13/埼玉県生/句集『紅の豆』『祈りの日日』、歌集『星の祀り』
野口希代志《やぶれ傘》〒335-0016戸田市下前2-1-5-515(☎048-446-0408/kiyoshi-noguchi@ra2.so-net.ne.jp)昭20.5.17/東京都生
野口人史《秀》埼玉県生
野崎典子《夏爐》〒782-0041香美市土佐山田町346-33(☎0887-52-0315*)昭11.10.25/高知県生
野路斉子《栞》〒108-0072港区白金4-10-18-702(☎03-3280-2881*)昭12.7.21/東京都生
野中多佳子《辛夷》〒930-0071富山市平吹町7-6/昭23.10.23/富山県生/『繪扇』
野乃かさね《草笛・代表　瑞季》〒329-1577矢板市玉田404-298コリーナ矢板H-1851/『鱗』
のの季林《なんぢや》〒450-0001名古屋市中村区那古野1-39-8安藤眞理子方(☎052-551-1818)
野々風子《信濃俳句通信》
Nobeuze《主宰　熱病派》〒141-0021品川区上大崎1-5-58(☎080-5623-4291/theyellowcamus@hotmail.com)昭49.9.20/山口県生
能村研三《主宰　沖》〒272-0021市川市八幡6-16-19(☎047-334-4975 FAX047-333-3051)昭24.12.17/千葉県生/『騎士』『海神』『鷹の木』『磁気』『滑翔』『肩の稜線』『催花の雷』『神鵜』
野村東央留《門》

は行

萩野明子《不退座・棒》〒290-0022市原市西広1-10-32坂倉方/昭35.7.2/愛媛県生
萩原善恵《ひまわり》〒657-0833神戸市灘区大内通5-1-1-205(☎078-802-2813*/soichi-yoshie@hotmail.co.jp)昭20.1.1/愛媛県生
萩原敏夫(渓人)《やぶれ傘》〒336-0021さいたま市南区別所6-9-6(☎048-864-6333*)昭18.1.30/埼玉県生
萩原康吉《梓》〒347-0124加須市中ノ目499-1(☎0480-73-4437)埼玉県生
漠　夢道《emotional》〒891-1108鹿児島市郡山岳町447-1(☎080-5267-1655)昭21.4.22/北海道生/『くちびる』『棒になる話』
間　草蛙《青草》〒243-0208厚木市みはる野1-48-11(☎046-242-8499/shouichi.hazama@gmail.com)昭19.8.3/神奈川県生
橋　達三《春月》昭18.1.29/満州生
橋本なみ《鶴》昭16.7.22/京都府生
橋本美代《やぶれ傘》〒330-0843さいたま市大宮区吉敷町2-74-1-701/昭3.2.5/茨城県生
蓮實淳夫《晗日》〒324-0243大田原市余瀬450(☎0287-54-0922*)昭15.7.22/栃木県生/『嶺呂讃歌』
長谷川耿人《春月》〒212-0012川崎市幸区中幸町2-12-12(☎044-533-2515*)昭38.11.14/神奈川県生/『波止の鯨』『鳥の領域』
長谷川槙子《若葉》〒248-0007鎌倉市大町2-6-14/昭37.3.25/東京都生/『槙』
長谷川美幸《耕》
籏先四十三《湾》〒850-0822長崎市愛宕3-12-22(☎095-825-6184*)昭16.5.28/長崎県生/『言霊に遊ぶ』『たけぼうき』『長﨑を詠む』
畠　典子《葦牙》〒063-0845札幌市西区八軒五条西8-3-11(☎011-611-4789*)昭3.10.12/岩手県生/『一会』
旗手幸彦《草の花》〒557-0011大阪市西成区天下茶屋東2-16-4/昭15.6.28/大阪府生
畠中草史《若葉・岬・栃の芽》〒194-0015町田市金森東1-17-32(☎042-719-6808*)昭22.3.19/北海道生/『あいち』『みやぎ』
畑中とほる《春耕・薫風・主宰　蘆光》〒035-0083むつ市大平町34-10(☎0175-29-2640*)昭14.12.5/樺太生/『下北半島』『下北』『夜明け』
波多野　緑《燎》〒245-0066横浜市戸塚区俣野町480-24(☎045-851-9507*)昭17.1.28/新京生
秦　夕美《主宰　GA・豈》〒813-0003福岡市東区香住ケ丘3-6-18(☎092-681-2869*)昭13.3.25/福岡県生/『五情』『深井』『赤黄男幻想』等30冊以上
八田夕刈《鏡》〒160-0008新宿区四谷三栄町13-22(bankosha@yahoo.co.jp)昭27.5.25/東京都生
服部早苗《空》〒330-0064さいたま市浦和区岸町1-11-18(☎048-822-2503*)昭21/埼玉県生/『全圓の海』
服部　満《草の花》〒425-0032焼津市鰯ヶ島234-2(hmitsuru@kxd.biglobe.ne.jp)昭23.6.30/静岡県生

波戸岡　旭《主宰 天頂》〒225-0024横浜市青葉区市ケ尾町495-40(☎045-973-2646＊)昭20.5.5/広島県生/『父の島』『天頂』『菊慈童』『星朧抄』『湖上賦』『惜秋賦』『鶴唳』
波戸辺のばら《瓔》〒601-1414京都市伏見区日野奥出11-34(☎075-571-7381＊)昭23.2.20/『地図とコンパス』
羽鳥つねを《風の道》〒306-0417茨城県猿島郡境町若林4125-3(☎0280-87-5503 FAX0280-87-5485)昭26.12.3/茨城県生/『青胡桃』
花形キヨミ(きよみ)《玉藻》(☎045-831-4046＊)昭10.8.3/東京都生
花谷　清《主宰 藍》昭22.12.10/大阪府生/『森は聖堂』『球殻』
花土公子《今日の花・遠矢》〒155-0031世田谷区北沢2-40-25(☎03-3468-1925＊)昭15.2.7/東京都生/『句碑のある旅』
塙　勝美《ときめきの会》〒314-0112神栖市知手中央2-8-27(☎090-2420-7297)昭23.1.18/茨城県生
馬場眞知子《今日の花》〒143-0025大田区南馬込4-43-7(☎03-3772-4600＊)昭26.8.12/東京都生
浜田京子《からたち》〒799-3720宇和島市吉田町知永4-719/昭22.2.22/愛媛県生
濱地恵理子《栞》〒262-0012千葉市花見川区千種町330-25(☎043-259-2587＊)昭32.6.6/兵庫県生
羽村美和子《代表 ペガサス・豈・連衆》〒263-0043千葉市稲毛区小仲台7-8-28-810(☎043-256-6584＊/rosetea_miwako@yahoo.co.jp)山口県生/『ローズティー』『堕天使の羽』
林　いづみ《風土》〒167-0023杉並区上井草3-1-11/昭21.11.28/東京都生/『幻月』
林　　桂《代表 鬣TATEGAMI》〒371-0013前橋市西片貝町5-22-39(☎027-223-4556＊/hayashik@gf7.so-net.ne.jp)昭28.4.8/群馬県生/『動詞』『ことのはひらひら』『雪中父母』他
林　三枝子《代表 ときめきの会》〒314-0258神栖市柳川中央1-9-6(☎090-4821-7148/0479-46-0674＊/mieko.h.55623@docomo.ne.jp)昭18.5.16/長野県生/『砂丘の日』
林　未生《鴻》〒558-0001大阪市住吉区大領2-5-3-601(☎06-6691-5752＊)昭14.11.24/和歌山県生
林　みさき《暖響・好日》〒270-0034松戸市新松戸5-1新松戸中央パークハウスA209/昭20.2.8/旧満州生
原田達夫《鴫》〒270-0034松戸市新松戸7-173,A-608(☎047-348-2207＊/harada@kashi.email.ne.jp)昭9.4.15/東京都生/『虫合せ』『箱火鉢』
原　瞳子《初蝶・清の會》〒270-1158我孫子市船戸3-6-8森田方(☎04-7185-0569＊)昭15.4.30/群馬県生/『一路』
原　百合子《椎・暖響》〒432-8018浜松市中区蜆塚1-16-36(☎053-453-2471＊)昭11.12.6/静岡県生
晏梛みや子《家・晨》〒492-8251稲沢市東緑町2-51-14(☎0587-23-3945)愛知県生/『槙垣』『楮籠』
坂東文子《青山》
坂内佳禰《河》〒989-3128仙台市青葉区愛子中央2-11-2(☎090-5187-3043/022-392-2459＊)昭22.2.25/福島県生/『女人行者』
半谷洋子《鴻》〒456-0053名古屋市熱田区一番2-22-5ライオンズガーデン一番町502号(☎052-653-5090＊)昭20.4.7/愛知県生/『まつすぐに』
檜垣梧樓《遊牧・ペガサス》〒285-0812佐倉市六崎980-3(☎090-1795-0784/higakigo@ktj.biglobe.ne.jp)昭17.1.26/大阪府生/『無事』
東原芳翠《ひまわり》〒779-4701徳島県三好郡東みよし町加茂1715-2(☎0883-82-5205＊)昭16.4.27/徳島県生/『柿の花』
疋田武夫《方円》〒239-0803横須賀市桜が丘1-31-2/昭19.5.9/神奈川県生
蟇目良雨《主宰 東京ふうが・副主宰 春耕》〒112-0001文京区白山2-1-13(☎090-3208-2261/ryo-u@mta.biglobe.ne.jp)昭17.9.25/埼玉県生/『駿河台』『神楽坂』『菊坂だより』『九曲』『平成食の歳時記』
日隈三夫《あゆみ》〒274-0825船橋市前原西1-31-1-506(☎047-471-3205＊)昭19.9.21/大分県生
土方公二《汀》〒116-0003荒川区南千住8-1-1-1718(☎03-3891-5018＊/koji.hijikata1@gmail.com)昭23.8.25/兵庫県生
日原　傳《天為》〒102-8160千代田区富士見2-17-1法政大学BT2403号(☎03-3264-9373 FAX03-3264-9663/hihara@hosei.ac.jp)昭34.4.30/山梨県生/『重華』『江湖』『此君』『燕京』『素十の一句』
檜山京子《栩》〒210-0844川崎市川崎区渡田

新町2-2-20-402(☎044-333-1584＊)昭16.9.6/神奈川県生
檜山哲彦《主宰 りいの》〒167-0043杉並区上荻4-21-15-203(☎03-6323-4834＊/zypresse-hiyama@jcom.home.ne.jp)昭27.3.25/広島県生/『壺天』『天響』
日吉怜子《燎》〒190-0001立川市若葉町4-25-1-19-406/昭16.9.12/沖縄県生
平川扶久美《山彦》〒751-0863下関市伊倉本町14-3(☎083-254-3732＊)昭31.10.21/山口県生/『春の楽器』
平栗瑞枝《主宰 あゆみ》〒274-0067船橋市大穴南1-30-5(☎047-465-7961＊/mizue-hiraguri@xqg.biglobe.ne.jp)昭18.4.7/東京都生/『花蘇枋』『天蚕(やままゆ)』
平子公一《馬醉木》〒216-0033川崎市宮前区宮崎2-6-31-102(☎044-567-3083＊)昭15.10.10/北海道生/『火襷』
平田繭子《風樹》〒560-0054豊中市桜の町2-3-20(☎090-6601-7418 FAX06-6852-9756/mayufuujyu575@yahoo.co.jp)昭24.4.19/兵庫県生/『合歓母郷』『星韻』
平戸俊文《耕・Kō》〒509-0207可児市今渡1272-2(☎0574-26-7859＊/koko717jp@yahoo.co.jp)昭30.7.17/岐阜県生
廣瀬ハツミ《栞》〒302-0131守谷市ひがし野1-29-4ミマス守谷102(☎0297-37-4790＊)昭20.6.6/福島県生
廣瀬雅男《やぶれ傘》〒335-0026戸田市新曽南1-3-15-605/昭13.4.16/埼玉県生/『素描』『日向ぼつこ』
廣瀬町子《郭公》〒405-0059笛吹市一宮町上矢作857/昭10.2.6/山梨県生/『花房』『夕紅葉』『山明り』
広渡詩乃《栞》〒179-0085練馬区早宮1-9-10/昭31.6.14/東京都生/『春風の量』『師の句を訪ねて―岡本眸その作品と軌跡』
広渡敬雄《沖・塔の会》〒261-0012千葉市美浜区磯辺3-44-6(☎043-277-8395＊/takao_hiro195104@yahoo.co.jp)昭26.4.13/福岡県生/『遠賀川』『ライカ』『間取図』『脚註名句シリーズ能村登四郎集』
福井貞子《幡・香雨》〒611-0002宇治市木幡赤塚63-11(☎0774-33-2496＊/fukuisdk2011@yahoo.co.jp)昭9.12.22/滋賀県生/『うちの子』『一雨』
福井信之〒639-0222香芝市西真美2-16-18(☎070-5430-9055)昭26.10.1
福島　茂《沖・出航》〒235-0033横浜市磯子区杉田3-7-26-321(☎045-776-3410＊)昭25.8.24/群馬県生
福島三枝子《栞》〒190-0031立川市砂川町2-71-1-A102/昭23.1.4/東京都生
福神規子《主宰 雛・若葉》〒155-0033世田谷区代田6-9-10(☎03-3465-8748 FAX03-3465-8746)昭26.10.4/東京都生/『雛の箱』『薔薇の午後』『人は旅人』『自註福神規子集』、共著『鑑賞 女性俳句の世界』
福田敏子《雨蛙》〒359-0042所沢市並木7-1-5-404(☎04-2993-2143)富山県生/『槐の木』『山の影』『私の鑑賞ノート』
福谷俊子《主宰 花信》〒791-8067松山市古三津1-25-8(☎089-952-3123＊)昭16.8.10/広島県生/『高嶺村』『桐の花』『新樹』
福田　望《梓》〒350-0823川越市神明町62-18(☎090-9839-4957/fnozomu@gmail.com)昭52.10.28/岡山県生
福林弘子《深海》
福原実砂《暦日》〒547-0026大阪市平野区喜連西5-1-8-107(☎06-6704-9890＊/toratyan29@yahoo.co.jp)/大阪府生/『ミューズの声』『舞ふやうに』
福本三千子《ひまわり》〒770-8041徳島市上八万町西山290番地(☎088-644-0480)昭8.1.17/徳島県生/『風蘭』
ふけ　としこ《椋》〒542-0086大阪市中央区西心斎橋2-6-11(☎06-6211-2056＊)昭21.2.22/岡山県生/『鎌の刃』『インコに肩を』『眠たい羊』他
藤井啓子《円虹・ホトトギス》
藤井なお子《代表 たまき》(bronze.usagi@gmail.com)昭38.1.23/愛知県生/『ブロンズ兎』、『坪内稔典百句』(編集代表)
藤井南帆《磁石・秋麗》〒177-0051練馬区関町北2-31-20-904堀米方/昭52.6.11/兵庫県生
藤井康文《山彦》〒745-0882周南市上一ノ井手5457(☎0834-21-3778＊)昭21.6.28/山口県生/『枇杷の花』
藤井美晴《やぶれ傘》〒180-0004武蔵野市吉祥寺本町4-31-6-120(yfujii216@yahoo.co.jp)昭15.2.16/福岡県生
藤岡勢伊自《河》〒170-0012豊島区上池袋4-10-8-1106(☎090-4120-1210＊/fjoksij_19900915@docomo.ne.jp)昭37.10.16/広島県生

藤岡美恵子《今日の花》〒158-0098世田谷区上用賀1-26-8-305/昭13.2.9/『些事』
藤島咲子《耕・Kō》〒485-0068小牧市藤島2-117(☎0568-75-1517＊)昭20.3.14/富山県生/『尾張野』『雪嶺』、エッセイ集『細雪』
藤田幸恵《今日の花》昭21.6.7/山口県生
藤田直子《主宰 秋麗》〒214-0034川崎市多摩区三田1-15-4-104(☎044-922-2335＊/lyric_naoko@yahoo.co.jp)昭25.2.5/東京都生/『極楽鳥花』『秋麗』『麗日』『自註シリーズ藤田直子集』『鍵和田秞子の百句』
藤田万里子《草の花》〒167-0023杉並区上井草2-15-15-103/昭25.3.5/新潟県生
藤野　武《海原・遊牧》〒198-0062青梅市和田町2-207-8(☎0428-76-1214＊)昭22.4.2/東京都生/『気流』『火蛾』
藤埜まさ志《代表 群星・森の座》〒270-0102流山市こうのす台1010-12(☎04-7152-7151＊/fujino575@lemon.plala.or.jp)昭17.5.18/大阪府生/『土塊』『火群』『木霊』
冨士原志奈《知音》〒263-0043千葉市稲毛区小仲台5-2-1-329/昭44.12.26/東京都生
藤　英樹《古志・百花》〒232-0072横浜市南区永田東1-31-23(☎080-5413-8278)昭34.10.12/東京都生/『静かな海』、著書『長谷川櫂200句鑑賞』
伏見清美《日矢》昭22.4/岐阜県生
藤村たいら《ひいらぎ》昭19.1.8/滋賀県生
藤本紀子《ひまわり》〒771-2303三好市三野町勢力884-3(☎0883-77-2091＊/tosiko-f0225@mb.pikara.ne.jp)昭19.2.25/徳島県生/『黐の木』
藤本美和子《主宰 泉》〒192-0914八王子市片倉町1405-17(☎042-636-8084＊)昭25.9.5/和歌山県生/『跣足』『天空』『冬泉』『綾部仁喜の百句』
藤森実千子《草の花》〒545-0013大阪市阿倍野区長池町1-15(☎080-5363-1813 FAX06-6622-7668)昭16.6.28/大阪府生
二村結季《青草》〒243-0204厚木市鳶尾1-8-4(☎046-242-3455＊)昭13.6.23/神奈川県生
佛原明澄《たまき》〒567-0878茨木市蔵垣内3-9-8コートアミール106(☎072-647-3899＊)昭9.1.8/奈良県生/『棚田』『門深し』
舩戸成郎《濃美》〒502-0903岐阜市美島町4-33(☎058-231-5068＊)昭26.1.15/岐阜県生
古川美香子《濃美》昭37.11.15/岐阜県生
古田貞子《燎》〒162-0067新宿区富久町15-1-3003/昭16.6.19/宮城県生
古橋純子《野火》茨城県生
別所博子《かつしか》〒115-0055北区赤羽西2-21-4-403(hirokobes@hotmail.com)昭26.8.4/大分県生/『稲雀』
別府　優《栞》〒120-0026足立区千住旭町18-9(☎03-3882-2344)昭21.2.12/栃木県生
辺野喜宝来《りいの》〒903-0807那覇市首里久場川町2-18-8-302(☎090-9783-6688)昭34.8.7/沖縄県生/『向日葵 俳句・随筆作品集』、『台湾情 沖縄世』
星野佐紀《都市》〒195-0072町田市金井6-18-14(☎042-736-5948＊)
星野高士《主宰 玉藻》〒248-0002鎌倉市二階堂231-1(☎0467-22-0804＊)昭27.8.17/神奈川県生/『無尽蔵』『顔』『残響』
星野恒彦《代表 貂》〒167-0033杉並区清水3-15-18-108(☎03-3390-9323＊)昭10.11.19/東京都生/『寒晴』など4冊、評論集『俳句とハイクの世界』など3冊
星野　椿《玉藻》〒248-0002鎌倉市二階堂227-4(☎0467-23-7622＊)昭5.2.21/東京都生/『金風』『マーガレット』『雪見酒』『早椿』ほか
干野風来子《橘・俳句スクエア》〒360-0201熊谷市妻沼1456-5(☎048-589-0484)昭29.4.15/北海道生/『夕映の北岳』『榮子情歌』『シェエラザード』『白い風』ほか
細野政治《きたごち》〒409-1501北杜市大泉町西井出8240-5774(☎090-8315-6344)昭11.9.8/東京都生
細山柊子《歴路》〒352-0032新座市新堀2-15-13-302(☎0424-95-8597)昭27.12.21/東京都生
堀田裸花子《若葉・岬・輪》〒251-0036藤沢市江の島1-6-3(☎090-3310-5296 FAX0466-28-2045/rakashi92@gmail.com)昭18.8.29/東京都生
堀口忠子《雲取》〒352-0011新座市野火止8-12-30-424/昭18.10.5/熊本県生/『水の秋』
堀越胡流《鬣TATEGAMI》〒370-2171高崎市吉井町本郷567-3(☎027-387-2171＊)昭18.6.23/群馬県生/『風語』『多胡』『白髪』
堀　瞳子《運河・鳳》〒651-2272神戸市西区狩場台4-23-1(☎078-991-1792＊)昭25.12.21/福岡県生/『山毛欅』、句文集『百の喜び』
堀本　吟《豈》〒630-0201生駒市小明町415-5

(☎0743-74-3680＊)昭17.7.14/愛知県生/評論集『霧くらげ何処へ』
堀本裕樹《主宰 蒼海》〒160-0011新宿区若葉2-9-8四谷F＆Tビル ㈱アドライフ 堀本裕樹事務所/昭49.8.12/和歌山県生/『熊野曼陀羅』『俳句の図書室』
本郷美代子《やぶれ傘》〒335-0034戸田市笹目4-10-7(☎048-421-0652)昭16.6.5/栃木県生
本城佐和《青海波》〒770-0932徳島市仲之町2-8-2(☎088-652-6730 FAX088-654-3388)昭22.4.8/徳島県生/『銀の駱駝』
本田攝子《主宰 獺祭》〒125-0042葛飾区金町2-7-10-801(☎03-3608-5662＊)昭8.2.19/熊本県生/『水中花』

ま行

前北かおる《夏潮》〒276-0042八千代市ゆりのき台3-4-1101(☎047-750-1455＊/maekitakaoru@yahoo.co.jp)昭53.4.28/島根県生/『ラフマニノフ』『虹の島』
前澤宏光《棒》〒263-0051千葉市稲毛区園生町449-1コープ野村2-505(☎043-256-7858＊)昭11.8.14/長野県生/『天水』『空木』『春林』『真清水』『人間の四季 俳句の四季―青柳志解樹俳句鑑賞』他
前島みき《日矢》〒161-0033新宿区下落合1-8-14-311(☎03-3362-8336＊)昭2.8.9/茨城県生/『落し文』『月夜』
前田貴美子《りいの・万象》〒900-0021那覇市泉崎2-9-11金城アパート301号(☎098-834-7086)昭21.10.17/埼玉県生/『ふう』
前田攝子《主宰 漣》〒520-0248大津市仰木の里東1-18-18(☎077-574-2350＊)昭27.11.26/京都府生/『坂』『晴好』『雨奇』
前田陶代子《栞》〒270-0034松戸市新松戸7-221-5D-110(☎047-345-6350＊)昭17.10.3/群馬県生
槇尾麻衣《鴻》昭18.6.19/岩手県生
牧　富子《濃美》〒466-0815名古屋市昭和区山手通5-15/昭8.10.26/岐阜県生
正木　勝《梛》昭18.3.8/石川県生
正木ゆう子《紫薇》
眞砂卓三《日矢》〒533-0013大阪市東淀川区豊里5-10-10-103(☎090-2352-6818/masago.takuzo@gmail.com)昭15.10.14/大阪府生
政元京治《鳰の子》〒573-1113枚方市楠葉面取町1-7-8(☎072-868-3716/kounugun_0001@nike.eonet.ne.jp)昭24.12.18/広島県生
増子香音《梓》〒330-0073さいたま市浦和区元町2-15-15-510(☎090-6106-7375)平4.11.17/東京都生
増田裕司《やぶれ傘》〒336-0911さいたま市緑区三室1157-19(☎048-874-4983＊/yuji.masuda3166@gmail.com)昭29.5.28/埼玉県生
増田　連〒801-0852北九州市門司区港町3-29-702(☎093-331-8899)昭5.10/福岡県生/『杉田久女ノート』『杉田久女雑記』『久女〈探索〉』
増成栗人《主宰 鴻》〒270-0176流山市加3-6-1 壱番館907(☎04-7150-0550＊)昭8.12.24/大阪府生/『燠』『逍遙』『遍歴』
増山至風《悠》〒270-0128流山市おおたかの森西4-177-85(☎04-7152-1837＊)昭11.6.22/長崎県生/『少年少女向 俳句を作ろう』『大鷹』『稲雀』『望郷短歌帖』
増山叔子《秀》〒171-0051豊島区長崎4-21-3(☎090-4373-7916/yoshiko-m45.mi@docomo.ne.jp)昭33.1.2/群馬県生
待場陶火《鴻》〒666-0034川西市寺畑1-3-10/昭15.8.25/兵庫県生
松浦加古《蘭》〒184-0014小金井市貫井南町3-22-8(☎042-388-8119)昭9.9.13/東京都生/『谷神』『這子』
松浦敬親《麻》〒305-0051つくば市二の宮1-8-10,A209(☎029-851-2923)昭23.12.11/愛媛県生/『俳人・原田青児』『展開する俳句』
松浦靖子《風の道》〒158-0093世田谷区上野毛1-18-10-6D(☎03-3702-6483＊)昭10.9.25/東京都生/『えにし』
松浦麗久《いつき組・日本俳句教育研究会・樹色》
松岡隆子《主宰 栞》〒188-0003西東京市北原町3-6-38(☎042-466-0413＊)昭17.3.13/山口県生/『帰省』『青木の実』
松岡ひでたか〒679-2204兵庫県神崎郡福崎町西田原字辻川1212(☎0790-22-4410＊)昭24.9.11/兵庫県生/『磐石』『光』『往還』『白薔薇』『小津安二郎の俳句』ほか
松尾清隆《松の花》〒254-0045平塚市見附町2-17-504(☎0463-79-8383＊)昭52.5.5/神奈川県生
松尾隆信《主宰 松の花》〒254-0046平塚市立野町7-9(☎0463-37-3773 FAX0463-37-3555)昭

21.1.13/兵庫県生/『雪渓』等8冊、評論『上田五千石私論』。他に季語別句集等
松尾紘子《橘》〒367-0055本庄市若泉3-20-7/昭15.2.6/東京都生/『シリウスの眼』『追想』
松尾正晴《歴路》昭15.7.28/佐賀県生
松尾まつを《青草》〒243-0204厚木市鳶尾2-24-3-105(☎046-241-9810 FAX020-4624-1458/matsuo@tokai.ac.jp)昭13.10.1/東京都生
松田江美子《燎》〒244-0004横浜市戸塚区小雀町2148(☎045-851-0510*)東京都生
松田純栄《暦日・学習院俳句会》〒153-0064目黒区下目黒4-11-18-505/東京都生/『眠れぬ夜は』『旅半ば』
松永浮堂《浮野》〒347-0058加須市岡古井1373(☎0480-62-3020*)昭31.3.24/埼玉県生/『平均台』『肩車』『げんげ』『遊水』『麗日』『落合水尾と観照一気』
松林尚志《代表 木魂・海原》〒165-0021中野区丸山1-3-8/昭5.1.27/長野県生/『山法師』『俳句に憑かれた人たち』ほか
松林朝蒼《主宰 夏爐》〒780-8072高知市曙町1-17-17(☎088-844-3581*)昭6.8.29/高知県生/『楮の花』『遠狭』『夏木』
松村和子《青海波》〒747-0036防府市戎町2-7-43(☎0835-24-1180)昭14/山口県生
松本さき《草の宿》〒325-0016那須塩原市東栄2-7-8(☎0287-62-3545)昭9.2.22/栃木県生
松本紀子《八千草》昭23/富山県生
松本宣彦《樹》〒270-0034松戸市新松戸7-222新松戸西パークハウスD-705(☎047-343-6957*/olimatsumoto@knd.biglobe.ne.jp)昭17.11.7/東京都生
松本英夫《阿吽》〒178-0061練馬区大泉学園町1-17-19(☎03-5387-9391*)昭22.6.4/東京都生/『探偵』
松本美佐子《鳰の子》〒560-0051豊中市永楽荘2-13-15(☎06-6853-4022*)昭19.7.23/山口県生
松本龍子《俳句スクエア》〒659-0082芦屋市山芦屋町11-6グランドメゾン山芦屋407号(☎0797-23-2106*/saruhekusaida@yahoo.co.jp)昭31.4.15/愛媛県生
松山好江《宇宙》静岡県生/『遺跡野』
真野五郎《海棠》〒648-0054橋本市城山台1-34-5(☎0736-36-0332*)昭20.4.23/和歌山県生
真々田　香《野火》〒145-0066大田区南雪谷3-1-5第2丸仙ハイツ103/昭55.4.10/埼玉県生/『春の空気』
黛　執《春野》〒259-0314神奈川県足柄下郡湯河原町宮上274(☎0465-62-4178*)昭5.3.27/神奈川県生/『春野』『村道』『朴ひらくころ』『野面積』『畦の木』『煤柱』『春の村』『春がきて』
黛　まどか〒192-0355八王子市堀之内3-34-1-303(FAX042-678-4438/mmoffice@madoka575.co.jp)昭37.7.31/神奈川県生/『てっぺんの星』『奇跡の四国遍路』『ふくしま讃歌』
まるき　みさ《不退座》東京都生
三浦明彦《輪・椎》〒247-0013横浜市栄区上郷町1151-127-1-608/昭14.6.26/京都府生
三浦　恭《阿吽》〒359-0038所沢市北秋津739-57-401(☎04-2992-5743*)昭25.7.4/東京都生/『かれん』『暁』
三浦晴子《湧》〒421-0137静岡市駿河区寺田188-7/昭24.5.30/静岡県生/『晴』、「村越化石の一句」(『湧』連載)
三尾博子《濃美》〒493-0001一宮市木曽川町黒田東町南44-2(☎0586-86-2376*)昭18.6.17/愛知県生
三上隆太郎《門》〒135-0011江東区扇橋3-13-1(☎03-3645-0417 FAX03-3644-3070/mikami1@helen.ocn.ne.jp)昭22.11.17/東京都生
三代たまえ《嘉祥》〒351-0023朝霞市溝沼5-15-17-701/昭31.11.12/新潟県生
水口佳子《夕凪・銀化》〒731-5113広島市佐伯区美鈴が丘緑1-7-3/昭27.12.25/広島県生
水沢和世《鴻》東京都生
水島直光《花鳥来・秀・青林檎》〒114-0023北区滝野川2-47-15(☎03-3910-4379*)昭29.11.2/福井県生/『風伯』
水谷由美子《青山》〒146-0082大田区池上7-18-9(☎03-3754-7410*/CBL22812@nifty.com)昭16.7.30/東京都生/『チュチュ』『浜辺のクリスマス』
水野晶子《梓・棒》〒247-0074鎌倉市城廻140-37(☎0467-44-3083*/souun1944@gmail.com)昭19.1.4/兵庫県生/『十井』
水野悦子《煌星》〒510-1323三重県三重郡菰野町小島1585/昭24.12.18/三重県生
水野幸子《少年》昭17.11.17/青森県生/『水の匂ひ』
水野さとし《煌星》〒512-0934四日市市川島町6652-2/滋賀県生
水野真由美《海原・鬣TATEGAMI》〒371-

0018前橋市三俣町1-26-8(☎027-232-9321*/yamaneko-kan@jcom.home.ne.jp)昭32.3.23/群馬県生/『陸封譚』『八月の橋』、評論集『小さな神へ―未明の詩学』
水間千鶴子《貝の会》〒651-2276神戸市西区春日台9-14-13(☎078-651-2276)昭23.2.20/広島県生
三瀬敬治《不退座》昭18.2.4/愛媛県生
三田きえ子《主宰 萌》〒158-0081世田谷区深沢4-24-7(☎03-3704-2405)昭6.9.29/茨城県生/『嬬恋』『旦暮』『九月』『初黄』『結び松』『藹藹』『雁来月』『自註三田きえ子集』
三谷寿一《草の花》〒206-0034多摩市鶴牧5-7-17(☎042-371-1034*)昭12.9.21/京都府生
三井利忠《春月》〒194-0043町田市/昭19.3.6/群馬県生/『武尊(ほたか)』
南　うみを《主宰 風土》〒625-0022舞鶴市安岡町26-2(☎0773-64-4547*/umiwo1951@gmail.com)昭26.5.13/鹿児島県生/『丹後』『志楽』『南うみを集』『凡海』、評論『神蔵器の俳句世界』
三野公子《山彦》〒744-0032下松市生野屋西1-1-13/昭19.7.2/台湾生/『八重桜』
箕田健生《やぶれ傘》〒335-0023戸田市本町3-12-6(☎048-442-2259*)三重県生
箕輪カオル《鴫》〒270-1132我孫子市湖北台10-1-13(☎04-7187-1401*/m.kaorara@jcom.zaq.ne.jp)岩手県生
宮尾直美《栞》〒788-0001宿毛市中央3-6-17(☎0880-63-1587*)昭24.3.30/高知県生/『手紙』
宮川欣子《山河》〒112-0015文京区目白台2-6-23-101(☎03-3947-3006*/qqen6cmd@jupiter.ocn.ne.jp)昭22.5.9/東京都生
宮城梵史朗《主宰 赤楊の木》〒639-0227香芝市鎌田438-76(☎0745-78-0308*)昭18.5.9/大阪府生
三宅やよい《猫街》〒177-0052練馬区関町東1-28-12-204(☎03-3929-4006*/yayoihaiku@gmail.com)昭30.4.3/兵庫県生/『玩具帳』『駱駝のあくび』『鷹女への旅』
宮坂みえ《羅ra》〒390-0812松本市県2-3-3サンハイツ県ヶ丘1-111/長野県生
宮崎晶子(あき子)《日矢》〒239-0827横須賀市久里浜台1-14-7/昭20.10.29/広島県生
宮成乃ノ葉《南柯》〒630-8115奈良市大宮町2-7-1-606(☎090-5673-2363/nonoha2018@gmail.com)昭32.9.21/大阪府生
宮野しゆん《蕗の里・水輪》〒759-4211長門市俵山5055-11(☎0837-29-0435*)昭15.12.2/山口県生/『器』
宮本京子《野火》〒306-0234古河市上辺見562-11(☎0280-31-2518*/kmhartanjiba@ybb.ne.jp)昭26.5.29/茨城県生
宮本艶子《あした》〒362-0014上尾市本町4-11-2-101(☎048-772-0816*)昭21.10.15/奈良県生/合同句集『座唱』I, II, IV
三吉みどり《秀》〒133-0065江戸川区南篠崎町4-16-5-405(☎03-6315-7219*/nrj28259@nifty.com)昭29.7.13/長崎県生/『花の雨』
三輪初子《炎環・代表 わわわ》〒166-0004杉並区阿佐谷南3-41-8(☎03-3398-5823*)昭16.1.13/北海道生/『初蝶』『喝采』『火を愛し水を愛して』、エッセイ集『あさがや千夜一夜』
三輪洋路《笹》〒509-5301土岐市妻木町1871-4(☎0572-57-8080*)昭14.4.9/岐阜県生
武藤節子《やぶれ傘》〒335-0021戸田市新曽1425(☎048-444-1965)昭14.2.15/埼玉県生
武藤紀子《主宰 円座》〒467-0047名古屋市瑞穂区日向町3-66-5(☎090-4407-8440/052-833-2168*)昭24.2.11/石川県生/『円座』『冬干潟』など5冊、著書『たてがみの摑み方』など2冊
村上尚子《白魚火》〒438-0086磐田市住吉町1065-20(☎0538-34-8309*)昭17.8.14/静岡県生/『方今』
村上鞆彦《主宰 南風》〒124-0012葛飾区立石3-26-16-205(☎03-3695-6789*/hayatomo_seto@yahoo.co.jp)昭54.8.2/大分県生/『遅日の岸』『芝不器男の百句』
村上万亀重《門》〒680-0007鳥取市湯所町1-762-2(☎0857-23-4522*)昭10.2.27/鳥取県生
村岸明子《貂》〒060-0033札幌市中央区北3条東1-1-1ブランJR810/昭7.1.31/大連生/『村岸明子句集』『一滴の琥珀』『あんた方どこさ満洲野(ますの)のあざみ草』
村木節子《門》〒345-0045埼玉県北葛飾郡杉戸町高野台西2-5-17(☎0480-34-0578*)昭23.1.5/秋田県生
村田　武《やぶれ傘》〒335-0005蕨市錦町6-6-8(☎048-441-8904*/tasogarebito.123.@docomo.ne.jp)昭18.1.23/宮城県生
村田　浩《雪解》〒918-8066福井市渡町114(☎080-8695-0018 FAX0776-36-9754)昭18.11.5/石川県生/『能登育ち』

村田敏行《あゆみ》〒273-0035船橋市本中山4-3-2-304(☎047-336-1547＊)昭14.1.3/台湾生
村松栄治《八千草》〒214-0032川崎市多摩区枡形5-6-5(☎044-933-9296＊)昭15.2.12/東京都生
村本昌三郎《湧》〒567-0832茨木市白川1-8-7(☎072-634-0829＊)昭14.11.18/大阪府生
室井千鶴子《栞》〒931-8312富山市豊田本町2-3-23(☎076-437-7422)昭21.11.24/富山県生
毛利禮子《雪解》
甕　秀麿《鴨》〒270-1175我孫子市青山台3-8-37(☎04-7183-1353＊/motai@io.ocn.ne.jp)昭15.11.10/東京都生
森　あら太《濃美》昭6.4.10/新潟県生
森井美知代《運河・晨》(☎0745-65-1021 FAX0745-62-3260)昭17.7.6/奈良県生/『高天』『螢能』
森川淑子《鴻》昭27.1.2/北海道生
森　睡花《鴻》〒154-0022世田谷区梅丘3-10-9-303/昭14.11.15/東京都生
森須　蘭《主催 祭演・衣・豈・ロマネコンテ》〒276-0046八千代市大和田新田1004-4宮坂方(☎047-409-8152 FAX047-409-8153/morisuranran8@gmail.com)昭36.1.7/神奈川県生/『君に会うため』『蒼空船(そらふね)』、著書『百句おぼえて俳句名人』
森多　歩《鴻》〒558-0056大阪市住吉区万代東2-2-15(☎06-6691-1003＊)昭12.1.6/兵庫県生/『とほせんぼ』
盛田恵未《都市》〒195-0074町田市山崎町1380シーアイハイツG606/昭23.2.3/神奈川県生
森　高幸《森の座・群星》昭29.10.8/福岡県生/『サーティーズ』
森田節子《風土》〒215-0017川崎市麻生区王禅寺西2-32-2(☎044-965-2208＊)昭16.2.3/東京都生
森　恒之《雉》〒193-0832八王子市散田町3-40-9(☎042-663-2081＊)昭21.8.18/長崎県生
森野智恵子《夕凪》〒731-0124広島市安佐南区大町東4-5-4/昭17.9.30/広島県生
森野　稔《主宰 森》〒939-0731富山県下新川郡朝日町東草野1803-12(☎0765-83-0890＊/fumoto@ma.mrr.jp)昭18.4.26/富山県生/『蟬』『森』
森　美佐子《やぶれ傘》〒331-0804さいたま市北区土呂町1-28-13(☎048-663-2987＊)昭15.6.22/埼玉県生
守屋明俊《閏・磁石》〒185-0024国分寺市泉町3-4-1-504(☎080-6770-5485)昭25.12.13/長野県生/『西日家族』『蓬生』『日暮れ鳥』『象潟食堂』ほか
森　祐司《鴻》昭28.1.30/高知県生
森　有也《都市》〒194-0043町田市成瀬台3-31-14(☎042-725-7146＊)昭16.9.10/福岡県生
師岡洋子《鳰の子》〒530-0041大阪市北区天神橋3-10-30-204(☎06-6353-8693＊)昭15.1.16/京都府生/『水の伝言』
門伝史会《風土》〒215-0017川崎市麻生区王禅寺西3-9-2(☎044-953-9001＊)昭15.4.5/東京都生/『羽化』『ひょんの笛』

や行

八木次郎《朴の花》〒254-0814平塚市龍城ケ丘6-45-505(☎0463-37-1480＊)昭11.4.3/秋田県生
柳生正名《海原・棒》〒181-0013三鷹市下連雀1-35-11(☎0422-47-3405＊/myagiu@kjc.biglobe.ne.jp)昭34.5.19/大阪府生/『風媒』共著『現代の俳人101』
矢口椛子《八千草》〒224-0025横浜市都筑区早渕1-2仲町台パークヒルズ5-101/東京都生
屋代ひろ子《きたごち》〒984-0812仙台市若林区五十人町73(☎022-221-6834＊)昭21.11.30/宮城県生/『染師町』
保田尚子《山彦》〒751-0822下関市宝町7-30(☎083-252-9480)
安富清子《ひまわり》徳島市/昭23.2/徳島県生
安原　葉《主宰 松の花・ホトトギス・玉藻》〒949-5411長岡市来迎寺甲1269(☎0258-92-2270 FAX0258-92-3338)昭7.7.10/新潟県生/『雪解風』『月の門』『生死海』
矢須恵由《主宰 ひたち野》〒311-0113那珂市中台64-6(☎029-353-1156＊)昭14.12.29/茨城県生/『天心湖心』『自愛他愛』
柳内恵子《玉藻》〒214-0037川崎市多摩区西生田3-3-1(☎090-3446-9501 FAX044-955-8082/k-yana@cmail.plala.or.jp)昭16.6.5/東京都生
矢野景一《主宰 海棠》〒648-0091橋本市柱本327(☎0736-36-4790＊/krkv23714@hera.eonet.ne.jp)昭25.4.29/和歌山県生/『真土』『紅白』『游目』『和顔』『わかりやすい俳句推

蔵入門』など
矢野玲奈《玉藻・天為》〒254-0045平塚市見附町2-17-504(☎0463-79-8383＊)昭50.8.18/東京都生/『森を離れて』
矢削みき子《漣》昭23.8.25/島根県生
矢部悦子《燎》〒231-0801横浜市中区新山下3-15-6-117(☎045-621-3155＊)昭18.1.4/東京都生
山内繭彦《山茶花・ホトトギス・晨・夏潮》〒547-0032大阪市平野区流町3-14-1/昭27.4.6/大阪府生/『ななふし』『歩調は変へず』『透徹』『診療歳時記』『歳時記の小窓』
山尾郁代《鹿火屋》〒520-0016大津市比叡平1-5-12(☎077-529-2600)昭23.11.29/島根県生/『初比叡』
山岸三子《ひたち野》
山岸嘉春《燎》昭30.4.24/長野県生
山口昭男《主宰 秋草》〒657-0846神戸市灘区岩屋北町4-3-55-408(☎078-855-8636＊/akikusa575ay@dream.bbexcite.jp)昭30.4.22/兵庫県生/『書信』『讀本』『木簡』
山口梅太郎《天為・秀》〒177-0042練馬区下石神井4-13-6(☎03-3997-0805＊)昭6.1.28/東京都生/『名にし負ふ』『種茄子』
山口佐喜子《清の會》練馬区/大14.3/長野県生
山口　登《鳰の子》〒566-0011摂津市千里丘東4-6-8-415/昭22/石川県生
山口ひろよ《鴫》〒270-1168我孫子市根戸650-9(☎04-7149-2952＊/hiro-shin46.26@docomo.ne.jp)昭20.8.18/東京都生
山﨑　明《ときめきの会》〒261-0004千葉市美浜区高洲3-4-3-304(☎043-278-5698)昭14.1.17/千葉県生
山﨑十生《主宰 紫・豈》〒332-0015川口市川口5-11-33(☎048-251-7923＊)昭22.2.17/埼玉県生/『悠悠自適入門』『未知の国』『銀幕』他8冊
山﨑奈穂《雲取》〒114-0034北区上十条4-9-19/昭17.3.31/群馬県生
山﨑ひさを《名誉主宰 青山》〒223-0064横浜市港北区下田町1-1-1-615(☎045-562-0552 FAX045-563-3283)昭2.11.29/東京都生/『歳華』『百人町』『青山抄』『やさしい俳句』『富安風生』ほか
山﨑房子《主宰 日矢》〒247-0053鎌倉市今泉台4-18-10(☎0467-45-2762＊)昭13.3.15/『巴里祭』
山﨑政江《軸》〒270-0233野田市船形892(☎04-7129-4327＊)昭15.1.14/千葉県生/『抱卵』『さといも』『金木犀』『ときに咆哮』
山崎祐子《りいの・絵空》〒171-0021豊島区西池袋5-5-21-416/昭31.6.12/福島県生/『点睛』『葉脈図』
山下升子《八千草》〒165-0031中野区上鷺宮5-18-3(☎03-5241-1881)
山田和夫《笹》〒452-0821名古屋市西区上小田井1-400/昭14.9.5/愛知県生/『等高線』『三角点』、紀行文『思い出の山旅』
山田孝志《ときめきの会》〒314-0127神栖市木崎780(☎090-9306-5455)昭31.2.28/茨城県生
山田貴世《主宰 波》〒251-0875藤沢市本藤沢1-8-7(☎0466-82-6173＊)昭16.3.9/静岡県生/『わだつみ』『湘南』『喜神』
山田ひかる《木魂・山河》
山田真砂年《主宰 稲》〒249-0005逗子市桜山3-12-6(mcyamada575@gmail.com)昭24.11.3/東京都生/『西へ出づれば』『海鞘食うて』
山田佳乃《主宰 円虹》〒658-0066神戸市東灘区渦森台4-4-10辻方(☎078-843-3462 FAX078-336-3462)昭40.1.29/大阪府生/『春の虹』『波音』『残像』
山地春眠子《鷹》〒176-0011練馬区豊玉上1-16-10(☎090-4018-4038)昭10.9.18/東京都生/『空気』『元日』、『現代連句入門』『月光の象番―飯島晴子の世界』『「鷹」と名付けて―草創期クロニクル―』
山中多美子《円座・晨》〒462-0813名古屋市北区山田町4-90(☎052-914-4743＊/yamanakati@snow.plala.or.jp)昭24.10.16/愛知県生/『東西』『かもめ』
山中理恵《不退座》〒260-0021千葉市中央区新宿1-23-5/昭38/東京都生
山梨菊恵《泉》〒192-0906八王子市北野町169-3(☎042-645-1690＊)昭25.11.3/山梨県生
山根真矢《鶴》〒610-0361京田辺市河原御影30-57(☎0774-65-0549＊)昭42.8.5/京都府生/『折紙』
山本あかね《百鳥》〒654-0081神戸市須磨区高倉台8-26-17(☎078-735-6381＊/camellia@wa2.so-net.ne.jp)昭10.1.3/兵庫県生/『あかね』『大手門』『緋の目高』
山本一歩《主宰 谺》〒194-0204町田市小山田桜台1-11-62-4(☎042-794-8783＊/ichiraku-y@nifty.com)昭28.11.28/岩手県生/『耳ふたつ』『神楽面』『谺』ほか

山本一葉《谺》〒194-0204町田市小山田桜台1-11-62-4（☎042-794-8783＊/kazuha.y@nifty.com）昭57.1.21/神奈川県生
山元志津香《主宰 八千草》〒215-0006川崎市麻生区金程4-9-8（☎044-955-9886 FAX044-955-9882/sinyurihy@mvi.biglobe.ne.jp）昭9.3.10/岩手県生/『ピアノの塵』『極太モンブラン』『木綿の女』
山本純人《梓》昭52.8.21/埼玉県生/『クラスがまとまるチョッといい俳句の使い方』
山本　菫《雲取》〒333-0866川口市芝1-10-20（☎048-268-0332＊）昭24.1.27/埼玉県生/『花果』
山本輝世《今日の花》〒239-0831横須賀市久里浜8-6-10/昭18.10.13/東京都生
山本久枝《やぶれ傘》〒335-0021戸田市新曽1292-1（☎048-444-7523＊）昭15.3.10/埼玉県生
湯口昌彦《汀》〒185-0024国分寺市泉町1-15-7（☎042-321-2728＊/myugu@nifty.com）東京都生/『幹ごつごつ』『飾米』
由藤千代《夏爐》〒780-0973高知市万々595-7（☎088-823-1722）昭16.2.20/高知県生
湯本正友《やぶれ傘》〒338-0012さいたま市中央区大戸5-20-6（☎048-833-7354＊/masatomo_yumoto@jcom.home.ne.jp）昭21.2.25/埼玉県生
湯本　実《やぶれ傘》〒336-0021さいたま市南区別所3-5213（☎048-863-9145＊）昭18.1.26/満州生
陽　美保子《泉》〒002-8072札幌市北区あいの里2-6-3-3-1101（☎011-778-2104＊）昭32.10.22/島根県生/『遥かなる水』
横井　遥《鴻》〒482-0043岩倉市本町神明西6-8 AP朴の樹805/昭34.2.21/長崎県生/『男坐り』
横川　端《四季の会》〒106-0047港区南麻布5-2-5-601/昭7.1.21/長野県生/『牡丹』『白雨』
横川はっこう《八千草》〒215-0007川崎市麻生区向原3-14-14（☎044-953-9141＊）昭19.1.31/長野県生
横田欣子《円座》〒464-0015名古屋市千種区富士見台4-1ガーデンヒルズ5-206（☎052-721-3238＊）昭30.12.6/長野県生/『風越』
横田澄江《今日の花》〒221-0005横浜市神奈川区松見町2-380/昭12.2.8
好井由江《棒・不退座》〒206-0823稲城市平尾3-1-1-5-107/昭11.8/東京都生/『両手』『青丹』『風の斑』『風見鶏』
吉浦百合子《山彦》〒745-0643周南市新清光台1-17-6（☎0833-91-4877＊）昭11.7.30/宮崎県生
吉江早苗《燎》八王子市/神奈川県生
吉崎礼子《祖谷》〒770-0026徳島市佐古六番町12-1（☎088-653-9312＊）昭25.2.17/徳島県生
吉田克美《ろんど》〒191-0032日野市三沢3-26-33（☎042-591-8493＊）昭17.4.23/山形県生
吉田みゆき《漣》〒611-0011宇治市五ヶ庄戸の内50-67（☎0774-32-5914＊）昭22.7.8/兵庫県生/俳句とエッセイ集『早春の花』等
吉田有子《祖谷》〒770-0021徳島市佐古一番町12-7-502（☎088-623-1455＊）昭24.8.14/徳島県生
吉田幸恵《やぶれ傘》〒330-0045さいたま市浦和区皇山町31-4/昭20.8.7/埼玉県生
吉田幸敏《栞》〒224-0006横浜市都筑区荏田東4-30-26（☎045-942-3152＊）神奈川県生
吉田林檎《知音》昭46/東京都生
吉田黎子《汀》〒213-0022川崎市高津区千年215-3（☎044-788-9292）
吉原文音《太陽》昭39.1.27/広島県生/『風の翼』『モーツァルトを聴くやうに』、著書『寺山修司の俳句』『中城ふみ子』
吉原文子《樹》〒279-0031浦安市舞浜2-36-15（☎047-352-9486）昭18.7.28/大阪府生
吉藤とり子《清の會》〒277-0061柏市東中新宿3-3-12（☎04-7172-8468＊）昭8.1.17/群馬県生
依田善朗《磁石》〒349-0127蓮田市見沼町2-5（☎048-764-1337＊/zenro0329@gmail.com）昭32.3.29/東京都生/『教師の子』『転蓬』『ゆっくりと波郷を読む』
四ッ谷　龍《代表 むしめがね》〒176-0002練馬区桜台3-15-14-302/昭33.6.13/北海道生/『慈愛』『大いなる項目』『夢想の大地におがたまの花が降る』、散文集『田中裕明の思い出』
余田はるみ《雪解》東京都生
米澤響子《知音》〒606-8277京都市左京区北白川堂ノ前町19（☎075-701-2864/zal00105@r8.dion.ne.jp）昭26.10.8/東京都生/合同句集『レモンパイ』
米本知江《ひまわり》〒771-2501徳島県三好郡東みよし町昼間2731-2（☎0883-79-2596＊）昭6.8.1/徳島県生/『借耕牛』
米山光郎《秋・昴》〒400-1502甲府市白井町

672（☎055-266-2807＊）昭13.9.30/山梨県生/『諏訪口』『種火』『稲屑の火』

ら行

良知悦郎《鴻》〒270-0034松戸市新松戸7-222-A1002（☎047-342-4661＊）昭12.10.19/静岡県生

わ行

脇　佐和子《こあみ俳句会》〒344-0011春日部市藤塚337-6（☎048-734-6451＊）昭13.9.6/東京都生

脇村禎徳《主宰 杉俳句塾》〒649-0306有田市初島町浜56（☎0737-82-5303＊）昭10.9.23/和歌山県生/『素心』『而今』、評論『森澄雄』

渡辺克己《風叙音》〒272-0827市川市国府台5-15-15（☎047-373-2473/rongo551@jcom.zaq.ne.jp）昭19.12.1/東京都生

わたなべじゅんこ《çava!・大阪俳句史研究会》〒651-1141神戸市北区泉台4-3-9（☎090-5960-6148/gonngonn@poem.ocn.ne.jp）昭41.12.1/兵庫県生/『seventh_heaven@』『junk_words@』『歩けば俳人』他

渡辺　澄《響焰》〒263-0043千葉市稲毛区小仲台4-1-4/昭14.3.7/千葉県生/『六気』『六華』

渡辺純枝《主宰 濃美》〒501-1146岐阜市下尻毛148-7（☎090-4256-4141）昭22.5.13/三重県生/『只中』『空華』『環』『凜』他アンソロジー4冊、『渡辺純枝自句自解100句』等

渡辺誠一郎《小熊座》〒985-0072塩竈市小松崎11-19（☎022-367-1263＊）昭25.12.13/宮城県生/『余白の轍』『地祇』『赫赫』

渡邉孝彦《やぶれ傘》〒225-0002横浜市青葉区美しが丘2-11-3プラウド美しが丘509（☎045-901-5063＊/t-nabesan@ac.cyberhome.ne.jp）昭15.4.27/兵庫県生

渡邊たけし《若竹》〒470-2101愛知県知多郡東浦町大字森岡字下今池61-16（☎0562-84-4817＊）昭6.12.17/東京都生/『野仏』

渡部悌子《燎》〒245-0063横浜市戸塚区原宿3-57-1-4-106（☎045-852-8856）昭13.5.7/東京都生

渡辺徳堂《代表 ぽち袋》〒564-0025吹田市南高浜町14-5（☎06-6383-8064＊/shichiyo@mac.com）昭19.8.17/東京都生/『明日は土曜日』『芭蕉の恋句』

渡辺長子《野火》〒956-0862新潟市秋葉区新町2-7-23/昭5.4.29/新潟県生

渡辺洋子（やや）《風土》〒611-0002宇治市木幡南山73（☎0774-32-0509＊）昭19.2.7/東京都生

渡邉美奈子《風の道》〒216-0033川崎市宮前区宮崎1-4-5-201（☎044-855-8055）昭31.3.7/福島県生

和田　桃《主幹 南柯》〒630-8357奈良市杉ケ町57-2-813（☎0742-24-3155＊）昭39.12.16/高知県生

和田洋文《主宰 湾》〒899-7103志布志市志布志町志布志2573-3（☎099-472-0288 FAX099-472-0205/wada-hari@arion.ocn.ne.jp）昭28.5.28/鹿児島県生